HEYNE BÜCHER

Das Buch

London 1811: Baron Rohan Carrington, der 5. Baron Mountvale, ist überrascht und entsetzt, als er erfährt, daß sein verstorbener Bruder George, den er stets für einen menschenscheuen und prüden Gelehrten hielt, eine junge Frau entehrt haben soll. Voller Empörung sucht er die schöne Susanna auf. Aber Susanna empfängt ihn kühl, schließlich hat sie doch von George über dessen Familie immer nur Nachteiliges gehört. Der Baron muß feststellen, daß sein Bruder keineswegs ein leichtlebiger Weiberheld war, denn er hat Susanna geheiratet und ihrer gemeinsamen Tochter ein Heim geschaffen. Um den Ruf seiner Familie in Susannas Augen wiederherzustellen, holt Rohan sie mit ihrer kleinen Tochter Marianne in sein Stadthaus. Doch Rohan hat noch einen weiteren Bruder, und dieser ist keineswegs begeistert über den unerwarteten Familienzuwachs. .

Die Autorin

Die Amerikanerin Catherine Coulter gehört zu den Top-Autorinnen historischer Liebesromane. Ihre mehr als 30 Romane wurden weltweit in knapp 20 Millionen Exemplaren verkauft. Catherine Coulter lebt mit Mann und Katze in Nordkalifornien.

CATHERINE COULTER

DIE SCHÖNE FREMDE

Roman

Aus dem Amerikanischen
von Norbert Jakober

WILHELM HEYNE VERLAG
MÜNCHEN

HEYNE ALLGEMEINE REIHE
Nr. 01/13074

Titel der Originalausgabe
THE WILD BARON

Umwelthinweis:
Das Buch wurde auf chlor- und säurefreiem
Papier gedruckt.

Redaktion: Werner Bauer

Deutsche Erstausgabe 11/99

Printed in Denmark 1999
Umschlagillustration: Pino Daeni/Agentur Schlück
Umschlaggestaltung: Nele Schütz Design, München
Satz: Buch-Werkstatt GmbH, Bad Aibling
Druck und Bindung: Nørhaven, Viborg

ISBN 3-453-16143-2

http://www.heyne.de

Für Judy Cochran Ward, die beste Köchin in Marin County.
Sie versteht es, einem wahre Gaumenfreuden zu bescheren. Darüber hinaus ist sie eine wunderbare Freundin.

1

Mountvale Townhouse, Cavendish Square
London, April 1811

Rohan Carrington, der fünfte Baron Mountvale, starrte wütend das Porträt seines Bruders an. »Wenn du das wirklich getan hast, George«, stieß er hervor, »und wenn du nicht schon tot wärst – dann würde ich dich jetzt umbringen, darauf kannst du dich verlassen, du elender Schurke. Wie hast du nur so etwas tun können?«

Rohan konnte es immer noch nicht fassen. Ein Jahr war es jetzt her, seit George gestorben war. Konnte das denn tatsächlich sein? Nein, George wäre nie zu so etwas fähig gewesen. Er war doch stets so lernbegierig gewesen, ein richtiger Gelehrter, der für die Freuden und Genüsse der Liebe keinen Sinn hatte. Rohan erinnerte sich, wie ihr Vater ihn und George einmal zu Madame Trillah's Etablissement mitgenommen hatte. Beim Anblick einer besonders üppigen Rothaarigen war George ganz bleich im Gesicht geworden und so rasch er konnte nach Hause gelaufen.

Nach diesem Erlebnis hatte ihr Vater George in Ruhe gelassen. George gab sich ganz seinen Studien hin; vor allem Landkarten faszinierten ihn ungeheuer. Zumindest hatte Rohan das bisher immer angenommen.

»Nein«, sagte Rohan schließlich mit fester Stimme, die Augen immer noch auf das Bild des Bruders geheftet, das George im Alter von achtzehn Jahren zeigte. »Ich glaube einfach nicht, was in diesem verdammten Brief steht. Da steckt ohne Zweifel irgendein Kerl dahinter, der deinen Namen benützt, um zu Geld zu kommen. Hättest du es denn tatsächlich fertiggebracht, eine junge

Lady zu entehren? Du hast doch gewiß nicht einmal gewußt, was das Wort ›entehren‹ überhaupt bedeutet, nicht wahr?

Was will dieser Mann von mir, der behauptet, ihr Vater zu sein? Dumme Frage. Geld natürlich. Ach, George, ich könnte dich ... nein, den Kerl könnte ich erwürgen, der das unter deinem Namen getan hat.«

George blickte nur stumm von der Wand herunter.

Der letzte Carrington, der eine junge Lady entehrt hatte und dafür mit dem Kerker Bekanntschaft hatte machen müssen, war Rohans Urgroßvater, der sagenumwobene Luther Morran Carrington gewesen. Wie Rohans Großvater berichtete, soll der gute Luther darüber nur den Kopf geschüttelt und gemurmelt haben, daß er doch nur ein einziges Mal mit der kleinen Cora im Bett gewesen sei – aber dieses eine Mal habe nichts zu wünschen übrig gelassen. Nun, letzteres dürfte zugetroffen haben, denn Luther mußte – nach der Zahl der Sprößlinge zu schließen – noch mindestens vierzehn weitere Male das Bett mit ihr geteilt haben, wobei acht Kinder das Erwachsenenalter erreichten.

Rohan zog an dem Klingelzug hinter dem spiegelblanken Mahagonischreibtisch. Pulver, sein Sekretär, mußte wohl schon draußen gestanden haben, das Ohr an die Tür gepreßt, denn er war augenblicklich zur Stelle, kein bißchen außer Atem. Er sah blaß und ziemlich abgezehrt aus, was ihm aber ganz recht geschah, wie ihm sein Freund David Plummy des öfteren versicherte. »Es ist eine Schande, wie du dich für den wilden Baron abarbeitest«, pflegte David ihm vorzuhalten. »Dir geht es schlimmer als einem Hund bei ihm. Tag und Nacht sollst du für ihn zur Stelle sein. Und das Schlimmste ist, daß der Kerl noch mehr Frauen bekommt, als du und ich in unserem Leben auch nur grüßen können – und alle schätzen ihn um so mehr dafür, genauso wie sie seinen Vater und seine Mutter für ihren Lebenswandel verehren. Er ist ein Schürzenjäger, wie es nur wenige gibt. Und dir, Pulver, geschieht es ganz recht, daß du aussiehst, als würdest du aus dem letzten Loch pfeifen.«

Pulver schüttelte bei diesen Worten nur traurig den Kopf, doch die Wahrheit war, daß er seine Rolle überaus genoß. Daß er für den Baron Mountvale arbeitete, verlieh ihm durchaus ein gewisses Ansehen. Mehr als einmal war es vorgekommen, daß irgendeine Dame sich ihm genähert hatte, um ihn zu bestechen, weil sie in das Schlafzimmer des Barons eingelassen werden wollte.

Pulver sah sofort, daß der Baron ziemlich verärgert war. Er war nur allzu begierig, zu erfahren, was seinen Herrn derart aus der Fassung gebracht hatte. Immerhin kam es nicht jeden Tag vor, daß der Baron mit sich selbst sprach.

»Pulver, sorg dafür, daß Simington, mein Anwalt, möglichst rasch herkommt. Nein, warte.« Der Baron hielt inne und blickte zu dem Porträt seiner Mutter auf, das sich neben dem seines Bruders über dem Kaminsims befand. Es war entstanden, als sie fünfundzwanzig war – also fast genauso alt wie er, Rohan, heute. Sie war eine bezaubernde junge Frau gewesen, doch auch jetzt, mit fünfundvierzig, galt sie immer noch als eine Schönheit. In jungen Jahren war sie von einem geradezu unbezähmbaren Temperament gewesen, und seit er zurückdenken konnte, hatte man ihm immer wieder versichert, daß er genau wie seine Mutter sei – und natürlich auch wie sein stolzer Papa. Es hieß, er habe die Wildheit und Lebenslust seiner Eltern geerbt.

»Nein«, sagte er und zwang sich, seine Gedanken wieder dem Problem, das ihn bedrückte, zuzuwenden. »Ich werde mich selbst darum kümmern. Es ist einfach zu merkwürdig – ich glaube kein einziges Wort davon. Außerdem, wenn es kein uneheliches Kind gibt – wie kann man dann behaupten, daß er sie entehrt hätte? Und von einem Kind steht kein Wort in dem Brief. Wenn es eines gäbe, dann hätte er es doch gewiß erwähnt, meinst du nicht? Nein, ich muß mich selbst darum kümmern. Ich mache es ungern – aber es geht nicht anders. Ich werde drei Tage weg sein, nicht länger.«

»Aber Mylord«, stieß Pulver mit einer Stimme hervor, die nahezu verzweifelt klang, »es muß doch dabei irgend etwas für mich zu tun geben. Sie sind richtiggehend aufgewühlt. Ihre Krawatte sitzt ganz schief. Ihr Haar ist völlig zerzaust. Ihrem Kammerdiener würde das gar nicht gefallen. Kann es sein, daß Sie die Sache in der momentanen Aufregung nicht ganz klar sehen?«

Rohan fuchtelte ihm mit dem Brief vor dein Gesicht hin und her. »Ich sehe die Sache absolut klar, und ich weiß jetzt schon, daß ich dem Schurken, der das geschrieben hat, wahrscheinlich eine Kugel in den Kopf jagen werde. Der Mann ist ein verdammter Lügner – entweder er oder ein anderer, der ihm die Geschichte aufgetischt hat.«

»Aha«, gab Pulver von sich. Ohne Zweifel steckte eine Frau dahinter – wahrscheinlich eine ehemalige Geliebte, mit der er nichts mehr zu tun haben wollte. Ob sie wohl Geld von ihm wollte?

»Ich bin ein ganz guter Unterhändler«, sagte Pulver mit gekünstelter Bescheidenheit. »Ich werde mit so gut wie jedem Schuft in ganz London fertig. Wenn es sich um einen Schuft von außerhalb Londons handelt, dann werde ich ihn zertreten wie eine Laus.«

Rohan blickte seinen Sekretär geistesabwesend an. »Unterhändler?« sagte er schließlich. »Oh, du denkst wahrscheinlich an diese Melinda Corruthers. Die Kleine war wirklich keck, was? Aber du hast sie ja dann recht rasch überzeugt, daß sie auf dem falschen Dampfer ist – zumal ich sie wirklich noch nie im Leben gesehen hatte. Nun, aber diesmal geht es um etwas anderes. Ich kümmere mich selbst darum – das bin ich meinem Bruder einfach schuldig. Lehne alle Einladungen für nächste

Woche ab.« Er hielt einen Moment lang inne und blickte seinen Sekretär an. »Und iß endlich etwas, Mensch. Du wirst jeden Tag magerer, kommt mir vor. Die Leute glauben schon, ich bezahle dir so wenig, daß du dir nicht einmal etwas zu essen leisten kannst. Selbst meine Mutter denkt, daß ich dich schäbig behandle.«

Pulver stand nachdenklich da, während der Baron die Bibliothek verließ. Es hatte bestimmt mit einer Frau zu tun. Mit einer Frau und seinem Bruder. Das war allerdings wirklich höchst eigenartig. Aber welcher Bruder – das war die Frage. Keiner der beiden Brüder des Barons war so wie er. Nun, viel war es nicht, was Pulver wußte – aber dennoch würde sein Freund David Plummy ziemlich beeindruckt sein, wenn er davon erfuhr.

Rohan suchte sein Schlafzimmer auf und ging unruhig auf und ab, wobei er irgend etwas vor sich hin murmelte – über einen jüngeren Bruder, der in schlechte Gesellschaft geraten sein mußte, wobei diese falschen Freunde irgendwann seinen Namen benutzten, um ihm ihre eigenen Untaten anzuhängen. Sein Kammerdiener Tinker, der kein Wort verstand, auch wenn er sich noch so bemühte, packte die Reisetasche für ihn. Tinker fragte sich, warum Seine Lordschaft nicht besserer Laune war, da es bei seiner Reise doch gewiß um eine Frau ging; schließlich ging es bei fast all seinen Reisen um eine Frau – das war kein Geheimnis. Der Baron war geradezu berühmt dafür, daß er regelmäßig eines seiner Liebesnester aufsuchte. Aber in diesem Fall schien es um mehr zu gehen als Leidenschaft und Vergnügen. Was mochte das sein? Nun, Tinker war geduldig – er würde es schon noch herausfinden. Er fragte sich, ob Pulver etwa mehr wußte als er selbst.

Rohan dachte erst an Lily, als er bereits fünfzehn Meilen von London entfernt war. Er hatte doch glatt vergessen, ihr eine Nachricht zu schicken, um ihr mitzuteilen, daß er sie diesen Abend nicht besuchen konnte. Ach, es gab im Moment so vieles, das erledigt werden mußte. Nun, er würde bestimmt nicht länger als drei Tage fort sein.

Wer zum Kuckuck war dieser Joseph Hawlworth von Mulberry House in Moreton-in-Marsh, einer Stadt, die ganz in der Nähe von Oxford lag, wo George gelebt hatte und seinen einsamen Studien nachgegangen war?

Susannah wandte ihr Gesicht der Sonne zu. Es war ein wunderbares Gefühl. Zwei Tage hatte es ununterbrochen geregnet, so daß die Menschen in der Gegend bereits ziemlich mürrisch und gereizt wurden – doch nun schien die Sonne, als hätte Gott selbst sie für sie persönlich erstrahlen lassen. Sie glättete die fruchtbare schwarze Erde rund um den Rosenstock. Danach wandte sie sich der Schleifenblume zu, auf die sie besonders stolz war; sie war ein Geschenk ihres Cousins, der von einem der Gärtner aus den Chelsea Gardens von dieser Pflanze erfahren hatte, die erst wenige Jahre zuvor von Persien nach England gebracht worden war. Im vergangenen Herbst hatte John es dann geschafft, sich einen Ableger aus den Gärten zu besorgen, den er ihr zukommen ließ. Während sie ihre Fingerspitzen zärtlich über die immergrünen Blätter und die dicht gedrängten weißen Blüten gleiten ließ, fragte sie sich, ob sie wohl jemals einem Menschen begegnen würde, der ihre Liebe zu den Blumen teilte.

Sie riß etwas Unkraut aus der Erde und vergewisserte sich, daß die Erde schön locker und feucht war. Sie hoffte inständig, daß das freundliche Wetter anhalten möge, denn die Schleifenblume brauchte viel Sonne, um zu gedeihen.

Verwundert drehte sie sich um, als sie eine Kutsche an der Vorderseite des Hauses vorfahren hörte. Ihr Vater war angeblich in Scottsdale – zumindest hatte er ihr das gesagt –, doch sie war sich ziemlich sicher, daß er in Blaystock mit seinen Kumpanen zusammensaß und wahrscheinlich sein letztes Hemd verspielte. Ob es ein Händler war? Nein, unmöglich. Sie hatte peinlich genau darauf geachtet, daß alle Händler bezahlt wurden, bevor sie ihrem Vater erlaubte, Mulberry House zu verlassen, so daß er sich bitterlich darüber beklagte, was für ein böses Weib sie doch geworden sei.

Wer mochte sonst in einer Kutsche zu ihr kommen? Als sie zur Vorderseite des Hauses gelangte, sah sie einen prächtigen Grauschimmel, der soeben schnaubend zum Stillstand kam. Der Mann, der die Kutsche lenkte, sprach dem Pferd beruhigend zu, was das mächtige Tier zu einem gelegentlichen Schnauben veranlaßte. Als das Pferd schließlich ruhig dastand, blickte der Mann sich um, vermutlich nach einem Stallburschen.

»Einen Augenblick«, rief Susannah ihm zu, »ich hole Jamie. Er kümmert sich um Ihr Pferd.«

»Vielen Dank«, rief der Mann zurück.

Als sie mit Jamie zurückkam, der hinten in der Scheune ein kleines Nickerchen im Heu gemacht hatte, strich der Mann dem Pferd über die Nüstern, wobei er immer noch mit ihm sprach.

»O Mann«, stieß Jamie bewundernd hervor, »jetzt sieh sich mal einer diesen Prachtkerl an. Ich werd' ihn gut füttern, Sir, da machen Sie sich mal keine Sorgen. Wie heißt denn der Bursche?«

»Gulliver.«

»Seltsamer Name für ein Pferd – aber was soll's? Ich kümmere mich um ihn, Sir. Ganz grau bist du, und hast einen so wunderschönen weißen Stern auf der Stirn. Komm mit mir, du Prachtkerl.«

Rohan hörte fasziniert zu, wie der Stallbursche mit seinem Pferd zu sprechen begann, so als würde er es schon ewig kennen. Er blickte ihm nach, wie er Gulliver und die Kutsche hinter das Haus führte. Gulliver stolzierte neben ihm her, wobei er bei den Worten des Burschen hin und wieder sein mächtiges Haupt schüttelte –

genauso wie er es bei Rohan machte; nur schien es, daß das Tier diesem Kerl, der ihm doch völlig fremd war, mehr Begeisterung entgegenbrachte als ihm, Rohan, der immerhin für seinen Hafer aufzukommen hatte.

Susannah beobachtete, wie er seinem Pferd nachsah. Als Jamie und Gulliver hinter dem Haus verschwunden waren, stand sie immer noch da und betrachtete den Fremden, der mit einem eleganten Mantel bekleidet war. Er zog seinen Hut und strich sich mit der Hand durch das hellbraune Haar. Er war sehr jung – ungefähr fünfundzwanzig Jahre alt – und sah ziemlich gut aus. Ein wenig zu gut fast – und wahrscheinlich war er sich dessen auch sehr wohl bewußt. Sie blickte ihn ein wenig mißtrauisch an. Irgendwie wirkte das Gesicht vertraut auf sie, wenngleich sie zunächst nicht wußte, warum.

Sie brauchte jedoch nur ein paar Augenblicke. Sie holte tief Luft und wich einen Schritt zurück. »Sie sind Georges Bruder«, stieß sie hervor, »der ›wilde Baron‹. Du liebe Güte, ich wußte nicht, daß Sie ihm so ähnlich sehen.«

Sie war so blaß, daß er fürchtete, sie könnte jeden Moment in Ohnmacht fallen.

»Oh, da irren Sie sich aber. George hatte schwarzes Haar und dunkelbraune Augen. Wir sahen uns ganz und gar nicht ähnlich.«

»Ich weiß nicht, was Sie meinen«, erwiderte sie nachdenklich. »Wie können Sie so etwas sagen? George hatte genau so grüne Augen wie Sie – er sagte, er hätte sie von seinem Vater geerbt –, und sein Haar war nur ein wenig dunkler als das Ihre.«

Tja, seine kleine List hatte nichts genützt.

»Nun gut«, sagte Rohan schließlich. »Dann war es also tatsächlich George. Sie haben ihn wirklich gekannt.« Vielleicht bedeutete es auch, daß sie nicht an diesem Plan beteiligt war, ihm eine Menge Geld abzuknöpfen. Wenigstens wußte er eines ganz sicher: es war tatsächlich

George gewesen, so seltsam das Rohan auch immer noch vorkam. Er verbeugte sich nicht, wie er es vielleicht unter anderen Umständen getan hätte, sondern stand einfach da und betrachtete das ziemlich schäbige Haus, bei dem an einem der Schornsteine ein paar Ziegel fehlten, und den prachtvollen Garten, von dem es umgeben war. »Nachdem Sie mich gleich erkannt haben und außerdem George so genau beschreiben konnten, nehme ich an, daß Sie das Mädchen sind, das er angeblich entehrt haben soll?«

Sie sah ihn fassungslos an. Die dunklen Schmutzflecken auf ihren Wangen hoben sich deutlich von der Blässe ihres Gesichts ab. Sie brachte kein Wort heraus.

»Dann sind Sie wohl nicht dieses Mädchen. Na gut. Sie sind also nur ein Dienstmädchen – und nebenbei gesagt ziemlich schmutzig. Sie haben George wohl manchmal gesehen, wenn er kam? Sie arbeiten hier in diesem Haus? Für den Mistkerl, der mir diesen unverschämten Brief geschrieben hat? Wenn Sie tatsächlich hier arbeiten, dann ist an Ihrer Arbeit einiges auszusetzen – das Haus scheint nämlich in einem erbarmungswürdigen Zustand zu sein.«

Nach und nach fing sie sich wieder. »Da haben Sie schon recht, aber ich frage Sie, wie kann eine Dienstmagd dafür verantwortlich sein, wie das Haus von außen aussieht?« Das ließ ihn verstummen, und sie konnte sich ein Lächeln nicht verkneifen. Natürlich war ihr sehr wohl bewußt, daß jede Dienstmagd, die etwas auf sich hielt, mit Verachtung auf sie herabsehen würde; ihre Hände waren schmutzig – genauso wie das Baumwollkleid, das sie trug; selbst unter den Fingernägeln hatte sie schwarze Erde, und das Haar hing ihr wirr ins Gesicht.

Sie half ihm aus seiner Verlegenheit, indem sie sagte: »Wissen Sie, ich arbeite nicht bloß hier – nein, ich wohne auch in diesem Haus.«

»Dann sind Sie also keine Magd?«

»Nein, das bin ich nicht.« Dann schwieg sie wieder und sah zu, wie er ein Stück Papier aus seinem Mantel hervorholte. »Wenn Sie hier leben, dann können Sie mir vielleicht sagen, warum mir dieser Joseph Hawlworth einen derart unverschämten Brief geschrieben hat, in dem er behauptet, George hätte Sie entehrt? Sie sind es doch, oder, die angeblich entehrt wurde?«

2

Sie schwieg länger, als Rohans Kammerdiener für gewöhnlich brauchte, um ihm die Krawatte zu binden. Rohan war kein allzu geduldiger Mensch – doch es gelang ihm, sich zu beherrschen. Tausend Fragen brannten ihm auf der Zunge, doch er würde sich in Geduld üben. Er wollte unbedingt erst einmal sehen, wie sie reagierte. Schließlich streckte sie ihre schmutzigen Hände von sich und sagte: »Ich bin nicht entehrt. Ich bin es nie gewesen.«

»Haben Sie meinen Bruder George tatsächlich gekannt? Ich meine, Sie wissen, wie er aussah – aber waren Sie ihm wirklich nahe?«

»Ja, ich stand ihm nahe – aber er hat mich nicht entehrt. Darf ich den Brief lesen, den mein Vater Ihnen geschrieben hat?«

Er reichte ihn ihr. Sie mußte das Blatt Papier erst glätten. In seinem Zorn mußte der Mann den Brief wohl ordentlich zerknüllt haben. Nun, sie verstand diesen Zorn nur zu gut. Sie las: *»Geehrter Lord Mountvale, Ihr Bruder, George Carrington, hat meine Tochter entehrt. Als Oberhaupt der Familie Carrington ist es nun Ihre Pflich…«*

Sie holte tief Luft. Die Absicht ihres Vaters war nur allzu offensichtlich. Langsam und sorgfältig faltete sie den Brief und gab ihn ihm zurück. »Mein Vater hat einen schweren Fehler gemacht«, sagte sie schließlich und blickte ihn an. »George hat mich nicht entehrt.« Es war eine ziemlich peinliche Situation. Jetzt wußte sie, warum ihr Vater es so eilig hatte, Mulberry House zu verlassen. Er hatte diesen verwerflichen Brief an Georges Bruder geschrieben und sich dann aus dem Staub gemacht, damit sie die Sache für ihn erledigte. Ihr Vater hatte keine Ahnung, daß Georges Bruder weithin als zügelloser Mensch und Frauenheld bekannt war, wie George ihr oft erzählt hatte. Doch er hatte stets hinzugefügt, daß sein Bruder im Grunde ein feiner Mensch sei. Sie konnte jedoch nicht verstehen, warum George ihr dann versichert hatte, daß es besser sei, wenn sein Bruder fürs erste noch nichts von ihr wußte – zumindest so lange, bis George Gelegenheit hätte, die Dinge ins Lot zu bringen und seinem Bruder alles zu erklären. Er behauptete steif und fest, daß sein Bruder sie ohne mit der Wimper zu zucken vernichten würde, wenn er sie als Bedrohung für ihn, George, erachtete. Es war alles sehr verwirrend für sie gewesen.

Und jetzt stand sie Georges älterem Bruder gegenüber. Es war kein George mehr da, der ihr hätte helfen können. Nie hatte sie vorgehabt, den Baron zu treffen und mit ihm zu sprechen. Sie hätte nicht gewollt, daß er überhaupt von ihr wußte.

Rohan steckte den Brief wieder in die Manteltasche. »Ich kann Ihnen gar nicht sagen, wie überrascht ich war, als ich diesen unverschämten Brief erhielt. Dieser Hawlworth ist also Ihr Vater?«

»Ja, er ist mein Vater. Er ist nicht hier.«

»Und er ist der Herr dieses wunderbaren Hauses?« Er blickte zu dem ramponierten Schornstein hinauf.

»Ja, ihm gehört dieses Haus. Ich bin seine Tochter, aber George hat mich nicht entehrt – das habe ich Ihnen schon gesagt. Sie können es mir glauben. Sie können wirklich mit reinem Gewissen wieder nach Hause fahren. Ich will und brauche nichts von Ihnen. Es tut mir leid, daß mein Vater Ihnen das angetan hat. Ich versichere Ihnen, er kann sich auf etwas gefaßt machen, wenn er zurückkommt.«

Das hatte Rohan nun wirklich nicht erwartet. Er mochte es ganz und gar nicht, in unerwartete Situationen zu geraten. Und in diesem Fall war nichts so, wie er gedacht hatte. Was ihn immer noch am meisten erstaunte, war die Tatsache, daß George, der eifrige Gelehrte, der sich so intensiv mit Kartographie beschäftigt hatte und der neben seinen Studien kaum andere Interessen zu haben schien – daß dieser George sehr wohl einen Sinn für das schöne Geschlecht gehabt hatte. Zumindest schien sein Interesse an dieser reizenden jungen Lady groß genug gewesen zu sein, um mit ihr das Bett zu teilen. Und eine Lady war sie ganz gewiß – mochte sie im Moment auch noch so schmutzig wirken. Er sah es an ihrer Haltung, an ihrem Auftreten, an ihren klaren und unmißverständlichen Worten. »Aber warum sind Sie bloß so schmutzig?« wollte er wissen.

Sie hob den Kopf und lächelte – es war ein reizendes Lächeln, stellte er fest – eine Beobachtung, die er aber sofort wieder als völlig unwesentlich beiseitewischte. »Sehen Sie sich doch um«, antwortete sie. »Ich bin der Gärtner hier. Und ich verstehe etwas von meiner Arbeit. Die Blumen mögen mich. Soll ich Ihnen meine Lilien zeigen? Meine Rosen sind wahrscheinlich die schönsten in der ganzen Gegend.«

Sie kümmerte sich also um den Garten? Auch das verblüffte ihn einigermaßen, doch er ließ sich nicht von seinem eigentlichen Anliegen abbringen. »Wie meinen Sie das – George hätte Sie nicht entehrt?«

»Ganz genau so wie ich es sage. Sie können jetzt wieder abfahren, Sir. Ich hole Jamie, damit er Ihr Pferd und Ihre Kutsche zurückbringt.«

»Nein, warten Sie.« Er hielt sie am Ärmel zurück. »Hören Sie, Sie sind ganz anders, als ich erwartet hatte –

zumindest habe ich den Eindruck. Ich würde gerne mit Ihnen sprechen. Mein Bruder ist vor etwa einem Jahr gestorben. Wenn Sie ihn gekannt haben, dann würde ich mich freuen, wenn Sie mir ein wenig von ihm erzählen. Wie es scheint, hatte George Interessen, die ich nicht bei ihm vermutet hätte – ich meine Sie.«

»George hatte viele Interessen damals«, gab sie mit ruhiger Stimme zurück.

»Warum sind Sie denn nicht zu seiner Beerdigung gekommen? Warum ist er nicht zu mir gekommen und hat mir von Ihnen erzählt?«

»Er wollte den richtigen Augenblick abwarten, wie er mir mehrmals versicherte. Ich hatte aber nicht das Gefühl, daß ein solcher Augenblick irgendwann in Sicht war.« Sie zuckte mit den Achseln. »Und dann war es eben zu spät. Was die Beerdigung betrifft – da konnte ich nicht kommen.«

Die ganze Sache kam ihm doch reichlich mysteriös vor. George hatte also den richtigen Moment abwarten wollen, um es ihm zu sagen? Was genau hätte er denn gesagt? Daß er diese junge Frau heiraten wollte, deren Gesicht zwar im Moment voll Erde war, die aber dennoch ziemlich hübsch aussah und die außerdem als Gärtnerin arbeitete? »Können wir nicht ins Haus gehen? Mir ist heiß, und ich bin ziemlich durstig.«

»Wenn Ihnen heiß ist – warum ziehen Sie dann nicht einfach Ihren Mantel aus?«

Er blickte sie vorwurfsvoll an. Er war es nicht gewohnt, daß Frauen so mit ihm sprachen. Nun, es kam schon vor, daß man ihn hin und wieder ein wenig neckte – vor allem seine Mutter beherrschte diese Kunst außerordentlich gut –, aber das geschah doch stets in einem liebevollen Ton. Er schlüpfte aus dem Mantel. »Mir ist immer noch heiß; soll ich die Hosen auch noch ausziehen? Und mein Durst ist auch noch nicht vergangen.«

Seine ungehörigen Worte schienen sie nicht im geringsten aus der Fassung zu bringen. Sie wollte ihn ganz einfach nicht ins Haus bitten, wenngleich sie einsah, daß sie kaum eine andere Wahl hatte. Wegschicken konnte sie ihn nicht gut, ohne ihn vorher zu bewirten. Aber sie konnte es kaum erwarten, ihn wieder loszuwerden. Sie wollte keinerlei Risiko eingehen.

Sie lauschte einen Augenblick ins Haus hinein; nichts war zu hören. Schließlich zuckte sie mit den Achseln und sagte: »Na gut. Ich gebe Ihnen gern etwas zu trinken, vielleicht auch etwas Kuchen – aber dann müssen Sie gehen.«

»Und Sie wollen kein Geld von mir?«

»Nein. Kommen Sie«, sagte sie, die Hände zu Fäusten geballt. Natürlich hätte er genau das von ihr erwartet. An seiner Stelle hätte sie nicht anders gedacht. Es schauderte sie, wenn sie an den Brief ihres Vaters dachte. Sie wußte noch nicht, was sie zu ihm sagen würde, wenn er wieder nach Mulberry House zurückkehrte – aber freundliche Worte würden es bestimmt nicht sein.

Er folgte ihr in den dunklen Hausflur. Es war sehr kühl im Inneren, vor allem deshalb, weil die Vorhänge im Flur zugezogen waren, so daß kein Sonnenlicht hereindringen konnte. Sie führte ihn in einen kleinen Raum, der hell und freundlich war und nur wenige Möbelstücke enthielt – insbesondere ein Sofa, mit Brokat bezogen, und zwei Stühle, die ziemlich unbequem aussahen. Der Teppich war zwar sauber, wirkte aber ziemlich billig. Der Eichenholzfußboden war gut gewachst, und auch in den Ecken war kein Staub zu sehen.

Ein bißchen Geld konnte gewiß nicht schaden, um dieses Haus wieder auf Vordermann zu bringen. Er blickte sich nachdenklich um. Irgendwie irritierte es ihn, daß sie nicht einen einzigen Silberling von ihm wollte. Was, zum Teufel, ging hier vor?

Sie wies auf einen der Stühle und verließ das Zimmer, ohne ein Wort zu sagen.

Er blieb ungefähr zehn Minuten allein. Die meiste Zeit über saß er nur da und starrte das Sofa an. Schließlich kam sie mit einem Tablett zurück. »Ich habe hier Tee und Zitronenkuchen. Er ist erst einen Tag alt und immer noch recht frisch.«

»Sie sind also auch die Köchin des Hauses?«

»Für gewöhnlich macht es Mrs. Timmons, aber ihre Tochter hat gerade Zwillinge bekommen, und sie muß sich bis auf weiteres um die anderen Kinder kümmern.«

»Oh.« Er griff nach einem Stück Zitronenkuchen und nahm einen Bissen. Der Kuchen schmeckte sauer und ziemlich trocken.

»Mein Vater ist von meinen Kochkünsten nicht gerade begeistert. Er sagt, daß ich es schaffe, ein Stück Schweinslende in eine Schuhsohle zu verwandeln, so daß sich höchstens Lolah, unsere Ziege, dafür interessiert. Und was diesen Kuchen da betrifft, so muß ich sagen, ich weiß bis heute nicht, wieviel Zitronensaft ich dafür nehmen muß. Außerdem hatte ich nicht mehr viel Zucker im Haus – ich glaube, das schmeckt man auch.«

»Da kann ich Ihnen leider auch nicht weiterhelfen.«

»Nein, ich kann mir vorstellen, daß Sie noch nie in Ihrem Leben irgend etwas selbst gemacht haben.«

Diesen Seitenhieb konnte er nicht so einfach hinnehmen. »Wenn ich versuchen würde, Zitronenkuchen zu backen, dann würde ich es jedenfalls nicht vermasseln – ganz einfach, weil ich imstande bin, ein Kochrezept zu lesen und meinen Verstand zu gebrauchen. Dieser Kuchen ist so trocken, daß er einem in der Kehle steckenbleibt.«

»Wenn er Ihnen in der Kehle steckenbleibt, wie kommt es dann, daß Sie soviel reden?«

Er brummte etwas vor sich hin und trank einen Schluck Tee, wobei er erwartete, daß er wie lauwarmes Abwaschwasser schmecken würde. Dem war jedoch nicht so – es handelte sich um ganz vorzüglichen indischen Tee, wie er ihn besonders gerne trank. »Nun«, sagte er und lehnte sich in dem alten Stuhl zurück. »Erzählen Sie mir doch, wie Sie George kennengelernt haben und warum Sie meinen, er habe Sie gar nicht entehrt, obwohl Ihr Vater das Gegenteil behauptet.«

»Nein«, entgegnete sie. »Sie sind nur hier, weil mein Vater diese Behauptung aufgestellt hat. Ich verspreche Ihnen, Sie werden nicht mehr von ihm hören. Folglich gibt es nichts, was Sie wissen müßten. Sie können mit reinem Gewissen von hier wegfahren.« Sie erhob sich. »Guten Tag, Mylord. Kommen Sie gut nach London zurück.«

Mit einer ungeduldigen Geste seiner feingliedrigen Hand gab er zu verstehen, daß er sich nicht so einfach abwimmeln ließ. »Sie behaupten, Sie hätten meinen Bruder gut gekannt. Erzählen Sie mir, wie Sie ihn kennengelernt haben.«

Sie seufzte unwillig. »Ich wünschte wirklich, Sie würden mich jetzt verlassen und nach London zurückkehren.«

»Woher wissen Sie, daß ich nach London fahre?«

»Sie sind schließlich der ›wilde Baron‹, nicht wahr? Und Gentlemen Ihres Schlages sind doch für gewöhnlich in London zu Hause, oder etwa nicht?«

Man nannte ihn tatsächlich manchmal den ›wilden Baron‹, eine Bezeichnung, die ihn normalerweise eher amüsierte und die seine stolze Mama stets mit Zufriedenheit zur Kenntnis nahm – aber aus dem Mund dieser jungen Lady klang es eher wie eine Beleidigung. »Nun, so berüchtigt bin ich auch wieder nicht«, sagte er mit mürrischer Miene. »Und dem Menschen, der diesen idiotischen Beinamen erfunden hat, wünsche ich, daß ihn möglichst bald der Schlag treffen möge. Hat George Ihnen das erzählt?«

»Wenn er Sie den ›wilden Baron‹ nannte, dann tat er es immer voller Zuneigung. Er sagte, es liege Ihnen im

Blut. Er erzählte mir auch, daß Ihr anderer Bruder, Tibolt, als Pfarrer ein sehr ernster und gottesfürchtiger Mensch sei, dem alles Zügellose von Natur aus fremd zu sein scheine. George meinte auch, daß man Ihre Eltern gerade für ihr ausschweifendes Leben lieben und achten würde und daß ihre Eskapaden in den höchsten Tönen gepriesen würden. Und George erzählte mir, daß Ihr Vater sich jedesmal die Hände rieb, wenn er von einer Ihrer Taten hörte, und stets sagte, daß Sie ein richtiger Teufel seien und daß er mächtig stolz auf Sie sei.«

»Vergessen Sie meine Mutter nicht in Ihrer Lobeshymne.« Verdammt, das hatte er nicht sagen wollen. Er beugte sich vor, die Hände zwischen den Knien. »Hören Sie, ich hatte keine Ahnung, daß mein Vater solche Dinge über mich gesagt haben soll. Er ist vor zwei Jahren gestorben. Meine Mutter ist trotz allem sehr lebenslustig. Sie ist einfach sie selbst. Trotzdem muß ich sagen, daß es dummes Zeug ist, was man sich so erzählt und was auch Sie vorhin wiedergegeben haben. Es ist nur Klatsch, nichts weiter.«

»Ich lese gelegentlich die *London Times* und die *Gazette.* Sie kommen mit schöner Regelmäßigkeit in beiden Zeitungen vor. Sie scheinen ein sehr abwechslungsreiches Leben zu führen. Ich kann mir vorstellen, daß Sie sehr beschäftigt sind; immerhin habe ich gelesen, daß Sie schon mit den meisten Ladies in London irgendwann eine Affäre hatten, daß Sie den Prinzregenten zu einer wahnwitzigen Wette herausgefordert und diese auch gewonnen haben sollen und daß Sie die Badewanne einer Lady mit Champagner gefüllt hätten, wobei ich lieber nicht erwähne, was höchstwahrscheinlich danach folgte.«

»Es war ohnehin kein allzu teurer Champagner. Was die Damen betrifft, so wundere ich mich, daß Sie all den Unsinn glauben. Ich lasse mich nicht mit verheirateten Frauen ein – ganz egal, ob sie dazu bereit wären oder nicht. Nein, was Sie gelesen haben, das sind nichts als absurde Übertreibungen – zumindest der Großteil davon.«

Er hielt plötzlich inne, als ihm bewußt wurde, wie lächerlich das alles klang, was er da sagte. Warum, um alles in der Welt, bemühte er sich überhaupt, sie zu überzeugen, daß er kein Frauenheld war? Schließlich konnte er mit seinem Ruf ganz gut leben. Er würde über diese Frage noch einmal nachdenken müssen. Sie brachte ihn dazu, Dinge zu sagen, die ihm normalerweise nicht in den Sinn kamen. Sie hatte die Augenbraue gehoben und blickte ihn an, wie eine nachsichtige Oberin eine junge Klosterschwester anblicken würde.

»Das Ganze geht Sie eigentlich nichts an«, sagte er schließlich, stellte die Tasse auf den Tisch und erhob sich von seinem Stuhl. »Ihr Vater hat wörtlich geschrieben, daß George Sie entehrt hätte. Was meint er damit? Hat George Sie verführt? Ihnen die Unschuld geraubt? Oder was hat er Ihnen sonst angetan? Sie sind immerhin kein knackiges siebzehnjähriges Mädchen mehr.« Er fuchtelte gereizt mit der Hand hin und her. »Wenigstens sind Sie jetzt sauberer als vorhin. Trotzdem haben Sie immer noch Schmutz unter den Fingernägeln.«

»Ich weiß. Ich konnte meine Handschuhe nirgends finden. Außerdem dachte ich, Sie wollten wissen, wie ich George kennengelernt habe. Nun, es gibt ohnehin nichts darüber zu erzählen. Wir trafen uns einfach – das ist alles. George hat nichts getan, was ich nicht gewollt hätte. Mein Vater hat unrecht. Sie können wirklich beruhigt abfahren, Sir.«

»Wie alt sind Sie, Miss Hawlworth?« fragte er ziemlich brüsk.

»Ich bin fast einundzwanzig.«

»George war dreiundzwanzig, als er starb. Ich dachte, Sie seien viel älter – eine erfahrene Frau, die sich den grünen Jungen angelt.«

»George – ein grüner Junge? Ja, mag sein, daß er das war. Er war sehr schüchtern und ruhig, und er liebte es, Landkarten zu studieren.« Sie hielt einen Moment lang inne, den Blick auf den Zitronenkuchen gerichtet.

»Wissen Sie, George war kein eingebildeter Tugendbold oder so etwas, aber er war irgendwie ein Einzelgänger, der sich ausschließlich seinen Studien widmete, vor allem den Karten, und ich wußte zwar, daß er auch seine Erfahrungen mit Frauen gehabt hatte – aber man sah es ihm einfach nicht an.«

»Nein, George war nicht prüde. Und er hatte seine Erlebnisse gehabt – zumindest hat er mir das gesagt. Aber ich weiß natürlich nicht, ob es stimmte – wie sollte ich auch?«

»Natürlich. Aber, sagen Sie, wie alt waren Sie, als Sie George begegneten?«

»Das weiß ich nicht mehr so genau.«

»Sie weichen mir aus. Sagen Sie die Wahrheit, verdammt noch mal.«

»Da gibt es nicht viel zu sagen. Außerdem ist das alles doch nicht mehr wichtig«, fügte sie achselzuckend hinzu.

Er war wütend, wollte ihr aber nicht zeigen, wie wütend er tatsächlich war. Sie dachte anscheinend, daß er es sich zur Lebensaufgabe gemacht hatte, mehr Frauen ins Bett zu bekommen als jeder andere Mann in England und daß das bei den Carringtons ohnehin in der Familie lag. Wahrscheinlich meinte sie, daß ihm die Zügellosigkeit schon in die Wiege gelegt worden war. Verdammt, das war es ja tatsächlich, was alle Welt dachte – doch in diesem Augenblick war ihm diese Tatsache unerträglich. Am liebsten hätte er dieses lächerlich aussehende Sofa gepackt und aus dem Fenster geschleudert – aber das Fenster wäre ohnehin zu klein dafür gewesen. Er holte erst einmal tief Luft. »Ich möchte mehr über George erfahren. Erzählen Sie mir doch von ihm.«

»Er war hübscher, als gut für ihn war – genau wie Sie«, erwiderte sie mit nüchterner Stimme, so daß es ganz und gar nicht wie ein Kompliment klang. »Er war klug, aber manchmal kam er mir ziemlich verloren vor, so als wollte er etwas sein, was er ganz einfach nicht war. Ich hatte des öfteren den Eindruck, daß er nicht wußte, was er tun sollte. Das mag seltsam klingen – doch so ist er mir oft vorgekommen. Aber auf seine Art war er treu.«

Das war genau der George, den er kannte. Der ruhige, wißbegierige George. »Was meinen Sie damit – er sei auf seine Art treu gewesen?«

»Die Menschen, die er ins Herz geschlossen hatte oder denen er sich verpflichtet fühlte, ließ er nicht im Stich.«

»Nein, natürlich nicht. Könnten Sie sich vielleicht etwas deutlicher ausdrücken?«

»Nein. Aber ich kann Ihnen zum Beispiel noch mitteilen, daß er zuviel trank. Das hat mir große Sorgen bereitet.«

»Ich habe George nie mit auch nur einem Drink gesehen. Ich kann alles bestätigen, was Sie über ihn sagen – außer das mit dem Trinken. Sind Sie sicher, daß es wirklich George war und nicht jemand, der bloß seinen Namen benutzte – jemand, der ihm vielleicht ein wenig ähnlich sah?«

Sie erhob sich rasch. »Einen Moment. Ich glaube, ich weiß nicht genau, was Sie damit sagen wollen.«

Sie verließ den Raum. Er hörte ihre federnden Schritte auf der Treppe. Als sie wenige Augenblicke später zurückkehrte, hatte sie einen Skizzenblock in der Hand. Sie blätterte in den Seiten und reichte ihm dann den Block. Sie war eine hervorragende Zeichnerin. Und das Gesicht, das er vor sich sah, stellte ohne Zweifel seinen Bruder dar. Sein Gesicht hatte einen schüchternen, aber auch sehnsuchtsvollen Ausdruck. Diese Sehnsucht hatte er nie in den Augen seines Bruders gesehen. Er gab ihr den

Block zurück, ehe ihm bewußt wurde, daß er gerne auch die anderen Zeichnungen gesehen hätte.

»Das ist George«, sagte er.

»Natürlich ist er es.«

»Wissen Sie, wie er starb?«

»Ich weiß, daß er ertrunken ist. In der *Gazette* stand nichts Genaueres. Ich wußte nicht, wie ich mehr hätte herausfinden können.«

»Das wäre ganz leicht gewesen. Sie hätten mir nur schreiben müssen, aber Sie haben es nicht getan. Nun, er und ein paar Freunde waren mit kleinen Segelbooten unterwegs, um eine Wettfahrt von Ventnor nach Lucy Point zu unternehmen. Sie wußten nicht, daß ein mächtiger Sturm heraufziehen würde. Georges Boot wurde bei Lucy Point gegen die Klippen geschleudert. Das Boot zerschellte. Der junge Mann, der mit George im Boot war, hat überlebt. George ertrank – er wurde nie gefunden. Wäre er betrunken gewesen, dann hätte ich ihn eigenhändig umgebracht, wenn er nicht ertrunken wäre. Aber er war bestimmt nicht betrunken. George hat nie etwas getrunken, das habe ich Ihnen schon gesagt.«

»Ja, das haben Sie«, sagte sie und schwieg. Sie war mit einem Mal sehr bleich im Gesicht, was möglicherweise auf die Erinnerung an Georges Tod zurückzuführen war. Er war ebenfalls still und schlürfte seinen Tee. Nachdem sie ein Stück Kuchen verzehrt hatte, sagte sie: »Sie haben recht, er schmeckt wirklich ziemlich sauer. Ich muß noch daran arbeiten, schätze ich.«

»Bitten Sie Mrs. Timmons, daß sie Ihnen helfen soll.«

»Ja, das werde ich vielleicht machen. Nun werden Sie wohl aufbrechen, Sir, nicht wahr?«

Er zuckte mit den Achseln. Warum auch nicht? Er hatte hier wirklich nichts mehr verloren. Nun, immerhin hatte er vielleicht ein kleines Detail über George erfahren, das ihm unbekannt gewesen war. Aber George war tot – es spielte also keine große Rolle mehr. Die junge

Frau war nicht bereit, ihm mehr über ihn zu erzählen – und zwingen konnte er sie ja wohl auch nicht. Aber da war noch der Vater – er hätte zu gern gehört, was der verdammte Kerl zu sagen hatte. »Wo ist Ihr Vater jetzt?«

Ihre Haltung wurde mit einem Mal ziemlich steif »Er ist nicht hier.«

»Das sehe ich auch. Wo kann ich ihn finden? Er versteckt sich vor mir, nicht wahr? Er hat es Ihnen überlassen, mir gegenüberzutreten.«

Er war der Wahrheit so nahe, daß es ihr einen kurzen Ruck gab. Wie hatte er das nur wissen können? »Ich werde es Ihnen nicht sagen«, brachte sie schließlich hervor. »Sie könnten ihn zu einem Duell herausfordern. Sie könnten ihm ein paar Zähne ausschlagen. Und er kann es sich nicht leisten, noch mehr Zähne zu verlieren.«

»Ich werde ihm seine verdammten Zähne nicht ausschlagen, obwohl er es durchaus verdient. Wo ist er?«

Susannah schüttelte den Kopf. Ihre Lippen waren zu einem dünnen Strich zusammengepreßt. Georges Tod hatte sie bestimmt getroffen – daran zweifelte er nicht. Er sah einen Schmutzfleck an ihrem Haaransatz, den sie beim Waschen übersehen hatte; er hob sich nicht sehr von ihrem dunkelbraunen Haar ab. Es war ein warmes, volles Dunkelbraun. Doch ihre Augen waren kalt und abweisend, von einer hellen graublauen Farbe. Sie hatten etwas durchaus Geheimnisvolles an sich, glichen jenem Saphir, den er vor drei Jahren gekauft hatte. Seine Mutter hatte ihn ausgesucht, und zwar als Geschenk für eine seiner Mätressen; sie wußte nicht, daß er den Stein behalten hatte.

Rohan verzichtete auf weitere Fragen. Er nahm seinen Mantel und ging zur Haustür hinaus. Sie ging dicht hinter ihm her. Wollte sie sich etwa vergewissern, daß er tatsächlich abfuhr? Oder hatte sie Angst, daß er dieses lächerliche Sofa in dem Empfangszimmer stehlen könnte? Dachte sie vielleicht, er könnte sich im Stall verstecken?

Die Kutsche stand direkt vor dem Haus, aber Gulliver war nirgends zu sehen. Als er um das Haus herum ging, sah er Jamie, wie er das Pferd striegelte, wobei er aus voller Kehle sang:

»Es war mal ein Kerl von Lyme,
der hatte drei Frauen daheim.
›Warum drei denn gerade?‹
Drauf er: ›Eine wär' fade,
und Bigamie darf nun mal nicht sein.‹«

Rohan hielt sich den Bauch vor Lachen. Der Stallbursche hatte den Limerick in einem schönen vollen Bariton gesungen, der durchaus geeignet gewesen wäre, ein größeres Publikum zu unterhalten.

»Jamie«, sagte Susannah, die zum Baron aufschloß, »ist ein Meister des Limericks. Das macht ihm so schnell keiner nach.«

»Ja, das kann ich mir vorstellen.« Er sah zu, wie Jamie Gulliver vor das Haus führte, der damit nicht recht einverstanden schien. Sein eigenes Pferd wollte nicht mit ihm kommen?

»Jetzt aber los, du treuloser Kerl«, rief Rohan ihm zu. »Na gut, wenn du unbedingt willst, dann lerne ich eben auch ein paar Limericks, die ich dir gelegentlich vorsinge.«

Gulliver wieherte und scharrte mit dem Vorderhuf in der Erde. Er spitzte die Ohren zunächst zu Jamie, dann in Rohans Richtung.

Susannah ging dicht hinter ihm her. Er nahm die Zügel von Jamie entgegen und führte Gulliver zur Kutsche.

Sie sah zu, wie er das Pferd mit raschen Handgriffen vor den Wagen spannte. Er blickte einmal kurz zu ihr auf und sah den besorgten Ausdruck auf ihrem Gesicht. Sie sah immer wieder zu einem der oberen Fenster hinauf.

»Haben Sie mich etwa belogen? Versteckt sich Ihr Vater da oben?« fragte er.

»Bestimmt nicht. Sind Sie immer noch nicht fertig? Sie sollten Jamie das machen lassen – er kann das schneller.«

»Ich kann Gulliver sehr gut allein vor die Kutsche spannen«, erwiderte er mit eisiger Stimme. Hielt sie ihn denn für einen völligen Taugenichts? Einen nutzlosen Idioten? Nun, so sahen ihn wahrscheinlich die meisten Menschen – und liebten ihn dafür nur noch mehr. Was für eine verrückte Welt.

»Da, jetzt haben Sie schon wieder hinaufgeblickt. Wer oder was ist denn da oben? Ein verrückter Onkel vielleicht? Sie verheimlichen mir doch irgend etwas.«

In diesem Moment hörte er ein Kind weinen.

3

»Das«, sagte Rohan nachdenklich, wobei er nicht zu dem Fenster blickte, sondern in ihr versteinertes Gesicht, »war ganz bestimmt nicht Ihr Vater.«

Das Kind begann von neuem loszuheulen – diesmal noch lauter als zuvor.

Sie drehte sich um und lief ins Haus.

»Jamie!« rief Rohan dem Stallburschen zu.

Er übergab ihm Gullivers Zügel. »Sing ihm bitte noch einen Limerick vor«, sagte er, während er schon auf das Haus zuging. »Und schreib ihn mir auf, damit ich ihm später selbst etwas vorsingen kann.«

Er sah gerade noch den Saum ihres Kleides am oberen Ende der Treppe verschwinden. Plötzlich blieb er wie angewurzelt stehen.

Ein Kind?

Was sollte er tun? Er wandte sich rasch zur offenen

Haustür um. Am besten wäre es, einfach zu verschwinden. Das war es. Umkehren und nach Hause fahren. Mit diesem Kind hatte er nicht das geringste zu tun. Es war bestimmt ihr kleiner Bruder oder ihre Schwester. Nein, dieses Kind ging ihn bestimmt nichts an.

Er hörte Jamie mit wohlklingender Stimme singen:

»Es war mal ein Greis aus St. Nyssen,
der setzte sich anstatt auf ein Kissen
auf sein falsches Gebiß
und rief aus: ›So ein Mist!
Jetzt hab' ich mich in den Hintern gebissen!‹«

Er hörte Gulliver beifällig wiehern. Dieses treulose Pferd!

Rohan drehte sich langsam auf der untersten Stufe um und blickte nach oben. Es war kein Weinen mehr zu hören. Alles war still. Er wollte es nicht tun – immerhin ging es ihn rein gar nichts an –, und dennoch ging er nach oben, die enge steile Treppe hinauf. Er wandte sich nach rechts und schritt den engen Gang entlang, an zwei geschlossenen Türen vorbei, ehe er vor der dritten Tür stehenblieb, die einen Spaltbreit geöffnet war. Obwohl er überzeugt war, daß er sich lieber nicht in ihre Angelegenheiten einmischen sollte, drückte er die Tür schließlich ein Stück weiter auf.

Sie saß in einem Schaukelstuhl und wippte langsam vor und zurück, ein kleines Mädchen in den Armen. Sie sang dem Kind ein leises Lied und strich ihm dabei beruhigend über den Rücken, während sie ihm mit einem Finger der anderen Hand sanft die Wange streichelte. Die Kleine schluchzte noch gelegentlich auf, ehe sie sich nach und nach beruhigte. Susannah sprach ihr tröstend zu, wobei sie langsam im Stuhl vor und zurück schaukelte. »Ist ja gut, mein Liebling, alles ist gut. Du hast nur geträumt. Es ist alles gut.«

Er mußte irgendein Geräusch verursacht haben. Er

war sich dessen nicht bewußt, aber aus irgendeinem Grund wurde sie plötzlich auf ihn aufmerksam. Sie starrte ihn an, das Gesicht kreidebleich. Das Kind spürte ihre Anspannung und strebte von ihr weg.

»Ist ja gut«, flüsterte sie erneut und drückte die Kleine an sich. »Ist schon gut, mein Liebling. Bleib bei deiner Mama. Es ist alles in Ordnung.«

Mama? War sie etwa die Mutter der Kleinen. Nein, unmöglich. Bestimmt war das Kind ihre kleine Schwester. Mama? Hatte sie denn nicht steif und fest behauptet, George habe sie nicht entehrt?

Er drehte sich um, ging zurück und stieg langsam wieder die Treppe hinunter. Er wollte das Haus verlassen, in seine Kutsche steigen und Gulliver lospreschen lassen, damit er so rasch wie möglich von hier wegkam.

Statt dessen trat er in das Empfangszimmer ein, in dem er zuvor Tee mit ihr getrunken hatte. Er schenkte sich noch eine Tasse ein und warf einen Blick auf den Zitronenkuchen, ohne sich jedoch ein Stück zu nehmen.

Ziemlich lange saß er da und trank seinen Tee.

Irgendwann tauchte sie in der Tür auf, ohne ein Wort zu sagen, und blickte ihn mit ausdruckslosem Gesicht an.

»Sie haben zu dem Kind gesagt, Sie seien seine Mama. Ist das wahr?«

»Nein, ich habe es gesagt, weil es sie beruhigt.«

Er stand langsam auf. »Wie alt ist die Kleine?«

Er sah ihrem Gesicht an, daß sie vorhatte, nicht die Wahrheit zu sagen, und fügte deshalb rasch hinzu: »Ich habe sie gesehen. Ich bin kein Vollidiot. Glauben Sie ja nicht, Sie könnten mich für dumm verkaufen.«

»Also gut. Sie ist drei Jahre und fünf Monate alt.«

»Dann kann sie nicht Georges Kind sein. Sie kann auch nicht Ihr Kind sein. Sie haben mir gesagt, Sie sind einundzwanzig. Wenn sie drei Jahre alt ist, dann müssen Sie achtzehn gewesen sein, als Sie sie zur Welt brachten, und siebzehn, als Sie schwanger wurden. George wäre damals gerade neunzehn gewesen. Nein, es kann nicht Georges Kind sein. Er hätte es mir gesagt, um Himmels willen. Es ist ja nicht so, daß Sie schwanger wurden und er kurz darauf starb. Nein, die Kleine ist ja kein Baby mehr, sondern ein kleines Mädchen. Sie ist nicht sein Kind, oder?«

»Nein«, antwortete sie. »Natürlich nicht. Sie ist meine kleine Schwester.«

»Schön.« Er verließ den Raum.

Sie eilte hinter ihm her. »Wo wollen Sie denn hin?« fragte sie.

Er ging wieder die Treppe hoch, den engen Gang entlang und öffnete leise jede einzelne Tür.

»Hören Sie auf damit. Bitte gehen Sie endlich.«

Er wandte sich zu ihr um. Sie war völlig außer Atem.

»Wo ist das Kind?«

»Warum gehen Sie nicht endlich? Sie wollen doch selbst schon die längste Zeit abfahren.«

»Das stimmt – aber ich kann nicht.« Er wußte, er konnte sehr wohl aufbrechen, wenn er sich wirklich dazu gezwungen hätte. Er konnte sehr wohl die Treppe hinuntersteigen – zu Gulliver und dem singenden Stallburschen. Georges Kind. Sein uneheliches Kind. Er konnte es einfach nicht glauben. Er wollte es nicht glauben.

Deshalb ging er weiter.

Sie ließ die Schultern sinken. »Also gut, diese Tür.«

Die Kleine schlief auf einem schmalen Bett. Sie lag auf dem Bauch, wobei sie mit einem Arm eine Puppe festhielt, die nur noch wenige Haare auf dem Kopf hatte. Sie war in eine dünne Decke gehüllt.

Das Gesicht des Mädchens war zur Wand gekehrt, so daß lediglich ihr blondes Haar zu sehen war.

»Wie heißt sie denn?«

»Marianne.«

Er spürte, wie sein Herz heftiger zu pochen begann. Er dachte an Marianne, die kleine Tochter von Junker Bethony, die kaum fünf Jahre alt gewesen war, als sie starb. Das arme Ding. Die Kleine war Georges bester Freund gewesen. Nach ihrem Tod sprach er acht Monate lang kaum ein Wort.

»Hat sie einen zweiten Namen?«

»Ja. Lindsay. Sie heißt Marianne Lindsay. Es ist der Name meiner Mutter.«

Es war wie ein Stich mitten ins Herz. Langsam wandte er sich ihr zu. »Sie wissen, welche Bewandtnis es mit dem Namen ›Marianne‹ hat, nicht wahr?«

»Ja, ich weiß es.«

Die Kleine rührte sich im Schlaf und begann an zwei Fingern zu saugen.

»Behaupten Sie immer noch, daß das Kind Ihre Schwester ist?«

»Ich schätze, das hätte nicht mehr viel Sinn.«

»Da haben Sie recht. Bitte wecken Sie sie. Ich möchte Georges Kind sehen – meine Nichte.«

Sie beugte sich über die Kleine und berührte sie sanft am Rücken. Das Kind begann schneller an den Fingern zu saugen. »Wach auf, Marianne. Komm schon, Liebling, wach auf. Da ist ein Gentleman, der dich sehen möchte. Komm, mein Schatz.« Sie hob die Kleine auf, mitsamt der Decke, und küßte ihr kleines Ohr. Das Kind öffnete langsam die Augen. Rohan blickte in diese Augen, die so sehr seinen eigenen glichen – und denen seines Bruders. Hellgrün waren sie – so wie bei fast allen männlichen Carringtons in den letzten drei Generationen.

Er schluckte erst einmal. Langsam streckte er die Hand aus und berührte mit den Fingerspitzen das Gesicht des Mädchens, das sogleich zurückwich.

»Ist schon gut, Liebling.«

»Ja«, sagte er mit sanfter Stimme. »Ich bin dein Onkel.«

Die Kleine nahm die Finger aus dem Mund. Sie betrachtete ihn neugierig mit ihren schönen smaragdgrünen Augen. »Was ist ein Onkel?«

»Ich bin der Bruder deines Papas.«

Mit ihrer kleinen Hand berührte sie das Grübchen in seinem Kinn. »Du hast ein Loch in deinem Kinn – genau wie Papa.«

»Ja«, sagte er und schluckte.

»Ich habe keines. Mama hat gesagt, daß Gott es nicht jedem gibt.«

»Das stimmt. Aber Gott hat es den meisten Knaben in der Familie Carrington gegeben.«

»Mama hat mir gesagt, daß Papa manchmal geschrien hat, wenn er sich rasierte, weil er sich immer bei diesem Loch geschnitten hat.«

»Ja, das ist nicht so leicht.« Rohan konnte sich nicht erinnern, George jemals beim Rasieren gesehen zu haben. Er hatte nicht viel zu rasieren gehabt. Aber er hatte ganz offensichtlich in diesem Haus gelebt, hatte hier gebadet und sich rasiert.

»Es wäre schön, wenn Gott mir auch eines gibt. Hast du gewußt, daß Papa in den Himmel gekommen ist?« Sie sagte es ganz nüchtern, so als wäre es das Selbstverständlichste auf der Welt. Dann steckte sie wieder die Finger in den Mund und begann heftig daran zu saugen.

»Ich habe kein Bild von George – außer der Kohlezeichnung, die ich vor zwei Jahren von ihm gemacht habe. Marianne wird bald vergessen haben, wie er aussah.«

»Nein, das glaube ich nicht. Die Zeichnung ist hervorragend. Sie wird ihn nicht vergessen.«

Sie zuckte mit den Achseln. »Ich fürchte, die Zeichnung ist nicht gut genug. Irgendwann wird sie sein Gesicht vergessen haben.«

»Nein, wird sie nicht.« Er wußte selbst nicht, wie er dazu kam, dies zu behaupten.

Sie wiegte das Kind sanft im Arm und sagte ganz ruhig und gelassen: »Es gibt hier nichts mehr für Sie zu tun, Mylord. Es stimmt, sie ist Georges Tochter – Sie hatten recht. Die Kleine sieht ihm auch sehr ähnlich, aber das hat keinerlei Folgen für Sie. Immerhin ist sie kein Junge. Für Sie kann sie doch in keiner Weise wichtig sein.«

»Wann genau wird sie vier Jahre alt?«

»Im November, am vierten November.«

»Sie haben mir nicht gesagt, warum Sie nicht zu Georges Beerdigung kamen – nur, daß Sie nicht konnten. Das ist doch Unsinn. Sie hätten sehr wohl kommen können. Es hätte doch niemand gewußt, wer Sie sind.«

Er wollte also die Wahrheit hören. »Ich hatte nicht genug Geld für die Fahrt. Sie brauchen nicht so hochmütig zu grinsen. Ich werde Sie nicht um Geld anbetteln, und auch auf Ihr Mitleid kann ich verzichten. Wir kommen sehr gut zurecht. Es ist nur, daß mein Vater hin und wieder Unsinn macht und sein Geld verspielt. Übrigens macht er das wahrscheinlich auch in diesem Moment. Und zu jenem Zeitpunkt war eben gerade nicht genug Geld im Haus. Zum Glück war der Pfarrer so nett und ist zu uns gekommen, damit wir für George beten konnten.« Sie senkte den Kopf und stand stumm da, das Mädchen im Arm.

Er streckte die Hand aus, um ihr Kinn sanft anzuheben. Die Tränen liefen ihr über die Wangen.

»Zumindest hat George zwei Jahre mit seiner Tochter verbringen können.«

»Ja.«

»George hat seine Tochter doch gekannt, oder?«

»Natürlich, aber er konnte nicht sehr oft hiersein. Er hat sich mit so viel Eifer seinen Studien in Oxford gewidmet.«

Aber hätte George seine Karten und Geschichtsbücher nicht genausogut hier studieren können? Offensichtlich nicht. Warum hatte George ihm nichts von ihr und seiner Tochter gesagt? Es ergab einfach keinen Sinn.

Und dann, mit einem Mal, wurde ihm alles klar.

»Wie ist denn ihr Familienname?« fragte er, den Blick auf das Kind gerichtet.

Sie schien innerlich zu erstarren. Die Kleine in ihrem Arm fing an zu zappeln – sie fühlte die Unruhe ihrer Mutter.

Er sah zu, wie sie das Kind beruhigte, wobei sie es sich über die Schulter legte und leicht auf den Rücken tätschelte. Die Kleine schluchzte zwei-, dreimal und seufzte dann tief. Er konnte sich ein Lächeln nicht verkneifen.

Schließlich legte sie die Kleine wieder ins Bett, deckte sie zu, wartete noch ein paar Minuten, um sich zu vergewissern, daß sie auch wirklich schlief, und bedeutete ihm dann, das Zimmer zu verlassen.

Sie ging mit ihm hinaus, und als sie die Treppe erreicht hatten, fragte er sie noch einmal: »Wie ist ihr Familienname?«

»Ihr Familienname ist Carrington«, antwortete sie und ging vor ihm die Treppe hinunter.

Unten angekommen, drehte sie sich zu ihm um. »George und ich wurden im Oktober 1806 in Oxford getraut. Mein Vater gab mir seine Einwilligung, weil ich damals erst siebzehn war.«

»Aber George hätte ohne meine Einwilligung unmöglich heiraten können. Ich meine, ich mache Ihnen keinen Vorwurf, daß Sie auf dieser Lüge beharren – immerhin müssen Sie mit den Leuten hier in der Gegend irgendwie zurechtkommen. Das kleine Mädchen ist Georges uneheliches Kind – aber ich werde dafür sorgen, daß sie nicht darunter zu leiden hat. Ich werde alles tun, damit …«

Sie standen einander in dem dunklen Hausflur gegenüber. Sie holte aus und gab ihm eine schallende Ohrfeige.

»Wie können Sie es wagen?« stieß sie hervor. »Nein, es macht mir nichts aus, daß Sie mich beleidigt haben – aber daß Sie Ihren eigenen Bruder für so ehrlos halten!« Sie erhob neuerlich ihre Hand gegen ihn. Diesmal konnte er sie jedoch rechtzeitig am Handgelenk packen. In seinem Kopf drehte sich immer noch alles von der Ohrfeige, die sie ihm gegeben hatte.

»Sie sind stark«, sagte er schließlich, ohne jedoch ihr Handgelenk loszulassen.

Sie versuchte sich von ihm loszureißen, was ihr aber nicht gelang. »George hat mir immer wieder versichert, daß es nicht sinnvoll wäre, es Ihnen zu sagen. Er meinte, Sie würden ihn nach Australien schicken und mir Marianne wegnehmen. Außerdem würden Sie mich in den Kolonien als Sklavin verkaufen.«

Rohan blickte sie entgeistert an. Das sollte George gesagt haben? Nein, das konnte nicht sein, es war einfach unmöglich.

»Dann lachte er aber und behauptete, daß Sie der beste Bruder seien, den man sich vorstellen kann – trotz Ihres Lebenswandels. Ich wußte nie so recht, was ich davon halten sollte. Ich sage Ihnen, Mylord, Sie wissen rein gar nichts. Aber nachdem Sie mir nicht glauben, werde ich Ihnen die Dokumente zeigen. Es ist mir nicht wichtig, was Sie über mich oder Marianne denken – aber ich will nicht, daß Sie eine falsche Meinung von Ihrem Bruder haben. Und dann würde ich es begrüßen, wenn Sie abfahren. Sie hatten nie irgendeinen Anteil an unserem Leben. Mir war schon bald klar, daß George niemals gewollt hätte, daß Sie an unserem Leben Anteil nehmen. Und ich will es genausowenig.«

Er war in höchstem Maße verblüfft. Das alles ergab ganz einfach keinen Sinn.

Er hatte eine Nichte namens Marianne, und er kannte nicht einmal den Namen der Mutter.

Als sie in den Flur zurückkam, wo er auf sie wartete, übergab sie ihm einen Umschlag. Darin befand sich eine Urkunde, die durchaus echt aussah. Das war also der Trauschein. Er erkannte die Unterschrift seines Bruders. Er las auch die Unterschrift des Pfarrers. Bligh McNally. Er brauchte nicht weiterzulesen.

Langsam gab er ihr das Dokument zurück.

»Ihr Vater hat mir den Brief geschrieben, weil er Geld wollte. Offensichtlich herrscht hier in Mulberry House kein großer Reichtum. Aber Sie haben mich nicht um Geld gebeten; entweder wollen Sie wirklich keines, oder Sie verfolgen einen besonders listigen Plan, um sich zu bereichern.«

»Ich will Ihr Geld nicht. Darum ist es mir nie gegangen. George meinte, er würde eine bestimmte Summe von Ihrem Vater erben, wenn er fünfundzwanzig wäre. Leider kam es nicht mehr dazu.«

Er blickte einen Moment lang nachdenklich in die Ferne, dann lächelte er plötzlich. Endlich hatte er eine Idee, wie er vorgehen konnte. »Ach, hat er Ihnen denn gar nichts davon erzählt, daß er … nein, wie sollte er auch – Tante Mariam starb nämlich kurze Zeit nach George. Er wußte nicht, daß sie ihm Geld hinterlassen hatte – etwa zwanzigtausend Pfund. Dieses Geld bekam dann ich, da George ja nicht mehr lebte.« Er holte tief Luft – es war ihm sehr wohl bewußt, daß sein Plan nicht ungefährlich war. »Da George eine Tochter hat, sollte sie das Geld bekommen.«

Geld, dachte sie, während sie den Baron verblüfft anstarrte. George hatte ihr doch tatsächlich Geld hinterlassen – wenn auch ohne es zu wissen. Nein, eigentlich bot der Baron ihr das Geld an, obwohl er nicht dazu verpflichtet war. Nicht einen Shilling oder zwei – nein, eine gewaltige Summe: zwanzigtausend Pfund. Sie konnte sich nicht erinnern, jemals mehr als zwanzig Pfund auf einmal gesehen zu haben.

Es war mehr als genug, um bequem davon leben zu können und sich nie mehr um Geld sorgen zu müssen. Oh, sie wußte nur zu gut, wie es ist, mit bescheidensten Mitteln auskommen zu müssen. Zwanzigtausend Pfund – das hieße, die Zeiten der Not wären endgültig vorüber. Sie und Marianne würden ruhig und unbeschwert leben können. Und natürlich Toby. Endlich würde sie mit den beiden ein gutes Leben führen können.

Sie blickte ihm offen in die Augen. »Das würde Marianne und mir ein sorgloses Leben bescheren. Würden Sie uns tatsächlich Georges Erbe übergeben?«

»Da gibt es nur ein Problem«, sagte er bedächtig, wobei er sich selbst fragte, wie er nur auf eine solche Idee kommen konnte. Er würde sich immer tiefer in seinem Plan verstricken. Dann sah er das Gesicht des kleinen Mädchens vor sich, und es gab ihm einen Stich ins Herz. Georges Kind. Er konnte sie nicht hierlassen. Auf keinen Fall.

Nun, jetzt würde das Unvermeidliche kommen, dachte sie, während sie ihn beobachtete. Wollte er mit ihr schlafen? George war ganz wild auf sie gewesen – sie konnte es nicht anders beschreiben –, aber sie liebte ihn und wollte ihn heiraten – und so hatte er keine andere Wahl, wenn er ihr Bett teilen wollte. Er hatte sie tatsächlich geheiratet, und nur wenig später war sie schwanger geworden.

Sie machte ihm keinen großen Vorwurf, daß er sie verließ, als die ständige Übelkeit am Morgen einsetzte. Es war bestimmt kein erhebender Anblick, wenn sie sich übergeben mußte. Sie war andauernd müde und bestimmt ziemlich lästig, so daß sie richtig froh war, als er sie verließ. Sie hatte sich so schlecht und schuldbewußt gefühlt. Aber dann war er doch wieder zurückgekommen. Er kam immer wieder zu ihr zurück.

Der Baron blickte ihr schweigend in die Augen. »Sie

möchten mit mir schlafen«, murmelte sie schließlich, wobei sie an ihm vorbei durch die offene Tür ins Freie blickte, wo Jamie immer noch für Gulliver sang, was der mächtige Grauschimmel kopfnickend zur Kenntnis nahm. Sie fragte sich, ob das Pferd wohl mit den Hufen den Takt dazu trommelte. »Das ist wohl Ihre Bedingung, nehme ich an.«

»O nein«, entgegnete er. »Bestimmt nicht. Erstens sind Sie mir zu dünn, und dann haben Sie auch noch Dreck unter den Fingernägeln. Außerdem ist Ihr Gesprächsstoff wahrscheinlich höchstens für eine Dreijährige interessant. Nein, verstehen Sie mich nicht falsch – Sie sind gewiß nicht häßlich, ganz und gar nicht, aber Sie sind ganz einfach nicht mein Typ. Nein, das ist nicht das Problem, das ich meinte.« Er war sich nun ziemlich sicher, daß es richtig war, was er tat – allerdings fiel es ihm nicht leicht, weil er noch nie zuvor etwas Derartiges unternommen hatte. Seine liebe Mutter wäre gewiß einigermaßen verblüfft gewesen, wenn sie davon gewußt hätte. Andererseits war er sich ganz sicher, daß sie über das ganze Gesicht strahlen würde, wenn sie Georges Tochter zu Gesicht bekam.

»Was ist dann das Problem dabei?« Sie fühlte sich zutiefst beleidigt. War er denn kein unersättlicher Schürzenjäger? Wollte er denn nicht jede Frau, die ihm begegnete – gleichgültig, ob sie Dreck unter den Fingernägeln hatte oder nicht? Außerdem war sie bestimmt nicht zu dünn.

Er betrachtete seine eigenen Fingernägel. Sie waren wohlgeformt und sauber. Ohne Susannah anzublicken, sagte er: »Um Georges Geld zu erben, müssen Sie sich der Welt zeigen. Sie können nicht hier in Mulberry House bleiben. Sie müssen Ihren Platz als Witwe von George Carrington einnehmen. Kurz gesagt, Sie müssen mit mir nach Hause kommen und so leben, wie sie an Georges Seite gelebt hätten.«

Was er soeben tat, war gewiß vollkommen verrückt, daran bestand nicht der geringste Zweifel – aber eines war für ihn völlig klar: er würde seine Nichte nicht hier unter einem Dach mit einem Menschen lassen, der nicht nur ein Spieler, sondern wahrscheinlich auch ein Trinker war. Er hätte am liebsten nur Marianne mitgenommen, aber er wußte, daß ihre Mutter dem nie zugestimmt hätte.

»In London?«

»Ich habe ein Haus dort. Sie denken wahrscheinlich, diese Stadt ist ein einziger Sündenpfuhl. Aber das stimmt natürlich nicht.«

Sie schüttelte den Kopf. »Nein, nein, wirklich – ich habe alles, was ich brauche. Ich möchte hierbleiben. Es stimmt, daß mein Vater wieder einmal eine seiner schlimmeren Phasen durchmacht, und man weiß nie genau, wie lange so etwas dauert. Das einzige, was ich mir wünsche, ist, daß für Marianne gesorgt ist. Bitte ...«

»Bitten Sie mich nicht. Es paßt nicht zu Ihnen. Marianne ist meine Nichte. Sie soll als eine Carrington leben. Wenn nicht in London, dann auf meinem Gut in Sussex – dort können wir bleiben, bis Sie sich eingewöhnt haben. Hier kann sie jedenfalls nicht bleiben.«

»Das klingt ja so, als wäre Mulberry House ein Schweinestall. Das stimmt aber nicht. Es ist nur, daß Papa sich gerade ein wenig gehen läßt, und ...«

»Ihr Papa kann tun und lassen, was er möchte. Meine Nichte soll alles haben, was sie zum Leben braucht – und zwar unabhängig davon, ob er gerade Glück im Spiel hat oder nicht. Soll sie in dem Wissen aufwachsen, daß ihr Großvater versucht hat, ihren Onkel zu erpressen?«

Sie war einfach zu verwirrt, um klar denken zu können. »Wo genau leben Sie in Sussex?« fragte sie, um Zeit zu gewinnen.

»Bei Eastbourne. Unser Haus ist nur zwei Meilen von

der Küste entfernt. Es ist wunderschön dort – ziemlich hügelig, hier und dort ragt ein Felsen in die Höhe. Nicht weit von dort fand die berühmte Schlacht von Hastings statt. Wenn man über die Wiesen und Felder geht, kommt es einem vor, als könnte man die Sachsen und Normannen noch hören, wie sie mit der Streitaxt aufeinander losgehen. Und das Wetter ist wirklich angenehm dort.«

»Und mein Vater?«

Rohan zuckte nur mit den Schultern. Er hätte dem Mann zwar immer noch ganz gern einen Kinnhaken verpaßt – aber immerhin hatte er durch seine Tochter auch dazu beigetragen, daß Rohan jetzt eine Nichte hatte, so daß er nicht mehr ganz so wütend auf ihn war. »Das sollte kein Problem sein. Ihr Vater kann Sie besuchen. Zumindest hin und wieder. Nicht allzuoft, würde ich sagen. Ich werde ihm etwas Geld zukommen lassen, damit er weiter hier in Mulberry House leben kann.«

Sie wußte nicht, was sie tun sollte. Sie kannte diesen Mann doch nicht. Nur gehört hatte sie schon einiges von ihm. Er war ein Frauenheld, ein Mann, der für seinen ausschweifenden Lebenswandel berüchtigt war – genauso wie sein Vater einst, und genauso wie seine Mutter es immer noch war. George hatte ihr erzählt, daß der Baron und die Baronesse Mountvale allseits beliebt waren. Und je schlimmer sie es trieben, um so mehr schätzte man sie. Offensichtlich galt für den jungen Baron genau dasselbe. »Warum machen Sie mir ein solches Angebot?« fragte sie schließlich.

Er blickte sie an – aber er sah das Gesicht seines Bruders vor sich, so wie er es an jenem Tag kurz vor seinem Tod gesehen hatte. George war wegen irgend etwas errötet – doch er wollte Rohan nicht sagen, was der Grund war. Er sagte nur, es würde ihn ohnehin nicht interessieren.

Rohan fragte sich, ob George je die Absicht gehabt hatte, ihm von ihr zu erzählen. »Ich weiß nicht einmal, wie Sie heißen«, sagte er.

4

Sie lächelte, als sie den verblüfften Ausdruck auf seinem Gesicht sah. Einen Moment lang mußte sie sich das Lachen verbeißen. »Ich heiße Susannah. Auch meine Mutter hat so geheißen.«

»Kommen Sie mit mir nach Mountvale House?«

Susannah dachte nach; ihr gesamtes Vermögen belief sich auf sechs Pfund, die sie in den letzten eineinhalb Jahren gespart hatte. Mariannes Kleider hatte sie mittlerweile so oft geflickt, daß sie bestimmt nicht mehr lange halten würden. Aber was sie am meisten beunruhigte, war der Gedanke, daß Marianne ihren Großvater als Vorbild vor sich hatte, daß sie denken würde, ein Mensch sollte in allem so sein wie er. Sie blickte den Baron an, um in seinem Gesicht nach irgendeinem Zeichen von Heimtücke zu suchen. Er wußte nicht, daß sein Plan auch für sie eine Art Befreiung bedeuten würde. Die Frage war nur – konnte sie ihm trauen?

Er wußte, worüber sie nachdachte – doch er schwieg. Er überließ sie ganz ihren Gedanken, damit sie schließlich zu einer Entscheidung kommen konnte.

»Ihr Vorschlag ist sehr großzügig, Sir. Aber hier geht es nicht allein um Marianne und mich.«

»Wenn Sie auf Ihren Vater anspielen – nein, er kann nicht in Mountvale leben. Dazu ist mir mein Silber zu wertvoll.«

»Mein Vater ist kein Dieb.«

»Wenn ich nach dem Brief gehen würde, den er mir geschickt hat …«

»Er hat sich ganz einfach Sorgen gemacht. Sein Urteilsvermögen war für einen kurzen Moment getrübt, das ist alles. Er hat irisches Blut in den Adern, wissen Sie. Er kann sehr gut mit Pferden umgehen.«

»Sein Urteilsvermögen mag noch so getrübt gewesen sein – aber nach Mountvale lasse ich ihn nicht.«

»Ich habe nicht meinen Vater gemeint.«

»Wen sonst? Möchten Sie, daß Jamie mitkommt? In Ordnung, ich werde ihn einstellen. Gulliver würde ohnehin nur noch sehr ungern auf ihn verzichten. Er ist der erste Mensch, der es außer mir geschafft hat, mein Pferd dermaßen um den Finger zu wickeln.«

»Nein, ich meine auch nicht Jamie. Es geht um Toby.«

»Wer, zum Kuckuck, ist Toby? Ihre Lieblingskatze? Wenn Toby gut im Mäusefangen ist, kann er mitkommen.«

»Toby ist mein kleiner Bruder.«

Rohan starrte sie mit großen Augen an. »Ihr kleiner Bruder«, murmelte er etwas verwirrt. »Sie haben ein Kind und einen kleinen Bruder?«

»Ja. Tobias Hawlworth. Er ist acht Jahre alt, und ich bin eigentlich mehr seine Mutter als seine Schwester. Seine Mutter – unsere Mutter – ist bei der Geburt gestorben.« Als sie selbst schwanger war, hatte Susannah große Angst gehabt, ebenfalls bei der Geburt ihres Kindes zu sterben – aber zum Glück war ja alles gutgegangen.

»Aber Ihr Vater würde doch wohl nicht erlauben, daß er mitkommt. Toby ist immerhin der Erbe …«

»Ich habe verstanden, Sir«, sagte sie mit ruhiger Stimme. »Aber ich könnte Toby nicht allein hierlassen, genausowenig wie ich Marianne hierlassen könnte. Ich danke Ihnen, daß Sie gekommen sind. Es freut mich, daß Sie Ihre Nichte gesehen haben. Auf Wiedersehen, Sir.«

Sie wollte ihn mit sanftem Nachdruck bewegen, das Haus zu verlassen. Als das nicht gelang, ging sie selbst nach draußen und winkte ihm zu, damit er ihr folgte. Als Gulliver sie sah, ließ er ein kräftiges Wiehern hören. Jamie tätschelte den weißen Stern auf seiner Stirn.

»Auf Wiedersehen und gute Reise«, sagte sie erneut.

»Susannah! Wo bist du? Susannah?«

Ein Junge kam um die Hausecke gerannt. Er war großgewachsen, aber dünn wie eine Bohnenstange, und hatte rabenschwarzes Haar. Der Junge konnte es kaum erwarten, ihr ein Schulheft zu zeigen. »Das mußt du dir ansehen, Susannah. Meine Latein-Übersetzung. Pfarrer Horkle hat gemeint, er hätte noch nie eine so gute Übersetzung gesehen. Siehst du, er hat sogar ›ausgezeichnet‹ darunter geschrieben. Was sagst du jetzt?«

Sie öffnete schweigend das Heft und las, was der Pfarrer geschrieben hatte. Dann lächelte sie und küßte ihn auf die Wange. »Du bist großartig, Master Toby, einfach großartig. Aber schau nur – dein Hemd ist ja zerrissen. Und deine Schuhe sind ganz schmutzig. Was hast du denn angestellt? Sag bloß, du hast dich wieder mit diesem Finley geprügelt?«

Rohan sah noch weitere Anzeichen einer tüchtigen Rauferei, die Tobys Schwester entgangen waren. Die Fingerknöchel des Jungen waren blutig, seine Hose war an einem Knie zerrissen, und auf seiner Wange trat ein blauer Fleck zutage. »Hast du gewonnen?« fragte er.

Der Junge strahlte über das ganze Gesicht. »Ja, Sir. Ich hab's ihm ordentlich gegeben. Ich hab' ihn hochgehoben und über einen Baumstamm geworfen. Natürlich hat er mich auch ein paarmal erwischt, aber ich hab' ihn am Boden halten können und ihm Blätter in den Mund gestopft. Ich glaube, er hat eines mit einer Raupe darauf geschluckt.«

Die Worte des Jungen riefen eine ganze Reihe von Erinnerungen in Rohan wach. Er konnte sich ein Lächeln nicht verkneifen. Schließlich lachte er laut auf. Es klang ein wenig heiser, was wohl daher kam, daß er – so wie jeder Wüstling, der etwas auf sich hielt – nicht allzuoft laut lachte.

Susannah schien förmlich zu erstarren, als sie die beiden beobachtete. »Toby«, sagte sie schließlich, »das ist Lord Mountvale. Er ist Mariannes Onkel und hat uns kurz besucht. Jetzt begrüß ihn und sag ihm auch gleich auf Wiedersehen – er fährt nämlich schon wieder ab.«

»Guten Tag, Sir«, sagte Toby und verbeugte sich tief. Im nächsten Moment war laut und deutlich zu hören, wie irgend etwas an seiner Kleidung zerriß. Der Junge hielt den Atem an, wich einen Schritt zurück und rannte dann fort, so schnell er konnte.

»Du liebe Güte«, sagte Susannah. »Ich fürchte, seine Hosennaht ist gerissen. Bitte gehen Sie jetzt, Sir. Ich muß mich um meinen Bruder kümmern.«

»Nein«, entgegnete Rohan. »Lassen Sie *mich* zu ihm gehen.«

»Er versteckt sich am östlichen Ende des Stalles, Mylord«, rief Jamie ihm zu, und Gulliver wieherte.

Sie hielt ihn am Ärmel zurück. »Aber Sie sind ein Fremder für ihn, und ich bin seine Schwester. Es ist *meine* Aufgabe, nach ihm zu sehen, es ist …«

»Warten Sie hier auf mich. Ich bin gleich wieder zurück.«

Erst als er die Tür zum Stall erreicht hatte, fragte er sich, was er genau tun sollte. Er kannte diesen Jungen doch überhaupt nicht. Was ging es ihn an, daß der kleine Kerl sich schämte, weil er sich die Hose zerrissen hatte?

»Toby?« hörte er sich im nächsten Augenblick rufen. »Lauf nicht weg – ich bin's, Rohan … äh, Lord Mountvale.«

Er hörte das Rascheln von Heu und ging zum hinteren Ende des Stalles. Der Junge hockte zusammengekauert an der Wand, so als wollte er sich am liebsten in Luft auflösen; das Gesicht hatte er mit beiden Händen bedeckt.

»Mein Pferd ist ziemlich ungeduldig«, sagte Rohan. »Ich möchte es nicht zu lange warten lassen. Wenn Jamie keine weiteren Limericks mehr auf Lager hat, kann es sein, daß es nervös wird und sogar durchgeht. Dann müßte ich zu Fuß bis zur nächsten Stadt gehen, und darüber wäre ich gar nicht erfreut.«

Toby fuhr wie von der Tarantel gestochen herum. Er starrte den Gentleman an, der da vor ihm stand. Noch nie hatte er einen so gutaussehenden und fein gekleideten Gentleman gesehen. Irgendwie kam er ihm sogar bekannt vor – aber wie war das möglich?

Toby wäre zwar am liebsten im Erdboden versunken – dennoch erhob er sich aus dem Heu.

»Ist es bloß ein kleiner Riß?« fragte Rohan, »oder ist dein Hintern entblößt?«

»Es ist mehr als nur ein kleiner Riß, Sir. Die ganze rechte Seite ist entblößt.«

»Da hast du ja noch ein Glück, daß ich da bin und dir meinen Mantel leihen kann.« Er streifte seinen Mantel ab und reichte ihn dem Jungen. »Als mir einmal die Hosennaht riß und ich auf beiden Seiten entblößt war, mußte ich den ganzen Weg nach Hause und durch das Haus meiner Eltern laufen, bevor ich mir etwas anziehen konnte. Dabei haben mich drei meiner jungen Tanten gesehen, außerdem eine Unmenge von Dienstmädchen, und nicht zu vergessen die Kammerzofe meiner Mutter – und alle haben sie gekreischt und gelacht, als sie mich sahen. Ich erinnere mich noch, wie mich meine ältere Schwester die Treppe hochzerrte und dabei unentwegt kicherte. Ich hätte ihr am liebsten eine geklebt, aber sie war viel größer und stärker als ich.«

»Wie alt waren Sie damals, Sir?«

»Ungefähr acht oder neun.«

»Ich bin auch acht. Und meine Schwester ist auch älter als ich.«

»Aha, da haben wir ja einiges gemeinsam. Dreh dich

mal um. Ja, der Mantel bedeckt alle Blößen. Ich glaube nicht, daß deine Schwester über dich lachen würde.«

»Nein, sie würde mich wie eine Mutter behandeln. Sie würde pausenlos auf mich einreden und mich dabei an sich drücken, daß mir fast die Luft wegbleibt. Wenn sie meine Knöchel sieht, wird sie weiterjammern und tief seufzen. Sie würde mir vorhalten, daß ich mich geprügelt und dabei verletzt hätte; dabei fehlt mir gar nichts – na ja, fast gar nichts.«

»Ja, du hast recht. Wie eine richtige Mutter. Da wäre es wahrscheinlich besser, wenn jemand über einen lacht. Aber ich bin mir ziemlich sicher, daß sie dich nicht an sich drücken wird – weil sie Angst hätte, meinen Mantel zu zerknittern.«

Der Junge ging an seiner Seite aus dem Stall hinaus. »Sind Sie wirklich Mariannes Onkel?«

»Ja. Ich nehme dich, Marianne und deine Schwester mit nach Mountvale House. Das ist mein Zuhause in Sussex. Es ist nahe am Meer. Gehst du gern angeln?«

Der Junge bekam leuchtende Augen. »Angeln? Und schwimmen? Vielleicht könnte ich auch segeln lernen?«

»Ja, warum nicht?«

»Oh, Sir, das wäre wunderbar.« Im nächsten Augenblick trübte sich seine Miene. »Aber Pa, Sir ... Was soll aus unserem Pa werden?«

»Dein Pa wird in Mulberry House bleiben. Wir werden eine nette Frau für ihn finden, die sich um ihn kümmert. Du kannst ihn besuchen, sooft du willst.«

Ein breites Grinsen erschien auf dem Gesicht des Jungen. Der blaue Fleck auf seiner linken Wange begann sich gelb und grün zu verfärben. Das Blut von seinen angeschlagenen Knöcheln hatte auf der Manschette des Mantels einen kleinen Fleck hinterlassen. Rohan stellte sich vor, wie Tinkers dicke Backen sich röten würden, wenn er den Blutfleck sah. Er fragte sich, ob der gute Tinker eine spezielle Methode zur Entfernung von Blutflecken hatte.

Susannah seufzte tief. »Wie es scheint, habe ich keine Wahl. Also gut. Wenn es denn sein muß, komme ich mit nach Mountvale House.«

»Ihre Begeisterung rührt mich. Kommen Sie mit dem Packen allein zurecht?«

»Ja, bestimmt.«

»Dann werde ich jetzt gehen. Ich kann nicht hierbleiben; es ist keine Anstandsdame im Haus. Ist hier irgendwo ein Gasthaus in der Nähe?«

»Ja, gleich wenn Sie nach Moreton-in-Marsh kommen. Es heißt ›The Gourd and the Raisin‹. Ich habe gehört, daß die Laken dort immer sauber sind und daß Mrs. Dooley sehr gut kocht. Sie müssen unbedingt ihren Apfelwein probieren. Auf den ist sie sehr stolz.«

»Soll ich sie um das Rezept fragen, damit Sie versuchen können, selbst irgend etwas zusammenzubrauen?«

»Das Rezept ist ein Geheimnis. Sie wird es keiner Menschenseele verraten – zumindest bis kurz vor ihrem Tod, und dann wird sie es nur an ihre älteste Tochter Maude weitergeben.«

»Wie schade. Also gut, wir sehen uns dann morgen. Ach, und machen Sie sich keine Sorgen wegen des Blutes an meinem Mantel. Darüber kann sich mein Kammerdiener den Kopf zerbrechen. Er wird bestimmt so tun, als würde ihn der Schlag treffen.« Er winkte ihr kurz zu, stieg auf die Kutsche und nahm die Zügel von Jamie entgegen.

Während sie ihm zusah, wie er sich mit Jamie unterhielt, dachte sie, daß er bereits begonnen hatte, über ihr Leben zu bestimmen. Er reichte dem Stallburschen eine Geldmünze und fuhr los.

Sie blickte ihm nach, bis er hinter einer Biegung verschwand.

Als sie oben in ihrem Schlafzimmer ankam, ging sie gleich daran, ihrem Vater einen Brief zu schreiben. Er hatte mit seiner Forderung mehr Erfolg gehabt, als er sich selbst wohl erträumt hatte – wenngleich nur seine Kinder und sein Enkelkind einen Nutzen davon hatten, und nicht er selbst. Aber vielleicht würde das Ganze auch für ihn seine angenehmen Seiten haben – schließlich hatte er sich ohnehin oft darüber beklagt, wie zänkisch Susannah angeblich geworden war – schlimmer als seine Frau es je gewesen sei. Zumindest hörte sie ihn des öfteren so etwas murmeln.

Sie lächelte, als sie an die Frau dachte, die sie dafür bezahlen würde, daß sie nach ihm sah. Mrs. Heron war wirklich ein furchterregendes Weib. Susannah wußte, daß diese Frau noch jeden Streit gewonnen hatte, sogar vergangenen Monat gegen den Pfarrer. Der arme Kerl hatte keine Ahnung, woher Mrs. Heron gewußt haben konnte, daß Rob Longman an jenem Sonntag zwei Pfund in den Klingelbeutel gegeben hatte, und nicht – wie sonst zumeist – einen Shilling. Auch im Kartenspiel war sie unschlagbar. Susannahs Vater würde sich vor ihr in acht nehmen müssen. Sie lächelte, als sie Toby hörte, wie er aus voller Kehle zu singen begann.

Was hatte Lord Mountvale nur zu ihm gesagt, daß der Junge – wie es schien – bereit war, ihm überallhin zu folgen?

Als Rohan am folgenden Morgen kurz nach sieben Uhr ankam, herrschte einiges Durcheinander im Haus. Marianne kreischte aus voller Kehle, weil Toby unabsichtlich auf ihre Puppe namens Gwen getreten war. Toby stand inmitten der kleinen Küche und hielt die Puppe in der Hand, wobei er verzweifelt überlegte, wie er den Arm wieder befestigen konnte. Marianne trommelte mit ihren kleinen Händchen auf den Fußboden, und Susannah goß sich in der Aufregung Milch über ihr Kleid.

Als Rohan in die Küche trat und das Geschrei der Kleinen ihm in den Ohren dröhnte, machte er sofort wieder kehrt. So etwas war er nicht gewöhnt. Er hatte bisher wenig mit Kindern zu tun gehabt und folglich auch nicht gewußt, daß ein einziges kleines Kind einen solchen Höllenlärm verursachen konnte.

»Sir!«

Verdammt, wie sollte er nur mit dieser Situation zurechtkommen, in die er sich tags zuvor in seiner Dummheit begeben hatte? Toby war ihm nachgelaufen, die Puppe in der einen Hand, den abgetrennten Arm in der anderen.

»Sir, können Sie vielleicht Gwen reparieren?«

»Gwen?« Hatte nicht König Charles II. eine Mätresse, die Gwen hieß? Er schüttelte ratlos den Kopf. Im nächsten Augenblick tauchte Susannah auf, das weinende Kind im Arm, das sich von seiner Mutter loszumachen versuchte, um sich auf Toby zu stürzen.

»Tja«, brachte Rohan hervor.

»Hier, halten Sie mal Marianne«, sagte Susannah. »Ich bringe die Puppe wieder in Ordnung. Toby, du holst die Reisetaschen und bringst sie zur Kutsche. Na los, geh schon. Wir kommen hier allein zurecht.«

Zum ersten Mal in seinem Leben hielt Rohan ein kleines Kind im Arm, das noch dazu keineswegs stillhielt, sondern sich krümmte und wand und aus voller Kehle »Gwen! Gwen!« schrie.

Er hielt sie fest im Arm und folgte Susannah in die Küche zurück, die einen Korb holte und sich setzte. Sie nahm Nadel und Zwirn zur Hand und begann den Arm wieder anzunähen.

»Tu ihr nicht weh, Mami, tu ihr nicht weh.«

»Bitte geben Sie ihr einen Becher von der warmen Milch«, sagte Susannah, ohne ihn anzublicken. »Ich habe zum Glück nicht alles verschüttet.«

Rohan hielt die zappelnde Kleine mit einer Hand fest, während er mit der anderen die Milch in den Becher goß. Er ahnte schon, daß es keine gute Idee war – doch er hob dennoch den Becher hoch und setzte ihn ihr an die Lippen. Sie kreischte auf und schlug seine Hand zur Seite, so daß die Milch sich über ihn und den Fußboden ergoß. Er hielt Marianne ein Stück von sich weg und blickte ihr fest in die Augen. »Du bist jetzt augenblicklich still, Marianne.«

Nie zuvor hatte sie eine solche Stimme gehört – sie klang tief und streng und völlig fremd. Zum Erstaunen der beiden Erwachsenen verstummte sie tatsächlich.

Susannah blickte verblüfft auf angesichts der plötzlichen Stille. Sie lächelte ihm zu. »Ich bin gleich soweit«, sagte sie.

Als sie Gwen ihrer Tochter überreichte, zog diese ein paarmal prüfend am Arm der Puppe und seufzte erleichtert. Sie steckte ihre Finger in den Mund und lehnte sich gegen Rohans Schulter.

»Es ist nicht schwer, mit ihr umzugehen«, sagte er.

»Ja, aber leider nur dann, wenn sie bekommt, was sie will. Sie werden es schon noch sehen.«

Er sah zu, wie Susannah die Milch vom Boden aufwischte. Sie reichte ihm einen Lappen, damit er sich selbst säubern konnte. Danach verließ er mit ihr die Küche und sah zu, wie sie Hut und Mantel anlegte und Tobys Jacke zurechtrückte. Sie nahm ihm Marianne ab und sagte zu ihrem kleinen Bruder: »Ich habe Papa eine Nachricht hinterlassen, Toby, du brauchst dir also keine Sorgen zu machen. Mrs. Heron wird herkommen und sich um ihn kümmern. Ich habe das gestern abend mit ihr vereinbart.«

»Mrs. Heron.« Der Junge tat, als würde ihm die Luft wegbleiben. Dann grinste er über das ganze Gesicht, so daß seine schönen weißen Zähne zu sehen waren. Sein Lächeln erhellte den düsteren Hausflur. Zu Rohan gewandt, sagte er: »Wenn es zu einem Streit kommt, hat Papa keine Chance gegen sie. Und sie ist ziemlich schadenfroh. Papa tut mir jetzt schon leid.«

»Vielleicht kann sie deinen Papa dazu überreden, daß

er sein Leben ein wenig ändert«, meinte Rohan. »Dazu sollen Frauen ja manchmal fähig sein.«

»O nein«, warf Susannah ein, während sie mit der kleinen Marianne aus dem Haus trat. »Ich glaube eher, daß sie ihn ausnehmen wird wie eine Weihnachtsgans; bald wird er ihr mehr Geld schulden, als er je zurückzahlen kann.«

Rohan starrte die Kutsche an. Sie waren zu viert. Die Kutsche bot für zwei Passagiere bequem Platz. »So«, sagte er nachdenklich. »Toby, du wirst hinten auf der Kutsche stehen und uns warnen, falls uns irgendwelches Gesindel angreifen will. Und wenn wir auf eine Mautstraße kommen, dann springst du rasch von der Kutsche und bezahlst für uns.«

Toby war derart außer sich vor Aufregung und Dankbarkeit, daß er kaum ein Wort herausbrachte.

»Seine Begeisterung wird sich nach zwei Stunden ein wenig gelegt haben«, sagte Rohan. »Aber es ist ein recht sicherer Platz. Sie brauchen sich keine Sorgen zu machen. Und halten Sie Marianne fest.«

Jamie kam auf einer Stute dahergetrabt, die schon einigermaßen klapprig wirkte.

»Ja, ich habe Jamie eingestellt. Er hat mir gesagt, Hera sei das einzige Pferd in Ihrem Stall, also wird er es reiten und sich mit Toby hinten auf der Kutsche abwechseln.«

Sie setzte sich neben ihn auf die schmale gepolsterte Bank der Kutsche und sagte: »Sie haben es ja sehr eilig, mein Leben in die Hand zu nehmen.«

Eigentlich hatte er eher das Gefühl, daß sie und die übrigen Bewohner von Mulberry House *sein* Leben auf den Kopf gestellt hatten. »Nun«, antwortete er, »irgend jemand mußte das ja tun, sonst hätten die Schulden Ihres Vaters Sie noch alle ins Gefängnis gebracht. Außerdem wäre wohl das hinfällige Dach über Ihren Köpfen eingestürzt. Marianne wäre wahrscheinlich ebenfalls eine Spielerin geworden. Nein, ich weiß schon, was Sie jetzt sagen werden – der arme Mann hat im Augenblick nur einen kleinen Rückfall.«

»Mehr oder weniger, ja«, sagte sie und deckte Marianne mit ihrem Tuch zu.

»Wir werden uns Zeit lassen. Wir brauchen bestimmt drei Tage, bis wir Mountvale House erreichen. Wenn wir nach Oxford kommen, werde ich zusätzlich eine Kutsche mieten. Es ist nicht weit bis dahin.«

»Ich weiß«, war alles, was sie antwortete. Sie blickte noch einmal zu ihrem Haus zurück, ehe sie sich nach hinten lehnte und den leichten Fahrtwind genoß, der an den Bändern ihres Hutes zog. Sie stellte zu ihrer Zufriedenheit fest, daß er die Kutsche sehr sicher lenkte.

Eine Stunde später, als Rohan vor einer scharfen Biegung sein Pferd ein wenig zügelte, saß sie an seinen Arm gelehnt und schlummerte. Auch Marianne schlief tief und fest.

Er konnte über sich selbst nur den Kopf schütteln.

Gestern noch war er ein unabhängiger Mann gewesen, der tun und lassen konnte, was ihm gefiel. Gewiß – ein Mann in seiner Position hatte auch seine Verpflichtungen, aber nur solche, an die er sich von klein auf hatte gewöhnen können. Und es waren Verpflichtungen, die man verstehen und nachvollziehen konnte. Aber das hier – wie sollte man das alles verstehen?

Jamie pfiff ein Lied vor sich hin, während Toby von Zeit zu Zeit nach vorne rief. »Ich sehe keine Banditen, Sir!«

Nein, Rohan konnte auch keine erblicken. Was er jedoch sah, waren große dunkle Wolken, die sich bedrohlich über ihnen aufzutürmen begannen.

Als der erste Regentropfen Mariannes Nase berührte, schreckte sie hoch, und als ein weiterer Tropfen auf ihre Wange fiel, begann sie zu weinen.

»Ach, du meine Güte«, murmelte Susannah, von dem zappelnden Kind in ihrem Schoß aufgeweckt. Sie blickte zum Himmel auf und sagte schließlich: »Daran habe ich nicht gedacht, daß es regnen könnte. Oje.«

Rohan seufzte. Was sollte er nur tun?

Ein Regentropfen traf ihn ins Auge. Das fing ja gut an.

5

Baron Mountvale kam dreißig Minuten später völlig durchnäßt mit seinen vier Begleitern in Oxford an. Kaum waren sie beim Gasthaus ›Purple Goose‹ angekommen, als der Regen plötzlich aufhörte und die Sonne zum Vorschein kam. Von einem Moment auf den anderen war das Unwetter vorüber.

Als Engländer hätte Rohan eigentlich wissen müssen, zu welchen Kapriolen das Wetter fähig war – doch dieser Wolkenbruch hatte ihn völlig überraschend getroffen. Er blickte zum Himmel auf und verwünschte die Sonne, die nun wieder strahlte, als wäre nichts gewesen.

Als Susannah klatschnaß von der Kutsche stieg, blickte sie ihn zu seinem Erstaunen lachend an. »Das ist wieder typisch«, sagte sie und strich Marianne über die nassen Wangen. »Schau nur, mein Schatz, wir haben wieder strahlenden Sonnenschein.« Marianne nickte langsam, blickte dann zu Rohan hinüber, der durch und durch naß war, und lachte dann ebenfalls. Bald stimmten auch Toby und Jamie in das allgemeine Gelächter ein. Selbst die beiden Pferde ließen ein gutgelauntes Wiehern hören.

Nur Rohan lachte nicht. Er war naß bis auf die Knochen. Fast konnte er spüren, wie die teuren Stiefel aus spanischem Leder unter dem Guß gelitten hatten. Der Stallknecht, der die Kutsche des Barons gewiß erkannt hatte, kam sogleich aus dem Gasthaus gelaufen. Wahrscheinlich fragte er sich, was der Baron hier mit einer

Frau, zwei Kindern und einem Stallburschen machte, behielt es aber klugerweise für sich.

Zehn Minuten später hatte Susannah sich und Marianne umgezogen. Sie hoffte, daß Rohan sich um Toby kümmern würde.

Bestimmt tat er das.

Und sie hatte recht. Er versuchte es zumindest. Der Junge schämte sich, seine nassen Kleider vor Rohan auszuziehen, wollte sich aber auch nicht helfen lassen. Rohan stand für einen Augenblick ratlos da, als er sich erinnerte, daß er selbst einst als kleiner Junge genauso schamhaft gewesen war. Und George nicht minder. Nur Tibolt, der Pfarrer, schien eigenartigerweise keinerlei Scham zu kennen.

»Ich lasse uns zwei Wannen mit heißem Wasser bringen, Toby«, sagte er. »Wenn du deine nassen Kleider ausgezogen hast, kannst du in meinen Morgenmantel schlüpfen – er liegt da drüben auf dem Bett. Ich bin in fünf Minuten wieder zurück. Gib acht, daß dir nicht kalt wird.«

Das sollte dem Jungen genug Zeit geben.

Er bestellte auch heißes Wasser für Susannah und Marianne.

Da Toby nicht bereit sein würde, sein Bad zu nehmen, während Rohan im Zimmer war, ging er nach draußen, um nach Jamie und den Pferden zu sehen. Jamie war im Stall; er hatte sich bereits trockene Kleider angezogen. Während er Gulliver striegelte, sang er wieder einen seiner Limericks. Sogar Hera schien interessiert zu lauschen, während sie an einer Karotte knabberte.

»Es war mal 'ne Braut – ganz auf ihr Glück bedacht,
der sagte die Mutter vor der Hochzeitsnacht:
›Dein Bräutigam Todd
ist so was von flott –
der hat sich sogar schon an mich rangemacht.‹«

Jamie sang den Limerick wieder und wieder, so daß Rohan dachte, Gulliver würde jeden Augenblick beginnen, den Takt mit seinen mächtigen Hufen zu schlagen. Hera wiederum reagierte mit einem Wiehern, wobei Rohan nicht wußte, ob es Gulliver oder dem Sänger galt.

»Ich muß mir ein paar davon aufschreiben«, sagte Rohan und klopfte Jamie auf die Schulter.

»Ich mach' das für Sie, Mylord«, antwortete Jamie in seinem gedehnten, aber recht sympathisch klingenden Dialekt.

»In ungefähr einer Stunde ist das Essen fertig – wir sehen uns dann im Gastzimmer.«

Doch Jamie wollte diese Einladung nicht annehmen – immerhin sei er doch nur Stallbursche –, aber Rohan hatte sich fest vorgenommen, sich auch um ihn zu kümmern. Wenn Jamie infolge des Regens krank wurde, dann würden sie alle in ernsthafte Schwierigkeiten geraten.

Doch Gott sei Dank blieben sie alle bei bester Gesundheit. Was Jamie betraf, so gab Rohan schließlich nach und ließ ihn in der Küche essen. Das Abendessen verlief sehr ruhig, da Marianne noch während der Suppe einschlummerte. Toby war so fasziniert von der Bardame, die sie bediente, daß er von nichts anderem als von ihrer enormen Oberweite sprechen konnte.

»Ein Gentleman«, warf Susannah schließlich ein, nachdem sie ihm schon eine Weile mit ernster Miene zugehört hatte, »ein Gentleman spricht nicht von solchen Dingen.« Ihre List blieb jedoch ohne Erfolg.

Rohan verschluckte sich fast an seiner Schildkrötensuppe, als er ihre Worte vernahm. Die Brüste der Bardame waren wirklich enorm – und wäre er so alt wie Toby gewesen, dann hätte er ebenfalls Stielaugen bekommen.

»Aber, Susannah, wie bringt sie das alles nur in ihrem Kleid unter?«

»Kleider sind nun mal dafür da, daß alles an seinem Platz bleibt – das kannst du mir glauben. Jetzt iß schon deine Suppe, Toby, und wenn sie das Fleisch bringt, dann schau auf den Tisch; und wenn du ihr sagst, was du möchtest, schau einfach auf ihr linkes Ohr.«

Toby würdigte das linke Ohr der Dame keines Blikkes, doch war er klug genug, seine Gedanken über ihre Oberweite in ihrer Gegenwart für sich zu behalten.

»Du hast dich schon richtig benommen«, sagte Rohan zu Toby, als sie wieder in ihrem Zimmer waren.

»Ich habe nicht gewußt, daß es so etwas gibt«, sagte Toby ehrfurchtsvoll.

Rohan sagte nichts darauf. Er drehte sich zur Wand, bis Toby es sich in seinem Bett bequem gemacht hatte, das Rohan eigens für ihn hatte bringen lassen. Er konnte sich nämlich nicht vorstellen, sein Bett mit einem kleinen Jungen zu teilen, der wahrscheinlich die ganze Nacht mit Armen und Beinen um sich schlug.

»Oh, ja«, sagte er schließlich, als er die Kerze ausblies. »Du wirst noch eine ganze Menge sehen, was völlig neu für dich ist. Wir werden dich nach und nach mit allem vertraut machen. Wenn wir dann in London sind, werde ich dir Dinge zeigen, daß du nur so staunst. Wir werden sogar Astley's besuchen.«

Er konnte selbst nicht glauben, was er ihm da anbot. Er verachtete Leute, die derart vulgäre Orte aufsuchten. Aber Kinder liebten nun einmal die Tiervorführungen und die Orangen und süßen Mandeln, die es dort gab. Auch spärlich bekleidete Mädchen gab es zu sehen, die auf Pferden ritten.

Er konnte ja immer noch Pulver mit den Kindern hinschicken. Ja, das war eine hervorragende Idee. Das würde diesen Pulver schon lehren, seine Nase nicht immer in die Angelegenheiten seines Herrn zu stecken.

»Schlafen Sie gut, Mylord«, sagte Toby.

Rohan erwiderte nur mit einem Brummen.

Zum Glück wurde auch über Nacht keiner von ihnen krank, so daß sie am folgenden Morgen ihre Reise fortsetzen konnten.

Das Wetter blieb trocken, bis sie schließlich die Pilsney Hills erreichten, von wo man bereits Mountvale House sehen konnte. Rohan sprang von der Kutsche und öffnete die Tür. »Alles aussteigen. Ich möchte euch mein Zuhause zeigen. Es ist wirklich schön anzusehen, mit dem Meer dahinter.«

Er übertrieb keineswegs, dachte Susannah, während sie Marianne absetzte, die mit Toby auf die Spitze des Hügels laufen wollte.

Mountvale House lag auf einem abgeflachten kleinen Hügel. Es war von Ahornbäumen und Eichen umgeben. Von Westen her führte nur eine einzige Straße zum Haus, die von Bäumen und Büschen gesäumt war. Sie konnte sich vorstellen, daß sich im Sommer die Äste der Bäume über der Straße treffen und eine Art Dach bilden würden. Es war bestimmt unglaublich schön dort. Das Haus selbst war keines dieser riesigen herrschaftlichen Gebäude inmitten eines weiten Parks – nein, es war sehr alt, wahrscheinlich dreihundert Jahre, und dicht mit Efeu bewachsen. Der eher kleine Rasen vor dem Haus war von Eiben gesäumt. Auf allen anderen Seiten des Hauses breiteten sich Gärten aus, in denen mehr Blumen wuchsen, als Susannah jemals an einem Ort gesehen hatte. Die Gärten waren aber nicht flach und durch Hecken getrennt – sie waren vielmehr terrassenförmig angelegt, so daß sie fast bis zum Waldrand hinauf reichten. Und sie waren von Zäunen umgeben, die verhinderten, daß die Pflanzen den Tieren des Waldes zum Opfer fielen. An den Zäunen wuchs Jasmin, der kleine weiße und rosafarbene Blüten erkennen ließ. Man sah Unmengen von blühenden Rosen, außerdem gelbe Narzissen, rote Tulpen, Flieder in verschiedenen Farbtönen von lavendel bis dunkel-violett und so viele andere Blumen, daß es Susannah ob dieser Fülle den Atem verschlug.

»Es ist wunderschön«, sagte sie, während sie den Blick über die Gärten schweifen ließ. »Im Hochsommer muß es atemberaubend sein.«

»Es freut mich, daß es Ihnen gefällt«, sagte Rohan mit gleichgültiger Miene. »Übrigens gibt es bei unserem Haus in London kaum Blumen. Hier habe ich jedoch ein ganzes Heer von Gärtnern. Meine Mutter möchte, daß das Haus von bunten Farben umgeben ist.« Während er sich mit der Hand über den ohnehin makellosen Ärmel seines Mantels wischte, fügte er hinzu: »Wenn Sie möchten, können Sie ihnen gegenüber den einen oder anderen Wunsch äußern, was sie machen sollen – meine Mutter ist nämlich zur Zeit im Ausland. Sie können sich auch selbst betätigen – so wie Sie es gewohnt sind. Ich habe die Terrassen vor vier Jahren anlegen lassen. Es war eine Idee meiner Mutter.«

»Kommt es denn vor, daß Sie sich auch im Garten betätigen?«

Er blickte sie ein wenig verständnislos an. »Kaum. Ich bin kein Gärtner.«

»Sie haben die Pflanzen gut ausgewählt – vor allem, wenn man bedenkt, daß Sie alles nur für Ihre Mutter getan haben. Ich kann mir vorstellen, daß im Juli und August kaum noch etwas von dem Haus zu sehen ist. Bestimmt geht es dann in einem Meer von Farben unter.« Sie wandte sich zu ihm um, ein bezauberndes Lächeln auf den Lippen. »Vielleicht kann Ihre Mutter eines Tages einen Garten für mich anlegen?«

»Das können Sie meine Mutter fragen, wenn sie wiederkommt«, antwortete er langsam. Er blickte erneut auf seinen Ärmel hinunter. »Der gute Cupability Brown hat ihr bei der Planung geholfen – und ich habe alles ausgeführt, wie sie es wollte.«

Ihr Gesicht leuchtete förmlich. Sie griff nach seinem

Ärmel. »Oh, ich danke Ihnen. Das wäre einfach wunderbar, in so traumhaften Gärten zu arbeiten. Aber ist das nicht eine ziemlich biedere und harmlose Beschäftigung für einen Mann von Ihren Neigungen?«

Es ärgerte ihn selbst, daß er kaum einen Gentleman von ähnlich zweifelhaftem Ruf kannte, der für Gärten etwas übrig hatte. »Ein Mann sollte verschiedene Seiten haben«, erwiderte er. »Aber sagen Sie, was meinen Sie mit ›meinen Neigungen‹?«

Sie tat ihm den Gefallen, ein klein wenig zu erröten, und zuckte mit den Schultern. »Ach, eigentlich nichts.«

»Aha, Sie wollten mich also bloß ein bißchen reizen, was?«

»Nein, es ist nur – Sie sind immerhin berühmt für Ihre Wildheit, nicht wahr? Genauso wie Ihre Eltern.«

»Sie haben gesagt, das hätte George Ihnen erzählt.«

»Ja, und – Marianne! Toby, halt sie auf!«

Sie war losgelaufen, so schnell sie konnte, und Jamie war bereits hinter ihr her. Gulliver, der verdammte Gaul, lief seinerseits Jamie nach.

Rohan blickte zum Himmel auf. »Vor vier Tagen war mein Leben noch so wunderbar, so einfach. Warum nur, Herr?«

Dann lief er hinter seinem Pferd her.

Hinter sich hörte er Hera wiehern, und er wußte, daß sie ihn jeden Moment überholt haben würde. Jamie war zuletzt auf Gulliver geritten und hatte die alte Hera mit sich geführt. Jetzt war sie ausgeruht und schoß wie der Blitz hinter Gulliver her, möglicherweise auch hinter Jamie. Selbst die beiden Gäule, die die Kutsche zogen, tänzelten unruhig auf der Stelle; er fragte sich, ob auch sie gleich lospreschen würden.

Es fehlte nicht viel, und Marianne wäre von der Spitze des Hügels hinabgekullert. Toby war seiner kleinen Schwester ziemlich böse, weil sie ihm einen solchen Schreck eingejagt hatte.

Rohan sah, wie Susannah das Mädchen hochhob und ordentlich durchschüttelte, ehe sie es so fest an sich drückte, daß die Kleine zu schreien begann.

Endlich war Stille eingekehrt. Man konnte förmlich hören, wie der Löffel durch die Hummersuppe glitt. Er schlug mit dem Löffel ganz leicht gegen die goldene Schüssel, was einen schönen blechernen Klang erzeugte.

Er blickte zum anderen Ende des Eßtischs hinüber und sah, wie Susannah sich im Raum umschaute – aber nicht voller Ehrfurcht, sondern mit durchaus kritischem Blick. Was mochte sie hier auszusetzen haben, fragte er sich. Verglichen mit Mountvale war Mulberry House das reinste Elendsquartier.

»Schmeckt Ihnen Mrs. Horselys Hummersuppe nicht?«

»Sie ist sehr gut, wie ich an Ihrer leeren Schüssel erkennen kann. Nein, ich war nur gerade in Gedanken. Ich hatte ganz vergessen, was wirkliche Stille ist.«

Es gefiel ihm nicht, daß sie genau den Gedanken aussprach, den er gerade gedacht hatte. Es war ihm irgendwie unheimlich.

»Ich muß eine Anstandsdame für Sie finden«, sagte er brüsk. »Mrs. Beete ist ja unsere Haushälterin und kann diese Aufgabe nicht übernehmen. Lassen Sie mich nachdenken. Es muß doch irgendwo eine Dame geben, die verhindert, daß böse Zungen etwas zu schwätzen haben.«

»Ist das nicht irgendwie absurd? Ich meine, ich bin eine erwachsene Frau, eine Witwe – und dennoch soll es unschicklich sein, daß ich mich im selben Haus aufhalte wie ein Gentleman? Einmal abgesehen davon, daß George mir fünf Jahre lang von Ihren Abenteuern berichtet hat.«

Abenteuer? Was konnte sie damit bloß meinen?

Sie grinste ihn ziemlich herausfordernd an. »Um die

Wahrheit zu sagen«, erwiderte er in beiläufigem Ton, »ich habe mit meinen Abenteuern gerade erst begonnen. Ich bin noch nicht einmal sechsundzwanzig. Bestimmt werde ich einmal ein Dutzend dicke Bände mit meinen Abenteuern füllen. Äh, was hat George eigentlich so erzählt?«

Sie sagte nichts mehr, bis ein Diener in rot-weißer Livree die Suppe abservierte. Mr. Fitz, der Butler, wies zwei andere Diener an, ein weiteres halbes Dutzend Silberschüsseln aufzutragen, die mit silbernen Deckeln versehen waren.

»Es scheint ziemlich viel zu essen zu geben«, sagte sie verwundert. Er verriet ihr nicht, daß er Mrs. Horsely angewiesen hatte, sich diesmal selbst zu übertreffen, um seinem Gast etwas Besonderes zu bieten. Warum er das getan hatte, das wußte er allerdings selbst nicht. Als Fitz die Deckel von den Schüsseln hob, entfalteten sich verführerische Düfte im Raum. Rohans Magen knurrte.

Susannah war nun doch ziemlich beeindruckt. Es gab Lammkotelets mit Spargel, Kalbfleisch, Hummer in Currysauce und sogar Austernpasteten, außerdem verschiedene Schüsseln mit Erbsen, Kartoffeln, gedünsteten Pilzen und einigen weiteren Köstlichkeiten, die sie jedoch nicht genau sehen konnte, weil die Schüsseln in der Nähe des Barons standen.

Mit gelangweilt klingender Stimme sagte er: »Ach ja, ich habe die Köchin gebeten, Charlotte à la Parisienne zuzubereiten. Sieht es nicht köstlich aus?«

Susannah hatte keine Ahnung, was Charlotte, nach Pariser Art zubereitet, eigentlich war. Aber was für einen Blick er ihr zuwarf! »Nein«, sagte sie, während sie sich ein Stück gekochte Zunge und etwas Brokkoli nahm. »Ich finde nicht, daß es besonders appetitlich aussieht. Vielleicht wurde es ein bißchen zu lange gekocht? Die Charlotte war wohl schon ziemlich alt, als sie in den Topf wanderte.«

Er lachte, hielt aber gleich wieder inne. Er mußte sich etwas besser beherrschen, dachte er. Er, Rohan Carrington, Baron Mountvale, sollte nicht über irgendwelche Scherzchen einer Lady lachen, sondern sich auf seinen Ruf konzentrieren – er galt immerhin als großer Verführer und Abenteurer. Es geziemte sich einfach nicht für ihn, daß er hier herumalberte.

Seine liebe Mama wäre gar nicht erfreut gewesen.

»Der Pudding schmeckt wirklich gut«, sagte sie, nachdem er zehn Minuten lang kein Wort gesprochen hatte. Er hatte über ihren Scherz vorhin gelacht – doch nur für einen kurzen Augenblick, dann blickte er wieder völlig ernst drein. Es war schon eigenartig. Lachte er denn nicht gern? Oder lachte er erst ab einer bestimmten Tageszeit? Sie fing an, ihn ganz gut leiden zu können – aber verstehen konnte sie ihn nicht.

Ihre Feststellung entlockte ihm bloß ein Kopfnicken. Er versuchte, gelangweilt dreinzublicken, was ihm aber nicht ganz gelang – hauptsächlich deshalb, weil er Mrs. Horselys Grünkohl aß, der so hervorragend schmeckte, daß er nur ein verzücktes Gesicht machen konnte.

Als Toby plötzlich hereingeplatzt kam – und zwei Diener sowie Mr. Fitz etwas gemesseneren Schrittes hinter ihm her –, fuhr Rohan augenblicklich aus seinem Stuhl hoch.

»Sir«, keuchte Toby mit weit aufgerissenen Augen, »schnell, kommen Sie! Du auch, Susannah!«

Rohan konnte ihn nicht fragen, was denn, um Himmels willen, los war, denn Toby war schon wieder draußen. Er hörte nur noch, wie der Junge die Treppe hochlief.

»Mylord«, sagte Mr. Fitz und hielt wieder inne. Wie sollte er es ihm beschreiben? »Ich komme mit Ihnen«, sagte er schließlich und bedeutete den beiden Dienern, ihm zu folgen.

Susannah überholte Rohan beinahe auf der Treppe.

Auf dem oberen Treppenabsatz hörten sie einen schrillen Schrei.

»O Gott.« Susannah raffte ihre Röcke hoch und rannte so schnell sie konnte zum Schlafzimmer, wo sie Marianne drei Stunden zuvor zu Bett gebracht hatte.

Toby wartete aufgeregt in der Tür, wie wild gestikulierend. »Beeilung, schnell!«

Rohan hob den Jungen hoch und stellte ihn hinter sich wieder auf den Fußboden. Als er mitten im Zimmer angelangt war, fiel ihm zunächst überhaupt nichts auf. Dann sah er das offene Fenster – und einen Augenblick später auch Marianne, die draußen auf dem Fenstersims hockte und munter mit beiden Ärmchen winkte.

Von dort, wo die Kleine saß, ging es fast zehn Meter abwärts.

Susannah legte ihre Hand auf seinen Arm. Mit ruhiger Stimme wandte sie sich an ihre Tochter: »Marianne? Liebling, was tust du denn da draußen?«

Das Mädchen blickte zur Mutter herein. »Der Mann hat mir das Fenster geöffnet. Er hat gesagt, es ist lustig da draußen.«

Welcher Mann? Aber Rohan behielt den Gedanken für sich. Er sah die entsetzliche Angst in Susannahs Augen, ehe er sich der Kleinen zuwandte. »Marianne«, sagte er ganz ruhig, »dein Papa ist auch manchmal da draußen gesessen, als er ein Junge war. Es macht wirklich Spaß, nicht wahr? Aber jetzt ist es schon spät; es ist ja fast dunkel. Wenn ein kräftiger Windstoß kommt, dann würde er dich über das Meer bis nach Frankreich wehen. Du möchtest doch nicht ohne deine Mama in Frankreich sein, oder?«

»Vielleicht«, sagte Marianne nach kurzem Überlegen.

»Liebling«, warf Susannah mit ruhiger Stimme ein, während sie auf das Fenster zuging. »Bitte beweg dich jetzt nicht. Ich möchte nicht, daß du ohne mich nach Frankreich fliegst. Wenn du schon wohin fliegst, dann nur mit mir. Bitte, halt ganz still. Ich hol' dich jetzt herein.«

»Ich hole sie«, wandte Rohan ein.

Aber Susannah war bereits beim Fenster. Es befand sich hoch über dem Fußboden – doch sie konnte sich zum Sims hochziehen. »Nicht bewegen, Marianne.« Susannah kletterte langsam hinaus, wobei sie ihrer Tochter beruhigende Worte zusprach.

Toby stand neben Rohan – beide waren wie erstarrt und sprachen kein Wort. Auch Mr. Fitz und die beiden Diener gaben keinen Laut von sich.

»Ja, Liebling, so ist es recht. Und jetzt dreh dich um und komm zu deiner Mama. Schau nicht über das Meer nach Frankreich. Ich möchte nicht, daß dich der Wind fortweht. So ist es schön, komm zu Mama. Bist ein braves Mädchen.«

»Oh«, stieß Toby hervor, als Susannah Marianne schließlich im Arm hielt.

Rohan trat zu den beiden hin und nahm Marianne an sich; er hielt sie unter dem Arm fest und reichte Susannah seine freie Hand, um sie ins Innere hereinzuziehen.

Darauf ließ Rohan sich in den eleganten Schaukelstuhl sinken, der in einer Ecke des Raumes stand. »Zünden Sie mehr Kerzen an«, wies er Fitz an. Dann begann er Marianne zu wiegen. Nach einer Weile sagte er mit ruhiger Stimme: »Was für ein Mann war hier, Marianne?«

6

Sie richtete sich in seinen Armen auf und berührte mit dem nassen Finger, an dem sie soeben noch gelutscht hatte, das kleine Grübchen in seinem Kinn.

»Komm, Marianne, was war das für ein Mann?«

»Ein netter Mann. Er hat gesagt, er läßt mich auf dem

Fenstersims sitzen, wenn ich aufhöre zu schreien. Er hat gesagt, er muß etwas finden. Er hat gesagt, er kennt dich, darum darf er hier sein.«

»Hat er dir das Fenster geöffnet?«

Marianne nickte.

»Hat er dich hinausgesetzt?«

»Nein. Er hat einen Stuhl vor das Fenster gestellt. Ich bin ganz allein hinausgeklettert.«

Lieber Himmel. »Und hast du aufgehört zu schreien?«

Sie lächelte nur. Natürlich hatte sie aufgehört. Immerhin hatte er ihr etwas angeboten, was normalerweise verboten war.

»Marianne, kannst du mir sagen, wie der Mann ausgesehen hat?«

»Wie du«, antwortete sie und drückte ihren Mittelfinger in das Grübchen in seinem Kinn. »Er hat ausgesehen wie du.« Wenig später machte sich große Müdigkeit bei ihr bemerkbar. Sie ließ sich an seine Brust sinken. Eine Zeitlang war ein saugendes Geräusch das einzige, was in dem Raum zu hören war. »Glauben Sie, daß sie jetzt die Nacht durchschläft?« fragte Rohan mit leiser Stimme.

Susannah konnte nur nicken. Der Schreck saß ihr immer noch in den Gliedern. Es war fast genauso schlimm wie damals, als sie um ihre Mutter gebangt hatte, die gerade in den Wehen lag. Damals hatte sie nichts tun können, um zu helfen. Diesmal war sie selbst die Mutter; sie war für Marianne verantwortlich. Es hatte nicht viel gefehlt, und ihr Kind wäre ums Leben gekommen.

»Susannah? Es ist alles in Ordnung. Marianne geht es gut. Hörst du nicht, wie sie an ihren Fingern saugt? Am besten bringst du sie jetzt zu Bett. Ich werde einer der Mägde sagen, daß sie bei ihr bleiben soll, bis Sie zu Bett gehen. Oder noch besser – zwei Mägde, wenn du willst.«

»Zwei Mägde«, stimmte Susannah zu.

»Mindestens«, warf Toby ein, dessen Gesicht immer

noch kreidebleich war. »Oder vielleicht eine Magd und ein Mann mit einem Gewehr.«

Um neun Uhr hatte man das Haus gründlich durchsucht, die Türen und Fenster verschlossen und mehrere Bedienstete angewiesen, das Haus die ganze Nacht lang zu bewachen.

Der Baron, Susannah und Toby saßen im Salon von Mountvale House, einem behaglichen Raum, in dem es nach feiner alter Seide, Eichenholz und Zitronenwachs duftete.

»Sie haben mir gesagt, Sir«, erzählte Toby, »daß ich nach Marianne sehen soll, bevor ich zu Bett gehe. Nun, ich bin hineingegangen, und da sah ich sie draußen vor dem Fenster sitzen. Sie hat gesungen und mit sich selbst gesprochen, bis sie mich sah. Sie meinte, ich soll auch zu ihr hinauskommen und mit ihr spielen. Ich hab' ihr gesagt, das würde ich nicht tun und sie soll sofort hereinkommen, aber sie hat nicht auf mich gehört. Ich wollte sie hereinholen, aber sie ist nur noch weiter hinaus an die Kante gerückt. Vor lauter Angst habe ich nicht mehr gewußt, was ich tun soll. Tut mir leid, Sir.«

»Aber nein, Toby, du hast genau das Richtige getan. Mir ist ja selber das Herz stehengeblieben, als ich sie sah. Du hast wirklich klug gehandelt.«

»Haben Sie noch mehr Brüder – ich meine, außer Pfarrer Tibolt?« wollte Susannah wissen. Sie saß ganz still da, ihre Augen auf Marianne gerichtet, die auf einem kleinen Sofa im Salon schlief – eine Magd und ein Diener an ihrer Seite.

Rohan schüttelte langsam den Kopf. »Nein, nur Tibolt. Aber er würde nie einem von ›Gottes kleinen Rabauken‹ ein Haar krümmen – so nennt er nämlich Kinder manchmal. Er hat wirklich Humor, obwohl unsere Eltern das nicht recht glauben wollten. Und er ist immer darauf aus, Gutes zu tun. Nein, Tibolt kann unmöglich der Mann sein, der das Fenster geöffnet und den

Stuhl hingestellt hat, damit Marianne hinausklettern konnte.«

»Tibolt?«

»Ja, Toby. Mein Vater überließ es meiner Mutter, den Namen für einen von uns auszusuchen, während er sich die beiden anderen Namen einfallen ließ. Meine Mutter hat den Namen George gewählt. Mein Vater hatte einen Hang zum Ungewöhnlichen. Ich glaube, Tibolt war der Name eines Bischofs im alten Konstantinopel. Vielleicht hat George euch erzählt, daß mein Vater für seine kleinen Bosheiten berühmt war – wenngleich er es nie wirklich böse gemeint hat. Er hielt ›Tibolt‹ für einen gelungenen Scherz. Natürlich wünschte er sich, daß Tibolt einst ein genauso berüchtigter Frauenheld würde wie er selbst.«

»Du liebe Güte«, sagte Toby, »da bin ich ja froh, daß mein Vater mir so etwas nicht angetan hat.«

»Wie es scheint, ging der Wunsch deines Vaters nicht ganz in Erfüllung«, warf Susannah ein.

»Das kann man wohl sagen.«

Toby gähnte herzhaft.

»Zeit zum Schlafengehen, Toby«, machte Susannah ihn aufmerksam.

Toby stand sofort auf, rührte sich aber nicht von der Stelle. Er blickte beschämt zu Boden.

»Was ist denn los, Schatz?« fragte Susannah.

»Darf ich bei Ihnen im Zimmer schlafen, Sir?« platzte er heraus. »Nicht, daß ich Angst hätte, nein, aber …«

»Ich wollte das ohnehin schon selber vorschlagen, Toby. Es ist sicherlich besser, wenn du in meinem Zimmer schläfst«, antwortete Rohan. Er seufzte nachdenklich. Ein acht Jahre alter Junge in seinem Schlafzimmer? Nun, es hatte ja auch die vergangenen drei Nächte einigermaßen geklappt. Der Junge schnarchte wenigstens nicht. Und wenn Rohan selbst geschnarcht haben sollte, dann hatte der Junge sich zumindest nicht darüber beschwert. Rohan erhob sich. »Ich werde Fitz sagen, daß er ein Bett in mein Zimmer bringen soll.«

»Es gefällt mir gar nicht, was da passiert ist, Sir.«

»Mir auch nicht. Morgen früh werde ich gleich versuchen festzustellen, wer bei Marianne war. Mein Bruder Tibolt kann es jedenfalls nicht gewesen sein.« Es war tatsächlich undenkbar. Marianne war schließlich noch sehr klein; bestimmt hatte sie sich geirrt, und der Mann hatte nicht wirklich wie er ausgesehen.

Er hatte bei den letzten Worten zu Susannah hinübergeblickt.

Da war immer noch große Angst in ihren Augen. Ob es nach wie vor etwas gab, das er nicht wußte? Er sagte jedoch nichts, bis Toby das Zimmer verlassen hatte. »Haben Sie vielleicht eine Vermutung, was der Mann gesucht hat?«

Seine Stimme klang ruhig und vertrauenerweckend – doch es war gerade seine Freundlichkeit, die sie ziemlich unsicher machte. Sie war hin und her gerissen. Rasch hob sie die schlafende Marianne hoch und legte sie sich über die Schulter, ehe sie den Salon verließ. Rohan kam jedoch sogleich hinter ihr her.

Schließlich sagte sie mit leiser Stimme, um Marianne nicht zu wecken: »Da gibt es etwas, aber ich kann mir nicht vorstellen, daß es irgend etwas damit zu tun haben könnte.«

»Macht es Ihnen etwas aus, wenn ich mir selber ein Urteil bilde?«

»Ich glaube, ich mache mir unnötige Sorgen«, sagte sie, während die beiden nebeneinander die Treppe hinaufgingen.

»Sagen Sie es mir.«

Sie vermied es, ihn anzusehen, während sie in ihr Schlafzimmer trat und Marianne auf ihrem eigenen Bett niederlegte, worauf die Kleine gleich wieder an ihren Fingern zu saugen begann.

»Erzählen Sie es mir«, sagte er hartnäckig. »Lassen Sie mich selbst entscheiden, ob es von Bedeutung ist oder nicht.«

Es gab keinen Ausweg. Ja, sie stellte sogar fest, daß sie es ihm erzählen wollte. Sie wollte die ganze Sache nicht länger für sich behalten. Ohne weitere Umschweife sagte sie: »Der erste Einbruch in Mulberry House war voriges Jahr kurz vor Weihnachten. Wir waren gerade zu Besuch bei unseren Nachbarn. Als wir nach Hause kamen, fanden wir ein heilloses Durcheinander vor – aber es schien nichts zu fehlen. Zwei Monate später passierte das gleiche noch einmal. Nur kam Toby diesmal früher nach Hause zurück als erwartet. Er bekam einen Schlag auf den Kopf. Und vor drei Wochen wurde erneut eingebrochen.«

»Aber es fehlte wieder nichts.«

»Richtig. Die Einbrecher richteten allerdings jedesmal ein unglaubliches Durcheinander an. Ich glaube, das war mit ein Grund, warum ich mit hierher kam. Ich hatte Angst, daß einer von uns im Haus sein könnte, wenn die Räuber wiederkommen würden. Toby fehlte zwar nicht viel, aber das Ganze hat mich doch zu Tode erschreckt.«

»Und Sie haben keine Ahnung, wer es gewesen sein könnte?«

»Absolut nicht.«

»Auch nicht, was der Räuber gesucht haben könnte?«

»Nein.«

»Nun, nachdem er immer wieder kam, hat er offensichtlich nicht gefunden, wonach er suchte. Wahrscheinlich auch beim dritten Mal nicht. Und jetzt fragen Sie sich, ob der Mann Ihnen hierher nach Mountvale gefolgt sein könnte?«

Sie lehnte sich an die Wand ihres Schlafzimmers. Aus dem Inneren des Raumes drang das schwache Licht einer Kerze. »Halten Sie es für möglich?«

»Ja, natürlich«, antwortete er. »Wir müssen jetzt vor allem herausfinden, wonach der Mann sucht.«

»Ich habe mir immer wieder den Kopf darüber zerbrochen. Wir haben doch so wenig – da ist bestimmt nichts, was irgendwen interessieren könnte. Nein, ich habe wirklich keine Ahnung.«

»Vielleicht hätten Sie mich etwas früher warnen sollen?«

Er sprach leise und mit ruhiger Stimme zu ihr, doch ließ sie sich davon nicht täuschen. Sie sah, wie das Blut in seiner Halsschlagader pochte; er war sehr zornig. »Es tut mir leid. Ich habe wirklich gedacht, niemand hätte uns wegfahren sehen. Ich glaubte, alles würde sich ändern, wenn wir von Mulberry House weg wären. Ich wollte Sie nicht mit hineinziehen. O Gott, Marianne hätte vom Fenstersims fallen können.«

»Beruhigen Sie sich, Marianne fehlt nichts. Sie hören ja, wie sie friedlich an ihrem Finger saugt. Nun, jetzt, wo ich weiß, was los ist, kann ich auch etwas unternehmen. Sie sind doch sicherlich müde, Susannah. Sie sollten sich jetzt neben Marianne legen und sich ausschlafen.« Er strich sanft über Mariannes Haar. »Machen Sie sich keine Sorgen, wir reden morgen über die Sache. Ich mache Ihnen keinen Vorwurf, zumindest keinen allzu großen. Gute Nacht, Susannah.«

»Gute Nacht, Mylord.«

Er nahm ihren Gruß brummend zur Kenntnis und ließ sie allein, um sein Schlafzimmer aufzusuchen. Er schirmte die Kerze mit der Hand ab, um den Jungen nicht zu wecken, der höchstens einen Meter von ihm entfernt auf einem eigens herbeigeschafften Bett schlief. Auch jetzt im Schlaf wirkte er noch ziemlich bleich im Gesicht. Sein schwarzes Haar fiel ihm in die Stirn. Er war wirklich ein hübscher Junge – aber noch wichtiger war, daß er ein guter und intelligenter Junge war, der etwas Besseres verdient hatte als das, was sein Vater, dieser Schuft, ihm bieten konnte.

Er schüttelte den Kopf. Du liebe Güte – war er etwa

dabei, die Rolle des Vaters für den Jungen zu übernehmen? Rohan seufzte tief, er war schließlich erst fünfundzwanzig. Es paßte gar nicht zu einem Mann von seinem Ruf, sich auf einmal mit Kindern zu beschäftigen.

Das Leben war mit einem Mal ziemlich kompliziert geworden. Eine Frau zu verführen war geradezu ein Kinderspiel dagegen. Er überlegte, ob er sich nicht vielleicht für eine Woche in Tibolts Pfarrhaus zurückziehen sollte, um ein wenig auszuspannen. Bevor er einschlief, fragte er sich noch, warum Toby ihm nichts von den Einbrüchen in Mulberry House erzählt hatte. Vielleicht hatte seine Schwester ihn gebeten, es nicht zu tun. Er würde über vieles nachzudenken haben.

In dieser Nacht schnarchte Toby ziemlich laut.

Am folgenden Morgen standen die Bediensteten geschlossen in der Eingangshalle – offensichtlich, weil sie bereits auf ihn warteten.

Er sah sie schon, als er die Treppe hinunterging. Zu seinem Butler Fitz gewandt, sagte er: »Nun, da scheint ja heute einiges auf uns zuzukommen.«

»In der Tat, Mylord. Vielleicht würden Mylord eine Tasse Kaffee trinken wollen, während Ben Ihnen erzählt, was er gefunden hat. Und während Sie Ihr Rührei verzehren, könnte Mrs. Beete Ihnen berichten, was sie mitten in der Nacht gehört hat. Und dann könnte Ihnen auch Elsie noch sagen, was sie weiß – das heißt, falls sie überhaupt etwas weiß. Wenn ich mir's recht überlege, sollte ich sie vielleicht gar nicht zu Ihnen lassen und ihre Geschichte lieber selbst weitergeben.«

Was Rohan jedoch zu denken gab, war die Tatsache, daß Fitz, der Butler, mit leicht zerzaustem Haar zu ihm gekommen war – eine Tatsache, die bei diesem Menschen, der seit fünfundzwanzig Jahren in den Diensten der Carringtons stand, nichts Gutes bedeutete. Mrs. Beete wiederum, die bereits seit mehr als fünfundzwanzig

Jahren den Posten einer Haushälterin bekleidete, blickte ihn an, als wäre sie ein Pfarrer und er ein verstockter Sünder, der nicht bereit ist, sich zu bessern. Eigenartig war nur, daß sie Tibolt auf die gleiche Weise anzublicken pflegte, wo ihn doch jedermann für einen Heiligen hielt.

Rohan nickte. »Na schön. Mrs. Beete, wenn Mrs. Carrington herunterkommt, sorgen Sie doch bitte dafür, daß sie alles bekommt, was sie für das Mädchen braucht.«

»Wirklich kaum zu glauben, Mylord«, sagte Mrs. Beete in ihrer kraftvollen Aussprache, die erkennen ließ, daß sie vom Land stammte, »daß Master George all die Jahre heimlich verheiratet gewesen sein soll. Dabei war er so ein schüchterner und lernbegieriger junger Mann. Es will mir immer noch nicht in den Kopf.«

»Mir genausowenig.«

»Ich hätte es nicht geglaubt, Mylord«, warf Fitz ein, »wenn die Kleine Master George nicht wie aus dem Gesicht geschnitten wäre. Es ist schön, daß in dem Kind etwas von Master George weiterlebt. Übrigens sieht sie auch Ihrer Mutter und Ihnen selbst sehr ähnlich, Mylord.«

»Ja, ich weiß. Ach ja, was Toby betrifft ...«

»Ich bin hier, Sir.«

»Ah, da bist du ja schon. Du hast noch geschnarcht, als ich aufstand. Hast du dich schon gewaschen?«

Der Junge blickte beschämt zu Boden. »Nun, nicht direkt.«

»Geh mit Rory hinauf. Er wird dir helfen. Er will nämlich Kammerdiener werden – da kann er schon mal ein wenig üben. Nun, Fitz, Mrs. Beete, gehen wir in das Frühstückszimmer, damit Sie mir berichten können, was sich heute nacht ereignet hat.«

Ben hatte ein Stück dunkelblauen Wollstoffs an einem niedrigen Ast in der Nähe der Stallungen entdeckt. »Sie glauben also, daß ein Mann zu nahe an dem Baum vorbeigeritten ist, so daß er sich den Mantel dabei zerrissen hat?«

Ben nickte. »Es sieht ganz so aus, Mylord.«

»Es sieht wirklich noch recht frisch aus«, bestätigte Rohan, während er den Stoff genau untersuchte. Er war fein gewebt. Kein gewöhnlicher Schurke würde einen Mantel aus so feinem Tuch tragen.

»Nun, Mrs. Beete, was haben Sie gehört?«

»Wie Sie wissen, Mylord, befinden sich meine Gemächer am hinteren Ende des Hauses. Ich bin irgendwann mitten in der Nacht plötzlich aufgewacht. Es muß von einem Geräusch gewesen sein – denn als ich ans Fenster ging, sah ich unten einen Mann bei den Gärten.«

»Warum haben Sie nicht gleich Alarm geschlagen?«

»Nun, Mylord, ich dachte, daß ich es mir vielleicht nur eingebildet hatte – nach all der Aufregung zuvor, und so schüttelte ich mir erst einmal den Schlaf aus den Augen und blickte dann noch einmal hinunter – doch da war kein Mann mehr zu sehen. Es ist möglich, daß mir meine Fantasie einen Streich gespielt hat – bei all den Blumen, die sich im Wind wiegen, und den Schatten der vielen Bäume …«

»Und Elsie?«

»Oh, das dumme Ding«, sagte Mrs. Beete. »Sie ist neu in Mountvale, Mylord, und sie hat reichlich viel Fantasie. Jeder in Braisley weiß, daß sie gern übertreibt – und Unsinn macht. Sie liebt es nun mal, wenn man ihr Aufmerksamkeit schenkt.«

»Sie ist noch sehr jung«, warf Rohan ein, während er sich an das dünne rothaarige Mädchen erinnerte, das ihn, wie er bemerkt hatte, ein- oder zweimal – hinter einer häßlichen Statue im ersten Stock verborgen – beobachtet hatte. »Lassen Sie sie ruhig ein bißchen albern sein, Mrs. Beete.«

»Ja, Mylord. Das war auch meine Absicht. Ich habe mir gedacht, daß Ihre Mutter vielleicht Freude mit dem

Mädchen haben könnte – und so habe ich über ihre Mängel hinweggesehen.«

»Das ist sehr wohlwollend von Ihnen, Mrs. Beete. Nun, Fitz, was hat Elsie denn berichtet?«

Fitz räusperte sich. Das Ganze schien ihm ein wenig peinlich zu sein. »Sie sagte, sie hätte einen Mann im Garten gesehen. Der Mann war nicht allein, Mylord. Es war eine Frau bei ihm, eine Frau mit langem blondem Haar. Sie schienen gerade mitten in sehr intimen Handlungen gewesen zu sein.«

»Aha. Und was taten sie noch, das Elsies Mißtrauen weckte?«

»Nun, wie es scheint, beschloß Elsie, den beiden entgegenzutreten, um sie zu fragen, wer sie seien – aber als sie in den Garten kam, waren sie fort. Das ist ihre Geschichte, Mylord.«

»Dann haben wir also Nachbarn oder Dienstboten, die sich amourösen Abenteuern hingeben.«

Fitz schien angesichts dieser Vorstellung schockiert zu sein.

Mrs. Beete errötete. »Unsinn, Mylord. Unsere Nachbarn oder Dienstboten geben sich keinen solchen Abenteuern hin – schon gar nicht in Mylords Gärten.«

Rohan fragte sich, was wohl seine liebe Mutter zu dieser Sache zu sagen hätte. Er durfte nicht vergessen, es ihr zu berichten, sobald sie aus Italien zurück war. Er hoffte, daß sie sofort nach Mountvale kommen würde. Für gewöhnlich zog sie nämlich London vor, wenngleich sie hin und wieder einen hübschen Bediensteten vom Land auch nicht verachtete. Rohan betrachtete die Diener in ihren rot- und elfenbeinfarbenen Uniformen. Einer von ihnen – Augustus aus Wales – war vielleicht nach dem Geschmack seiner Mutter. Er war dunkelhaarig und hatte tiefbraune Augen. Er war gut gebaut und kräftig und bestimmt nicht über dreißig Jahre alt. Rohan konnte nur den Kopf schütteln. Nein, er machte ihr keinen Vorwurf.

Er war ihr Sohn, wie sie ihn oft genug erinnerte, wobei sie ihm ihr strahlendstes Lächeln schenkte. Auch sein Vater hatte des öfteren festgestellt, daß er, Rohan, ganz in seine Fußstapfen trat.

Rohan brauchte jetzt Pulver und seinen Kammerdiener. Er schrieb eilig einen Brief an seinen Sekretär und schickte Augustus nach London, um die beiden hierher auf den Landsitz zu holen. Er kaute an seiner Feder herum, als ihm plötzlich Tante Miranda einfiel, die in Brighton lebte. Was für ein Glück! Bestimmt würde sie erfreut sein, nach Mountvale zu kommen und die Anstandsdame zu spielen. Immerhin kam er für ihren Lebensunterhalt auf. Er hoffte nur, daß sie noch lebte.

Sie befand sich in einer Ecke des Gartens, der mit Primeln in allen Farben bewachsen war. Er beobachtete, wie sie ihre Finger über ein Blatt gleiten ließ. Er hatte Primeln selbst ziemlich gern, was er gegenüber seinen Freunden in London natürlich unerwähnt ließ. Aber es war nun einmal so, daß ihre lebhaften Farben ihn durch und durch mit Wärme erfüllten.

Sie stand zwischen zwei Gärtnern, Ozzy und Tom Harker – zwei Brüder, die schon länger in den Diensten der Carringtons standen, als Rohan auf der Welt war. Sie waren beide sehr groß, ziemlich hager und fast kahlköpfig. Die drei waren in ein recht lebhaftes Gespräch vertieft. Wenn er sich nicht täuschte, blickte Ozzy ein wenig unglücklich drein, während Tom von einem Ohr zum anderen grinste. Er fragte sich, was da wohl vor sich ging.

»Guten Morgen«, rief Rohan ihnen zu.

Die Männer richteten sich auf, während Susannah sich weiter über die Primeln beugte. Er hörte, wie sie zu pfeifen begann. Er nickte Ozzy und Tom zu, die ihre Rechen und Spaten nahmen, um sich einer anderen Ecke des Gartens zu widmen.

»Haben Sie gewußt«, sagte Rohan, als er direkt neben ihr stand, »daß Elfen bei einem Unwetter unter den Blättern der Primeln Schutz suchen?«

»O ja«, erwiderte sie, ohne sich ihm zuzuwenden. »Haben Sie gewußt, daß einst, als der heilige Petrus die Schlüssel zum Himmelstor fallenließ, daraus Primeln wurden? Deswegen nennt man sie auch Himmelschlüssel.«

»Ja, aber ich weiß noch etwas über sie, Susannah. Ich weiß nicht, ob Ihnen bekannt ist, daß Primeln ein Symbol für Zügellosigkeit sind.«

Jetzt wandte sie sich doch zu ihm um. Sie wirkte keineswegs schockiert oder beleidigt. Statt dessen lächelte sie nur. »Das sieht Ihnen ähnlich, derartige Dinge zu wissen. Übrigens ist das gewiß der einzige Grund, warum Sie etwas über Primeln wissen, habe ich recht?«

Er blickte ihr offen in die Augen. »Haben Sie George geliebt?« fragte er unvermittelt, ohne auf ihre Frage einzugehen.

»Ich werde Ihnen die Wahrheit sagen. Ich habe nichts zu verheimlichen. Am Anfang – ja, da liebte ich George wirklich. Später machte er es mir nicht gerade leicht. Er ließ sich nur noch selten in Mulberry House blicken.«

»Das müssen Sie mir nachher noch genauer erzählen, inwiefern er es Ihnen später schwer gemacht hat. Wissen Sie, ich habe die ganze Zeit an die Ereignisse von gestern abend denken müssen. Nehmen wir einmal an, daß der Kerl, der Mulberry House dreimal auf den Kopf gestellt hat, irgendwie herausbekam, wo Ihr Zimmer ist, und sich einschlich, ohne daß ihn irgend jemand sah. Dann schaffte er es auch noch, Marianne gut zuzureden, damit sie zu schreien aufhörte. Doch dann muß Toby ins Zimmer gekommen sein, ohne den Mann jedoch zu sehen. Er muß sich solange hinter der Tür versteckt haben. Dann läuft Toby los, um uns zu holen. Und wieder gelingt es dem Mann, unentdeckt durch das Haus zu schleichen –

aber er zerreißt sich den Mantel an dem Ast eines Baumes.« Rohan holte den Stoffetzen aus seiner Jackentasche hervor und reichte ihn ihr. »Ben, einer der Stallburschen, hat das heute morgen gefunden. Sie erkennen es nicht vielleicht wieder, oder?«

»Nein, leider. Wie es aussieht, hatte er wohl nicht genug Zeit, um sein Ziel zu erreichen. Er kam gar nicht dazu, zu suchen – alles war noch an seinem Platz. O Gott, was wäre, wenn er Toby etwas angetan hätte?«

»Er hat es nicht getan. Denken wir nicht mehr dran.«

Sie blickte ihn an. Seltsam – aber irgendwie war es ihr, als würde sie ihn das erste Mal wirklich ansehen. Sie war immer noch so voller Angst, daß sie kaum einen vernünftigen Gedanken zustande brachte, und doch hatte sie die Muße, ihn zu betrachten – und festzustellen, daß er schön war. Er war groß, aber sehr schlank und gut gebaut, was sich an den engen ledernen Hosen, die er trug, unschwer erkennen ließ. Sie bewunderte seine vollkommenen Gesichtszüge und seine Augen, mit denen es ihm gewiß nicht schwerfiel, eine Frau zu betören. Sie waren dunkelgrün, konnten aber kalt wie ein winterlicher Himmel sein, wenn er wütend war, oder warm und überschäumend wie das tosende Meer, wenn er lachte – wahrscheinlich auch, wenn er mit einer Frau zusammen war. Und sie stellte sich für einen Augenblick vor, wie es wohl wäre, wenn er mit ihr auf genau diese Weise zusammensein würde. Sie schüttelte den Gedanken gleich wieder von sich. Das war ja geradezu lächerlich. Nie im Leben würde sie auch nur einen ernsthaften Gedanken an einen solchen Frauenhelden verschwenden.

»Würden Sie mir vielleicht verraten, warum Sie mich so anstarren?«

Warum nicht? »Ich dachte gerade, es ist ein Glück, daß Sie so schön sind. Denn ein Mann, der ein richtiger Frauenheld sein will, würde wohl nicht allzuviel Erfolg haben, wenn er wie eine Kröte aussieht.«

»Ich? Schön?« Er begann zu lachen – immer lauter und lauter, bis schließlich Mrs. Beete von einem Fenster im Obergeschoß herunterrief. »Mylord, was ist mit Ihnen? Ist Ihnen das Frühstück nicht bekommen?«

Jetzt hatte er also wieder gelacht. Und noch dazu ganz laut und ungehemmt. Kein Wunder, daß Mrs. Beete dachte, er wäre krank. »Das muß es sein, Mrs. Beete«, rief er zurück. »Es muß das Frühstück gewesen sein.«

»Warum glaubt Mrs. Beete, daß Sie krank sind?« fragte Susannah. »Sie sehen doch völlig gesund aus. Na ja, das verstehe, wer will. Übrigens, wußten Sie schon, daß mir die Harker-Brüder ein Rennkätzchen versprochen haben? Sie wollen mir auch zeigen, wie ich das Kätzchen trainieren kann, haben aber gemeint, daß das Training geheim bleiben muß. Ich habe noch nie zuvor von Katzenrennen gehört, doch klingt es recht interessant. Was meinen Sie dazu?«

Er lachte erneut. Mit einem Mal wurde er ernst. »Ein Rennkätzchen? Nein, bestimmt haben Sie die beiden falsch verstanden.«

»Nein, genau das haben sie gesagt.«

»Das ist ungerecht«, sagte er und trat einen Stein mit dem Stiefel zur Seite. »Mir haben sie noch nie eine Katze angeboten. Warum wollen sie Ihnen eine geben? Sie haben Sie doch gerade erst kennengelernt. Wie können sie denn wissen, ob Sie überhaupt mit dem Tier umgehen können?«

»Sie können mir gern beim Abrichten helfen, wenn Sie mögen.«

Es war zwar nur das halbe Vergnügen – aber immerhin besser als gar nichts. »Na gut«, stimmte er etwas widerwillig zu, »aber ich hätte trotzdem gern mein eigenes Kätzchen gehabt.«

7

Rohan lehnte sich in seinem bequemen Ledersessel zurück, der hinter dem riesigen Mahagonischreibtisch in der Bibliothek stand. Er hatte alles getan, was er im Moment tun konnte. Jemand klopfte an die Tür.

»Nur herein«, rief er.

Die Tür öffnete sich, und dann stand Fitz so aufrecht vor ihm, wie er das in den letzten fünf Jahren nicht mehr getan hatte. Kein Lord hätte in diesem Moment arroganter dreinblicken können als er. Er war sich seiner verantwortungsvollen Aufgabe vollauf bewußt, als er Rohan mitteilte: »Ich habe alle Männer beisammen, Mylord. Sie erwarten Sie auf der großen Wiese an der Ostseite.«

Es waren Männer aus dem Dorf, außerdem viele Pächter, die auf dem Gut der Carringtons arbeiteten, und natürlich seine eigenen Leute. Selbst Mrs. Beete stand unter einem Apfelbaum, die Arme vor der enormen Brust verschränkt. Ozzy Harper hielt einen Kater im Arm, der als besonders fleißiger Mäusefänger galt. Das Tier schien sich äußerst wohl im Arm des Gärtners zu fühlen, der es unter dem Kinn kraulte. Aufgrund seiner Wildheit, die der Kater gelegentlich an den Tag legte, galt er ebenfalls als echter Carrington.

Mindestens fünfundsiebzig Männer und eine Handvoll Frauen waren zur Stelle. Auch Susannah war unter ihnen, mit Marianne im Arm und Toby an ihrer Seite.

Sie alle blickten recht grimmig drein.

»Ich danke euch allen, daß ihr gekommen seid«, begann Rohan. »Ihr wißt bestimmt schon, daß gestern abend ein Mann ins Haus eingedrungen ist. Er versuchte, Mrs. Carringtons Schlafzimmer zu durchsuchen, aber Toby hat ihn weggejagt. Wie er es schaffte, sich ins Haus zu schleichen, und woher er wußte, wo sich Mrs. Carringtons Schlafzimmer befand, wissen wir nicht. Ben hat heute morgen ein Stück Wollstoff gefunden, das an einem Ast bei den Stallungen hing.« Rohan bedeutete den Männern, den Stoffetzen weiterzureichen. »Ich möchte, daß ihr alle die Augen offenhaltet. Wenn ihr einen Fremden seht, noch dazu einen, der einen Mantel von dieser Wolle trägt, dann teilt es bitte unverzüglich Mr. Fitz mit.«

Er setzte eine Belohnung aus, was bei den Anwesenden durchaus Anklang fand, und gab außerdem bekannt, daß Mrs. Horselys Apfelwein an die Männer ausgeschenkt werden sollte – jedoch nur ein Glas an jeden, da größere Mengen unvermeidlich dazu führen würden, daß der Betreffende sich das Hemd vom Leib riß und unanständige Lieder zu grölen begann. Es war keine große Überraschung, daß der Apfelwein auf größeren Beifall stieß als die ausgesetzte Belohnung.

Etwas später übergab Rohan seinem Butler einen versiegelten Umschlag. »Bitte kümmern Sie sich um den Brief, Fitz. Er ist sehr wichtig.«

»Er geht nach London, wie ich sehe, Mylord.«

»Ja, an einen Gentleman, zu dem ich großes Vertrauen habe. Phillip Mercerault, Vicomte Derencourt.«

»Wir haben hier nicht mehr eine solche Aufregung gehabt, seit Ihre werte Mama damals vom Birnbaum fiel – zum Glück direkt in Raymonds Arme, wenngleich man auf Aufregungen dieser Art sicherlich verzichten könnte. Sie erinnern sich doch an Raymond, den Diener, nicht wahr, Mylord? Ein wirklich netter junger Mann – immer gutgelaunt und freundlich. Ich werde nie vergessen, was für ein Glück es doch war, daß er genau in dem Augenblick unter dem Birnbaum stand.«

War da etwa eine leichte Ironie aus seinen Worten herauszuhören? Es hatte jedenfalls ganz den Anschein.

»Nein, das hier ist viel aufregender«, erwiderte Rohan. »Wenn ich nur daran denke, wie Marianne da draußen vor dem Fenster saß. Also, ich könnte etwas Langeweile ganz gut vertragen. Die ganze Sache kann noch ziemlich gefährlich werden, Fitz.«

»Ich habe gehört, daß derselbe Mann schon dreimal in Mrs. Carringtons Haus eingedrungen ist?«

Woher hatte er das nur wieder erfahren? Rohan verzichtete darauf, ihn danach zu fragen, und blickte ihn nur ein wenig überrascht an. Fitz wußte eben alles.

»Es scheint tatsächlich ein und derselbe Mann zu sein. Und aus diesem Grund habe ich an den Gentleman in London geschrieben. Ist das Frühstück fertig?«

»Ja, Mylord. Miss Marianne ist im Kinderzimmer, Betty paßt auf sie auf. Master Toby ist im Dorf, um den Pfarrer kennenzulernen, wie Sie vorgeschlagen haben.«

»Ja. Wie Sie wissen, gibt Mr. Byam auch Unterricht. Ich möchte, daß Toby sich überlegt, ob er bei ihm Stunden nehmen möchte. Mrs. Carrington hat wohl noch nicht begonnen, ihr Kätzchen zu trainieren, nehme ich an?«

»Nein, Mylord. Das Kätzchen kommt erst nächste Woche. Mr. Harker möchte nichts überstürzen. Er meint, es würde dem Kätzchen nicht guttun, wenn man zu früh damit beginnt. Mrs. Carrington erwartet Sie übrigens im Frühstückszimmer.«

Mit großem Genuß verzehrte sie die hauchdünne Scheibe Schinken. Nie zuvor in ihrem Leben hatte sie derart vorzüglichen Schinken gegessen.

»Ich habe meiner Mutter einen Brief geschrieben, damit sie erfährt, daß sie Großmutter ist. Außerdem habe ich meine Tante Miranda verständigt, damit sie zu uns kommt, um uns Gesellschaft zu leisten – das heißt, falls sie noch auf der Erde wandelt und nicht bereits unter ihr liegt.«

Sie hielt einen Moment mit dem Essen inne. An diesem Morgen hatte sie ein anderes Kleid angezogen – ein grünes Baumwollkleid, das bereits etwas ausgewaschen wirkte und das unter den Brüsten einen dunkelgrünen Streifen aufwies. Es war mit kurzen Puffärmeln versehen und am Hals mit Spitzen besetzt. Ihr glänzendes braunes Haar war mit einem schwarzen Band zurückgebunden.

»Sie geben sich wirklich viel Mühe. Sind Sie sicher, daß Sie ...«

»Ja. Übrigens haben Sie wirklich schönes Haar«, sagte er, wobei ihm mit einem Mal bewußt wurde, wie gern er mit den Fingern durch ihr dichtes Haar streichen würde. Er verscheuchte diesen Gedanken rasch wieder und wandte sich seinem Rührei zu ... Am liebsten hätte er den Duft ihres Haars eingeatmet und es an seinen Wangen gespürt ... Er mußte sich zusammennehmen! Was war nur plötzlich in ihn gefahren? Er räusperte sich, aber was er im nächsten Augenblick sagte, war ganz und gar nicht, was er beabsichtigt hatte. »Ihre Augen haben einen auffallend schönen blaugrauen Farbton. Aber Ihre Kleider – zumindest die, die ich bisher gesehen habe – sind nicht gerade umwerfend. Sie sehen aus, als würden Sie sie schon seit zehn Jahren tragen. Ich habe beschlossen, eine Schneiderin aus Eastbourne kommen zu lassen, die sich darum kümmern soll.«

Sie ließ die Gabel geräuschvoll auf den Teller fallen. Ihr Gesicht rötete sich bedrohlich. »Nein, das werden Sie nicht tun. Es genügt vollauf, wenn Sie mir Georges Erbe übergeben. Ich werde mich selbst um mich, Marianne und Toby kümmern. Ich meine, es ist wirklich sehr großzügig von Ihnen, aber ich möchte nicht, daß Sie Ihr eigenes Geld für mich ausgeben. Ich möchte nicht in Ihrer Schuld stehen.«

»Ich kann Ihnen die zwanzigtausend Pfund nicht geben.«

Früher oder später hätte er es ihr ohnehin mitteilen müssen.

»Aber Sie haben mir doch gesagt ...«

»Ich habe gesagt, daß Sie als eine Carrington leben müssen. Und daß das Familienoberhaupt – in diesem Fall also ich – sich um Sie zu kümmern hat. So will es Tante Mariam in ihrem Testament.«

»Aber was ist dann mit den zwanzigtausend Pfund? Wenn ich weiter hier lebe – kann ich sie dann nicht haben?«

»O nein, Sie bekommen das Geld in kleinen vierteljährlichen Teilbeträgen – bis ins hohe Alter.«

»Das ist ein seltsames Vermächtnis. Immerhin bin ich Georges Witwe – da kann es doch nicht ihre Absicht gewesen sein, daß die Familie Carrington für mich sorgen muß. Eine Witwe sollte doch nicht mit kleinen Beträgen abgespeist werden.«

Er zuckte mit den Achseln und nahm einen Bissen von dem knusprigen Schinken. Er fühlte sich zwar nicht ganz wohl in seiner Haut, gab jedoch nicht nach. »Es tut mir leid«, sagte er, »aber da läßt sich nun mal nichts machen. Sie sind eine Carrington. Das Testament verfügt, daß Sie meiner Verantwortung unterstehen. Aber Sie müssen nicht unbedingt hier leben. Wenn Sie lieber bei Tibolt in seinem Pfarrhaus leben möchten … es liegt ungefähr zwanzig Meilen östlich von hier in Edgeton-on-Hough. Aber es ist ziemlich eng dort. Ich weiß nicht, ob es Toby gefallen würde. Außerdem wird Tibolt irgendwann einmal heiraten – und Sie möchten doch sicher nicht ein frischvermähltes Paar durch Ihre Anwesenheit stören?«

»Heißt das, Sie sind der einzige Carrington?«

»Der einzige Carrington, der in Frage kommt. Nein, da ist natürlich noch meine Mutter. Sie reist gerne in der Welt herum und verbringt nicht allzuviel Zeit in England. Aber wenn sie ihre Enkeltochter sieht – vielleicht entdeckt sie dann die Freuden des Großmutterseins und beschließt, seßhaft zu werden.« Er runzelte die Stirn bei dem Gedanken. »Darauf würde ich mich jedoch nicht verlassen. Eigentlich kann ich mir nur schwer vorstellen, daß sie sich plötzlich an einen Ort bindet. Meine Mutter muß sich frei und ungebunden fühlen, um glücklich zu sein.«

Sie lachte laut auf. »Ihre Mutter ist ja wohl ein recht eigenwilliger Mensch.«

»O ja, das kann man wohl sagen. Ich habe sie wirklich sehr gern. Ach ja, wegen der neuen Kleider, die ich für besorgen wollte ...«

»Nein, ich glaube nicht, daß ich das möchte. Wann bekomme ich denn meine erste Zahlung? Ich möchte das Geld sparen.«

Wie konnte ein Testament jemanden daran hindern, die Erbschaft zu sparen? Rohan wußte nur eines – er wollte sie nicht von Mountvale fortlassen. Warum? Nun, darüber wollte er nicht nachdenken. Sie mußte ganz einfach hierbleiben.

»Natürlich können Sie ein wenig davon sparen. Aber ich möchte hier des öfteren Gäste einladen – und ich habe mir vorgestellt, daß Sie die Rolle der Gastgeberin übernehmen. Und das können Sie unmöglich in Ihren alten Kleidern tun.«

Sie wandte sich wieder dem Rührei auf ihrem Teller zu. »Ich werde darüber nachdenken«, sagte sie schließlich, ohne ihn anzublicken.

Es war eine ziemlich stürmische Nacht – eine jener Nächte, in denen Rohan sich stets unruhig und rastlos fühlte. Er ging in der Bibliothek auf und ab. Schließlich blieb er stehen, um einen Schluck von dem mittlerweile kalt gewordenen Tee zu trinken.

»Rohan.«

Er wäre fast gestolpert, so schnell drehte er sich um, als er ihre Stimme hörte. Susannah stand in der Tür – mit wallendem Haar, in einem ausgebleichten hellblauen Nachthemd, über dem sie einen dunkelblauen Morgenmantel trug, wie es für eine ältliche Jungfer durchaus passend gewesen wäre. Wahrscheinlich hatten die Stücke einst ihrer Mutter gehört, oder gar schon ihrer Großmutter. Es spielte keine Rolle. Sie sah trotzdem umwerfend aus. Er hatte sie schon an den vergangenen beiden Tagen mit einiger Bewunderung betrachtet – aber umwerfend hatte er sie bisher nicht gefunden. Es ergab einfach keinen Sinn. Sie war schließlich schon Mutter, um Himmels willen. Aber sie war trotzdem umwerfend – nein, einfach absurd.

Er schaffte es, seine Stimme gleichgültig klingen zu lassen. »Es ist schon nach Mitternacht. Was gibt es denn?«

»Mir ist etwas eingefallen, das vielleicht hilfreich sein könnte. Ich habe das Kerzenlicht unter der Tür durchscheinen gesehen, und da dachte ich, ich sollte es Ihnen vielleicht gleich mitteilen.«

Er bot ihr einen Stuhl an. Als sie am Kamin vorüberging, wurde das Feuer mit einem Mal erneut angefacht, so daß er der Konturen ihres wohlgeformten Körpers unter der dünnen Nachtwäsche gewahr wurde.

Er schluckte. Es war Zeit, daß er wieder einmal nach London fuhr. Er brauchte ein wenig Abstand von ihr. Nur ein wenig Abstand – und das Ganze würde sich von selbst wieder legen. Warum hatte er bloß das Feuer nicht ausgehen lassen?

Er schluckte erneut. »Setzen Sie sich«, sagte er, diesmal etwas lauter. Wenn sie nicht bald aus dem Licht trat, würde er rasch hinter dem Schreibtisch Platz nehmen müssen. Bestimmt würde sie erahnen, was das bedeutete – besonders wenn sie sah, wie er mit glasigen Augen auf ihre Brüste starrte und kaum noch ein vernünftiges Wort herausbrachte.

Sie trat hinter einen Ohrensessel und beugte sich ein wenig vor, so daß ihr Haar sanft auf ihre Schulter fiel und die linke Brust bedeckte – eine sehr verführerische

Haltung. Wußte sie das denn nicht – oder tat sie es etwa mit Absicht?

»Was ist Ihnen denn Wichtiges eingefallen?« fragte er barsch.

Sie konnte sich ein Lächeln nicht verkneifen. Sein seltsames Benehmen hatte für sie eigenartigerweise sogar etwas Charmantes an sich. Irgend etwas schien ihn zu quälen. Ihr Lächeln verschwand. Bestimmt war sie daran schuld. Sie hatte schließlich all die Schwierigkeiten in sein Haus gebracht. Und natürlich ihr Vater mit diesem unseligen Brief. Sie hoffte, daß Mrs. Heron ihn beim Kartenspiel ordentlich ausnehmen würde. Wenn ihm kein Geld mehr blieb, dann konnte er nicht weggehen, um es zu verspielen. Bestimmt verwünschte der Baron sie und ihren Vater für all die Probleme, die er durch sie hatte. Sie blickte auf ihre gefalteten Hände und seufzte.

»Es tut mir leid, daß ich Ihnen solche Unannehmlichkeiten bereitet habe. Es ist alles meine Schuld, das weiß ich sehr wohl.«

»Sie haben also gewußt, daß der Dieb Ihnen hierher folgen würde, nicht wahr?«

»Eigentlich habe ich gehofft, er würde aufgeben, wenn er sehen würde, wohin ich reiste. Schließlich ist das hier ein *richtiges* Haus – nicht so wie Mulberry House.« Sie blickte auf den weichen Brokat des Stuhls hinunter und begann mit der Hand darüberzustreichen, wäre es eine Katze. Der Stoff war weich und warm, und er stellte sich plötzlich vor, wie sich ihre Hände auf seiner Haut anfühlen würden. Er stieß ein leises Knurren aus. Bald war er reif für die Irrenanstalt. Ihre Stimme klang zerknirscht, als sie fortfuhr: »Aber natürlich hielt ich es für möglich, daß er mir folgen könnte. Ich schätze, das war ziemlich rücksichtslos von mir.«

»Da muß ich Ihnen recht geben.«

Seine Worte trafen sie unerwartet hart. Sie blickte zu

ihm auf »Ich tat es für die Kinder. Ich wollte sie nicht einer solchen Gefahr aussetzen.«

»Wie es aussieht, sind sie immer noch in Gefahr.«

Er hatte recht – doch es tat weh, es so unverblümt hören zu müssen. Sie versuchte die Schultern zu straffen, die Niedergeschlagenheit zu überwinden, was ihr nicht gleich gelang. »Ist der Betrag, den ich bekomme, ausreichend, damit ich mir ein kleines Häuschen in der Nähe von Mountvale leisten kann? Ich unterstehe ja Ihrer Verantwortung – deshalb muß ich ja wohl in der Nähe bleiben, oder? Ich ziehe mit den Kindern weg von hier. Dann kann wieder Ruhe in Ihr Leben einziehen.«

Er blickte sie mürrisch an. »Was soll das nun wieder heißen? ›Dann kann wieder Ruhe in Leben einziehen.‹« Er ahmte den herablassenden Ton nach, in dem sie den Satz gesprochen hatte.

Es war nicht ihre Absicht gewesen, einen solchen Ton anzuschlagen, aber das war nun einmal nicht mehr zu ändern. Er blickte sie an, als wollte er sie jeden Moment aus dem Fenster werfen. Es waren große Fenster – und er hätte es wohl zuwege gebracht, wenn er gewollt hätte.

»Sie sind ein unverheirateter Mann«, sagte sie in versöhnlichem Ton. »Sie haben den Ruf eines Gentlemans, der vor allem seinen Vergnügungen nachgeht und der …«

»Das reicht jetzt.« Er raufte sich das ohnehin schon recht wirre Haar. Er hat wirklich schönes Haar, dachte sie, auch wenn es im Moment ziemlich zerzaust war. »Hören Sie, es war meine Idee, daß Sie hierher kommen und hier leben. Ihr Vorschlag, ein Häuschen zu kaufen, ist absurd. Der Dieb hätte dann leichtes Spiel – so wie in Mulberry House. Hier in Mountvale sind Sie zumindest einigermaßen sicher. Nein, das ist absoluter Unsinn. Aber sagen Sie, warum sind Sie hier hereingekommen? Und was war es, das Sie mir sagen wollten?«

Sie akzeptierte seine ablehnenden Worte und sagte:

»Als ich vor etwa zwei Jahren einmal mit George in Oxford war, kamen zwei Freunde von ihm in das Gasthaus, in dem wir gerade aßen. Er stellte sie mir vor.«

»Wie haben sie Sie behandelt?« fragte er neugierig.

»Ich verstehe die Frage nicht ganz«, gab sie zurück. Wie nichtsahnend und unschuldig sie doch war. Wenigstens konnte er sich jetzt sicher sein, daß sie keine Ahnung hatte, was für ein Verhältnis zwischen George und ihr tatsächlich bestanden hatte.

Sie dachte einen Augenblick nach und sagte dann: »Nun, sie behandelten mich ganz gut – obwohl ich sagen muß, daß sie mir fast ein bißchen zu ausgelassen waren. Sie machten andauernd Scherze, die ich nicht verstand. Als sie gegangen waren, schien sich George ein wenig zu schämen. Er war sogar errötet. Nach einer Weile wollte er, daß wir aufbrechen und nach Hause fahren. Er hat mich nie wieder nach Oxford mitgenommen.«

»Wie hießen denn diese Freunde?«

»Ich kann mich vor allem an einen Namen erinnern – er ist mir damals ziemlich seltsam vorgekommen. Theodore Micah. Der andere könnte Lambert oder so ähnlich geheißen haben. Ich weiß aber nicht einmal, ob das sein Vorname oder sein Familienname ist.«

»Waren sie im gleichen Alter wie George?«

»Nein, sie waren älter, vielleicht um sechs oder sieben Jahre. Als ich George nach ihnen fragte, sagte er mir, er würde sie von der Universität kennen; aber danach sahen sie eigentlich gar nicht aus – mit ihrer lauten, ziemlich aufdringlichen Art und ihren grellen Kleidern. Das ist auch der Grund, warum ich mir dachte, ich sollte es Ihnen erzählen. Ich habe mich nämlich gefragt, ob sie nicht vielleicht mit den Einbrüchen in Mulberry House zu tun haben könnten. Sie waren keine Studenten – und auch keine Gentlemen.«

Rohan wollte von solchen Dingen nichts hören. Am liebsten hätte er George genau so in Erinnerung behalten, wie er ihn gekannt hatte. Er wollte nicht das Gefühl bekommen, daß George ihn vielleicht hintergangen haben könnte. Wer, zum Teufel, waren diese Männer gewesen?

»Danke«, sagte er mit kalter Stimme. »Es ist nicht sehr wahrscheinlich, daß sie etwas mit den Einbrüchen in Mulberry House oder hier zu tun haben könnten. Mag schon sein, daß es sich um zwielichtige Kerle gehandelt hat – aber fast jeder junge Mann gibt sich irgendwann mal mit solchen Leuten ab. Ich werde aber darüber nachdenken. Es ist schon spät. Marianne wird um sechs Uhr an Ihrem Bett stehen. Gehen Sie ruhig jetzt schlafen.«

Er wollte sie nicht noch einmal vor dem Licht des Kaminfeuers sehen, deshalb wandte er sich ab und ging zum Schrank hinüber. Er griff jedoch nicht nach der Brandykaraffe, obwohl ein Mann von seinem Ruf ja wahrscheinlich Brandy in rauhen Mengen hinuntergießen sollte.

»Gute Nacht, Mylord.«

Er sagte kein Wort. Er drehte sich nicht einmal nach ihr um. Es wäre eine zu große Qual gewesen.

Kurz nach dem Morgengrauen schritt er zu den Stallungen hinüber. Alles war noch wunderbar still – selbst die Vögel hatten sich noch nicht aus ihren Nestern erhoben. Die Luft war kalt, doch es wehte nur ein leichtes Lüftchen.

Diese wunderbare Stille. Er sah einen Kater vorüberschreiten – es war Galahad, der die meisten Mäuse von allen fing. Er war ziemlich wohlgenährt, was darauf schließen ließ, daß sich Tom Harker sehr gut um das Tier kümmerte. Auch der Kater ging ganz still vorüber. Ja, Stille. Bis er schließlich zur Stalltür kam – da nämlich hörte er Jamie singen, mit einer Stimme, die ihm so schön wie nie zuvor erschien:

»Es war mal ne Dirne aus Everhunt,
deren Möpse waren stadtbekannt.
Doch sie hatte nicht pralle und runde,
sondern nur zwei freche kleine Hunde –
krummbeinig, verfressen und überspannt.«

Als er geendet hatte, setzte prompt Gullivers beifälliges Wiehern ein, in das sogleich ein anderes Pferd einstimmte, worauf schließlich auch Hera, Susannahs Stute, ein kräftiges Schnauben vernehmen ließ.

Er trat in den Stall ein und sah in dem schwachen Licht Jamie, der dabei war, Gulliver zu striegeln, während die drei anderen Stallburschen, die noch anwesend waren, ihre Arbeit ruhen ließen und Jamie ziemlich ehrfurchtsvoll ansahen. Dann brachen sie alle gleichzeitig in laute Beifallskundgebungen aus und baten ihn um eine Zugabe – doch Jamie schüttelte den Kopf. »Tut mir leid, Freunde, aber ich darf meine Lieblinge nicht zu sehr verwöhnen – ein Liedchen pro Tag muß genügen.«

Im nächsten Augenblick sahen die Stallburschen Rohan in der Türe stehen. Ziemlich entgeistert blickten sie ihn an.

»Ein nettes Liedchen«, sagte Rohan in beiläufigem Ton, ehe er sich an einen jungen Stallburschen wandte: »Doom, sattle doch gleich mal Gulliver für mich. Der Tag ist zu schön, um ihn zu vergeuden.«

Doom war ein magerer Junge von vierzehn Jahren, den noch nie jemand lächeln gesehen hatte. Er lief tagaus, tagein immer mit dem gleichen mürrischen Gesicht herum.

Jamie ging zu Rohan hinüber, der bei der Tür wartete. »Dieser Doom, Mylord – ich wette, daß ich ihm ein Lächeln entlocke, noch bevor die Woche zu Ende ist. Bis Freitag, nicht länger.«

»Ein Pfund dagegen«, erwiderte Rohan und schüttelte ihm die Hand.

»Ich hab' ihn schon soweit, daß er mich manchmal ein wenig eigenartig ansieht, wenn ich etwas singe. Bis Freitag, Mylord. Irgendwie ist es schon seltsam mit dem Jungen – ich meine, er wurde nicht von seinem Vater geschlagen oder irgend so etwas. Er ist ganz einfach so.«

Rohan kehrte erst zu Mittag wieder von seinem Ausritt zurück. Er kam verschwitzt, aber mit neuen Lebensgeistern in Mountvale House an. Als er eine große Kutsche vor dem Haus stehen sah, vor die vier wunderschöne weiße Pferde gespannt waren, blieb er ziemlich verblüfft stehen. Flankiert wurde die Kutsche von drei Reitern mit wallenden schwarzen Mänteln. Der Kutscher trug eine silber- und schwarzfarbene Livree. Die Haustür von Mountvale stand weit offen. Kaum sah er die bunten Röcke in der Tür auftauchen, als auch schon die wohlvertraute Stimme ertönte: »Mein Lieber! Ich bin wieder zu Hause!«

8

Charlotte Dulcina Carrington, Lady Mountvale, nahm ein Glas gut gekühlten Champagner von ihrem Sohn entgegen. »… Weißt du, Liebster, ich war gerade in Paris, als mir so eine *Ahnung* kam. Nun, Rohan, sieh mich nicht so an, als wäre ich nicht ganz bei Trost. Es war wirklich eine Ahnung, ein ganz seltsames Gefühl – und ich hatte außerdem eine Vision; ich sah ein Mädchen vor mir – eine Frau eigentlich, aber noch sehr jung –, und sie wirkte ziemlich verängstigt. Und dann sah ich dich, du warst bei ihr und hast ziemlich hilflos dreingeblickt. Was soll eine arme Mutter denn da anderes tun als sofort nach Hause zu kommen? Ich fühlte einfach, daß ich gebraucht werde. Und so habe ich nicht lange gezögert und bin losgefahren, um dir beizustehen.« Ihre aufrechte Haltung brachte ihre makellosen Schultern und die wohlgeformten Brüste vortrefflich zur Geltung. Mit entschlossener Stimme verkündete sie: »Ich bin gekommen, um die Dinge in Ordnung zu bringen, mein Sohn. Was immer geschehen ist – ich werde es regeln.«

»Danke, Mutter«, sagte Rohan. Er stieß mit ihr an und zwang sich, einen Schluck zu nehmen. Er haßte Champagner. Er trank überhaupt nur sehr wenig, was jedoch niemand wissen konnte. Es hätte ihm ohnehin niemand geglaubt, denn ein Mann, der – so wie er – im Ruf stand, ein ausgemachter Wüstling zu sein, der mußte ganz einfach ordentlich zechen.

Sie sah wieder einmal umwerfend aus in dem reizenden moosgrünen Kleid, das tief ausgeschnitten war, ohne deshalb vulgär zu wirken. Seine Mutter wirkte nie vulgär.

»Du siehst sehr gut aus, Mutter.«

»Ja, mein Liebling, ich weiß. Es ist trotzdem schön, es von dir zu hören – aber wie sollte es dir auch nicht auffallen, bei deinem Gespür für das weibliche Geschlecht – ganz wie dein lieber Papa. Nun, jetzt sag mir schon, wer ist die junge Dame, die solche Angst hat?«

Von draußen waren rasche Schritte und ein lautes Keuchen zu hören. »Bist du das, Toby? Komm rein und sag meiner Mutter guten Tag.«

Toby trat zwei Schritte in das Zimmer, ehe er wie vom Blitz getroffen stehenblieb. Er sah vor sich das anmutigste Geschöpf, das er je zu Gesicht bekommen hatte. Ihr dichtes blondes Haar war hoch aufgetürmt, aber einzelne Löckchen hingen auf die Schultern herab oder umspielten ihren weißen Hals. Ihre Augen waren so blau wie der Himmel an einem heißen Sommertag, wenn kein Wölkchen weit und breit zu sehen ist, ihre Nase war schmal und gerade – so wie die von Rohan. Ihre Lippen waren von leuchtend roter Farbe, so als hätte sie soeben Erdbeeren gegessen. Es gelang ihm schließlich, seine Augen von dieser wundersamen Erscheinung loszureißen. Er blickte den Baron entgeistert an und schüttelte den Kopf. »Sie haben einen Scherz gemacht, nicht wahr, Sir?«

»Wie kommst du darauf?«

Toby betrachtete erneut die Göttin, die da vor ihm stand. »Sie kann unmöglich Ihre Mutter sein. Sie ist jung und schön und sie sieht Ihnen sehr ähnlich. Aber ihre Augen sind blau, nicht grün. Ja, das ist es. Sie muß Ihre Schwester sein. Ist sie älter oder jünger als Sie?«

»Ich habe keine Schwester mehr, Toby. Und jetzt hör endlich auf, sie so anzustarren. Sie ist meine Mutter, das kannst du mir glauben.«

Lady Mountvale, die den Jungen mit einem Schmunzeln betrachtete, nickte nun anerkennend, denn ihr war klar, daß der Kleine mit einem trefflichen Blick und großem Scharfsinn ausgestattet sein mußte. Mit einem bezaubernden Lächeln sagte sie: »Mein Junge, du bist zweifellos auf dem besten Weg, ein großer Kenner und Genießer zu werden. Ich bin wirklich sehr erfreut.« Und zu Rohan gewandt, fügte sie hinzu: »Wer ist dieser hübsche Junge, mein Liebling? Du hast doch nicht irgendwann einen Sohn gezeugt, den du uns jetzt präsentierst? Das hieße dann, daß du ihn mit fünfzehn oder sechzehn gezeugt hättest. Alle Achtung. Dein lieber Vater wäre wirklich stolz auf dich gewesen. Wie schade, daß er es nicht mehr erleben kann. Warum hast du uns denn nicht früher von dem entzückenden Jungen erzählt? Es hätte deinem Vater die letzten Tage versüßt.«

Toby wurde nun doch aus seiner Bewunderung gerissen. Er richtete sich auf wie ein kleiner Gockel. »Ich bin kein uneheliches Kind, Mylady. Ich bin Toby Hawlworth. Ihr Sohn meint zwar, mein Vater sei ein Bastard – aber ich bin keiner; ich bin ein eheliches Kind.«

»Sein Vater ist ein Bastard, Liebling? Nun, ich habe ihn jedenfalls nicht in meiner Vision gesehen. Das ist alles sehr eigenartig.«

»Er ist nur ein Bastard, was den Charakter betrifft«, warf Rohan ein.

»Hat der Vater dir den Jungen geschickt, damit du dich um ihn kümmerst und ihn auf das Leben vorbereitest?«

»Nein, Toby ist der Bruder der verängstigten jungen Dame, die dir in deiner Vision erschienen ist. Toby, hol doch Susannah her. Wenn Marianne wach ist und nicht allzu schlechte Laune hat, soll sie die Kleine doch auch gleich mitbringen. Ach, und sag deiner Schwester, daß wir eine Überraschung für sie haben.«

»Ja, Sir«, sagte Toby, warf noch einen letzten Blick auf die wunderschöne Frau, die unmöglich Rohans Mutter sein konnte, und lief hinaus.

»Kämm dein Haar, Susannah.«

»Wieso? Ist etwas mit meinem Haar nicht in Ordnung, Toby? Ich hab' mich doch erst heute morgen gekämmt. Was ist denn nur los mit dir?«

»Du müßtest *ihr* Haar sehen, Susannah. Bitte, tu irgend etwas, sonst wirst du dich wie ein Dienstmädchen fühlen.«

Susannah stemmte die Hände in die Hüften und blickte ihren Bruder an. »Du kommst hier hereingelaufen und sagst mir, ich soll mich beeilen. Dann sagst du mir auch noch, ich soll mir das Haar kämmen. Was ist denn eigentlich los? Ist Besuch gekommen?«

»Ja, eine Besucherin. Rohan hat gesagt, es ist seine Mutter, aber das war nur ein Scherz. Sie kann unmöglich seine Mutter sein.«

»Warum denn nicht?«

»Sie ist einfach wunderschön, Susannah. Bitte, kämm jetzt dein Haar, damit es besser aussieht.«

Sie ging zur Friesierkommode, um sich um ihr Haar zu kümmern. Sie trug es zurückgebürstet und mit einer Schleife im Nacken zusammengebunden. Sie lächelte Toby im Spiegel zu und zupfte hier und dort noch ein wenig herum, bis schließlich ein paar Löckchen ihre Ohren umspielten. »So. Ist es jetzt besser?«

Er betrachtete sie eingehend. »Ein bißchen. Was ist mit deinem Kleid, Susannah? Hast du denn nichts, in dem du ein wenig … äh … zarter aussiehst und deine Haut ein wenig heller …«

Er fand nicht die Worte, um es ihr zu erklären, doch ihr wurde nun klar, daß da eine sehr schöne Frau unten bei Rohan sein mußte. Aber gewiß nicht seine Mutter. Immerhin konnte die Mutter eines erwachsenen Mannes nicht so aussehen, wie Toby es zu beschreiben versuchte. Außerdem hatte er ihr doch erzählt, daß seine Mutter gerade in Italien weilte. Ob es vielleicht eine Nachbarin war? Oder eine Geliebte? Aber andererseits würde nicht einmal der allergrößte Wüstling und Frauenheld seine Geliebte bei sich zu Hause empfangen, oder? Auf jeden Fall mußte Toby sich verhört haben. Die Frau konnte ganz einfach nicht Rohans Mutter sein.

»Meinst du vielleicht, ich sollte ein wenig appetitlicher aussehen?«

»Ich glaube schon«, meinte Toby nachdenklich. »Obwohl ich bei dem Wort ›appetitlich‹ eigentlich mehr an Essen denke.«

Sie lächelte und strich ihm über das Haar. »So«, sagte sie, während sie sich in die Wangen kniff, um ihnen ein wenig Farbe zu verleihen, »ist es jetzt etwas besser?«

»Ihr Mund sieht aus, als hätte sie gerade Erdbeeren gegessen.«

Du liebe Güte.

»Rohan hat gemeint, du sollst auch Marianne mitbringen, wenn sie nicht gerade schlecht aufgelegt ist.«

»Na gut. Holen wir sie. Sag, Toby, könnte es nicht sein, daß diese Frau vielleicht doch seine Mutter ist?«

Er schüttelte energisch den Kopf. »Nein, das ist unmöglich. Rohan hat nur einen Scherz gemacht. Sie ist viel zu jung, Susannah. Du wirst schon sehen. Sie sieht aus, als wäre sie seine Schwester – aber ist seine Schwester nicht vor vielen Jahren gestorben?«

»Ich glaube, ja.«

Konnte es denn tatsächlich seine Mutter sein – diese Frau, die weithin für ihre Schönheit berühmt war, die von ihrem Gemahl angebetet worden war und die sich immer noch allseits größter Wertschätzung erfreute; immerhin erzählte man sich, daß sie mehr Liebhaber hatte, als andere Ladies Kleider besaßen.

Zehn Minuten später standen die drei in der Tür zum Empfangssalon – Marianne zwischen Susannah und Toby. Susannah war kein achtjähriges Mädchen mehr, deshalb starrte sie die Lady nicht wie gebannt an – doch sie verstand sehr wohl, warum Toby gar so fasziniert von ihr war. Sie sah einfach bezaubernd aus. Kein Wunder, daß Rohan so gut aussah. Sie fragte sich einen Augenblick, ob wohl auch Tibolt, der Pfarrer, ihr Aussehen geerbt haben mochte. Wenn es so war, dann würden die Mädchen in seiner Gemeinde gewiß miteinander wetteifern, um ihn für sich zu gewinnen.

Susannah rückte noch einmal ihr abgetragenes blaßblaues Wollkleid zurecht.

»Ah, da seid ihr ja. Susannah, darf ich Ihnen meine Mutter, Lady Mountvale, vorstellen? Mutter, ist das die junge Lady, die dir in deiner Vision erschienen ist? Die solche Angst hatte?«

»Ja«, sagte Lady Mountvale ohne zu zögern. »Das ist sie. Mich wundert nur, mein Sohn, daß du an ihrer Seite so hilflos ausgesehen hast.«

Susannah blickte erst seine Mutter und dann Rohan selbst an. »Ich verstehe nicht ganz. Worum geht es eigentlich?«

»Wir unterhalten uns später darüber«, sagte Rohan.

»Und wer ist die süße Kleine da?« fragte Charlotte plötzlich, während sie Marianne wie gebannt anstarrte.

»Das«, sagte Rohan mit großer Genugtuung, »das ist deine Enkeltochter, Mutter. Sie ist Georges Tochter. Das ist Susannah Carrington, Georges Witwe. Toby ist ihr Bruder.«

Zu Rohans Überraschung ging seine Mutter vor Marianne in die Knie, um das Mädchen genau zu betrachten. Sie machte keine Anstalten, sie in die Arme zu schließen, sondern blickte nur in ihr kleines Gesicht. Marianne starrte sie ihrerseits interessiert an.

»Sie ist George wie aus dem Gesicht geschnitten«, sagte Charlotte schließlich. »Auch mir und dir sieht sie unglaublich ähnlich. Ach, aber sie hat die Augen deines lieben Vaters.« Sie erhob sich und wandte sich Rohan zu, als sie plötzlich in Tränen ausbrach.

»Mutter!«

Er drückte sie an sich und klopfte ihr sacht auf den Rücken. »Aber Mutter, sie ist doch noch ein so kleines Mädchen. Keiner würde glauben, daß du schon Großmutter bist.«

»Bitte, Ma'am«, warf Toby ein, »Mylord hat recht. Kein Mensch würde glauben, daß Sie Mariannes Großmutter sind. Sie sehen aus, als wären sie ihre Mutter; nur habe ich noch nie eine Mutter gesehen, die so schön ist.« Toby war nun nicht mehr zu bremsen. »Ich meine, Sie sehen aus, als wären sie ihre ältere Schwester, Ma'am. Wirklich, Susannah sieht älter aus als Sie.«

Lady Mountvale hob den Kopf. Sogar wenn sie weinte, war sie schön, dachte Rohan. Die Tränen funkelten wie Diamanten auf ihren dichten Wimpern. Doch im nächsten Augenblick sah er zu seiner Verblüffung, daß sie trotz ihrer Tränen lachte. »Oh, Liebling«, stieß sie hervor, »das ist einfach wunderbar, findest du nicht auch? Es bedeutet doch, daß George nicht der weltfremde Gelehrte war, für den wir ihn hielten. Auch er hatte feuriges Blut in seinen Adern. Dein Vater und ich hatten schon alle Hoffnung aufgegeben, weil er sich kein bißchen für die jungen Ladies interessierte, mit denen wir ihn bekanntmachten. Und dennoch hat George ein Kind gezeugt. Unglaublich! Und daß er dieses reizende Mädchen sogar geheiratet hat! Ach, es ist einfach wunderbar. Findest du nicht auch, Rohan, daß Marianne sein Ebenbild ist? Ich bin so glücklich – ich glaube, ich werde Fitz noch etwas Champagner bringen lassen. Trinkt Toby auch schon Champagner?«

»Das Mädchen kann sich durchaus sehen lassen«, sagte Lady Mountvale zu Rohan, als die beiden am Abend desselben Tages in der Bibliothek beisammensaßen. »Wirklich, wenn sie erst die richtigen Kleider hat, sieht sie bestimmt reizend aus. Ich werde mich gleich morgen darum kümmern. Ach, warum trinkst du nur diesen scheußlichen Tee, mein Liebling? Was werden die Leute denken, wenn sie dich so sehen?«

Daran hatte er nicht gedacht. Sobald er fern von London war, vergaß er stets, was er seinem Ruf schuldig war. »Ach, das hat nichts zu bedeuten, Mutter«, sagte er beschwichtigend.

Sie blickte ihn jedoch immer noch mißbilligend an. »Das will ich auch hoffen. Nun, was, meinst du, soll mit Georges Witwe geschehen?«

»Sie lebt jetzt hier. Ich habe an Tante Miranda geschrieben. Wenn sie noch am Leben ist, könnte sie ja auch herkommen, um die Anstandsdame zu spielen.«

»Nun, das letzte, was ich von ihr hörte, war, daß ihr letzter Seufzer nicht mehr allzu fern sein dürfte; vielleicht hat sie die irdischen Gefilde mittlerweile auch schon verlassen. Du weißt ja, sie hat mich nie besonders gemocht. Aber du hast recht: du brauchst irgend jemanden – ich meine, bei deinem Ruf als Frauenheld. Die Leute werden denken, daß Marianne dein uneheliches Kind ist.« Sie hielt einen Augenblick inne und nahm einen Schluck Champagner, ehe sich ihre Miene aufhellte. »Das wäre gar nicht einmal so schlecht. Es wird ohnehin Zeit, daß du von einer deiner vielen Liebschaften ein Kind vorzuweisen hast.«

»Ich schätze, Susannah wäre nicht sehr erfreut, wenn man ihr Kind als Bastard betrachtet.«

»Du hast wahrscheinlich recht. Eine echte Carrington. Wirklich wunderbar.« Sie nahm noch einen Schluck Champagner.

»Nun, Mutter, möchtest du mir nicht etwas mehr über deine Vision erzählen? Du hast gemeint, Susannah sei die junge Lady, die dir erschienen ist?«

»Ja, und du hast hinter ihr gestanden und so hilflos gewirkt – das hat mir gar nicht gefallen, Rohan.«

»Das würde mir auch nicht gefallen. Mehr hast du nicht gesehen?«

Seine Mutter dachte angestrengt nach, eine Pose, in der sie ebenfalls großartig aussah. »Ich hatte das Gefühl, ihr beide wart in einer Art Höhle. Es war ziemlich dunkel da drin. Es sah aus, als wäre seit vielen Jahren niemand mehr dort gewesen. Da waren auch noch andere Leute, aber ihre Gesichter waren ziemlich verschwommen. Nur dein Gesicht und das von Susannah sah ich deutlich vor mir. Das ist alles. Tut mir leid, mein Liebling, an mehr erinnere ich mich nicht.«

Er wußte nicht, was er davon halten sollte. Seine Mutter sollte all das in einer Art Vision gesehen haben? »Wie findest du Marianne?« fragte er schließlich.

»Meine Enkeltochter«, sagte sie langsam, so als würde sie sich das Wort auf der Zunge zergehen lassen. »Ein beängstigender Gedanke für jede Lady. Sie sieht George und dir unglaublich ähnlich. Dein Vater hat immer geseufzt, wenn ich ihm gegenüber erwähnte, daß alle unsere Söhne ihrer Mutter ähnlich sähen – abgesehen von den grünen Augen der Carringtons. Er gestand aber gern ein, daß es eigentlich ganz gerecht sei, denn schließlich hatte ich ja auch den mühsameren Teil zu bewältigen.

Ich wünschte, George hätte uns von seiner Heirat erzählt – aber vielleicht dachte er, daß wir es ihm verbieten könnten, weil er noch so jung war.«

»Mag sein«, antwortete Rohan und überlegte, wie er das Thema wechseln könnte.

»Ich wünschte, George hätte uns gesagt, daß Susannah ein Kind erwartet. Ich hätte mich liebend gern um sie gekümmert. Ich hätte ihr ein paar Ratschläge geben können, wie sie am besten mit den gräßlichen Schmerzen bei der Geburt fertig wird. Übrigens hatte ich bei deiner Geburt die allergrößten Schmerzen, aber heute ist das alles so gut wie vergessen.«

»Danke, Mutter.«

»Ich habe dir nie einen Vorwurf deswegen gemacht, mein Lieber, aber deinen Vater habe ich ordentlich angeschrien – das weiß ich noch gut. Dabei konnte er ja auch nichts dafür, der arme Mann. Jedesmal, wenn ich wieder die Qualen der Geburt zu erdulden hatte, war er so außer sich vor Sorge um mich, daß er es nicht an meiner Seite aushielt. Er flüchtete sich dann stets in die Arme einer seiner Mätressen, die ihn tröstete. Er hatte solche Schuldgefühle, daß er mir all die Schmerzen verursachte. Als du zur Welt gekommen warst, Rohan, fuhren wir nach Italien. Oh, ich liebte Venedig mit seinen Maskenbällen und den gutaussehenden Italienern. Sie … nun, das gehört jetzt nicht hierher.« Sie griff mit ihren schlanken weißen Fingern nach ihrer diamantbesetzten Halskette. »Dieses nette kleine Geschenk hat er mir nach Tibolts Geburt gemacht.«

»Was hat er dir denn nach Georges Geburt geschenkt?«

»George kam so rasch, daß dein Papa nicht einmal Zeit hatte, das Haus zu verlassen. Er wollte gerade zur Tür hinaus, als George auch schon unter uns war. Ich glaube, er hat mir dann Ohrringe geschenkt. Als meine arme Clarissa zur Welt kam, versprach mir dein Papa, er würde sie mit einer reichen Mitgift ausstatten. Ich sagte darauf, das wäre alles recht und schön – aber ich wollte meinen Lohn sofort. Er schenkte mir eine Stute. Du erinnerst dich doch an Josephine, nicht wahr? Sie hatte so wunderschöne Augen, weißt du noch?«

Er nickte.

»Ich erwarte von dir, daß du einmal genauso großzügig zu deiner Frau bist, Rohan. Denn du mußt dir irgendwann eine Frau nehmen, mein Lieber. Es tut mir leid, aber so ist das nun einmal. Du brauchst einen Erben.«

Er seufzte, während er sich mit den Fingern durchs Haar strich. »Ich weiß, Mama. Ich habe mich auch schon ein wenig umgesehen.« Er sah Susannah deutlich vor sich, schüttelte den Gedanken aber gleich wieder ab. Jetzt hatte er schon Visionen von ihr – genau wie seine Mutter.

»Und hast du noch keine gefunden, die dir gefallen würde?«

»Nein, noch nicht.«

Plötzlich wurde ihm klar, daß irgend etwas nicht stimmte. Er blickte seine Mutter etwas genauer an. Ihre Wangen waren ein wenig gerötet, was in diesem Fall nicht auf Schminke zurückzuführen war. Langsam sagte er: »Mutter, hast du irgend etwas angestellt?«

Sie trank ihren Champagner aus. »Ich werde nach Fitz läuten.«

»Das werde ich für dich tun, sobald du mir verraten hast, was du getan hast. Du hast doch irgend etwas unternommen, nicht wahr? Ich meine, etwas, das mir nicht sehr gefallen würde, nicht wahr?«

»Ihr Name ist Daphne. Ich weiß, ein scheußlicher Name, so schrecklich griechisch – aber sie ist wirklich schön, Rohan. Sie stammt außerdem aus sehr gutem Haus und wäre wirklich eine akzeptable Ehefrau für dich. Ihr Vater ist der Vicomte Bracken. Ich hatte ihn selbst einst in Betracht gezogen, beschloß dann aber, daß er nicht ganz meinen Vorstellungen entsprach. Aber diese Daphne ist wirklich ein schönes Kind und bringt eine stattliche Mitgift mit. Ich meine, ich würde nie ein Mädchen auswählen, das deiner nicht würdig ist.«

Er stöhnte ein wenig angewidert und begann in der Bibliothek auf und ab zu gehen. Der schwere Teppich unter seinen Füßen dämpfte das Geräusch seiner Schritte. Fitz kam herein und ließ diesmal die Champagnerflasche gleich da. Seine Mutter betrachtete ihren Sohn, ohne ein Wort zu sagen.

Schließlich sagte er: »Ich bin erst fünfundzwanzig. Ich werde erst in drei Monaten sechsundzwanzig. Ich bin noch nicht alt genug dafür. Ich werde heiraten, das steht fest, aber noch nicht gleich, Mama. Und vor allem – bitte keine Daphne. Wahrscheinlich lebt sie ohnehin irgendwo in Italien.«

»Nein, sie lebt hier in England, in Kent. Aber sie weiß, wie du bist und welchen Ruf du genießt. Dein Leben braucht sich gar nicht zu ändern, wirklich nicht. Du kannst mit all deinen Vergnügungen weitermachen wie bisher. Daphne wird dir einen Erben schenken, ehe sie sich ihren eigenen Zerstreuungen widmen kann.«

»Mama, ich weiß es zu schätzen, daß du dich so um mich kümmerst, aber ich bin zu jung, um schon ernsthaft an Heirat zu denken. Und vor allem möchte ich keine Frau, die Daphne heißt.«

Seine Mutter betrachtete ihn eine Weile und nickte schließlich. »Na schön. Ich werde Lord Bracken schreiben, daß du noch nicht an Heirat denkst. Es ist wirklich ein gräßlicher Name, nicht wahr? Aber sie ist ein ganz reizendes Geschöpf. Vielleicht könnten wir sie überreden, ihren Namen zu ändern. Wäre dir Jane lieber? Oder Victoria?«

»Vergessen wir die reizende junge Dame lieber, in Ordnung?« Er lächelte und erhob sein Glas.

»Da wir gerade von reizenden Geschöpfen sprechen – wie heißt denn der neue Diener, Rohan? Du weißt schon, der mit den unglaublichen dunklen Augen. Er hat irgend etwas Walisisches an sich.«

»Er heißt Augustus. Ich dachte mir schon, daß er dir gefallen könnte.«

»Du bist ein guter Sohn«, sagte Charlotte und erhob sich, um ihn zu küssen. Dann ging sie zur Tür, wobei sie ihm noch einen Blick über die Schulter zuwarf. »Hast du eigentlich mit Susannah schon irgendwelche Pläne?« fragte sie. »Ich meine nicht für nächste Woche, sondern für die Zukunft.«

Er blickte auf seine blankpolierten Stiefel hinunter, ehe er seine Mutter ansah. »Ich weiß noch nicht. Aber ich sollte dir vielleicht von Tante Mariam erzählen – und von der Erbschaft, die sie George hinterlassen hat.«

»Ich bin zwar nicht mehr die Allerjüngste, aber ich glaube nicht, daß ich eine Tante Mariam vergessen hätte, wenn es sie gäbe. Vielleicht ist sie eine der ehemaligen Mätressen deines Vaters, und sie nennt sich ›Tante‹, weil sie sich fast zur Familie gehörig betrachtet?«

»Nein, es gibt – soweit ich weiß – gar keine Tante Mariam, aber das braucht Susannah ja nicht zu erfahren. Ich glaube, Mutter, ich sollte dir erzählen, was ich angestellt habe.«

9

Bestimmt täuschte sie sich – das konnte unmöglich Baron Mountvale sein. Susannah trat etwas näher heran. Er war es tatsächlich. Er kniete auf der Erde und setzte Ringelblumen mit goldfarbenen Blüten ein. Sie hörte ihn dabei ein Lied summen.

Der für seinen ausschweifenden Lebenswandel berühmte Baron pflanzte Ringelblumen? Und wie sorgsam er mit ihnen umging! Susannah wußte nicht, was sie davon halten sollte. Er hatte ihr erzählt, daß er den Garten für seine Mutter angelegt hatte und er selbst kein Interesse hätte, in der Erde herumzuwühlen. Und jetzt hockte er da und setzte mit sichtlichem Vergnügen Ringelblumen in die Erde ein.

Dann wurde ihr bewußt, daß er sie eigentlich in Eastbourne wähnte, wo sie mit ihrer Schwiegermutter – wenn auch widerwillig – eine Schneiderin besucht hatte. Diese war jedoch krank, so daß sie viel früher als erwartet wieder zurückgekehrt waren.

Und da hockte Rohan nun im Garten und pflanzte Blumen. Sie schlich sich in aller Stille aus dem Garten. Sie mußte erst einmal über all das nachdenken.

Als Rohan kurz vor dem Mittagessen in den Empfangssalon kam, sah er, wie seine Mutter neben der kleinen Marianne auf dem Fußboden saß und sich von ihrer Enkeltochter Tee einschenken ließ. Susannah saß in einem Stuhl in der Ecke des großen Raumes. Das Sonnenlicht flutete durch die Fenster herein, so daß das Haar seiner Mutter wie gesponnene Seide wirkte. Er fragte sich, was wohl der schöne Augustus von Lady Mountvale hielt. Wahrscheinlich war er ziemlich hingerissen.

Susannah blickte unwillkürlich auf die Fingernägel des Barons. Nein, sie waren sauber und gepflegt. Es waren jedenfalls keine Spuren von Gartenarbeit daran zu erkennen. Er hatte sehr schöne Hände, dachte sie und wischte den Gedanken sogleich wieder beiseite.

»Ro-han!«

Marianne rappelte sich hoch und lief mit erhobenen Armen auf Rohan zu. Er beugte sich zu ihr hinunter, hob sie hoch und ließ sie schwungvoll über dem Kopf kreisen.

»Hast du deine Großmama mit Tee begossen?«

Sie berührte das Grübchen in seinem Kinn und sagte

lächelnd: »Wenn ich groß bin, möchte ich wie Charlotte aussehen.«

»Charlotte? Du sagst Charlotte zu deiner Großmama?«

»Ja, mein Lieber«, warf seine Mutter ein. »Man muß eben gewisse Dinge akzeptieren, wenn sie nicht zu ändern sind.«

»Verstehe. Also, was hast du heute alles angestellt, du kleines Früchtchen, außer daß du Charlotte Tee serviert hast?«

»Sie hat mir von meinem Großpapa erzählt. Er hätte mir Bonbons gegeben.«

»Ja, das hätte er bestimmt«, sagte Rohan und wünschte sich plötzlich, George wäre noch da, damit er ihm einen ordentlichen Kinnhaken hätte verpassen können.

»Rohan, du bist fast so hübsch wie Charlotte.«

Er nahm ihr die Finger aus dem Mund und biß spielerisch hinein. »Männer sind nicht hübsch. Wir sind höchstens gutaussehend. Das ist besser, als bloß hübsch zu sein.«

»Ist Mama hübsch oder gutaussehend?«

»Deine Mama ist ein Mädchen. Also muß sie hübsch sein. Sie kann es sich nicht aussuchen.«

Er drehte sich zu Susannah um, die über seine Worte lachte. »Haben Marianne und Charlotte denn nicht zum Tee eingeladen?« fragte er.

»Nein, mein Lieber«, warf Charlotte ein. »wir konnten sie leider nicht einladen; Susannah lehnt nämlich meine Hilfe ab. Ich habe ihr angeboten, einige von meinen Kleidern zu tragen, bis wir wieder nach Eastbourne kommen – aber sie will einfach nicht. Sie ist ziemlich stolz – ein wenig zu stolz. Darum muß sie leiden.«

»Nein, das ist es nicht«, erwiderte Rohan. »Sie schlägt dein Angebot aus, weil sie fürchtet, daß ihr deine Kleider nicht stehen würden, weil sie nicht deine tolle Figur hat. Sie hat Angst, sich lächerlich zu machen, das ist alles.«

»Mir würden sie bestimmt stehen«, warf Marianne ein.

»Reden wir in fünfzehn Jahren noch einmal darüber«, sagte Rohan. »Nun, Susannah, hab' ich nicht recht?«

Susannah seufzte. »Es war wirklich nicht leicht, Sir. In Eastbourne gerieten alle Männer in Verzückung, die Ihre Mutter sahen. Ich bin überzeugt, sie hielten mich für ihre Kammerzofe.«

»Aber auch nur, weil Sie sich geweigert haben, eines von meinen Kleidern anzuziehen«, warf Charlotte ein. »Sie sind also selbst daran schuld. Aber da gibt es noch etwas, das ich Ihnen sagen muß, Susannah. Ich habe mit Rohan über die Sache mit Tante Mariams Testament gesprochen, und wir haben festgestellt, daß er eine Kleinigkeit übersehen hat – dort steht nämlich, daß George gleich zu Beginn einen Betrag von fünfhundert Pfund bekommen soll, und dieser Betrag geht jetzt an Sie. Erst dann setzen die vierteljährlichen Zahlungen ein. Was sagen Sie dazu? Ist das nicht großartig?«

Susannah war außer sich vor Freude. Fünfhundert Pfund! Was konnte sie mit einem so riesigen Betrag nicht alles anfangen! Sie würde Mulberry House renovieren, das Dach erneuern, und außerdem ...

»Schlagen Sie sich das gleich aus dem Kopf«, sagte Rohan und setzte Marianne wieder auf dem Boden ab.

»Aber wenn es mein eigenes Geld ist, wie kommen Sie dann dazu, mir vorzuschreiben, was ich damit anzufangen habe? Außerdem, woher wissen Sie, was ich gerade dachte?«

»Ihr Gesicht ist wie ein Fenster, durch das Ihre Gedanken nur allzu deutlich zu erkennen sind – zumindest für mich. Sie werden keinen Penny in Mulberry House stekken. Sie werden das Geld für sich selbst verwenden – und nicht für dieses heruntergekommene Haus oder Ihren nicht weniger heruntergekommenen Vater. Außerdem brauchen auch Toby und Marianne neue Kleider.

Vielleicht könnten Sie Toby ein Pony kaufen. Er sollte langsam reiten lernen.«

Susannah blickte ihre Schwiegermutter an. Sie erhob sich von ihrem Stuhl. »Ich beherrsche mich nur deshalb, Ma'am, weil er Ihr Sohn ist und weil ich Sie nicht in Verlegenheit bringen möchte.«

»Sie sind eine sehr tapfere Schwiegertochter«, sagte Charlotte. »Trotzdem sollten Sie nicht darauf verzichten, hin und wieder Ihren Gefühlen freien Lauf zu lassen, damit Sie sich kein Magenleiden zuziehen.«

»Sehr wohl.« Susannah wandte sich ihm zu, nun nicht mehr länger die Etikette wahrend, und brüllte los: »Wie kannst du es wagen, mir etwas zu befehlen, wo es doch *meine* fünfhundert Pfund sind? Du bist wirklich ein anmaßender Bastar… äh … Baron!«

»Wie wolltest du mich gerade nennen?« gab Rohan im gleichen Tonfall zurück. »Na ja, egal Mutter, bist du dir da sicher, was das Testament betrifft? Soll sie wirklich jetzt schon fünfhundert Pfund bekommen? Sind überhaupt keine Bedingungen daran geknüpft?«

Charlotte blickte auf den exquisiten Smaragdring hinunter, den sie am Mittelfinger ihrer linken Hand trug. »Tut mir leid, Liebling, aber es gibt keinerlei Bedingungen.«

Er war überzeugt, daß sie sich noch rasch irgendwelche Bedingungen hätte einfallen lassen, wenn es möglich gewesen wäre – doch dann hätte das ganze wie ein Schwindel gewirkt, was es ja eigentlich auch war. Er blickte Susannah mit finsterer Miene an. »Du wirst das Geld so verwenden, wie ich es dir gesagt habe. Ich bin der Herr in diesem Haus, das Oberhaupt der Familie Carrington. Du wirst mir gehorchen.«

»Ich bin nicht deine Leibeigene. Außerdem ist jetzt auch der Vorwand hinfällig, daß du eine Gastgeberin brauchst, da ja deine Mutter wieder hier ist.«

»Es gefällt mir trotzdem nicht, daß du herumläufst

wie irgendein Bettelweib. Ich will nicht, daß man mich für einen elenden Geizhals hält. Die Leute werden hinter meinem Rücken über mich zu tuscheln beginnen. Und sie werden es mich spüren lassen, wenn ich das nächste Mal ins Dorf komme.«

»Dieses Kleid hat einst meiner Mutter gehört.«

Er hörte ein leichtes Beben in ihrer Stimme, und es hätte ihn eigentlich warnen sollen – aber er konnte sich einfach nicht mehr bremsen. »Deine Mutter hätte bestimmt nicht gewollt, daß du so armselig herumläufst. Man sieht sogar deine Fußknöchel. Eine Lady stellt nicht ihre Knöchel zur Schau. Und deine Strümpfe sind außerdem uralt. Es ist wirklich kein schöner Anblick. Verwende das Geld, um dich ordentlich einzukleiden.«

»Es tut mir wirklich leid, Ma'am«, sagte Susannah, »aber ich kann nicht anders.« Sie trat rasch zu Rohan hin und schlug ihm so fest sie konnte mit der Faust in die Magengrube.

Er ächzte und krümmte sich vor Schmerz. »Das war ein recht ordentlicher Schlag«, sagte er, als er wieder sprechen konnte. »Ich bin froh, daß du nicht tiefer gezielt hast. Ein Mann kann nämlich nicht so schnell wieder sprechen, wenn er einen Schlag in die ...« Er sah, daß Marianne die Szene mit ihren großen grünen Augen aufmerksam verfolgte. »Egal. Du gehst jetzt auf dein Zimmer, Susannah. Und du kannst sicher sein, daß das noch nicht das letzte Wort war.«

»Mama, warum hast du Rohan geschlagen?« wollte Marianne wissen.

Oha, das war wirklich dumm von ihr gewesen. Bevor ihr noch irgendeine Erklärung einfiel, warf Rohan ein: »Ich habe ihr beigebracht, wie man sich verteidigt. Du hast ja gehört, wie ich gesagt habe, daß es ein guter Schlag war. Sie kann es schon ganz gut. Ich werde ihr noch mehr beibringen.« Er hörte Susannah irgend etwas knurren.

»Ach, ehe du gehst, Susannah«, sagte Charlotte, nun auch in vertraulicherem Ton und mit ruhiger Stimme, als wäre gar nichts Besonderes vorgefallen. »Mein Sohn hat mir von deinen Schwierigkeiten erzählt – daß jemand in dein Haus eingedrungen sei und dann auch in Mountvale House. Das gefällt mir gar nicht. Wir müssen uns zusammensetzen und scharf überlegen, was der Mann gesucht haben könnte. Nur so können wir das Rätsel vielleicht lösen.«

Susannah konnte dieses bezaubernde Geschöpf nur anstarren, das dasaß und zu ihr aufblickte. »Ich gebe Ihnen vollkommen recht, Ma'am. Aber haben Sie nicht gehört, was er vorhin gesagt hat, wie er mit mir gesprochen hat? Er hat mir Befehle gegeben wie einem Dienstmädchen. Das können Sie gutheißen?«

Charlotte spielte mit einer blonden Haarsträhne, während sie Marianne mit der anderen Hand sanft die Finger aus dem Mund nahm. Sie zuckte mit den Achseln und nahm Marianne in den Schoß. »Meine Liebe, er ist mein Sohn, mein ältester Sohn. Nie hat er mir irgendeinen Anlaß zur Klage gegeben. Bereitwillig hat er alles angenommen, was sein lieber Papa und ich ihn lehrten. Er hat uns von frühester Kindheit an nur Freude bereitet. Und er hat sich einen Ruf erworben, wie er für seine jungen Jahre äußerst bemerkenswert ist. Er hat mich sehr stolz gemacht. Was soll die Mutter eines solchen Sohnes tun?«

Susannah blinzelte einmal, zweimal, und holte tief Luft. »Aber Ma'am«, brachte sie schließlich hervor, »er ist ein Wüstling, ein …«

»Ich bin kein Wüstling, verdammt noch mal!«

»Doch, Liebling, das bist du.« Charlotte hielt einen Augenblick inne. »Aber ich würde dich nie so nennen. Es ist ein viel zu grobes Wort. ›Wüstling‹. Da denkt man doch unwillkürlich an einen ungehobelten Kerl – dabei wissen alle, daß der Baron Mountvale ein ungemein charmanter Gentleman ist. Die Damen sind nun einmal hinter ihm her, und wenn es zu Ausschweifungen kommt – was hoffentlich hin und wieder der Fall ist –, dann sind vor allem die Damen dafür verantwortlich. Aber nicht ausschließlich, will ich doch hoffen, was, Rohan?«

»Nein, Mutter, nicht ausschließlich.« Er sah ein – es war nichts zu machen. »Susannah«, sagte er, um das Thema zu wechseln, »wir geben am Freitag eine kleine Abendgesellschaft. Es werden mindestens ein Dutzend Nachbarn kommen. Ich würde es sehr begrüßen, wenn du dich entsprechend kleiden würdest – als Georges Witwe, nicht als meine Gastgeberin. Und jetzt gehe ich mit Toby reiten. Er müßte eigentlich schon von seinem Unterricht bei Pfarrer Byam zurück sein.«

»Ich dachte, du wolltest, daß ich ihm ein Pony von meinen fünfhundert Pfund kaufe.«

»Das sollst du auch. Aber ich habe beschlossen, daß Toby zu alt für ein Pony ist. Marianne braucht ein Pony. Toby soll ein richtiges Pferd bekommen. Ich werde es auch für ihn aussuchen. Die Branderleigh-Farm ist nicht weit von Mountvale entfernt. Dort finden wir bestimmt, was wir suchen. Für den Augenblick habe ich aber genügend Pferde, die für ihn geeignet sind.«

»Susannah«, hörte er seine Mutter sagen, bevor er das Zimmer verlassen hatte, »Gentlemen mögen es nun einmal nicht, wenn man ihnen offen widerspricht. Du warst doch mit George verheiratet – da hast du das doch sicher gelernt.«

»Nein, Ma'am. George war nicht sehr oft in Mulberry House. Ich habe wenig oder fast gar nichts gelernt.«

»Oh«, sagte Charlotte und fragte sich, ob George wohl sein Temperament sofort wieder einbüßte, nachdem er Marianne gezeugt hatte. Traurigerweise hatte es ganz den Anschein. »Das tut mir leid, meine Liebe.«

»Mir auch, Ma'am.« Nun, so sehr nun auch wieder nicht, dachte Susannah, als sie Marianne nach oben trug, um sie schlafen zu legen. Während der letzten Jahre hatte sie ihn kaum noch gesehen. Wahrscheinlich hätte er seine Tochter nicht einmal erkannt, wenn er ihr zufällig auf der Straße begegnet wäre. Aber immerhin hatte er ihnen bis zuletzt Geld geschickt.

Fünfhundert Pfund. Als sie ihr Schlafzimmer erreichte, setzte sie sich sofort an den kleinen Schreibtisch, nahm ein Stück Papier aus einer Schublade und begann eine Liste aufzustellen.

Sie hätte sich selbst ohrfeigen können, als sie nach einer Weile feststellen mußte, daß sie ›Kleider‹ ganz oben angeführt hatte.

Der Baron war ein Wüstling, der gelegentlich Ringelblumen im Garten pflanzte – und das noch dazu mit großer Sorgfalt. Alles sehr eigenartig. »Wüstling.« Charlotte hatte recht – es war ein allzu grobes Wort, das ganz und gar nicht auf ihn zutraf, was ihr neuerlich zu denken gab.

Susannah schlief tief und fest – und zwar zum ersten Mal allein. Marianne schlief im Kinderzimmer in Gesellschaft von Lottie, dem neuen Kindermädchen. Betty hatte Mountvale verlassen, um sich um ihre kranke Mutter zu kümmern. Susannah träumte von einem Mann – einem Fremden –, der sich in Blumenbeeten zu schaffen machte. Er versicherte ihr immer wieder, daß er Pflanzen nicht ausstehen könne, daß sie ohnehin schnell verrotten würden und daß er sich hüten werde, noch einmal welche anzupflanzen.

Er hielt ihr plötzlich eine graufarbene Blumenzwiebel unter die Nase. »Riech mal daran«, forderte er sie auf.

Sie wich zurück, atmete aber dennoch den widerlich süßen Geruch ein, an dem sie glaubte ersticken zu müssen.

Sie begann sich dagegen zu wehren. Plötzlich war sie wach, und sie sah einen Mann vor sich, der ihr ein feuchtes Tuch gegen Mund und Nase preßte.

Sie versuchte sich zu erheben und zurückzuweichen, doch er drückte mit der anderen Hand ihren Kopf gegen das Tuch. Sie hielt den Atem an und versuchte ihn mit den Fäusten wegzustoßen – doch vergeblich. Er schlug sie so heftig zwischen die Schulterblätter, daß es ihr den Atem nahm.

Sie fühlte sich schwindlig und benommen, bis sie schließlich überhaupt nichts mehr spürte.

»Mylord, Mrs. Carrington ist fort!«

Es war Fitz, der mit einem Gesicht, das genauso weiß war wie sein makelloser Kragen, keuchend im Schlafzimmer des Barons erschien.

»Was meinen Sie damit – sie ist fort?« Rohan schüttelte den Kopf, um die Überreste des seltsamen Traums zu verscheuchen, den er gerade gehabt hatte. »Es ist doch erst sieben Uhr früh, Fitz. Vielleicht ist sie ausgeritten, vielleicht spielt sie auch mit Marianne irgendwo, Sie wissen ja …«

»Sie ist fort, Mylord. Fort! Elsie hat einen Blick in ihr Schlafzimmer geworfen, als sie vorüberkam. Ihr Bett war leer, die Laken zerwühlt. Offensichtlich wurde ihr Zimmer durchstöbert.«

»Durchstöbert? Sind Sie sicher? Sie haben ja selbst gesagt, daß Elsie ein wenig zuviel Fantasie hat. Haben Sie die Sache denn überprüft?« Doch Rohan hatte die Laken bereits zurückgeworfen. Er war nackt, und der Holzfußboden unter seinen Füßen fühlte sich kälter als Eis an.

»Ihr Morgenmantel, Mylord. So ist es besser. So können Sie sich sehen lassen, wenngleich die Dienstmädchen Sie vielleicht auch ohne Morgenmantel nicht ungern sehen würden. Nun, ich habe die Sache tatsächlich überprüft. Mrs. Carrington ist weg, Mylord. Ihr Schlafzimmer ist ein einziges Durcheinander. Jemand hat sie entführt.«

Rohan stieß einen deftigen Fluch aus. »Alle Türen waren versperrt, wir haben außerdem ein paar Männer beauftragt, das Haus im Auge zu behalten. Was ist mit den Leuten, die die Türen bewachten?«

»Ich weiß es nicht.« Fitz wurde immer bleicher. »Oh, ich weiß es wirklich nicht.« Der alte Mann rannte beinahe aus dem Zimmer, der Baron hinter ihm her.

Keiner der Diener war verletzt. Keiner hatte irgend etwas Verdächtiges gesehen.

Charlotte untersuchte Augustus sehr eingehend von oben bis unten, um sicherzugehen, daß er sich nicht verletzt hatte.

»Ihr habt nichts gesehen und gehört?«

Die vier Männer schüttelten den Kopf »Nein, Mylord«, antwortete Augustus. »Wir standen Wache, seit wir um Mitternacht die anderen ablösten. Es ist nichts Außergewöhnliches vorgefallen.«

Augustus drückte sich recht klar und verständlich aus. Seine Mutter wußte das bestimmt zu schätzen. Der Baron schüttelte den Kopf. Wen kümmerte es, ob Augustus sich gewählt auszudrücken vermochte oder nicht?

Der Dieb hatte sie entführt – aber wie hatte das bloß geschehen können?

»Mylord, es tut mir leid, aber Marianne verlangt nach Mrs. Carrington. Sie schreit wie am Spieß, und Lottie weiß nicht mehr ein noch aus. Sie ist ja noch neu, und Marianne hat noch kein Zutrauen zu ihr.«

»Ich komme schon«, sagte Rohan. Er und seine Männer hatten sechs Stunden lang nach irgendeinem Zeichen von Susannah gesucht – doch ohne jeden Erfolg. Er machte sich große Sorgen, aber er wußte nicht, was er noch tun konnte. Er wollte zuerst einmal einen Bissen zu sich nehmen, ehe er seine Suche fortsetzte. Seine Mutter – mit Männerhosen, Jacke und Hut bekleidet – war soeben mit einem neuen Suchtrupp aufgebrochen.

Lottie bemühte sich redlich, die kreischende Marianne zu beruhigen, die wie wild in den Armen des Mädchens zappelte. Rohan ging zu ihr hinüber und sagte: »Marianne! Hör jetzt auf mit dem Krach – ich bekomme schon Kopfschmerzen von deinem Geschrei.«

Marianne blickte ihn ziemlich überrascht an und schwieg.

»So ist es besser.«

Marianne sprang plötzlich auf ihn zu. Lottie konnte sie nicht festhalten, doch Rohan fing sie gerade noch rechtzeitig auf.

Er hielt sie fest, während sein Herz wie wild pochte. Sie rang nach Luft, von gelegentlichem Schluckauf unterbrochen. »Nun beruhige dich doch, mein kleines Früchtchen. Deine Mama ist im Moment nicht da, aber sie kommt bald wieder.«

»Mama gibt mir immer einen Gutenmorgenkuß.«

Das klang wirklich verlockend. Lieber Himmel, er verlor auch noch den letzten Rest an Verstand.

»Mama hat mir heute keinen Kuß gegeben.«

Er küßte sie auf die Wange. »Da, dafür hast du jetzt einen Kuß von einem echten Baron bekommen.«

Ihre Finger verschwanden wiedermal in ihrem Mund.

»Hast du schon gegessen, Marianne?«

Marianne nuckelte heftig an ihren Fingern.

Lottie schüttelte den Kopf. »Sie wollte keinen einzigen Bissen zu sich nehmen, Mylord.«

»Na schön. Ich nehme sie mit nach unten. Wir werden zusammen essen.«

Lottie starrte den Herrn von Mountvale verblüfft an. Er, ein Mann, der für seine amourösen Abenteuer und seine Ausschweifungen weithin bekannt war, gab sich freiwillig mit einem kleinen Kind ab? Er nahm sie mit sich, um die Kleine zu füttern? Sie konnte es kaum erwarten, die Kunde zu verbreiten, daß der Baron sich ganz und gar nicht so verhielt, wie man es von ihm erwartete. Ja, er schien die Kleine sogar wirklich gern zu haben.

Mrs. Horsely kam in den Frühstücksraum – in der Hand einen Teller, der so gut wie alles enthielt, was kleinen Kindern schmeckte.

Rohan trug Marianne vom Fenster an den Tisch. Toby hatte bereits Platz genommen. Der Schreck und die Besorgnis waren ihm vom Gesicht abzulesen.

»Keine Sorge, Toby, wir werden sie finden«, sagte Rohan mit fester Stimme, wobei er sich fragte, ob sein unerschütterlicher Ton auch nur einen Floh hätte überzeugen können.

»Ja, Sir«, sagte Toby. »Ich kann jetzt nichts essen, sonst müßte ich mich hinterher übergeben.«

»Dann iß lieber nichts. Hast du schon einmal Marianne gefüttert?«

Toby schüttelte den Kopf.

»Dann werde ich es wohl übernehmen müssen. Nun, du kleines Früchtchen, möchtest du nicht diese schönen gelben Eier kosten?«

Marianne betrachtete die Eier und blickte dann zu ihm auf. Im nächsten Augenblick strömten ihr die Tränen über die Wangen.

»Ich will Mama. Ich will keine gelben Eier.«

»Ich würde auch keine wollen. Trotzdem müssen wir eine Kleinigkeit essen. Hier, kosten wir mal von diesem leckeren Brötchen.« Er nahm einen Bissen und brach dann ein Stückchen ab, das er ihr an den Mund hielt. Sie aß es tatsächlich.

Er fühlte sich, als hätte der Himmel ihn erhört. Er war wohl einfach ein Naturtalent.

Doch die Begeisterung währte nicht lange. Zehn Minuten später hätte Rohan die Kleine am liebsten aus dem Fenster geworfen. Sie weinte und spuckte mit Essen um sich, begann das Spiegelei mit den Fingern zu bearbeiten und kreischte dann wieder aus voller Kehle.

»Sir, vielleicht könnte ich helfen.«

»Du, Toby? Du bist wirklich ein tapferer Junge, aber

das hier ist ein Kampf, den du nicht gewinnen kannst. Keiner von uns beiden kann das schaffen.« Er seufzte und verließ den Raum, wobei er Marianne über der Schulter trug. Sie war mittlerweile völlig erschöpft vom vielen Schreien und Zappeln.

Rohan ging mit ihr ins Arbeitszimmer, wo er sich in den abgenutzten Stuhl seines Vaters setzte. Bald würde er die Suche wieder aufnehmen.

Wer konnte Susannah entführt haben, und vor allem – warum? Es mußte derselbe Mann gewesen sein, der in jener ersten Nacht in Mountvale eingedrungen war. Es konnte nicht Tibolt sein. Das war einfach undenkbar.

Immer wieder und wieder versuchte er eine Antwort auf die Frage zu finden, wie der Kerl es geschafft haben mochte, ungesehen einzudringen und wieder zu verschwinden. Die Vorstellung, daß sie sich in Gefahr befand, machte ihn nahezu verrückt.

Etwas später fand ihn Charlotte schlafend, mit Marianne an seiner Brust.

Sie blinzelte überrascht, als sie ihn so sah.

»Liebling.«

Er öffnete die Augen und schüttelte schlaftrunken den Kopf. Nein, es war diesmal keine Vision – sondern seine Mutter. »Bitte sag, daß du Susannah gefunden hast.«

»Nein, wir haben nicht die geringste Spur von ihr entdeckt.«

Rohan fluchte, wenn auch nur sehr leise, damit er Marianne nicht weckte.

Seine Mutter freute sich, daß er so zärtlich und einfühlsam mit dem Kind umging. Auch sein Vater war vernarrt in seine Kinder gewesen, wenngleich Tibolt und George ihn mit ihrem sittsamen und tugendhaften Lebenswandel bitter enttäuschten – aber das war erst viel später gewesen, als sie den Kinderschuhen entwachsen waren. Leider war es ihm nicht mehr vergönnt gewesen, zu sehen, daß George vielleicht doch nicht eine solche Enttäuschung war.

Rohan selbst wäre gar nicht auf die Idee gekommen, sein Verhalten gegenüber dem Kind als besonders zärtlich oder rücksichtsvoll zu betrachten. Er hätte es ganz einfach nicht ertragen, wenn sie ihm noch einmal laut ins Ohr gekreischt hätte. Voller Entschlossenheit erhob er sich aus dem Stuhl. »Ich muß Susannah suchen. Hoffentlich geht es ihr gut – es *darf* ihr einfach nichts geschehen, Mutter.«

»Du wirst sie finden«, sagte Charlotte, während sie sein Gesicht betrachtete. Sie legte ihm die Hand auf die Schulter. »Du wirst sie finden.«

10

Susannah stöhnte, hielt sich den Bauch und übergab sich in das modrige Stroh. Als ihr Magen leer war, fiel sie ins Stroh zurück und keuchte vor Erschöpfung.

»Endlich sind Sie wach.«

Es war die Stimme eines Mannes, ganz nahe neben ihr. Sie fühlte sich so schwach, daß es sie einige Mühe kostete, den Kopf zu drehen, um ihn anzusehen. Er hatte ein Tuch über Mund und Nase gebunden und trug einen eigenartigen Filzhut, den er tief in die Stirn gezogen hatte.

»Was wollen Sie?« Ihr Mund war völlig ausgetrocknet, ihre Zunge fühlte sich geschwollen an. »Warum haben Sie mich von Mountvale entführt? Wie sind Sie überhaupt hineingekommen?«

Das Lachen des Mannes wurde von dem Tuch gedämpft. »Tja, das ist eine gute Frage.«

Die schlimmen Magenkrämpfe ließen allmählich nach – dafür kroch die Angst um so stärker in ihr hoch.

Ihre Hände waren vor dem Körper gebunden, ihre Füße ebenso. Sie trug nichts am Leib als ihr Nachthemd. Ihr langes Haar fiel ungeordnet und zerzaust über die Schultern. »Kann ich etwas Wasser haben, bitte?«

Er brummte irgend etwas. »Ja. Aber zuerst gehen wir hinaus. Der Gestank ist ja unerträglich.« Er beugte sich hinunter und hob sie hoch, trug sie aus dem kleinen Raum und einen kurzen Gang entlang, bis sie in einen anderen Raum gelangten. Alles drin roch alt und modrig. Der Raum hatte nicht einmal ein Fenster. Wo war sie bloß?

Er legte sie auf das modrig riechende Stroh, erhob sich wieder und sagte: »Rühren Sie sich nicht von der Stelle, sonst geht's Ihnen schlecht.«

Sie zerrte an den Stricken an ihren Handgelenken. Sie saßen nicht allzu eng, doch sie gaben auch nicht nach. Rasch begann sie die Stricke um ihre Knöchel zu lockern.

Sie richtete sich schnell wieder auf, als er mit einer Schale hereinkam. »Trinken Sie.«

Sie trank und spuckte den ersten Schluck ins Stroh; den Rest trank sie schließlich begierig. Dann legte sie sich schwer atmend in das Stroh zurück.

Er setzte sich neben sie. Er war ziemlich groß, gut gebaut und schien recht jung zu sein, und auch ziemlich kräftig, denn immerhin hatte er sie völlig mühelos in den Armen getragen. Sie mußte sich alles merken, was ihr auffiel – doch die Angst machte es ihr schwer, klar zu denken. Sie schloß die Augen, um sich zu beruhigen.

Sie sah den Baron vor sich, wie er ihr auf seine besondere Art zulächelte. Dann sah sie eine Ringelblume in seiner großen dunklen Hand und hörte ihn summen. Schließlich fragte sie: »Wo sind wir?«

»Gut versteckt an einem Ort, wo niemand Sie finden wird. Kommen wir gleich zur Sache, Ma'am. Sie werden mir jetzt auf der Stelle sagen, wo George die Karte versteckt hat.«

Karte? Was für eine Karte? George hatte nie etwas von einer Karte gesagt oder ihr eine gezeigt.

»Ich weiß nichts von einer Karte«, sagte sie und öffnete die Augen. Sie sah, daß seine dunklen Augen vor Zorn funkelten, und fügte rasch hinzu: »Ich schwöre es. Sie haben Mulberry House dreimal durchsucht und nichts gefunden. Sie sind sogar in mein Schlafzimmer in Mountvale House eingedrungen und haben auch dort nichts finden können – und zwar deshalb, weil es nichts zu finden gibt. Ich habe keine Karte.«

Der Mann beugte sich vor, packte ihr Nachthemd und riß es entzwei.

Susannah schrie laut auf und versuchte sich von ihm wegzurollen.

»So«, sagte er und hielt sie mühelos am Boden fest. »Jetzt werden Sie mir alles sagen, oder Sie werden bald völlig nackt daliegen. Wenn Sie sich dann immer noch weigern, werde ich mich ein wenig mit Ihnen vergnügen. George hat zwar gemeint, Sie seien nicht besonders aufregend im Bett, aber das wird mich nicht abhalten.«

»Bitte glauben Sie mir – es gibt keine Karte!«

Er riß das Nachthemd noch weiter auf, so daß ihre Brüste entblößt waren. Sie richtete sich keuchend auf, doch er stieß sie zurück, die Hände auf ihren Schultern. Dann lehnte er sich zurück. »Wage es nicht noch einmal, dich zu rühren. Was für schöne Brüste. George hat gesagt, es wäre nicht viel dran an dir – aber er hat gelogen. Vielleicht hat er befürchtet, wir könnten auf die Idee kommen, uns ebenfalls mit dir zu vergnügen, und du hättest nicht einmal etwas dagegen.« Er griff mit seiner behandschuhten Hand nach ihrer linken Brust. »Keinerlei Spuren von der Mutterschaft. Sind an deinem Bauch auch keine Spuren zu sehen?«

Ihr Herz pochte wie wild vor Angst. Alles in ihr krampfte sich zusammen, so daß sie sich neuerlich übergeben hätte, wenn noch irgend etwas in ihrem Magen gewesen wäre. »Bitte«, flüsterte sie.

»Bitte *was?*« Seine Hand hielt immer noch ihre Brust umschlossen. Seine Finger drückten etwas fester.

»Nein, bitte, hören Sie auf. Ich weiß wirklich nichts von einer Karte. Wirklich, ich habe nur noch sehr wenige Dinge von George – ich werde sie Ihnen alle geben.«

Er blickte sie mit finsterer Miene an und lehnte sich schließlich zurück, die Knie mit den Armen umfassend. »Was für Dinge?«

»Einige Bücher – George war ein großer Gelehrter. Ich weiß, daß er Karten liebte, aber ich habe wirklich keine gesehen.« Sie erinnerte sich an das kleine Medaillon, das er ihr einmal geschenkt hatte und das sie immer noch besaß. Nein, es war zu klein, um irgend etwas zu enthalten, viel zu klein, und außerdem wollte sie es nicht gern hergeben. Es war das einzige Geschenk, das er ihr je gemacht hatte. Was den Ehering betraf, so handelte es sich lediglich um drei kleine, in Gold eingefaßte Rubine. Sie hatte den Ring schon vor einem halben Jahr verkauft, als ihr Vater wieder einmal knapp bei Kasse war.

»Was noch?«

Er starrte ihre Brüste an. Sie versuchte, sich nicht zu bewegen, wenngleich es ihr schwerfiel. »Da waren noch einige Briefe. Aber keine Karten. Und eine Jacke, die er in Mulberry House ließ. Das ist alles.«

Die Augen immer noch auf ihre Brüste geheftet, sagte er: »Ich weiß nicht, ob ich dir glauben soll. Nein, ich glaube dir nicht, zumindest im Moment nicht.« Er beugte sich über sie und riß das Nachthemd völlig entzwei.

Sie war starr vor Schreck.

»Auch der Bauch ist makellos. Was habe ich für ein Glück.«

Da begann sie sich zu wehren. Sie hob ihre Beine und trat ihn, so fest sie konnte; dann stieß sie ihn zur Seite und rollte sich weg, um auf die Knie hochzukommen. Sie brauchte irgendeine Waffe, irgend etwas, mit dem sie sich wehren konnte.

Da sah sie die Heugabel an der Wand lehnen. Sie rappelte sich hoch und griff – so gut es mit den gefesselten Händen ging – nach der Gabel. Sie hatte gerade noch Zeit, sich umzudrehen, als er auch schon bei ihr war.

»Du verdammtes Miststück!« stieß er wütend hervor und packte sie, doch sie riß sich los. Ihr Nachthemd hing völlig lose herunter. Sie drehte sich zu ihm um – die Wut stieg in ihr hoch, und sie rammte ihm den Stiel der Heugabel in die Brust.

Er schrie auf und stürzte ins Stroh zurück. Ihr blieb lediglich ein kurzer Augenblick. Sie konnte nur winzige Schritte machen – doch sie erreichte die Tür und riß sie auf. Sie hätte schreien können vor Erleichterung. Sie schlug die Tür zu und konnte gerade noch rechtzeitig den Schlüssel umdrehen, als seine Fäuste auch schon gegen das Holz schlugen. Dann trat er mit seinen Stiefeln gegen die Tür, daß sie in den Angeln bebte. Sie wußte, daß die Tür ihm nicht ewig standhalten würde. Ihr blieb nicht viel Zeit.

Sie hörte das Geräusch von splitterndem Holz. O Gott, er würde in wenigen Augenblicken hinter ihr her sein.

Rohan und drei seiner Nachbarn durchkämmten auf ihren Pferden die Wiesen im Osten. Er ließ Gulliver auf der Kuppe eines Hügels innehalten und blickte auf das Land hinunter, das sich vor ihm erstreckte. Plötzlich kam ihm ein Gedanke. Weiter westlich, drüben im Ahornwald – gab es da nicht eine kleine Hütte auf einer Lichtung, die seit Jahren verlassen stand? Als er noch ein Junge gewesen war, hatten einst Zigeuner dort ihr Lager aufgeschlagen, wobei sie nicht selbst in der Hütte wohnten, sondern nur ihre Pferde. Er erinnerte sich noch, wie seltsam es ihm vorgekommen war, daß sie Heu in die Hütte schafften, um die Pferde dort unterzubringen. Nein, bestimmt stand sie mittlerweile gar nicht mehr und war längst vom Wald überwuchert. Seit Jahren waren keine Zigeuner mehr hier gewesen.

Trotzdem trennte er sich von seinen Begleitern und ritt so schnell er konnte zum Ahornwald hinüber.

Susannah sah, daß sie in einer alten, verfallenen Hütte gefangengehalten worden war. Doch die beiden Türen zu den kleinen Räumen waren neu gewesen, und die Schlösser ebenfalls. Wofür war die Hütte einst verwendet worden? Wozu war dieses modrige Stroh gut gewesen?

Warum dachte sie jetzt ausgerechnet über das modrige Stroh nach? Wahrscheinlich verlor sie langsam den Verstand. Sie mußte fliehen. Die Tür zur Hütte hing nur noch so recht und schlecht in den Angeln. Sie befand sich auf einer kleinen Lichtung – mitten in einem Ahornwald.

Sie hörte ihn brüllen, und im nächsten Moment gab die Tür krachend nach.

Sie rannte mit kleinen Schritten in den Wald hinein. Kaum hatte sie den Schutz der Bäume erreicht, als sie den Mann hinter sich brüllen hörte: »Du verdammtes Miststück! Ich will dich ja gar nicht töten, ich will nur, was mir gehört! Komm sofort zurück, oder es wird dir schlecht ergehen, wenn ich dich finde! Du kommst ohnehin nicht weit.«

O Gott. Sie kam nur in ganz kleinen Schritten voran. Die Stricke schnitten sich in ihre Knöchel ein. Es konnte nicht mehr lange dauern, bis er sie erreicht hatte. War der Boden etwa feucht? Konnte er ihre Fußabdrücke sehen?

So hatte sie nicht die geringste Chance, zu entkommen, also hockte sie sich auf den Boden und begann die Fesseln an ihren Füßen zu öffnen, was unerhört mühsam war.

Sie hörte ihn brüllen und fluchen, während sie fieberhaft an dem Knoten arbeitete, bis sie ihn schließlich geöffnet hatte.

Sie hörte ihn durch das Gestrüpp vordringen. Er war schon ganz nahe, nur noch wenige Meter von ihr entfernt – doch noch hatte er sie nicht gesehen oder gehört.

Sie sprang hoch und stieß gegen eine Wurzel, so daß sie stolperte und der Länge nach hinfiel. Nicht schnell genug hob sie ihre gebundenen Hände, um sich zu schützen, so daß sie mit dem Gesicht voran in der feuchten Erde landete.

Ein jäher Schmerz durchzuckte sie, und sie lag einen Augenblick keuchend da. Hatte er sie entdeckt? Sie spuckte Erde und feuchte Blätter aus. Mit den Fingerspitzen berührte sie ihr schmerzendes Gesicht und fühlte die Kratzer, die sie abbekommen hatte. An ihren Fingern war Blut.

Dann spürte sie, wie die Erde bebte. Er war ganz nahe. In wenigen Augenblicken würde er sie sehen. Ihr Nachthemd war zwar völlig zerfetzt, aber es war weiß – eine Farbe, die in dem Grün ringsum leicht zu erkennen sein würde.

Sie duckte sich und begann weiterzukriechen – so nahe am Boden, wie sie nur konnte. Als seine Stimme leiser wurde und schließlich verebbte, stand sie auf und rannte los. Sie lief, bis ein Stich in der Seite sie anhalten ließ. Sie lehnte sich gegen einen Baum und versuchte wieder zu Atem zu kommen.

»Habe ich dich endlich erwischt.«

Rohan wußte, daß die Hütte ganz in der Nähe sein mußte. Er stellte sie sich vor, wie er sie einst als Junge gesehen hatte. Er ließ Gulliver langsamer dahintraben, denn die Bäume standen nun schon ziemlich dicht. Von allen Seiten ragten dicke Äste empor, so daß nicht einmal ein leichter Galopp möglich war.

Da blieb ihm plötzlich das Herz stehen.

Er hörte eine Frau schreien. »Nein, verdammt, nein!« tönte es zu ihm herüber.

Er zog die Pistole aus dem Gürtel, schoß aber nicht, obwohl er wußte, daß der Schuß weithin zu hören sein würde und dem Mann zu verstehen geben mußte, daß Hilfe nahte. Er feuerte nicht, weil ihm klar war, daß der Mann wahrscheinlich fliehen würde – und er wollte ihn unbedingt fassen.

Er hörte, wie der Mann brüllte und fluchte.

Dann hatte er die beiden erreicht. Der Mann war über ihr. Verdammt, war er dabei, sie zu vergewaltigen? Ihr Nachthemd hing in Fetzen herab, und der Mann hatte sie am Hals gepackt und würgte sie.

Als Gulliver fast schon bei ihm war, drehte der Mann sich um. Einen Augenblick lang schien er zu erstarren.

Dann schlug er Susannah ins Gesicht, sprang auf und lief so schnell er konnte davon. Rohan hob ruhig die Pistole und schoß. Der Mann wurde von den Füßen gerissen und prallte gegen einen Baum.

Susannah rappelte sich langsam hoch. Ihr Kopf dröhnte vor Schmerz von dem Schlag, den der Kerl ihr versetzt hatte. Sie sah, wie Rohan auf ihn schoß, sah, wie er von Gullivers Rücken heruntersprang und auf sie zugelaufen kam. Dann drehte sie sich langsam um und sah den Mann vor einem Baum liegen. War er tot?

»Rohan«, stieß sie mit flüsternder Stimme hervor. »Du hast mich gefunden. Ich bin so froh.«

»Mein Gott«, sagte er und nahm sie an beiden Armen, um ihr aufzuhelfen. Er betrachtete ihr schmutziges Gesicht und das zerzauste Haar, vermied es jedoch, ihren nackten Körper anzustarren. Schließlich kam ihm zu Bewußtsein, daß er ein Mann war, der einen gewissen Ruf zu wahren hatte – und so riskierte er doch einen Blick, wenn auch nur einen sehr kurzen.

»Du bist also gekommen«, sagte sie erleichtert. »Ich

habe darum gebetet, weißt du. Zum Glück fehlt mir nichts, nur ein paar Kratzer.«

Ohne zu überlegen nahm er sie in die Arme. Sie spürte sein Herz an dem ihren schlagen. Sie schmiegte ihr Gesicht an seinen Hals. »Du bist da«, flüsterte sie erneut. »Ich hatte solche Angst.«

»Wie es aussieht, wärst du ihm beinahe entkommen. Wie hat er dich wieder gefangen?«

»Ich mußte meine Fußfesseln lösen. Dadurch holte er mich ein.«

»Jetzt ist es vorüber.« Er zog seinen Mantel aus und streifte ihn ihr über. Sie zog ihn eng an sich, um ihre Brüste zu bedecken. Ihre Beine blieben jedoch entblößt, doch das war jetzt nicht so wichtig.

»Warte hier. Ich habe ihn nicht getötet, sondern nur am Arm getroffen. Ich will nachsehen, wie es ihm geht.«

Rohan hatte gut gezielt – die Kugel hatte den Mann tatsächlich am Oberarm getroffen. Er mußte jedoch beim Sturz mit dem Kopf gegen den Baum geprallt sein, denn er war immer noch bewußtlos. Rohan nahm ihm den seltsamen Filzhut ab und zog ihm das Tuch vom Gesicht. Der Mann hatte vermeiden wollen, daß sie ihn sah, woraus man schließen konnte, daß er sie nicht hatte töten wollen. Immerhin etwas. Er studierte das Gesicht des Mannes und kam zu dem Schluß, daß er ihn nie zuvor gesehen hatte. »Mist«, stieß er hervor und ging zu Susannah zurück, deren Blick zwischen Rohan und dem Mann hin und her wanderte.

Er öffnete den Strick um ihre Handgelenke und kehrte dann zu dem Mann zurück, um ihn damit zu fesseln. »Jetzt sollten wir aber rasch nach Hause zurückkehren«, sagte er. »Wenn du wüßtest, wie viele Leute nach dir gesucht haben – auch meine Mutter.«

Er hob sie hoch und setzte sie auf das Pferd, um sich dann hinter ihr auf Gullivers Rücken zu schwingen. Vorsichtig führte er das Pferd zwischen den Bäumen hindurch. Er vermied es, auf ihre nackten Beine hinunterzublicken, obwohl er mit der rechten Hand die Außenseite ihres rechten Schenkels berührte. »Erzähl mir, was geschehen ist«, forderte er sie auf.

Es beruhigte sie, sich auf das Geschehene zu konzentrieren. Sie sprach sehr langsam; ihr Kopf dröhnte, und der Schock saß ihr immer noch in den Gliedern. Er hatte Mühe, sie zu verstehen, doch er stellte ihr alle möglichen Fragen, bis er das Gefühl hatte, genau Bescheid zu wissen.

»Du hast dich großartig gehalten«, sagte er schließlich und drückte sie an sich. »Ich bin sehr stolz auf dich.«

Sie ließen den Ahornwald hinter sich. »Halt' dich gut fest«, forderte er sie auf.

Sie preßte sich an ihn, während Gulliver mit ihnen förmlich dahinflog. Sie spürte die kalte Luft an ihren Beinen und plötzlich auch an ihrem Bauch. O nein, sie war vorne völlig entblößt. Sie versuchte sich irgendwie zu bedecken, doch Rohan hielt sie so fest umschlungen, daß sie sich kaum bewegen konnte.

Als sie Mountvale erreichten, hielten sich unglücklicherweise ein gutes Dutzend Männer vor dem Haus auf, außerdem einige Dienstboten sowie mehrere Kutschen, in denen Frauen aus der Nachbarschaft saßen.

Rohan stieß einen Fluch aus. Er würde gleich zu den Stallungen reiten, er würde …

Man hatte sie bereits gesehen. Ein großes Geschrei hob an.

Er blickte auf ihre nackten Beine und ihren entblößten Bauch hinunter und versuchte rasch, den Mantel wieder um sie zu schließen, was jedoch nicht ganz gelang. Er konnte unmöglich so mit ihr an der Treppe auftauchen. Alle würden sie sehen, also verließ er den Weg und ließ Gulliver etwas abseits des Weges stehenbleiben, wo er sie schließlich vom Pferd hob. »Einen Augenblick«, sagte er und zog beim Absteigen sein Hemd aus. »Hier, zieh das an, und meinen Mantel darüber.«

Sie stand zitternd da und streifte sich das Hemd über, das glücklicherweise bis zu den Knien reichte. Sie zitterte so stark, daß er ihr dabei helfen mußte.

Diese wunderschönen Brüste.

Er hängte ihr auch noch den Mantel um.

Erst als sie die Treppe vor dem Haus erreichten, wurde ihm bewußt, daß sein Oberkörper völlig nackt war.

Nun, da war halt nichts zu machen.

Ehe noch irgend jemand der Anwesenden etwas sagen konnte, rief Rohan aus: »Ich habe sie gefunden! Ihr fehlt nichts. Ich habe den Mann bewußtlos im Ahornwald zurückgelassen, in der Nähe der alten Hütte. Ozzie Harker, du weißt doch, wo die Hütte liegt. Die Zigeuner haben einst dort ihr Lager aufgeschlagen. Reite los und hol ihn her.«

Alle Blicke waren auf ihn gerichtet, wie er mit ihr im Arm vor ihnen stand.

Im nächsten Augenblick kam Charlotte federnden Schrittes die Treppe herabgelaufen. Die Männer traten beiseite, um ihr Platz zu machen. »Liebling!« rief sie aus. »Bring die Arme gleich ins Haus. Fitz, sorgen Sie dafür, daß der Arzt kommt.« Danach dankte sie all den Freunden für ihre Hilfe. Doch deren Aufmerksamkeit war zum ersten Mal nicht völlig auf die unvergleichliche Lady Mountvale gerichtet. Während die Männer eher Mrs. Carringtons nackte Beine im Auge hatten, betrachteten die Damen den entblößten Oberkörper des Barons.

Rohan murmelte einen Fluch, als er sie durch die offene Tür ins Innere trug. Fitz hatte genug Würde, um sich diskret abzuwenden.

Dann hörte Rohan von draußen lautes Jubelgeschrei. Er verstand nicht gleich, was los war – aber dann wurde ihm mit einem Mal klar, daß er seinen Ruf soeben weiter gefestigt hatte. Er blickte auf Susannahs nackte Schenkel hinunter, und dann in ihr Gesicht – und sah die blauen Flecken auf ihren Wangen.

»Hat er dich geschlagen?«

»Ja, es tut ziemlich weh.«

Er stieß einen Fluch aus. Dann trug er sie die Treppe hoch, wobei er zwei Stufen auf einmal nahm, und rief über die Schulter zurück: »Fitz, wo bleibt der Arzt? Beeilen Sie sich.«

Fitz wandte sich Charlotte zu, während er Augustus ein Zeichen gab. Mit besorgter Miene sagte er: »Normalerweise ist es immer sehr ruhig, wenn Seine Lordschaft hier in Mountvale ist.«

Charlotte blickte ihrem Sohn mißbilligend nach. »Das sollte aber nicht sein, Fitz. Ein Mann von seinen Neigungen und seinem Ruf sollte stets von Abenteuer und Leben umgeben sein. Alles andere wäre ja widernatürlich. Arme Susannah. Wir haben hier ein kleines Problem. Aber sehen wir doch mal die romantische Seite an dem Ganzen – hat Seine Lordschaft nicht umwerfend ausgesehen, wie er sie in den Armen trug? Und dann noch sein nackter Oberkörper – ungemein männlich.« Es klang große Genugtuung in ihrer Stimme mit. Im nächsten Augenblick verfinsterte sich ihre Miene. »Aber sie ist nun mal die Witwe seines Bruders. Aus der Geschichte kann also beim besten Willen nichts werden.«

Fitz seufzte und wiederholte den Auftrag für Augustus, der Mühe hatte, seine Aufmerksamkeit von der unglaublich schönen Erscheinung loszureißen, die da in Männerkleidern vor ihm stand.

Er blickte die breite Treppe hinauf. Der Baron hatte ein wenig verwirrt dreingeblickt. Nie zuvor hatte er den Baron so dreinblicken sehen. Aber die Mutter des Barons hatte recht. Ein Mann konnte nicht die Witwe seines Bruders heiraten – auch wenn sie sein Hemd und seinen Mantel trug.

11

Susannah stöhnte auf – die Kopfschmerzen waren einfach höllisch. Auch wenn sie sich noch so sehr bemühte – sie konnte die Tränen einfach nicht zurückhalten.

Rohan wand das weiche Leinentuch aus und legte es ihr auf die Stirn. »Es wird gleich besser werden. Leider kann ich dir noch kein Laudanum geben. Der Kerl hat dich vielleicht am Kopf verletzt. Wir können das Risiko nicht eingehen. Hör zu, Susannah, versuche dich auf meine Stimme und meine Worte zu konzentrieren. Atme nicht allzu tief, so ist es recht.«

Er begann langsam zu ihr zu sprechen – es waren irgendwelche Erinnerungen aus seiner Kindheit –, vor allem von seinem ersten Pony namens Dobbs, benannt nach dem Astronomen Jacko Dobbs, den er als Kind bewundert hatte. »… Ich war sechs Jahre alt, als ich Dobbs das Springen beibrachte. Ich dachte, daß er bis zu den Sternen hinaufspringen würde. Sogar mein Vater staunte nicht schlecht, wie hoch Dobbs springen konnte – vor allem, als Dobbs über das Buschwerk sprang, hinter dem Papa gerade ein Stelldichein mit einer Lady aus der Nachbarschaft hatte. Mein Vater unterbrach, was er gerade tat, und klopfte mir anerkennend auf den Rücken, weil ich meinem Pony so tolle Dinge beibrachte, ehe er mich weiterreiten hieß. Wenn ich mich recht erinnere, hat mich auch die Lady beglückwünscht. Ich glaube, sie sagte, daß ich einmal genauso wie mein Vater werden könnte, wenn ich fleißig übe. Ich erinnere mich auch, daß mein Vater splitternackt dastand, während die Lady sich ihre Blöße mit dem Hemd meines Vaters bedeckte.«

Sie blickte ihn mit großen Augen an, ehe sie zu kichern begann. »Das ist gut. Das ist wirklich lustig – aber du erzählst es so, als wäre es eine Geschichte, wie sie jedem Jungen passieren kann.«

»So ist es ja auch. Na gut, sagen wir, es kann all jenen

Jungen passieren, deren Väter hin und wieder ein Stelldichein mit einer Lady aus der Nachbarschaft haben.«

Sie kicherte erneut. Er liebte den Klang ihres Lachens. »Du sollst mich nicht zum Lachen bringen – das tut nämlich weh. Ich kann mir vorstellen, daß du selbst schon viele Damen zu einem Stelldichein an jenen Platz geführt hast, wo du einst deinen Vater getroffen hast. Es ist bestimmt ein sehr romantisches Plätzchen.«

»Sehr romantisch. Du hast natürlich recht. Ein Mann wie ich nutzt selbstverständlich seine Wiesen und Wälder für seine Rendezvous. Würdest du das Plätzchen vielleicht auch mit mir aufsuchen wollen, Susannah?«

Sie stöhnte nur.

Wie, zum Kuckuck, war ihm nur dieser Unsinn eben eingefallen? Aber es war eigentlich gar kein Unsinn. Er hätte sie sehr, sehr gerne überallhin geführt, wohin sie nur wollte. »Ein kleiner Rückfall, aber alles in allem hältst du dich hervorragend. Nur nicht zu tief atmen.«

»Du bist immer noch halbnackt.«

»Eben nur halb. Du hast doch bestimmt schon einmal einen nackten männlichen Oberkörper gesehen, oder? Schließlich warst du ja verheiratet. Ah, da ist ja endlich Dr. Foxdale.« Er schüttelte dem Arzt die Hand. »Sie wurde auf die linke Seite des Gesichts geschlagen, und sie hat starke Kopfschmerzen«, berichtete er ihm. »Ansonsten dürfte alles in Ordnung sein. Abgesehen von den Kratzern, die sie im Gesicht hat.«

Dr. Foxdale ließ sich neben ihr nieder. Er untersuchte sie eingehend – ihre Augen, ihre Atmung, und berührte mit den Fingerspitzen sachte die linke Seite ihres Kopfes. Sie hielt den Atem an.

»Das muß ein harter Schlag gewesen sein, den der Schuft ihr versetzt hat«, sagte er – nicht zu ihr, sondern über die Schulter zum Baron. »Nun, Ma'am, wie viele Finger halte ich jetzt hoch?«

»Drei.«

»Ausgezeichnet. Und jetzt?«

Sie zählte seine langen dünnen Finger so lange, bis er sich vergewissert hatte, daß mit ihrem Kopf noch alles in Ordnung war. Er hatte die dunkelsten Augen, die sie je gesehen hatte. »Das wird schon wieder«, sagte er schließlich, ehe er sich dem Baron zuwandte. »Sie hat einen harten Schädel. Um ehrlich zu sein, das gilt für die meisten meiner weiblichen Patienten. Ich habe mich oft gefragt, warum das so ist. Nun, ich werde noch die Kratzer im Gesicht behandeln, aber sonst fehlt ihr wirklich nichts. Sie können ihr ruhig etwas Laudanum geben, Mylord. Sie soll den Rest des Tages schlafen, es wird ihr guttun. Es werden noch ein paar blaue Flecken auftauchen; aber dagegen kann ich nichts tun.«

Er erhob sich schließlich und lächelte ihr zu. »Nun, zum Glück ist es ja nicht so schlimm. Auf Wiedersehen, Mrs. Carrington.«

Er verlor nicht ein Wort darüber, daß der Baron nichts am Oberkörper trug, und wirkte auch nicht im geringsten verlegen. Während Rohan Dr. Foxdale zur Tür geleitete, hörte sie ihn sagen: »Meine Männer werden bald den Mann herbringen, der Mrs. Carrington entführt hat. Ich habe ihm in den Arm geschossen – dabei ist er gegen einen Baum geprallt.«

»Dann bleibe ich noch, Mylord.«

Die beiden Männer schüttelten einander sehr freundschaftlich die Hand. Sie fragte sich, ob der Doktor in irgendeiner Weise Anstoß genommen hätte, wenn der Baron ohne Hosen erschienen wäre. Konnte er tatsächlich tun und lassen, was er wollte, ohne daß es jemanden störte? Es hatte jedenfalls ganz den Anschein. Und der Bewunderung, die man für ihn empfand, tat das alles offenbar keinen Abbruch.

Er kehrte nach ein paar Minuten zurück, ein Glas Wasser in der Hand. Sie sah zu, wie er einige Tropfen Laudanum in das Glas träufeln ließ. Sie betrachtete das

Spiel seiner Bauchmuskeln, als er sich zum Tisch hinüberbeugte, um das Fläschchen zurückzustellen. Nie zuvor hatte sie einen Mann von solcher Statur gesehen. George hatte wirklich ziemlich gut ausgesehen – doch andererseits hätte sie zu jener Zeit, als sie George heiratete, noch nicht einmal gewußt, wie ein Mann ohne Kleider aussieht; ihr Urteilsvermögen war also noch nicht allzu gut ausgebildet. Jetzt wußte sie schon ein wenig mehr. Von Männern erwartete man eigentlich nicht, daß sie schön waren – aber der Baron war es auf jeden Fall. Auf seiner Brust kräuselte sich blondes Haar, das nach unten hin in einen schmalen dunkleren Streifen überging.

Sie hatte nach wie vor ziemliche Kopfschmerzen – auch wenn sie einen noch so harten Schädel haben mochte. Vielleicht war ihr momentaner Zustand auch der Grund dafür, daß sie den Baron auf so unziemliche Weise bewunderte. Eine Frau sollte ihren Schwager jedenfalls nicht so betrachten – egal, welche körperlichen Merkmale er aufwies. Sie wollte auch sofort damit aufhören. Jedenfalls würde sie es versuchen.

Sie seufzte tief – und war sich immer noch nicht sicher, ob sie sich wünschen sollte, daß er endlich ein Hemd anzog, oder doch mehr, daß er es bleiben ließ.

»Es wird dir gleich besser gehen, wart's ab.« Er hielt ihren Kopf hoch und setzte das Glas an ihre Lippen. Sie fühlte seine Wärme an ihrer Wange.

»Danke«, sagte sie mit schwacher Stimme. Sie würde ihn nicht mehr ansehen, nie mehr. Statt dessen konzentrierte sie sich auf die Engelsgestalten, die in den oberen Ecken des Raumes aufgemalt waren. Sie spürte, wie der Schmerz langsam nachließ und schließlich verebbte. Ihre Gedanken waren immer noch ziemlich verworren. Sie hörte jemanden sprechen – eine Frauenstimme, die verdächtig nach ihr selbst klang: »Du siehst wirklich nett aus ganz nackt. Ich hätte nicht gedacht, daß ein Mann so aussehen kann. Ich fühle mich ganz eigenartig, wenn ich dich ansehe – und das gefällt mir eigentlich gar nicht.« Von einem Augenblick auf den anderen war sie eingeschlafen.

Er setzte sich neben sie, hielt ihre schlaffe Hand und betrachtete die schlanken weißen Finger. Er sah also wirklich nett aus. Und sie fühlte sich ganz eigenartig, wenn sie ihn ansah. Wenn er ihr erst verriet, wie er sich fühlte, dann würde sie wahrscheinlich schreiend aus dem Zimmer laufen. Nun, vielleicht auch nicht. Er lächelte, wurde aber sogleich wieder ernst, legte ihre Hand sanft auf die Decke und erhob sich. Er war eben doch ein Gentleman.

Es war dunkel, als Susannah die Augen öffnete. Nur ein paar Kerzen, die auf dem kleinen Schreibtisch standen, sorgten für ein wenig Licht. Große Schatten tanzten über Wände und Möbel und verschmolzen in den Ecken des Raumes mit der Dunkelheit. Dennoch fühlte sie sich wohl und geborgen.

Ihre Kopfschmerzen waren nahezu fort. Sie spürte jedoch die Schwellungen auf ihrem Gesicht. Es war bestimmt nicht empfehlenswert, dachte sie, jetzt in den Spiegel zu schauen. Sie erhob sich langsam, ging zum Fenster hinüber und zog die dicken dunkelgelben Vorhänge zurück. Die Mondsichel hing hoch am Himmel, und hier und da guckte ein einsamer Stern zwischen den Wolken hindurch.

Bestimmt würde es heute nacht noch Regen geben.

»He, du solltest doch im Bett bleiben!«

Langsam drehte sie sich um, als sie seine Stimme vernahm. »Du bist ja gar nicht mehr nackt.« Er trug einen Morgenmantel aus goldenem Brokat, der an den Ellbogen schon ziemlich durchgescheuert war. Es war bestimmt ein Lieblingsstück von ihm, das er schon seit vielen Jahren trug. Aber so viele Jahre konnten es bei seinem Alter gar nicht sein, dachte sie. Vermutlich verbrachte ein Mann von seinem Ruf besonders viel Zeit im Morgenmantel – natürlich vor allem, um ihn möglichst rasch wieder auszuziehen.

Hörte er da gar eine leichte Enttäuschung in ihrer Stimme? Ja, kein Zweifel, sie klang tatsächlich ein wenig enttäuscht, was ihm außerordentlich gefiel. Er konnte sich ein Lächeln nicht verkneifen. »Nein, ich bin nicht mehr nackt«, bestätigte er. »Ich habe mein Hemd wieder an mich genommen, das ich dir geliehen hatte.«

»Bestimmt war es schmutzig.«

»Ja, aber ich habe es trotzdem mitgenommen. Ich habe mir dann allerdings ein frisches angezogen.«

Sie trat einen Schritt auf ihn zu und blieb wieder stehen. »Du hast es mir doch nicht selbst ausgezogen, oder?«

»Nein, meine Mutter und Mrs. Beete haben sich um dich gekümmert. Und auch das Dienstmädchen meiner Mutter, Sabine. Hast du Sabine schon kennengelernt? Nein? Na ja, du wirst sie bestimmt bald sehen. Sie ist wirklich großartig. Jetzt solltest du dich aber wirklich wieder ins Bett legen. Du wirkst immer noch ein bißchen wacklig auf den Beinen. Hast du noch Kopfschmerzen?«

Sie schüttelte den Kopf, was ihr sogleich einen stechenden Schmerz verursachte. Sie ließ es sich jedoch nicht anmerken. Der Schmerz war rasch wieder abgeklungen. »Es ist wirklich nicht so schlimm.« Sie wandte sich ihm zu, so daß er ihr Gesicht im schwachen Licht erkennen konnte.

Er hielt den Atem an; seine Hände waren zu Fäusten geballt. »Dein Gesicht – verdammt, ich bringe den Kerl um.«

Sie berührte mit den Fingerspitzen ihre Wange, die sich ziemlich geschwollen anfühlte. Wahrscheinlich sah sie noch um einiges schlimmer aus, als sie gedacht hatte.

»Mein Gott, ich hätte nicht geglaubt, daß die Kratzer so schlimm sind«, sagte er. »Sieh dir das nur an. Du siehst ja zum Fürchten aus. Das kann unmöglich alles dieser Kerl angerichtet haben. Was hast du nur angestellt?«

Seine Stimme war voller Empörung. Er stand nicht mehr als einen halben Meter von ihr entfernt. Seine Augen waren grüner als das Gras auf den Wiesen hinter Mountvale House. »Als ich von der Hütte weglief, fiel ich auf das Gesicht. Es sind wirklich nur Kratzer. Viel schlimmer war, daß mein Mund voller Erde und Blätter war.« Sie versuchte zu lächeln, brachte jedoch nur eine Grimasse zustande.

Er streckte die Hand aus und berührte sanft ihre Wange.

»Ist der Mann noch am Leben?« fragte sie.

»Ja, aber immer noch bewußtlos. Dr. Foxdale weiß nicht, ob er jemals wieder aufwacht. Er meint, Kopfverletzungen sind eine komplizierte Sache. Wir können nur abwarten und sehen, was passiert.«

»Er sucht eine Karte.«

Rohan sagte nichts, sondern nahm sie am Arm und führte sie zum Bett.

»Bitte, noch nicht. Ich konnte schon nicht mehr liegen. Wie geht es Marianne und Toby?«

»Marianne hat geheult und geschrien, bis ich sie am liebsten aus dem Fenster geworfen hätte – aber das tat ich selbstverständlich nicht. Das Mittagessen mit ihr war wirklich ein Alptraum. Zum Glück für mich und meine malträtierten Ohren wurde sie irgendwann müde und schlief in meinem Schoß ein, wobei sie wie wild an ihren Fingern lutschte.«

Sie starrte ihn völlig verblüfft an. »Du hast sie zu füttern versucht? Warum hast du das nicht Lottie überlassen?«

»Warum wundert dich das denn gar so sehr? Es war eben gerade niemand anderer da. Nun, eigentlich habe ich gar nicht daran gedacht, daß ich jemanden hätte bitten können, sich um sie zu kümmern. Das nächste Mal mache ich es bestimmt. Wenn ich Jamie sehe, werde ich ihn bitten, ihr einen Limerick vorzusingen. Bei Pferden funktioniert es ja ganz prächtig – warum nicht auch bei unserem kleinen Früchtchen? Toby hat mir angeboten zu helfen – der tapfere Junge –, aber mir war klar, daß er nicht das geringste bei Marianne ausrichten hätte können. Sie hätte ihn mit Sicherheit zur Verzweiflung gebracht. Jetzt geht es ihr gut – sie schläft tief und fest. Ich hatte keine Ahnung, daß aus einem so kleinen Mund soviel Lärm kommen kann. Ich habe ihr versprochen, daß sie morgen früh wieder zu dir darf – also bereite dich schon mal darauf vor. Es würde mich nicht wundern, wenn sie Lottie entwischt und schon im Morgengrauen hier aufkreuzt.«

Sie starrte ihn mit offenem Mund an. Auch wenn er das Ganze jetzt ein wenig ins Lächerliche zog, so war es dennoch unglaublich, was er alles getan hatte. »Du willst doch nicht etwa behaupten, daß du Marianne selbst zu Bett gebracht hast?« fragte sie mit ungläubiger Miene.

»Nun, ich habe sie nicht gebadet und ihr auch nicht das Nachthemdchen angezogen – aber ich muß gestehen, daß ich sie zu Bett gebracht und zugedeckt habe. Ich habe ihr außerdem die Finger aus dem Mund genommen und ihr gesagt, daß sie nicht schnarchen soll. Bevor ich ging, habe ich ihr noch einen Kuß gegeben, als Ersatz für den Kuß ihrer Mama, den sie nicht haben konnte. Ihr gefällt vor allem das Grübchen in meinem Kinn. Aber komm doch und setz dich, bevor du noch umfällst.«

Vor dem Kamin standen zwei Stähle, zwei elegante Damenstühle, die mit geblümtem Brokat bezogen waren. Er führte sie hin und brachte ihr eine Decke, die er ihr über die Beine breitete. Schließlich setzte er sich ihr gegenüber. Der Stuhl ächzte ein wenig, hielt aber seinem Gewicht doch stand. Sie starrte ihn immer noch staunend an. Dieser Mann hatte sich tatsächlich eines dreijährigen

Mädchens angenommen? Es war nicht zu glauben. Der Gedanke war so unerhört, daß ihr Kopf neuerlich zu schmerzen begann.

Es klopfte an der Tür. Rohan blickte ein wenig enttäuscht auf, und im nächsten Augenblick trat Charlotte ein. Sie trug ein Tablett in den Händen und kam mit einem strahlenden Lächeln auf die beiden zu.

»Das trifft sich gut, meine Liebe, daß du wach bist. Jetzt ißt du erst mal eine Kleinigkeit, und dann unterhalten wir uns ein wenig.«

Im selben Moment begann Susannahs Magen laut und vernehmlich zu knurren. Rohan lächelte und lachte schließlich laut auf, als er die zarte Röte auf ihren zerschundenen Wangen sah, wodurch ihre ohnehin schon recht farbenfrohe Gesichtshaut noch bunter wirkte.

»Siehst du«, sagte Charlotte freundlich, »es ist wirklich höchste Zeit, daß du etwas ißt. Du bist doch hungrig, oder? Oh, dein armes Gesicht. Meine Liebe, sind die Schmerzen sehr schlimm?«

»Nein, Ma'am. Wirklich, es ist zu ertragen. Ich wäre aber froh, wenn Sie mir nicht allzuoft sagen würden, wie schrecklich ich aussehe. Es ist ziemlich deprimierend. Aber was das Essen betrifft – ich glaube, ich könnte einen alten Schuh essen, wenn er nur gut gekocht wäre und mit einer Prise Salz gewürzt.«

»Na dann«, sagte Charlotte und stellte das Tablett in Susannahs Schoß ab. »Ach ja, und noch eins: sag bitte entweder Lady Mountvale oder Charlotte zu mir. Mir persönlich wäre Charlotte lieber. Aber wenn ich ›Ma'am‹ höre, fühle ich mich ziemlich alt und gebrechlich.«

»Gern, Charlotte.«

Rohan blickte seine Mutter nachdenklich an. Ihr dichtes blondes Haar war mit einem Band aus blaßblauem Satin zusammengebunden, das farblich mit ihrem extravaganten Morgenmantel harmonierte. Sie sah einfach bezaubernd aus. Es war kaum zu glauben, daß sie seine

Mutter war, daß sie überhaupt irgend jemandes Mutter war. Dabei hatte sie vier Kinder zur Welt gebracht, doch ihrer Schönheit hatte das nichts anhaben können. Er seufzte, wünschte, sie würde gleich wieder gehen, doch er wußte, daß sie ihm den Gefallen nicht tun würde. Da war nichts zu machen. Er erhob sich und holte noch einen Stuhl.

Während er Susannah zusah, wie sie ihre Hühnerbrühe schlürfte, sagte er unvermittelt zu seiner Mutter: »Susannah hat mir erzählt, daß der Mann hinter einer Karte her ist. Wahrscheinlich handelt es sich um denselben Kerl, der dreimal in Mulberry House eingedrungen ist und einmal auch hier bei uns. All die Mühe – nur für eine Karte?«

»Eine Karte?« wiederholte Charlotte, während sie ihre makellosen Fingernägel betrachtete. »Das ist wirklich eigenartig. Du hast schon recht, mein Liebling, daß du mißtrauisch bist. Warum sollte eine Karte ihm so viel wert sein?«

Susannah löffelte schweigend ihre Suppe. Rohan sagte: »Es ist vielleicht doch nicht ganz so seltsam, wie es scheint. George liebte Karten von klein auf, das weißt du ja, Mutter. Wenn ich mich recht erinnere, hast du ihm einst, als er noch ein Junge war, eine Karte geschenkt, die die Gemächer zeigte, in denen sich der Harem eines Sultans aufhielt. Da gab es eine Menge Geheimgänge, durch die man sich Zutritt verschaffen konnte. Du hast damals inständig gehofft, daß das Geschenk seine Wirkung haben würde.«

»Ja, aber es hat nicht viel genützt. Nun, vielleicht doch – wenn ich an Susannah und Marianne denke. Aber ich habe noch nie gehört, daß jemand eine Karte stehlen will. Es muß eine ganz besondere Karte sein. Hältst du es für möglich, daß sie den Ort anzeigt, wo ein Schatz vergraben ist? Das wäre wirklich aufregend. Könnte es sein, daß mein guter, tugendhafter, langweiliger George vielleicht gar nicht so langweilig war und einen Schatz entdeckt hat – oder zumindest die Karte, die zu ihm führt?«

Susannah verschluckte sich an ihrer Suppe. »Oh, das wäre wirklich furchtbar aufregend – aber ich glaube das nicht, Charlotte. Wenn es so wäre, dann hätte mir George doch etwas davon gesagt. Nun, vielleicht auch nicht. Ich habe dem Mann jedenfalls geschworen, daß ich nur noch ganz wenige von Georges Sachen hätte. Ich habe ihm versichert, daß keine Karte dabei ist.«

»Natürlich hat er dir nicht geglaubt«, warf Rohan ein. Er stand am Kamin, gegen das Sims gelehnt. »Was hast du denn noch, das George gehört hat?«

Im nächsten Moment wurde die Tür aufgerissen, und Fitz kam hereingestürmt. »Mylord! Schnell!« stieß er hervor.

»Was ist denn jetzt schon wieder?« fragte Charlotte und lief hinter den beiden her.

»Wartet auf mich«, rief Susannah und eilte hinterdrein, obwohl sie sich kaum auf den Beinen halten konnte. Rohan drehte sich um, sah sie taumeln und lief rasch zu ihr zurück. Er stieß einen lauten Fluch aus, hob sie hoch und lief erneut hinter Fitz her.

»Wenn du wieder Kopfschmerzen bekommst, dann hast du's nicht besser verdient«, knurrte er. »Ich werde dir jedenfalls kein feuchtes Tuch auf die schweißnasse Stirn legen.«

»Ich habe dich ohnehin nie darum gebeten. Ich habe ein Recht darauf, zu wissen, was hier vor sich geht.«

Als sie die Treppe erreichten, hielten sie augenblicklich inne. Unten stand der Mann, der Susannah entführt hatte – den Kopf mit einem dicken Verband umwickelt, den Arm in einer Schlinge. Drohend hielt er eine Pistole in der Hand und schrie: »Aus dem Weg, ihr verdammten Bastarde!« Er richtete die Waffe auf zwei Diener, die sich ihm zu nähern versuchten. Sie wichen langsam zurück.

»Ich will die verdammte Karte. Sie gehört mir!« Er blickte die Treppe hoch und erblickte den Baron, der Georges Frau in den Armen hielt – diese verdammte Frau, die so schön war und die ihn belogen hatte und die ihm außerdem eine Heugabel in die Brust gestoßen hatte. Er hatte gute Lust, sie zu erschießen – doch das hätte ihm auch nicht viel genützt.

»Verdammt!« brüllte er. »Ich will sofort die Karte haben! Raus damit, wo ist sie? Wenn ihr es mir nicht sofort sagt, dann werde ich einen nach dem anderen umlegen.«

Rohan setzte sie vorsichtig am Boden ab. Er lehnte sie gegen Fitz, damit sie nicht umkippte. Dann ging er langsam die Treppe hinunter.

»Was für eine Karte wollen Sie denn?« fragte er den Mann mit völlig ruhiger Stimme. »Sie müssen sich schon etwas genauer ausdrücken, sonst kann ich Ihnen nicht helfen. Sie hat mir alles verraten. Momentan hat sie noch Schmerzen und kann kaum sprechen; aber ich könnte Ihnen vielleicht helfen. Meinen Sie vielleicht die Karte von dieser Höhle im Norden von Cornwall, bei St. Agnes?«

»Nein, die in Schott… verdammt, Sie können mich nicht überlisten! Verdammter Hund! Sie brauche ich nicht – ich will nur die Frau!« Er zielte auf Rohan und feuerte. Susannah versuchte sich von Fitz loszureißen, doch er hielt sie fest. Sie beobachtete die Szene mit schreckgeweiteten Augen. Es erschien ihr wie eine Ewigkeit – obwohl es in Wirklichkeit nur ein Augenblick gewesen sein konnte. Schon als der Mann gezielt hatte, duckte sich Rohan und sprang zur Seite. Die Kugel traf ein Porträt eines Carringtons aus dem sechzehnten Jahrhundert, eines sehr gutaussehenden Gentlemans, der recht verwegen dreinblickte – so wie übrigens alle Carringtons in der langen Geschichte der Familie. Das Bild schwang vor und zurück, ehe es sich von der Wand löste und krachend zu Boden fiel. Der schwere Goldrahmen hielt dem Aufprall stand, und das Bild polterte mit großem Getöse die Treppe hinunter, ehe es mit viel Schwung über die Marmorfliesen des Hausflurs dahinglitt. Der Mann starrte das Bild verblüfft an, das da auf ihn zugeschlittert kam, als wäre es lebendig und hätte es genau auf ihn abgesehen. Er wollte es mit einer Kugel stoppen, doch es war keine mehr in der Pistole.

Er brüllte laut auf und lief los, so schnell er konnte – doch einen Augenblick später hatten ihn zwei Diener gepackt.

Rohan ging auf ihn zu. Der Mann sah schrecklich aus mit seinem wilden Blick und seinem kreidebleichen Gesicht. Seine Lippen bewegten sich – doch er brachte keinen Ton heraus. »Wie heißen Sie?« fragte ihn der Baron mit ruhiger Stimme. »Wenn Sie es mir sagen, kann ich Ihnen vielleicht helfen.«

Der Mann spuckte ihm mitten ins Gesicht.

Langsam wischte sich Rohan mit dem Ärmel über das Gesicht. »Vielleicht errate ich Ihren Namen ja. Sind Sie Theodore Micah?«

Das Gesicht des Mannes wurde noch bleicher, falls das überhaupt möglich war. »Woher wissen Sie von ihm?« Seine kalten grauen Augen starrten ihn entgeistert an. Ein seltsamer gurgelnder Laut entrang sich seiner Kehle. Im nächsten Moment sackte er in sich zusammen, ehe die beiden Diener ihn festhalten konnten.

Rohan beugte sich zu ihm hinunter und fühlte seinen Puls am Hals. Er ging langsam und schwach.

Er blickte zu dem Bild hinüber; es schien ihm für einen Augenblick, als würde sein Ahne ziemlich selbstzufrieden dreinblicken, so als hätte er die ganze Situation gerettet. Rohan wischte den Gedanken beiseite. Es war doch schließlich nur ein dummes Porträt. Der Mann war ganz einfach zusammengebrochen. »Also, unser Freund hier lebt noch. Holen Sie Dr. Foxdale noch einmal her, Fitz. Mrs. Beete, sagen Sie einem der Mädchen, daß sie ein paar Decken bringen soll. Ich glaube nicht, daß wir ihn bewegen sollten.«

»Die Kehle sollte man ihm durchschneiden, dem Schuft«, warf Mrs. Beete ein und schüttelte drohend die Faust gegen den Bewußtlosen.

»Mylord«, sagte Fitz, dessen Gesicht noch bleicher war als das des Mannes auf dem Boden. »Haben Sie gesehen, was das Bild für eine Wirkung hatte? Das hat Ihr Großonkel Fester Carrington getan. O Gott.« Alle starrten sie auf das Porträtbild, das völlig harmlos neben dem Mann lag.

Rohan hob es auf und reichte es Fitz, dessen Gesichtsmuskeln zuckten, als er es entgegennahm. Dann wandte er sich der anwesenden Dienerschaft zu. »Wie konnte das geschehen? Wie zum Teufel konnte er aus seinem Zimmer entkommen, noch dazu mit einer Waffe?«

Es war Augustus, der mit aufrechter Haltung vortrat. »Ich trage die Verantwortung dafür, Mylord. Ich habe ungefähr jede halbe Stunde nach ihm gesehen, da er ja immer noch bewußtlos war. Ich muß wohl irgendwann eingeschlafen sein. Es ist ganz allein meine Schuld.«

Rohan blickte ihn lange an und sagte dann: »Wir werden uns morgen früh darüber unterhalten, Augustus.«

12

Es war bereits kurz vor Mitternacht.

»Du solltest jetzt zu Bett gehen, Susannah.«

»Noch nicht. Ich hätte bestimmt Alpträume. Wie kam es, daß er einfach so zusammengebrochen ist, Rohan? Von einem Moment auf den anderen? Du hast ihn doch nicht geschlagen. Niemand hat ihn berührt.«

»Wahrscheinlich hat ihm die Kopfverletzung den Rest gegeben. Zumindest ist Dr. Foxdale dieser Ansicht – er hat ihn ja vorhin untersucht. Keine Sorge, wir werden schon herausfinden, was hinter alldem steckt – egal ob er noch einmal aufwacht oder nicht.«

»Er ist jedenfalls nicht Theodore Micah.«

»Nein, aber er kennt ihn offensichtlich. Es war gut, daß du mir von den beiden Kerlen erzählt hast. Ich hatte ja gehofft, daß sie mit der Sache zu tun hätten, um irgendeinen Anhaltspunkt zu haben – aber geglaubt habe ich es eigentlich nicht, bis heute abend. Ja, sie stecken in der Sache mit drin – und zwar ziemlich tief.«

»Ich hoffe, er wacht noch einmal auf. Ich möchte nämlich Mrs. Beete helfen, wenn sie ihm den Garaus macht.«

»Hättest du etwas dagegen, wenn ich euch dabei zuschaue? Aber jetzt solltest du erst einmal zu Bett gehen – oder wenigstens die Hühnersuppe aufessen, die Mrs. Horsely für dich gewärmt hat. Währenddessen kannst du mir ja den Rest der Geschichte erzählen.«

Im nächsten Augenblick klopfte es an der Tür.

Rohan erhob sich. »Wenn ich ganz ehrlich sein soll, ich hätte sie eigentlich schon früher erwartet«, sagte er. »Vermutlich war sie noch damit beschäftigt, den armen Augustus über sein Versehen hinwegzutrösten. Jedenfalls würde es mich nicht wundern.«

»Er sieht ja wirklich recht gut aus«, warf Susannah ein. »Diese funkelnden dunklen Augen – mir läuft es jedesmal kalt über den Rücken, wenn ich ihn sehe.«

Rohan knurrte irgend etwas, und sie kicherte in sich hinein. Ihr war so, als hörte sie ihn brummen: »Frauen.«

Charlotte wirkte etwas nachdenklich. Sie nahm auf dem Stuhl neben Susannah Platz. »Hast du Rohan schon irgend etwas erzählt, meine Liebe?«

»Wir haben gerade erst begonnen, Mutter. Nun, Susannah, bevor wir unterbrochen wurden, wolltest du uns gerade berichten, was du noch von Georges Habseligkeiten hast.«

»Eine Weste und ein paar Bücher. Ich hab' dem Kerl

nichts von dem Medaillon gesagt. Es ist sehr klein – da hätte bestimmt keine Karte drin Platz.«

»Wo sind denn die Bücher und die Weste?«

»Ich habe sie in Mulberry House gelassen, habe sie aber schon genau untersucht, Rohan. Ich bin ja auch nicht auf den Kopf gefallen, und deshalb ist mir natürlich auch schon der Gedanke gekommen, daß die Einbrüche mit George zu tun haben dürften. Ich habe mir die Bücher sehr genau angesehen und außerdem das Futter aus der Weste herausgetrennt. Von einer Karte war aber nichts zu sehen. Und mehr habe ich nicht von ihm.«

»Na schön, wo hast du denn das Medaillon?«

»Aber ...«

»Zeig uns das Medaillon, Susannah.«

»Ich trage es bei mir.« Sie hob ihr Haar hoch, damit Charlotte den Verschluß der Goldkette öffnen konnte.

Charlotte nahm ihr das Medaillon ab und wollte es schon öffnen, ehe sie innehielt und ihren Sohn anblickte, der die Hand ausgestreckt hatte. Seufzend überreichte sie ihm das Medaillon.

»Ich weiß, es fällt dir nicht leicht, Mutter. Ich weiß es wirklich zu schätzen.«

Charlotte seufzte tief. »Ich gebe es dir nicht gern – vor allem, weil ich die Karte gern selbst entdecken würde.« Sie wandte sich Susannah zu. »Als Frau muß man eben Kompromisse eingehen.«

»Das ist bestimmt das erste Mal in deinem Leben, daß du nicht ganz das tust, was du willst«, warf ihr Sohn ein. »Vater hat oft gesagt, Kompromisse seien das reinste Teufelswerk.« Das Medaillon hatte die Form eines Herzens; es war nicht übermäßig wertvoll, aber doch von einigermaßen ansprechender Qualität.

»Wenn ihr beide euch endlich geeinigt habt, kann ich euch zeigen, wie man es öffnet. Ihr werdet gleich sehen, daß da drin kein Platz für eine Karte ist.«

Sie nahm das Medaillon und erklärte: »Hier an der Unterseite ist ein kleiner Verschluß. Siehst du, da ist ein Miniaturbild von George auf der einen Seite, und eines von Marianne auf der anderen.«

Warum nicht eines von Susannah? fragte sich Rohan, während er das Medaillon wieder entgegennahm. Langsam und vorsichtig entfernte er das Porträt von Marianne, das kleiner war als sein Daumennagel, und drückte sachte gegen die Fläche dahinter – doch sie war vollkommen flach. Dann nahm er Georges Porträt heraus. Sein Bruder war bestimmt nicht älter als zwanzig gewesen, als es gemalt worden war. Sein Lächeln wirkte ein wenig gezwungen, nicht ganz natürlich – aber vielleicht bildete Rohan sich das auch nur ein, vor allem aufgrund der Dinge, die er in letzter Zeit über seinen Bruder erfahren hatte. George war eben George – aber eines stand fest: er hatte nach seinem Tod eine Menge unbeantworteter Fragen zurückgelassen. Was gab es noch alles, das sie nicht von ihm wußten?

Er legte das winzige Porträt auf den Tisch und hielt das Medaillon ans Licht. Er tastete die Rückseite ab – sie war nicht flach wie die andere Seite.

»Aha, interessant«, sagte er langsam. »Was haben wir denn da?«

Charlotte stolperte fast über ihren Stuhl, als sie aufsprang, um besser sehen zu können.

Susannah ließ die Suppenschüssel fallen und stieß einen kurzen Schrei aus, als die Suppe sich über ihre nackten Füße ergoß. »Jetzt sag schon – was hast du gefunden? Was starrst du das Ding denn so an, als wäre es eine Schlange, die dich beißen will? Sag schon endlich!«

Rohan fuhr mit der Fingerspitze über eine kleine Unebenheit am Rande des Medaillons. Urplötzlich – ohne daß er wußte, was er soeben getan hatte – sprang es auf und gab noch einen winzigen Hohlraum frei. Er reichte Susannah das Medaillon. »Zieh du das Papier heraus. Es ist zu klein für meine Finger. Aber gib acht, daß du es nicht beschädigst, Susannah.«

Charlotte hielt es kaum noch aus vor Neugier.

Susannah preßte ihren Finger so fest gegen das Stückchen Papier, daß es haften blieb; nachdem sie es vorsichtig herausgezogen hatte, fiel es auf den Tisch. Obenauf lag ein winziger goldener Schlüssel. Rohan hob den Schlüssel auf. »Was muß das für ein Schloß sein, zu dem etwas so Winziges paßt?«

Charlotte nahm ihm das Schlüsselchen ab und legte es auf ihre Handfläche. »Ich glaube, da ist eine Inschrift. Aber das kann warten. Ist das eine Karte?«

»Falte es auseinander«, sagte Rohan.

Es zeigte sich, daß das Stück Papier etwa halb so groß war wie Susannahs Handfläche. Es war tatsächlich eine Karte, die schon ziemlich ausgebleicht war, so daß man nur schwer etwas erkennen konnte. »Immerhin konnte ich den Mann mit einer kleinen List dazu bringen, uns etwas zu verraten – er hat gesagt, daß der Ort in Schottland liegt, erinnert ihr euch?«

»Ich erinnere mich, mein Schatz. Das hast du wirklich großartig gemacht. Du bist nicht nur ein unwiderstehlicher Charmeur und Verführer, sondern noch dazu wirklich brillant.«

»Ich muß mich gleich übergeben«, murmelte Susannah für sich.

Charlotte achtete nicht auf sie. »Dein lieber Vater hat mir bisweilen zugestimmt, daß du meinen Verstand hättest. Wirklich bewundernswert, mein Lieber.«

»Gleich dreht es mir den Magen um«, sagte Susannah. Sie blickte Rohan an, der weder ihr noch seiner Mutter zuzuhören schien. »Wenn du schon soviel weißt und so überaus klug bist, Rohan, dann kannst du uns vielleicht sagen, wo genau in Schottland der Ort liegen soll. Und vielleicht weißt du auch, wozu dieser Schlüssel gut ist.«

»Ich habe nicht die geringste Ahnung«, antwortete er

zerstreut, »zumindest im Moment noch nicht. Und jetzt hört bitte endlich auf zu schwätzen. Mutter, sag doch bitte einem der Diener – Augustus, wenn du magst –, er möge mein Vergrößerungsglas vom Arbeitszimmer holen. Es müßte in der linken oberen Lade meines Schreibtisches sein.«

Seine Mutter blickte ihn stirnrunzelnd an. »Es überrascht mich, daß du weißt, wo sich ein so gewöhnlicher Gegenstand befindet. Ein Mann wie du kümmert sich doch wohl kaum um solche Dinge, oder? Ich meine, darum hat sich ein guter Diener zu kümmern, aber nicht du, der Herr, der Baron, der …«

»Bitte, Mutter, wir brauchen jetzt das Vergrößerungsglas.«

Wenige Minuten später war Rohan in das Studium des kleinen vergilbten Stücks Papier vertieft. »Es ist eine Karte«, sagte er – mehr zu sich selbst als zu den beiden Frauen. »Aber leider ist es nur die eine Hälfte davon. Hier an dieser Seite wurde sie entzweigeschnitten. Diese Wellenlinien hier sollen wohl Wasser darstellen. Und diese Linien da dürften Wege sein, die vom Wasser wegführen. Mit den Vierecken da könnten Häuser gemeint sein. Ah, und da stehen ja auch ein paar Worte – ganz klein, aber ich glaube, ich kann sie entziffern.«

Er hätte es vielleicht gekonnt – wenn nicht die beiden Frauen förmlich an ihm geklebt hätten.

»Susannah, bitte setz dich wieder hin. Mutter, dein Parfüm verwirrt meine Sinne. Bitte rück ein Stückchen zur Seite. Schön, jetzt wollen wir mal sehen, was wir hier haben.«

»Rohan, du starrst das Ding jetzt schon eine Stunde lang an«, warf Susannah ein und drängte sich wieder an seine Seite. »Komm schon, was siehst du? Was steht da geschrieben?«

Langsam richtete er sich auf. »Da steht: ›Suche den Raum unter dem Wasser‹. Das könnte bedeuten, daß der

Ort am Meer liegt. Aber an welchem Meer? Außerdem fragt sich: Ost- oder Westküste? Dann ist da noch ein Wort, von dem aber nur zwei Buchstaben übrig sind, da die Karte in zwei Teile geschnitten wurde – ›DU‹.«

»Was für ein Raum könnte gemeint sein? Eines der Vierecke vielleicht?«

Diese Karte war wirklich nicht leicht zu enträtseln. Susannah studierte das winzige Stück Papier und blickte schließlich zu Rohan auf. »Die Wellenlinien sind wahrscheinlich ein Fluß. Aber welcher, frage ich mich.«

»Ich habe keine Ahnung.«

»Und was bedeutet ›DU‹?« warf Charlotte ein. »Die Anfangsbuchstaben einer Stadt? Oder eines Geschäfts? Das ist wirklich ärgerlich. Ich hatte auf eine etwas klarere Karte gehofft, auch wenn es nur die eine Hälfte ist. Ich fürchte, sie wird uns überhaupt nichts nützen.«

»Ich glaube, die kleinen Vierecke stellen wirklich Häuser dar – ich glaube sogar, daß damit eine ganz bestimmte Straße gemeint ist; diese Straße muß in einer Stadt in Schottland liegen, durch die ein Fluß fließt«, hielt Rohan fest.

»Woher willst du das wissen?« fragte Charlotte stirnrunzelnd. Rohan fuhr mit der Fingerspitze die Reihe der Vierecke entlang. »Ja, ich verstehe. Du bist wirklich schlau, mein Liebling.«

»Ja, Mutter.«

»Entschuldigt, bitte«, wandte Susannah ein, »aber mir ist auch schon aufgefallen, daß das eine Häuserfront sein muß. Also bin ich genauso klug wie Rohan.«

Charlotte blickte sie nachdenklich an. »Ich kenne dich noch nicht gut genug, um das beurteilen zu können, Susannah. Übrigens, warum bewahrte George diese Karte auf? Warum versteckte er sie in dem Medaillon? Und dieser Schlüssel ...«

»Ja«, sagte Rohan, »der Schlüssel.« Bedächtig legte er ihn auf seine Handfläche, hielt ihn ans Licht und untersuchte ihn mit dem Vergrößerungsglas. Er verzog das Gesicht, neigte das Glas hin und her und versuchte angestrengt, irgend etwas zu erkennen. Die beiden Frauen standen erwartungsvoll an seiner Seite. »Da ist etwas eingraviert – aber ich kann es einfach nicht entziffern«, sagte er schließlich.

Susannah nahm ihm das Vergrößerungsglas ab und begann ihrerseits, die winzigen Zeichen zu studieren. »Ich glaube, es ist Latein«, sagte sie schließlich. »Ja, es scheint ein Name zu sein, aber es ist kaum noch zu erkennen.«

»Ich kann es auch nicht entziffern«, sagte Rohan nach einer Weile. »Bist du sicher, daß es Latein ist? Ich meine, wie kannst du das so genau wissen? Könnte es nicht genausogut auch Deutsch oder Griechisch sein?«

»Also, mein Lieber, da gehst du wohl etwas zu weit. Wie ich vorhin schon gesagt habe – es ist noch zu früh, um zu beurteilen, wie klug Susannah ist, aber ich glaube nicht, daß sie ganz und gar unwissend ist.«

»Danke, Charlotte. Ja, ich glaube, es dürfte Latein sein.«

Im nächsten Augenblick klopfte es an der Tür. Rohan hob fragend eine Augenbraue.

»Wer kann denn das noch sein?« meinte Susannah und ging unsicheren Schrittes zur Tür.

»Verdammt, du bist noch zu schwach, um herumzulaufen. Susannah, bleib stehen.« Sie kam seiner Aufforderung nach. »Komm«, sagte er, während er sie an der Taille umfaßte und sie festhielt.

Es war Toby, der im Nachthemd das Zimmer betrat. »Ich habe es einfach nicht ausgehalten«, erklärte er ziemlich aufgeregt. »Bitte, wie sieht es aus? Habt ihr irgend etwas gefunden?«

Rohan hob Susannah hoch und trug sie zum Bett. »Du bleibst jetzt im Bett – nein, ich will nichts mehr hören.« Er deckte sie zu, ehe er sich ihrem Bruder zuwandte.

»Wir haben die Hälfte einer Karte gefunden – sie war in dem Medaillon, das George deiner Schwester gegeben hat. Darauf steht geschrieben: ›Suche den Raum unter dem Wasser‹. Und dann sind da noch zwei Buchstaben, wahrscheinlich von einer Stadt. Deine Schwester glaubt, daß auf dem kleinen Schlüssel da ein lateinisches Wort steht. Du wirst es wahrscheinlich auch nicht lesen können, oder?«

»Ja«, warf Charlotte ein, »kannst du es vielleicht entziffern?«

Toby betrachtete Charlotte in ihren exquisiten Kleidern und stammelte: »Ich kann's ja versuchen.« Toby studierte das Wort und tauchte nach einer Weile die Feder in die Tinte, um es aufzuschreiben. Er blickte Rohan an. »Es ist wirklich Latein. Ich glaube, es ist ein Name – ›Leo‹, und danach folgen lateinische Ziffern – I und X.«

»Leo«, wiederholte Rohan. »Ja, du hast recht. Da steht ›Leo IX.‹. Ein Papst. Nun, das kann ja noch interessant werden. Toby, komm mit in die Bibliothek – wir müssen eine Kleinigkeit nachsehen. Nein, Mutter, bitte bleib bei Susannah – sonst will sie auch mitkommen, und womöglich fällt sie die Treppe hinunter und bricht sich das Genick.«

Charlotte machte kein allzu glückliches Gesicht. Doch als sie sah, wie Susannah sich anschickte, das Bett zu verlassen, gab sie schließlich nach. »Na gut«, sagte sie rasch, »ich warte hier. Aber ihr beide beeilt euch gefälligst, ja?«

»Versprochen.«

Zwanzig Minuten später waren sie wieder in Susannahs Zimmer. Rohan rieb sich lächelnd die Hände. Toby hingegen blickte ziemlich verwirrt drein. »Also?« fragte Susannah neugierig und versuchte sich aufzusetzen – doch Rohan drückte sie sanft in die Kissen zurück. »Was habt ihr herausgefunden?«

»Leo IX. war ein Papst im elften Jahrhundert, genauer gesagt von 1049 bis 1054.«

Die beiden Frauen blickten ihn ratlos an.

»Die Frage ist, wie kommt es, daß wir einen Schlüssel haben, der Leo IX. gehörte? Aber ...« fuhr Rohan fort, »wir haben noch etwas anderes nachgeguckt. Die Karte stellt irgendeinen Ort in Schottland dar. Nur, was hat Leo IX. mit Schottland zu tun? Es war eine sehr gefährliche und unruhige Zeit. Kein Papst hat Schottland besucht – aber vielleicht ist ja ein Schotte nach Rom gereist, um den Papst zu treffen. Toby und ich haben nachgesehen, welcher König damals in Schottland regierte. Es war Macbeth. Er wurde von Malcolm im Jahr 1057 ermordet, der auf diese Weise die Krone an sich riß. Zu dieser Zeit war der Papst bereits tot.«

»Aber bei Shakespeare war es doch Macbeth, der den Thron gewaltsam an sich riß«, warf Charlotte ein.

»Er hatte sicherlich seine Gründe, warum er es so dargestellt hat«, sagte Rohan. »Als Shakespeare das Stück schrieb, hatte James VI. von Schottland gerade den Thron von Elizabeth übernommen – im Jahr 1603 wurde er James I. von England. Nein, der wirkliche Macbeth war ein guter König. Er war beim Volk überaus beliebt, und es herrschte vollkommener Friede während seiner Herrschaft, deshalb konnte er ...« Rohan hielt inne und lächelte die beiden Frauen an. Dann begann er zu pfeifen.

»Wenn du nicht bald damit herausrückst, dann passiert etwas«, sagte Susannah außer sich vor Neugier. »Also, raus damit. Was hast du herausgefunden?«

»Macbeth war so unangefochten auf seinem Thron, daß er es sich leisten konnte, nach Rom zum Papst zu pilgern.«

»Zu Leo IX.?«

»Ja, Susannah, das ist sehr gut möglich. Und vielleicht hat der Papst ihm damals etwas übergeben, das er mit nach Schottland nahm. Toby wird morgen noch etwas genauer nachforschen. Natürlich könnten wir uns irren, was Macbeth betrifft – aber es ist zumindest ein vielversprechender Anhaltspunkt.«

»Ich frage mich, wo die andere Hälfte der Karte geblieben ist«, sagte Susannah, »und auch, was der Papst Macbeth gegeben haben könnte.«

»Das weiß ich auch nicht«, antwortete Rohan nachdenklich. »Aber eines ist mir klar – eine Antwort auf diese Fragen finden wir am ehesten in Oxford. Dort ist ja George in den Besitz seiner Hälfte gekommen. Und auch unser Gefangener stammt aus Oxford. Ich breche gleich morgen auf.«

»O ja«, pflichtete Toby aufgeregt bei. »Genau das müssen wir tun. Dort hat George gelebt. Er muß etwas darüber gewußt haben. Dann können wir auch etwas über diese anderen Männer erfahren. Darf ich mitkommen?«

Rohan sah die Aufregung in Tobys Augen; er erinnerte sich, daß er selbst in Tobys Alter ganz genauso begeisterungsfähig gewesen war. »Ich werde es mir überlegen«, sagte er langsam. »Zuerst einmal müssen wir warten, ob unser Freund noch einmal aufwacht. Ich hoffe immer noch, daß er uns etwas Nützliches verraten wird.«

»Was mag der Papst Macbeth gegeben haben?« sagte Susannah mehr zu sich selbst. »Es muß etwas sehr Wertvolles gewesen sein – eine Art Schatz. Aber warum gab er diesen Schatz an Macbeth weiter?«

»Macbeth war ein guter Mensch«, sagte Rohan, »ein Mensch, dem man trauen konnte. Vielleicht mußte der Papst sich von etwas trennen und vertraute es Macbeth an. Vielleicht hatte der Papst keine andere Wahl.« Rohan zuckte mit den Schultern. »Aber das sind alles nur Vermutungen. Immerhin – es ist ein Anfang.«

»Da ist noch etwas, Liebling. Hast du unsere Abendgesellschaft am Freitag vergessen? Da läßt sich nicht mehr dran rütteln – die Einladungen sind schon verschickt.«

»Sieh dir doch Susannahs Gesicht an, Mutter. Außerdem wird sie auch am Freitag noch ziemlich wackelig auf den Beinen sein.«

»Nein, es wird mir bis dahin bestimmt besser gehen«, warf Susannah ein. »Aber in einem hat er schon recht, Charlotte – mein Gesicht sieht wirklich schrecklich aus.«

»Noch zwei Tage bis dahin. Hmm.« Charlotte berührte sanft die blauen Flecken. »Bis Freitag sollte es etwas besser aussehen. Außerdem läßt sich mit Schminke einiges bewirken. Sabine ist eine wahre Meisterin auf diesem Gebiet. Ich werde ihr sagen, daß sie das in die Hand nehmen soll.«

»Sie sollte sich nicht schminken.«

Charlotte blickte ihren Sohn verblüfft an. »Aber um Himmels willen, warum denn nicht?«

Er wußte keine Antwort. »Sie braucht es einfach nicht. Sie würde ganz einfach dumm aussehen damit – wie eine dieser aufgetakelten Opernsängerinnen.«

»Na ja, er muß es ja wissen«, sagte Charlotte mit einiger Genugtuung. »Von Opernsängerinnen versteht er etwas.«

»Du kannst die Abendgesellschaft nicht einfach absagen«, wandte Susannah ein. »Wenn ich zu schlimm aussehe, dann werde ich eben nicht teilnehmen.«

»Na schön«, lenkte Rohan ein. »Laß dich ruhig schminken, wenn Mutter es für nötig hält.«

Charlotte nickte. »Und du, Susannah, wirst am Freitag eines meiner Kleider tragen – keine Widerrede. Ich glaube nicht, daß dich Rohan lange genug aus dem Bett läßt, damit die Schneiderin für ein neues Kleid Maß nehmen kann.«

Rohan spürte plötzlich ein ziemliches Verlangen nach ihr. Gewiß, sie war krank, sie war bettlägerig – doch das schien keine Rolle zu spielen. »Ich gehe jetzt schlafen. Kommst du, Toby?«

Am Freitag war Susannah schon wieder auf den Beinen. Auch die Schwellungen im Gesicht waren deutlich zurückgegangen. Rohan wußte, daß seine Mutter ihr Gesicht mit jeder Menge Puder und sonstigen Mittelchen behandeln würde, doch dagegen war nun einmal nichts zu machen.

Der Gefangene war mittlerweile wieder zu sich gekommen – er weigerte sich jedoch, auch nur ein Wort zu sagen. Er wandte das Gesicht der Wand zu, sobald jemand den Raum betrat.

»Ich wünschte, ich hätte Daumenschrauben«, sagte Rohan – laut genug, daß der Mann es hören konnte. »Ich schätze, ich werde mal nachsehen, was der Schmied in seiner Werkstatt so herumliegen hat.«

Aus dem Mann war einfach nichts herauszubekommen.

Marianne ließ es nicht zu, daß ihre Mutter sich aus ihrer Nähe entfernte. Sie begann sofort zu schreien, sobald Susannah auch nur für einen Moment hinausgehen wollte.

Toby und Pfarrer Byam lasen alles über König Macbeth, was sie nur in die Hände bekommen konnten.

Rohan und Toby hatten geplant, am Samstag morgen nach Oxford aufzubrechen. Susannah hingegen sollte nicht mit von der Partie sein. »Du weißt, daß du nicht mitkommen kannst«, hatte er gemeint. »Marianne wird dich nicht fortlassen, und ich bin nicht bereit, das Erlebnis unserer ersten Reise nach Oxford zu wiederholen. Es war ein Alptraum. Außerdem könnte es diesmal gefährlich werden.«

»Dann möchte ich auch nicht, daß Toby mitkommt.«

Er hatte es dem Jungen jedoch bereits versprochen, und so fiel ihm nichts anderes ein, als ihr zu sagen: »Ich werde darüber nachdenken.«

Sie erwarteten dreißig Nachbarn an diesem warmen mondhellen Abend. Rohan ging im Hausflur auf und ab, wobei er immer wieder nach oben blickte, um zu sehen, ob Susannah schon kam, und dann wieder seine Mutter betrachtete, die wieder einmal umwerfend aussah. Ihr blondes Haar war hoch aufgetürmt, wobei einige Löckchen ihren Hals umspielten. Sie trug ein exquisites pfirsichfarbenes Seidenkleid. Einer der Diener war so überwältigt von dem Anblick, den sie bot, daß er den ohnehin häßlichen Tafelaufsatz fallenließ, der seit Jahren in der Mitte des riesigen Eßtisches gestanden hatte.

Doch wo blieb Susannah nur? Er blickte auf, als er ein lautes Räuspern vernahm. Es war Toby, der am oberen Ende der Treppe stand. »Mylord? Mylady? Sind Sie bereit?«

Hinter Toby hörte er eine jammernde Stimme. »O Toby, wie konntest du nur!«

»Eine Fanfare«, verkündete Rohan und lachte. Dann erschien sie neben Toby. Rohan stand regungslos da und starrte sie an. »Susannah?« Seine Stimme klang etwas heiser. Er konnte den Blick nicht von ihr wenden, wie sie mit jeder Stufe ein Stückchen näherkam.

Sie schritt so langsam die Treppe herab, daß Rohan sich fragte, ob sie etwa neue Schuhe trug, die sie vielleicht noch drückten. Sie hatte ihm jedenfalls versichert, ihre Kopfschmerzen seien völlig verflogen.

»Ich bin wirklich sehr zufrieden«, meinte Charlotte. »Ich muß Sabine ein großes Kompliment machen, obwohl sie ohnehin weiß, daß sie genial ist.«

»Allmächtiger«, stieß Rohan unwillkürlich hervor. Er hatte in seinem Leben schon viele Frauen gesehen, die schöner waren als Susannah – doch in diesem Augenblick waren sie allesamt aus seinem Gedächtnis entschwunden.

Sie blieb vor ihm stehen und blickte ihm ins Gesicht, fuhr sich mit der Zunge über die Unterlippe. »Sehe ich annehmbar aus? Es ist ein Kleid deiner Mutter, aber sie hat mir versichert, daß mir die Farbe steht. Ich habe noch nie etwas in einem solchen Blauton getragen. Ist es vielleicht zu hell? Oder zu dunkel? Ich finde es jedenfalls wunderbar. Ich habe noch nie in meinem Leben ein so bezauberndes Kleid getragen. Die neue Frisur ist Sabines Werk. Gefällt es dir so – oder ist es ein wenig übertrieben?«

Als er die Sprache wiederfand, sagte er: »Der Blauton gefällt mir sehr gut – und das Band in deinem Haar paßt sehr gut dazu. Du siehst wirklich annehmbar aus. Ja, wirklich gut. Bist du soweit? Ich glaube, die ersten Gäste sind schon da. Mutter, komm doch und begrüße unsere Gäste. Und sag der armen Susannah, daß sie ganz bestimmt niemanden verscheuchen wird.«

»Ja. Ich muß sagen, du hast mir wirklich keine Schande gemacht, Susannah.«

»Danke, Charlotte.«

»Wo ist denn Marianne? Hat sie dich doch noch losgelassen?«

Susannah lächelte, obwohl sie so aufgeregt war, daß sie nahe daran war, in Ohnmacht zu fallen. »Ich habe ihr versprochen, daß sie ein großes Stück von dem Apfelkuchen bekommt, den Mrs. Horsely gebacken hat, wenn sie mein Bein losläßt.«

Toby, der – so wie Rohan – ganz in Schwarz gekleidet war, lachte und schüttelte den Kopf. »Marianne ist ein richtiges kleines Biest. Als ich sie fragte, ob sie lieber ihre Mama oder einen Kuchen möchte, hat sie ›Kuchen‹ gerufen, so laut sie konnte.«

»Das ist ja interessant«, warf Charlotte ein.

Lord und Lady Dauntry waren die ersten, die eintrafen. Rohan mochte Lord Dauntry sehr gern. Er war ein Mann, der seine Ländereien gut betreute und seine Pächter gerecht behandelte. Er hatte auch Glück mit seinen Kindern – doch seine Frau war leider ein Kapitel für sich. Sie hatte nicht nur ihren Ehemann völlig in der Hand, sondern auch ihre vier Töchter und die beiden Söhne – und sogar die anmaßende Mrs. Gibbs, eine ältere Dame aus der Gegend, deren Ahnenreihe angeblich auf Wilhelm den Eroberer zurückging. Rohan war überzeugt, daß Lady Dauntry mit ihrer scharfen Zunge einen Fisch filetieren konnte, während sie redete. Etwas später sollte sich noch herausstellen, daß Rohans Ansichten über sie durchaus nicht übertrieben waren.

Das Abendessen war recht angenehm verlaufen, so daß man sich jetzt dem Tanz widmete. Rohan tanzte einen Kotillon mit Susannah und danach einen Reel mit seiner Mutter. Susannah wurde von allen Seiten mit einer gewissen Neugier betrachtet. Er schnappte hier und da ein paar Worte auf, die mit der Entführung zu tun hatten – und vor allem damit, daß er sie nackt in seinem Schoß sitzen hatte, als er mit ihr zurückgeritten kam. Diese Art der Übertreibung hatte er eigentlich erwartet. Alles in allem war er recht stolz, solche Nachbarn zu haben. Und wenn sie ihren Klatsch austauschten, dann taten sie es zumindest zum Teil so, daß die Betreffenden es nicht hören konnten. Susannah behandelten sie jedenfalls mit tadelloser Höflichkeit.

Er beobachtete sie, wie sie mit Amos Mortimer tanzte, einem älteren Gentleman, der sich der Schweinezucht widmete – aber nicht etwa, um die Tiere zu verkaufen, sondern um sie als Haustiere zu halten. Sie tanzte einfach wunderbar. Was Mr. Mortimer betraf, so schienen seine dünnen Beine zwar kaum noch in der Lage zu sein, ihn zu tragen – aber dennoch tanzte er noch sehr respektabel.

Es war fast Mitternacht, als Toby plötzlich zu ihm gestürmt kam, während er gerade einen Tanz beendete. »Kommen Sie schnell, Mylord! Sie haben Susannah richtig in die Mangel genommen! Sie ist schon ganz bleich – ich glaube, sie fällt bald in Ohnmacht. Sie hat kaum noch Puder auf dem Gesicht, man sieht schon alle blauen Flecken. Schnell, Sie müssen etwas tun. Sie sind der einzige, der sie retten kann.«

»Sie retten? Wovon redest du eigentlich, Toby?« Aber

Toby war schon wieder aus dem Tanzsaal gestürmt und die Treppe hochgelaufen – und Rohan hinter ihm her. War der Gefangene neuerlich entkommen? Hatte er Susannah in seiner Gewalt?

Toby blieb vor der Tür zum Damensalon stehen. Er winkte Rohan zu, einen Finger an die Lippen gelegt.

13

»Es geht mir wirklich schon viel besser, Ma'am«, sagte Susannah mit betont ruhiger Stimme zu Mrs. Hackles, aber Rohan merkte sehr wohl, daß ihre Nerven ziemlich angespannt waren. »Es ist wirklich sehr freundlich von Ihnen, daß Sie sich nach meiner Gesundheit erkundigen. Ich muß zugeben, daß ich mich eine Zeitlang ein wenig wackelig auf den Beinen gefühlt habe.«

Lady Dauntry hatte offensichtlich ihre Truppen an die Front geschickt, um den Feind zu zermürben. Jetzt war sie bereit, zuzustoßen, mit der ganzen Artillerie, die sie zur Verfügung hatte. Sie blickte Susannah kalt lächelnd an. »Wie ich sehe, hat die liebe Charlotte es geschafft, Ihre blauen Flecken recht gut zu kaschieren.«

»Ja.«

Die drei Damen standen im Halbkreis um sie herum, zwischen ihr und der Tür. Es war eigenartig. Was konnten sie nur von ihr wollen? »Übrigens haben Sie mit dem jungen Peter Briar ziemlich flott getanzt«, fuhr Lady Dauntry fort. »Vielleicht ein wenig zu flott. Der arme Junge ist offenbar nicht gut genug in Schuß für Ihr Temperament, was?«

Wovon sprach Lady Dauntry eigentlich? Susannah antwortete nur: »Ja, ich war ziemlich außer Atem, als der Tanz zu Ende war. Aber warum ist Peter Briar ein armer Junge?«

»Wie ich schon sagte – sie waren ziemlich flott unterwegs.«

Susannah spürte sehr wohl, daß sich dahinter eine Anzüglichkeit verbarg. Sie wollte gehen, aber die beiden anderen Damen versperrten ihr regelrecht den Weg.

Mrs. Hackles, offenbar eine Busenfreundin von Lady Dauntry, schien fest entschlossen, noch eine Spur deutlicher zu werden – für den Fall, daß Susannah die spitze Bemerkung nicht verstanden haben sollte. »Aber das war gewiß nicht das erste Mal, daß Sie es ziemlich eilig hatten, was? Vor ein paar Tagen zum Beispiel sind Sie ja auch nackt in den Armen des Barons gelandet, ohne viel Zeit zu verlieren, nicht wahr? Und er hatte seine Hand auf ihr nacktes Bein gelegt. Wir alle haben Sie gesehen. Mrs. Goodgame war wirklich erschüttert – genauso wie Lady Dauntry und ich. Ja, der liebe Baron hat sie in seinen Armen getragen. Er hatte sie in sein Hemd und seinen Mantel gehüllt. Er hatte Sie also zweifellos nackt gesehen.«

»Aber ich bin entführt worden«, warf Susannah ein und hob ihre Hände, als wollte sie die Angriffe der Frauen abwehren – doch sie ließ sie gleich wieder sinken, weil sie einsah, daß es ohnehin nutzlos war. »Ja, ich wurde entführt. Der Mann, der es getan hat, wird hier im Haus gefangengehalten. Fragen Sie doch einen der Diener. Fragen Sie Charlotte oder meinetwegen auch den Baron.«

»Darum geht es nicht, meine Liebe«, versetzte Mrs. Goodgame, die offenbar ebenfalls scharf zu schießen verstand. »Es geht darum, daß der Baron Sie sogar hier herauf getragen und zu Bett gebracht hat. Woher wir das wissen? Wir wissen alles. Wahrscheinlich hat er Ihnen auch Hemd und Mantel wieder abgenommen; das wäre für einen Mann wie ihn nur normal. Er weiß genau, was Sie für eine sind, meine gute Mrs. Carrington.«

»Jawohl«, pflichtete Lady Dauntry ihr bei, wobei sie

nun völlig auf ihre aalglatte Höflichkeit verzichtete. »Wir wissen ja, daß eine junge, frisch verwitwete Frau nicht allzusehr auf ihren Ruf achtet.«

»Aber ich bin schon seit einem Jahr Witwe.«

»Ein Jahr ist gar nichts bei einer Frau von Ihrer Art. Und als Sie ihrem schneidigen Schwager begegneten, da vergaßen Sie all ihre Tugend, die Sie sich vielleicht vorgenommen hatten. Haben Sie den Baron verführt? Nun, es spielt eigentlich gar keine Rolle, wissen Sie.«

»Nein«, pflichtete Mrs. Hackles bei. »Sie können ihn nämlich ohnehin nicht dazu bringen, daß er Sie heiratet, wie Sie das bei dem armen George Carrington schafften, der sein Lebtag kein Mädchen angeblickt hatte, was seine Eltern wirklich geschmerzt hat. Nein, das Gesetz verbietet es, daß ein Mann die Witwe seines Bruders heiratet. Das haben Sie offenbar nicht gewußt, aber jetzt wissen Sie es. Es wäre am besten, wenn Sie Ihr Kind nehmen und den armen Baron und seine liebe Mutter auf der Stelle verlassen würden. Sie sind wirklich ein wenig zu aufdringlich, wenn Sie verstehen, was ich meine.«

Susannah konnte sie nur wortlos anstarren. Ihre Kopfschmerzen, die in den vergangenen zwei Tagen kaum noch zu spüren gewesen waren, machten sich nun wieder deutlich bemerkbar. Ihre Augen schmerzten allein davon, daß sie die drei Frauen anblicken mußte, die sie förmlich umzingelten und sie anstarrten, als hätten sie einen lang gesuchten Übeltäter gefaßt und hätten nicht vor, ihn wieder entkommen zu lassen. Sie wollte nur fort von hier – aber sie wußte, sie würde Gewalt anwenden müssen, um zur Tür zu gelangen.

Sie beschloß, noch einmal an die Vernunft der drei Frauen zu appellieren. Sie blickte jede einzelne von ihnen an, die Hände ausgebreitet. »Aber was habe ich denn getan?« fragte sie.

»Sie haben sich ausgezogen, um den jungen Baron zu verführen, wobei sie vortäuschten, daß der Mann sie verletzt hätte«, sagte Lady Dauntry, ohne einen Augenblick zu zögern. »Sie sind hier ganz einfach nicht erwünscht. Wir fragen uns übrigens, ob Sie jemals wirklich mit dem armen George verheiratet waren. Der liebe Baron wird alles über Sie herausfinden, und dann wird er Sie dorthin schicken, wo Sie herkommen – zusammen mit dem kleinen Jungen und dem Bastard von einem Kind.«

Susannah war nahe daran, sich auf die drei Frauen zu stürzen. Wie konnten sie es wagen, Marianne als Bastard zu bezeichnen! Gerade als sie spürte, wie ihre letzten Hemmungen schwanden, hörte sie eine männliche Stimme.

»Ladies, ich hoffe, ich störe nicht.« Es war Rohan, der anmutig den Damensalon betrat, einen Raum, den ein Gentleman nicht einmal von weitem sehen sollte. Susannah, die gerade losstürmen wollte, hielt inne und blickte ihn mit großen Augen an. Wie lange war er wohl schon in der Nähe? Wieviel hatte er mitangehört? Und was würde er jetzt bloß tun?

Er sprach mit ganz ungezwungener Stimme zu ihnen. »Es ist wirklich schön, solche Nachbarn zu haben, die sich so um einen kümmern, nicht wahr, Susannah? Du wirkst allerdings ein bißchen mitgenommen. Ich wollte ohnehin, daß du im Bett bleibst – aber du hast es ja nicht mehr ausgehalten. Jetzt siehst du, wie es dir geht. Ich werde meiner Mutter sagen, daß sie gleich nach dir sehen soll.«

»Ladies, ich bin froh, daß Sie alle hier versammelt sind, denn wenn Susannah in Ohnmacht gefallen wäre, dann hätten Sie sich um sie kümmern können. Ich danke Ihnen für Ihre Fürsorge.«

»Mylord«, sagte Lady Dauntry, »Mrs. Carrington geht es sicher noch nicht gut genug, um so temperamentvoll zu tanzen. Wir haben ihr das vorhin schon gesagt.«

»Ja, ich glaube, das habe ich mitbekommen«, erwiderte Rohan. »Wissen Sie, als ich Ihnen so zuhörte, da habe ich mich gefragt, ob Sie tatsächlich annehmen, daß sie all das geplant haben könnte – wo ihr Gesicht doch immer noch aussieht wie das reinste Schlachtfeld? Glauben Sie, das sind keine echten blauen Flecken da auf ihren Wangen? Meinen Sie, das alles könnte eine List sein?«

Mrs. Hackles entgegnete mit dröhnender Stimme: »Sie meinen das gewiß im Scherz, Mylord, ich höre es ja an Ihrem sarkastischen Ton. Aber lassen Sie mich nur eines festhalten: Sie war erst vor drei Tagen völlig nackt in Ihren Armen ...«

»Und Sie haben sie getragen«, warf Lady Dauntry ein. »Mein lieber Gemahl hat gemeint, daß Ihre Hand auf ihrem Bein gelegen habe – sogar am oberen Ende ihres Schenkels. Ihres nackten Schenkels. Er war ziemlich betroffen.«

»War er etwa eifersüchtig?«

»Mylord!«

»Sie weichen mir aus«, sagte Lady Dauntry.

Die drei Damen schienen nicht bereit, auch nur im geringsten von ihrer Haltung abzuweichen, und Rohan kam zu der Auffassung, daß sich das Ganze endlos hinziehen würde, wenn er sich nicht etwas einfallen ließ. Und Susannah würde am Ende erst recht von ihnen allen geächtet werden. Er hatte sich vorgestellt, daß alles in Ordnung kommen würde, daß seine Nachbarn die Situation akzeptieren könnten. Wahrscheinlich, so dachte er, wäre es jetzt am besten, wenn er ihr die zwanzigtausend Pfund aushändigte und sie ziehen ließ. Ja, das wäre wohl das einzig Anständige. Das hatte sie sich verdient – was immer George auch getan haben mochte. Dann wäre sie unabhängig und könnte ihr Leben so gestalten, wie sie es für richtig hielt. Ja, das würde er tun und nichts anderes.

»Ja, Ladies«, sagte Rohan schließlich, »Sie haben ganz recht. Ich habe vorhin gehört, daß Sie sich fragten, ob sie überhaupt mit meinem Bruder George verheiratet gewesen und ob ihr Kind folglich unehelich sei. Ich möchte ganz offen zu Ihnen sein, denn schließlich kennen Sie mich ja, seit ich ein kleiner Junge war – und Sie haben gewiß immer nur das Beste für mich gewollt.« Er holte tief Luft, ehe er es schließlich aussprach. »Sie haben ganz recht. Mrs. Carrington war nie mit meinem Bruder George verheiratet.«

Susannah hatte Rohan bisher mit einiger Bewunderung zugehört, so wie man einem großen Redner lauscht, der seine unwiderlegbaren Argumente darlegt. Doch seine letzten Worte waren wie ein Schlag ins Gesicht. Sie hatte sich bestimmt verhört. Sie starrte ihn mit großen Augen an. In ihrem Kopf hämmerte es wie wild, und in ihrem Magen machte sich Übelkeit breit. Sie ließ sich gerade noch rechtzeitig in einen Stuhl sinken und schloß die Augen. Wenn sie sie geschlossen hielt, dann würde vielleicht das alles um sie herum verschwinden.

»Es ist alles gut, mein Liebling«, sagte Rohan mit liebevoller Stimme und lächelte ihr zu. Sie öffnete ein Auge, als sie die Worte vernahm. Hatte er sie soeben *Liebling* genannt? Was hatte er denn jetzt wieder vor? Jedenfalls hatte sie die böse Ahnung, daß ihr sein Plan gar nicht gefallen würde.

»Ja. Wissen Sie, meine Damen, es war nicht George, den sie geheiratet hat. *Ich* bin der Carrington, der sie zur Frau genommen hat. Susannah ist seit viereinhalb Jahren meine Ehefrau. Ja, so ist es. Marianne ist unser beider eheliches Kind.«

Die drei Ladies sahen ihn fassungslos an.

»Das ist einfach absurd!«

»Das kann doch nicht sein!«

»Jetzt treiben Sie schon wieder Ihre Späße mit uns!«

Rohan breitete die Hände aus, als er zu erklären begann. Er machte eine ziemlich betretene Miene. »Nun«, sagte er, »ich möchte ganz ehrlich zu Ihnen sein. Sie verdienen es. Sehen Sie, ich wollte meine Mutter dazu bringen, daß sie meine Frau akzeptiert. Meine Mutter war dagegen, daß ich so jung schon heiratete – ich war ja wirklich noch ein unreifer Junge, als ich Susannah traf und sie heiratete. Aber wissen Sie, ich habe mich schrecklich in sie verliebt. Ich wußte, ich konnte sie nicht zu meiner Mätresse machen. Sie ist eine Lady. Auf der anderen Seite, meine Damen, konnte ich doch meinen Eltern nicht solchen Kummer bereiten. Sie wünschten sich so sehr, daß ich ein richtiger Lebemann würde, der die Achtung der Gesellschaft genießt – und das setzt natürlich jahrelange Übung voraus. Außerdem wollte ich nicht, daß mein Vater glaubt, ich könnte meine … äh … Gelüste nicht beherrschen. Mein Vater war, wie Sie sicher wissen, der Ansicht, daß ein Mann stets zur Beherrschung fähig sein sollte, damit er auch den Damen wahren Genuß bescheren könne.«

»Was Sie da über ihre lieben Eltern sagen, stimmt voll und ganz, Baron«, warf Mrs. Goodgame ein, »aber ich verstehe nicht, daß Sie dieses junge Ding geheiratet haben sollen, als sie nicht älter als einundzwanzig waren. Das kann ich einfach nicht glauben.«

»Und daß Sie es Ihren Eltern verschwiegen hätten«, meldete sich Mrs. Hackles zu Wort, wobei sie eine ihrer buschigen Augenbrauen hochzog. »Sie hätten es doch bestimmt erfahren, wenn Sie wirklich mit dem Mädchen verheiratet gewesen wären. Sie sagen, sie sei eine Lady? Sehen Sie sie doch nur an – dieses viel zu weite Kleid, und all die Schminke in ihrem Gesicht.«

»Das Kleid ist von meiner Mutter, und sie war es auch, die Susannah schminken ließ, damit die blauen Flecken verdeckt würden.«

»Nun, es ist etwas anderes, wenn Charlotte so ein Kleid trägt. Sie würde wie ein Engel darin aussehen. Dieses Mädchen hat eben nicht Charlottes Klasse.«

Susannah konnte Lady Dauntry nur wortlos anstarren. Sie hätte sie alle am liebsten angeschrien, daß sie sehr wohl eine Lady sei, daß ihr armer, der Spielsucht verfallener Vater zur Hälfte irischer Abstammung sei, daß aber ihre Mutter die Tochter eines Ritters war und aus ihrer Familie verstoßen wurde, weil sie sich unter ihrem gesellschaftlichen Stand verheiratet hatte. Sie wußte, wenn sie jetzt den Mund öffnete, dann würde sie nichts anderes als einen Schrei von sich geben – und hinterher würde sie sich nur noch schlechter fühlen. Was konnte sie also tun? Und was um alles in der Welt hatte Rohan bloß vor? Warum behauptete er, sie beide wären verheiratet? Vielleicht hatte sie ihn ganz einfach falsch verstanden. Vielleicht war das alles eine Art Spiel für ihn.

Er trat etwas näher an die drei Ladies heran, die ihn anstarrten, als wäre er soeben aus dem Irrenhaus entflohen.

»Sie alle wollen sicher nur mein Bestes, davon bin ich überzeugt. Sie wollen mich schützen. Aber wissen Sie – ich brauche in diesem Fall nicht Ihren Schutz. Vielleicht könnten Sie mir aber helfen, meiner lieben Mutter klarzumachen, daß ich meine Frau und meine Tochter liebe und daß es Zeit ist, sie sozusagen aus ihrem Versteck hervorzuholen. Ich war es, der diese Geschichte erfunden hat, daß Susannah mit George verheiratet gewesen wäre. Sehen Sie sich doch nur dieses bemitleidenswerte Gesicht an. Diese Frau ist die Mutter meines Kindes. Ich bin für sie verantwortlich. Ich kann sie doch nicht einfach wegstoßen, als hätte ich nichts mit ihr zu tun. Ja, meine Damen, wenn meine Mutter Susannah immer noch nicht akzeptieren will – kann ich dann auf Ihre Hilfe zählen, sie zu überzeugen, daß meine liebste Susannah zu mir gehört?«

Lady Dauntry sah sich einem großen Dilemma gegenüber. Ihre Zunge war geschärft und bereit, ihr Opfer auseinanderzunehmen – doch die Frage war: wer sollte nun das Opfer sein?

Mrs. Hackles stimmte dem Baron zu, daß das Mädchen bemitleidenswert aussehe. Aber was sollte sie sonst noch sagen?

Mrs. Goodgame seufzte nur. Die Geschichte hatte sie gegen ihren Willen doch einigermaßen berührt. Rohan Carrington hatte sie alle enttäuscht, das stimmte schon, aber er hatte dieses Mädchen nun einmal geheiratet, und sie hatte ihm ein Kind geboren. Was also sollten sie tun? Sie seufzte erneut. Sie sah, daß ihre liebe Freundin Lady Dauntry, die als Rädelsführerin unumstritten war, ein ziemlich unglückliches Gesicht machte. Nun gut, es galt zu handeln. »Almeria, Elsa«, sagte Lady Dauntry schließlich, »hört mir zu. Wir können unseren lieben Jungen jetzt nicht im Stich lassen. Wenn es sein muß, werden wir ihm helfen, die liebe Charlotte davon zu überzeugen, daß sie dieses Mädchen hier akzeptieren muß. Aber ich habe noch eine Frage, mein Junge. Warum haben Sie diese Geschichte mit George erfunden?«

»Damit ich Susannah mit nach Hause bringen konnte. Auf diese Weise konnte ich Mutter auf alles vorbereiten. Marianne ist schließlich ihre Enkeltochter. Ich konnte ihr das Kind doch nicht ewig vorenthalten – ihr eigen Fleisch und Blut.«

»Na, ich weiß nicht, ob die Freude bei unserer Charlotte so groß sein wird, Mylord«, erwiderte Lady Dauntry.

Rohan sah ziemlich niedergeschlagen aus. Man mußte ganz einfach Mitleid mit ihm haben.

»Na schön«, sagte Lady Dauntry schließlich. »Wir können nicht zulassen, daß Ihnen noch mehr Schmerz zugefügt wird. Wenn die liebe Charlotte sich nicht dazu durchringen kann, all das zu akzeptieren, dann werden wir mit ihr sprechen. Wir tun es für Sie, lieber Baron.«

Rohan lächelte sie voller Erleichterung und Dankbarkeit an; Susannah war überzeugt, daß er mit diesem treuherzigen Blick auch das härteste Herz zum Schmelzen gebracht hätte. Sie beschloß, noch zu warten, bis die Ladies gegangen waren, ehe sie ihn erwürgte.

Lady Dauntry betrachtete sie erneut und sah, daß sie ziemlich bleich im Gesicht war. »Sie sehen aus, als fühlten Sie sich nicht wohl, Mylady«, sagte sie. »Jetzt starren Sie mich doch nicht so an, als könnten Sie nicht bis drei zählen. Sie sind die Gemahlin des Barons – also verdienen Sie es, mit ›Mylady‹ angesprochen zu werden.«

Mylady? Das war nun wirklich zuviel des Guten.

»Ja«, fuhr Lady Dauntry fort, die ihre Sicherheit nun voll und ganz wiedergefunden hatte. »Es ist durchaus in Ordnung, daß ein Mann seine Ehefrau mit seinem Hemd und seinem Mantel bedeckt. Und es ist auch in Ordnung, daß er sie in ihr Schlafzimmer trägt. Ja, wir akzeptieren das sehr wohl, und wir werden unseren Ehemännern schon beibringen, Sie nicht länger anzustarren, als wären Sie irgendein dahergelaufenes Flittchen. Wir nehmen auch zur Kenntnis, daß Sie tatsächlich entführt wurden und daß unser lieber Junge, der Baron, Sie gerettet hat.« Sie hielt inne und blickte Mrs. Hackles auffordernd an.

»Ja«, bestätigte Mrs. Hackles – jetzt, wo sie wußte, wie sie sich zu verhalten hatte. »Die Geschichte, die der liebe Baron uns erzählt hat, mag zwar abenteuerlich klingen – aber an uns soll sein Glück nicht scheitern. Wenn mein eigener Sohn so etwas getan hätte, dann würde ich mich bestimmt freuen, mein Enkelkind zu sehen – aber ich habe keine Ahnung, ob Charlotte genauso empfindet.«

»Sie hat Marianne bereitwillig akzeptiert«, warf Rohan ein. »Gott sei Dank. Es ist nur so, daß sie immer noch denkt, Marianne wäre Georges Tochter, und nicht meine.«

»Na, das ist ja schon etwas«, meldete sich Mrs. Goodgame zu Wort. »Für Charlotte wird das alles ziemlich unerwartet kommen. Bestimmt hätte sie Ihnen gern selbst eine Lady zur Heirat vorgeschlagen – entweder eine Lady, wie sie selbst eine ist, oder ein unmündiges Weibchen, das kein Wort sagt, wenn ihr Ehemann zu einer seiner vielen Mätressen verschwindet. Für Charlotte kommen sicher nur diese beiden Möglichkeiten in Betracht.«

Lady Dauntry musterte Susannah mit scharfem Blick. »Sind Sie wie die liebe Charlotte?«

»Inwiefern?« fragte Susannah. Sie fühlte sich wie eine unwichtige Nebendarstellerin in einem Theaterstück, dessen Text sie nicht einmal kannte. Sie hatte auch keine Ahnung, wie das Stück ausging. Möglicherweise würden die Schauspieler schon im nächsten Augenblick zu sprechen aufhören und in schallendes Gelächter ausbrechen – so absurd erschien ihr das alles.

»Ich schätze, Sie haben Ihre Schwiegermutter eben erst kennengelernt«, sagte Mrs. Goodgame. »Charlotte läßt sich nicht mit anderen Ladies in unserem Land vergleichen. Sie ist einfach eine Klasse für sich. Sie ist so schön, daß sie einfach über allen Zwängen und Normen steht. Sie kann tun und lassen, was sie möchte und mit wem sie möchte. Es klingt paradox. Ihr lieber Gemahl – der Vater unseres Barons – betete sie an. Zum Glück teilte er ihre Neigungen. Alles verlief bestens – bis unser lieber Baron ein wenig vom Weg abkam. Sie sind doch erst fünfundzwanzig, Rohan, und haben schon ein Kind. Und nicht etwa ein kleines Baby, sondern ein Kind. Und sie haben eine Ehefrau. Es ist einfach unglaublich. Ich bin wirklich sprachlos.«

Rohan hatte noch keine der Damen jemals sprachlos erlebt.

»Vielleicht«, warf Mrs. Hackles ein, während sie sich zu Susannah hinabbeugte und mit ihrem Fächer leicht auf ihre Hand klopfte, »vielleicht sind Sie ja einfach eine Frau ohne eigene Vorstellungen. Aber das ist schon in Ordnung. Sie könnten nie im Leben so wie Charlotte sein, selbst wenn Sie es noch so sehr versuchten. Sie sind einfach nicht hübsch genug. Und sie haben bestimmt nicht allzuviel zu sagen. Zweifellos fehlt es Ihnen einfach an Verstand. Wahrscheinlich sind Sie ein ziemlich langweiliger Mensch. Außerdem haben Sie nicht Charlottes Liebreiz, und auch nicht ihren Sinn für das Ausschweifende, für List und Tücke. Ja, Sie müssen einfach eine Frau ohne jedes Temperament sein. Dann besteht Hoffnung, daß das Ganze doch noch gutgeht.«

Susannah sprang von ihrem Stuhl auf. In ihrem Kopf hämmerte es wie wild, und eine unerträgliche Übelkeit stieg in ihr hoch. Sie konnte gerade noch rechtzeitig in die Waschecke hinter dem Wandschirm laufen, um sich zu übergeben.

»Ja«, hörte sie Lady Dauntry mit einiger Genugtuung sagen, »sie ist bestimmt keine starke Persönlichkeit. Das ist Ihre Rettung, lieber Baron. Eine Frau wie Charlotte, oder irgendeine andere Frau, die einen Funken Temperament besitzt, hätte sich niemals bereit gefunden, irgendwo in der Einöde ein bescheidenes Dasein zu fristen – fern von ihrem Gemahl, dem Baron. Wenn sie nur ein wenig Temperament hätte, wäre sie mit dem Kind bei Ihnen aufgetaucht und hätte ihr Recht eingefordert, an Ihrer Seite zu leben. Aber das hat sie offensichtlich nicht getan. Nein, vielmehr blieb sie geduldig dort, wo Sie sie einquartierten. Es wird Ihnen bestimmt gutgehen mit so einer Frau. Auf diese Weise können Sie weiterhin Ihre Neigungen ausleben, wie Sie es ja auch in den letzten Jahren getan haben, obwohl sie verheiratet waren. Man hört ja immer wieder wahre Wunderdinge von Ihnen. Sie treten ohne Zweifel in die Fußstapfen Ihrer lieben Eltern, und wir werden uns um Sie gewiß keine Sorgen machen müssen.«

Rohan hörte Susannah nebenan würgen; er hoffte, daß sie sich noch eine Weile übergeben mußte, denn so lange würde sie auch nichts sagen können. Er betete auch, daß Toby draußen auf dem Gang blieb und still wartete.

Er nahm Lady Dauntrys Hand in die seine. »Ihre

rücksichtsvolle und fürsorgliche Haltung ist wirklich rührend, meine Damen.« Er lächelte jede der drei dankbar an. Ein Mann von seinem Ruf und seinen Qualitäten konnte selbst für einen noch so widerlichen alten Drachen ein bezauberndes Lächeln zustande bringen. »Nun, vielleicht wäre es möglich, daß Sie morgen mit meiner Mutter sprechen. Sie werden es bestimmt schaffen, sie zu überzeugen, daß Susannah als Ehefrau für mich geeignet ist – vor allem, weil sie keinerlei Temperament besitzt, wie sie schon richtig sagten. Dank Ihrer Hilfe wird sie meine Ehe schließlich akzeptieren können. Ich danke Ihnen.«

Er verbeugte sich tief, wie Susannah gerade noch sehen konnte, als sie sich umwandte und hinter dem Wandschirm hervorguckte. Es war einfach unglaublich. Die drei Ladies verließen den Raum, und sie hörte noch das lebhafte Geschnatter über die Frage, wer was zu Charlotte sagen würde.

»Ich bin kein bemitleidenswertes Geschöpf«, sagte Susannah zu ihm. »Und es fehlt mir auch ganz bestimmt nicht an Temperament. Zum Beweis dafür werde ich dich jetzt umbringen.«

In diesem Augenblick kam Toby hereingestürmt. Mit verwirrtem Blick sagte er: »Nein, bring ihn noch nicht um; er soll mir zuerst sagen, warum er den drei Ladies erzählt hat, daß er mit dir verheiratet ist.«

Die beiden starrten ihn unverwandt an. Rohan sah, daß Susannah die Hände zu Fäusten geballt hatte. Sie war immer noch sehr bleich; der Puder hatte sich großteils gelöst, so daß die grün und gelb schimmernden Flecken wieder zu sehen waren. Ihr wunderschönes Kleid saß ziemlich schief.

Mit sanfter Stimme sagte er: »Möchtest du dir nicht den Mund ausspülen, Susannah?«

»Nein, noch nicht. Erst sagst du uns, was das alles zu bedeuten hat.«

Er blickte erst die bemitleidenswerte junge Frau an, die da vor ihm stand, und dann Toby, der so schockiert dreinsah wie ein Pfarrer im Bordell. Ein Lächeln zeigte sich auf seinen Lippen. »Ich habe nicht die geringste Ahnung, warum ich das getan habe.«

14

Sie saßen einander gegenüber und tranken Tee, wie zwei Eheleute, die nach einem langen Abend noch eine Weile beisammensaßen.

»Du hast mich gefragt, warum ich etwas so Unglaubliches und Unerwartetes getan habe«, sagte Rohan schließlich. »Ich habe dir schon gesagt, ich weiß selbst nicht, warum ich es tat – aber, verdammt noch mal, Susannah, es ist nun mal geschehen. Ich kann es nicht mehr rückgängig machen. Und noch etwas: ich glaube gar nicht, daß es wirklich so dumm von mir war. Ich glaube, das könnte all unsere Probleme lösen. Ich bereue jedenfalls nicht, daß ich es getan habe.« Und zu seinem eigenen Erstaunen war es tatsächlich so. Er bereute es nicht im geringsten. Die Wahrheit war, daß er sie tatsächlich heiraten wollte. Kein Wunder also, daß er mit seiner Notlüge sehr zufrieden war. Aber es war ihm bewußt, daß es trotzdem um nichts leichter werden würde, Susannah tatsächlich zur Frau zu bekommen.

Susannah bemühte sich, die Geduld zu bewahren. »Rohan, in früheren Zeiten hätte man vielleicht gesagt, daß du dich wie ein edler Ritter verhalten hast. Aber was du den drei alten Hexen erzählt hast, war eine Lüge, eine glatte Lüge. Und eine sehr dumme noch dazu. Denn es läßt sich ohne große Mühe nachprüfen, daß ich tatsächlich mit George verheiratet war. Du hast meine Probleme nur noch größer gemacht, als sie ohnehin schon sind.

Wenn wir beide tatsächlich verheiratet wären, dann würden wir damit gegen das Gesetz verstoßen.«

»Nein, würden wir nicht.«

Sie schüttelte wortlos den Kopf »Schick mich doch einfach weg. Ich werde dich nie wieder belästigen. Du bist nicht für mich verantwortlich. Es ging uns recht gut, bevor du daherkamst.«

Er hob die Teetasse. »Das scheint mir aber nicht ganz der Wahrheit zu entsprechen«, sagte er.

»Na gut, aber ich bin im allgemeinen ganz gut zurechtgekommen. George schickte uns bis zuletzt Geld, das habe ich dir ja gesagt.«

»Wieviel hat er dir denn geschickt?«

Sie blickte auf ihre Tasse hinunter. Die Teeblätter waren in einem seltsamen Muster am Grund der Tasse verteilt. Sie war froh, daß keine Zigeunerin in der Nähe war, die ihr daraus die Zukunft hätte weissagen können.

»Es geht dich zwar nichts an, aber ich werde es dir trotzdem sagen. George hatte nicht viel Geld, aber das ist dir ja bekannt. Er lebte in Oxford – von der Unterstützung, die er von dir erhielt.«

»Ah ja, aber ich kann mich nicht mehr erinnern, wieviel ich ihm immer geschickt habe.«

»Du hast ihm vierteljährlich zwanzig Pfund gegeben. George hat mir zehn Pfund geschickt.«

Er spürte großen Zorn in sich hochsteigen. Hätte George ihm in diesem Moment gegenübergestanden, dann hätte ihn Rohan wohl gegen die Wand geschmettert. »Zehn Pfund«, wiederholte er, »ganze zehn Pfund für drei Monate. Ja, Susannah, du mußt wirklich gut zurechtgekommen sein bei soviel Großzügigkeit. Warum möchtest du nicht meine Frau sein?«

»Du stellst dich absichtlich dumm«, antwortete sie und seufzte. »Hör mal, Rohan, ich kann nicht deine Frau sein. Es wäre ein Schwindel, verstehst du? Wie oft soll ich dir das denn noch sagen? Moment – da fällt mir ein, du hast vorhin gesagt, wir würden damit nicht gegen das Gesetz verstoßen. Wie hast du das gemeint? Weißt du etwa irgend etwas, das ich nicht weiß?«

»Nun ja, es gibt da tatsächlich etwas, das du noch nicht weißt.« Er trank den Rest seines Tees und stellte dann die Tasse auf die Untertasse, die er schließlich vorsichtig auf dem Tisch absetzte. Es würde nicht einfach für sie sein, es zu verkraften, aber er hatte keine Wahl.

Susannah hatte jegliche Geduld verloren. Dieser Mann spielte offensichtlich mit ihr. Es war ganz einfach ungerecht. Sie schleuderte ihre Teetasse mitsamt der Untertasse gegen den Kamin und rief. »Das ist doch alles Unsinn! Wenn du etwas zu sagen hast, dann rück endlich damit raus – und wenn nicht, dann sei still!« Sie sank in ihren Stuhl zurück und bedeckte ihr Gesicht mit beiden Händen.

»Sir.«

Rohan seufzte. Er hätte es wissen müssen, daß Toby nicht so einfach zu Bett gehen würde, nur weil Rohan ihm versichert hatte, daß alles in Ordnung sei.

»Ja, Toby. Komm nur herein. Deine Schwester ist im Moment ein bißchen durcheinander. Sie wird sich gleich wieder beruhigen.«

»Aber, Sir, sie hat noch niemals etwas gegen den Kamin geworfen. Es war eine sehr schöne Teetasse. Wahrscheinlich sehr wertvoll. Mrs. Beete wird nicht sehr erfreut sein.«

»Tja, aber das ist einer der Vorteile, wenn man Lady Mountvale ist. Sie kann so viele Tassen zertrümmern, wie sie möchte.«

Susannah blickte zu ihm auf. »Toby, siehst du die große häßliche Vase da drüben? Bitte, bring sie mir doch mal her. Ich werde sie nämlich auf dem Dickschädel Seiner Lordschaft zertrümmern.«

»Sir, sie hat noch nie jemandem gedroht, ihn zu schlagen, jedenfalls nicht so.«

»Warte noch einen Augenblick, Toby, bevor du ihr die Vase bringst. Es ist ein Lieblingsstück meiner Mutter. Ihr Zorn wird sich bestimmt gleich legen.«

»Mein Zorn legt sich nicht – er wächst. Toby, du hast doch gehört, was er vorhin behauptet hat, oder?«

Toby nickte. Er stand völlig aufrecht da – etwas näher bei seiner Schwester als beim Baron.

»Nun, glaubst du auch, daß er verrückt geworden ist?«

»Ich glaube, daß er dich schützen wollte, Susannah. Diese alten Ladies wollten dich vernichten. Sie hätten deinen Ruf ruiniert. Richtig, Sir?«

»Ja. Die drei konnten sich kaum noch halten vor Bosheit und Schadenfreude. Ich habe Susannah gerettet, aber sie scheint sich nicht sehr darüber zu freuen, Toby. Jedenfalls kann ich nicht viel Dankbarkeit erkennen.«

»Toby, bitte reich mir mal die Statue von dem Mann da mit der Weltkugel auf den Knien. Sie sieht ziemlich schwer aus – gib also acht.«

Rohan hob eine Hand. »Ja, Toby, ich weiß, was du sagen willst. Ihr Zorn hat noch nie so lange angehalten. Hört mir zu – beide. Ich will ganz ehrlich sein …«

»So ehrlich, wie du es gegenüber den drei Frauen warst?«

»Das war etwas ganz anderes. Ich hatte keine andere Wahl.«

»Aber, Sir, Susannah hat recht. Sie sind nicht für uns verantwortlich. Sie kennen uns doch kaum. Es stimmt – Sie sind Susannahs Schwager, aber wenn Sie ihr Georges zwanzigtausend Pfund geben, dann sind Sie uns los. Ich weiß ja, daß ein Mann wie Sie nicht gern Kinder um sich hat, und eine Ehefrau noch weniger. Das ist alles ziemlich schwer zu verstehen – besonders, weil Sie ja Susannah gar nicht heiraten können, selbst wenn Sie möchten.«

»Das stimmt, Rohan. Du könntest wieder frei sein. Du

kannst deinen Nachbarn sagen, alles wäre ein Scherz gewesen und du hättest uns vor die Tür gesetzt.«

Er sprang so jäh auf, daß sein Stuhl umkippte, und rief: »Verdammt! Seid endlich still!«

Sie starrten den Baron an, dessen Gesicht rot angelaufen war. Von seiner gewohnten Gelassenheit und Ausgeglichenheit war nichts mehr zu sehen.

»Du liebe Güte«, sagte Susannah, die nun etwas ruhiger war. »Ist ja gut, Rohan. ich werde keine Gegenstände nach dir werfen. Jetzt bist du es, der außer sich gerät. Aber du mußt uns doch recht geben. Um Himmels willen, du kennst mich doch wirklich kaum. Wie kommst du da auf den Gedanken, daß du mich vielleicht zur Frau haben möchtest? Noch dazu, da ich nie deine rechtmäßig angetraute Frau sein könnte. Das alles ergibt doch keinen Sinn.«

Rohan blickte zuerst Toby, dann Susannah an. »Ich könnte dich sehr wohl heiraten, und es wäre nicht gegen das Gesetz.«

Sie schüttelte den Kopf.

Seine Stimme wurde etwas ruhiger und sanfter. Er schüttelte ebenfalls den Kopf. »Es tut mir leid, Susannah«, sagte er, »aber du warst nie wirklich mit George verheiratet. Die drei Damen hatten recht – Marianne ist in der Tat ein uneheliches Kind.«

Sie begann am ganzen Leib zu zittern und flüsterte: »Nein, nein, das kann nicht sein. Nein, Rohan, ich habe dir doch die Heiratsurkunde gezeigt. Es war eine schöne Trauung, ganz privat natürlich, aber der Pfarrer war sehr nett und …«

»Es tut mir wirklich leid. Weißt du, es ist kein Wunder, daß der Mann nett war, denn George hat ihm bestimmt eine schöne Summe bezahlt, damit er mitspielte. Ich habe es gleich gewußt, als ich den Trauschein sah. Ich kenne den Mann. Sein Name ist Bligh McNally. Er ist in ganz Oxford bekannt dafür, daß er Leute zum Schein traut. Er lebt ganz ordentlich davon. Es wurden bestimmt schon viele junge Mädchen auf diese Weise getäuscht. George hat dich nicht wirklich geheiratet. Es tut mir leid, Susannah – es war alles Betrug.«

Toby war kreidebleich im Gesicht.

Susannah stand wie erstarrt da.

Schließlich sagte sie im Flüsterton: »Wenn du von Anfang an wußtest, daß alles Lüge war, warum hast du es mir dann nicht gleich gesagt?«

Rohan blickte ihr in die Augen. »Zuerst wollte ich es selbst nicht glauben, obwohl es ganz offensichtlich war. Ich hatte George immer für seriös gehalten, für einen fleißigen Gelehrten, der sich vor allem für seine Studien interessiert. Er erzählte mir, daß er davon träumte, einmal große Expeditionen zu unternehmen und ein berühmter Kartograph zu werden. Ich hielt ihn stets für einen sanften und gütigen Menschen. Ich konnte es gar nicht glauben, daß er zu so etwas fähig wäre – und doch war es so. Auch brachte ich es nicht fertig, dein Leben zu zerstören, noch bevor ich dich und Marianne richtig kannte. Egal was George getan hat – sie ist doch meine Nichte. Ich beschloß, zunächst einmal abzuwarten, um Zeit zu gewinnen. Deswegen habe ich euch alle hierher gebracht. Deswegen habe ich nichts gesagt – bis heute abend.«

»Das mit der Erbschaft hast du auch erfunden, nicht wahr?«

»Ja, ich habe es erfunden.« Kaum hatte er es ausgesprochen, als ihm klar wurde, daß er ihr damit den Boden unter den Füßen weggezogen hatte. Jetzt hatte sie nichts mehr, keine Hoffnung, keine Wahlmöglichkeit, keinen Ausweg.

»Ich verstehe«, sagte Susannah langsam. Sie starrte in das Feuer im Kamin. »Und jetzt fühlst du dich schuldig, weil George mir all das angetan hat, und willst dich sozusagen an seiner Stelle opfern? Du erklärst dich bereit, mich zu heiraten und Marianne als dein eigenes Kind anzuerkennen?«

Er war über sich selbst einigermaßen überrascht – doch er antwortete mit fester Stimme: »Ja, so ungefähr könnte man es sagen.«

»Aber Susannah hat recht«, warf Toby ein. »Wir sind doch Fremde für Sie. Wenn unser Vater nicht versucht hätte, Ihnen Geld abzuluchsen, dann hätten Sie nie von uns erfahren.«

»Aber er hat es getan, und so kenne ich euch nun einmal. Hör mal, Susannah, es ist doch wirklich kein so schlechter Plan, oder? Ich wäre ein großzügiger Ehemann. Ich wäre ein guter Vater für Marianne. Ich würde ebenfalls versuchen, mich um Toby zu kümmern, auch wenn er mich manchmal um den Verstand bringt mit seinen Streichen.«

»Aber Sir, ich habe doch gar nichts angestellt!«

»Das weiß ich doch. Siehst du – und deshalb wäre es doch ganz nett, wenn du als mein Schwager bei mir leben würdest, weil ich dich gern habe. Ich habe euch alle gern. Bleibt hier bei mir. Seid meine Familie. Ich werde euch beschützen und mich um euch kümmern, und auf diese Weise schütze ich auch Georges Andenken. Ich will nicht, daß die Leute erfahren, was er euch angetan hat. Ich will auch nicht, daß es meine Mutter erfährt. Trotz all ihrer Ausschweifungen haben meine Eltern sich doch stets einen gewissen Anstand bewahrt. Sie haben sich nach Lust und Laune vergnügt – aber sie hätten nie einem unschuldigen Menschen Schaden zugefügt. Jetzt ist nur noch meine Mutter da – aber ich möchte ihr diesen Schmerz ersparen. Mir ist oft bang, wenn ich daran denke, was ich wohl in Oxford herausfinden werde. Ich kann mir vorstellen, daß es dir genauso geht.«

Susannah erhob sich und schüttelte Charlottes zerknittertes Kleid aus. Sie antwortete ihm in sehr klarem

Ton: »Das alles ist doch sinnlos. Du bist ein Frauenheld, ein Mann, der seine Geliebten öfter wechselt als andere Leute ihr Hemd. Toby, bitte sei so gut und halte dir kurz die Ohren zu.«

»Oh, Susannah, das ist doch lächerlich«, erwiderte Toby. »Alle Welt achtet Seine Lordschaft für seine Verwegenheit. Alle sind stolz auf ihn.«

»Das ist ohnehin seltsam genug, tut aber hier nichts zur Sache. Rohan, ich will ganz offen zu dir sein. Ich bin keine willenlose Frau ohne jedes Temperament, aber ich werde auch nie so sein können wie Charlotte.«

»Da gebe ich dir voll und ganz recht«, sagte er. »Ich weiß genau, was du *nicht* bist. In den nächsten Jahren kann ich ja dann herausfinden, was du tatsächlich bist.«

In den nächsten Jahren. Es war jetzt genug. Nein, es war zuviel. Sie konnte das alles nicht mehr ertragen. Sie hatte geglaubt, verheiratet zu sein, dabei war sie es nie gewesen. Sie war nichts als eine Frau mit einem unehelichen Kind, weil sie eine leichtgläubige Närrin gewesen war. Sie hatte einem jungen Mann vertraut, der ihr als der Richtige erschienen war, weil sie ihn für ruhig, sanft und vertrauenswürdig hielt. Dabei war alles nur eine Lüge gewesen. Wer war George wirklich gewesen? Warum hatte er das getan?

Es spielte keine Rolle mehr. »Toby«, sagte sie schließlich, »wir werden Mountvale House gleich morgen verlassen. Wir kehren nach Mulberry House zurück.«

»Du hast kein Geld, Susannah«, sagte Rohan mit sanfter, aber unnachgiebiger Stimme. »Du wirst nicht weit kommen. Du kannst doch nicht gut zu Fuß nach Mulberry House zurückkehren, nicht mit Marianne.«

Ihr fehlten ganz einfach die Worte. Wenn sie Rohan anblickte, wurde ihr klar, wie dumm sie doch gewesen war. Nein, sie konnte das alles nicht mehr ertragen. Sie drehte sich um und verließ die Bibliothek.

»Toby, bleib hier, ich bin gleich wieder zurück. Dann

können wir uns darüber unterhalten, wie es weitergehen soll.«

»Ich glaube nicht, daß Susannah sehr glücklich mit all dem ist, Sir.«

»Das wäre ich auch nicht an ihrer Stelle.« Ach, es war zu dumm – aber er hatte es ihr einfach sagen müssen.

Er würde sie für heute abend in Ruhe lassen – aber morgen … Er konnte nicht zulassen, daß sie Mountvale verließ.

Oben an der Treppe kam ihr Lottie völlig entnervt entgegen – die schreiende und zappelnde Marianne im Arm.

»Ich habe ihr zwei Stück Apfelkuchen gegeben, Mrs. Carrington … äh, Mylady. Nur zwei, wie Sie gesagt haben. Aber jetzt hat sie Bauchschmerzen – und ich weiß nicht, was ich noch tun soll.«

Kaum hatte sie Rohans absurde Hirngespinste hinter sich gelassen, wartete schon wieder der Alltag mit seinen kleinen Sorgen auf sie. Susannah nahm ihre Tochter an sich und versuchte sie zu beruhigen, so gut sie konnte. »So etwas passiert nun mal, Lottie. Es ist nicht deine Schuld. Ich werde sehen, ob Mrs. Beete irgend etwas hat, das der Kleinen hilft.«

Wenigstens hatte sie Lottie nicht angebrüllt und ihr zu verstehen gegeben, daß sie keine ›Mylady‹ sei. »Ich kümmere mich darum«, sagte Rohan, der hinter ihr hergekommen war. Er blickte die schluchzende Marianne an, die über der Schulter ihrer Mutter lag und verzweifelt an ihrem Daumen lutschte, »Gleich wirst du dich wieder besser fühlen«, sagte er zu ihr.

»Ro-han!«

»Ich bin gleich wieder da, Marianne«, sagte er und eilte davon. Susannah ging mit ihrer Tochter auf und ab, um sie nach Möglichkeit zu beruhigen. Nicht viel später war Rohan schon wieder zurück – mit einem Glas in der Hand. Marianne sah es und begann vor sich hin zu wimmern.

Er hob ihr Kinn mit den Fingerspitzen. »Hör mal, kleines Früchtchen, du trinkst das jetzt aus. Mrs. Beete hat es mir immer gegeben, als ich noch ein kleiner Junge war. Es wirkt sehr gut, und es schmeckt gar nicht schlecht. Dann geht es dir gleich wieder so gut, daß du mit mir einen schottischen Reel tanzen möchtest.«

Marianne bekam Schluckauf. »Aber ich kann doch gar nicht tanzen.«

»Ich werde es dir schon beibringen, aber zuerst mußt du das trinken, damit es deinem Bäuchlein wieder gutgeht.«

Zu Susannahs Erstaunen ließ Marianne es geschehen, daß Rohan ihren Kopf ein wenig zurückneigte und ihr die Flüssigkeit einträufelte. Marianne, die sich für gewöhnlich gegen derartige Eingriffe mit aller Kraft wehrte, trank das Glas leer, ohne zu murren.

»Wunderbar. Jetzt gehen wir beide hinunter, und wenn es dir wieder so gutgeht, daß du tanzen möchtest, haben wir gleich das Klavier in der Nähe, damit ich dir den Tanz beibringen kann.«

Marianne ließ sich ohne zu zögern von ihm tragen. Sie schluchzte immer noch ein wenig, von gelegentlichem Schluckauf unterbrochen. Sie vertraute ihm.

Rohan sagte kein Wort zu Susannah oder zu Lottie, sondern ging einfach weg. Marianne lag auf seiner Schulter, die Finger im Mund.

»Nun«, sagte sie, zu Lottie gewandt. »Ich muß jetzt packen. Wir werden morgen früh abreisen.«

»Werden Sie mit Seiner Lordschaft nach Oxford reisen?«

Zweifellos wußte Lottie längst Bescheid darüber, daß Rohan den drei alten Drachen eine abenteuerliche Geschichte aufgetischt hatte. Wahrscheinlich war es mittlerweile im ganzen Haus bekannt. Bald würde es sich in ganz Südengland verbreitet haben.

»Vielleicht«, antwortete sie nur, nicht bereit, irgendwelche Erklärungen abzugeben. Sie ging in ihr Schlafzimmer, wo bereits Charlotte auf sie wartete. Sie trug ein umwerfendes Kleid aus cremefarbener Seide, mit Federn geschmückt. Ihr langes blondes Haar hatte einen wunderbaren seidigen Glanz.

»Also, das ist vielleicht eine Überraschung«, sagte sie, als Susannah das Zimmer betrat. »So etwas Abenteuerliches habe ich mindestens seit zwei Wochen nicht mehr erlebt – aber das war eine andere Art von Abenteuer, muß ich hinzufügen. Also, mein lieber Sohn hat mir das Ganze ja nur in aller Kürze geschildert – und du wirst mir jetzt hoffentlich auch die Einzelheiten berichten. Rohan wollte sich nicht die Zeit nehmen, mir alles haarklein zu erzählen, weil er zuerst noch einmal mit dir sprechen wollte. Aber jetzt möchte ich wirklich alles ganz genau hören. Ach, Susannah, ich glaube, ich bin noch nie so völlig hinters Licht geführt worden. Aber es ist natürlich irgendwie ein wenig enttäuschend für mich – das hat mein lieber Junge ganz richtig erkannt. Ich habe ja immer solche Hoffnungen in ihn gesetzt.«

»Lady Dauntry hat gemeint, daß es dir am liebsten wäre, wenn er entweder mit einer Frau wie dir verheiratet wäre oder mit einer Frau ohne eigenen Willen, die sich in keiner Weise in sein Leben einmischt.«

»Also, das hat die liebe Regina wirklich ausgezeichnet erkannt. Nach all den Jahren schafft sie es immer noch, mich zu überraschen. Zwar nicht oft, aber immerhin. Ist ›Regina‹ nicht ein reizender Name? Nur schade, daß sie ihm nicht ganz gerecht wird. Nun, Regina hat dich also ›in die Mangel genommen‹ – so hat es, glaube ich, Toby ausgedrückt. Und nicht Regina allein, sondern auch Almeria und Elsa. Zusammen sind sie wie drei Schicksalsgöttinnen, wobei Regina den Ton angibt und ihnen die Richtung weist. Und da kommt plötzlich Rohan daher und behauptet, daß du schon lange seine Braut seist. Nun, ›Braut‹ ist ja nicht ganz der richtige Ausdruck, wenn man bedenkt, daß ihr schon fünf Jahre verheiratet seid. Ich habe hin und her überlegt, ob ich das glauben soll. Stimmt es denn, daß du den armen George gar nicht gekannt hast?«

Susannah blickte sie ziemlich hilflos an und schwieg.

»Du siehst ziemlich erschöpft aus, Susannah. Komm, setz dich doch. Ja, mach dir's erst einmal bequem. Rohan kümmert sich schon um Marianne. Ist das nicht eigenartig? Er geht mit ihr um, als wäre er es schon seit Jahren gewohnt. Aber so ist es ja schließlich auch, nicht wahr? War Rohan bei dir, als Marianne zur Welt kam?«

»Nein. Es ging alles so schnell – sie kam nämlich etwas zu früh.«

»Was ich aber nicht ganz verstehe, ist, warum Rohan zuerst behauptete, du wärst Georges Witwe. Warum bist du nicht einfach als seine Ehefrau hierher gekommen?«

Sie wußte nicht mehr ein noch aus. Sollte sie Charlotte die Wahrheit erzählen? Sollte sie ihr sagen, daß ihr geliebter, tugendhafter George sie, Susannah, belogen und hintergangen hatte, um sie ins Bett zu bekommen? Was war das für ein Mann, der zu so etwas fähig war?

Nun, ein sehr junger Mann, der keinerlei Skrupel hatte. Irgendwie wußte sie, daß Rohan nie zu so etwas fähig wäre. Sie schüttelte den Kopf.

»Überlegst du, ob du mir irgendwelche Märchen auftischen sollst, Susannah?«

»Nein, bestimmt nicht. Ich möchte dich nur ersuchen, daß du mit deinem Sohn über all das sprichst.«

»Aha, du hast also Angst, daß du mir etwas anderes erzählen könntest als er?«

Susannah warf ihr erneut einen hilflosen Blick zu – das einzige, wozu sie in dieser Situation fähig war.

Charlotte erhob sich und strich sich mit ihren wohlgeformten Fingern über die Federn am Handgelenk. »Ich wollte mich eigentlich eine Zeitlang mit Augustus vergnügen und dann wieder nach Italien reisen. Ich habe

Venedig schon immer geliebt. Ich habe sogar mit dem Gedanken gespielt, Augustus mitzunehmen. Aber bei dem Durcheinander, das hier plötzlich herrscht, werde ich meine Pläne natürlich verschieben müssen. Ich werde mit Rohan sprechen – dann werden wir ja sehen. Schlaf gut, meine Liebe.«

Wenigstens hatte Charlotte keinen Wutausbruch bekommen. Susannah lehnte sich in ihrem Stuhl zurück und schloß für einen Moment die Augen. Nur für einen Moment – dann wollte sie zu packen beginnen.

Als sie irgendwann in der Nacht mit einem jähen Ruck erwachte, zitterte sie vor Kälte. Sie tastete nach einer Kerze – jedoch ohne Erfolg. In dieser Dunkelheit konnte sie ja wohl unmöglich packen.

Sie schaffte es, sich auszuziehen und Charlottes wunderbares Kleid über einen Stuhl zu hängen, ehe sie sich ins Bett fallen ließ.

Gerade als sie im Begriff war, einzuschlafen, kam ihr der Gedanke, daß Rohan seinem Bruder bestimmt einen viel höheren Betrag hatte zukommen lassen als nur die vierteljährlichen zwanzig Pfund.

George hatte sich nicht einmal Gedanken darüber gemacht, ob für seine Tochter gesorgt war. Heiße Tränen traten ihr in die Augen und liefen ihr die Wangen hinunter. Ihr Leben war auf einer einzigen Lüge aufgebaut. Ihre Dummheit war wirklich grenzenlos gewesen. Kein Wunder, daß George es vermieden hatte, sie seiner Familie vorzustellen. Was hätte er auch sagen sollen? »Darf ich vorstellen – meine Geliebte und mein uneheliches Kind?«

Sie hatte nie an seiner Behauptung gezweifelt, daß sein Vater und später sein ältester Bruder ihn enterben würden – so daß auch sie und Marianne leer ausgehen würden. Immer wieder hatte er ihr versichert, daß er in dieser Frage langsam und behutsam vorgehen mußte – daß es aber nicht mehr lange dauern würde, bis er sie als seine Ehefrau präsentieren würde. Schon bald würden sie in aller Öffentlichkeit als Familie zusammenleben können. Kein Wunder, daß George in den letzten Jahren nur noch sehr selten in Mulberry House aufgetaucht war. Er wußte, daß sein Schwindel früher oder später auffliegen würde. Doch vielleicht war ihm das auch längst egal. Vielleicht machte er sich ganz einfach nichts mehr aus ihr. Es war ihm lästig, wenn sie ihn immer wieder fragte, ob er schon mit seinem älteren Bruder gesprochen habe. Er war ihrer ganz einfach überdrüssig geworden. Und auch von seiner Tochter wollte er nichts mehr wissen.

Sie hätte ihn am liebsten umgebracht, wenn er nicht schon tot gewesen wäre.

Fast fünf Jahre hatte sie mit diesem Irrglauben gelebt. Sie war auf sich selbst noch wütender als auf George. Immerhin hatte sie sich stets für ziemlich klug gehalten und sich eingebildet, eine gute Menschenkenntnis zu besitzen. Irgendwann spät in der Nacht versiegten ihre Tränen, doch der tiefe Schmerz blieb. George hatte sie belogen und betrogen, hatte ihr eine Ehe vorgegaukelt – aber eine richtige glückliche Ehe hatte sie wahrscheinlich auch gar nicht verdient.

15

»Und das, Mutter, ist die ganze Geschichte. Das hat George ihr angetan.« Erneut kam der ganze Zorn in ihm hoch, den er gegen seinen Bruder hegte, der aus dem Leben geschieden war und sich nicht mehr für seine Taten verantworten mußte.

Er hatte nie die Absicht gehabt, seiner Mutter die ganze Wahrheit zu beichten – aber schlau, wie sie nun einmal war, hatte sie ihn am frühen Morgen geweckt und zur Rede gestellt. So hatte sie es geschafft, ihm die Wahrheit zu entlocken, noch ehe er die Augen so richtig geöffnet hatte. Er hätte sich selbst ohrfeigen können. Aber jetzt war es nun einmal geschehen. Sie hatte ihn ganz einfach übertölpelt.

Er war jetzt voll und ganz wach und verwünschte sich selbst dafür, daß er sich kurz nach dem Aufwachen stets in einer Art Dämmerzustand befand, in dem er sich noch nicht ganz unter Kontrolle hatte. Seine Mutter stand am Fenster und blickte auf die wunderschönen Gärten hinunter. »Es tut mir leid, Mutter«, sagte er. »Ich wollte nicht, daß du es erfährst – es wäre nicht nötig gewesen. Aber mit deiner Schlauheit hast du mich wieder einmal genau im richtigen Moment erwischt.«

Langsam drehte sie sich zu ihm um. »Ja, mein Lieber – ich weiß, daß du kurz nach dem Aufwachen noch nicht ganz du selbst bist.« Dann verstummte sie wieder. Sie begann in seinem Schlafzimmer auf und ab zu gehen, während er immer noch im Bett lag. Im Gegensatz zu ihrem Sohn war Charlotte seit jeher eine Frühaufsteherin, die in den frühen Morgenstunden geistig besonders rege war. Und Rohan hatte das Pech, daß es erst sechs Uhr morgens war.

Rohan bereute immer noch nichts von dem, was er am Vorabend gesagt und getan hatte. Er war sich auch jetzt noch sicher, daß er Susannah heiraten wollte.

Er liebte den Klang ihres Namens. Er stellte sich vor, daß es selbst in einem Streit noch ein Genuß sein würde, ihren Namen auszusprechen.

»Weißt du, mein Lieber, so sehr es mir gefällt, daß du mich nicht mit Georges Untat belasten wolltest – ich hätte es nie geglaubt, daß du ein junges Mädchen heiratest und sie dann vor der Welt versteckst. Du hättest sie in jeder Hinsicht verwöhnt und dich stolz mit ihr gezeigt, so wie du es jetzt ja auch mit ihr und Marianne vorhast.«

Ihre Stimme klang nun ziemlich entschlossen. »Nein, es geht jetzt nicht mehr darum, George zu schützen. Es sind vor allem Susannah und Marianne, die Schutz brauchen.«

Sie begann wieder auf und ab zu gehen. »Fast fünf Jahre lang«, sagte sie, mehr zu sich selbst als zu ihm. Sie drehte sich zu ihrem Sohn um, der immer noch – auf die Ellbogen gestützt – mit zerzaustem Haar im Bett lag. »Was war George eigentlich für ein Mensch?« fragte sie schließlich. »Ich habe das Gefühl, ich weiß *nichts* über ihn.«

»Ich kann es dir auch nicht sagen. Vielleicht finde ich in Oxford eine Antwort. Es besteht kein Zweifel, daß er den Mann gekannt hat, der Susannah entführt hat. Es tut mir leid, Mutter.«

»Ich weiß. Mir auch. Wann wirst du nach Oxford aufbrechen?«

»Ich werde abfahren, sobald ich Susannahs Zustimmung habe, daß sie mich heiratet – und zwar natürlich, ohne daß irgend jemand davon erfährt. Kein Mensch – weder Freunde noch Nachbarn und nicht einmal Fitz – soll erfahren, wie die Sache wirklich steht. Ich werde jedenfalls alles tun, damit es unter uns bleibt.«

»Ja, so wäre es gewiß am besten. Ich finde sogar, daß du Susannah heiraten solltest, ehe du nach Oxford aufbrichst. Sie ist überaus stolz. George hat sie hintergangen, und das macht ihr bestimmt sehr zu schaffen. Wahrscheinlich fühlt sie sich nutzlos, ungeliebt und wertlos. Ja, du mußt sie jetzt heiraten, denn ich befürchte, daß sie sonst Mountvale verlassen wird, um dir zu ersparen, daß du dieses großmütige Opfer bringst. Die Hochzeit soll in aller Stille vor sich gehen. Du mußt dir noch die Heiratsgenehmigung besorgen.«

»Ja, so rasch es geht.«

»Wirst du Marianne als dein eigenes Kind annehmen?«

»Natürlich.« Er kratzte sich an der Brust – doch als ihm bewußt wurde, daß seine Mutter ihn beobachtete, zog er sich die Bettdecke rasch bis ans Kinn. Doch sie hatte ihn gar nicht wirklich angesehen – ihr Blick war vielmehr in die Ferne gerichtet.

»Wenigstens brauchen wir uns keine Sorgen zu machen, wenn sie erst deine Frau ist. Sie weiß, wie das Leben ist – und wie du bist. Ich meine, sie kann es sich hier in Mountvale gemütlich machen, während du in London deinen Abenteuern nachgehst.«

»Was sollte ich allein in London? Nein, wenn ich nach London fahre, dann kommt sie natürlich mit mir – und auch Marianne und Toby.«

Sie blickte ihn wortlos an. »Aber sie ist nicht so wie ich, und sie ist auch keine Frau, die alles willenlos geschehen läßt. Das hat sie mir selbst gestern abend gesagt. Ich glaube, sie würde darunter leiden. Wenn ich an die vielen Parties denke, an die Vergnügungen, die Clubs, die Oper …«

»Ich bin überzeugt, daß Susannah gern in die Oper gehen wird, und …« In diesem Moment wurde ihm plötzlich bewußt, wie er mit seiner Mutter sprach. Er räusperte sich. »Das heißt, natürlich, wenn ich meinen Vergnügungen nachgehe, dann werde ich schon dafür sorgen, daß Susannah auch ihre Unterhaltung hat. Es soll ihr an nichts fehlen.«

Charlottes zweifelnde Miene hellte sich wieder auf. Es war noch nicht einmal sieben Uhr, und sie stand völlig ungeschminkt in der Morgensonne, die vom östlichen Fenster hereinströmte – und dennoch war sie eine der schönsten Frauen, die Rohan je gesehen hatte. »Das hat auch dein lieber Vater immer getan. Natürlich habe ich mir auch stets etwas für ihn einfallen lassen, wenn ich den Wunsch hatte, mich zu vergnügen. Nur so kann eine Ehe wirklich gelingen. Mann und Frau müssen stets auf die Bedürfnisse des anderen Rücksicht nehmen. Ich werde nie vergessen, wie furchtbar ich mich fühlte, als der liebe Lord Westminster bei dem Jagdunfall ums Leben kam. Dein lieber Vater hat sich damals wirklich sehr einfühlsam um mich gekümmert.« Plötzlich wurde ihr Gesichtsausdruck ziemlich ernst. »Dir ist doch klar, mein Lieber, daß du zuerst einen Erben zeugen mußt, bevor Susannah ihren eigenen Vergnügungen nachgehen kann? Das wirst du ihr doch erklären, nicht wahr?«

»Mutter, ich glaube nicht, daß das einen Sinn hätte. Ich fürchte, Susannah wird eine Ehefrau sein, die sich durchaus in mein Leben einmischt.« Er hob rasch die Hand, um ihren Einwand zu stoppen. Das letzte, was er jetzt gebrauchen konnte, war, daß seine Mutter Susannah Ratschläge erteilte, wie man mit einem ausgemachten Frauenhelden umging. Aber sie wirkte ziemlich verständnislos. »Ich werde sie schon überzeugen, Mutter, du wirst schon sehen. Es ist nicht nötig, daß du mit ihr sprichst. Ich werde mich schon um die Sache kümmern.«

»Das will ich auch hoffen, mein Lieber. Aber einem Mann wie dir sollte es nicht schwerfallen, eine Frau zu überzeugen – egal ob sie deine Ehefrau ist oder nicht.«

»Ja, du hast natürlich völlig recht. Und jetzt werde ich aufstehen und mich vergewissern, daß Susannah Mountvale noch nicht verlassen hat. Versprich mir, daß du nicht mit ihr redest.«

»Na schön. Sind Mariannes Bauchschmerzen eigentlich schon vergangen?«

»Sie ist unten in der Bibliothek in meinen Armen eingeschlafen. Sie hat nicht einmal gemerkt, daß gar kein Klavier im Raum steht. Ich schätze, ich werde ihr heute einen schönen schottischen Tanz beibringen müssen. Das habe ich ihr, glaube ich, versprochen. Ja, es würde ihr bestimmt gefallen, nach Herzenslust hin und her zu springen – die Finger im Mund –, während Fitz die Melodie auf dem Klavier spielt.«

Seine Mutter hob ein wenig irritiert die Augenbraue bei der Vorstellung, wie ihr Sohn – ein Frauenheld, wie er im Buche steht – mit einem kleinen Mädchen tanzte.

Eine halbe Stunde später suchte Rohan – gutgelaunt vor sich hin pfeifend – Susannahs Schlafzimmer auf. Sabine, das Dienstmädchen seiner Mutter, war gerade damit beschäftigt, die Haarbürsten auf Susannahs Frisierkommode zu ordnen. Während der vergangenen drei Jahre hatte Sabine immer wieder versucht, Rohan ins Bett zu bekommen. Er blieb sogleich stehen, als er sie sah und wollte sich wieder auf den Gang hinaus schleichen.

»Mylord! Da sind Sie ja. Sie wollen wohl zu Madame. Was für eine Verschwendung – wo es doch eine Frau gäbe, die Ihnen ohne Zweifel mehr zu bieten hätte …«

»Sabine, wo ist Lady Mountvale?«

»Sie meinen Ihre Gemahlin?«

Ihm war natürlich bewußt, daß es im Umkreis von fünfzig Meilen wohl kaum noch jemanden gab, der die Geschichte nicht in allen Einzelheiten kannte. »Ja, meine Gemahlin«, bestätigte er. »Wo ist sie?«

»Sie hat irgend etwas vor sich hin gemurmelt, Mylord – ich habe nicht genau verstanden, worum es ging. Sie hat irgendwie ziemlich eigenartig gewirkt.«

Rohan lächelte Sabine zu und sagte: »Ich bin jetzt verheiratet, Sabine.«

Sie hob mit beiden Händen ihre Brüste ein wenig an und antwortete: »Ach ja?«

Er zuckte resignierend mit den Achseln und verließ den Raum. Wo, zum Teufel, steckte sie bloß? »Ah, Toby. Wo willst du denn hin?«

»Ich suche Susannah.«

»Weißt du was? Du versuchst es im Kinderzimmer, und ich frage Fitz.«

Doch sie war nirgends zu finden.

»Vielleicht ist Lady Mountvale bei den Harker-Brüdern«, wandte Fitz ein, »um sich mit den Katzen zu beschäftigen. Ozzy hat mir erzählt, daß das kleine Kätzchen bald soweit sein dürfte.«

Lady Mountvale. Wenn Fitz sie einmal so nannte, dann

war die Sache gewonnen. Niemand – nicht einmal der stolze Earl of Northcliffe – wäre je auf die Idee gekommen, Fitz zu widersprechen. Was Rohan amüsierte, war, daß Fitz sich immer noch nicht entschieden hatte, ob die Beschäftigung mit Rennkatzen unter der Würde einer richtigen Lady sei oder nicht.

»Ich weiß nicht recht«, erwiderte Rohan, »ich glaube eher, sie denkt gerade darüber nach, wie sie mir am schnellsten den Garaus machen kann.«

»Das kann ich mir durchaus vorstellen. Wenn Mylord mich geheiratet hätte, um mich dann vier Jahre vor der Welt zu verstecken, dann würde ich wohl ähnliche Absichten hegen.«

»Nun, ich hoffe, sie läßt sich noch einmal besänftigen.«

Wie jeden Morgen stattete Rohan auch an diesem Tag seinem Gefangenen einen Besuch ab, um zu sehen, ob er vielleicht bereit war, etwas auszuplaudern. Diesmal stand die Tür bereits offen – der Diener Rory stand davor Wache.

Drinnen war Susannah bei dem Mann, der auf dem Boden hockte. Er war immer noch sehr bleich im Gesicht und trug auch noch den Kopfverband.

»Warte hier draußen, Rory«, sagte Rohan, trat ein und schloß die Tür hinter sich.

»Warum erzählen Sie mir nicht die Wahrheit?« fragte sie den Mann – offensichtlich nicht zum ersten Mal.

»Verschwinden Sie«, gab der Mann zurück und spuckte in Susannahs Richtung, wobei er ihren Rock nur knapp verfehlte.

»Sie und George waren doch Freunde, oder? Sie waren doch einer der beiden Männer, die damals in das Gasthaus kamen, als ich mit George dort war. Ihr Name ist Lambert, nicht wahr?«

»Ich wußte, daß George seinen Spaß mit Ihnen hatte. Und Sie haben geglaubt, Sie wären seine Ehefrau. Was haben wir darüber gelacht! Und das Ganze kostete ihn nicht mehr als zehn Pfund im Vierteljahr. Die billigste Mätresse, die man sich vorstellen kann.« Der Mann lachte höhnisch auf, doch Susannah ließ sich nicht aus der Fassung bringen.

»Ich glaube Ihnen nicht. Sie verbreiten irgendwelche Lügen über einen Mann, der tot ist und sich nicht wehren kann. Bitte, sagen Sie mir die Wahrheit über George. Ich muß alles über ihn wissen. Sind Sie Lambert oder Theodore Micah?«

Er kehrte das Gesicht zur Wand.

»Sie sind Lambert, nicht wahr?«

Die Gesichtsmuskeln des Mannes zuckten kaum merklich. Langsam wandte er sich ihr wieder zu. »Geben Sie mir die verdammte Karte, und ich erzähle Ihnen alles über George, was Sie wissen wollen.«

»Es gibt keine Karte. Und wenn doch – dann weiß ich nicht, wo sie ist. Das habe ich Ihnen bereits gesagt. Es ist die Wahrheit.«

»Aber was hat George dann bloß mit der Karte gemacht? Wenn ich das nur wüßte.«

»Vielleicht fällt es Ihnen ja noch ein, Lambert«, warf Rohan ein, während er auf die beiden zuging. »Jetzt, wo wir wissen, wer Sie sind, werden wir bald herausgefunden haben, was das Ganze soll.«

»Verdammter Bastard. George hat oft gesagt, daß Sie nichts von der Sache erfahren dürften. Sie täten immer so, als wären Sie der gutmütigste Mensch, meinte er, aber in Wirklichkeit ist mit Ihnen nicht zu spaßen. Wie es scheint, war George nicht vorsichtig genug. Aber suchen Sie nur, Sie werden nicht das geringste herausbekommen. Ohne die Karte haben Sie überhaupt keine Chance.«

Er wandte sich erneut von ihnen ab.

»Ich glaube, es wird langsam Zeit, daß Sie ins Gefängnis wandern, Mr. Lambert.« Die Sache hatte nur einen

Haken – der Mann wußte von Georges Scheinheirat. Was war, wenn er aller Welt davon erzählte? Eine gewisse Härte und Rücksichtslosigkeit war in diesem Fall wohl angebracht, dachte Rohan.

Und so wanderte Lambert nicht ins Gefängnis; statt dessen brachten ihn noch am Nachmittag desselben Tages zwei Diener nach Eastbourne, wo sie ihn an Captain Muldoon übergaben – und zwar zusammen mit einem langen Brief von Lord Mountvale. Der Mann würde für sechs Jahre – oder bis zu seinem Tod, falls dieser früher eintreten sollte – in die Dienste der Kriegsflotte Seiner Majestät eintreten.

Mehr konnte Rohan nicht tun. Er fand Susannah diesmal bei Ozzy Harker, mit dem sie in ein lebhaftes Gespräch vertieft war. »Tja, Mylady, da gibt es viele Methoden, wie man bei so einem Katzenrennen vorgehen kann. Der alte Mr. Bittle zum Beispiel stellt sich direkt über seine Katze und klatscht in die Hände so fest er kann – direkt dem Kätzchen in die Ohren. Das arme Tier bekommt einen solchen Schreck, daß es wie der Blitz davonrast – aber meistens direkt unter die Röcke der nächstbesten Lady.«

Sie lächelte amüsiert über seine vergnüglichen Geschichten – vor allem aber dachte sie sich, daß all das schleunigst ein Ende haben mußte. Alle Welt sprach sie mit *Mylady* an. Das Ganze war ein gewaltiger Irrtum. Sie mußte so rasch wie möglich von hier verschwinden.

»Danke, Ozzy. Aber jetzt habe ich etwas Wichtiges zu erledigen.«

Sie verließ ihn mit gesenktem Kopf, und Rohan wußte genau, was sie jetzt dachte. Er folgte ihr, bis er sie ausgerechnet in sein Arbeitszimmer eindringen sah. Ganz langsam und vorsichtig öffnete sie die Schubladen des Schreibtisches, eine nach der anderen. Schließlich holte sie eine schwere Kassette hervor, die jedoch – wie sie zu ihrem Unglück feststellen mußte – verschlossen war.

»Meinst du nicht auch, daß es angenehmer für dich wäre, mich zu heiraten, als vor Gericht erscheinen zu müssen? Es wird nun mal nicht gern gesehen, wenn jemand Geld stiehlt.«

Susannah seufzte tief. Sie schüttelte die Kassette in den Händen und stellte sie dann in die unterste Lade zurück. »Ich hätte es dir zurückgezahlt«, sagte sie mit ausdrucksloser Stimme.

»Wie denn?«

Damit traf er einen heiklen Punkt. Aufrecht und stolz stand sie da; hätte sie noch Pfeil und Bogen in Händen gehalten, wäre sie das Ebenbild von Diana, der römischen Jagdgöttin, gewesen. »Nun«, erwiderte sie, »ich werde nach Oxford fahren und mir einen Beschützer nehmen, der mir mehr bezahlt als nur zehn Pfund im Vierteljahr.«

»Weißt du, Susannah, Georges Problem war, daß er keine Ahnung hatte, wie er verhindern sollte, daß du schwanger wirst. Wenn Marianne nicht gewesen wäre, dann hätte er sich weiter mit dir vergnügen können, ohne sich Gedanken zu machen. Du hast mir doch erzählt, daß er in den letzten beiden Jahren kaum noch zu dir kam. Das lag wahrscheinlich daran, daß er Angst hatte, du könntest noch einmal schwanger werden.«

Daran hatte sie noch nicht gedacht; woran sie sich erinnerte, war einzig und allein der tiefe Schmerz, zurückgewiesen zu werden. »Aber wie kann ein Mann von deinem Ruf überhaupt wissen, was George damals gefühlt oder gedacht haben könnte? Vielleicht war es doch gar nicht so, wie dieser Lambert gesagt hat. Vielleicht wollte er mich ganz einfach verletzen. Immerhin bin ich ihm entwischt, und du hast ihn gefangen.«

»Das ist schon möglich, aber im Moment überhaupt nicht von Bedeutung. Wir sollten endlich aufhören, von alldem zu sprechen. Heirate mich, Susannah. Ich besorge uns gleich morgen eine spezielle Heiratsgenehmigung.

Pfarrer Byam ist ein alter Freund der Familie Carrington. Er würde uns niemals verraten. Er könnte uns gleich morgen trauen. Dann hast du es auch nicht mehr nötig, Geld von mir zu stehlen.«

»Nein, aber dafür könnte ich mir andauernd den Kopf darüber zerbrechen, mit welcher deiner Mätressen du dich gerade triffst, wenn du nicht bei mir bist.«

»Ich weiß, was du meinst. Das ist ein unüberwindliches Problem, was? Ein Mann wie ich hat schon eine Menge zu tun, um seinem Ruf gerecht zu werden, nicht wahr? Vielleicht könnten wir all meine Frauen ganz einfach vergessen.« Er gestikulierte mit den Händen, als wäre er ein Zauberer, der etwas zum Verschwinden bringt. »So – siehst du? Schon ist das Problem aus der Welt. Was sagst du nun?«

»George hat mich betrogen. Wie könnte ich einen Mann heiraten, der sich nicht einmal die Mühe macht, mir etwas vorzuspielen, der mich ganz offen betrügt?«

»Vielleicht«, sagte er langsam und vorsichtig, »vielleicht könnten wir beide ins Auge fassen, daß wir einander überhaupt nicht betrügen. Es gäbe nur noch uns beide. Wir würden einander all die Vergnügungen schenken, die ein Mensch sich nur wünschen kann. Ich glaube, daß ich zu einem solchen Versprechen bereit wäre. Wärst du es auch?«

Sie blickte ihn an, als wollte sie ihm einen Faustschlag mitten auf die Nase verpassen. »Du machst wohl Witze! Ich kann wirklich darauf verzichten, daß mich ein Mann noch einmal auf diese Weise berührt. Es ist einfach widerlich. All der Schweiß – es war so peinlich und erniedrigend. Und dann dieses Gestöhne, nein, ich ...« Sie hielt mit einem Mal inne und blickte drein, als hätte sie soeben eine Gotteslästerung ausgesprochen. Sie hielt sich die Hand vor den Mund. Ihr Gesicht rötete sich bis zum Haaransatz. »Vergiß, was ich soeben gesagt habe«, murmelte sie verlegen. »Das habe ich gar nicht gesagt, nicht wahr? Nein, ich bin doch bestimmt wohlerzogen genug, um keine solchen Dinge zu sagen, oder?«

»Doch, du hast es sehr wohl gesagt. Tut mir leid.«

»Nein, du mußt mich falsch verstanden haben. Bitte, Rohan, laß mich ein wenig Geld stehlen. Dann verschwinden wir von hier, und du bist all deine Sorgen los.«

Er blickte auf seine Fingernägel hinunter. Sie waren kurzgeschnitten und sauber. Wie gern hätte er mit der Hand ihre geheimsten Stellen erkundet. »Weißt du, Susannah, körperliche Liebe zwischen einem Mann und einer Frau muß nicht unbedingt abstoßend und peinlich sein. Und es muß überhaupt nichts Erniedrigendes an sich haben. Was sollte daran auch erniedrigend sein? Nun gut, ich gebe zu, der Schweiß läßt sich kaum vermeiden – aber das ist nicht weiter schlimm, wenn man sich wirklich wohl fühlt dabei.«

Wenn ihm soeben ein drittes Ohr gewachsen wäre, hätte sie ihn auch nicht verblüffter anstarren können. »Nun«, sagte sie schließlich erhobenen Hauptes, »nachdem ich gar nichts gesagt habe, weiß ich nicht, wovon du redest.«

Er ging auf sie zu, nahm sie an der Hand und zog sie an sich. Sie versuchte ihn wegzustoßen, doch er war stärker und außerdem fest entschlossen. »Sag ja, Susannah.«

Sie blickte starr auf seinen Hals und schüttelte dann den Kopf.

Er begann mit seinen Händen sanft über ihren Rücken zu streichen. »Alles wird gut werden, wenn du nur ja sagst.«

Schließlich hob sie den Kopf und blickte zu ihm auf. »Du bist ein sehr gütiger Mann – trotz deines Rufes. Ich würde mir ziemlich erbärmlich vorkommen, wenn ich dein Angebot annehmen würde. Es wäre ehrlos von mir. Dein Bruder hat wohl nicht sehr viel von mir gehalten –

nach dem, wie er mich behandelt hat; schließlich brauchte er mich ja auch nur fürs Bett. Zehn Pfund im Vierteljahr – soviel war ich ihm wert. Aber du wirst dich doch jetzt nicht opfern, nur weil George sich danebenbenommen hat?«

16

»Ich denke, es wäre ein sehr angenehmes Opfer.«

»Ich bin nicht zum Scherzen aufgelegt, Rohan. George wollte offensichtlich nichts von mir oder seiner Tochter wissen. Wir waren ihm einfach nicht wichtig genug. Warum willst du etwas, das für deinen Bruder völlig ohne Wert war?«

»Was George getan hat, ist widerlich. Es hat nichts mit uns beiden zu tun. Hör zu, Susannah – es stimmt ganz einfach nicht, wenn du behauptest, du hättest keinen Wert ...«

»Aber es ist doch so. Ich bin weniger wert als irgendeine ordentliche Mätresse. Das hat sich ja wohl herausgestellt. Zehn Pfund – nicht mehr. Sag, wieviel kostet dich eine deiner Mätressen im Vierteljahr? Oder hat bisher noch keine das Glück gehabt, ein ganzes Vierteljahr deine Mätresse zu sein?«

Er packte sie an den Schultern und schüttelte sie, wobei er ihr direkt in die Augen sah. »Hör zu«, sagte er langsam, »ich werde mich nicht von dir reizen lassen. Und ich sage es noch einmal: Du hast sehr wohl deinen Wert. Schau nicht auf den Boden hinunter – schau mir in die Augen! Es macht mir Freude, wenn ich dich bloß anblicke. Es macht mir Freude, wenn ich Marianne zuhöre, wie sie an ihren Fingern lutscht, und wenn Toby behauptet, er hätte nie irgendwelche Streiche ausgeheckt. Du bist eine intelligente und einfühlsame Frau. Ich möchte dich heiraten. Ich will mit dir zusammen alt werden und ein Dutzend Kinder haben.«

»Ein Mann von deinem Ruf wird doch nicht zwölf Kinder haben wollen«, erwiderte sie langsam, ehe sie stirnrunzelnd innehielt. »Oh, jetzt verstehe ich dich. Wenn ich andauernd schwanger wäre, dann könnte ich dich nicht an deinen Abenteuern in London hindern.«

Er hielt seinen Zorn im Zaum. Ein Mann von seinem Ruf durfte sich nicht wundern, wenn man seinen Charakter so einschätzte, wie sie das tat. Es hatte ihn gar nicht so wenig Mühe gekostet, der Welt genau diesen Eindruck zu vermitteln. Er holte tief Luft und sagte mit ruhiger Stimme: »Wenn du schwanger wärst, würde ich überhaupt nicht mehr nach London fahren. Ich würde nur noch deinen Bauch streicheln und meinem Kind Geschichten erzählen. Wahrscheinlich hätte ich ständig ein idiotisches Grinsen im Gesicht.«

»Ich verstehe dich nicht«, erwiderte sie langsam, wobei sie ihn immer noch aufmerksam anblickte. »Man erzählt sich doch, daß du ein ungeheurer Frauenheld bist, ein Mann, der einfach unersättlich ist. Und alle Welt bewundert dich dafür – genauso wie man deine Mutter bewundert. Du bist als Kenner des weiblichen Geschlechts berühmt. George hat gesagt, daß es weit und breit keinen größeren Frauenhelden gäbe als dich. Dann lachte er meistens und rieb sich vergnügt die Hände. Jetzt verstehe ich, warum er lachte. Er wollte es dir gleichtun. Ich frage mich, ob ich seine erste Frau war. Nein, es reicht jetzt, wirklich. Warum, in Gottes Namen, solltest du mich heiraten und ein Dutzend Kinder mit mir haben wollen?«

»Würdest du mir glauben, wenn ich dir sage, daß all das, wovon du vorhin gesprochen hast, nicht stimmt?«

»Nein.«

»Aber du hast mich – seit wir uns kennen – auch noch nicht forteilen sehen, um mich mit einer Frau zu treffen, oder?«

»Es ist ja auch erst etwas über eine Woche.«

»Ja, aber ein Mann von meinem Ruf muß doch zumindest zweimal am Tag eine Frau haben. Und zwar nicht einmal unbedingt ein und dieselbe Frau, weißt du? Eine Frau am Morgen, und am Abend wieder eine andere. Hat man dir das denn nicht erzählt?«

Sie schluckte erst einmal. Er nahm wahrlich kein Blatt vor den Mund. »Das heißt also, daß du dich zur Zeit in Beherrschung übst. Ich weiß es zu schätzen.« Ihre Augen weiteten sich mit einem Mal. »Moment – was sagtest du doch gleich? Zweimal am Tag? Das ist ja unerhört. Das muß ganz einfach Sünde sein. Bestimmt hatte nicht einmal der größte Frauenheld aller Zeiten jeden Tag zwei verschiedene Frauen, oder?«

Er mußte sich das Lachen verbeißen. »Würdest du mir glauben, wenn ich dir sage, daß ich mir ordentlich die Hörner abgestoßen habe und daß ich jetzt mit *einer* Frau ein neues Leben beginnen möchte – nämlich mit dir?«

Das Nein blieb ihr nun doch im Halse stecken – sie konnte ihn nur hilflos anstarren. »Aber warum gerade ich? Ich bin doch nichts. Ich bin gerade zehn Pfund im Vierteljahr wert. Ich habe schon ein Kind von deinem Bruder. Warum ausgerechnet ich? Möchtest du denn nicht lieber eine wunderschöne Jungfrau von hoher Geburt und mit großer Mitgift? Ich habe gehört, daß Männer wie du eher Jungfrauen bevorzugen, daß sie …«

»Woher weißt du denn soviel über Männer?«

Sie errötete, was wirklich bezaubernd aussah, so daß er sie am liebsten geküßt hätte. Am liebsten hätte er noch viel mehr getan, aber ein Kuß hätte ihm fürs erste vollauf genügt. »Äh, vielleicht von Mrs. Bingly, der Näherin in unserem Dorf. Sie verbrachte ihre Jugend als Kammerzofe in London.«

»Nun, vielleicht ist das, was du sagst, nach dem Geschmack eines *gewöhnlichen* Frauenhelden«, sagte er, um ihr aus ihrer momentanen Verlegenheit zu helfen. »Aber ich bin nicht gewöhnlich, ganz und gar nicht. Deshalb muß mein Geschmack zwangsläufig ein wenig anders sein. Ich will nur dich. Und ich mag Marianne und Toby. Aber ich will ganz offen zu dir sein: für deinen Vater habe ich immer noch nichts übrig.«

Sie gab nicht so leicht nach – das mußte er ihr lassen. Er spürte, wie ihre Hände seine Schultern zu drücken begannen. Es gefiel ihm, daß es ihr bestimmt nicht einmal bewußt war. »Wenn wir nicht in dieser unangenehmen Situation wären, dann hättest du mich bestimmt nicht einmal angesehen. Du hättest mich keines Blickes gewürdigt, selbst wenn ich völlig nackt vor dir auf und ab gegangen wäre.«

Ihre Worte gingen ihm durch und durch, aber er war zum Glück kein grüner Junge mehr. Sein Vater hatte immer gesagt, daß ein Mann, der seine sexuellen Gelüste nicht im Zaum halten könne, keinen Pfifferling wert sei. »Darauf würde ich nicht wetten. Habe ich dir übrigens schon gesagt, wie hübsch deine Nase ist? Sie ist schön schmal und gerade und am Ende ein kleines bißchen nach oben gebogen.«

Er küßte sie auf die Nasenspitze. »Ich hätte dich mehr als nur einmal angesehen. Wenn du nackt an mir vorüberspaziert wärst, dann hätte ich zuerst Gott für dieses Geschenk gedankt und dann sogleich dafür gesorgt, daß du mir nicht davonläufst. Du bist wirklich schön – aber nicht im herkömmlichen Sinne. Deshalb verdienst du einen Mann, der ebenfalls nicht gewöhnlich ist. Heirate mich, Susannah. Ich werde dir zeigen, wie man einander Freude schenken kann. Zusammen können wir herausfinden, was uns wichtig ist und was nicht. Wir werden das Leben gemeinsam meistern, du und ich. Und wenn wir im Bett zusammen sind, dann werde ich dich nicht in Verlegenheit bringen. Du sollst dich nie erniedrigt fühlen. Ich schwöre dir, daß nicht ich allein stöhnen werde. Wir werden auch gemeinsam schwitzen.«

Seine Stimme ließ sie im Innersten erbeben. Seine Worte klangen zweifellos ernstgemeint – aber sie hatte sich schon einmal einem Mann ausgeliefert, und das war kein Meister seines Faches gewesen wie der Baron, sondern ein vergleichsweise unerfahrener junger Mann. Auf diese Weise hatte sie sich zur größten Närrin unter der Sonne gemacht. Ja, es wäre einfach verrückt, ihm zu glauben. Sie ertrug seine Beteuerungen nicht – alles in ihr sträubte sich dagegen, ihm zu trauen. Er hielt sie immer noch umarmt, wenn auch nicht allzu fest – seine Hände auf ihrem Rücken.

Rohan hätte sie erwürgen können für ihre verdammte Halsstarrigkeit. Er merkte sehr wohl, wie sehr sie sich gegen ihn sträubte. »Du würdest mich irgendwann verachten«, sagte sie schließlich. »Ich habe dir ja gesagt, daß ich all das hasse, was Männer mit Frauen tun. Für mich ist das alles einfach abstoßend. Mir wird schon übel, wenn ich nur daran denke – daß man sich ausziehen muß, und zwar vor einem Mann, der das Recht hat, alles mit einem anzustellen, was ihm gefällt. Das ist ganz einfach eine grauenhafte Vorstellung, und ich werde mich bestimmt nicht noch einmal darauf einlassen. Jetzt weißt du es. Ich weiß, für Männer ist das alles ungemein wichtig – wenngleich die meisten es bestimmt nicht zweimal am Tag machen –, aber ich stelle mir vor, daß es nicht lange dauern würde, bis du wieder beginnst, nach London zu fahren, um dich mit einer Frau zu vergnügen, die das alles gerne tut.«

Er spürte, wie es sie geradezu schauderte bei dem Gedanken. Sein Ruf als Frauenheld war ihm im Moment alles andere als förderlich, wie er frustriert feststellte.

»Ich werde dir etwas versprechen«, sagte er schließlich.

Er küßte sie flüchtig auf den Mund.

Ihre Lippen waren warm. Sie blinzelte und versuchte von ihm zurückzuweichen, doch er ließ sie nicht los.

»Was willst du mir denn versprechen? Ich mag keinen Schweiß. Du kannst mir nicht versprechen, daß du im Bett nie schwitzen wirst.«

Er konnte sich das Lachen nicht verbeißen. »Das werden wir dann schon sehen. Ich will dir folgendes versprechen: Zuerst mußt du mich heiraten. Wenn du dann zu dem Schluß kommst, daß du mich oder das, was ich von dir möchte, nicht ertragen kannst – wenn es dir einfach nicht gefällt, mit mir zusammenzuleben, dann lasse ich dich gehen. Dir bleibt dann immer noch mein Name und genug Geld für den Rest deines Lebens. Auch Marianne hat dadurch, daß sie meinen Namen trägt, ihren Platz in der Gesellschaft, wenn sie erwachsen wird. Ihr wird es nie an etwas fehlen. Ich werde dafür sorgen, daß sie sich standesgemäß verheiraten kann. Und um Tobys Ausbildung werde ich mich ebenfalls kümmern. Er wird nach Eton gehen, später nach Cambridge. Nicht nach Oxford. Das ist es, was ich dir versprechen möchte.«

Du liebe Güte, was für Schätze er ihr da anbot! Aber warum nur? Nun, die ganze Sache hatte ohnehin einen Haken. »Aber du willst doch gewiß einen Erben«, sagte sie.

»Ja, das stimmt. Es wäre sehr schön, wenn ich zu meiner Tochter noch einen Sohn hätte. Marianne wird nämlich meine Tochter sein. Sie wird Papa zu mir sagen. Wenn du jedoch ...« – er schluckte, ehe er weitersprach – »wenn du mich nicht ertragen könntest, dann würde ich nie einen Erben haben. Aber unser Geschlecht würde trotzdem nicht aussterben, weil ich ja noch einen jüngeren Bruder habe. Bei meinem Tod würde er meinen Titel übernehmen.«

»Das ist nicht gerecht. Es wäre schäbig von mir, einem solchen Angebot zuzustimmen – deshalb lehne ich ab. Außerdem – was wäre, wenn ich dir einen Erben schenke und mich dann entschließe, zu gehen? Dann könnte ich ja meinen Sohn nicht mit mir nehmen.«

Wie, zum Teufel, kam sie nur auf all die Argumente? Diese Frau war wie ein Brunnen, der niemals versiegte. Doch mit diesem Argument, das fühlte er, arbeitete sie ihm in die Hände.

»Wenn du mir einen Erben schenkst und mich dann verlassen möchtest, dann würde unser Sohn bei dir bleiben, bis er in die Schule kommt. Aber ich würde mich immer um ihn kümmern. Bist du einverstanden?«

»Das ist doch grausam. Nein, dem kann ich nicht zustimmen. Ich bin doch kein Unmensch. Nein, das kommt nicht in Frage.«

Sie hatte immer mehr ihre eigenen Argumente gegen sich. Er war sich gewiß, daß sie ihren Widerstand nicht mehr lange aufrechterhalten würde. »Aber was schlägst du dann vor?« fragte er. »Und denk nicht immer daran, wie es wäre, wenn das Ganze schiefgeht. Wir sprechen hier schließlich von einer Ehe. Denk nicht daran, was passiert, wenn du mich mit Marianne und Toby verläßt – es wird nämlich gar nicht dazu kommen. Und genausowenig wirst du mich mit meinem Erben verlassen.«

Sie biß sich auf die Unterlippe. Er hatte sie soweit, das wußte er – doch ihr zweifelnder Blick war nur schwer zu ertragen. Schließlich sprach sie genau das aus, was er erwartet hatte: »Du meinst also, daß ich ohnehin keine Wahl habe?«

»Ja, so ungefähr.«

»Es ist zwar gegen meine Überzeugung – aber gut: ich stimme deinem Angebot zu. Über welchen Zeitraum soll der Versuch gehen?«

»Fünfzig Jahre.«

Sie faßte ihn mit beiden Händen um den Hals und versuchte ihn zu schütteln. »Du kannst nicht *einmal* irgend etwas ernst nehmen, was ich sage.« Sie blickte ihm in die Augen, die grün waren wie das Gras, das die Gärten von Mountvale säumte.

Aber was hatten schöne Augen mit der Sache zu tun,

um die es hier ging? »Du willst ja nicht einmal eingestehen, daß meine Gründe, dich nicht zu heiraten, sehr triftig sind.«

»Das sind sie auch nicht. Nenn mir einen wirklich triftigen Grund dafür.«

Sie ließ ihre Hände sinken und starrte auf sein Halstuch: »Zumindest habe ich geglaubt, daß ich George liebe«, sagte sie schließlich.

Er spürte großen Zorn in sich hochsteigen, der aber rasch wieder verflog – denn schließlich war George nicht mehr bei ihnen, und das Leben hatte sich seither verändert und wunderbare Möglichkeiten eröffnet. Nichts war mehr wie vorher – und er bedauerte es kein bißchen. Er blickte sie nachdenklich an. »Ich weiß, daß du mich nicht liebst, Susannah, zumindest noch nicht. Du kennst mich ja erst eine Woche. Auch ich kann nicht sagen, daß ich dich liebe. Es ist unmöglich, daß wir beide nach einer Woche schon tiefe Gefühle füreinander hegen.«

»Das Ganze wäre also eine reine Zweckehe, von der ich allein die Vorteile habe.«

»Nein, es wäre auch für meine Familie sehr vorteilhaft. Wir würden auf diese Weise Georges Ruf schützen – und damit den Ruf der Carringtons. Es würde bestimmt nicht lange geheim bleiben, daß deine Ehe mit George ein Schwindel war. Dieser falsche Pfarrer, Bligh McNally, ist recht bekannt. Nein, wir haben keine andere Wahl. Ich schütze damit George und den Ruf der Carringtons. Und du wirst eine richtige Carrington. Alles wird so, wie es sein sollte.«

Er schenkte ihr ein strahlendes Lächeln. »Und ich bekomme außerdem eine Tochter und einen Sohn, wenn du mir den Gefallen tun willst – vielleicht sogar ein Dutzend Söhne und Töchter.«

»Würdest du mich gehen lassen?«

Einen Moment lang dachte er, sie meinte, in fünfzig Jahren. Aber nein. Natürlich sprach sie von der Gegenwart; sie meinte, ob er es zulassen würde, daß sie hier und heute aus seinem Leben verschwand. Er ließ sie los, blieb aber direkt vor ihr stehen. »Nein.«

Sie begann auf und ab zu gehen – so wie seine Mutter es zu tun pflegte, wenn sie nachdachte. Sie hatte zwar nicht die umwerfende Schönheit seiner Mutter – dafür strahlte sie etwas Tiefes und Geheimnisvolles aus. Sie war ganz einfach einzigartig. Für ihn war sie etwas unerhört Kostbares. Und das war doch wohl das Entscheidende. Er wollte sie ganz einfach zur Frau, das war alles. Für einen kurzen Augenblick dachte er, wie schicksalhaft das Ganze doch war, und schüttelte den Kopf. Egal wie man es betrachtete – sie war die Frau, die Gott für ihn – und nur für ihn – geschaffen hatte.

Er betrachtete sie, wie sie immer noch auf und ab ging. Alle paar Schritte hielt sie inne, tief in Gedanken versunken. Er spürte förmlich, wie sie die verschiedenen Argumente gegeneinander abwog. Wenn sie den Kopf schüttelte, so hieß das wohl, daß sie wieder einen ihrer Einwände verworfen hatte. Um so besser für ihn. Er ließ sich auf einem Stuhl nieder und betrachtete sie. Wie anmutig sie doch war. Selbst schweißgebadet würde sie sehr hübsch aussehen.

Plötzlich wandte sie sich ihm zu. »Du hast gelächelt – ich habe es genau gesehen. Warum, wenn man fragen darf?«

»Wenn ich es dir sage, dann kann es sein, daß du dich auf mich stürzt. Du könntest die häßliche Vase aus der Bibliothek holen und sie mir an den Kopf werfen.«

»Dann war es wahrscheinlich einer dieser abstoßenden Gedanken, wie Männer sie oft haben.«

»Ganz genau.«

Sie setzte sich ebenfalls und rückte ihr Kleid zurecht. Jetzt erst fiel ihm auf, daß sie eines ihrer schäbigen Kleider trug; die blaßgraue Farbe hatte sich vom vielen Waschen in ein schmutziges Weiß verwandelt. Das verdammte Ding reichte ihr fast bis an den Hals. Außerdem lief es schnurgerade an ihr herab, ohne ihre Brüste oder ihre Figur in irgendeiner Weise zu betonen. Sie saß da und rang die Hände. Er blickte sie fragend an.

»Was denkst du, Susannah?«

»Mir geht immer noch die Sache mit dem Erben im Kopf herum. Ich müßte all diese Dinge mit mir geschehen lassen – so oft, bis ich schwanger bin.«

»Diese Dinge haben mit Zuneigung zu tun, zumindest bei uns beiden wäre es so. Es ist schade, daß du das nicht glauben willst. Aber du wirst es irgendwann auch so sehen, glaub mir.«

Ihre Stimme klang kalt und hart. »Mit Zuneigung soll das zu tun haben? Bestimmt hat sich das irgendwann vor langer Zeit ein Mann einfallen lassen, um die Frauen herumzukriegen.«

»Nein, das glaube ich nicht. Aber ich weiß nicht viel über die alten Ägypter – meine Ansicht beruht mehr auf einem Gefühl.« Wäre die große chinesische Vase in Reichweite gewesen, dann hätte sie sie ihm wahrscheinlich an den Kopf geworfen. »Außerdem hätten wir keine Garantie, daß es tatsächlich ein Junge wird. Ich müßte die Sache vielleicht jahrelang mit mir geschehen lassen, bis du deinen Erben hast.«

»Das stimmt.« Der Gedanke war allzu verführerisch. »Ich hätte gar nichts dagegen, wenn wir fünf Mädchen bekämen, bevor der erste Junge kommt. Kopf hoch, Susannah, es wird bestimmt nicht allzu lange dauern bis dahin. Höchstens zwanzig Jahre.«

Er sah, daß ihr schon bei dem bloßen Gedanken graute. Was hatte George ihr nur angetan? Natürlich, viele Männer wußten einfach nichts über den weiblichen Körper. Dann gab es auch Männer, denen es zwar nicht am Wissen fehlte, die sich aber nicht darum kümmerten, was die Frau empfand. Rohan war der Ansicht, daß jeder junge Mann von Grund auf lernen sollte, worauf es im Bett ankam. Sein Vater hatte sehr wohl Wert darauf gelegt, daß Rohan sich alles Wissenswerte aneignete.

Er war gerade vierzehn gewesen, als sein Vater ihm eines Tages kräftig auf den Rücken klopfte und ihn in die Hände seiner erfahrensten Mätresse, Marie Claire, gab – einem irischen Mädchen, das ihm in den folgenden sechs Monaten dreimal die Woche Unterricht gab. Einige Jahre später vertraute sie ihm an, daß er schon nach drei Wochen eigentlich keine weiteren Lektionen mehr gebraucht hätte, doch erstens tat sie es gern, und zweitens – so gestand sie ihm lachend – wurde sie von Lord Mountvale für die Ausbildung seines Sohnes recht anständig bezahlt. Er überlegte, ob es in jenen Wochen mit Marie Claire jemals peinliche oder unangenehme Erlebnisse gegeben hatte, konnte sich aber an nichts Derartiges erinnern.

Er traf Marie Claire immer noch gelegentlich; sie war eine sehr gute Freundin. Nach dem Tod seines Vaters war sie dermaßen erschüttert gewesen, daß seine Mutter zu ihr ging, um sie zu trösten. Von da an verband die beiden Frauen ein sehr enges Verhältnis.

Auch George und Tibolt hatten ihre Ausbildung erhalten. Es war also nicht einzusehen, warum George sich so roh und gefühllos verhalten hatte. Er war zwar nicht von Marie Claire in die Liebeskunst eingeweiht worden, aber sein Vater hatte ihn bestimmt nicht einer unfähigen Frau anvertraut. Und dennoch hatte George sich wie ein Idiot benommen. Wahrscheinlich gehörte er zu jenen Männern, denen das Vergnügen der Frau völlig egal war. Für Rohan war so etwas absolut unverständlich.

»Meine Mutter war die Tochter eines Ritters«, sagte Susannah schließlich. »Er muß irgend etwas in den Kolonien geleistet haben, wofür George III. ihn mit der Ernennung belohnte. Mein Vater hingegen war zur Hälfte irischer Abstammung; er war der zweitgeborene Sohn und verfügte über keinerlei Vermögen. Meine Mutter wurde enterbt, als sie meinen Vater heiratete. Wie du siehst, sind meine Vorfahren doch einigermaßen akzeptabel.«

»Aha, dann geht deine Familie wohl auf Wilhelm den Eroberer zurück?«

Sie blickte ihn nachdenklich an. »Ich habe nicht die geringste Ahnung. Ich könnte ja meinem Großvater schreiben und ihn fragen. Ich habe ihn nie im Leben gesehen, aber vielleicht würde er mich ja wieder als Erbin anerkennen – jetzt, wo meine Mutter schon so viele Jahre tot ist. Sie hat mir erzählt, sein Halstuch sei dermaßen gestärkt gewesen, daß er seinen Kopf kaum bewegen konnte. Deshalb war es ihm auch nicht möglich, den Blick nach unten zu wenden und seine kleine Tochter zu sehen. Sie meinte, er hätte sie wahrscheinlich immer nur aus einer gewissen Entfernung gesehen.«

»Das klingt wirklich ziemlich verschroben. Wahrscheinlich hausen im Glockenturm des alten Familiensitzes immer noch Fledermäuse.« Er hob die Hände, um ihrem Einwand zuvorzukommen. »Nein, du denkst doch hoffentlich nicht schon wieder daran, mir die Vase an den Kopf zu werfen. Hör mal, ich hab' da eine Idee, was wir machen können, damit du wegen deiner nicht ganz so noblen Herkunft keine Schuldgefühle haben mußt. Ich kürze einfach die vierteljährliche Zuwendung, die du bekommst – als Ausgleich für deinen kleinen Mangel.«

»Ich werde meinem Großvater schreiben«, beharrte sie. »Bestimmt findet sich auch in unserem Stammbaum etwas, das dich ein wenig mehr für meine Vorfahren einnimmt.« Zu seiner großen Freude fügte sie hinzu: »Ich möchte nämlich nicht, daß du dich meiner schämst.«

Sie war also nahe daran, einzulenken. Wunderbar. »Wer ist denn dein Großvater?« fragte er.

»Sir Francis Barrett aus Coddington in Yorkshire.«

»Klingt vielversprechend. Wir werden ja sehen. Ist dann alles geklärt, oder hast du noch weitere Probleme auf Lager, die unserem Glück im Wege stehen?«

»Ich nehme nicht an, daß du deiner Mutter die ganze Wahrheit mitteilst, oder?«

»Das habe ich schon getan. Meine Mutter hat ihre ganz eigenen Methoden. Sie hat mich vor sechs Uhr morgens aufgeweckt, und binnen einer halben Stunde hatte sie mir alles entlockt, was sie wissen wollte.« Jetzt erst wurde Rohan bewußt, was für eine Waffe er ihr da in die Hand gegeben hatte. Er betrachtete einen Augenblick seine Fingernägel, ehe er sie lächelnd anblickte. »Mutter meint, wir sollten so rasch wie möglich heiraten – das heißt, eigentlich sofort. Sie ist natürlich erschüttert über das, was George getan hat, und sie will vor allem, daß ihr beide – du und Marianne – geschützt seid. Auch sie findet, daß diese Heirat der einzig richtige Weg ist.« Er hielt einen Augenblick inne, ehe er fortfuhr: »Weißt du, Susannah, meine Mutter hat ein ausgezeichnetes Gespür dafür, was in einer bestimmten Situation angebracht ist; und sie weiß auch stets, wann der richtige Zeitpunkt ist, um das zu tun, was notwendig ist.«

Sie seufzte tief.

»Mit anderen Worten – unsere Heirat ist notwendig.« Sie seufzte erneut – diesmal noch tiefer.

Er hatte sein Ziel erreicht.

17

Pfarrer Byam, ein würdevoller weißhaariger Herr mit wohlklingender Stimme, traute die beiden in aller Stille. Er war den Carringtons seit jeher eng verbunden und war außerdem – wenn es sein mußte – verschwiegen wie ein Grab. Den Baron Mountvale hatte er trotz seines Rufes als Frauenheld sehr gern. Sein Haus war zwar nicht allzu geräumig, aber dank Charlotte Carrington vortrefflich eingerichtet. Er hatte vollstes Verständnis dafür, daß im vorliegenden Fall allergrößte Verschwiegenheit vonnöten war. Aus diesem Grund wurde die Trauung an einem Sonntagabend abgehalten, wenn die Menschen sich zu Hause im trauten Familienkreis befanden – im sicheren Wissen, daß sie ihren religiösen Pflichten bereits Genüge getan haben.

Pfarrer Byam klopfte Toby freundschaftlich auf die Schulter und flüsterte ihm zu: »Deine Schwester ist wirklich reizend. Das ist ein großer Tag für die Carringtons. Stell dir vor, unser Baron heiratet.«

»So ist es«, pflichtete Rohan ihm bei. »Und kann ich damit rechnen, Sir, daß Sie es mit Wohlwollen zur Kenntnis nehmen?«

»O ja, Mylord. Ich hatte schon befürchtet, Sie würden sich in London trauen lassen, und ich könnte gar nicht anwesend sein – aber so ist es natürlich um so erfreulicher für mich. Und es wird bestimmt keine Menschenseele davon erfahren. Ich kann mir vorstellen, mein Junge, daß Ihr lieber Vater – sobald er sich vom ersten Schock erholt hätte – sehr erfreut gewesen wäre. Sie sind ein gütiger und großzügiger Mensch. Nun, Mylord, dann wollen wir Sie mal rasch trauen, damit Ihnen nicht noch die Braut wegläuft.«

Sie sah tatsächlich so aus, als könnte sie jeden Moment die Röcke in die Hand nehmen und sich aus dem Staub machen. Rohan trat rasch an ihre Seite und nahm sie entschlossen an der Hand; sie fühlte sich kalt und feucht an.

Dank Rohans Mutter trug Susannah ein blaßgelbes Seidenkleid mit einer noch zarter getönten Borte unter der Brust. Der Saum am unteren Ende war ebenfalls mit einer Borte versehen, und die langen Ärmel waren mit Spitzen besetzt. Mit ihrem kunstvoll geflochtenen Haar sah sie einfach hinreißend aus.

Rohan schluckte, als er sie anblickte. Ihm entging nicht, daß sie kreidebleich im Gesicht war.

Er lächelte ihr aufmunternd zu. Zweifellos kostete sie das Ganze einige Überwindung, und er hoffte inständig, daß sie es sich nicht noch im letzten Moment anders überlegte. Immerhin heiratete sie nun schon zum zweiten Mal einen Carrington. Diesmal allerdings hatte alles seine Richtigkeit. Seine Mutter hatte gespürt, daß Susannah sehr unsicher war, was diese Heirat betraf – und so hatte sie darauf geachtet, die Braut ausreichend zu beschäftigen, so daß sie kaum Gelegenheit hatte, Luft zu schnappen, geschweige denn, ihren Zweifeln nachzuhängen.

Auch Pfarrer Byam trug das Seinige zu einem reibungslosen Gelingen bei, indem er Susannah schlauerweise gleich zu Beginn der Zeremonie fragte, ob sie den Baron Mountvale zum Ehemann nehmen wolle. Dadurch war von vornherein ausgeschlossen, daß Susannah vor der eigentlichen Trauung in Ohnmacht fiel oder Hals über Kopf flüchtete. Und so waren er und Rohan ziemlich erleichtert, als Susannah auf seine Frage ohne zu zögern mit einem deutlichen »Ja« antwortete. Danach allerdings hörten sie, wie Susannah erst einmal schluckte.

Nach fünf Minuten war die Zeremonie beendet. Pfarrer Byam blickte die beiden strahlend an. »Es war mir eine große Freude, Mylord, Mylady«, sagte er. »Die liebe Charlotte hat zum Glück nicht auf den Champagner vergessen. Aber zuerst, Mylord, dürfen Sie die reizende Braut küssen.«

Jetzt war sie verheiratet, dachte Susannah und starrte auf den mit einem Smaragd und einem Diamanten besetzten Ring hinunter, der seit dem siebzehnten Jahrhundert im Besitz der Carringtons war, wie Rohan ihr mitgeteilt hatte. Schon zum zweiten Mal hatte sie nun geheiratet – nur war diesmal die Trauung echt, und ihr jetziger, ihr richtiger Ehemann – dessen war sie sich sicher – war ein gütiger und rücksichtsvoller Mensch. Andererseits stand er im Ruf, einer der größten Frauenhelden in ganz England zu sein. Zweimal am Tag mit einer Frau im Bett! Ein unvorstellbarer Gedanke. Gewiß würde er von ihr so etwas nicht verlangen – schließlich war sie seine Ehefrau und nicht seine Geliebte. Männer verlangten so etwas nicht von ihren Frauen, wenn sie ihnen erst einmal zu einer Schwangerschaft verholfen hatten. Auch George hatte sie in Ruhe gelassen, als sie mit Marianne schwanger war – und auch danach wollte er nichts mehr von ihr wissen. Susannah hoffte, daß Mätressen wenigstens viel Geld verdienten. Vielleicht wurden sie gar nach Stunden bezahlt; schließlich war es ja bei Freudenmädchen nicht anders. Vielleicht wurde das Honorar auch am Beginn der Beziehung vereinbart, wobei die Höhe des Betrages sich danach richtete, wie oft am Tag oder in der Woche der Mann diese Dinge von ihr verlangte. Ja, so in etwa würde es wohl vor sich gehen.

»Woran denkst du denn? Du hast auf einmal so große Augen. Das muß ja etwas ungemein Interessantes sein.«

»Ich glaube nicht, daß es dich wirklich interessieren würde.«

»O doch – aber vielleicht etwas später. Jetzt möchte ich vor allem einmal einen Kuß.«

Doch als Rohan sich zu ihr beugte, wich sie zurück. »Du hast gesagt, man könnte ziemlich leicht herausfinden, daß meine Ehe mit George nur Schwindel war. Genausoleicht könnte jemand entdecken, daß wir erst jetzt getraut wurden. Man bräuchte bloß Pfarrer Byam zu fragen. Daran hatte ich noch gar nicht gedacht. O Rohan, das wird niemals gutgehen, es …«

»Pfarrer Byam würde niemandem auch nur ein Sterbenswörtchen darüber sagen – selbst wenn man ihm die Fingernägel herauszieht, wie er mir versichert hat. Du bist jetzt meine Frau, Susannah, daran kann nichts und niemand mehr etwas ändern. Es hat alles seine Richtigkeit. Und unser kleines Geheimnis ist gut gehütet.«

Seine Frau. Sie schloß die Augen, als er sie küßte. Es

war ein zärtlicher und kein fordernder Kuß – wie zwischen zwei Menschen, die einander sehr vertraut waren. Sie unternahm nicht den Versuch, ihm auszuweichen. Sie wußte, daß sie das beide als peinlich empfinden würden. Regungslos stand sie da und ließ sich von ihm küssen, während seine Hände leicht auf ihren Armen ruhten.

Es war ganz und gar nicht unangenehm – nein, sie spürte sogar, wie sich eine anregende Wärme in ihrem Bauch ausbreitete. Es war ein recht eigenartiges Gefühl, das gleich wieder verschwunden war, als seine Lippen sich von den ihren lösten.

Er lächelte und kniff sie ganz leicht in die Nase. »Du hast es übrigens ganz wunderbar gemacht. Dein ›Ja‹ war zwar ein klein wenig schreckhaft, aber immerhin hast du es ohne zu zögern ausgesprochen. Ich hatte gar keine Zeit, um mir Sorgen zu machen. Ich bin wirklich stolz auf dich. Nun, Lady Mountvale, möchten Sie vielleicht ein Glas Champagner?«

Sie nickte. Lady Mountvale. Jetzt war es also Wirklichkeit. Sie sah, wie Pfarrer Byam über eine Bemerkung von Charlotte lächelte. Toby spielte währenddessen mit Mr. Byams lahmem altem Terrier namens Bushy. Sie blickte Rohan nach, während er ihr ein Glas Champagner holte. Er war nicht irgend jemand. Er war ihr Ehemann.

Es war noch keine zwei Wochen her, daß sie in ihrem Garten Unkraut gejätet hatte – mit Händen so schwarz wie die fruchtbare Erde, in der sie hier und dort grub. Und sie hatte sich um tausend Dinge gesorgt – um ihre zarten, sonnenhungrigen Pflanzen, um die beiden Kinder, um die sie sich kümmerte, aber vor allem um ihren Vater. Doch sie war wenigstens in der Lage gewesen, über ihr eigenes Leben zu bestimmen. Sie hatte nicht nur die Verantwortung für Toby und Marianne getragen, sondern genaugenommen auch für ihren Vater. Und sie hatte nachts allein geschlafen.

Aber nun war sie plötzlich Lady Mountvale – eine Frau, die sich um nichts mehr sorgen mußte. Dafür hatte sie sich in die Hand eines Mannes begeben, den sie kaum kannte. Er war nun ihr Herr, der mit ihr auch ihre ganze Verantwortung übernommen hatte. Ihrer Ansicht nach hatte Rohan von dem Geschäft den weitaus geringeren Nutzen – und dennoch sah sie ihn unentwegt lächeln. Er machte den Eindruck, als wäre er hochzufrieden mit dem Verlauf der Ereignisse. Warum nur? Sie hatte ihm nicht nur einen Berg von Verantwortung auf die Schultern geladen – nein, sie hatte auch Unruhe und Gefahr in sein Leben gebracht. War er denn verrückt, daß er sich dennoch so freuen konnte?

Sie war nicht so leichtgläubig, anzunehmen, daß er sie wirklich bewunderte. Vielleicht fand er sie ganz annehmbar, aber das war auch schon alles. Er war schließlich sein ganzes Leben von schönen Frauen umgeben gewesen. Nein, er hatte all das einzig und allein getan, um die Ehre seiner Familie zu retten. Alles andere, was er ihr gesagt hatte … nein, sie konnte all das einfach nicht für bare Münze nehmen.

Er reichte ihr ein Glas Champagner und wandte sich dann der kleinen Hochzeitsgesellschaft zu. »Auf meine wunderschöne Braut, Susannah Carrington, die mich sehr glücklich macht«, rief er aus.

»Hört nur!« rief Toby, der ebenfalls einen Schluck Champagner trank, zu dem ihm seine Göttin Charlotte verholfen hatte.

Wenig später verließen sie das Pfarrhaus. Sie sahen noch, wie Pfarrer Byam die Kerzen ausblies, so daß das Haus stockdunkel war. Das Kerzenlicht war einerseits romantisch, andererseits aber auch recht praktisch gewesen; Rohan wollte möglichst verhindern, daß irgend jemand sie sah und sich fragte, was hier wohl vor sich gehe. »Es ist geschafft«, sagte er, als sie alle in der Kutsche saßen. »Nun, Mutter, woran denkst du gerade?«

»Ich habe mir eben gedacht, daß du das alles wirklich gut über die Bühne gebracht hast. Selbst dein lieber Vater hätte es nicht besser machen können. Er wäre sicher sehr erfreut gewesen, wenn er Susannah und Toby erst einmal kennengelernt hätte; von unserem kleinen Früchtchen ganz zu schweigen.«

»Marianne, das Früchtchen«, sagte Toby und gähnte. »Das gefällt mir.«

»Ja, ich glaube, ich habe das ganz ordentlich gemacht. Wir dürfen nur alle miteinander nicht vergessen, daß wir Pfarrer Byam besucht haben, weil er uns zum Abendessen in seinem Pfarrhaus eingeladen hat. Und wir sind uns einig, daß es ein wunderbares Essen war. Nun, es mag ein etwas ungewöhnlicher Anlaß sein – aber nicht so ungewöhnlich, daß Fitz Verdacht geschöpft hätte, Gott sei Dank. Susannah, du mußt aufhören, so zu erschrecken, wenn irgend jemand ›Mylady‹ zu dir sagt. In Ordnung?«

Sie zuckte mit den Achseln. Sie dachte im Moment lieber gar nicht daran, was soeben geschehen war und was sich für sie alles geändert hatte. Statt dessen räusperte sie sich und sagte: »Ozzy hat mir versprochen, mein Kätzchen morgen vorbeizubringen.«

»Ich glaube, das monatliche Rennen findet nächsten Samstag statt. Es könnte sein, daß wir gerade nicht hier sind.«

Wir. Hieß das, er würde sie nach Oxford mitnehmen?

Sie blickte ihn mit großen Augen an. Er schenkte ihr ein strahlendes Lächeln – und schwieg.

»Ich habe Mutter gesagt, daß Sabine sich von dir fernhalten soll.«

Sie drehte sich langsam zu ihm um. All ihre Habseligkeiten waren in die Suite des Barons gebracht worden, und er war soeben durch die Verbindungstür in ihr Zimmer getreten. Er war barfuß und trug einen etwas abgetragenen blauen Morgenmantel, der recht bequem aussah; sie wußte, daß er darunter völlig nackt war. Doch seine Stimme klang so unbeschwert und fröhlich, daß er ganz und gar nichts Bedrohliches an sich hatte.

»Warum sollte Sabine sich nicht um mich kümmern?«

Sie trug immer noch das bezaubernde Kleid, das Charlotte ihr überlassen hatte.

»Dreh dich um«, sagte er, »und ich helfe dir aus diesem Ding, das du da anhast.«

»Sag schon – warum?«

»Wie? Ach so, Sabine.« Er betrachtete ihren schönen weißen Nacken, der von einzelnen Löckchen umspielt wurde. Seine braungebrannten Hände wirkten so fremd auf ihrer weißen Haut. »Sie hätte dir bestimmt irgendwelche Ratschläge gegeben – entweder das, oder sie hätte dir gesagt, daß du mir ohnehin nicht das geben kannst, was sich ein Mann von einer Frau wünscht.«

»Wie?«

»Nun«, sagte er langsam und hielt einen Augenblick inne, um sich hinunterzubeugen und ihren Nacken zu küssen. »Sabine mag mich. Sie möchte mich gern ins Bett bekommen.«

Sie wurde mit einem Mal ganz starr. Er ließ sich jedoch nicht beirren und öffnete einen der winzigen Knöpfe des Kleides. Ihm war es, als erbebte sie ein klein wenig, als er sie auf die soeben entblößte Stelle küßte, was er zum Anlaß nahm, sie gleich noch einmal zu küssen.

»Aber ich würde natürlich niemals mit einer unserer Bediensteten schlafen«, sagte er lächelnd. »Das gehört sich einfach nicht.«

»Auch nicht, wenn die Betreffende eine bezaubernde Französin ist?«

»Das tut in diesem Fall nichts zur Sache. Außerdem stimmt es ohnehin nicht, was die englischen Ladies den französischen Ladies nachsagen – daß sie allesamt leicht zu haben seien. Unsere Ladies wissen ganz genau, daß es nicht zutrifft, aber es gefällt ihnen nun mal, so etwas zu behaupten.«

Er öffnete drei weitere Knöpfe, so daß er bereits bei ihrem Hemd angelangt war – eigentlich war es ja das Hemd seiner Mutter. Es war aus wunderbar weichem blaßgelbem Satin; seine Sinne frohlockten, als er sie so vor sich sah.

Er streifte ihr das Kleid vorsichtig von den Schultern, doch er zog es ihr nicht ganz aus, sondern ließ es von den Ärmeln herabhängen. Dann streifte er auch noch die dünnen Träger des Hemdes herunter und begann jedes Fleckchen ihrer Haut zu küssen, das die zarten Träger bedeckt hatten.

»Rohan?«

»Hmm?«

»Wenn du noch die übrigen Knöpfe öffnest, dann könnte ich den Rest allein machen.«

»Nein.«

»Ich kann mich nicht richtig bewegen. Das ist irgendwie unangenehm, wenn du mich andauernd küßt.«

Er wollte ihr sagen, daß er noch gar nicht richtig begonnen hätte, sie zu küssen – doch er ließ es lieber sein. Er wollte sie nicht beunruhigen. »Gefällt es dir denn gar nicht, wenn ich dich küsse?«

Einen Augenblick herrschte peinliche Stille. »Na ja, es ist nicht so schlimm. Eigentlich ist es sogar alles andere als schlimm, aber es macht mich nervös. Es ist ja doch nur ein Vorspiel zu anderen Dingen, die bestimmt schauderhaft sind.«

»Hmm«, brummte er und streifte die Träger des Hemdes bis zu den Ärmeln des Kleides hinunter. Er schob das Hemd bis zu ihrer Taille und umfaßte sie mit beiden Händen, ohne ihre Brüste zu berühren.

Augenblicklich wich sie von ihm zurück.

Sie wandte sich ihm zu und versuchte krampfhaft,

Hemd und Kleid wieder hochzuziehen – jedoch ohne Erfolg. So blieb ihr nichts anderes übrig, als die Arme vor der Brust zu verschränken.

»Du siehst bezaubernd aus.«

Sie schüttelte den Kopf und trat zwei, drei Schritte von ihm weg.

»Ich werde dich nicht vergewaltigen, Susannah.«

Sie stand nun fast mit dem Rücken zur Wand. Er lächelte nur und ging auf sie zu, ohne ein Wort zu sagen. Als er sie erreicht hatte, sagte er: »Ich möchte nur meine Arme um dich legen. Du brauchst dich nicht mit den Händen zu bedecken. Ich werde deine Brüste nicht einmal ansehen. Ich tue nichts, was dir unangenehm ist. Komm näher, Susannah, und laß mich dich umarmen. Mehr will ich doch gar nicht.« Das war eine faustdicke Lüge, aber was blieb ihm anderes übrig?

Sie rührte sich nicht. Er nahm sie an beiden Handgelenken und zog ihre Arme hinunter, bemühte sich, ihr lediglich in die Augen zu blicken. Dann zog er sie langsam an sich. Sie fühlte sich einfach unglaublich an. Nur sein Morgenmantel war noch zwischen ihnen beiden, und er wünschte, er hätte ihn sich vom Leib reißen können, um ihre Brüste an seiner Brust zu spüren – ein Gedanke, der ihn vor Wonne erbeben ließ.

»Küß mich, Susannah. Nur ein kleiner Kuß, damit ich weiß, daß du das alles nicht bereust; ein Kuß, der mir sagt, daß es dir gefällt, meine Frau zu sein.«

Sie schloß die Augen und schürzte die Lippen.

Er starrte sie ungläubig an. Hatte George sie denn nicht einmal richtig geküßt? Einen Moment lang spürte er nichts als Verachtung, die aber sogleich von großer Erleichterung abgelöst wurde. Er berührte ihren Mund mit der Fingerspitze.

»Öffne den Mund nur ein klein wenig und beiß in meine Fingerspitze. Nicht fest, nur ein bißchen.«

Sie riß die Augen auf. »Warum denn?«

»Nein, das ist zu weit. Nur so viel, daß du meine Fingerspitze zwischen deine Zähne bekommst. Du willst wissen, warum? Nun, ich glaube kaum, daß du es widerlich finden würdest – und mir würde es sehr gefallen.« Seine Fingerspitze ruhte immer noch ganz leicht an ihrer Unterlippe, als sie erneut die Augen schloß und den Mund öffnete – diesmal nur einen kleinen Spaltbreit –, um ihn zu beißen.

Leider war es alles andere als ein spielerischer Biß – doch zum Glück blutete er nicht. Er lachte laut auf. »Das war ja schon mal etwas. Nun bitte ein bißchen weniger heftig. Es muß nicht unbedingt Blut fließen, weißt du?«

Er legte erneut den Finger an ihre Lippen. Schließlich öffnete sie abermals den Mund – jedoch nicht weit genug.

»Nur ein ganz klein wenig mehr, Susannah.«

Sie kniff ihn, so wie er es ihr gesagt hatte. Er fühlte einen Wonneschauer von seiner Fingerspitze ausgehen – und fragte sich, ob sie etwas Ähnliches verspürt hatte. Im nächsten Augenblick begann sie zu seinem größten Erstaunen an seinem Finger zu saugen. Er glaubte, sterben zu müssen vor Lust, so unerwartet traf es ihn. Er betrachtete seinen Finger in ihrem Mund – und alles in ihm krampfte sich zusammen vor Wonne.

Sie mußte wohl bemerkt haben, wie starr er plötzlich wurde und wie glasig sein Blick geworden war, denn sie ließ seinen Finger augenblicklich los.

»War es das, was du wolltest?«

Ihr Mund war feucht. Es fiel ihm äußerst schwer, nicht auf ihre Lippen zu starren. »Es war schon mal ein Anfang«, sagte er. »Und jetzt möchte ich dich küssen – nur ein ganz kleiner Kuß, aber du mußt deinen Mund ein klein wenig öffnen, so wie du es vorhin getan hast, um mich in den Finger zu beißen.«

Er ließ ihr keine Zeit, um Einspruch zu erheben, sondern beugte sich über sie und berührte ihre Lippen. »Öffne den Mund ein wenig«, murmelte er. Sie tat es, wenn auch nur einen winzigen Spalt. Langsam berührte er mit der Zunge ihre Unterlippe und ließ sie nur eine Spur ins Innere wandern.

Sie zuckte zusammen, die Hände gegen seine Brust gestemmt. Doch sie wagte es nicht, zurückzuweichen, da sie bis zur Taille nackt war. Er sah an ihrem Blick, in welchem Dilemma sie steckte – sie hatte so wunderbar ausdrucksstarke Augen.

Er ließ seine Hände ihren Rücken hinaufgleiten und berührte sanft ihr Ohrläppchen. Er strich ihr Haar zurück und begann mit den Lippen zärtlich an ihrem Ohr zu ziehen. Als sie seine Zunge spürte, zuckte sie erneut zusammen – doch diesmal nicht vor Schreck, sondern eher vor Staunen und vielleicht ein klein wenig Neugier.

»Warum tust du das?« fragte sie mit sanfter, warmer Stimme.

»Gefällt es dir denn nicht?«

»Ich weiß nicht. Es ist irgendwie komisch. Deine Zunge – ich habe nicht gewußt, daß eine Zunge so warm sein kann, und, na ja, es ist auch ein bißchen anregend. Bei der Trauung, als du mich geküßt hast, war es so ähnlich.«

»Anregend? Ach, was ich getan habe, war doch ganz harmlos.« Er war sich natürlich dessen bewußt, daß es alles andere als harmlos war. Es war reine Verführung. Er hauchte ihr seinen heißen Atem ins Ohr, und sie umfaßte ihn fest an den Oberarmen.

Er war trotzdem nicht unbedingt zu beneiden. Die Verführung ging nämlich äußerst mühsam und nur in winzigen Schritten vonstatten. Er ließ von ihrem Ohr ab und begann ihr mit der Hand durchs Haar zu streichen. Er löste die Haarnadeln und ließ sie auf den Boden fallen, ehe er mit den Fingerspitzen ihre Kopfhaut zu massieren begann, bis sie sich allmählich entspannte. Wie wunderbar weich und voll ihr Haar doch war. Er wandte sich wieder ihrem Mund zu, und zu seiner großen Überraschung öffnete sie diesmal die Lippen, ohne zu zögern.

Er stöhnte auf. Es war einfach über ihn gekommen. Ihre Wärme, ihre plötzliche Bereitschaft hatten ihn einfach übermannt.

Susannah war von einem Moment zum anderen ernüchtert. Sie sprang zwei Schritte zurück, kreidebleich im Gesicht, die Brüste mit den Händen bedeckend. Als sie sah, daß er ihre Brüste anstarrte, errötete sie heftig.

Er hatte ihr angst gemacht und sie in Verlegenheit gebracht.

Er zwang sich zu lächeln und hoffte, daß sie ihn nicht genauer anblickte – sie hätte nämlich an gewissen Merkmalen sehr leicht erkennen können, daß er durchaus bereit war, sie jeden Augenblick aufs Bett zu werfen und sich auf sie zu stürzen. Aber sie war viel zu erschrocken, um ihn so genau zu betrachten; sie starrte ihn bloß wortlos an, starr vor Angst.

»Es tut mir leid, daß ich dich erschreckt habe«, brachte er schließlich hervor. »Du hast deine Lippen geöffnet, und es war so wunderbar, daß ich mich einfach nicht mehr beherrschen konnte. Ich mußte einfach stöhnen, verstehst du? Ich tat es nicht absichtlich oder bewußt – es ist einfach passiert. Und so ein Stöhnen ist doch nicht so schlimm, oder?«

Sie schluckte und schüttelte den Kopf.

»Wenn du dich umdrehst, helfe ich dir aus dem Kleid.«

Sie hielt den Atem an, so daß er rasch hinzufügte: »Ich wollte damit sagen, daß ich dir das Kleid ausziehe, damit du dein Nachthemd anziehen kannst. Ich werde mich nicht auf dich stürzen, Susannah.«

18

Sie kehrte ihm den Rücken zu. Er starrte sie an, wie sie in ihrer Nacktheit vor ihm stand, leicht zitternd, wenn er sie berührte. Er öffnete die restlichen Knöpfe des Kleides und half ihr schließlich, die Arme freizubekommen. Danach war sie in der Lage, sich das Kleid wieder über die Brüste zu ziehen. Zu schade.

»Du weißt ja, Susannah, du hast mir fünfzig Jahre versprochen.«

»Nein, wir haben uns auf keinen bestimmten Zeitraum geeinigt. Ich kann mich gar nicht mehr erinnern, was genau wir vereinbart haben. Ein Erbe, oder?«

»Der Erbe ist schon einmal ein Anfang. Das könnte gut zehn Jahre dauern.«

»Das glaube ich nicht. Ich wurde mit Marianne sofort schwanger.« Sie wandte sich ihm zu; ihr Gesichtsausdruck war nun etwas ruhiger, nachdem sie sich wieder mit dem Kleid bedeckt hatte. Ihre Unsicherheit hatte sich offensichtlich gelegt.

»Nun, es darf einfach nicht sein, daß du jedes Jahr schwanger wirst. Ich möchte meiner Frau nicht solche Strapazen zumuten. Ich will nicht, daß du mit dreißig eine alte Frau bist. Das passiert viel zu oft. Dir will ich das ersparen. Nein, du sollst dann schwanger werden, wenn die Zeit dafür reif ist. Ich möchte nicht, daß du deine Gesundheit aufs Spiel setzt, indem du ständig schwanger bist.«

»Aber du hast doch gesagt, daß du ein Dutzend Kinder möchtest.«

Er lächelte und berührte mit der Fingerspitze ihre Nase. »Wir werden sehen.«

»Heißt das, du möchtest mich bei dir haben, ohne von mir Gebrauch zu machen?«

»Wie du das ausdrückst! Ich möchte dich bei mir haben, weil ich deine Gesellschaft schätze. Ich hoffe, daß du mich bald genauso gern bei dir hast. Es ist nicht so, daß ich ›Gebrauch von dir mache‹, wie du gemeint hast. Wir werden uns vielmehr lieben, bis wir vor Erschöpfung schwitzen und selig lächeln wie zwei Idioten. Weißt du, Susannah, es gibt Mittel und Wege, wie man eine Schwangerschaft vermeiden kann. Und was die Kinder betrifft – das wird sich schon weisen. Wir werden immer alles besprechen und dann gemeinsam entscheiden. Aber ich werde es bestimmt nicht zulassen, daß du Jahr für Jahr schwanger wirst.«

»Meine Mutter ist im Kindbett gestorben. Sie bekam ein kleines Mädchen. Die Kleine ist ebenfalls gestorben.«

»Du wirst nicht sterben. Ich werde es nicht zulassen. Nun, ich werde jetzt hinausgehen, damit du dein Nachthemd anziehen kannst. Wenn du fertig bist, kommst du dann zu mir.«

»Ich weiß nicht, ob ich das möchte, Rohan.«

»Ich werde dich zu nichts zwingen, das habe ich dir schon gesagt. Ich würde mich freuen, wenn du mir das glauben könntest. Nein, aber du bist jetzt meine Frau, und deshalb ist dein Platz an meiner Seite; du wirst neben mir schlafen, bis unser letztes Stündlein schlägt.«

Sie war einen Augenblick still und blickte auf ihre Schuhe hinunter. Plötzlich hob sie den Kopf und schrie ihm beinahe ins Gesicht: »Du bist doch nur nett zu mir, damit ich mich in Sicherheit wiege! Wenn ich dann neben dir liege und schlafe, kannst du mit mir tun, was immer dir gefällt – und ich kann dich nicht daran hindern.«

Er spürte, wie Zorn in ihm hochstieg, glühender Zorn. Am liebsten hätte er sie gepackt und durchgeschüttelt, bis sie ihn um Verzeihung bat – aber er verlor nicht die Beherrschung. Er stand nur da und blickte sie an. Dann zuckte er mit den Achseln, drehte sich um und zog sich in sein Schlafzimmer zurück. Bevor er verschwand, sagte er mit ruhiger Stimme: »Ich erwarte dich dann in zehn Minuten bei mir.«

Er wartete genau zehn Minuten – von Susannah war nichts zu sehen. Das überraschte ihn nun doch ein wenig. Er hatte von ihr zumindest soviel Gehorsam erwartet – denn schließlich wußte er, daß sie für gewöhnlich ihr Wort hielt. Aber in diesem Fall hatte sie ihm ja auch nicht ihr Wort gegeben. Trotzdem – sie hatte bei der Trauung versprochen, ihm zu gehorchen. Vielleicht hatte sie auch nicht auf jedes Wort geachtet, das Pfarrer Byam gesprochen hatte.

Ja, er hatte erwartet, daß sie nach genau zehn Minuten in sein Schlafzimmer kommen würde, mit gesenktem Kopf und voller Angst vor allem, was er vielleicht mit ihr anstellen würde.

Doch sie war nicht gekommen und hatte ihn damit einigermaßen überrascht. Die Tatsache brachte ihn zum Lächeln. Es war lange her, daß eine Frau ihn das letzte Mal überrascht hatte. Die Frage war nur, was er jetzt tun sollte.

Nun, es gab wohl kaum eine andere Möglichkeit, als sie aufzusuchen. Es war stockdunkel in ihrem Zimmer, als er eintrat.

»Susannah?«

Keine Antwort.

Er trat an ihr Bett. Es war leer.

Er war ziemlich verblüfft. Es war immerhin seine Hochzeitsnacht. Er hatte längst beschlossen, gar nicht erst zu versuchen, mit seiner Frau zu schlafen. Er übte sich ohnehin in Zurückhaltung. Sie hatte sich ein Stück des Weges von ihm führen lassen, und er wußte, daß sie von manchem, was zuvor zwischen ihnen geschehen war, einigermaßen überrascht gewesen war – und zwar durchaus angenehm überrascht. Doch dann hatte er laut aufgestöhnt vor Lust – und sie hatte befürchtet, daß er jeden Moment die Beherrschung verlieren würde. Wußte sie denn nicht, daß er nie die Beherrschung verlor? Was hatte denn so ein Stöhnen schon zu bedeuten? Und schließlich hatte er sie danach in Ruhe gelassen und war in sein Zimmer gegangen. Sie hatte doch wohl nicht befürchtet, daß er über sie herfallen würde, sobald sie ihn in seinem Schlafzimmer aufsuchte? Offensichtlich doch. Vielleicht hatte er sich nicht klar genug ausgedrückt. Aber das spielte jetzt auch keine Rolle – sie hätte ihn einfach verstehen und ihm vertrauen müssen.

Verdammt, es war dieses Stöhnen, das sie hatte Reißaus nehmen lassen.

Er hatte ihr zehn Minuten gelassen, um sich wieder zu sammeln – und sie hatte die Frechheit besessen, sich aus dem Staub zu machen.

Er war wirklich wütend auf sie.

Was sollte man davon halten, wenn eine frischverheiratete Frau schon in der ersten Nacht verschwand?

»Susannah? Wo bist du? Steckst du etwa hinter der Wandtäfelung und hast dich braun bemalt, damit ich dich nicht entdecke?«

Keine Antwort. Verdammt. Er konnte für nichts garantieren, wenn er sie jetzt zu fassen bekam.

Er würde nicht durch das ganze Haus rennen, um seine Braut zu suchen. Ein Mann hatte schließlich auch seinen Stolz. In einer solchen Situation war der Stolz ohnehin das einzige, was einem blieb.

Er ging wieder in sein Schlafzimmer und knallte die Tür hinter sich zu. Das tat gut. Er hoffte, daß sie sich eine ordentliche Erkältung holen würde in ihrem Versteck – wo immer das auch sein mochte. Er zog den Morgenmantel aus und ging zu Bett.

Die Laken fühlten sich kalt an – doch sein Zorn wärmte sie rasch. Nun, er würde sich am nächsten Morgen überlegen, wie er auf ihr Verhalten reagieren sollte.

Er drehte sich zur Seite und begann Katzen zu zählen. Als er ein kleiner Junge gewesen war, hatte Ozzy Harker ihm geraten, Katzen zu zählen, um einschlafen zu können. Ozzy hatte behauptet, daß Schäfchen denkbar ungeeignet zum Zählen wären, weil sie ja alle die gleiche Farbe hätten, so daß man sie kaum auseinanderhalten könne; außerdem blökte eins wie das andere. Auch wäre so etwas wie ein Schäfchenrennen unvorstellbar; die dummen Viecher würden ja bloß herumstehen und einen blöd anstarren.

Mit Katzen war das etwas ganz anderes. Es gab getigerte und scheckige Kätzchen in allen Variationen. Nicht zu vergessen die pechscharzen Katzen. Rohan konnte sich auch an langhaarige weiße Kätzchen erinnern, die beim Rennen um keinen Preis auch nur einen Meter laufen wollten. Außerdem …

Rohan zählte noch fünf weitere Katzen – alle getigert –, ehe er einschlief. Es waren jedoch keine süßen Träume, die ihn erwarteten.

Susannah kniete auf dem Fußboden und spielte mit ihrem neuen Kätzchen, als Rohan sich ihr von hinten näherte. Ozzy Harker saß ihr gegenüber. »Sie können sich schon mal einen Namen für den kleinen Kerl ausdenken, Mylady.«

Das kleine Kätzchen machte nicht den Eindruck, als würde es einmal mit großer Begeisterung mit seinen Artgenossen um die Wette laufen. Vielmehr lag es friedlich schlummernd in Susannahs Händen. Langsam und vorsichtig, um das Kätzchen nicht zu wecken, drehte sie sich um – und hätte es beinahe fallenlassen.

»Rohan«, stieß sie entgeistert hervor. »Du liebe Güte.«

»Ja, ich bin's. Guten Morgen, Susannah, Ozzy. Ist das unser zukünftiger Champion?«

»Ja, Mylord. Ist er nicht ein Prachtkerl? Komm schon, du kleiner Teufel, wach auf und zeig Seiner Lordschaft, was in dir steckt.« Er begann das Kätzchen mit einem seiner knorrigen Finger am Hals zu kraulen. Das Tier öffnete die Augen und streckte die kleinen Beinchen von sich.

Susannah lachte und hob das Kätzchen hoch. »Du bist ein richtiger Schatz.« Sie küßte das Kätzchen und strich mit ihrer Wange über das weiche schwarze Fell.

Rohan wünschte, sie würde sich genauso an ihn schmiegen.

»Wie heißt er denn, Susannah?«

»Ich habe mich noch nicht entschieden. Fällt dir vielleicht ein passender Name ein, Rohan? Ozzy hat mir erzählt, daß du als Junge sehr viel Zeit mit Katzen verbracht hast und daß du auch recht begabt im Umgang mit den Tieren gewesen bist. Aber als Erbe mußtest du ja in die Fußstapfen deiner Eltern treten, weshalb sich das dann nicht mehr so schickte.«

»Ja, ich habe wirklich einige Zeit mit den Katzen verbracht. Was den kleinen Kerl da betrifft ...« Rohan strich mit einem Finger sanft über den weißen Bauch des Kätzchens. Auf dem Rücken mischten sich Grautöne in die schwarze Farbe seines Fells. »Wie wär's mit Gilly? Bald ist ja der Juli da – und Gilly ist das altenglische Wort für Juli. Irgendwie erinnert mich der Kleine an den Sommer mit seiner Blumenpracht. Wenn ich nur an die Levkojen denke, die im Juli am schönsten blühen – mir gefallen die purpurnen und die rosafarbenen am besten.«

»Das klingt wirklich romantisch.« Susannah starrte ihn verblüfft an. Wenn sie hätte raten müssen, wie er eine Katze nennen würde, dann wäre ihr eher ein männlicher Name wie Brutus oder Caesar eingefallen.

»Woher weißt über Blumen so gut Bescheid?«

»Ich bin eben ein Renaissancemensch und interessiere mich für viele verschiedene Dinge. Ah, sieh dir nur dieses Gesicht an. Was meinst du, Ozzy? Ich glaube nicht, daß er lospreschen würde, was das Zeug hält; er würde auch nicht versuchen, seine Konkurrenten zu beißen – nein, ich glaube, er wird einmal ganz leichtfüßig über die Bahn fliegen. Ja, nennen wir ihn Gilly.«

»Gilly ist wirklich ein schöner Name«, warf Toby ein, der soeben das Arbeitszimmer betreten hatte.

»Ja, nicht schlecht, Mylord«, pflichtete auch Ozzy bei und erhob sich. »Nun, Mylady, ich werde dann wieder nach den Gärten sehen. Tom kümmert sich heute um die Rosen; ich glaube, da kann er ein wenig Unterstützung brauchen.«

»Danke, Ozzy«, rief Susannah ihm nach. »Ich komme dann morgen früh, damit wir Gilly etwas beibringen können.«

Ihre Augen waren immer noch auf das Kätzchen gerichtet, das es sich in ihrem Schoß bequem gemacht hatte. »Er ist einfach bezaubernd, nicht wahr?«

»Ja, wirklich bezaubernd«, antwortete Rohan.

»Was kann man denn einem so kleinen Kätzchen beibringen?« fragte Toby. »Den Kleinen interessiert ja doch nichts anderes als spielen, essen und schlafen.«

»Viel kann man nicht tun, solange er so klein ist – das stimmt«, antwortete Rohan. »Höchstens eine kleine Einführung für seine spätere Karriere als Rennkatze. Du wirst es schon sehen, Toby. Nun, ihr beiden, wie wär's jetzt mit einem kräftigen Frühstück?«

Rohan hob das schlafende Kätzchen aus Susannahs Schoß, kraulte es sanft mit der Fingerspitze unter dem Kinn und legte es sich dann auf die Schulter. Es sah alles so natürlich aus. Nur für einen kurzen Augenblick fragte sich Susannah, ob das Kätzchen vielleicht herunterfallen könnte, was aber nicht der Fall war. Nein, Rohan wußte genau, was er tat.

Sie folgte ihm in den Frühstücksraum. Toby verabschiedete sich von ihnen, um zu Pfarrer Byam zu reiten und seine Stunden zu nehmen.

Sie waren allein im Zimmer. Rohan ließ das Kätzchen auf seiner Schulter ruhen.

Als der gebratene Speck serviert wurde, begann sich das kleine Näschen der Katze zu bewegen. »Nein, du wirst nicht auf dem Tisch speisen«, sagte Rohan und setzte das Kätzchen auf dem Teppich neben seinem Stuhl ab. Er legte ein kleines Stückchen Speck auf einen Teller, den er dem Tier vorsetzte. Daneben stellte er ein kleines Schüsselchen mit Milch. Zu Susannah gerichtet, sagte er: »Ich geb' ihm nur einen kleinen Bissen. Speck ist eigentlich noch nichts für seinen Magen, aber ein Bissen wird ihm schon nicht schaden.«

»Fahren wir heute nach Oxford?«

Rohan richtete sich in seinem Stuhl auf. Das Kätzchen schlürfte eifrig seine Milch. Den Speck hatte es bereits mit zwei gierigen Bissen verschlungen.

»Warum fragst du?«

»Gestern hast du gesagt, wir würden fahren.«

»Ich kann mir schwer vorstellen, daß du wirklich mit mir kommen möchtest, Susannah. Du müßtest im Gasthaus in einem Zimmer mit mir übernachten. Da hättest du keine Möglichkeit, dich irgendwo zu verstecken.«

»Ach, das meinst du.«

Sie blickte auf ihren Teller hinunter.

»Ja, das. Zweifellos würde ich nur darauf warten, bis du eingeschlafen bist, damit ich über dich herfallen kann.«

»Das ist möglich, aber ich werde es trotzdem riskieren.« Sie hob den Kopf und blickte ihn entschlossen an. »Ich will, daß wir die ganze Sache endlich aufklären. Ich möchte endlich wissen, was es mit dieser Karte auf sich hat und warum diese Männer sie unbedingt haben wollen.« Sie hielt einen Augenblick inne und holte tief Luft. »Vor allem aber möchte ich herausfinden, wer George wirklich war.«

Es war ihr sehr ernst damit, während er bloß an das eine gedacht hatte. Er seufzte. Natürlich hätte er sie immer noch gerne nackt in den Armen gehalten – aber dazu war jetzt nicht der richtige Zeitpunkt. »Ich weiß nicht, ob es nicht zu gefährlich wäre, dich mitzunehmen«, sagte er schließlich. »Unser Mr. Lambert – Gott steh ihm bei auf seiner Reise über die Weltmeere – war kein sehr netter Mensch. Und ich glaube nicht, daß die anderen – denn er hat bestimmt Helfer – viel freundlicher sind. Es könnte ziemlich gefährlich werden.«

Sie beugte sich vor, die Ellbogen auf den Tisch gestützt. »Das habe ich mir auch schon gedacht. Ich verstehe ja deine Sorge, aber vergiß nicht, daß George mein Ehemann war ...«

»Sag das nicht so laut, Mylady.«

»Du hast recht. Tut mir leid.«

»Es ist wichtig, daß du das aus deinem Gedächtnis auslöschst. Ich muß dich warnen – es ist sehr schwer, vor den Dienstboten irgend etwas geheimzuhalten. Wir müssen höllisch aufpassen. Fitz hat seine Ohren überall.«

»Ich verstehe. Ich werde sehr achtgeben. Nun, ich habe jedenfalls schon über all das nachgedacht. Du hast doch gewiß Freunde in Oxford, eine Familie, wo wir vielleicht für eine Woche unterkommen können? Marianne und ich wären doch im Kreis dieser Familie sicher, oder nicht? Wäre das nicht besser, als in Gasthäusern zu übernachten?«

»Du hast also nicht die ganze Nacht nur darüber nachgedacht, wie du mir aus dem Weg gehen kannst, was, Susannah? Verdammt, zuck nicht schon wieder zusammen vor lauter Angst. Also gut, ich werde darüber nachdenken. Es gibt da auch einen Platz, wo wir wohnen können. Ich habe einen sehr guten Freund, dessen Landsitz ganz in der Nähe von Oxford liegt. Sein Name ist Phillip Mercerault, Vicomte Derencourt. Wir waren sogar Schulkameraden. Er ist zwar im Augenblick wahrscheinlich in London, aber ich habe ihm schon vergangene Woche geschrieben, daß wir vorhaben, nach Oxford zu kommen. Ich habe keine Ahnung, ob er den Brief bekommen hat oder ob er doch auf Dinwitty Manor, seinem Landsitz, ist. Wir können morgen schon nach Oxford aufbrechen, wenn dir das recht ist.«

»Au!«

Rohan lachte. Das Kätzchen war an Susannahs Kleid hochgeklettert, wobei es sich mit seinen kleinen Krallen an ihrem Bein festgehalten hatte.

Im nächsten Augenblick lachte sie ebenfalls, hob das Kätzchen hoch und schüttelte es sanft, wobei sie es mit zärtlichen Küssen bedachte.

Wenn sie ihn doch nur annähernd so behandeln würde wie dieses Kätzchen.

19

»Ro-han!«

Es war Marianne, die gutgelaunt in Lotties Armen ruhte und – kaum daß sie ihn sah – lautstark und mit hoch erhobenen Ärmchen verlangte, zu ihm gelassen zu werden. Er nahm sie in den Arm und setzte sie auf sein Bein. »Bist du hungrig, kleines Früchtchen? Ich verstehe, du machst dir also nichts aus Essen. Dieser kleine Kerl da heißt Gilly, und du mußt sehr sanft mit ihm umgehen. Er ist schließlich nur ein kleiner Kater und nicht so ein großes Mädchen wie du.«

Es dauerte nicht lange, und sie jagte das Kätzchen kreuz und quer durch das Zimmer, was allen beiden großen Spaß zu machen schien.

»Ich werde Ozzy sagen, daß das Kätzchen heute seine erste Lektion erhalten hat«, sagte Rohan. »Eine Art Kampf ums Überleben. Das ist für ein Rennkätzchen ohnehin sehr wichtig. Sieh dir die beiden nur an. Wie der Kleine förmlich dahinfliegt. Ich kann mir wirklich vorstellen, daß wir da einen künftigen Champion haben.«

Sie blickte ihn entgeistert an. Dieser Mann – ihr Ehemann – sollte ein zügelloser Mensch, ein Wüstling sein, der hinter jedem Rock her war? Kaum vorstellbar, wenn man sah, mit welcher Freude er ein kleines Mädchen und ein Kätzchen beim Spielen beobachtete. Außerdem wußte er so gut über Blumen Bescheid. Langsam, ohne ihn anzublicken, sagte sie: »Wußtest du, daß man Levkojen auch zum Würzen verwenden kann?«

»Aber ja. Sie eignen sich sogar ganz hervorragend dafür, weil sie fast wie Gewürznelken duften.« Er hielt inne, als er ihren fragenden Gesichtsausdruck sah. »Sag mir, was du gerade denkst, Susannah.«

»Ich habe mir nur gedacht, daß du ganz einfach ein Rätsel für mich bist. Da gibt es so viele verschiedene Dinge, die einfach nicht zusammenzupassen scheinen – als wärst du in Wahrheit ganz anders, als alle Welt glaubt.«

»Heißt das, daß du von nun an nicht mehr jeden zweiten Satz mit den Worten ›Ein Mann von deinem Ruf‹ beginnst?« erwiderte er lachend.

»Der Ruf eines Menschen ist schon etwas Eigenartiges«, sagte sie nachdenklich. »Diese drei alten Ladies hielten mich für eine Hure, ein Flittchen, bevor du gekommen bist, um mich auf deine recht eigenwillige Weise zu retten. Wenn du nicht dazwischengetreten wärst, dann wäre das heute mein Ruf – da bin ich mir ganz sicher. Aber ich bin nun mal kein Flittchen. Ist das alles nicht ziemlich seltsam?«

Er blickte sie an und konnte an nichts anderes denken, als daß er sie über die Maßen begehrte. Ihm fiel jedoch nichts ein, was er hätte sagen können, und so nickte er nur.

Seine Frau war keine Jungfrau mehr – und seltsamerweise machte das die Sache nur noch schwieriger für ihn. Nie zuvor hatte er vor einem derartigen Problem gestanden. Es würde gewiß nur mit sehr viel Einfühlungsvermögen zu lösen sein.

Er schrieb einen weiteren Brief an Phillip Mercerault, diesmal nach Dinwitty Manor, worin er erneut seine Absichten darlegte. Dann begann er über seine Lage nachzudenken, ohne jedoch auf einen grünen Zweig zu kommen, so daß er Marianne holte und mit ihr zusammen auf Gulliver ausritt. Sie jauchzte vor Freude, und Gulliver antwortete mit einem übermütigen Schnauben. Gerade als sie auf der Landstraße kehrtmachten, kam ihnen Lady Dauntry in ihrer Kutsche entgegen, einen riesigen Hut mit vier violett gefärbten Straußenfedern auf dem Kopf. Es war schwierig, den Blick von diesen Federn zu wenden.

Lächelnd wünschte er ihr einen guten Tag.

»Baron«, erwiderte sie und nickte. »Ist das die Kleine?«

»Das ist *meine* Kleine, Marianne. Komm schon, Schatz, sag hallo zu Lady Dauntry.«

»Hallo. Kann ich so eine Feder haben?«

Zu Rohans Erstaunen nahm Lady Dauntry eine der Federn von ihrem Hut und reichte sie ihr. Marianne war außer sich vor Freude.

»Vielen Dank, Ma'am«, sagte Rohan. »Das ist überaus freundlich von Ihnen. Ist sie nicht ein Schatz?«

»Ja, sie ist bezaubernd, und Ihnen wie aus dem Gesicht geschnitten. Es war nicht recht von Ihnen, die Kleine und ihre Mutter so lange von Mountvale House fernzuhalten. Aber jetzt sind sie ja hier – und das allein zählt. Sie haben sich Ihrer Verantwortung gestellt. Aber ich schätze, für Charlotte ist das alles nicht so leicht zu verkraften, oder?«

Marianne schwenkte die Feder über Gullivers Kopf hin und her. Er schnaubte und versuchte, irgendwie an die Feder heranzukommen.

»Das reicht jetzt, du kleines Früchtchen«, sagte Rohan. »Gulliver wird uns beide in den Straßengraben plumpsen lassen, wenn du ihn nicht in Ruhe läßt.« Er küßte die Kleine auf die Schläfe.

Lady Dauntry seufzte. »Ihr Vater hat Sie genauso geküßt, als sie noch ein kleiner Junge waren, Baron. Ach ja, Charlotte …«

»Meine Mutter hat beide – Susannah und auch Marianne – ins Herz geschlossen. Sie kommt wirklich sehr gut damit zurecht, daß ich so früh geheiratet habe.«

»Ro-han!« Marianne wedelte ihm mit der Feder ins Gesicht.

»Tja, die Kleine langweilt sich ein wenig. Dann sollten wir uns wohl wieder auf den Weg machen, bevor sie irgend etwas anstellt. Es war mir ein Vergnügen, Ma'am.«

»Sie sagt gar nicht ›Papa‹ zu Ihnen. Aber das ist wohl auch kein Wunder, wenn man bedenkt, daß Sie sie nicht allzuoft gesehen haben. Na, das wird sich ja jetzt ändern. Sagen Sie der lieben Charlotte, daß ich sie demnächst besuchen werde.« Lady Dauntry stieß den Kutscher mit ihrem Spazierstock an. Der Mann schreckte hoch, das Kutschpferd ebenso.

Da hatte sie recht – es würde sich tatsächlich einiges ändern, dachte Rohan und umarmte Marianne, die jedoch ungeduldig auf seinem Bein auf und ab hüpfte.

Er beschloß, daß es Zeit war, nach Hause zurückzukehren. Als sie sich den Stallungen näherten, hörte er Jamie aus voller Kehle singen:

»Es war mal 'ne Jungfer aus Lynn,
die war so unglaublich dünn –
trank mit dem Strohhalm Limonade,
doch o weh! Das ist schade!
Sie rutschte durch den Halm und war drin.«

Marianne hielt sich den Bauch vor Lachen, ehe sie sich zu Rohan umdrehte. Er küßte sie auf die Nase. »Jetzt sehen wir mal nach, wo deine Mama ist. Alles in Ordnung, Jamie?« In diesem Moment kam ihm zu Bewußtsein, daß er vergessen hatte, mit Jamie über seine Hochzeit mit Susannah zu sprechen.

Bevor Rohan noch ein Wort sagen konnte, warf Jamie ein: »Ich verstehe schon, Mylord. Sie brauchen sich keine Sorgen zu machen, daß irgend jemand etwas von mir erfahren könnte.«

»Vielen Dank. Es tut mir leid, daß ich vergessen habe, dich einzuweihen.«

»Schon in Ordnung. So, Marianne, komm mal zu Jamie.«

Je später es wurde, um so stiller wurde Susannah. Als die Uhr schließlich zehn schlug, starrte sie nur noch stumm auf ihre Zehen hinunter.

»Was ist denn los mit dir?« fragte Charlotte und beugte sich zu ihr vor.

Sie blickte ihre Schwiegermutter so bemitleidenswert an, daß Rohan nur staunen konnte. »Oh, nichts, Charlotte. Ich bin nur müde.«

»Verstehe«, warf Rohan ein und gähnte hinter vorgehaltener Hand. »Ich bin auf einmal auch ziemlich müde.«

Charlotte strahlte die beiden an. »Dann solltet ihr euch rasch in eure Gemächer zurückziehen. Ach, die Freuden der Ehe.« Sie seufzte. »Ich vermisse deinen Vater wirklich, mein Lieber. Seine Fähigkeiten nahmen mit den Jahren nur noch weiter zu. Deshalb war er ja auch so begehrt. Sogar von seiner Ehefrau.« Sie seufzte erneut, und ein bittersüßes Lächeln erhellte ihre Miene. »Dein Vater und ich genossen es, daß unsere Schlafzimmer aneinander grenzten. Wir brauchten nur die Tür zu öffnen – und schon lagen wir einander in den Armen. Ich kann dir gar nicht sagen, wie ich ihn vermisse. Du hast wirklich großes Glück, Susannah, denn Rohans Vater hat dafür gesorgt, daß sein Sohn von Grund auf in die Künste der Liebe eingeweiht wurde. Ach ja, mein Lieber, da fällt mir ein, ich habe Marie Claire in London getroffen. Sie läßt dich herzlich grüßen.«

»Wer ist Marie Claire?« wollte Susannah wissen.

»Sie ist die reizende Frau, die Rohan den allerersten Unterricht gab. Wie alt warst du doch gleich – vierzehn, oder? Es war allerhöchste Zeit, meinte dein Vater. Ich habe mit Marie Claire darüber gesprochen, und wir waren uns einig, daß vierzehn gerade das richtige Alter ist.«

Susannah konnte es kaum glauben, daß sie im Salon eines Edelmannes saß und dessen Mutter zuhörte, wie sie über die ersten amourösen Erlebnisse ihres Sohnes plauderte, die dieser mit der Geliebten ihres Gemahls gehabt hatte.

»Mich hat jedenfalls nie jemand in irgend etwas eingeweiht«, warf Susannah erhobenen Hauptes ein. Sie war entschlossen, nicht wie ein prüdes Schulmädchen dazustehen.

»Frauen haben das auch nicht so sehr nötig wie Männer«, sagte Charlotte und tätschelte Susannahs Knie. »Nun, ein wenig schon, aber sie lernen viel rascher, wie man seinem Partner Freude schenkt. Das ist bei Männern aber auch meistens nicht allzu schwierig. Habe ich nicht recht, mein Lieber?«

»Ja, Mutter, gewiß«, antwortete Rohan mit ernster Stimme. »Man muß eine Lady sehr sanft und rücksichtsvoll behandeln. Das hat mir auch Marie Claire immer wieder gesagt. Das Ganze ist eine Sache des Vertrauens.«

Charlotte blickte ihn voll Stolz an. »Wie recht du doch hast. Nun, warum zieht ihr beiden euch nicht zurück und macht es euch gemütlich? Susannah, wenn Rohan wie sein Vater ist, dann mußt du unwahrscheinlich glücklich sein.«

Susannah sah ziemlich verdattert drein.

Rohan nahm sie an der Hand und zog sie von ihrem Stuhl hoch. Ohne ein weiteres Wort hob er sie hoch, wünschte seiner Mutter gutgelaunt eine gute Nacht und trug seine Frau die Treppe hinauf.

»Ich habe über das alles nachgedacht«, sagte sie.

»Hmm?«

»Ja, Rohan. Du kannst gleich heute damit beginnen – du weißt schon –, damit ich schwanger werde.«

»Na, das klingt ja nicht schlecht.« Er schloß die Arme noch fester um sie.

»Was ich meine, ist, ich werde nicht wieder weglaufen. Das war nicht richtig. Ich war feige, und ich entschuldige mich dafür. Ich weiß, das Ganze ist wichtig. Wir können es wirklich tun.«

»Mein Herz beginnt zu rasen.«

»Das ist kein Grund, daß du dich über mich lustig machst.«

»Na schön, aber gönne mir lieber das Vergnügen, sonst könnte ich nämlich versucht sein, dir die Ohren lang zu ziehen für das, was du dir letzte Nacht geleistet hast. Wo hast du überhaupt geschlafen?«

»Bei Marianne im Kinderzimmer.«

»Oh, und was hat Lottie dazu gesagt?«

»Ich bin sehr früh aufgestanden, noch bevor sie hereinkam.«

»Das heißt, es ist dir nicht egal, was die anderen denken. Immerhin etwas.«

»Ich glaube nicht, daß deine Mutter je in ihrem Leben enttäuscht wurde.«

»Ich nehme an, du sprichst wieder einmal von diesen abstoßenden Gelüsten, die Männer so haben. Wenn ein Mann meine Mutter enttäuscht hätte, dann hätte sie es ihm sicherlich gesagt. Sie hätte ihm schon beigebracht, wie man eine Frau behandelt.«

Sie lehnte sich in seinen Armen zurück und blickte ihm ins Gesicht. »Aber ich hatte keine Ahnung von all diesen Dingen! Ich weiß immer noch nichts davon. Ich könnte niemandem etwas beibringen!«

»Nach dieser Nacht wäre selbst der Papst von deinen Künsten beeindruckt.«

»Ich kann alleine gehen«, sagte sie und versuchte sich von ihm loszumachen.

»Das glaube ich gerne, aber es gefällt mir, dich zu spüren. Wo ist übrigens unser kleines Kätzchen?«

»Bei Toby. Nachdem der kleine Kerl heute morgen seine erste Lektion mit Marianne überstanden hat, legte er sich den ganzen Tag über in die Sonne, um sich auszuschlafen.«

»Als ich klein war, hatte ich oft ein halbes Dutzend Katzen um mich herum, die bei mir im Zimmer schliefen. Das geht jetzt nicht mehr, weil ich so viel Zeit in London verbringe. Ozzy meinte, es wäre ungerecht den Katzen gegenüber, wenn sie mir Gesellschaft leisten wollen und mein Bett so oft leer ist.«

Er genoß den Klang ihres Lachens. Endlich entspannte sie sich, dachte er.

»Soll ich vielleicht ein paar Kätzchen holen, damit sie uns heut' nacht Gesellschaft leisten?«

Sie hörte augenblicklich zu lachen auf.

»Manchmal haben sie Flöhe – vor allem im Sommer. Aber da kann sich ein Ehepaar ja leicht abhelfen.«

»Du meinst, man kann sich gegenseitig nach Flöhen absuchen?« Sie lachte erneut, hielt aber gleich wieder inne, als er die Schlafzimmertür öffnete. Es war *sein* Zimmer, nicht das ihre. Er schloß die Tür mit dem Fuß hinter sich. Langsam ließ er sie zu Boden, wobei er achtgab, daß sie seinen Körper spürte.

»Jetzt, meine Liebe, stellen wir uns einfach vor, du wärst ein Rennkätzchen. Du bekommst jetzt deine erste Lektion.«

»Wahrscheinlich lerne ich zuerst einmal den Kampf ums Überleben, so wie unser Kätzchen.«

Er lachte und nahm sie in die Arme. »Ja, aber wahrscheinlich werde ich es sein, der um sein Leben kämpfen muß, nicht Sie, Mylady.«

20

Sie befeuchtete ihre Lippen. »Soll ich Marianne holen?«

»O nein, es wird nicht Marianne sein, die dich durch das Schlafzimmer jagt. Nein, keine Angst, niemand wird irgendwen durchs Zimmer jagen. Es wird gar nichts passieren, außer daß ich dir vielleicht zeige, wie man sich miteinander vergnügt und wie man sich den Wonnen der Liebe hingibt.«

Sie starrte ihn an, als wäre er ein seltenes Tier.

»Los, sehen wir zu, daß wir aus den Kleidern kommen.« Er begann gar nicht erst damit, ihren Hals oder ihre Ohren mit zärtlichen Küssen zu bedecken – nein, er brauchte keine Minute, um ihr das Kleid auszuziehen. Er gestattete ihr, das Hemd anzubehalten, mehr aber nicht. Vergangene Nacht hatte er einen großen Fehler gemacht, als er von ihr weggegangen war. Er hatte ihr mit dem ausgedehnten zärtlichen Vorspiel ganz einfach angst gemacht.

»Rühr' dich nicht von der Stelle.« Binnen dreißig Sekunden war er nackt.

Sie hielt den Atem an und wich von ihm zurück. Er spürte leichte Ungeduld in sich aufsteigen. Er war nicht übertrieben eitel, doch er wußte, daß er gut gebaut war. Andererseits war sein Körper nicht so übermäßig muskulös, daß sein Anblick sie ängstigen oder abstoßen hätte können. Auch war er nicht allzu stark behaart – wie etwa einer seiner Freunde, bei dem sich auch auf dem Rücken dichtes schwarzes Haar kräuselte. »Komm schon, Susannah, du hast doch wohl schon einmal einen nackten Mann gesehen.«

»Nun, eigentlich nicht«, gab sie zurück, während sie wie gebannt auf seinen Bauch starrte. »George hat immer die Kerzen ausgemacht. Ich habe ihn nur gespürt, nicht gesehen.«

»Du machst wohl Witze?« sagte er langsam. Er sah so

verblüfft drein, daß sie lachen mußte, wenn auch nur kurz – zu bedrohlich war der Anblick, den er ihr bot; außerdem sah sie ihm an, daß er ihr nur zu gern das Hemd vom Leib gerissen hätte.

»Nein, er hat sich nie ausgezogen, solange die Kerzen noch brannten. Ich wußte nicht – ich hatte keine Ahnung …«

»Das macht doch nichts. Mach dir keine Sorgen. Du kannst mir wirklich vertrauen, Susannah.«

Doch auch diesmal zögerte er nicht lange. Im Nu hatte er ihr auch das Hemd abgestreift, ehe er sie an sich zog. »Und jetzt«, sagte er, »vergiß einfach alles, was dir bis zu diesem Augenblick widerfahren ist. Du bist jetzt meine Frau. Von nun an gibt es nur noch dich und mich.«

Die Art und Weise, wie er ihren Körper spürte und wie er sie seinen Körper spüren ließ, hatte etwas sehr Intimes – obwohl er nichts anderes tat, als sie im Arm zu halten. Und es war ihr auch keineswegs unangenehm, bis auf sein Geschlecht, das sie hart an ihrem Bauch spürte. George hatte ihr weh getan. Sie wußte einfach nicht, ob es auch anders sein könnte.

»Ich weiß nicht, ob das eine so gute Idee ist«, sagte sie mit kaum hörbarer Stimme, während er ihren Hals liebkoste.

»Jetzt sei doch nicht albern«, entgegnete er und hob den Kopf. »Es ist eine großartige Idee.« Er hob sie hoch, trug sie zum Bett und ließ sie in die Laken plumpsen. Sie landete auf dem Rücken, die Arme und Beine von sich gestreckt.

»Das sieht schön aus. Nicht bewegen, bitte.« Er ließ sich neben ihr nieder, ohne sie zu berühren; er betrachtete sie ganz einfach, vom Kopf bis hinunter zu den Zehen. Dann drehte er sich um und holte den Kerzenhalter etwas näher heran.

Sie wollte zurückweichen, doch er hielt sie am Arm

fest. »Nein, Susannah, nein.« Offensichtlich erwartete sie aufgrund ihrer Erfahrungen mit George, daß er sich jeden Augenblick in einen Wilden verwandelte.

Er betrachtete nur ihr Gesicht – keinen anderen Körperteil, und das gab ihr ein wenig Sicherheit. Dann küßte er sie. Es war ein langer intensiver Kuß. »Gut gemacht«, flüsterte er an ihren Lippen, während er mit der Hand eine ihrer Brüste umfaßte. Das Gewicht ihrer Brust und die Wärme ihrer Haut ließen ihn erzittern.

Susannah aber sprang beinahe vom Bett.

Er ließ seine Hand jedoch, wo sie war. »Ich tu' dir nicht weh. Nicht ein bißchen. Gefällt dir das denn nicht? Es ist meine Hand, Susannah. Ich bin doch kein Fremder. Und ich werde das ab jetzt jede Nacht tun – für die nächsten fünfzig Jahre. Daran mußt du dich gewöhnen. Ja ja, hol nur tief Luft und tu so, als wäre es unerträglich. Gerade das stachelt einen Mann von meinem Ruf nur noch mehr an.«

»Es ist mir peinlich. Du hast mir versprochen, daß du mich nicht in Verlegenheit bringst.«

»Das war gelogen.« Er begann sie erneut zu küssen. Sie öffnete ihren Mund ohne zu zögern. »Aber es ist eine ganz unbedeutende Lüge – denn spätestens in drei Minuten wirst du kein bißchen verlegen mehr sein. Vielleicht sogar schon in einer Minute. Und willst du wissen, warum, Susannah?«

»Warum?«

»Weil du jetzt gleich deine zarte Hand, mit der du so krampfhaft meinen Arm festhältst, an meiner Brust hinunterwandern läßt, bis zu meinem Bauch. Dann breitest du deine Hand ganz aus und gehst noch etwas tiefer. Du kannst mich streicheln – ganz wie es dir beliebt.«

Susannah hatte nicht die geringste Ahnung, was er meinte. Er redete endlos auf sie ein, während er mit einer Hand ihre Brust umschlossen hielt – doch es ergab einfach keinen Sinn für sie. Am liebsten wäre sie in aller

Stille von diesem Bett aufgestanden, um sich in ihrem Zimmer zu verkriechen und das Nachthemd anzuziehen, in dem sie wie ein zwölfjähriges Mädchen aussah.

Dann begann er mit dem Daumen sanft ihre Brust zu liebkosen.

Sie schreckte augenblicklich hoch.

»Schön, nicht?«

»Nein, schauderhaft.«

»Na gut, ich sehe schon, es wird einmal *meine* Aufgabe sein, Marianne beizubringen, daß man immer die Wahrheit sagen soll. Ich verspreche dir, Susannah, in ein paar Augenblicken wirst du vor Wonne stöhnen.«

Seine Finger lagen auf ihrem Bauch, ehe er sie langsam tiefer wandern ließ. Sie wußte, daß es nichts Gutes ahnen ließ, was er da tat. Nein, er konnte doch unmöglich wollen, daß sie dasselbe bei ihm machte – etwas, das dermaßen unangenehm war. Doch er schien im Moment nicht allzusehr von Lust erfüllt – er stöhnte nicht und machte auch keinerlei Anstalten, sich auf sie zu stürzen. Sie würde noch einmal versuchen, ihn zu überzeugen. »Rohan, vielleicht könntest du dir einmal überlegen ...«

In diesem Augenblick berührte er sie. Nicht irgendwo, nein, sondern an ihrer intimsten Stelle – dort, wo noch nie ein Mensch sie berührt hatte. George hatte das nie getan. Sie wußte, daß es Zeit war, etwas zu unternehmen, etwas zu sagen oder zu schreien – sich auf irgendeine Weise zu wehren.

Sie stöhnte leise, als sie den sanften Druck seiner Finger spürte.

»Ja«, sagte er und begann sie wieder zu küssen. Es waren lange betörende Küsse, die alle Gedanken aus ihrem Kopf verbannten. Nie zuvor hatte sie sich so seltsam gefühlt, außer damals, als sie geglaubt hatte, in George verliebt zu sein – Närrin, die sie war –, und ihm sagte, daß sie ihn heiraten würde. Doch dann vergewaltigte er sie in der Dunkelheit. Es war ihr sehr schwergefallen, ihm danach, als er fertig war, zu sagen, daß sie ihn liebte.

Seine Finger begannen sich in einem Rhythmus zu bewegen, der bestimmt irgendeinem heidnischen Ritual folgte und von dem eine anständige Lady ganz sicher nichts wissen sollte – ein Rhythmus, der in ihr den Wunsch entfachte, die Hüften nach oben zu stemmen, zu tanzen und zu jauchzen. Statt dessen stöhnte sie erneut auf.

»Es ist schauderhaft!« schrie sie, über sich selbst erschrocken, um im nächsten Moment erneut vor Wonne zu stöhnen.

Rohan betrachtete ihr Gesicht und sah dieses tiefe Staunen in dem Moment, bevor die immense Spannung sich in einem wilden Aufbäumen entlud und sie bis zu den Zehenspitzen erbeben ließ. Sie war außer sich und zog ihn an den Haaren zu sich herunter, damit sie ihn küssen konnte, wobei er nicht aufhörte, sie zu streicheln – bald sanft, bald heftiger –, um ihr ein Erlebnis zu verschaffen, das – so dachte er – kein menschliches Wesen missen sollte und das ihr von nun an jede Nacht ihres Lebens zuteil werden würde. Als er spürte, daß die Zuckungen sich legten, streichelte er sie nur noch ganz sanft, bis der wilde, unbändige Ausdruck aus ihren Augen verschwunden war. Dann beugte er sich über sie und drang tief in sie ein.

Sie schrie auf und preßte ihren Leib nach oben, so daß er ganz tief in ihr war. Er spürte, wie alles in ihr pulsierte und ihn fest umschloß, so daß er fast wahnsinnig vor Lust zu werden glaubte. Er wußte jedoch, daß er ihr auch jetzt nicht weh tat.

Er wollte noch hinauszögern, was er unweigerlich auf sich zukommen fühlte, doch er spürte, daß es ihn übermannte. Bestimmt war es ihr eigener Höhepunkt, der ihn allzu rasch auf die Erlösung zusteuern ließ, dachte er mit zusammengebissenen Zähnen – doch das stimmte nicht ganz. Es spielte jedenfalls keine Rolle mehr. Sie bewegte sich langsam und drückte ihn fest an sich, die Lippen an seinem Hals – und die Wellen reinster Wonne schlugen immer höher und höher, bis er die Welt um sich herum vergaß.

Sein Herz schlug wie verrückt, und er war völlig außer Atem. Er stützte sich auf die Ellbogen und blickte sie – zunächst wortlos – an. Als er schließlich wieder sprechen konnte, sagte er: »Es war doch nicht peinlich, oder?«

Sie starrte ihn an, während sie ihn immer noch in sich spürte und die Wonne sie in kleinen Nachbeben durchzuckte – Erinnerungen an einen unschätzbaren Augenblick. Hätte sie in diesem Moment auf ihren Beinen gestanden, wäre sie wohl augenblicklich zusammengebrochen. Er bewegte sich kaum merklich, und sie konnte ihn tatsächlich tief in sich fühlen. Er war ein Mann, ein Fremder im Grunde, und doch war er in ihr.

»Es ist schauderhaft.«

»Hmm.«

Schließlich setzte ihr Denken wieder ein. Sie konnte nicht glauben, was sie soeben getan hatte – und noch weniger, was sie gefühlt hatte. Es war mehr, als sie ertragen konnte. Brennende Scham wallte in ihr hoch. Sie konnte sich selbst nicht ausstehen. »Ich habe mich gebärdet wie ein wildes Tier.«

Sie warf ihm einen dermaßen verlorenen Blick zu, daß er fast ein schlechtes Gewissen bekam. Er beugte sich über sie und küßte sie auf den Mund. »Ja, aber ein wunderbares, einzigartiges Tier. Ich glaube nicht, Susannah, daß ich schon einmal so etwas erlebt habe.«

Das konnte unmöglich stimmen, dachte sie. Er war ein Frauenheld, ein unersättlicher Verführer, der bestimmt schon mehr Frauen gehabt hatte, als das gesamte Dorf Mountvale Einwohner zählte. Sie war nur eine Frau von vielen in seinem Leben. Außerdem hatte sie ihn nicht einmal mit der Hand unterhalb des Bauches berührt, wie er es ihr gesagt hatte – sie konnte also unmöglich seine Erwartungen erfüllt haben.

Er küßte sie auf den Mund und die Nasenspitze.

»Du weißt, daß du mir nichts erzählen mußt, was nicht stimmt. Ich bin schließlich deine Frau.«

Für einen Augenblick hätte sie schwören können, daß sie Zorn in seinen Augen aufblitzen sah, und auch sein Körper ließ eine kurze Anspannung erkennen. Sein Körper. Er war immer noch in ihr. Er hatte sich nicht gleich zur Seite gerollt. Nein, er war immer noch in ihr, und er begann sich sogar wieder zu bewegen, ganz langsam und sanft. Dann hielt er plötzlich inne.

»Nein, das darf ich nicht. Es wäre selbstsüchtig von mir. Immerhin ist es schon lange her bei dir«, sagte er mit Enttäuschung in der Stimme. »Ich möchte nicht, daß du danach wund bist. Aber vielleicht könnte ich dich ja morgen früh wecken. Das wird dir gefallen, Susannah.«

Er stemmte sich zwischen ihren Beinen hoch und glitt aus ihr heraus. Dann schloß er die Augen, die Hände auf ihren Schenkeln zu Fäusten geballt, und drang noch einmal in sie ein. Schließlich holte er tief Luft und glitt wieder heraus.

Er stieß einen Fluch aus. Er kniete zwischen ihren Beinen, den Kopf gesenkt und schwer atmend. Dann blickte er sie an und berührte sie sanft. »Du bist wunderschön, Susannah.« Sie fühlte, wie alles in ihr zu pulsieren begann. Sie sehnte sich danach, daß er sie berührte, daß er …

Seine Hand war fort. »Vielleicht kannst du mich beim nächsten Mal streicheln. Ein Mann hat das genauso gern wie eine Frau.« Er ließ sich neben ihr nieder und stieß neuerlich einen Fluch aus. Er stand auf und kehrte wenig später mit einer Schüssel voll Wasser und einem Tuch zurück. »Halt still.«

Er wischte den Samen ab, den er auf ihr hinterlassen

hatte. Sie war so schockiert, daß sie sich wahrscheinlich ohnehin nicht hätte rühren können. Sie schloß die Augen. Das Wasser war wunderbar kühl auf ihrer Haut. »Vielleicht wirst du doch nicht ganz so wund sein«, sagte er und ließ das Ende des Lappens, das er um seinen Finger wickelte, ein Stück weit in sie eindringen. Er hielt seinen Finger völlig unbewegt.

Sie fühlte sich wie berauscht, völlig außer sich – so als hätte sie nichts mit der Frau zu tun, die da wie eine Dirne auf dem Bett lag. Denn genau das war sie – eine Dirne, die es über die Maßen genoß, wie er sie mit seinem Finger berührte. Sie wünschte sich, daß er tiefer eindringen würde, sie wollte dagegenpressen, sie wollte ... Im nächsten Augenblick war er weg.

Er hob sie hoch und bettete sie unter die Decken. Dann löschte er das Licht aus. Als er sie an sich zog, begann sie zu weinen.

Er schwieg und streichelte ihr Haar, das im Moment völlig zerzaust war – und die Erinnerung an ihre Wildheit zauberte ein Lächeln auf seine Lippen. Er fühlte sich einfach königlich. Im nächsten Augenblick wurde er wieder ernst. Nein, er hatte sie nicht belogen. Er hatte tatsächlich nie zuvor mit einer Frau etwas Ähnliches erlebt. Natürlich würde sie ihm das nicht glauben.

Vielleicht hing es auch damit zusammen, daß er nun verheiratet war. Vielleicht waren die Worte, die Pfarrer Byam gesprochen hatte, mit schuld daran, daß er einfach die Kontrolle über sich verloren hatte – eine Tatsache, die ihm ganz und gar nicht gefiel. Es war einfach zuviel Lust und zu wenig Beherrschung dabeigewesen. Er fragte sich, ob sie etwas Ähnliches empfunden haben mochte. Er sah den verlorenen Blick in ihren schönen Augen und dachte, daß es wohl so war. Zumindest hoffte er es. Eine Frau sollte keine Angst vor ihrem Ehemann haben. Sie sollte ihn begehren und ihn genießen, wie es ihr beliebte.

Und das hatte sie wohl auch. Schließlich ging ihr Schluchzen in Schluckauf über. Er schwieg immer noch – was hätte er ihr auch sagen sollen? Er spürte genau den Moment, als sie in den Schlaf hinüberglitt; dabei kannte er sie noch nicht einmal vierzehn Tage.

Am folgenden Morgen weckte er sie doch nicht, so wie er es vorgehabt hatte – und zwar aus dem einfachen Grund, weil er selbst tief und fest schlief, bis er durch ein Klopfen an der Tür geweckt wurde. Sie war wunderbar warm, wie sie da halb auf ihm lag, ihr Knie auf seinem Bauch; ihr Haar kitzelte ihn an der Nase.

Es klopfte erneut.

Warum war er nicht früher aufgewacht?

Er seufzte, als er sich vorsichtig von ihr löste, sie zudeckte und in den Morgenmantel schlüpfte.

»Du liebe Güte«, sagte er, nachdem er die Tür geöffnet hatte. »Du bist es, Tinker. Wurde auch Zeit, daß du kommst.«

»Jawohl, Mylord, und Mr. Pulver ist mit mir gekommen. Er hatte einen entzündeten Hals, und so konnte ich ihn nicht gut allein lassen. Aber jetzt sind wir ja hier und können uns um Sie kümmern, Mylord.«

»Man hat sich schon recht liebevoll um mich gekümmert, Tinker, vielen Dank. Aber für meine Garderobe ist es sicher von Vorteil, daß du wieder hier bist.«

»Mr. Fitz hat uns berichtet, daß Sie *verheiratet* sind, Mylord. *Verheiratet!* Und das nicht erst seit gestern, sondern schon seit vielen Jahren. Zur Zeit Ihrer Trauung lebte sogar Ihr lieber Vater noch. Und Sie haben außerdem ein Kind, *ein kleines Mädchen.* Sie sind *Vater!* Und das alles haben Sie geheimgehalten. Nicht einmal mir haben Sie es mitgeteilt. Nicht ein Sterbenswörtchen haben Sie gesagt. Das ist wirklich sehr eigenartig, Mylord. Auch Mr. Pulver haben Sie nicht eingeweiht. Wenn er nicht solche Halsschmerzen hätte, würde er Ihnen bestimmt sagen, wie traurig er ist, daß Sie auch zu ihm kein Vertrauen hatten. Ich kann es immer noch nicht glauben – denn ein Mann von Ihren Neigungen würde doch nicht …«

»Ich bin sicher, daß ihr darüber hinwegkommen werdet, Tinker. Ja, es stimmt, ich bin verheiratet. Wenn du einen Blick auf das Bett wirfst, dann siehst du meine Frau. Und ich habe es tatsächlich geheimgehalten, und zwar sogar vor meiner Mutter – vielleicht tröstet dich das ein wenig. Also, Tinker, was wolltest du mir sagen?«

Im nächsten Augenblick tauchte Pulver hinter Tinker auf.

»Wir wollen nicht stören, Mylord«, brachte er mit heiserer Stimme hervor, »aber Sie werden sicherlich verstehen, daß wir ziemlich erstaunt sind – ja, wir sind, ehrlich gesagt, sprachlos.«

»Ach, ihr werdet die Sprache schon wiederfinden, da mache ich mir keine Sorgen. Es freut mich übrigens, daß du deine Halsentzündung überlebt hast – trotzdem muß ich sagen, daß du ziemlich elend klingst. Geh doch gleich zu Mrs. Beete – die hat für jedes Leiden das passende Mittelchen. Und dann ab ins Bett, zumindest bis Mittag. Also, jetzt würde ich doch gern wissen, was ihr beiden von mir wollt.«

Tinker blickte mit einem Mal ziemlich überrascht drein. »Mein Gott, ich bin gebissen worden!«

Er drehte sich um und sah sich einem kleinen Mädchen gegenüber, das ihn lächelnd anblickte. Kaum war er einen Schritt zur Seite getreten, als sie auch schon an ihm vorüber war und sich an Rohans Bein klammerte.

Er hob sie sogleich hoch und nahm sie in den Arm. »Guten Morgen, kleines Früchtchen. Hast du gut geschlafen? Vielleicht hättest du Mr. Tinker nicht gleich so kräftig beißen müssen.«

»Er stand mir im Weg«, sagte Marianne und betrachtete die beiden verblüfften Gentlemen, mit denen sie nun auf gleicher Höhe war.

»Tinker, Pulver, das ist meine Tochter Marianne.«

»Sie sieht Ihnen verblüffend ähnlich, Mylord.«

»Ja, zweifellos«, stimmte Rohan zu.

»Vielleicht hat sie ja die großartigen charakterlichen Eigenschaften ihrer Großmutter«, sagte Tinker. »Du liebe Güte«, fügte er rasch hinzu, »Lady Mountvale ist ja jetzt Großmutter. Einfach undenkbar, geradezu absurd. Sie muß ziemlich niedergeschlagen sein, die Arme.«

»Ach, keine Sorge. Meine Mutter hat eine Riesenfreude mit Marianne und meiner Frau. Ihr werdet auch Toby kennenlernen, den Bruder meiner Gemahlin. Ein guter Junge; er nimmt Unterricht bei Pfarrer Byam, bis er nach Eton geht. Aber jetzt könnt ihr mir wirklich langsam sagen, warum ihr mich geweckt habt.«

Marianne wollte von ihm weg. »Mama«, sagte sie – und war nicht mehr zu bremsen.

Es sollte wohl nicht sein. All seine süßen Vorstellungen davon, wie er Susannah wecken würde, wie die Schlaftrunkenheit aus ihren schönen Augen weichen würde, wenn er in sie eindrang – all das löste sich in Luft auf. »Na los, lauf schon zu ihr«, sagte er, während er Marianne hinunterließ. Im nächsten Augenblick kletterte sie auch schon auf das Bett, wobei sie die Decke teilweise von der Schlafenden zog.

Er hörte Susannah aufstöhnen, ehe sie schließlich zu lachen begann. »Liebling, guten Morgen. Wie hübsch du heute aussiehst. Komm, gib mir einen Kuß.«

Gleich darauf hörte Rohan, wie die Kleine an ihren Fingern nuckelte, so daß er sich ein Lächeln nicht verkneifen konnte. Als er sich wieder zu Tinker und Pulver umdrehte, starrten ihn die beiden ziemlich entgeistert an.

Das Lächeln verschwand von seinen Lippen. »Also, was ist los? Es wird doch wohl kein Feuer ausgebrochen sein, oder?«

»Nein, Mylord«, antwortete Pulver, »es ist so, äh, Miss Lily wollte Sie in Ihrem Haus in London aufsuchen, weil sie sich Sorgen gemacht hat. Wir wußten ja nicht, was geschehen war – Sie hatten uns ja kein Wort gesagt, außer daß Sie uns in dem Brief aufforderten, zu kommen. Wir konnten Miss Lily also auch nichts sagen. Um die Wahrheit zu sagen, Mylord, sie scheint ziemlich verärgert zu sein.«

»Verdammt«, sagte Rohan. Er hatte diese Dame völlig vergessen, was nicht sehr nett von ihm war.

»Wir dachten uns, wir müßten Ihnen das gleich mitteilen«, sagte Tinker, und hinter vorgehaltener Hand fügte er etwas leiser hinzu: »Ihr Vater, Mylord, hat es nie versäumt, die Ladies wissen zu lassen, wo er sich aufhielt.«

Rohan verdrehte die Augen. »Danke, daß ihr mir das mitgeteilt habt. Pulver, wo du schon einmal hier bist – ich habe Arbeit für dich. Nein, warte – du bleibst natürlich bis Mittag im Bett. Dann gehst du die Abrechnungen der Pachthöfe durch. Vielleicht komme ich später vorbei und helfe dir – aber ehrlich gesagt, das ist nicht sehr wahrscheinlich.«

Er machte die Schlafzimmertür vor ihrer Nase zu.

21

Rohan drehte sich um und sah Susannah im Bett sitzen, die Decke bis an den Hals hochgezogen, da sie – wie er wußte – völlig nackt war. Marianne saß auf ihrem Schoß und sang ein Lied, das verdächtig nach einem von Jamies Limericks klang.

Er trat ans Bett und schlüpfte ebenfalls unter die Decke. »Nun, mein kleines Früchtchen, singst du mir auch etwas vor?«

»Ich glaube, ich muß einmal mit Jamie sprechen«, sagte Susannah und seufzte.

»Mir kam die Melodie auch recht bekannt vor.« Er beugte sich vor und küßte seine Frau auf die Wange. Dann begann er ihr durch das zerzauste Haar zu streichen. Sie blickte ihn wortlos an.

»Fühlst du dich schon wieder wie ein Tier?« Er massierte sanft ihre Kopfhaut, ehe er weiter ihr Haar glättete.

»Marianne ist hier.«

»Warum spielst du mit Mamas Haar, Rohan?«

Ohne zu überlegen sagte er genau das, was er dachte. »Weil sie das schönste Haar auf der ganzen Welt hat – es ist weich wie ein Nerzfell, und ich berühre es unsagbar gern. Aber sie hat sich wahrscheinlich heute nacht viel im Schlaf herumgedreht, darum ist es jetzt ein wenig zerzaust; ich kämme es ihr mit der Hand.«

Susannah stieß ein Schnauben aus.

»Was ist ein Nerzfell?« wollte Marianne wissen.

»Das ist eine Art Pelz. Ich werde dir einen Muff aus Nerz zum Geburtstag schenken.« Marianne starrte ihn mit großen Augen an, wobei sie den Kopf ein wenig seitwärts neigte – genau so, wie George es oft getan hatte. Sie griff mit einer Hand nach dem Haar ihrer Mutter. »Weich«, sagte sie, ehe ihre Finger wieder in den Mund wanderten. Sie streckte sich auf dem Bauch ihrer Mutter aus. Mit gedämpfter Stimme sagte Rohan zu seiner Frau: »Ich habe mich gefragt, wieweit wir George aus unserem Leben streichen sollen – so als hätte es ihn gar nicht gegeben. Ich werde ja auch der Vater seiner Tochter sein. Meinst du, wir sollten ihr irgendwann die Wahrheit sagen? Ich weiß es wirklich nicht. Aber es macht mir ziemlich zu schaffen, Susannah.«

Sie lag nackt in seinem Bett, während ihre Tochter friedlich auf ihr schlummerte. Das Ganze war schon ziemlich eigenartig. Aber lange nicht so eigenartig wie die vergangene Nacht. Sie hörte den Schmerz, der in seiner Stimme mitklang. »George hat es nicht verdient, daß man ihn völlig aus der Erinnerung streicht«, sagte sie nachdenklich. »Andererseits verdient er es auch nicht, Marianne zur Tochter zu haben.«

»Er war sehr jung damals.«

»Das war ich auch. Sogar noch jünger. Ist das denn eine Entschuldigung?«

»Nein, natürlich nicht, aber Frauen scheinen viel früher einen Sinn dafür zu entwickeln, was im Leben wichtig ist. Er war noch ein kleiner Junge.«

»Er kann kein kleiner Junge gewesen sein, wenn er sich mit diesem Mr. Lambert eingelassen hat. Außerdem hat er einen Mann dafür bezahlt, daß er uns zum Schein traut.«

»Ja, du hast recht. Trotzdem, Susannah, wenn ich ganz ehrlich sein soll, dann hoffe ich immer noch, daß wir in Oxford irgend etwas entdecken, was Georges Taten weniger krass erscheinen läßt und das es mir leichter macht, ihm zu verzeihen.«

»Rohan, wir werden bestimmt die Wahrheit herausfinden, um uns ein Urteil bilden zu können. Ich hoffe auch, daß George kein Schurke ist, aber was ich bisher von ihm erfahren habe, ist nicht gerade ermutigend. Können wir morgen früh aufbrechen?«

»Ja, gleich morgen früh, das verspreche ich dir. Ich verschiebe es immer wieder, ich weiß. Aber heute gibt es noch einiges zu tun. Hast du übrigens die beiden Männer gesehen, die vorhin hier waren? Der kleine Stämmige – das war Tinker, mein Kammerdiener, der schon für meinen Vater gearbeitet hat. Der Dünne ist Pulver, mein Sekretär. Ich muß dafür sorgen, daß die beiden genug zu tun haben, vor allem Pulver – denn wenn er nicht arbeitet, ißt er überhaupt nichts. Ich möchte nicht schuld daran sein, daß er verhungert.«

»Sie sind nur gekommen, um dir von deiner Mätresse zu berichten?«

»Du hast es also gehört?«

»Sie hat sich solche Sorgen gemacht, daß sie dich in deinem Haus in London aufsuchen wollte? Schickt sich das? Ich meine, daß eine Mätresse ihren Beschützer in dessen Haus aufsucht?«

»Nein, aber weißt du, Lily kann nicht sehr gut schreiben. Ich habe ihr zwar einiges beigebracht, aber wenn sie aufgeregt ist, vergißt sie alles und kann nicht einmal mehr ihren eigenen Namen schreiben.«

»Du hast deine Mätresse schreiben gelehrt?«

»Ja. Sogar ein Mann von meinem Ruf hat hin und wieder andere Dinge im Kopf. Ich glaube, du würdest Lily mögen.« Er hielt einen Augenblick inne und betrachtete das Porträt eines lange verstorbenen Carrington an der gegenüberliegenden Wand. »Ich kenne sie schon sehr lange. Sie ist kein junges Mädchen mehr. Sie ist eine reife Frau.«

»Ist das nicht ein wenig eigenartig?«

Er blickte sie fragend an. Sein Haar war zerzaust, an seinem Kinn waren blonde Bartstoppeln zu erkennen. Auch auf seiner Brust kräuselte sich blondes Haar. Vergangene Nacht hatte Susannah seine Brust gestreichelt und das Haar zwischen ihren Fingern gespürt. Das war keineswegs unangenehm gewesen.

»Oh, ich verstehe«, sagte sie. »Bildet sie jene Frauen aus, die neu in deinen Harem eintreten?«

»Aha, was weißt du denn über Harems, Lady Mountvale?«

Sie blickte ein wenig verlegen drein. »Nicht viel. Nur, daß ich jetzt – wie es aussieht – selbst einem angehöre.«

Er begann ihr wieder mit der Hand durchs Haar zu streichen. »Ich werde mich jetzt der anderen Seite widmen; auf dieser Seite ist dein Haar schon wieder glatt wie Seide.«

Sie seufzte und lehnte sich gegen ihn, ihre Wange an seiner Schulter. Marianne drehte sich ein wenig, so daß sie nun auf beiden ruhte.

Es klopfte, die Tür ging auf, und Toby steckte seinen Kopf herein.

»Toby, bevor du hereinkommst, geh doch rasch zu Fitz und sag ihm, wir möchten das Frühstück hier drin serviert haben. Du kannst dann gleich mit uns frühstücken. Wie du siehst, hat Marianne sich schon zu uns gesellt.« Kaum war Toby losgelaufen, wandte Rohan sich wieder seiner Frau zu. »Was würdest du sagen«, fragte er, »wenn ich gar keinen Harem hätte?«

»Ach komm, ein Mann von deinem Ruf? Du hast bestimmt Dutzende Frauen. Und es hätte mich gar nicht wundern sollen, daß du mich gestern nacht dazu gebracht hast, den Kopf zu verlieren – schließlich bist du berühmt für deine Fähigkeiten.«

»Also, was gestern passiert ist«, entgegnete er nachdenklich, »das kam für mich selbst ziemlich überraschend. Als ich dich mit der Hand liebkoste, bist du regelrecht explodiert. Du warst wunderbar, Susannah.«

»Das wollte ich eigentlich gar nicht. Ich hatte keine Ahnung, daß ein Mann so etwas mit seiner Hand zustandebringen kann.«

»O ja, und es gibt noch so viel mehr. So ist das eben mit der Leidenschaft – manchmal verliert man einfach die Kontrolle. Das ist mir vergangene Nacht passiert. Ich hatte eigentlich gehofft, daß wir das Ganze heute morgen wiederholen könnten – aber was soll man machen?«

Marianne begann langsam wieder an ihren Fingern zu nuckeln.

»Hat er dir vergangene Nacht deine Wünsche erfüllt, meine Liebe?«

Sie wußte, daß sie nicht schockiert sein sollte – doch als ihre Schwiegermutter nach all dem fragte, was zwischen ihr und ihrem Mann in der Nacht passiert war und was ihr durchaus großen Genuß beschert hatte, wurde sie doch ziemlich verlegen. Sie schluckte erst einmal und richtete sich auf. »Ja, das hat er«, sagte sie schließlich.

»Mein lieber Junge«, sagte Charlotte. »Er hat mich noch nie enttäuscht.« Charlotte hatte einen ziemlich verträumten Blick, was sie noch um einiges schöner aussehen ließ, als sie ohnehin schon war. »Nie werde ich vergessen, wie sein Vater einmal entdeckte, daß Rohan ein Buch über Gartenplanung las. *Gartenplanung*, Susannah! Nun, mein lieber Junge hat seinen Irrtum sofort eingesehen. Er erkannte rasch, daß ein Mann, der einen Ruf genießt wie sein Vater, sich lieber vierteilen läßt, bevor er ein Buch über Gartenplanung liest. Es war nur eine kleine Unaufmerksamkeit. So etwas kann passieren. Nein, mein Junge hat mich nicht enttäuscht. Na gut – daß er sich so früh mit dir verheiratet hat, war vielleicht ein kleiner Ausrutscher, wenn auch ein verzeihlicher. Man muß Verständnis haben, wenn ein junger Mann so großen Genuß erlebt und die Lady keine Mätresse ist, was du ja nicht warst.« Charlotte seufzte tief. »Wirklich, ein lieber Junge.«

Als sie zu reden aufhörte, blickte Susannah sie schweigend an. Sie war ziemlich froh, daß Rohan nicht im Zimmer war. Was würde er zu den Lobeshymnen seiner Mutter sagen? Sie war sich sicher, daß seine Mutter ihm in diesem Augenblick zärtlich den Kopf getätschelt hätte.

Susannah räusperte sich. »Wir brechen morgen nach Oxford auf. Ich wollte dich fragen, ob du dich solange darum kümmern kannst, daß Marianne nichts fehlt.«

»Aber ja, mein Kind, mit Vergnügen. Doch in diesem Kleid kannst du unmöglich fahren. Du mußt mehr auf dein Äußeres achten. Rohan hat mir erzählt, daß ihr Phillip Mercerault besucht – das heißt, falls er gerade auf Dinwitty Manor ist, was nicht unbedingt der Fall sein muß. Aber die Dienstboten kennen ja Rohan, deshalb könnt ihr auf jeden Fall dort wohnen. Ja, dieser Phillip ist auch ein sehr begabter Junge, ein Kenner mit ausgezeichneten Fähigkeiten, was das weibliche Geschlecht betrifft – so erzählt man sich zumindest. Natürlich reichen seine Fähigkeiten nicht ganz an die von Rohan heran – aber er ist sicherlich nicht zu verachten.«

Susannah war also das Objekt, an dem Charlottes Sohn seine ausgezeichneten Fähigkeiten beweisen konnte. Sah seine Mutter ihn vielleicht als einen großen Schauspieler, der seine Rolle perfekt verkörperte? Es hatte ganz den Anschein. Schade, daß sie vergangene Nacht vergessen hatte, ihm zu applaudieren, nachdem er so Großartiges vollbracht hatte und sie ihre Sinne wieder beisammen hatte. Es fiel ihr immer noch schwer, zu verstehen, daß so etwas wie die Ereignisse der letzten Nacht überhaupt möglich war. Sie hatte völlig den Kopf verloren.

»Susannah?«

»Ja? Oh, mein Kleid. Findest du wirklich, daß es schäbig aussieht?«

»Du siehst aus wie eine arme Verwandte. Du willst doch bestimmt nicht, daß Rohan sich für dich schämen muß. Du bist immerhin die Baronesse von Mountvale und trägst jetzt eine gewisse Verantwortung. Und eine Ehefrau muß immer besser gekleidet sein als die Mätressen ihres Gemahls. Wenn nicht, dann fällt das auf ihren Ehemann zurück. Du willst doch nicht, daß man Rohan für knausrig hält, oder?«

»Nein, natürlich nicht«, antwortete Susannah. »Oh, Charlotte, da wir gerade von Mätressen sprechen – Tinker hat gesagt, daß Lily Rohans Haus in London aufgesucht hat. Sie hat sich Sorgen gemacht, weil er ihr keine Nachricht hat zukommen lassen.«

»Da war sie im Recht«, sagte Charlotte und nickte. »Die arme Frau – sie muß wirklich gelitten haben. Für gewöhnlich läßt Rohan seine Ladies nie im unklaren, wann er zu ihnen zurückkehrt. Sein Vater hat ihm beigebracht, daß ein Gentleman dazu verpflichtet ist, und Rohan ist seinen Verpflichtungen immer nachgekommen. Ich schätze, daß er sofort einen Boten losgeschickt hat, um ihr Nachricht zu geben – genauso wie einigen anderen Ladies, nehme ich an.«

»Bestimmt. Es hört sich an, als würdest du Lily kennen.«

»Aber sicher. Sie und Rohan sind seit fast sechs Jahren zusammen, was recht ungewöhnlich für ihn ist, wie ich zugeben muß. Ich glaube, Lily war seine erste Mätresse, als er nach London kam. Damals studierte er noch in Oxford – ich weiß nicht mehr, welches Fach. Das war auch ein wenig seltsam von ihm, muß ich sagen. Warum um alles in der Welt sollte unser Junge auch nur einen Moment des Genusses opfern, um sich mit irgendwelchen Studien zu beschäftigen? Ja, Lily und Rohan verstehen sich sehr gut, und so soll es ja auch sein. Wer will schon eine Mätresse oder einen Liebhaber, der lieblos und kalt ist?«

»Ich verstehe«, sagte Susannah, wenngleich sie den Tränen nahe war. »Glaubst du, daß sie Rohan berät, wen er sich als Mätresse nehmen soll?«

»Tja, das ist eine interessante Frage«, gab Charlotte nachdenklich zurück, während sie sich mit vollendeter Anmut noch eine Tasse einschenkte. »Es würde mich nicht wundern. Lily ist eine sehr kluge Frau. Wenn ein Mädchen für Rohan nicht geeignet wäre, dann kann es durchaus sein, daß sie ihm das sagt. Ja, ich muß ihn gleich danach fragen.« Sie setzte die Tasse an die Lippen, hielt aber plötzlich inne. »Susannah«, sagte sie mit ungläubiger Miene, »du bist doch nicht etwa eifersüchtig?«

»Eifersüchtig weswegen?«

Charlotte blickte auf und sah ihren geliebten Jungen in der Tür stehen, der sie mit großem Interesse betrachtete. »Oh, mein Junge, Susannah und ich haben uns gerade über Lily unterhalten. Sag, sieht sich Lily eigentlich all die Mädchen an, die du zu Geliebten nimmst?«

Er blickte seine Mutter völlig verblüfft an. Wie kam sie bloß auf so eine Idee? Er sah, daß Susannah ziemlich in sich zurückgezogen wirkte; doch da war noch etwas an ihr, das ihm auffiel. Es war nicht Zorn, nein – es mußte etwas anderes sein, etwas, das ihm große Genugtuung bereitete. Er mußte sich das Lächeln verbeißen. »Nein«, antwortete er völlig ernst. »Lily hat das nie getan.«

»Vielleicht wäre es gar keine so schlechte Idee«, warf Susannah ziemlich kühl ein. »Ein Mann will doch bestimmt keine Mätresse, die lieblos und kalt ist.«

»Da hast du recht«, gab Rohan zurück, während er sich nachdenklich über das Kinn strich. »Ich schätze, diese Worte stammen von dir, Mama. Interessant. Vielleicht sollte ich wirklich darüber nachdenken.« Er wandte sich seiner Mutter zu. »Du hast vorhin von Eifersucht gesprochen?«

»Oh, das war nichts Wichtiges, mein Lieber«, erwiderte sie – offensichtlich mit der Absicht, Susannah nicht bloßzustellen, was ihn sehr freute. »Nun, Rohan, du mußt gleich mit mir kommen. Wir müssen ein paar Kleider für Susannah aussuchen, bevor ihr nach Dinwitty Manor aufbrecht. Fahrt ihr wirklich schon morgen los?«

»Ja, das habe ich vor«, antwortete er, während er an den Kamin trat und sich gegen den Sims lehnte. »Susannah ist auch dafür. Es wird Zeit, daß wir die Wahrheit über die ganze Sache herausfinden.«

»Na schön«, sagte Charlotte und erhob sich von ihrem Stuhl. »Dann gibt es vor allem eines, was nun zu tun ist. Ich werde gleich einmal meine Kleiderschränke begutachten. Sabine wird mindestens vier Kleider für dich ändern müssen. Du liebe Güte, du hast ja noch nicht einmal ein Dienstmädchen, Susannah.«

»Dafür ist später immer noch Zeit genug, Mama. Auf unserer Reise werde ich ihre Kammerzofe spielen.«

Die Augen seiner Mutter verklärten sich. »Ich werde nie vergessen«, sagte sie seufzend, »wie gern mir dein Vater das Kleid aufknöpfte. Je kleiner die Knöpfe, um so lieber war es ihm. Dein Vater war wirklich ein ganz Schlimmer – aber unendlich phantasievoll.«

Rohan lief dunkelrot an.

»Genug davon«, warf Charlotte ein und schüttelte ihre Träumereien ab. »Ich muß gleich Sabine holen. Wo ist denn Marianne? Ich möchte sie sehen, bevor ich mich an die Arbeit mache.« Charlotte schwebte förmlich aus dem Salon, wobei sie eine feine Wolke von Jasminduft zurückließ.

»Das ist schwer zu ertragen«, sagte Susannah mit leiser Stimme.

Er tat gar nicht erst so, als würde er sie nicht verstehen. »Ich weiß, wie du dich fühlst. Aber es ist auch für mich nicht leicht. Na ja, meine Mutter meint es ja gut. Jedenfalls wird sie sicherlich nicht hier Wurzeln schlagen. Wahrscheinlich wird es nicht lange dauern, und sie bricht wieder nach Venedig auf.« Er blickte auf seine glänzenden Stiefel hinab. »Sie ist nun mal einzigartig.«

Susannah fühlte sich ziemlich hilflos und niedergeschlagen – und schuld daran war eine Frau, die wirklich nett war und die sich auch um sie sorgte. »Sie spricht über all diese Dinge, als wäre es das Selbstverständlichste auf der Welt.«

»Ja. So ist sie eben – und so wird sie immer sein. Ich schätze, sie hat gemeint, du bräuchtest nicht eifersüchtig zu sein.«

»Sie hat soviel von Mätressen gesprochen – und meine Reaktion darauf hat sie als Eifersucht interpretiert, was es aber nicht war. Ich habe dir ja gesagt, Rohan, daß ich keine Frau bin, die alles mit ansieht und schweigt, daß ich andererseits aber auch nicht wie deine Mutter bin.«

»Ich habe ihr schon gesagt, daß du eine Frau bist, die sich durchaus in das Leben ihres Ehemannes einzumischen gedenkt.«

»Du liebe Güte, und trotzdem war sie dafür, daß du mich heiratest?«

»O ja, sie denkt, daß du dich schon ändern würdest, wenn du die vielen Frauen siehst, die in meinem Schlafzimmer ein und aus gehen.«

»Es wäre mir lieber, wenn du das nicht tun würdest.«

»Ich habe nicht die Absicht, hier irgendwelche Frauen zu empfangen, Susannah. Das habe ich dir bereits gesagt.«

»Ja, aber ...«

»Kein Aber. Vertrau mir, Susannah. Ach übrigens, ich glaube nicht, daß wir Toby nach Oxford mitnehmen sollten. Ich habe dafür gesorgt, daß Pfarrer Byam mit ihm an die Küste fährt, wo die beiden eine Zeitlang Pflanzen studieren wollen. Bestimmt wird ihm das viel besser gefallen, als mit uns durch Oxford zu streifen.«

»Ja, er hat mir schon von seinem bevorstehenden Ausflug erzählt. Er ist schon ganz aufgeregt. Er hat sogar ...«

Im nächsten Augenblick hörten sie einen Schrei aus der Eingangshalle.

Rohan stürzte so schnell zur Tür hinaus, daß er beinahe über die Rüstung gestolpert wäre, die etwas zu nahe an der Türe stand. Er stieß einen Fluch aus und sah im nächsten Augenblick Toby auf dem Boden liegen, Ozzy Harker stand bei ihm und nickte gelassen.

»Was ist denn passiert?« rief Susannah aufgeregt, als sie ebenfalls bei ihrem Bruder angelangt war und sich neben ihn kniete. Sie schüttelte ihn sanft an der Schulter. »Toby, ist alles in Ordnung? Bist du verletzt?«

Ihre Fürsorglichkeit war ihm eher peinlich. »Mir fehlt nichts«, sagte er und setzte sich auf. »Es war wegen Gilly. Er sprang mir aus dem Arm, und Ozzy sagte, ich soll versuchen, ihn zu fangen. Dabei bin ich über irgendein Spielzeug von Marianne gestolpert.« Er erhob sich und hob ein Holzklötzchen auf, das auf allen Seiten mit einem Gesicht bemalt war.

Toby blickte Ozzy lächelnd an. »Gilly ist wirklich schnell. Haben Sie gesehen, wie er dahingesaust ist? Ich glaube nicht, daß ich ihn erwischt hätte.«

»Er hat die Anlagen zu einem großen Champion«, sagte Ozzy mit solcher Genugtuung, daß Rohan meinte, er könnte jeden Moment in lauten Jubel ausbrechen. Doch er begnügte sich mit einem anerkennenden Nicken und ging hinaus. »Tom wird sich freuen«, sagte er noch. »Er ist wirklich losgesaust wie ein Pfeil, der kleine Kerl.«

»Wo ist denn die verdammte Katze überhaupt?« fragte Rohan und blickte sich um. Im nächsten Augenblick hörten sie quietschendes Gelächter, das vom oberen Ende der Treppe kam. Dort oben stand die kleine Marianne, die im Kreis herumlief, wobei das Kätzchen immer wieder versuchte, an ihrem Kleid hochzuklettern. Charlotte stand lächelnd bei ihr.

22

Als sie in Dinwitty Manor ankamen, war Phillip Mercerault, der Vicomte Derencourt, glücklicherweise zu Hause. Rohans ersten Brief hatte er nicht bekommen, da er ja – wie man sah – nicht in London war. Dafür hatte er den zweiten Brief erhalten, den Rohan nach Dinwitty Manor gesandt hatte. Er zeigte sich erfreut, Susannah kennenzulernen, wobei er sein Erstaunen gut verbarg. Es war *eine* Sache, eine Lady in einem Brief beschrieben zu bekommen – sie dann mit eigenen Augen zu sehen eine ganz andere.

»Du sagst, du wolltest mich wieder einmal besuchen, Rohan«, sagte er, nachdem sie einander begrüßt hatten.

»Ja.«

»Du willst mir doch nicht einreden, daß das eure Hochzeitsreise ist? Da wäre dir doch gewiß etwas anderes eingefallen.«

»Nein, wir sind nicht auf Hochzeitsreise – das heißt, in gewisser Weise schon. Immerhin sind wir ja erst fünf Tage verheiratet – das habe ich dir ja geschrieben.«

»Ah.«

Susannah blickte etwas betreten drein, worauf ihr Ehemann einwarf: »Ich habe dir doch gesagt, Susannah, Phillip und ich sind schon so viele Jahre befreundet, daß wir uns gar nicht mehr genau erinnern können, seit wann. Wahrscheinlich seit ich ihn einmal mit einem gezielten Faustschlag in den Dreck befördert habe. Jedenfalls habe ich ihm die Wahrheit über uns gesagt. Er wird es niemandem erzählen, nicht wahr, Phillip?«

»Nicht einmal einer Rennkatze, wenn ich eine hätte, was aber nicht der Fall ist, weil die Harker-Brüder mich nicht für geeignet erachten.«

Ihr Blick wanderte zwischen den beiden Männern hin und her. Phillip Mercerault war ein gutaussehender Mann – wenn auch nicht ganz so gutaussehend wie Rohan –, der vielleicht ein oder zwei Jahre älter als ihr Mann war. Er war etwas kleiner als Rohan, dafür aber ziemlich kräftig. Man hatte den Eindruck, daß dieser Mann nur schwer aus der Ruhe zu bringen war. Wahrscheinlich hätte er kaum mit der Wimper gezuckt, wenn in seiner Eingangshalle eine Katze auf und ab sausen würde, und ein kleiner Junge hinter ihr her. Außerdem schien er ein Mensch zu sein, der gern lachte.

»Verzeiht mir«, sagte Phillip Mercerault schließlich. »Ma'am, Sie sind gewiß müde. So wie ich den Baron kenne, hat er Sie in nicht mehr als einem Tag von London hierher gehetzt.«

»Wir sind von Mountvale gekommen«, warf Rohan ein. »Wir haben drei Tage gebraucht.«

»Und drei Nächte, nehme ich an. Aber was halte ich euch da mit Bemerkungen auf, die ohnehin mehr als unangebracht sind. Bitte kommt und tretet in den Salon ein. Der Tee wird bestimmt nicht lange auf sich warten lassen.« Er wandte sich an Susannah. »Meine Haushälterin und meine Köchin sind beide wahre Perlen, die mich nach allen Regeln der Kunst verwöhnen. Das Problem dabei ist nur, daß sie es anscheinend darauf abgesehen haben, mich zu mästen, wie sie es bereits mit meinem Vater beabsichtigt hatten. Aber es ist ihnen schon bei ihm nicht gelungen. Die Kuchen sind einfach köstlich.«

»Das ist ein seltsames Haus, Sir«, sagte Susannah und hielt gleich wieder inne, denn ihre Bemerkung war gewiß ein wenig unhöflich.

Phillip Mercerault lächelte jedoch nur und antwortete: »Und seit ich hier Hausherr bin, ist es hoffentlich noch etwas seltsamer geworden. Ich habe die Absicht, am Ende des Westflügels einen Turm mit Zinnen zu bauen. Dinwitty Manor hat schließlich einen gewissen Ruf zu wahren. Immer wieder kommen Fremde hierher um das Haus zu bewundern. Sollten einmal meine Mittel knapp werden, dann werde ich einfach Eintritt verlangen. Auf diese Weise wäre Dinwitty Manor bestimmt bald in ganz England berühmt. Haben Sie nicht ein wenig gestaunt, Lady Mountvale, als Sie die maurischen Bögen neben dem Tudor-Flügel sahen?«

»Wenn ich mich recht erinnere, hat sie sich gekrümmt vor Lachen«, warf Rohan ein. »Dann gab sie mir einen Knuff, weil ich ihr nichts davon gesagt hatte, was für ein kurioser Anblick sie hier erwarten würde. Du hast wirklich ein einzigartiges Domizil hier, Phillip. Mir gefällt vor allem das mittelalterliche Flair.«

»Ich habe auch an einen mittelalterlichen Garten gedacht. Vielleicht könntest du mir dabei helfen?«

Susannah verzehrte ein Stück Zitronentorte, das ein Butler zusammen mit anderen Köstlichkeiten auf einem Silbertablett serviert hatte.

»Aber ja. Das besprechen wir später.« Er blickte kurz zu Susannah hinüber, doch ihre Augen waren geschlossen, als sie die Torte verzehrte.

»Das war köstlich«, sagte sie, während sie sich die Hände an der weißesten und weichsten Serviette abwischte, die sie je in Händen gehalten hatte. »Was Ihr Haus betrifft, Sir, da bin ich mir sicher, daß Ihre Pläne ein voller Erfolg werden.« Ihr Blick wanderte erneut zu den Köstlichkeiten auf dem Tablett, und Rohan lachte. »Wenn Sie heiraten, Phillip«, sagte sie, »dann müssen Sie darauf achten, daß Ihre Frau nie länger als eine Woche hier lebt – sonst werden Sie bald mit einer ziemlich dikken Lady verheiratet sein.«

Rohan wandte sich seiner Frau zu, die soeben den letzten Bissen eines Stücks Teegebäck verzehrte. »Dafür bist du ein wenig zu dünn. Du kannst ruhig kräftig zulangen – wir werden ohnehin nicht mehr als vier Tage hiersein. Bis Freitag hast du höchstens ein wenig ausgeprägtere Rundungen.«

»Ich hoffe, du verrätst mir den Grund für deine Reise, Rohan. In deinem Brief hast du ja nicht ein Wort davon erwähnt. Ich hoffe doch, daß ich mich ein wenig nützlich machen kann.«

Rohan und Susannah hatten sich während der Fahrt ausführlich über diese Frage unterhalten. Da Dinwitty Manor nur rund fünf Meilen von Oxford entfernt lag, war Phillip über alles auf dem laufenden, was in der Stadt und in der Universität so vor sich ging. Es gab dort kaum jemanden, den er nicht kannte. Außerdem waren er und Rohan ja schon seit Urzeiten befreundet, weshalb Rohan von Anfang an davon ausgegangen war, Phillip die ganze Geschichte anzuvertrauen. Er hatte über diese Sache eigentlich kaum nachgedacht, da seine Gedanken voll und ganz mit der Frage beschäftigt gewesen waren, wann er mit Susannah endlich wieder das Bett teilen konnte.

Er hatte bereits eine Stunde vor ihrer Ankunft in dem Gasthaus in Mosely begonnen, sie mit Zärtlichkeiten zu überschütten, so daß sie sich – kaum daß die Schlafzimmertür verriegelt war – förmlich aufeinander stürzten. Es war einfach unvergeßlich gewesen. Er blickte sie vielsagend lächelnd an.

Sie verzehrte ihren Kuchen und erwiderte seinen Blick. Sie wußte genau, woran er dachte – an dieses niedrige Zimmer in Mosely, das nach Bier und Schweiß und nach ihnen beiden roch. Sie war so leidenschaftlich gewesen, daß sie sich selbst nicht mehr kannte. Es war kaum zu glauben. Sie beugte sich zu ihm hinüber und biß ihn kräftig ins Ohrläppchen.

Er fuhr erschrocken hoch und wich zurück.

»Wage es ja nicht, mich noch einmal so anzublicken, Rohan Carrington!«

»Oh, die Segnungen des Ehedaseins«, sagte Phillip Mercerault und beugte sich vor, um sich ein Stück Apfelkuchen zu nehmen. Er lächelte seinen beiden Gästen zu. »Ich genehmige mir zwei Stück pro Tag, nicht mehr. Ich lasse mich nicht mästen.«

Susannah hatte einen Scherz auf den Lippen, doch zog sie es vor, sich dem stillen Genuß einer Aprikosentorte hinzugeben.

Rohan und Phillip Mercerault besuchten Reverend Bligh McNally am Nachmittag des folgenden Tages in seiner kleinen Wohnung, die sich im ersten Stock eines Hauses aus dem achtzehnten Jahrhundert befand.

»Wie behutsam möchtest du mit dem Kerl eigentlich umgehen?« fragte Phillip.

»Ich dachte mir, ich werde ihm zumindest einmal beide Arme brechen.«

»Das ist ja mal ein Anfang. Damit ist dir seine Aufmerksamkeit sicher. Und danach mit Raffinesse?«

»So in etwa. Ich will schlicht und einfach die ganze Wahrheit wissen, sonst nichts.« Rohan pochte mit der Faust gegen die Tür – doch nichts rührte sich. Er klopfte erneut, diesmal noch länger und kräftiger.

Erneut keine Antwort.

Rohan preßte das Ohr an die Tür, hörte aber rein gar nichts.

»Er könnte ja unterwegs sein, um wieder einmal ein unschuldiges Mädchen an irgendeinen nichtsnutzigen kleinen Halunken zu verheiraten. Tut mir leid, Rohan.«

»Du brauchst dich nicht zu entschuldigen. George war nun einmal nicht anders. Was er Susannah angetan hat, dafür hätte ich ihn wahrscheinlich umgebracht, das sage ich dir. Meine Mutter hätte ihn nicht viel sanfter behandelt.«

»Ach ja, die wunderbare Charlotte. Klopf noch einmal, Rohan.«

Auch diesmal kam keine Antwort, so daß Rohan am Türknopf drehte. Zu ihrem Erstaunen war die Tür nicht versperrt. Sie betraten einen langen engen Gang. Zur Rechten befand sich ein kleiner Salon, in dem sich jedoch niemand aufhielt. Am Ende des Ganges lag das Schlafzimmer. Die Tür war geschlossen.

In diesem Augenblick hörten sie das Kichern einer Frau.

»Ich habe mir schon Sorgen gemacht«, sagte Rohan leise. »Zumindest wissen wir jetzt, daß der Halunke nicht tot ist.«

»Du hast auch an diese Möglichkeit gedacht?«

»Ich sagte dir ja – dieser Schurke Lambert kennt keine Skrupel. Und er hat bestimmt seine Verbündeten.« Langsam drehte Rohan den Türknopf. Die Tür war gut geölt und öffnete sich völlig geräuschlos. Die beiden Männer betraten das Zimmer und sahen auf dem Bett eine rothaarige Frau und einen Mann in einer recht eindeutigen Situation. Die Frau saß rittlings auf dem Mann.

»Hallo, Reverend«, sagte Rohan gutgelaunt.

Die Frau fuhr herum und schrie auf, als sie die beiden fremden Männer sah. Mit einem jähen Ruck sprang sie von dem Mann herunter und schnappte sich ein Laken, um sich zu bedecken. Der Mann wirkte zunächst ein wenig benommen, kam jedoch sehr rasch zu sich. Langsam setzte er sich auf und wandte sich den beiden zu, wobei er sich nicht darum zu kümmern schien, daß er nackt war. Ohne die Frau anzublicken, sagte er zu ihr: »Geh und mach uns Tee, Lynnie. Ach, und zieh dich ruhig an – ich glaube, daß wir heute nicht mehr viel Muße haben werden.«

Seine Stimme war tief und wohlklingend. »Baron Mountvale, nehme ich an, nicht wahr?« sagte er schließlich. »Und auch Sie, Lord Derencourt?«

»Sie sind uns ebenfalls durchaus bekannt – wenn auch aus nicht sehr erfreulichen Gründen«, sagte Rohan, als er ans Bett trat und ihm den Morgenmantel zuwarf. »Ziehen Sie sich etwas an. Wir warten im Salon auf Sie.«

»Mir bleibt wohl nichts anderes übrig«, sagte McNally, während er die beiden Männer nachdenklich anblickte. »Schade, daß man nur durch die Haustür hier herauskommt. Ich schätze, ich würde kaum unbemerkt das Haus verlassen können, oder?«

»Darauf können Sie sich verlassen. Sie würden nicht unbemerkt und auch nicht lebend hier rauskommen«, erwiderte Rohan. »Es würde mir nicht das geringste ausmachen, Sie höchstpersönlich zu erschießen.«

Einige Minuten später kam Reverend Bligh McNally in den Salon geschlendert – gefolgt von Lynnie, die auf einem ziemlich verschmutzten Tablett den Tee hereintrug.

»Bitte nehmen Sie Platz, Gentlemen.«

»Stellen Sie den Tee ab und lassen Sie uns allein«, sagte Rohan zu der Frau.

»Ja, Lynnie, du kannst jetzt gehen. Und kein Wort über das alles, verstehst du?«

»Ja, Mylord.«

Phillip Mercerault blickte ihn überrascht an. »Mylord? Sie denkt, Sie wären ein Mylord? Sie wollen doch nicht etwa sagen, daß das tatsächlich funktioniert?«

McNally zuckte mit den Achseln. »Manchmal. Nicht immer ist Geld nötig. Lynnie ist nicht sehr schlau, die arme Kleine. Aber auch sie wird rasch dazulernen und dann bestimmt Geld von mir verlangen. Nun, was kann ich für Sie tun, Gentlemen? Ich nehme ja nicht an, daß einer von Ihnen sich auf meine ganz bestimmte Art trauen lassen möchte, oder? Den Trauschein, den man von mir bekommt, würden auch Sie nicht so schnell als gefälscht erkennen.«

Mit einem grimmigen Lächeln blickte Rohan den Mann an, der ungefähr so alt war wie sein Vater, als er bei diesem unglückseligen Kutschenunfall starb. Er war dünn wie ein Stock und trug einen langen dichten Bart, mit dem er aussah wie ein Methodist. Kein Wunder, daß junge Mädchen ihn tatsächlich für einen Geistlichen hielten. Rohan ging auf ihn zu, packte ihn mit einer raschen Bewegung am Handgelenk und drehte seinen Arm auf den Rücken.

McNally stöhnte vor Schmerz und versuchte sich zu befreien, doch ohne Erfolg. »Was … was soll das, Mylord?«

»Ach, das ist nur, damit Sie mir auch wirklich zuhören, McNally. Was ich von Ihnen möchte, ist, daß Sie sich an etwas zurückerinnern, das vor fünf Jahren geschah. Sie haben damals auf Ihre höchst eigene Art und Weise meinen Bruder George mit einer jungen Lady namens Susannah Hawlworth getraut.«

»Das ist sehr lange her, Mylord. Ich bin kein junger Mann mehr. Sie müssen verstehen, daß es nicht leicht ist …«

Rohan riß den Arm des Mannes ein Stück nach oben, und McNally stöhnte erneut vor Schmerz. »Wenn Ihr Gedächtnis sich nicht auf der Stelle bessert«, flüsterte er dem Mann ins Ohr, »dann breche ich Ihnen den Arm.«

»Gut, gut. Bitte lassen Sie mich los. Ich sage Ihnen alles, was ich weiß.«

McNally rieb sich den Arm, während er sprach. »Was ist denn geschehen, Mylord? Nachdem Ihr Bruder starb, hat sich die junge Frau wohl an Sie gewandt? Sie haben natürlich gewußt, daß die Trauung nicht echt war. Die Frau wollte Geld, oder? Glaubte sie immer noch, mit Ihrem Bruder verheiratet zu sein, oder hatte er sie schon lange verlassen?«

»Das geht Sie gar nichts an, McNally. Sagen Sie mir, was Sie wissen – und zwar jetzt gleich.« Rohan streckte die Hand aus, als wollte er ihn erneut am Arm packen.

McNally wich augenblicklich zurück, die Hände erhoben. »Ist schon in Ordnung, ich erinnere mich ja. Es war im Frühling – Mai, glaube ich. Der junge Carrington kam zu mir und bat mich, eine Trauung durchzuführen – und ich stimmte natürlich zu, denn davon lebe ich ja. Er zahlte mir sechzig Pfund – das ist mein übliches Honorar, wenn der betreffende Mann reiche und hochwohlgeborene Verwandte hat. Ich sah die junge Dame am Tag der Trauung zum ersten Mal. Sie war noch sehr jung und ziemlich verängstigt, aber George versuchte mit schönen Worten ihre Zweifel zu zerstreuen. Er sagte, es wäre doch das beste für sie beide, zu heiraten, und fragte sie, ob sie ihn denn nicht liebe und mit ihm zusammensein wolle. Der junge Carrington war sehr geschickt und überzeugend, das muß man ihm lassen.« McNally hielt einen Augenblick inne und schenkte sich einen großen Cognac ein. »Gentlemen?«

Beide nickten. »Erzählen Sie weiter«, forderte Rohan ihn auf. Es brach ihm fast das Herz, das alles mitanhören zu müssen. Sein jüngerer Bruder George, der fleißige Gelehrte, war nichts als ein gemeiner Schuft gewesen.

»Nun, wie ich schon sagte«, fuhr McNally fort, nachdem er jedem der beiden ein Glas Cognac gereicht hatte, »die junge Lady war ziemlich verängstigt, aber auch sehr aufgeregt. Was mich immer wieder erstaunt, ist die Dummheit und Leichtgläubigkeit dieser jungen Frauen. Aber diese junge Dame hatte wenigstens einen Funken Verstand, das sah man gleich. Sie war höchstens siebzehn Jahre alt, aber wirklich eine Lady, nicht irgend so ein dahergelaufenes Mädchen, mit dem man sich für wenig Geld vergnügen kann. Wegen ihr kann ich mich an die ganze Sache auch so gut erinnern. Sie hatte offensichtlich nicht viel Ahnung davon, was eine Ehe überhaupt ist, aber dennoch fragte sie mich kurz vor der Trauungszeremonie, ob die Eheschließung auch gültig sei, weil sie beide noch nicht mündig waren und auch nicht die Einwilligung der Eltern besaßen. Das war wirklich ein sehr heikler Punkt; aber zusammen schafften es der junge Carrington und ich, ihre Zweifel zu zerstreuen. Ich erinnere mich noch, daß er wirklich sehr überzeugend lügen konnte. Jetzt, wo ich so darüber nachdenke, glaube ich, daß mir die junge Lady sogar ein wenig leid getan hat.«

Er zuckte mit den Achseln und schenkte sich noch einen Cognac ein. »Dabei hatte ich es mir schon lange abgewöhnt, Gewissensbisse zu haben. Der Mensch muß schließlich leben und auch imstande sein, sich hie und da ein kleines Vergnügen zu gönnen. Ich bin nicht habgierig. Ach, sie war wirklich ein reizendes Geschöpf. Könnten Sie mir vielleicht sagen, Mylord, was aus ihr geworden ist? Ich habe gehört, daß Ihr jüngerer Bruder – ihr vorgeblicher Ehemann – vor fast einem Jahr ertrunken ist. Ein wirklich tragischer Unfall. Ich möchte Ihnen mein aufrichtiges Beileid ausdrücken. Was ist aus ihr geworden? Oder hat er sie einfach verlassen, als er genug von ihr hatte? Viele junge Männer tun das, wie Sie sicherlich wissen. Sie hat sich an Sie gewandt, nicht wahr? Gewiß wollte sie Geld von Ihnen?«

»Ich habe Ihnen bereits gesagt, daß Sie das nicht das geringste angeht. Was ich noch von Ihnen wissen möchte, ist, wer meinen Bruder an jenem Tag begleitet hat.« Rohan hatte diese Bemerkung auf gut Glück gemacht – doch er lag richtig. McNally nickte.

»Zwei Männer«, sagte er und kippte den Rest seines Cognacs hinunter. »Ich weiß noch, daß sie nicht mehr so jung waren wie Mr. Carrington. Nein, sie waren mindestens fünf Jahre älter als er und nicht dem Anlaß entsprechend gekleidet, deshalb schickte er sie weg, bevor die Braut eintraf. Ich erinnere mich daran, daß ich mich damals fragte, wer sie wohl waren. Offensichtlich waren sie mit Mr. Carrington befreundet.«

»Wie hießen die Männer?«

»Aber, Mylord, Sie können doch nicht von mir erwarten …«

McNally stöhnte auf, als Rohan ihn erneut am Arm packte. »Ihre Namen«, sagte Rohan mit leiser, aber eindringlicher Stimme. »Ich hoffe, ich muß nicht noch einmal fragen.«

»O mein Gott, wie soll ich mich an ihre Namen erinnern können?« Schweißperlen erschienen auf seiner Stirn. Er blickte hilfesuchend zu Vicomte Derencourt hinüber, doch der saß mit völlig teilnahmsloser Miene auf dem Sofa und trank seinen Cognac. »Na schön«, stieß McNally atemlos hervor. Er wußte, wann ein Mann es ernst meinte. »Es wäre mir lieber, wenn ich Ihnen nichts über diese Kerle sagen müßte, weil sie sehr gefährlich sind. Sie würden nicht zögern, jemanden zu töten, wenn es sie ihrem Ziel näherbringen würde. Ich schwöre, daß ich keine Ahnung habe, warum sie den jungen Mr. Carrington begleiteten.«

»Ihre Namen.«

»Sie hießen Lambie Lambert und Theodore Micah. Ziemlich eigenartige Namen. Ich weiß, daß sie in verschiedene unsaubere Geschäfte verwickelt waren. Sie schienen mit Ihrem Bruder gut befreundet zu sein. Ich muß Ihnen leider sagen – wenn Ihr Bruder irgendwelche Geschäfte mit den beiden gemacht hat, dann waren es bestimmt keine sauberen. Die beiden sind Schurken, ich sagte es schon. Der junge George war den beiden bestimmt nicht gewachsen.«

»Und Sie sind kein Schurke?«

»Nein, nicht auf diese Weise. Diese beiden würden nicht zögern, einem Mann ein Messer ins Herz zu stoßen, wenn es ihnen einen Nutzen bringt. Mit solchen Leuten möchte ich nichts zu tun haben.«

»Ja, Sie sind ein richtiger Heiliger, nicht wahr, McNally? Sie schicken ja nur junge Ladies ins Verderben.«

»Sie hat Ihnen geschrieben, nicht wahr? Das ist irgendwie eigenartig. Es ist ja schon ein Jahr her. Warum hat sie bloß so lange gewartet?«

»Sie hat mir nicht geschrieben.« Rohan ließ den Arm des Mannes los. McNally trat einen Schritt zurück, rieb sich die Schulter und schüttelte den Arm aus, ehe er einen kräftigen Schluck Cognac zu sich nahm. »Warum sind Sie dann hier?« fragte er schließlich, als er wieder einigermaßen klar denken konnte. »Woher wissen Sie von der Sache? Und was wollen Sie von diesen Männern?«

»Das«, sagte Phillip Mercerault, während er sich erhob und genüßlich streckte, »geht Sie rein gar nichts an. Rohan, hast du alles erfahren?«

»Nicht ganz. Gab es noch andere Männer, die Sie mit meinem Bruder gesehen haben? Ich meine, außer seinen Studienkollegen.« Er warf einen drohenden Blick auf McNallys Arm.

»Nein. Das heißt, einen gab es noch. Ich schwöre Ihnen, Mylord, daß ich ihn zunächst nicht erkannte. Er hielt sich ganz im Hintergrund.«

»Sie sagen, Sie hätten ihn *zunächst* nicht erkannt. Später aber erkannten Sie ihn dann doch?«

McNally blickte sehr besorgt drein. Er schenkte sich noch etwas Cognac ein, trank aber nicht. »Es war einige Zeit, nachdem ich den jungen Mr. Carrington getraut hatte – in einer Buchhandlung in der High Street, wo man jede Menge Studenten ein und aus gehen sieht. Man findet dort mitunter sehr alte Bücher, darunter auch Originalausgaben aus dem sechzehnten Jahrhundert. Ich erinnere mich noch, wie ich eines Tages den jungen Mr. Carrington in eine dieser alten Buchhandlungen schlendern sah. Ich war mit einem Freund in dem Laden verabredet, also folgte ich ihm hinein. Nun, und da drin traf er sich mit jenem Mann, den ich kaum erkennen konnte, weil er in einer Nische des Ladens stand. Sie unterhielten sich sehr leise; ihr Gespräch dauerte ungefähr zehn Minuten. Ich hatte meine Sache schon erledigt – aber irgend etwas an der verborgenen Unterhaltung der beiden machte mich neugierig. Das Ganze ließ irgendwie nichts Gutes ahnen. Wenig später klopfte der Mann dem jungen Mr. Carrington auf die Schulter und verließ die Buchhandlung mit gesenktem Kopf, den Hut tief ins Gesicht gezogen. Dennoch erkannte ich ihn.«

»Na los, machen Sie schon«, sagte Rohan ungeduldig. »Wer war der Kerl? Wie sah er aus, dieser geheimnisvolle Mann, den sie schließlich doch erkannten?«

»Na schön, Mylord, ich werde es Ihnen sagen. Er sah dem jungen Mr. Carrington sehr ähnlich«, sagte McNally schließlich mit trauriger Stimme. »Sie haben noch einen zweiten Bruder, nicht wahr, Mylord?«

Rohan stand wie erstarrt da. Er konnte keinen klaren Gedanken fassen, kein Wort sagen – eine unheimliche Leere breitete sich in ihm aus.

»Ja, er hat noch einen Bruder, wie Sie sehr wohl wissen«, warf Phillip Mercerault ein und trat auf McNally zu. »Wer war der Mann, verdammt noch mal?«

»Es war Tibolt Carrington«, sagte McNally. »Aber was besagt das schon, Mylord? Zwei Brüder treffen sich. Was ist schon dabei? Sie unterhalten sich ein Weilchen, und dann geht einer von ihnen wieder fort.«

»Reden Sie nicht um den Brei herum. Ich hab' schon verstanden, was für üble Verdächtigungen Sie da anklingen lassen. Haben Sie irgend etwas von dem gehört, was sie gesprochen haben?«

»Nein, Mylord. Noch einen Cognac? Er wurde erst letzten Dienstag von Calais eingeschmuggelt.«

»Sie wissen doch, daß mein Bruder Pfarrer ist?« warf Rohan mit ruhiger Stimme ein. »Ein Mann Gottes? Ein frommer junger Mann, der vielleicht eines Tages sogar Erzbischof von Canterbury wird? Ein hervorragender junger Mann, den Bischof Roundtree sehr schätzt. Natürlich war es ein ganz gewöhnliches Treffen zweier Brüder. Sie standen sich immer schon sehr nahe. Wie kommen Sie auf die Idee, daß mehr dahinter stecken könnte?«

»Es ist sehr gut möglich, daß es völlig harmlos war. Aber ich frage Sie – warum sollte ein Mann seinen eigenen Bruder ausgerechnet in einer dunklen Nische einer alten Buchhandlung treffen? Irgend etwas ging zwischen den beiden vor sich, das hätte ich schwören können. Sie wollten nicht gesehen werden. Vielleicht wollten sie nicht, daß Lambert oder Micah sie sahen – ich weiß es nicht. Ich habe mir noch tagelang darüber Gedanken gemacht, habe die beiden aber nie wieder gesehen. Es tut mir leid, Mylord.«

»Nein, Rohan, es besteht kein Grund, den Halunken zu töten«, sagte Phillip und hielt Rohan am Arm zurück. »Wir haben genug gehört, zumindest fürs erste. McNally kann Oxford nicht verlassen, ohne daß wir Wind davon bekommen.« Er wandte sich dem Mann ein letztes Mal zu. »Wenn Sie sich noch an irgend etwas erinnern, dann schicken Sie eine Nachricht nach Dinwitty Manor.«

Rohan wußte – man konnte McNally manches nachsagen, aber dumm war er ganz gewiß nicht. Er war sich sicher bewußt, daß es ihm nicht zum Nachteil gereichen würde, wenn er zwei Edelmännern half. »Ja, Mylord. In den Abendstunden kann ich ohnehin am allerbesten nachdenken.«

»Dann strengen Sie sich mal an«, sagte Phillip. »Komm, Rohan, wir lassen ihn in Ruhe nachdenken. Wenn wir vielleicht morgen noch weitere Fragen haben, wird der liebe Herr uns sicher gerne zur Verfügung stehen.«

»Aber sicher, Mylord«, stimmte McNally zu und rieb sich den schmerzenden Arm.

»Ja«, sagte Rohan langsam, »bis morgen.«

23

»Du mit deinen schönen Augen – ich könnte dich umbringen dafür, daß du mich hiergelassen hast; die ganze Zeit über habe ich nichts anderes getan, als mich mit all den Köstlichkeiten vollzustopfen, die die Köchin mir vorgesetzt hat – den wunderbaren Torten und Keksen, und nicht zu vergessen den Aprikosenkuchen. Ich werde bald ein Korsett tragen müssen. Wenn ich kugelrund werde, dann ist das allein deine Schuld, weil du mich all diesen kulinarischen Verlockungen ausgesetzt hast, wo man gar nicht anders kann als hemmungslos zu sündigen. Was hast du überhaupt die ganze Zeit gemacht? Wen hast du besucht? O Rohan, das war wirklich schäbig von dir, dich davonzuschleichen, während ich schlief. Das werde ich dir noch heimzahlen, wart's nur ab.«

Er legte sanft eine Hand auf ihre Lippen und zog sie an sich. Er küßte zärtlich ihr Haar. »Findest du wirklich, daß ich schöne Augen habe?« fragte er.

Phillip Mercerault schüttelte den Kopf. »Da wirft sie

ihm wer-weiß-was-alles an den Kopf, und er hört nur das Kompliment, das noch dazu gar nicht so gemeint war. Hmm, oder doch?«

»Das war ganz und gar nicht so gemeint – Phillip hat recht. Ich bin wütend auf dich, Rohan – nur daß du es weißt. Deine Augen sind zwar schön – aber das tut absolut nichts zur Sache. Also, was habt ihr beiden unternommen?«

»Ich sage es dir, wenn du mir einen Kuß gibst.«

»Wir sind hier im Haus eines Gentleman. Du, der Gast, bist ebenfalls ein Gentleman, und ich bin die Gemahlin eines Gentleman. Das gehört sich also nicht, es ist nicht …«

Er küßte sie sehr sanft, und berührte dann mit der Fingerspitze ihre Nase.

»Rohan, ich schlage vor, du berichtest ihr von unseren Abenteuern. Es war kein Abenteuer, das Ihnen gefallen hätte, Susannah, das kann ich Ihnen versichern. Und jetzt bitte ich euch, einen Spaziergang durch meine Gärten zu machen und euch über Rohans Augen zu unterhalten und auch über das, was wir heute unternommen haben. Wissen Sie, Susannah, Rohan ist …«

»Das reicht, Phillip. Ich werde mit Susannah einen schönen langen Spaziergang machen. Wir sehen uns dann beim Abendessen.«

Phillip Mercerault vollführte eine spielerische Verbeugung. »Als euer Gastgeber freue ich mich, wenn ihr mir wenigstens ein Quentchen von eurer kostbaren Zeit schenkt.«

»Glaub ihm kein Wort, Susannah. Er wird seine Zeit mit großer Hingabe damit zubringen, Pläne für seinen Turm zu zeichnen.«

»Genau.« Phillip Mercerault hob die Hand zum Gruß und ließ die beiden allein.

»Wirklich ein interessanter Mensch«, sagte sie, während sie ihm nachblickte. »Er sieht gut aus – nicht so gut wie du, aber immerhin –, und er hat etwas Faszinierendes an sich. Wie kommt es, daß er noch nicht verheiratet ist?«

»Phillip ist nun mal ein Lebemann, ein Frauenheld, ein Wüstling – nun, du kennst ja all die Ausdrücke, mit denen man Männer von seinem Ruf bedenkt.«

»Hör auf, dich über mich lustig zu machen. Und jetzt erzähl mir alles. Du möchtest durch die Gärten spazieren? Nun, das habe ich zwar schon eingehend getan – und dabei die drei Gärtner getroffen, die hier arbeiten –, aber es macht mir nichts aus, noch einen Spaziergang zu unternehmen. Seine Gärten sind wirklich schön – wenn sie auch nicht ganz an die Gärten von Mountvale heranreichen. Außerdem hat keiner der Gärtner eine Rennkatze. Nun gut, machen wir uns auf den Weg.«

Er hätte zwar lieber mit ihr das Bett aufgesucht, aber das war nicht möglich – sie hatte nämlich ihre Tage bekommen, und das hieß für ihn, sich in Geduld zu üben.

»Äh … gefällt dir der Garten?« fragte er zögernd.

»Ich habe dir doch gesagt, daß er mir gefällt. Er ist schön angelegt, und es ist viel Farbe und Leben darin. Warum fragst du? Für einen Mann von deinem Ruf ist es doch höchstens ein Ort, wo man sich gelegentlich die Füße vertritt.«

»Du weißt längst noch nicht alles über mich, Susannah.«

Sie blickte ihn stirnrunzelnd an. »Nein, das habe ich auch gar nicht angenommen. Es ist nur ein kleiner Teil von dir an der Oberfläche – und manchmal frage ich mich, ob das Wesentliche von dir nicht gut verborgen ist.«

Er küßte sie und blickte sie lächelnd an. »Gehen wir ein Stück. Ich habe Neuigkeiten zu berichten, die mich ziemlich verwirrt haben. Ich hoffe, daß dir dazu etwas einfällt. Weißt du, ich habe erfahren, daß auch mein Bruder Tibolt mit der ganzen Sache zu tun hat.«

»Der Pfarrer?«

»Ja, der Pfarrer.«

Zwei Tage später brachen Baron und Baronesse Mountvale früh am Morgen von Dinwitty Manor auf. Ihr Gastgeber winkte ihnen nach, bis die Kutsche von der Einfahrt in die Straße einbog.

»Wann, glaubst du, wird Phillip seinen Turm mit den Zinnen fertig haben?«

»Der einzige Grund, warum Phillip zu dieser Jahreszeit überhaupt hier war, ist, daß er mit der Arbeit an dem Turm beginnen möchte. Wir werden ihn bestimmt im Herbst wieder besuchen. Bis dahin wird der Turm gewiß fertig sein. Wenn Phillip etwas anpackt, dann läßt er sich von nichts ablenken.«

Es war ein kalter nebliger Morgen, Regen lag in der Luft.

»Es ist schade, daß wir gestern nichts mehr herausgefunden haben«, sagte sie nach einer Weile. Er nickte, nahm ihre behandschuhte Hand und ließ sie auf seinem Schenkel ruhen. Dann legte er seine Hand auf die ihre.

»Es war schon eigenartig, als wir gestern das Gasthaus besuchten, in dem ich damals mit George und den beiden Männern war. Ich sah auf einmal alles wieder so lebendig vor mir. Es ist jetzt fast fünf Jahre her, Rohan. Ich war so jung und leichtgläubig. So dumm, wirklich.«

»Nein, du warst nicht dumm. Du wurdest von einem jungen Mann hereingelegt, der ganz genau wußte, was er tat, und der sein Ziel mit allen Mitteln verfolgte. Du warst siebzehn Jahre alt, um Himmels willen. Wenn man die Umstände bedenkt, dann hast du dich ziemlich gut geschlagen.«

»Danke. Es ist nur schade, daß niemand uns etwas über Lambert oder Theodore Micah sagen konnte. Heißt er wirklich Lambie Lambert?«

»Es scheint so, ja. Ich glaube, Micah ist untergetaucht,

als Lambert nicht zurückkam. Wenn er auch nur einen Funken Verstand besitzt, dann hat er sich irgendwo in einer Höhle vergraben. Vielleicht in der Höhle bei den Klippen von Beachy Head; vielleicht hat George ihm von der Höhle erzählt. Wir haben als Kinder oft dort gespielt.«

Sie dachte einen Augenblick nach. »Weißt du was, Rohan?« sagte sie schließlich. »Wir müssen uns irgend etwas ausdenken, wie wir ihn anlocken können. Wenn wir uns anstrengen, fällt uns bestimmt ein guter Plan ein.«

Er blickte sie staunend an. Sie trug einen hübschen Hut aus cremefarbenem Stroh, der mit kleinen seidenen Gänseblümchen verziert war; das blaßgelbe Band war unter dem Kinn zu einer Schleife gebunden. Sie wirkte elegant und ausgesprochen weiblich – um so mehr erstaunte ihn der Gedanke, den sie soeben geäußert hatte. Seit wann war es denn Sache der Frauen, sich mit derartigen Plänen zu befassen? Solche Ideen hatten doch wohl ausschließlich Männer, oder? Zumindest sollte es so sein.

»Du wirst gar keine Pläne aushecken«, entgegnete er. »Ich werde es nicht zulassen, daß dir dieser Kerl auch nur nahekommt.«

Sie drückte seine Hand. »Diesmal werden wir mehr Erfolg haben. Diesmal sind wir nämlich vorbereitet. Wir werden mit ihm spielen wie mit einem Fisch an der Angel. Dann ziehen wir ihn an Land. Auf diese Weise werden wir endlich herausfinden, was hier vor sich geht.« Sie hielt einen Augenblick inne und blickte zum Fenster hinaus. Es begann erneut zu regnen. Es fröstelte sie, und er zog sie näher an sich und breitete die weiche Wolldecke über ihre Beine.

»Ja, aber ich werde es sein, der den Fisch an Land zieht, während du in Sicherheit bleibst. Ich will nicht noch einmal so etwas erleben wie mit diesem Lambert.«

Sie schenkte ihm ein bezauberndes Lächeln, und er wußte, daß die Sache schwierig wurde. Verdammt, sie war immerhin seine Frau. Es war ihre Pflicht, ihm zu gehorchen. Was für eine Frau hatte er denn da geheiratet? »Ich wäre unheimlich gerne wieder einmal allein mit dir – nur wir zwei im Bett«, sagte er und seufzte – wohl wissend, daß es im Moment noch außer Reichweite war. »Vielleicht morgen? Bitte sag, daß es morgen soweit ist. Ich komme fast um vor Verlangen, Susannah.«

»Meinst du wirklich, ein Mann sollte solche Dinge mit seiner Frau besprechen? Für all das gibt es doch Regeln, an die man sich hält. Es ist so furchtbar persönlich, Rohan. Du bringst mich in große Verlegenheit. Erinnert du dich nicht mehr? Du hast mir versprochen, daß du mich nie in Verlegenheit bringst – und jetzt hast du es schon wieder getan.«

»Wenn ich mich recht erinnere, hat die Verlegenheit beim ersten Mal nicht länger als eine Minute angedauert, wie ich es dir ankündigte.«

»Aber jetzt ist es anders. Diesmal werde ich nicht stöhnen.«

Nein, diesmal war es Rohan, der ein Stöhnen von sich gab. Er lehnte sich zurück und schloß die Augen. »Ich werde dich nicht mehr ansehen – das müßte helfen. Allein dein Mund macht mich verrückt. Und dann deine Ohren. Was für ein Glück, daß dieser Hut deine Ohren verdeckt.«

Ihre Finger schlossen sich fester um die seinen. »Vielleicht wäre morgen wirklich passend«, sagte sie. Er drehte den Kopf ein wenig zur Seite, damit sie sein zufriedenes Lächeln nicht sehen konnte. Doch dieses Lächeln war nur von kurzer Dauer.

Tibolt. Rohan erinnerte sich, wie stolz seine Eltern auf ihren zweiten Sohn gewesen waren, bis er sich eines Tages in Reverend Byams Pfarrhaus einsperrte und allen zurief, er würde erst wieder herauskommen, wenn sein Vater ihm versprach, daß er ihn nicht zwingen würde, den Pfad der Sünde zu gehen. Nein, sein Vater sollte ihm erlauben, ein Geistlicher zu werden. Seine Eltern waren fassungslos – ja, entsetzt. Sie verlangten zunächst, daß er in ihre Fußstapfen trat – doch schließlich gaben sie seiner Forderung nach, wohl in der Hoffnung, daß er es sich irgendwann anders überlegen würde. Immerhin war er noch sehr jung damals und hatte von den Freuden des Lebens noch nicht gekostet. Aber die Jahre vergingen, und Tibolt hielt an seinem Entschluß fest.

Wenigstens, so sagten sie sich, hatten sie ja noch ihren ältesten Sohn Rohan – und er würde mit Sicherheit in ihre Fußstapfen treten. Sie waren überzeugt, daß sie auf ihn zählen konnten. Hatte er denn nicht schon ganz das stolze Auftreten seines Papas? Und warfen ihm die Mädchen nicht schon schmachtende Blicke zu, wenn sie ihn sahen?

Rohan schüttelte all diese Erinnerungen von sich ab. Jetzt ging es einzig und allein um Tibolt. Was war bloß geschehen? War Tibolt tatsächlich zusammen mit George in irgendwelche schändlichen Machenschaften verwickelt gewesen? Der Gedanke erschien ihm einfach absurd. Vielleicht hatte McNally gelogen. Vielleicht hatte Tibolt von alldem nicht die geringste Ahnung. Und selbst wenn McNally Tibolt wirklich gesehen haben sollte, konnte es sich doch um ein völlig harmloses Zusammentreffen gehandelt haben. Aber Rohan wußte, er mußte der Sache nachgehen. Deshalb hatte er am Abend zuvor Phillip und Susannah folgendes angekündigt: »Morgen werden wir nach Branholly Cottage fahren und Tibolt besuchen. Ich will endlich die Wahrheit erfahren. Ich *muß* wissen, was los ist. Wenn es sich als Unsinn herausstellt, dann fahre ich auf der Stelle nach Oxford zurück und breche McNally beide Arme.«

Phillip hatte genickt und – nachdem er einen Bissen von dem sagenhaften gebackenen Hummer in Zitronensauce zu sich genommen hatte – geantwortet: »Ich werde unseren Bligh McNally im Auge behalten. Wenn Theodore Micah sich irgendwo blicken läßt, dann werde ich es bestimmt erfahren. Ich kenne da einige Leute, denen ich mitteilen werde, daß ich ihn suche. Kehrt ihr beiden nach Mountvale House zurück? Oder fahrt ihr etwa nach London?«

»Ich bin mir noch nicht sicher«, antwortete Rohan nachdenklich. »Es gibt so viel, das wir hier noch erledigen müssen. Wir werden sehen.«

Und jetzt saßen sie in ihrer Kutsche auf dem Weg in den Süden Englands nach Branholly Cottage, das nicht mehr als fünfzehn Meilen östlich von Mountvale House lag.

Rohan hatte Angst vor dem, was er vielleicht entdecken würde. Auf der anderen Seite war dieser McNally ja ein ausgemachter Halunke. Er hatte sein ganzes Leben lang nichts als gelogen. Warum sollte er gerade jetzt über Tibolt die Wahrheit gesagt haben?

Susannah drückte seine Hand, so als hätte sie seine Gedanken gespürt.

Tibolt Carrington war in dem kleinen Städtchen Edgeton-on-Hough überaus beliebt. Er war allseits anerkannt für seine Frömmigkeit, seine Klugheit, die bei seiner Jugend erstaunlich war, und auch für sein stilles, unermüdliches Bemühen um seine Gemeinde. Davon abgesehen hatte der für seine Sorgenkinder stets Zeit, wie etwa für Jasper, den Hufschmied, der soviel trank, daß er eines Morgens, nach einer besonders ausschweifenden Nacht, seine Pferde verkehrt herum beschlagen hatte. Er war gerade dabei, seine Predigt für den kommenden Sonntag zu schreiben, als Nelson, sein Diener, in die Türe trat und sich räusperte.

»Ihr Bruder ist hier, Sir.«

»Mein Bruder? Du liebe Güte, Nelson, der Baron ist hier?«

Tibolt Carrington sprang augenblicklich von seinem

Stuhl auf; mit freudigem Grinsen begrüßte er seinen Bruder.

»Rohan! Willkommen. Was führt dich hierher? Oh, ist Mutter wohlauf? Ist vielleicht irgend etwas vorgefallen? Dir selbst geht es gut?«

»O ja, mir geht es gut, Tibolt, und auch den anderen fehlt nichts. Ich habe Besuch für dich mitgebracht. Susannah, komm doch herein.«

Susannah trat ein und sah sich einem Mann gegenüber, den sie noch nie in ihrem Leben gesehen hatte – einem recht gutaussehenden Mann, der Ähnlichkeit mit Rohan und George hatte, wobei irgend etwas an ihm ganz anders war als bei seinen Brüdern. Möglicherweise war es die fast schon grimmige Entschlossenheit, die in seinen Augen aufblitzte, sowie die Härte seiner Gesichtszüge. Sie war sich nicht sicher. Jedenfalls hatte er das typische Grübchen am Kinn, das allen männlichen Carringtons zu eigen war, und auch deren grüne Augen. Er blickte sie mit einem nichtssagenden, ausdruckslosen Lächeln an. Sie stand schweigend neben Rohan und wartete.

Rohan studierte das Gesicht seines Bruders sehr genau. Im Gegensatz zu Susannah vermeinte er ganz kurz so etwas wie Überraschung in seinen Augen aufflackern zu sehen, so als würde Tibolt sie wiedererkennen – doch einen Augenblick später war er sich schon nicht mehr so sicher. Er fragte sich, ob sich herausstellen würde, daß er Tibolt um nichts besser gekannt hatte als George.

Tibolt blickte Rohan fragend an, wobei er seine Augenbraue auf die gleiche Weise hob, wie Rohan das zu tun pflegte.

»Wie ich sehe, kennst du Susannah«, sagte Rohan mit ruhiger Stimme, wobei er ganz seinem Instinkt vertraute. »Du hast sie vor – wie lange ist es her? – fünf Jahren gesehen, nicht wahr? In Oxford. Wollte George, daß du bei seiner Scheintrauung dabei bist?«

Jetzt erkannte Rohan deutlich, daß sein Bruder vorhatte, zu lügen. Er hob rasch die Hand. »Nein, nicht, Tibolt. Sag mir die Wahrheit. Ich kann mir vorstellen, daß du als Pfarrer viel härter in der Hölle bestraft wirst, wenn du lügst, als ich. Ich bin dein Bruder. Ich habe ein Recht darauf, daß du mir die Wahrheit sagst. Komm schon, raus damit.«

»Ja, meine Strafe wäre sicher härter als deine. Oh, wie sehr wir uns alle verstricken ...«

Rohan fiel ihm mit harter, verächtlich klingender Stimme ins Wort. »Erspar mir diese Phrasen. Ich will von dir nichts anderes als die reine Wahrheit.«

»Na gut, Rohan. Ich mußte George schwören, daß ich nichts davon verrate, besonders dir nicht. Ich habe es durch Zufall herausgefunden, das schwöre ich. Ich besuchte Bischof Roundtree und bin bei dieser Gelegenheit auch bei George vorbeigekommen. Er bereitete sich gerade auf seine ... äh ... Trauung vor. Da hat er es mir erzählt. Und was dich betrifft ...« – er blickte Susannah mit einem höhnischen Grinsen an – »du hast dich also an den Baron gewandt und ihm gesagt, was geschehen ist. Offensichtlich wolltest du ihn erpressen. Er hat sich der Sache angenommen, nicht wahr?«

Er wandte sich wieder seinem Bruder zu. »Rohan, wirst du ihr Geld geben und sie auf den Kontinent schicken? In Paris würde sie sich gewiß wohlfühlen – da habe ich keinen Zweifel bei einer Frau von ihrer Sorte. Ach, das Ganze war doch nicht so schlimm, Rohan. George wollte sie, aber sie spielte die Lady; also mußte er sich an Pfarrer McNally wenden – etwas, das in Oxford gang und gäbe ist. Was bedeutet schon ein wenig Geld für dich? Du bist doch reich. Sie wird rasch einen neuen Beschützer finden. Ich möchte dich nur ersuchen, daß du sie aus England fortschickst. Es würde meinem Ruf schaden – es würde dem Ruf von uns allen schaden –, wenn sie überall erzählt, was ein Carrington ihr angetan hat.

Selbst wenn niemand ihr glauben würde, so gäbe es doch einiges Gerede. Meine Gemeinde hätte dafür kein Verständnis. Sie würden gewiß hinter mir stehen, versteh mich nicht falsch, aber es wäre doch unangenehm.«

Rohan machte nicht den Eindruck, als wäre er an den Ausführungen seines Bruders übermäßig interessiert. Susannah wußte jedoch, daß es unter der scheinbar gleichgültigen Oberfläche brodelte. Eigenartig, wie gut sie ihn nach nicht einmal drei Wochen bereits kannte. Sie selbst war von den Worten seines Bruders so schockiert, daß sie wie versteinert dastand.

»Sag mir eines, Tibolt«, begann Rohan schließlich mit betont ruhiger Stimme, »was meinst du damit, wenn du sagst, es wäre unangenehm? Heißt das, die Mitglieder deiner Gemeinde würden vielleicht deinen Charakter in Zweifel ziehen, wenn sie herausfinden, daß dein jüngerer Bruder so ein schäbiger kleiner Bastard war?«

»Sie würden mich keineswegs in Zweifel ziehen, denn ich würde ihnen die Wahrheit sagen – nun, vielleicht nicht die ganze Wahrheit. Das wäre auch nicht nötig. Hör zu, Rohan – George war einfach schwach, das habe ich ja schon gesagt. Er wollte sie, aber sie zierte sich und ließ ihn nicht in ihr Bett. Er erzählte mir, daß sie mit einem alten Mann zusammenlebte, der vorgab, ihr Vater zu sein, und mit einem kleinen Jungen, von dem sie behauptete, er wäre ihr Bruder. George erzählte mir, daß der Junge wahrscheinlich ihr Sohn sei, da sie schon sehr früh den Weg der Sünde beschritten hatte.«

»Ach, vielleicht mit zwölf oder dreizehn?«

Tibolt zuckte nur mit den Achseln. »Das spielt keine Rolle. Nun, George wollte sie eben. Nein, meine Gemeinde würde sie verachten und nicht George – denn ist nicht die Frau die sündige Kreatur in unserer Welt? Ist es nicht sie, die den Mann in Versuchung führt? Aber dennoch würde die Geschichte den Ruf unserer Familie beflecken. Siehst du das denn nicht ein, Rohan? Sie muß weg von hier, am besten nach Frankreich. O Gott, du bist doch nicht etwa ihr neuer Beschützer?«

»Du bist der beste Beschützer, den man sich vorstellen kann«, sagte Susannah mit lauter, klarer Stimme. »Aber, weißt du, vielleicht wäre mir Tibolt noch etwas lieber. Er erinnert mich an George, und ich hatte George gern. Du bist zu erfahren, Rohan, dich könnte ich nicht so leicht beeinflussen wie George. Aber immerhin hat George mich doch ordentlich reingelegt, nicht wahr? Es hat sich ja herausgestellt, daß wir gar nicht verheiratet waren. Sag mir, Tibolt …«

»Für dich bin ich immer noch Mr. Carrington, verstanden?«

Sie zog Rohan sanft am Mantel, damit er sich nicht auf Tibolt stürzte. Sie hörte, wie er tief Luft holte.

»Na schön, Mr. Carrington. Sagen Sie mir, darf ich hoffen? Sie haben doch sicher mehr Geld auf der hohen Kante als das, was Sie hier verdienen, oder? Ich hatte schon Beschützer, die kaum etwas hatten, und andere wieder, die sehr reich waren. Ich bin nicht besonders habgierig. George zum Beispiel gab mir nicht mehr als zehn Pfund im Vierteljahr – und es war auch in Ordnung. Und ich bin gewiß nicht lieblos. Was sagen Sie, Mr. Carrington? Es würde dem Baron Schwierigkeiten ersparen, und Sie könnten mich haben.«

»Du bist eine Hure«, sagte Tibolt und nahm eine starre Haltung an. »Ich teile mein Bett nicht mit Huren.«

»Ach nein?« warf Rohan ein und trat einen Schritt vor. Er spürte Susannahs Hand auf dem Rücken seines Mantels und wich langsam wieder zurück. »Mit wem teilst du denn dein Bett, Tibolt? Mit der Frau des Weinhändlers vielleicht? Oder mit der Frau des Tuchhändlers?«

»Ich bin verschwiegen, Rohan, im Gegensatz zu dir oder unserer schamlosen Mutter. Ich prahle nicht mit meinen Liebschaften. Im Gegensatz zu dir sonne ich mich auch nicht in dem höchst zweifelhaften Ruhm, den unsere Eltern nach wie vor genießen.« Tibolt trat rasch auf seinen Bruder zu und griff nach seinem Arm. Er warf Susannah einen flüchtigen Blick zu, wobei sein Mund vor Abscheu verzerrt war. »Hör auf mich, Rohan, schick sie weg. Wäre das nicht für uns alle das beste? Du bist das Oberhaupt der Familie. Deine Aufgabe ist es, uns zu schützen. Du bist schließlich für uns verantwortlich.«

»Und was ist, wenn einer von unserer Familie in eine Schurkerei verwickelt ist, Tibolt? Ist es nicht genauso meine Aufgabe, dafür geradezustehen, wenn einer von uns sich schuldig macht?«

»Was denn für eine Schurkerei? Wer hat sich denn schuldig gemacht? Was George getan hat, war ein harmloser Streich, nicht mehr. Es ist doch nicht so, daß er einer jungen Lady Unrecht getan hätte. Sieh sie dir doch an, Rohan. Du kannst ihr doch von den Augen ablesen, daß sie ein verschlagenes Biest ist und eine Hure. Allein wie sie angezogen ist – mit dem Kleid und dem Hut einer Hure. Mich wundert, daß sie nicht grell geschminkt ist. Schau sie dir doch an, wie sie sich freut, daß wir uns streiten.«

»Wirklich? Was du alles siehst, Tibolt. Hat sie wirklich verschlagene Augen?« Er wandte sich Susannah zu und umfaßte sanft ihr Gesicht mit beiden Händen. »Nein, sie ist nicht grell geschminkt. Bist du eine Hure, die sich mit harmlosen Kleidern tarnt?«

Sie schüttelte den Kopf, wobei sie ihm offen in die Augen blickte.

»Bist du schadenfroh, weil wir uns streiten?«

»Im Gegenteil, ich kann das Ganze nicht mehr länger ertragen. Es ist wirklich genug, bitte.«

»Du hast recht, es tut mir leid. Ich werde diese abstoßende Szene beenden.« Er wandte sich wieder seinem Bruder zu – dem jungen Mann, den er so gut zu kennen geglaubt hatte. Vielleicht sah er ja auch die übrigen Mitglieder der Familie in einem völlig falschen Licht. War vielleicht seine Tante Miranda – die Jungfer, die stets durch gute Taten auffiel – in Wirklichkeit ein kokettes Weibsbild, das ganz Brighton unsicher machte?

»Hast du gewußt, Tibolt, daß du Onkel bist?« wandte er sich wieder an seinen Bruder.

»Mein Gott, Rohan, du hast doch nicht etwa ein uneheliches Kind gezeugt?«

»Nein, aber George. Er und Susannah bekamen ein kleines Mädchen – Marianne. Sie ist dreieinhalb Jahre alt. Hat dir George das denn nicht erzählt?«

»Nein. Er hat es wahrscheinlich nicht für so wichtig erachtet. Warum sollte es ihn kümmern? Gewiß war das Kind gar nicht von ihm.«

»Das ist nur schwer zu glauben – die Kleine ist George wie aus dem Gesicht geschnitten. Man könnte genausogut mich oder dich für den Vater halten.«

Tibolt holte tief Luft. Er trat an eines der schmalen Fenster, von denen aus man auf den Garten des Pfarrhauses hinuntersah. Es war ein recht armseliger Garten, wie Marianne von ihrem Platz aus sehen konnte. Der Efeu überwucherte alles andere, insbesondere die Rosenstöcke.

»Du hast von meiner Verantwortung als Oberhaupt der Familie gesprochen. Dann erklär mir doch bitte – warum haben weder du noch George mir von der Scheintrauung erzählt? Wenn er aus der Sache wieder herauswollte – warum ist er dann nicht einfach zu mir gekommen und hat es mir gesagt?«

»Er wußte, daß du ihn umbringen würdest«, entgegnete Tibolt. »Und ich gab ihm recht.«

Sahen seine Brüder in ihm sowohl einen Wüstling als auch eine Art Rächer? Andererseits hatte George schon recht – er hätte ihn wirklich am liebsten umgebracht. Rohan seufzte. »George war also gar nicht so dumm. Ja, ich wäre wirklich versucht gewesen, ihm den Kopf abzureißen. Aber dann ist er ja ganz von allein gestorben – und hat eine Frau und ein Kind zurückgelassen.«

»Sie ist nicht seine Frau, verdammt noch mal!«

»Aber sie hat geglaubt, sie wäre es. Also gut, dann wollen wir zum Kern der Sache kommen. Ich möchte dir *meine* Frau vorstellen, Tibolt – Susannah Carrington, Lady Mountvale. Ach, und Tibolt, ich würde dir raten, daß du dir gut überlegst, was du jetzt sagst. Ich fühle mich nämlich im Moment ziemlich gereizt. Ja, ich kann mich gar nicht erinnern, wann ich zum letzten Mal auch nur annähernd so gereizt war. Du solltest also vorsichtig sein.«

24

Tibolt brachte kein Wort heraus.

Blankes Entsetzen stand ihm ins Gesicht geschrieben, als er abwechselnd seinen Bruder und Susannah anblickte. Er schluckte erst einmal, ehe er den Mund öffnete, um ihn gleich wieder fassungslos zu schließen. »Nein«, brachte er schließlich mit einem heiseren Flüstern hervor. »Das kann nicht wahr sein. Warum quälst du mich so, Rohan? Es stimmt – ich wußte, was George getan hatte, aber er war doch mein Bruder. Gewiß, er hat sich so manches Problem eingebrockt – aber ich mußte ihn doch schützen.«

»Es gab noch andere Mädchen, nicht wahr, Tibolt?«

»Was spielt denn das jetzt noch für eine Rolle?«

Rohan war so schnell bei ihm, daß Susannah den Atem anhielt. Er packte seinen Bruder am Kragen und schüttelte ihn. »Jetzt hör mir mal zu, du frommer kleiner Gauner. Mit wie vielen Mädchen hat George sich von McNally trauen lassen?«

»Es waren drei insgesamt. Aber alles Flittchen, also was soll's?«

Rohan trat einen Schritt zurück und verpaßte ihm einen ordentlichen Kinnhaken, der Tibolt von den Beinen riß, so daß er benommen liegenblieb. Rohan blickte auf ihn hinab und rieb sich die Fingerknöchel.

Susannah schüttelte ungläubig den Kopf. »Drei? Er hat das auch mit zwei anderen Mädchen getan? Aber wie konntest du das wissen?«

Rohan sah, daß sie vor Empörung zitterte. Er zog sie an sich und küßte sie auf die Schläfe. »Es war nicht so schwer zu erraten, Susannah. Das Ganze tut mir so leid.« Er drückte sie noch fester an sich. Sie erwiderte seine Umarmung. Es war für beide eine äußerst schmerzliche Erkenntnis. Schließlich war es Susannah, die als erste wieder Worte fand. »Es wird alles wieder gut«, flüsterte sie an seinem Hals. »Ich bin mir ganz sicher. Wir werden das gemeinsam durchstehen.«

»Soviel Lüge und Betrug – das ist nicht leicht zu ertragen, Susannah.«

»Ich weiß. Aber gemeinsam stehen wir es durch.«

»Mylord!« Es war Nelson, der schreckensbleich in der Türe stand. »Was ist denn mit meinem Herrn geschehen?«

»Er hatte eine Art Anfall, Nelson. Nichts Ernstes jedenfalls. Laß ihn einfach liegen. Es heißt doch, daß man einen Menschen nach einem Anfall nicht bewegen soll. Oh, und Nelson – sag doch bitte deinem Herrn, wenn er sich von seinem Anfall erholt hat, daß ich heute abend noch einmal auf ein kleines Schwätzchen unter Brüdern vorbeikommen werde. Ach ja, darf ich dir meine Frau vorstellen, Nelson? Das ist Lady Mountvale.«

»Mylady, es ist mir eine Ehre«, sagte Nelson, ohne sie anzublicken; er sah hilflos auf seinen Herrn hinab, der sich mittlerweile wieder zu bewegen begann, wobei er ein Stöhnen von sich gab.

Susannah nickte dem Diener zu und trat auf den am Boden Liegenden zu. Tibolt riß erstaunt die Augen auf. Sie blickte lächelnd auf ihn hinunter – es war das kälteste Lächeln, das Rohan jemals gesehen hatte. Er sah die Wut in ihren Augen, und er verstand sie nur zu gut.

»Daß Sie es wagen, sich ›Mann Gottes‹ zu nennen, wird *Ihn* wohl einigermaßen erstaunen. Mich jedenfalls erstaunt es sehr. Sie sind ein schlechter Mensch, Sir. Sie sind ein Betrüger, und ein Heuchler obendrein. Und wenn Sie noch mehr sind als das, werden wir es herausfinden. Sie verdienen es nicht, Charlotte zur Mutter zu haben. Sie ist eine gute Seele. Sie, Sir, sind dagegen ein widerlicher Kerl.« Susannah trat ihn hart in die Rippen.

Nelson eilte herbei und kniete sich neben seinen Herrn. »Aber warum nur, Mylady?« sagte er und blickte zu ihr auf. »Sie hätten ihn nicht treten dürfen. Seine Lordschaft hat selbst gemeint, man soll einen Menschen nicht bewegen, wenn er gerade einen Anfall hatte.«

»Ich habe ihn doch gar nicht bewegt«, erwiderte Susannah unschuldig. Dann wandte sie sich ab und verließ zusammen mit ihrem Gemahl das Pfarrhaus.

Als Rohan sie an diesem Abend im Gasthaus alleinließ, erhob Susannah keinen Einwand. Sie fühlte sich zutiefst angeekelt von alldem, was sie an diesem Tag erfahren hatte. Andererseits machte sie sich auch Sorgen um Rohan, doch der schüttelte nur ungeduldig den Kopf, als sie ihn davon abhalten wollte, zum Pfarrhaus zurückzukehren. »Es muß sein«, war alles, was er sagte. »Ich muß jede Einzelheit darüber erfahren.« Als er sie küßte, spürte sie den Schmerz, der ihn erfüllte, und die Angst, weitere entsetzliche Neuigkeiten zu erfahren.

Irgendwie hatte er es geschafft, die Wut und den Schmerz zurückzudrängen. Er hoffte inständig, daß Tibolt sich ihm stellen würde und nicht vor ihm davongelaufen war. Als er das Pfarrhaus erreichte, sah er, daß zumindest diese Sorge unbegründet zu sein schien, denn alle Fenster des Hauses waren hell erleuchtet.

Sein Bruder erwartete ihn in seinem Arbeitszimmer, wahrscheinlich dem einzigen Raum, in dem er sich sicher fühlte. Rohan nickte Nelson kurz zu, ehe er das Zimmer betrat und die Tür hinter sich schloß.

»Nun, Tibolt, ich bin froh, daß du hier bist.«

»Wo hätte ich denn hingehen sollen?« erwiderte sein Bruder achselzuckend. »Hier bin ich zu Hause. Ich bin für die Menschen dieser Stadt verantwortlich. Natürlich bin ich hier. So viel Angst machst du mir wirklich nicht, Rohan, wenngleich ich sagen muß – dein rechter Haken ist immer noch ganz schön wuchtig.« Er rieb sich das Kinn, an dem ein blauer Fleck zu sehen war. Dann blickte er seinem Bruder achselzuckend in die Augen. »Du hast also eine Hure geheiratet. Ich hoffe, du weißt, was du da getan hast. Bei deinem Ruf paßt das vielleicht sogar zu dir – aber es geht mich wirklich nichts an.«

Er machte es ihm leichter, dachte Rohan und trat an den Schreibtisch, wo er sich auf einen der alten Lederstühle setzte. »Niemand weiß, daß Susannah mit George verheiratet war. Ich habe allen gesagt, daß sie mich schon vor fünf Jahren geheiratet hat und daß ich sie die ganze Zeit über versteckt gehalten habe. Alle Welt wird sich fragen, warum ich das getan habe. Nun, ich werde sagen, daß ich zu jung war, um zuzugeben, daß ich mich verliebt und verheiratet habe, daß es zwar dumm von mir war, aber daß ich meine Frau und meine Tochter sehr liebe. Auch du wirst dich an diese Geschichte halten. Marianne ist meine Tochter. Mutter ist der einzige Mensch außer dir, der die Wahrheit kennt – außer Toby natürlich, Susannahs Bruder. Es ist eine Frage der Familienehre; nicht zuletzt wird auf diese Weise auch Georges Ruf geschützt. Hast du noch irgendwelche Fragen?«

»Nein, wenn du das wirklich tun willst. Natürlich

wird alle Welt schockiert sein, wenn bekannt wird, daß du, der große Frauenheld, schon seit fünf Jahren verheiratet bist und daß du deine Frau vor der Welt versteckt gehalten, aber weiterhin jedes weibliche Wesen in London verführt hast, das dir über den Weg lief. Das klingt nach unerhörter Zügellosigkeit. Meine Gemeinde wird empört sein.«

»Mag sein, aber ich glaube, daß nach und nach alle Welt Verständnis für meine Lage zeigen wird – ja, viele werden gerührt sein, wenn sie meine Geschichte erfahren. Und wenn die Mitglieder deiner Gemeinde entrüstet sein sollten, dann vergiß trotzdem nicht, was du deiner Familie schuldest. Wenn wir jetzt nach Mountvale House zurückkehren, werden wir eine Feier veranstalten, bei der ich offiziell bekanntgebe, daß ich verheiratet bin – wenngleich dank Lady Dauntrys eifriger Mithilfe wahrscheinlich ohnehin schon alle Welt davon weiß. Ich werde ziemlich zerknirscht und reumütig dreinblicken und allen versichern, wie leid es mir tut, daß ich es geheimgehalten habe. Dann werden Susannah und ich nach London gehen und das Schauspiel dort wiederholen. Hast du noch irgendwelche Fragen?«

Tibolt schüttelte langsam den Kopf. Er blickte seinen Bruder an, als wäre er ein Fremder – ein Mensch, den er nie wirklich gekannt hatte. »Das hatte ich nicht von dir erwartet. Ich verstehe einfach nicht, warum du das getan hast. Sie kann dir doch nichts bedeuten. Und das Kind ...«

Rohan ertrug es nicht länger. Er unterbrach seinen Bruder, ehe er mit seinen empörenden Ausführungen fortfahren konnte. »Ach ja? Was wäre, wenn du herausgefunden hättest, daß du eine Nichte hast und dein Bruder sich zum Schein hat trauen lassen, nur um die Mutter deiner Nichte ins Bett zu bekommen?«

»Ich habe dir doch schon gesagt, was sie ist.«

»Ja, das hast du. Aber es ist dermaßen absurd und

dermaßen falsch, daß ich mich frage, warum du so versessen darauf bist, es mir und dir selbst einzureden. Sie ist nämlich eine Lady, damit du es weißt. Bezeichnest du sie deshalb als Hure, weil du damit Georges Verhalten besser rechtfertigen kannst? Ja, das ist es, nicht wahr? Ich sehe es dir doch an, daß ich recht habe.«

»Nein, ich habe sie gesehen, genauso wie ich die anderen sah. Obwohl sie jung war, sehr jung, sehe ich keinen Grund, meine Ansicht zu ändern. Sie ist mir genau wie die anderen erschienen.«

»Wenn sie alle gleich waren, dann muß ich zu dem Schluß kommen, daß George das drei ganz und gar unschuldigen jungen Mädchen angetan hat. Wenn du sie tatsächlich so gesehen hast, wie du sie sehen wolltest, dann muß ich sagen, daß du einen schweren Fehler begangen hast und daß du deiner hohen Verantwortung nicht gerecht geworden bist. Du hättest ihr die Wahrheit sagen müssen. Ich schätze, da werden einige Gebete für dich notwendig werden. Ihr wurde großer Schaden von unserer Familie zugefügt. Aber das hat jetzt ein Ende. Jetzt gehört sie zu mir, genauso wie Marianne.«

Tibolt zuckte gleichgültig mit den Achseln. »Aber was ist mit den anderen? Was ist, wenn ich mich geirrt habe und sie doch keine Huren waren? Wirst du dann versuchen, eine von ihnen mit mir zu verheiraten?«

»Du hast gesagt, George hätte dasselbe zwei weiteren Mädchen angetan. Weißt du, wer sie sind?«

Tibolt schüttelte den Kopf. »Aber wenn diese eine zu dir gekommen ist, warum dann nicht auch die anderen?«

»Sie ist nicht zu mir gekommen. Und jetzt vergißt du am besten all die widerlichen Details, die George dir erzählt hat. Bist du wirklich so dumm, Tibolt, daß du George all das abgenommen hast? Und das, nachdem er es dreimal getan hat? Sag, war Susannah die dritte?«

»Nein, sie war die zweite.«

»Sie war gerade siebzehn, als George sie zur Heirat überredete. Sie ist von ihrer Herkunft und ihrer Erziehung her eine Lady.«

»Sie hat mich in die Rippen getreten. Eine Lady würde niemals einen Mann Gottes in die Rippen treten.«

»Tibolt, du stellst meine Geduld auf eine harte Probe. Würdest du sagen, daß ich ein Gentleman bin?«

»Natürlich.«

»Nun, ich habe dich ins Gesicht geschlagen, so kräftig ich konnte.«

»Das ist etwas anderes.«

Rohan verdrehte die Augen. »Du verblüffst mich immer wieder. Nun, wenn du möchtest, dann begleite ich dich jetzt gleich nach draußen auf dieses gottverlassene Stückchen Land, das du deinen Garten nennst. Ich hätte nämlich nicht übel Lust, dir ein wenig Verstand in deinen verdammten Schädel zu prügeln.«

Tibolt hob rasch beide Hände. »Nein, nicht nötig. Es soll alles so geschehen, wie du es sagst. Mir kann es ja schließlich egal sein.«

Rohan beugte sich ein wenig vor und sagte mit ruhiger Stimme: »Und jetzt erzähl mir doch bitte von der Karte.«

Er sah nichts als Verwirrung in Tibolts Gesicht. »Was denn für eine Karte?«

»Du weißt ganz genau, wovon ich spreche. Ich will alles über diese verdammte Karte wissen. Ich weiß, daß George dir davon erzählt hat.« In diesem Augenblick sah er seinem Bruder an, daß er sich nicht geirrt hatte – auch wenn Tibolt kein Wort sagte.

»Red schon, verdammt noch mal!«

»George hat tatsächlich eine Karte erwähnt, kurz bevor er starb«, sagte Tibolt zögernd. »Aber George war doch andauernd mit irgendeiner Karte beschäftigt. Ich habe der Sache also überhaupt keine Bedeutung beigemessen. Ich interessierte mich auch gar nicht dafür.«

»Du kennst doch Theodore Micah und Lambie Lambert, nicht wahr?«

»Aber sicher, vor allem weil sie Freunde von George waren; aber ich kannte sie selbst auch. Warum fragst du? Worum geht es eigentlich? Was für eine Karte ist es denn, von der du sprichst?«

»Es ist eigentlich nur eine halbe Karte. Ich habe keine Ahnung, was man mit Hilfe der Karte finden kann – aber es ist zweifellos etwas, das diesen Männern überaus wichtig ist.«

»Was meinst du damit?«

Rohan betrachtete seine Fingernägel, und dann die Feder auf Tibolts Schreibtisch. Ohne seinen Bruder anzublicken, sagte er: »Lambert oder Micah, vielleicht auch beide, sind dreimal in Susannahs Haus eingedrungen, um Georges Hälfte der Karte zu finden. Dann kam Lambert sogar nach Mountvale House, wo er wieder nichts fand, dafür aber Susannah entführte.«

»Mein Gott, das ist doch nicht dein Ernst?«

»Hast du ihn getötet?«

»Nein, aber ich habe ihn überredet, der Kriegsmarine Seiner Majestät beizutreten. Leider wollte er uns nichts verraten. Aber er war fest entschlossen, die Karte zu finden.«

Tibolt blickte ihn ziemlich betroffen an. Der blaue Fleck auf seinem Kinn war im Kerzenlicht deutlich zu sehen. »Ich hatte keine Ahnung«, sagte er kopfschüttelnd und blickte seinem Bruder in die Augen. »Nicht die geringste Ahnung. Theodore Micah kam nämlich vor einer Woche zu mir und fragte mich, ob ich wüßte, wo George seine Hälfte der Karte gelassen hätte. Mehr weiß ich nicht davon, Rohan.«

»Wo ist er, Tibolt?«

»Er sagte, wenn ich mich erinnern sollte, dann würde ich ihn in Eastbourne finden. Er sagte auch, daß er gewissen Leuten aus dem Weg gehen müsse und deshalb gezwungen sei, sich zu verkleiden. Außerdem hat er mir verraten, daß er bei einer Frau in der Hafengegend wohne. Wie ich schon sagte, das war vor einer Woche. Er wollte, daß ich selbst in Mountvale House nach der halben Karte suche, worauf ich antwortete, daß er mit dieser Hälfte ja ohnehin nichts anfangen könne. Darauf hat er erwidert, daß ich mir darum keine Sorgen machen soll. Er hat außerdem etwas von einem kleinen goldenen Schlüssel gesagt. Ich weiß noch, daß ich ihm geantwortet habe, daß es mir gar nicht gefallen würde, nach Mountvale zu gehen und nach einer Karte zu fragen, die George gehörte. Ich fragte ihn, was ihm denn eine halbe Karte schon nützen könnte und auch, wofür die Karte gut sei. Ich wollte auch wissen, wer die andere Hälfte hat. Er hat mich nur angegrinst – und zwar ziemlich widerlich, das kann ich dir sagen. Das ist alles, das schwöre ich. Na ja, er hat noch hinzugefügt, daß er mich töten würde, wenn ich dir verraten sollte, wo er sich aufhält.«

»Ich möchte genau wissen, wo ich ihn finden kann, und auch, wie er aussieht. Ich kann es nicht zulassen, daß wir alle noch länger mit dieser Gefahr leben.«

»Ich bitte dich, sei vorsichtig«, sagte Tibolt und seufzte. »Er ist ein Schauspieler – und er ist sehr gut darin. Wie er aussieht, nun … er muß ungefähr dreißig Jahre alt sein. Er ist nicht sehr groß, ziemlich schlank und für gewöhnlich wie ein Dandy gekleidet – mit einer großen Uhrkette und einer grellen Weste. Sein Haar ist rabenschwarz, genauso wie seine Augen. Es sind leere, kalte Augen. Ich habe ihm noch nie gerne ins Gesicht geblickt. Auch wenn er lächelt, weiß man genau, daß er es nicht wirklich so meint. Man hat das Gefühl, daß ihm seine Mitmenschen völlig gleichgültig sind. Ich glaube, es ist keine sehr gute Idee, wenn du nach ihm suchst. Aber so wie ich dich kenne, wirst du dich nicht davon abbringen lassen. Schließlich hast du immer alles erreicht, was du wolltest, nicht wahr? Ich möchte dich nur warnen; wenn du ihn findest, sei vorsichtig.«

Rohan nickte und erhob sich von seinem Stuhl. »Wenn ich herausfinde, daß du in die Sache verwickelt bist, Tibolt, dann werde ich dafür sorgen, daß du deine Strafe erhältst – auch wenn es Mutter sehr schmerzen würde. Sie hat schon genug an alldem zu leiden, was George getan hat. Wenn sie wüßte, daß du von seinen Machenschaften gewußt hast, würde sie wahrscheinlich auf der Stelle herkommen und dir ebenfalls höchstpersönlich in die Rippen treten.«

»Genauso wie deine Frau ist auch unsere Mutter keine Lady. Unserem Vater war sie nie eine große Stütze.«

Rohan konnte seinen Bruder nur anstarren, ohne ein Wort zu sagen. Er fragte sich, ob Tibolt wohl log. Wahrscheinlich, wenngleich er keine Ahnung hatte, auf welche Weise sein Bruder in all das verwickelt sein könnte. Es erschien ihm immer noch undenkbar, daß Tibolt der Mann gewesen sein könnte, der in jener ersten Nacht in Mountvale eingedrungen war. Nein, das war ganz einfach unmöglich. Doch er wußte, daß er nur einen kleinen Teil der Wahrheit kannte – und das war schwer zu ertragen.

Susannah hatte den Kopf an seine Schulter gelegt und die Augen geschlossen – doch er spürte, daß sie nicht schlief. Er wußte, daß sie über all das nachdachte, was er ihr erzählt hatte. Sie hatte sich mit dem begnügt, was er ihr mitgeteilt hatte, wobei er einige Details für sich behielt; er fragte sich nun, ob sie es gemerkt haben könnte. Zum Beispiel hatte er nichts von Theodore Micah gesagt und von der Tatsache, daß der Mann sich in Eastbourne aufhielt. Wahrscheinlich heckte sie gerade einen Plan aus. Es gefiel ihm sehr, wie unerschrocken sie sich den Tatsachen stellte. Es gefiel ihm auch, daß er sie bereits gut genug kannte, um zu wissen, was sie gerade dachte. Aber er konnte ihr ganz einfach nichts von Micah erzählen. Er wollte ihr keine Angst einjagen, und er wollte auch nicht riskieren, daß sie eventuell selbst nach Eastbourne aufbrach, um den Mann zu suchen.

Er küßte ihr Haar, und es kam ihm in den Sinn, daß er es wohl nie bereuen würde, diese Frau geheiratet zu haben – diese mutige und stolze Frau. Er schloß seinen Arm etwas fester um sie. »Susannah, wir sind fast da.«

Er hätte ihr am liebsten auch gesagt, daß er in wenigen Minuten, wenn sie zu Hause angekommen waren und sich ins Schlafzimmer zurückziehen konnten, jeden Zentimeter ihres Körpers mit Küssen bedecken würde – ein Gedanke, der seinen Atem schneller gehen ließ.

»Ich weiß. Danke, Rohan, daß wir das Gasthaus verlassen haben. Ich glaube, ich hätte es nicht ertragen, noch eine weitere Nacht dort zu verbringen.«

Als er nach seiner Unterredung mit Tibolt ins Zimmer gekommen war, hatte sie bereits reisefertig vor ihm gestanden.

Sie hatte ihm nur kurz in die Augen geblickt, ehe sie auf ihn zuging und ihn umarmte, ohne ein Wort zu sagen.

»Höchstens noch fünfzehn Minuten.« Es war schon fast ein Uhr morgens. Leichter Nieselregen ging von dem schwarzen Nachthimmel nieder. Es war empfindlich kalt. Durch das Fenster der Kutsche sahen sie dichten Nebel vorüberziehen.

»Du willst mir nicht mehr erzählen, oder?«

»Es gibt kaum noch etwas von Bedeutung, wirklich.«

Sie seufzte. »Das glaube ich dir nicht ganz. Du möchtest mir irgend etwas ersparen. Glaubst du, daß George in die Sache mit der Karte verwickelt war?«

»Ich habe keine Ahnung, wirklich. Tibolt hat nicht die ganze Wahrheit gesagt, das ist mir klar. Aber wie die Wahrheit aussieht, das weiß ich auch nicht.«

Plötzlich wurde die Stille der Nacht von einem Pistolenschuß zerrissen; kurz darauf folgte ein zweiter Schuß. Rohan hörte Elsay, den Kutscher, aufschreien. O Gott, ein Schuß hatte ihn getroffen!

Er drückte Susannah auf den Boden der Kutsche und griff nach seiner Pistole, die sich in der ledernen Tasche an der Tür befand.

Die Pferde blieben abrupt stehen. Im nächsten Augenblick hörte Rohan einen Mann rufen: »Alles rauskommen! Keine Dummheiten, Mylord, sonst muß ich dem Mann hier draußen noch eine Kugel verpassen. Kommen Sie raus, und bringen Sie auch das kleine Flittchen mit.«

Der erste Gedanke, der Rohan durch den Kopf ging, war: *Gott sei Dank, daß es nicht Tibolt ist.* Er hatte keine Ahnung, wer der Mann war.

Trotz seiner Verwundung wollte Elsay es nicht zulassen, daß sein Herr der Aufforderung des Schurken nachkam. Er knallte mit der Peitsche und rief seinen Pferden zu, loszupreschen. Rohan wurde von den Beinen gerissen, als die Kutsche sich mit einem jähen Ruck in Bewegung setzte.

Im nächsten Moment hörte er die wüsten Flüche, die der Fremde ausstieß, sowie das Getrappel von Pferdehufen. Er war nicht gewillt, sie entkommen zu lassen.

»Bleib unten, Susannah.«

Rohan steckte den Kopf kurz beim Fenster hinaus. Der Mann war nicht mehr als zwanzig Meter hinter ihnen und ritt so schnell er konnte. Die Pferde rasten nun völlig unkontrolliert dahin; Elsay mußte ziemlich schwer verletzt sein.

Rohan steckte die Pistole ein und schwang sich aus dem Fenster der Kutsche. Er hielt sich an der Stange am Dach der Kutsche fest und zog sich nach oben. Die Kutsche schlingerte bedrohlich nach links. Die Pferde rasten wie wild auf eine gefährliche Biegung zu, die an einem tiefen Abgrund vorüberführte.

Der Fahrtwind trieb ihm die Tränen in die Augen und

wehte ihm die Haare ins Gesicht. Dennoch schaffte er es, auf das Dach der Kutsche zu klettern. »Elsay, halt aus, ich komme.«

Der Kutscher gab keine Antwort. Rohan sah unterdessen den Mann auf dem Pferd näherkommen. Der Regen wurde immer stärker. Wenn eines der Pferde ausglitt, waren sie verloren.

Er sah, daß Susannah sich aus dem Fenster lehnte.

Vorsichtig kletterte er auf den Kutschbock hinab. »Halt aus«, spornte Rohan seinen Kutscher an. Im nächsten Moment sah er, daß die Zügel zwischen den beiden Pferden hinunterhingen. »Verdammt«, stieß er hervor. »Ich muß etwas tun.«

»Vorsicht, Mylord.«

Die Pferde schwenkten so scharf nach links, daß die Kutsche beinahe umgestürzt wäre. Rohan sprang auf Rambles Rücken, wobei er sich gerade noch am Geschirr des Pferdes festhalten konnte, um nicht zwischen den Hufen der beiden Tiere zu landen. Er begann den Pferden zuzureden, um sie irgendwie zu beruhigen. Wenn er doch nur wie Jamie hätte singen können!

Schließlich gelang es ihm, die Zügel aufzuheben. Beide Pferde waren völlig außer sich vor Angst. Langsam, ganz langsam begann er an den Zügeln zu ziehen, während er immer weiter mit den Pferden sprach und hoffte, daß seine Stimme sie beruhigen möge. Die Pferde kamen ein Stück von der Straße ab und rasten immer noch im Höllentempo auf die Klippen über Beachy Head zu.

Er zog immer fester, denn er sah, daß ihnen nicht mehr viel Zeit blieb. Wenn sie nicht in wenigen Augenblicken zum Stillstand kamen, würden sie mitsamt der Kutsche den steilen Abhang hinunterstürzen. Eine Ewigkeit schien zu vergehen, während der Regen ihm ins Gesicht peitschte und der Wind ihm um die Ohren heulte.

Schließlich rief er so laut er konnte: »Ramble, Oscar, ihr verdammten Gäule, bleibt stehen! Das ist ein Befehl!«

Und tatsächlich – Ramble stellte sich auf seine Hinterbeine und brach seitwärts aus, Oscar desgleichen. Nach und nach wurden sie langsamer und kamen endlich zum Stillstand.

Sie waren dicht am Abgrund vorbeigeschrammt. Wenn Ramble sich nicht im letzten Moment zur Seite geworfen hätte, wären sie unweigerlich hinabgestürzt. Rohan war so erleichtert, daß er sich nicht bewegen konnte. Er saß regungslos auf Rambles Rücken und holte tief Luft.

»Rohan!«

Die Tür ging auf, und Susannah stolperte ins Freie. Sie fiel auf die Knie, rappelte sich hoch und lief auf ihn zu. Plötzlich blieb sie stehen, denn ihr fiel ein, daß sie die Pferde wieder erschrecken könnte. »Ist ja gut, Oscar. Bleib nur ruhig, braver Junge. Jamie wird dir gewiß zur Belohnung etwas vorsingen und dir ein paar Karotten spendieren.«

»Eigentlich war es Ramble, der uns gerettet hat.«

Sie lächelte ihrem Ehemann zu, ehe sie sich an das Pferd wandte. »Du warst großartig, Ramble. Ich werde dich persönlich mit dem allerbesten Hafer füttern, den es in England gibt. Rohan, alles wieder in Ordnung?«

»Ja«, sagte er und schwang sich vom Pferd, um die beiden Tiere beruhigend zu tätscheln. Sie wirkten immer noch ziemlich erregt.

Da fiel ihm ihr Verfolger wieder ein. Er wirbelte herum, doch da war niemand zu sehen. Der Mann war ihnen nicht gefolgt.

»Elsay, wie schwer hat es dich denn erwischt?«

»Nur am rechten Arm, Mylord. Es ist nicht so schlimm; ich blute nur wie ein ... na ja, egal. Ich werd's jedenfalls überleben.«

»Dank unserem alten Ramble«, warf Rohan ein, dem der Schock immer noch in den Gliedern saß. »Wir warten hier eine Weile, bis die Pferde sich beruhigt haben. Susannah, reiß doch ein Stück von deinem Unterrock ab. Wir brauchen etwas, womit wir Elsays Arm verbinden können.«

»Der Mann, der auf mich geschossen hat, Mylord – wer, zum Teufel, war der Kerl?«

»Ich glaube, ein sehr übler Bursche, den ich mir schon noch vorknöpfen werde. Keine Sorge, Elsay. Jetzt wollen wir einmal sehen, daß wir dich wieder heil nach Mountvale bekommen.«

»Sie werden doch nicht etwa den Doktor holen, diesen jungen Kerl? Der Mensch macht mir angst, Mylord.«

»Das muß wohl sein, aber ich werde ihn nicht aus den Augen lassen, damit er nichts anstellt. Wenn er dir trotzdem weh tut, dann bekommt er es mit mir zu tun. In Ordnung?«

»Ja, in Ordnung«, gab Elsay zurück und fiel in Ohnmacht.

25

»Ich bin froh, daß es Elsay wieder gutgeht und daß Ramble und Oscar nichts passiert ist. Dein Vater hatte große Freude an Ramble. Er hat stets betont, daß Ramble viel Mut hat. Ich brauche ja wohl nicht zu sagen, wie froh ich bin, daß dir und Susannah nichts fehlt. Aber weder ich noch Susannah wissen, wer auf euch geschossen hat. Und natürlich frage ich mich auch, warum. Weißt du es denn, Susannah?« fragte Charlotte.

»Nein, keine Ahnung.« Doch Rohan sah ihr an, daß sie sehr wohl eine Vermutung hegte. Er hatte ihr auch nach diesem Vorfall nichts von Theodore Micah erzählt, sondern nur wiederholt, daß Tibolt alles geleugnet hatte. Er verschwieg ihr dieses kleine Detail, weil er sie nicht mehr in die Sache hineinziehen wollte als nötig. Seiner

Ansicht nach erreichte er dies am besten dadurch, daß sie möglichst wenig wußte.

Rohan sah kurz zu seiner Mutter auf, während er sein Rührei verspeiste. Sie blickte zuerst Susannah und dann ihn ziemlich mißtrauisch an. Nach dem nervenaufreibenden Erlebnis der vergangenen Nacht war er schon im Morgengrauen aufgestanden, während Susannah noch tief und fest schlief. Er hatte einige Männer aus dem Dorf angeheuert, um sie die Umgebung von Mountvale House durchstreifen zu lassen. Wenn er Glück hatte, würden weder Susannah noch seine Mutter etwas davon merken. Er hatte den Männern aufgetragen, daß sie jeden Fremden festhalten sollten, der ihnen über den Weg lief.

Er war sich ziemlich sicher, daß Theodore Micah Tibolts Haus beobachtet haben mußte. Daraufhin war er ihnen gefolgt, um sie anzuhalten. Rohan konnte sich einfach nicht vorstellen, daß Tibolt den Mann selbst verständigt haben könnte, damit er ihnen folgte. Sein Bruder war ein Schuft – aber konnte er denn derart verkommen sein? Rohan glaubte, daß Micah geplant hatte, Susannah zu bedrohen oder gar zu entführen. Als er merkte, daß die Pferde der Kutsche durchgingen, mußte er rasch kehrtgemacht haben. Wenn sie den Abgrund hinabgestürzt wären, hätte Micah seinen Plan aufgeben müssen. Rohan haßte es, vor so vielen Rätseln zu stehen und nicht zu wissen, ob sein Bruder mit alldem zu tun hatte. Was ihm am meisten zu schaffen machte, war die Tatsache, daß Susannah ständig in Gefahr schwebte. Er hoffte, sie bemerkte nicht, daß immer jemand um sie war, der sie und auch Toby bewachte.

»Liebling?« hörte er seine Mutter sagen. »Wo bist du denn mit deinen Gedanken? Susannah sagt, sie wisse von alldem nichts – aber du weißt etwas, da bin ich mir sicher. Also los, raus damit.«

Aber den Gefallen konnte er ihr nicht tun. Er konnte seiner Mutter einfach nicht anvertrauen, daß ihr zweitältester Sohn höchstwahrscheinlich in die ganze Sache verwickelt war. Rohan fragte sich auch, was wohl Macbeth und Papst Leo IX. bei alldem für eine Rolle gespielt hatten. Er schüttelte den Kopf. »Es war gewiß nur ein Räuber, nichts weiter.«

»Ja«, pflichtete Susannah ihm bei. »So muß es sein, Charlotte. Ein Räuber, der es auf meine Juwelen und auf Rohans Uhrkette abgesehen hatte.« Sie warf ihrem Ehemann einen kurzen Blick zu, ehe sie wieder auf den Schinken auf ihrem Teller hinuntersah. Sie würde Tibolt bestimmt nicht erwähnen. Das wollte sie Charlotte auf jeden Fall ersparen.

»Weißt du, mein Lieber, ich bin mir da gar nicht so sicher, ob das wirklich ein Räuber war. Immerhin ist da noch die Sache mit der Karte. Könnte es nicht sein, daß dieser Lambert nicht der einzige ist, der die Karte haben will?«

Ohne nachzudenken sagte Rohan: »Also, ich habe vor, noch heute nachmittag nach Eastbourne zu reiten und mich ein wenig umzuhören. Ich glaube, es könnte sein, daß Lambert sich dort aufgehalten hat. Vielleicht kann ich herausfinden, ob noch andere damit zu tun haben.«

»Ich werde dich natürlich begleiten«, warf Charlotte lächelnd ein.

»Nein, ich werde dich begleiten«, sagte Susannah und beugte sich in ihrem Stuhl vor.

Das hatte er davon, daß er seinen Mund nicht hatte halten können, dachte Rohan. »Nein, ihr könnt beide nicht mitkommen«, verkündete er mit fester Stimme, um erst gar keinen Widerspruch aufkommen zu lassen.

»Es tut mir leid, mein Lieber«, warf Charlotte ein, »aber wenn du nicht vernünftig bist, dann werden Susannah und ich auf eigene Faust nach Eastbourne reiten und uns umsehen.«

»Wir beide, Charlotte?«

»Aber ja. Ich kann dir ein so aufregendes Erlebnis

doch nicht vorenthalten. Das ist wieder einmal ganz nach meinem Geschmack. Ich habe eine sehr gute Nase für solche Dinge. Zum Beispiel war ich es, die Lady Perchants Rubinring gefunden hat. Vielleicht müssen wir auch einige junge Männer befragen. Ich bekomme so gut wie alles aus jungen Männern heraus, wenn ich will.«

»Ich! Ich!« rief Marianne aus und befreite sich strampelnd aus Lotties Armen, um auf Rohan zuzulaufen. »Ich komme auch mit!«

Rohan stöhnte. »Das ist zuviel. Bin ich denn nicht Herr im eigenen Haus?« Er würde es nicht zulassen, daß sich die Menschen, die ihm am nächsten standen, unnötig in Gefahr begaben. Bestimmt war auch Susannah klar, daß es wohl Theodore Micah gewesen sein mußte, der vergangene Nacht auf sie geschossen hatte. Und sie spürte auch, daß dieser Mann äußerst gefährlich war. Rohan wußte es zu schätzen, daß sie ihre Vermutung für sich behielt.

»Ich werde mich um Marianne kümmern«, sagte Toby.

»Ja, aber erst kommt sie noch ein Weilchen zu mir.« Rohan streckte die Arme nach ihr aus. »Ro-han!« rief die Kleine, als er sie hochhob und auf seinen Schoß setzte. Er nahm die Serviette von seinem Teller und machte sich zusammen mit Marianne über sein Rührei her.

Susannah betrachtete den Mann, dessen Ehefrau sie nun seit über zwei Wochen war. Er ging mit ihrer Tochter auf eine so selbstverständliche und spielerische Weise um. Nun, das hatte er von Anfang an getan – aber in diesem Augenblick spürte sie, wie etwas unendlich Zartes und gleichzeitig Starkes sich in ihr zu regen begann – wie eine Blume, eine Lilie, die nach und nach ihre Blüte entfaltet. Es machte ihr ein wenig angst. Mit Lilien hatte sie in ihrem Garten nie allzuviel Glück gehabt.

Nein, sie konnte es nicht zulassen, daß Rohan allein der Gefahr entgegenritt. Sie wußte, daß es wohl Theodore Micah war, der sie verfolgt hatte – vielleicht, nachdem er in der Nähe von Tibolts Haus gelauert hatte. Nein, sie würde es Rohan nicht gestatten, allein wegzureiten. Sie mußte ihm helfen und auf ihn achtgeben.

Was Rohan eine Stunde später unternahm, war zwar etwas hinterlistig – aber es gelang. Lady Dauntry und ihre beiden Begleiterinnen, Mrs. Goodgame und Mrs. Hackles, waren zu Besuch gekommen. Es war eigentlich noch nicht die angemessene Zeit für einen Besuch, sagte Charlotte zu Susannah, aber andererseits konnte sie die drei Ladies nicht einfach abweisen.

Susannah wußte, daß man bei Rohan mit allem rechnen mußte. Sie hoffte, daß er die Situation nicht ausnützen würde, um sich ohne sie nach Eastbourne davonzumachen. Obwohl sie wußte, daß er es nur in ihrem Interesse tat, behagte es ihr gar nicht, daß er sie zu beschützen versuchte, indem er sie von allem fernhielt, was irgendwie gefährlich werden konnte. Sie sah, daß Rohan sich in sein Arbeitszimmer zurückzog und die Tür hinter sich schloß. Zwar hatte sie den Eindruck, daß er warten würde, bis die Ladies gegangen waren – dennoch traute sie ihm nicht ganz. Andererseits wäre es höchst unhöflich gewesen, wenn sie sich nicht um die drei Schlachtschiffe gekümmert hätte, wie Toby sie nannte. Das hieß, Rohan hatte durchaus die Möglichkeit, zu verschwinden.

Die drei waren gekommen, um den neuesten Klatsch zu erfahren, wie Charlotte Susannah hinter vorgehaltener Hand zu verstehen gab. Ihre Familie war es ihnen geradezu schuldig, stets das eine oder andere Detail zu verraten, um die Neugier der drei Damen zu befriedigen. Charlotte hielt dies auch für eine willkommene Gelegenheit, die es zu nützen galt. »Wenn wir ihnen das sagen, was wir alle Welt glauben lassen wollen«, meinte Charlotte, »dann wird sie das davon abhalten, ihre eigenen Geschichten zu verbreiten, die – das kannst du mir glauben – mit der Wahrheit nur noch sehr entfernt zu tun haben. Ach, übrigens, Susannah – ich glaube, Rohan hat sich zurückgezogen, um Pulver bei der Arbeit zu unterstützen. Er scheint also nicht die Absicht zu haben, allein nach Eastbourne zu reiten.«

Rohan wartete, bis seine Frau und seine Mutter beschäftigt waren. Er gab Pulver die Anweisung, im Arbeitszimmer zu bleiben, bis er wieder zurück sei. Dann ging er zu den Stallungen und wies Jamie an, alle Pferde zumindest für drei Stunden auf die Weide im Osten zu führen und keinesfalls früher nach Hause zurückzukehren. Außerdem sollte Jamie von jeder der beiden Kutschen zwei Räder entfernen. Er selbst sattelte Gulliver, während Jamie und die übrigen Stalljungen mit den Pferden aufbrachen.

Zufrieden pfeifend verließ er auf seinem Pferd Mountvale House. Ein Mann mußte schließlich das tun, was seine Pflicht war. Er hatte sie alle beide überlistet. Dennoch konnte er sich seines gelungenen Schachzugs nicht wirklich freuen – zu sehr lastete die Sorge auf seinen Schultern. Er winkte Jamie zu, der mittlerweile bereits zu weit entfernt war, als daß seine Mutter oder seine Frau ihn hätten zurückholen können. Dann hielt er kurz an, um mit zwei der Männer zu sprechen, die die Umgebung des Hauses im Auge behielten. Sie hatten niemand Verdächtigen entdeckt.

Wenigstens, so dachte er erleichtert, hatte seine List geklappt, so daß er diese eine Gefahr von den beiden Frauen hatte abwenden können. Irgendwann erinnerte er sich an einen von Jamies Limericks – und er begann aus voller Kehle zu singen.

»Es war mal 'ne Lady aus Broom,
deren Nase war unglaublich krumm.
Eines Tages, da verschwand sie –
wohl der Nase nach, denn keiner fand sie,
und jeder fragte: ›Wo treibt sie sich rum?«

Gulliver warf sein mächtiges Haupt herum, schnaubte kräftig und versuchte, ihn in den Stiefel zu beißen.

Als Rohan eine Stunde später Eastbourne erreichte, ritt er direkt zum Hafen hinunter. Er brauchte nicht lange, um den Namen der Frau herauszufinden, die dort Zimmer vermietete. Es stellte sich heraus, daß sie tatsächlich ein Zimmer an einen Schauspieler vermietet hatte, der zwar stets freundlich lächelte, einen dabei aber aus so kalten Augen ansah, daß Alice – so hieß die dralle Vermieterin – ihm nicht über den Weg traute, wie sie Rohan gestand.

Dieser Schauspieler war jedoch schon wieder fort. Ein Mann von Rohans Ruf wäre normalerweise durchaus noch ein Stündchen geblieben, um sich mit der kessen Alice zu vergnügen, doch statt dessen ritt Rohan direkt nach Hause. Er kehrte unter den gegebenen Umständen nicht gern nach Hause zurück, doch da war nun einmal nichts zu machen.

Er dachte an den Ball, zu dem alle Nachbarn kommen würden und an dem Rohan den Reumütigen spielen mußte. Die Rolle mußte er noch ein wenig einstudieren. Seine Darbietung mußte perfekt sein.

»Ich glaube«, sagte seine liebe Mama, »wir sollten ihm seine kleine Eigenmächtigkeit verzeihen. Schließlich hat er ohnehin nichts herausgefunden. Offenbar hat er nicht meinen Spürsinn geerbt. Seine Mission ist – wie es aussieht – gescheitert. Und zwar deshalb, weil er uns wie dumme Schafe behandelt hat, die nur dazu da sind, Wolle zu geben.«

»Das hast du schön gesagt, Mutter«, antwortete Rohan und wünschte sich, er wäre in London, wo es niemanden gäbe, der ihn als einen dummen Jungen betrachtete. Für Mütter blieb man anscheinend ewig der unmündige kleine Junge, der keine Ahnung hatte.

»Ich muß deiner Mutter recht geben, Rohan. Mach so

etwas ja nie wieder, sonst bekommst du meine Hand zu spüren.«

»Das ist ja nett«, erwiderte er. »Du weißt, wie gern ich deine Hand auf der Haut spüre.« Er wünschte, er hätte in der Nacht zuvor ihre Hand und noch einiges mehr von ihr zu spüren bekommen – doch sie war einfach zu erschöpft dafür gewesen. Kaum hatte er sie auf Nase und Ohren geküßt, da war sie auch schon eingeschlafen.

Charlotte wollte ihrem Sohn weitere Vorwürfe machen, als ihr auffiel, daß Susannah heftig errötet war. »Woran denkst du bloß, Susannah? Ah, bestimmt an Rohan. Deswegen bist du so verlegen, oder? Dieser Junge – er braucht nur einen Satz zu sagen, und schon bist du ganz außer dir. Weißt du, Rohan, auch dein Papa hatte diese Gabe«, fügte sie mit verträumter Miene hinzu.

Susannah jedoch erhob sich rasch und verließ fluchtartig den Raum.

Eine Näherin aus Eastbourne kam nach Mountvale House und blieb vier Tage. Sie brauchte ihren Aufenthalt nicht zu bereuen, denn Baron Mountvale zahlte ihr mehr, als sie sonst in sechs Monaten verdiente. Es stellte sich heraus, daß seine neue Ehefrau ihre Dienste auch wirklich bitter nötig hatte.

Mrs. Cumber wunderte sich einigermaßen über die Tatsache, daß die neue Baronesse gar keine rechte Freude an den vier Kleidern, den beiden Reitkleidern und den sechs seidenen Hemden zu haben schien, die die Näherin für sie anzufertigen hatte. Dabei waren die Kleidungsstücke aus den auserlesensten Stoffen, die in Paris zu bekommen waren.

Mrs. Cumber war auch an der Vorbereitung für jene Feier beteiligt, bei der die Baronesse offiziell präsentiert werden sollte. Die Näherin glättete noch hier und da eine Falte und trat dann ein paar Schritte zurück, um ihr großartiges Werk zu begutachten. Die junge Baronesse sah dermaßen bezaubernd aus, daß Mrs. Cumber von ihrer eigenen Arbeit beeindruckt war.

In diesem Moment öffnete sich die Tür, und der Baron kam hereinspaziert. Was für ein gutaussehender junger Mann er doch war – groß, gut gebaut, ein fröhliches Funkeln in seinen schönen grünen Augen und ein überaus sympathisches Lächeln auf den Lippen –, so daß Mrs. Cumber sich einen Moment lang wünschte, sie wäre zwanzig Jahre jünger und außerdem keine Näherin; ein Mann wie er würde bestimmt keine Näherin für seine ausschweifenden Vergnügungen in Betracht ziehen. Sie fragte sich, ob es wohl stimmte, daß er immer mindestens drei Mätressen gleichzeitig hatte.

»Ah«, sagte Rohan und strich sich über das Kinn, während er Susannah eingehend betrachtete. »Es ist unglaublich, wie hervorragend dir cremefarbene Kleider stehen – vor allem mit diesen raffinierten Spitzen am Hals, so daß man gerade erahnt, was sich alles darunter verbirgt ... nun, und dein wunderbar weiches Haar verstärkt die Wirkung des Kleides noch mehr. Ich muß sagen, Sabine hat ganze Arbeit geleistet. Wirklich reizend, diese verträumten Löckchen. Mrs. Cumber, ich muß Ihnen gratulieren. Ihr Kleid schmeichelt sogar Susannahs ohnehin vollkommener Figur.«

»Vielen Dank, Mylord«, sagte sie in sehr zurückhaltendem Ton, was ihr nicht leichtfiel, denn er gefiel ihr wirklich außerordentlich gut. Seine kleine Ehefrau hatte wahrscheinlich ohnehin von den schönen Dingen des Lebens keine Ahnung; nun, Mrs. Cumber verfügte zwar auch nicht gerade über einen allzu reichen Erfahrungsschatz – aber ein paar Dinge hätte sie einem Mann schon zu geben verstanden.

»Ich habe hier ein kleines Geschenk, das deine Schönheit noch ein wenig unterstreicht«, sagte er zu Susannah und öffnete die Hand. Es war ein unbeschreibliches Glitzern und Funkeln, das von den Diamanten und Saphiren ausging, die sich ihrem staunenden Blick darboten.

Susannah hielt den Atem an, als sie nach den wunderbaren Schmuckstücken griff, jedoch mitten in der Bewegung innehielt und die Hand wieder zurückzog. »Ich habe noch nie etwas so Wunderbares gesehen. Es kann doch nicht dein Ernst sein, daß ich diesen unglaublichen Schmuck tragen soll? Nein, das kann ich nicht annehmen. Was ist, wenn ich ihn verliere? Was ist, wenn ...«

Er lächelte nur und schüttelte den Kopf, ehe er ihr das Collier anlegte. Dann nahm er ihre Hand, küßte die Innenseite ihres Handgelenks und legte ihr auch noch das Armband an. Als letztes überreichte er ihr die Ohrringe und sah zu, wie sie sie an beiden Ohren befestigte. Sie trat einen Schritt zurück und blickte ihn ein wenig hilflos an.

Er starrte sie an, ohne ein Wort zu sagen. Für ihn war sie schlicht und einfach die schönste Frau der Welt. Und das allein zählte. »Sieh dich im Spiegel an und sag mir, was du denkst.«

Sie blickte auf ihr Handgelenk hinunter, wo die Diamanten und Saphire um die Wette funkelten. Dann eilte sie – ganz und gar nicht damenhaft – zu ihrer Frisierkommode und betrachtete sich in dem großen Spiegel. Sie berührte mit den Fingerspitzen zuerst die Halskette, dann die Ohrringe.

Obwohl sie wie eine Prinzessin aussah, wirkte sie seltsam verletzlich, als sie sich nach ihm umdrehte. Tränen schimmerten in ihren Augen. »Ist das denn zum Weinen, Susannah?«

Sie schüttelte wortlos den Kopf und schluckte erst einmal.

Dann wandte er sich an Mrs. Cumber, die seine Frau noch eindringlicher anstarrte als Lady Dauntry an jenem Abend, nachdem Rohan verkündet hatte, daß er Susannahs Ehemann sei. »Ich danke Ihnen. Meine Frau sieht wunderbar aus. Ich glaube, ich brauche Sie im Moment nicht mehr.«

Sie beeilte sich nicht allzusehr, das Zimmer zu verlassen. In ihrem Alter war man darauf angewiesen, solche Prachtexemplare wie den Baron mehr mit den Augen zu genießen.

»Nun, warum die Tränen?« fragte Rohan.

Sie schüttelte den Kopf, das Gesicht zu Boden gerichtet. Er ging vor ihr in die Knie und nahm ihre Hände in die seinen. Seit sie keine Böden mehr zu schrubben hatte, waren ihre Hände fühlbar weicher geworden. »Susannah, sieh mich an. Was ist los mit dir?«

Sie rieb sich mit der Faust über die Wangen. Er mußte lächeln angesichts dieser Geste. Er hätte ihr sagen sollen, daß sich das für eine Frau, die etwas auf sich hielt, nicht schickte – doch er schob den Gedanken gleich wieder beiseite. Bei ihr sah diese kleine Geste einfach rührend aus.

»Warum bist du so großzügig zu mir?« platzte es plötzlich aus ihr heraus. »Ich habe nichts als Sorgen in dein Leben gebracht. Und außerdem noch große Gefahr. Durch mich hast du herausgefunden, daß George ein ziemlicher Schuft war; möglicherweise stellt sich auch noch heraus, daß Tibolt ebenfalls ein Schuft ist. Ohne mich hättest du all das wahrscheinlich nie erfahren. Dieser Mann hätte uns töten können, er hätte auch Elsay erschießen können. Es war alles meine Schuld. Ich komme mir vor wie eine Truhe, die mit nichts als Steinen gefüllt ist, oder wie Efeu, der dich nach und nach erstickt, wie ein …«

»Ein Blutegel, der mir das Blut aussaugt? Ein Parasit, der sich in den Gedärmen unseres Kätzchens einnistet?«

Trotz ihrer düsteren Stimmung begann sie zu lachen, von gelegentlichem Schluckauf unterbrochen, wobei sie versuchte, ihn mit ihren Händen wegzuschieben – doch er griff nach ihren Handgelenken und hielt sie fest.

»Du bist vor allem meine Frau«, sagte er langsam. »All die Rätsel, vor denen wir im Augenblick stehen, werden sich schon noch aufklären. Du kannst dich drauf verlassen, daß ich die Antworten auf unsere Fragen finden werde.«

Er sah, daß sie von verschiedenen Gedanken hin- und hergerissen wurde, ehe sie plötzlich die Arme so heftig um ihn schlang, daß sie beide auf dem Teppich landeten.

»Wenn es nach mir ginge, könnte ich glatt zwei Wochen so mit dir liegenbleiben und alles mit dir tun, was nur möglich ist.« Er setzte sich auf und küßte sie auf den Mund. »Leider wirst du heute abend die ganze Nachbarschaft mit deinem Charme bezaubern. Und ich werde den ganzen Abend ziemlich zerknirscht dreinblicken, bis man mir schließlich meine Untat vergibt, weil ja auch du sie mir offensichtlich vergeben hast.«

Dieser Mann war wirklich ein begnadeter Schauspieler, dachte Susannah, während sie etwas abseits hinter einer Palme stand, um sich ein wenig Ruhe zu gönnen. Mit seinem Charme hatte er es wieder einmal geschafft, alle auf seine Seite zu ziehen.

Ihre Füße schmerzten, und sie stand auf einem Bein, um ihre Zehen ein wenig zu entspannen. Ihr Mann war nicht nur ein begnadeter Schauspieler, sondern auch ein exzellenter Tänzer. Als sie ihm dies zwischen zwei Tänzen mitteilte, hatte er bloß lakonisch erwidert: »Das ist ja bei einem Mann von meinem Ruf keine Überraschung, oder?«

Sie hatte ihm einen recht finsteren Blick zugeworfen. Etwas später hatte sie zufällig mitangehört, wie eine der anwesenden Damen ihn als äußerst charmant und unerhört gutaussehend bezeichnete. Nun, die Frau hatte gewiß nicht unrecht – und dennoch war das längst nicht alles, was sich über Rohan sagen ließ.

Sie hörte ihn lachen und kam wieder hinter der Palme

hervor. Er tanzte gerade mit seiner Mutter – und die beiden bildeten ein so anmutiges Paar auf der Tanzfläche, daß einige der Paare zurückgetreten waren, um sie zu bewundern.

Da hörte sie eine leise Stimme hinter ihrem Rücken. »Sieh sie dir nur an, die beiden. Das gibt einem schon zu denken, nicht wahr?«

Susannah drehte sich langsam um – es war Tibolt, der da vor ihr stand.

»Du warst nicht eingeladen«, sagte sie, ohne sich von der Stelle zu rühren. Er war sehr elegant in Schwarz gekleidet, so daß sein blendend weißes Hemd noch mehr hervorstach.

»Das stimmt, aber schließlich bin ich ein Carrington und kann kommen und gehen, wie es mir gefällt. Sieh sie dir doch an«, sagte er erneut, während er Rohan und seine Mutter beobachtete. »Man sieht genau, von wem er all sein Wissen über die fleischlichen Dinge hat. Nur von ihr. Hast du gewußt, daß sie einen Studienkollegen von mir verführt hat? Er hatte sich mit solchem Eifer den Lehren Gottes verschrieben – doch als er sie sah, war es vorbei mit ihm. Ich predige meiner Gemeinde immer wieder, daß die Frau wie eine Falle ist, die der Teufel ausgelegt hat. Und die Leute glauben mir, wenn ich das sage, weil sie sehen, daß ich wirklich fest daran glaube. Ja, sieh dir diese Frau nur an. Hast du jemals eine Mutter gesehen, die so aussieht?«

»Warum bist du hier, Tibolt?« Susannah hatte nicht vor, sich mit ihm über Charlotte zu unterhalten. Daß er fähig war, in solchen Worten über seine eigene Mutter zu sprechen, ließ ihn in ihren Augen nur noch geringer erscheinen.

»Hast du gewußt, daß ich ihr völlig egal war, nachdem ich mich entschlossen hatte, ein Mann Gottes zu werden? Selbst als ich ihr und Vater erzählte, daß ich einmal Erzbischof von Canterbury werden würde, machte das überhaupt keinen Eindruck auf sie. Ich sagte ihnen, ich würde Könige krönen, aber das war ihnen völlig egal. Sie und mein Vater hatten gehofft, daß ich einmal wie Rohan werden würde. Sie wollten zwei Söhne, die genau so waren wie sie selbst. George hielten sie stets für genau so prüde wie mich – doch Mutter weiß ja jetzt, daß dem nicht ganz so war. George war auf dem besten Weg, ein ausgemachter Schurke zu werden.«

Susannah wünschte, daß die Musik aufhören würde. Sie hoffte inständig, Rohan möge plötzlich wie durch ein Wunder neben ihr auftauchen. Sie fühlte sich äußerst unwohl in Tibolts Gesellschaft. »Warum bist du hier, Tibolt?« fragte sie erneut.

»Nun, ich bin vor allem gekommen, um meine kleine Nichte zu sehen, das uneheliche Kind, das du nun Rohan aufgehalst hast.« Plötzlich spürte sie, wie er ihr eine Pistole gegen den Bauch drückte. »So, Susannah, du wirst mir jetzt deine Hälfte der Karte und den kleinen goldenen Schlüssel geben. Wir beide werden jetzt ganz langsam durch diese Glastür hinausgehen, um ein wenig frische Luft zu schnappen. Dann werden wir den Garten durchqueren und auf der anderen Seite wieder ins Haus gehen, und dann die Treppe hoch. Wenn du auch nur den geringsten Laut von dir gibst, dann wird es dir leid tun.«

»Warum tust du das? Warum?«

»Halt den Mund. Ich habe nicht viel Zeit. Meine kleine Nichte werde ich wohl diesmal doch nicht besuchen können.«

Sie fragte sich, ob sie einfach so tun sollte, als würde sie vor lauter Angst in Ohnmacht fallen. Würde er sie erschießen? Nein, bestimmt nicht. Sie holte tief Luft, doch er packte sie am Arm und flüsterte ihr mit beängstigender Ruhe ins Ohr: »Wenn du versuchst, mich reinzulegen, dann werde ich dein Kind mit mir nehmen, und niemand wird sie je wiedersehen. Ich werde sie in ein

Armenhaus stecken, wo solche kleinen Bastarde auch hingehören. Hast du mich verstanden, Susannah?«

O ja, sie hatte ihn verstanden. Sie nickte nur.

»Dann beeil dich.«

26

Tibolt Carrington schlüpfte hinter ihr in das Schlafzimmer und schloß leise die Tür. Von den wenigen Kerzen, die angezündet waren, ging ein süßer, würziger Duft aus.

Tibolt rümpfte die Nase. »Das ist das Werk meiner Mutter, nicht wahr? Hier riecht es ja wie in einem Freudenhaus. Aber du paßt gewiß sehr gut hierher. Es widert mich an, daß du und Rohan eine weitere Generation von mißratenen, genußsüchtigen Geschöpfen hervorbringt. Ich muß dir dazu gratulieren, daß du dir meinen Bruder geangelt hast. Er hat sich ja gegenüber uns allen immer so überlegen gefühlt – ich muß sagen, ich vergönne es ihm wirklich, daß er dich jetzt am Hals hat, und das noch dazu für immer. Ach ja, und Rohans Schlafzimmer ist gleich hinter dieser Tür«, sagte er. »Ich frage mich, ob diese Tür wohl jemals geschlossen ist. Mich würde interessieren, wie du ihn rumgekriegt hast. Ich meine, wo er doch soviel Erfahrung mit allen möglichen Huren hat – und dennoch hast du ihn dir einfangen können. Dabei bist du wahrlich nicht außergewöhnlich schön. Im Gegenteil, du siehst ziemlich gewöhnlich aus – mit Ausnahme vielleicht von deinen Brüsten. Er scheint dich ja sehr zu bewundern. Ich versteh's einfach nicht. Wie es scheint, möchte er dich beschützen; oh, ich habe all die Männer gesehen, die damit beschäftigt sind, das Haus zu bewachen.«

Von welchen Männern sprach er denn? Erst jetzt wurde ihr klar, daß Rohan tatsächlich alles tat, um sie und alle anderen zu beschützen. Sie wußte, daß er sehr besorgt war, seit sie in der Kutsche angegriffen worden waren. Sie war ja selbst ziemlich beunruhigt. Warum hatte er ihr nicht gesagt, welche Maßnahmen er getroffen hatte?

»Ja«, sagte sie. »Und wie bist du an ihnen vorbeigekommen?«

»Ich weiß, wie ich hier hereinkomme«, antwortete er. »Wenn Rohan wirklich so schlau wäre, wie er selbst glaubt, dann hätte er auch das kleine Tor hinten am Obstgarten bewachen lassen, das jetzt fast gänzlich vom Gesträuch verdeckt ist. Mein ach-so-überlegener Bruder muß es wohl übersehen haben – und auch den Hauseingang bei der Bibliothek. Wie, glaubst du wohl, bin ich in jener ersten Nacht hier hereingekommen?«

Sie starrte ihn an, während die Erinnerung an jenen Abend zurückkam. Marianne hatte doch gesagt, der Mann hätte wie Rohan ausgesehen, aber keiner von ihnen hatte sie ernst genommen. »Das warst also du, und nicht Lambie Lambert«, stammelte sie.

»Richtig. Lambie hat euch in Oxford gesehen und kam sofort zu mir, um es mir zu erzählen. Ich habe ihn losgeschickt, um dich zu entführen. Aber dieser Dummkopf hat es gründlich vermasselt. Hast du etwa versucht, ihn zu verführen? Lambie hat noch nie einem Rock widerstehen können.«

»Nein, ich habe versucht, ihn zu töten – es ist mir aber nicht ganz gelungen. Rohan hat mich gerettet.«

»Aha, dann bist du recht wirkungsvoll in Ohnmacht gefallen – und schon war er hingerissen, mein stolzer Bruder. Frauen sind nun einmal sein Leben. Aber genug davon. Gib mir jetzt die Karte und den Schlüssel.«

Da war eine Sache, die sie unbedingt wissen mußte. »Es waren kleine Buchstaben in den Schlüssel eingraviert. Wir konnten sie einfach nicht entziffern? Weißt du, was sie bedeuten?«

Ihre Frage schreckte ihn hoch. Er starrte sie an und stieß sie so heftig in einen Stuhl, daß dieser beinahe umgekippt wäre. »Rühr dich nicht von der Stelle«, knurrte er. »Ich werde dir kein Wort verraten.«

Rohan hatte also recht gehabt. Tibolt war tatsächlich eingeweiht. Sie mußte irgend etwas tun – aber was? Er stand direkt vor ihr, nicht mehr als einen Meter entfernt, und richtete die Pistole auf ihre Brust.

»Du bist es nicht wert, es zu wissen. Keiner ist es wert – außer mir. All diese alten Narren, die das Geheimnis bewahren ... aber das geht dich nichts an. Los, du sagst mir jetzt auf der Stelle, wo die Karte ist. Ich schätze, mein Bruder wird bald nach dir sehen – er könnte sich Sorgen machen. Wahrscheinlich wird er befürchten, daß du dich mit einem der Nachbarn in einem Vorzimmer vergnügen könntest. Also los, rede endlich, oder ich nehme Marianne mit.«

Susannah starrte auf die Waffe in seiner Hand; es war nicht zu glauben, daß es Tibolt, der Bruder ihres Ehemannes war, der die Pistole auf sie richtete. Er begann sich im Raum umzublicken, als würde er erwarten, daß die Karte irgendwo auf dem Kaminsims liegen könnte.

Doch sie konnte ihm einfach nicht verraten, wo sie war – zumindest im Augenblick noch nicht. »Du hast zu Rohan gesagt, daß George dir gegenüber die Karte nur kurz erwähnt hätte und du nicht mehr darüber wüßtest. Aber George war gar nicht wirklich in die Sache verwickelt, nicht wahr? Du allein warst es, der mit den beiden Männern gemeinsame Sache machte, habe ich recht?«

Tibolt hob seine Hand so langsam, daß sie genau wußte, was jetzt kam – dennoch war sie nicht schnell genug, um ihm auszuweichen. Er schlug sie mit der Faust auf die Wange. Sie spürte einen brennenden Schmerz. Blut tropfte von der Wunde. Keuchend trat er einen Schritt zurück. »Du blutest, aber es ist nur ein Kratzer.

Schade, daß keine Narbe davon zurückbleiben wird.« Er blickte auf seine Hand hinunter, und sie sah den schweren silbernen Ring, den er trug. Sie konnte sich nicht erinnern, daß er ihn bei ihrem Besuch im Pfarrhaus schon getragen hatte. Tibolt rieb sich die Finger; offensichtlich hatte er sich bei dem Faustschlag selbst mit dem Ring geschnitten. Susannah sah, daß eine Figur in das Silber eingraviert war. Sie beugte sich vor, um sie besser erkennen zu können, und sah, daß es sich um einen Geistlichen mit einer Bischofsmütze handelte. Waren da nicht auch ein paar Worte eingraviert? Wenn ja, dann konnte sie sie jedenfalls nicht entziffern. Was hatte dieser Ring bloß zu bedeuten?

Er rieb immer noch seine Finger, während er sich wieder an sie wandte. »George hat mir nicht gesagt, wo er die Karte versteckt hat. Und bevor ich ihn mir vorknöpfen konnte, ist dieser kleine Idiot einfach ertrunken.« Mehr zu sich selbst als zu ihr fügte er hinzu: »Wirklich zu dumm – doch da war nichts mehr zu machen. Aber genug davon, Susannah. Du gibst mir jetzt augenblicklich die Karte und den Schlüssel.«

»Warum willst du mir nicht verraten, wofür du die Karte brauchst?«

»Du verdienst es nicht, das zu wissen. Ich sage dir nur eines: ich bin es, dem die Ehre gebührt. Wenn ich will, werde ich eines Tages Erzbischof von Canterbury sein. Aber damit nicht genug. Wenn ich will, werde ich der mächtigste Mann der Welt sein. Dann kann ich überall herrschen, wo ich nur will. Niemand wird mich daran hindern können. Ich werde unumschränkt regieren. Hast du mich verstanden? Ich werde wie Gott sein.« Seine Stimme war immer lauter geworden, und seine Augen hatten einen fanatischen Glanz angenommen. Er holte tief Luft, um sich wieder zu beruhigen. »Und jetzt Schluß mit dem Gerede – ich will die Karte, und zwar sofort. Wenn nicht, dann schlage ich dich nieder und nehme

Marianne mit mir. Alle sind jetzt im Ballsaal; sogar Mariannes Kindermädchen sitzt oben auf der Treppe und singt zur Musik. Ich habe sie selbst gesehen. Tu, was ich dir gesagt habe.«

Susannah wußte, daß sie sich etwas einfallen lassen mußte. Nein, sie konnte nicht riskieren, daß er Marianne etwas antat. Sie hatte keine Wahl. Sie wollte die Halskette mit dem Medaillon abnehmen, als sie feststellte, daß sie ja das wunderbare Collier trug, das Rohan ihr geschenkt hatte.

»Nun, was ist?«

»Ich weiß nicht, wo Rohan sie verwahrt hat. Er hat es weder mir noch Charlotte gesagt.«

»Na schön. Dann hole ich jetzt Marianne.« Er kam erneut auf sie zu – und sie wußte, er würde sie wieder schlagen.

Sie hob die Hand, um ihn aufzuhalten. »Die Karte und der Schlüssel befinden sich hinter zwei Miniaturbildern in einem Medaillon, das George mir geschenkt hat. Ich trage es immer um den Hals, deshalb hat es auch Lambie Lambert nicht finden können. Nachdem wir die Karte und den Schlüssel gefunden hatten, beschlossen wir, beides dort zu lassen. In dem Medaillon schien es uns am sichersten aufgehoben. Doch heute abend hat mir Rohan dieses Collier hier geschenkt. Er hat mir das Medaillon abgenommen und es in seine Jackentasche gesteckt. Ich schwöre dir, Tibolt, das ist die Wahrheit. Sieh dir das Collier doch an. Es ist doch klar, daß ich ein solches Schmuckstück nur zu einem besonderen Anlaß tragen würde.«

Tibolt verdrehte wütend die Augen. Seine Lippen waren zu einem schmalen Strich zusammengepreßt. Sie konnte ihm ansehen, daß er ihr glaubte.

Susannah konnte sich lebhaft vorstellen, wie er mit diesem harten, unbarmherzigen Blick seiner Gemeinde gegenübertrat. Sie hielt den Atem an, als er schließlich sagte: »Du würdest es nicht wagen, mich anzulügen.« Er stieß eine Reihe von Flüchen aus und wurde mit einem Mal wieder still. Er schien angestrengt nachzudenken, die Pistole unbeirrt auf ihre Brust gerichtet. »Reiß einen Streifen von deinem Unterrock ab«, befahl er ihr schließlich. »Nein, ich werde dich nicht töten. Vielleicht werde ich es tun, wenn ich einst die Macht habe, die ich anstrebe.« Sie riß ein langes Stück ab.

Er packte ihre Hände und band sie hinter dem Stuhl zusammen. Dann band er ihre Fußknöchel an die Stuhlbeine. Er ließ seine Hände auf ihren Knöcheln ruhen und strich für einen Augenblick über ihre Strümpfe. Sie empfand solche Angst, daß sie glaubte, ersticken zu müssen. Dann erhob er sich wieder, schwer atmend. Er stopfte ihr den Rest des Stoffes in den Mund, riß noch ein Stück ab und band den Knebel damit fest.

»So, das sollte für eine Weile reichen. Du blutest immer noch ein wenig. Was für ein Jammer, daß George dich damals bekam. Und jetzt auch noch Rohan. Würde es dir nicht gefallen, es mit allen drei Brüdern zu versuchen? Es wäre eine Art Wettkampf. Du würdest den Sieger bestimmen.«

Wenn sie ihren Mund hätte öffnen können, hätte sie ihn angespuckt. So aber konnte sie nichts anderes tun als ihn anzustarren, als wäre er nichts als Dreck.

Er war schon im Begriff zu gehen, als er sich plötzlich zur Frisierkommode wandte. »Mein Gott, du verlogenes kleines Biest! Ich hätte es wissen müssen – man kann von einer Frau doch nie erwarten, daß sie die Wahrheit sagt …«

Er nahm das Medaillon mitsamt der Goldkette an sich. »So so, Rohan hat es also eingesteckt, was?«

Er kam zu ihr zurück, während er das Medaillon in seiner Hand hin und her pendeln ließ. Er schlug sie kräftig auf die Wange, diesmal mit der flachen Hand. Sie spürte, wie das Blut ihr in einem dünnen Rinnsal die

Wange herablief. Er riß ihr das Collier herunter und stopfte es sich in die Jackentasche.

Dann verschwand er, wobei er die Tür leise hinter sich schloß. Susannah blickte zu den beiden Kerzen hinüber, die noch brannten. Bald, nur zu bald würden sie erloschen sein …

Rohan blickte sich in dem riesigen Ballsaal um, der in der Mitte des achtzehnten Jahrhunderts von seinem Großvater, Alfred Montley Carrington, erbaut worden war. Ein wirklich beeindruckender Raum – viel zu groß, wie Rohan stets gemeint hatte, aber am heutigen Abend hatte er seinen Zweck aufs beste erfüllt. Fünfundsiebzig Gäste waren gekommen; es fehlte niemand, der Rang und Namen hatte – und zwar im Umkreis von gut zwanzig Meilen. Sogar der uralte Mr. Loomis – ein Veteran aus dem Krieg um die amerikanischen Kolonien – hatte sich zu seinem strahlendsten, wenn auch zahnlosen Lächeln hinreißen lassen, als er der guten Mrs. Pratt begegnete, die jung genug war, um seine Tochter und Rohans Großmutter zu sein. Mit einem Wort – alle Gäste schienen sich königlich zu amüsieren. Rohan hatte seine Mitteilung etwa in der Mitte der Veranstaltung gemacht, wobei er von Susannah und seiner Mutter flankiert wurde. Er stellte ihnen seine Frau mit dem ganzen Stolz vor, den er empfand, wobei ihm ein wenig zu spät zu Bewußtsein kam, was für ein Schuft er doch gewesen war, sie so lange versteckt zu halten. In der Folge wirkte er dementsprechend zerknirscht. Er entschuldigte sich mit dem Hinweis auf seine Jugend und die Verwirrung, in der er sich befunden habe. Natürlich waren seine Worte für keinen der Anwesenden eine Neuigkeit. Wahrscheinlich hatten auch alle Dienstboten und sogar die Haustiere längst Bescheid gewußt. Als die Gäste ihm anschließend ihre Glückwünsche aussprachen, kniff ihn Susannah in die Hand, weil er gar so schamlos übertrieben hatte.

Seine Mutter wandte sich ziemlich beeindruckt an ihn. »Mein Lieber«, sagte sie, »ich schwöre dir, daß ich dich niemals so in Rage bringen werde, daß du mich erwürgst – denn wahrscheinlich würde alle Welt nur bewundern, wie brillant du mich um die Ecke gebracht hast. Natürlich, unsere Gäste hier waren gewiß keine große Herausforderung für dich – aber du hast dich dennoch prächtig geschlagen. Ich bin stolz auf dich.«

Doch auch er war auf seine Mutter und auf Susannah mächtig stolz. Die vielen Glastüren, die auf den Balkon hinausführten, standen offen. Frische Blumen aus den Gärten von Mountvale schmückten den ganzen Saal. Sogar drei Palmen hatte er von einem Captain auftreiben können, der gerade von der Südküste Cornwalls angereist war. Das Tanzorchester befand sich auf einem kleinen Podium an einem Ende des Saales. Am anderen Ende standen drei lange Tische, wo die Gäste sich nach Herzenslust mit Speis und Trank versorgen konnten.

Es war ein Uhr morgens – und immer noch war keiner der Gäste nach Hause gegangen. Er hätte gern seine Frau bei sich gehabt, konnte sie aber nirgends auf der Tanzfläche erkennen. Er hoffte, daß sie nicht wieder von irgendeiner der anwesenden Ladies im Damensalon mit allen möglichen Fragen bearbeitet wurde. Nein, Lady Dauntry war jedenfalls hier im Saal, und sie lächelte sogar über irgendeine Bemerkung, die ihr Ehemann gemacht hatte – ein Ereignis mit einigem Seltenheitswert. Möglicherweise war der Punsch daran schuld, der tatsächlich stark genug war, um eine Nonne zum Tanzen zu bringen.

Seine Mutter tanzte mit Colonel Nemesis Jones, einem Mann in mittleren Jahren, der – wahrscheinlich als einziges männliches Wesen in ganz Südengland – gegenüber Charlottes Charme weitgehend immun zu sein schien. Rohan hörte seine Mutter herzlich lachen – und er stellte fest, daß es nicht jenes kokette Lachen war, mit dem sie die Männerwelt sonst zu bezaubern pflegte. So herzlich und natürlich lachte sie, wenn sie mit ihm zusammen war, und auch mit seinem Vater hatte sie einst so gelacht. Bereits im Alter von etwa zehn Jahren war Rohan dieser Unterschied aufgefallen. Und Colonel Jones schien ebenfalls auf völlig natürliche, ungekünstelte Weise mit ihr umzugehen.

Wo steckte Susannah bloß?

Er machte sich auf, um seine Frau zu retten; mittlerweile war er nämlich überzeugt, daß sie wieder in den Fängen von ein paar unerbittlichen alten Weibern gelandet war. Was ihn allerdings erstaunte, war die Tatsache, daß alle alten Weiber, die seiner Ansicht nach in Frage kamen, im Ballsaal anwesend waren.

Im Damensalon hielten sich aber sehr wohl einige Ladies auf, die einigermaßen schockiert waren, als er seinen Kopf zur Tür hereinsteckte. Er zog sich mit seinem ganzen Charme aus der Affäre, indem er sich tausendmal entschuldigte. Daraufhin forderten ihn die drei Ladies auf, ihnen doch eine Weile Gesellschaft zu leisten. Was hatte er nicht alles zu erdulden – nur weil ihm der Ruf eines unwiderstehlichen Frauenhelden anhaftete. Er hatte es überaus eilig, sich aus dem Staub zu machen.

Er ging den langen Gang zum Kinderzimmer entlang und warf einen Blick hinein. Lottie schlief tief und fest in ihrem schmalen Bett, das im angrenzenden Zimmer stand. Neben ihr befand sich das Bettchen, in dem Marianne schlief.

Von Susannah keine Spur.

In diesem Augenblick durchzuckte ihn der quälende Gedanke, daß irgend etwas nicht in Ordnung war. Was war bloß geschehen? Er sah nach den Männern, die das Haus bewachten. Sie versicherten ihm, daß kein Fremder sich dem Haus genähert hätte. Er eilte zu seinem Schlafzimmer und riß die Tür auf. Die beiden Kerzen waren nahezu heruntergebrannt. Doch auch hier war von Susannah nichts zu sehen.

Er öffnete die Tür zu ihren Gemächern und trat ein. Im ersten Augenblick konnte er nicht glauben, was er da sah. Gefesselt und geknebelt saß sie da und starrte ihn an, wobei sie unverständliche Laute von sich gab.

In diesem Augenblick begann die Flamme einer der Kerzen zu flackern, ehe sie schließlich erlosch.

»Mein Gott«, rief er entsetzt und lief zu ihr hin. Er riß den Streifen herunter, mit dem der Knebel festgebunden war, und nahm ihr den Pfropfen aus dem Mund.

»Was ist denn passiert? Ist mit dir alles in Ordnung? Wer war das?«

Susannah machte ein paar Kaubewegungen und rieb sich mit den Fingern über die Lippen. »Es war Tibolt. Tut mir leid, Rohan, aber er hat mich gezwungen, mit ihm heraufzugehen. Er sagte, du hättest einen Wächter an dem kleinen Tor beim Obstgarten postieren sollen. Er war tatsächlich der Mann, der Marianne in jener ersten Nacht auf das Fenstersims klettern ließ. Leider hat er das Medaillon gefunden; es lag drüben auf der Frisierkommode. Er hat mir auch das wunderschöne Collier vom Hals gerissen und es mitgenommen.«

Zum Teufel mit dem Medaillon oder der Halskette, dachte er. Er starrte sie wortlos an und wünschte sich von Herzen, daß sie sich geirrt hätte. Er streckte seine Hand aus und berührte ihr Kinn. »Er hat dich geschlagen. O Gott, der Bastard hat dich geschlagen.« Seine Stimme bebte vor Zorn.

In diesem Moment erlosch auch die zweite Kerze.

27

Um drei Uhr morgens waren die Gäste schließlich gegangen. Charlotte, Susannah und Rohan saßen in der Bibliothek bei einem Glas Brandy. Fitz und Mrs. Beete standen in der Tür. Susannahs Wange war mittlerweile verarztet. Rohan hätte den beiden Bediensteten am liebsten nichts von dem Vorfall erzählt – immerhin gehörten sie gleichsam zur Familie, so daß er ihnen die wichtigsten Einzelheiten mitteilte. Nur über Georges Rolle in der ganzen Affäre bewahrte er Stillschweigen.

»Du lieber Himmel«, sagte Mrs. Beete, die einen Eisbeutel in ihren großen Händen festhielt, als wäre es der Hals eines Mannes. Der Beutel sollte die Schwellung auf Susannahs Wange zum Abklingen bringen. »Es tut mir leid, daß ich das sagen muß, Mylady, aber Mr. Tibolt hatte schon als kleiner Junge einige schlechte Angewohnheiten; er hat sich oft hinter der Stiege versteckt, um die Dienstmädchen zu beobachten, wenn sie ihre Strümpfe zurechtrückten. Ich habe immer gehofft, daß sich das eines Tages legen würde.«

»Ja, das paßt zu ihm«, bestätigte Charlotte, während sie auf ihren Fuß hinunterblickte. »Ich wußte nicht, daß er die Mädchen beobachtete. Sein Vater wäre empört gewesen.« Sie hatte so unermüdlich getanzt, daß sie beinahe ein Loch in der Schuhsohle hatte.

»Offensichtlich hat sich diese Gewohnheit auch gegeben«, warf Fitz ein. »Nur leider hat er sich auf schlimmere Dinge verlegt. Ich wünschte, er wäre dabei geblieben, den Mädchen zuzusehen. Das hätte man noch tolerieren können, aber das hier? Er hat Mylady tatsächlich geschlagen. Mylord, was sollen wir jetzt tun?«

»Eins nach dem anderen, Fitz. Fest steht, daß er das Medaillon hat. Er hat gesagt, daß es ihm allein gehöre, daß er allein ein Anrecht darauf hätte, was eine recht interessante Aussage ist.« Susannah hatte ihm und Charlotte alles berichtet, was Tibolt gesagt hatte – und es waren wirklich höchst eigenartige Dinge darunter. Glücklicherweise hatten weder Fitz noch Mrs. Beete gefragt, woher Susannah das Medaillon hatte. Vielleicht würden sie sich irgendwann diese Frage stellen.

»Er meinte, er würde eines Tages Erzbischof von Canterbury sein, wenn er es nur wollte«, sagte Rohan nachdenklich, das Brandyglas in der Hand. »Er hat außerdem gesagt, daß er der mächtigste Mann auf der Welt sein könnte und daß er unumschränkt herrschen würde.« Er blickte zu ihnen auf. »Das alles ergibt doch keinen Sinn. Es klingt so, als ginge es um eine Art Zaubertrank, der ihm jeden Wunsch erfüllt. Ich frage mich, was das alles soll.«

»Er war völlig außer sich, und seine Stimme bebte, als er das sagte«, warf Susannah ein.

Charlotte erhob sich und rückte ihre Röcke zurecht. »Nun, wenigstens war der Abend ein voller Erfolg, was unsere Nachbarn betrifft. Das ist immerhin etwas. Aber das hier ist natürlich ein schwerer Schlag. Gibt es sonst nichts, Susannah, was noch wichtig sein könnte?«

Sie griff sich an den Verband auf ihrer Wange. »Doch. Die Wunde auf meiner Wange stammt von einem Ring, den er trug. Er hat sich auch selbst damit verletzt, als er mich schlug. Es war ein sehr großer, schwerer Ring.«

»Was denn für ein Ring?« fragte Rohan. »Ich habe Tibolt nie mit einem Ring gesehen.«

»Ich auch nicht«, warf Charlotte ein.

»Er war aus Silber und oben flach. Er kam mir ziemlich eigenartig vor – deshalb habe ich versucht, ihn mir genauer anzusehen. Ich glaube, daß das Bild eines Bischofs mit seiner Mütze eingraviert war.«

»Könntest du dieses Bild aufzeichnen?«

»Ja, sicher.« Sie wollte aufstehen, doch er hielt sie zurück.

»Nein, bleib sitzen, ich hole Papier und Feder.«

Als er ihr ein Blatt Papier vorgelegt hatte, brauchte sie höchstens eine Minute, um den Ring zu zeichnen. »So ungefähr hat er ausgesehen. Da waren auch ein paar Worte eingraviert – ich konnte sie aber nicht lesen.«

»Ein Bischof«, sagte Rohan nachdenklich, während er

eines der Gemälde an der Wand anstarrte, das einen Carrington aus längst vergangenen Zeiten zeigte. »Jemand muß George die halbe Karte gegeben haben.« Er blickte rasch zu Fitz und Mrs. Beete auf – glücklicherweise waren die beiden gerade in ein Gespräch vertieft und hatten ihn nicht gehört. Er mußte in Zukunft etwas vorsichtiger sein. »Aber warum? Vielleicht zur Aufbewahrung?« fragte er Susannah und seine Mutter. »Auf jeden Fall muß es sich um jemanden in Oxford handeln.«

»Tibolt erwähnte irgendwelche ›alten Narren‹, die angeblich das Geheimnis hüten. Mir ist gerade eingefallen, daß George einmal von einem Geistlichen sprach, als dessen Gehilfe er tätig war, einem ›großen alten Mann‹, wie er ihn nannte. Ob da vielleicht ein Zusammenhang besteht?«

»Erinnerst du dich an den Namen des Geistlichen?« fragte Charlotte.

»Ja«, antwortete Susannah. »Es war Bischof Roundtree. Könnte es sein, daß er es war, der George die Karte und den Schlüssel gab?«

»Ich habe noch nie an Zufall geglaubt«, sagte Rohan, während er aufstand und sich streckte. »Tibolt trägt einen Ring, auf dem ein Bischof abgebildet ist.« Er sprach mit sehr leiser Stimme. »George spricht ebenfalls von einem Bischof – und außerdem kommt er in den Besitz einer halben Karte und eines Schlüssels.« Er reichte seiner Frau die Hand. »Komm, mein Schatz, es wird Zeit, daß du dir etwas Schlaf gönnst. Wir fahren gleich morgen nach Oxford. Ich muß unbedingt Bischof Roundtree kennenlernen.«

»Mein Lieber, was du da sagst, ist ziemlich beunruhigend«, warf Charlotte ein. »Du meinst also, daß sowohl Tibolt als auch ein Bischof in die Sache verwickelt sind?«

»Ja, es sieht ganz danach aus. Ich bin mir sicher, daß mein Bruder längst nicht mehr in Branholly Cottage weilt.«

»Mylord.«

»Ja, Fitz?«

»Mrs. Beete und ich sind zu dem Schluß gekommen, daß es vielleicht am besten wäre, wenn man Augustus nach Branholly Cottage schicken würde, um das Haus zu beobachten. Er ist ein guter Mann, und wenn es irgend etwas zu entdecken gibt, wird Augustus es gewiß herausbekommen. Als Waliser hat er eine Nase für so etwas.«

»Gute Idee. Ich kann mich doch darauf verlassen, daß Sie und Mrs. Beete unser Gespräch hier für sich behalten werden?«

»Aber gewiß doch, Mylord!«

»Hundertprozentig, Mylord. Wir werden kein Wörtchen davon weitersagen, auch nicht das, was sie über Master George angedeutet haben. Sie können sich auf uns verlassen.«

»Ich danke euch beiden. Was George betrifft – nun, er ist tot. Es würde niemandem helfen, wenn wir ihn in die Sache hineinziehen.« Die beiden alten Dienstboten nickten zustimmend. Rohan wandte sich seiner Mutter zu. »Wir sollten zu Bett gehen«, schlug er vor.

Sie saß mit gesenktem Kopf da und gab keine Antwort.

»Mutter?« Rohan trat beunruhigt zu ihr hin. Sie weinte, ohne einen Laut von sich zu geben; die Tränen strömten ihr über die Wangen. »Es tut mir so leid, Mutter«, sagte er. Er zog sie hoch und nahm sie in die Arme. »Es wird alles wieder in Ordnung kommen, du wirst schon sehen.« Er sprach mit leiser Stimme auf sie ein, während er sie im Arm wiegte.

Mrs. Beete hatte Mühe, sich die Tränen zu verbeißen. Fitz hingegen machte einen ziemlich wütenden Eindruck; seine Hände waren zu Fäusten geballt.

Susannah fühlte sich wie erschlagen. Sie lehnte sich auf dem Sofa zurück und schloß die Augen. Dabei hörte sie, wie Rohan seiner Mutter tröstende Worte zusprach. Die arme Charlotte. Was für ein schwerer Schlag für eine Mutter. Innerhalb kürzester Zeit hatte sich herausgestellt, daß zwei ihrer Söhne Schufte waren. Sie hoffte nur, daß Tibolt nicht noch mehr als ein Schuft war. Leider sah es ganz danach aus. Sie griff mit den Fingerspitzen nach der Wunde auf ihrer Wange, die immer noch ziemlich schmerzte.

»Wie soll ich jemals meinen Turm fertigbekommen, wenn ihr beiden mich ständig in eure Schatzsuche hineinzieht?«

»Noch ist es keine Schatzsuche. Wir haben ja unsere halbe Karte und auch den Schlüssel eingebüßt. Wir können ohne dich einfach nicht auskommen, Phillip, weil du Oxford so gut kennst. Wir brauchen dich als Verbündeten. Komm schon und jammere nicht. So blaß, wie du bist, mußt du ohnehin wieder einmal an die frische Luft.«

»Du kennst Oxford genauso gut wie ich, Rohan. Sag schon, was willst du wirklich von mir?«

Susannah legte die Hand auf Phillips Arm. »Wir möchten Bischof Roundtree einen Besuch abstatten. Wir glauben, daß er in die ganze Sache verwickelt ist.«

»Bischof Roundtree? Er ist ein mißmutiger alter Brummbär, der niemanden leiden kann. Er meint, daß die Menschheit – insbesondere das zarte Geschlecht – ohnehin in der Hölle enden wird. Er tut, was er kann, um seine Studenten zu überzeugen, den Lockungen des Fleisches zu entsagen und sich um so mehr ihren Büchern zu widmen. Ich habe ihn immer für jemanden gehalten, der zwar ein wenig verrückt, aber insgesamt harmlos ist. Ihr glaubt allen Ernstes, daß er mit der Sache zu tun haben könnte? Zusammen mit deinem Bruder? Also, daß Tibolt tatsächlich in dein Haus eingedrungen ist und Susannah geschlagen hat – ich kann es kaum glauben.«

Rohan nickte. »Ja. Und dieser Bischof ist momentan unser einziger Anhaltspunkt. Gott weiß, wo Tibolt sich im Augenblick aufhält.«

»Wenn der Bischof tatsächlich damit zu tun hat«, warf Susannah ein, »dann ist Tibolt bestimmt in seiner Nähe. Er braucht ja beide Hälften der Karte, um sein Ziel zu erreichen.«

»Ja«, bestätigte Rohan und warf einen kurzen Blick auf die Wunde an ihrer Wange, die bereits im Begriff war, zu verheilen; sie war jedoch mittlerweile von einem großen gelblichgrünen Fleck umgeben. Jedesmal wieder stieg der Zorn in ihm hoch, wenn ihn diese Wunde daran erinnerte, wie gewalttätig sein Bruder offensichtlich sein konnte. »Wir müssen jedenfalls vor ihm auf der Hut sein. Allem Anschein nach war es Papst Leo IX., der Macbeth etwas sehr Wertvolles übergab; es muß sich also um einen Gegenstand handeln, der irgendwie von religiöser Bedeutung ist.«

»Du meinst, irgend etwas wie der Oberschenkelknochen des heiligen Petrus, der irgendwo in einer Höhle versteckt ist?«

»Ja, etwas in dieser Art«, stimmte Rohan zu. »Aber wahrscheinlich von noch größerer Bedeutung. Aber das sind alles nur Vermutungen. Tibolt hat gegenüber Susannah irgend etwas von unendlicher Macht erwähnt, die der Gegenstand ihm verleihen würde.« Er blickte mit einem Mal ziemlich hilflos drein. »Es sieht nicht gut aus, nicht wahr?«

»Nein«, pflichtete Susannah ihm bei. »Ganz und gar nicht. Aber wir werden die Wahrheit herausfinden. Ich hoffe nur, sie ist nicht allzu schwer zu ertragen.«

Phillip Mercerault strich sich nachdenklich über das Kinn. Er begann eine Melodie vor sich hin zu pfeifen, die weder Rohan noch Susannah kannten, die aber sehr ansprechend klang. Wenn Phillip einmal Mountvale besuchte, mußte er sie unbedingt Jamie beibringen. Bestimmt würde Jamie einen Limerick finden, der sich zu dieser Melodie singen ließ. »Also gut«, sagte der Vicomte schließlich. »Ich werde euch gerne begleiten. Um ganz ehrlich zu sein – das Leben war ohnehin ein bißchen eintönig in letzter Zeit. Sogar die Planungen an meinem Turm machen mir in letzter Zeit nicht allzuviel Spaß.«

Phillip wandte sich Susannah zu. »Rohan und ich waren schon als kleine Jungen in Eton immer zusammen. Wir haben uns gegenseitig geholfen. In einer Schule gibt es immer irgendwelche Kerle, die alle tyrannisieren. Aber wenn man einen von uns beiden verprügeln wollte, war plötzlich immer auch der andere da – und mit uns beiden zusammen hat es nicht so schnell einer aufgenommen. Wir haben einander blind vertraut. Ja, eure Geschichte ist endlich wieder einmal ein richtiges Abenteuer, das meine Lebensgeister weckt. Ich werde meine Entwürfe für den Turm gleich wieder in die Schublade stecken. Wir wollen noch rasch eine Kleinigkeit essen, und dann brechen wir gleich zu Bischof Roundtree auf.«

»Ich bin schon gespannt, was der alte Esel für ein Gesicht macht, wenn er Susannah sieht«, sagte Rohan mit einem Grinsen. »Aber wir müssen dir vorher noch ein paar Einzelheiten über die Sache erzählen.«

»Müssen wir wirklich hier bei dir essen, Phillip?« warf Susannah ein. »Es wird gewiß absolut köstlich sein, aber ich werde mich wieder dermaßen vollstopfen, daß ich mich nicht mehr bewegen kann.«

Es war ein angenehmer Nachmittag mit einer milden Brise, die die Blätter der Eichen bewegte. Sie kamen aus westlicher Richtung nach Oxford, vorbei am Nuffield College, um dann von der Queen Street in die Aldate's Street einzubiegen; zur Linken fuhren sie am Pembroke College vorüber, während sie zur rechten Hand die großartige Christ Church hinter sich ließen. Zu Susannah gewandt, sagte Rohan: »Wir haben die Christ Church damals ›The House‹ genannt.«

»Was ist mit deinen Lateinkenntnissen, Rohan?«

»Ach ja. ›The House‹ bezieht sich auf *aedes Christi*, was soviel wie ›Haus Christi‹ heißt. Viel weiter reicht meine Bildung ohnehin nicht.«

»Na, ein großer Gelehrter ist aber nicht gerade aus dir geworden.«

Susannah lachte – die mächtige Kirche hinterließ bei ihr jedoch einigen Eindruck. Rohan teilte ihr mit leiser Stimme verschiedene Einzelheiten über das Bauwerk mit, während Phillip einen kleinen Vortrag hielt. Während sie mit einem Ohr Rohans Anmerkungen lauschte, hörte sie mit dem anderen Phillip zu, der unter anderem berichtete, daß die Bibliothek, ein wunderbares Beispiel für die italienische Renaissance-Architektur, im frühen achtzehnten Jahrhundert erbaut worden war.

»Bischof Roundtree hält sich oft in den Räumlichkeiten auf, die ihm in der Kathedrale zur Verfügung stehen«, sagte Rohan. »Es ist ziemlich wahrscheinlich, daß wir ihn dort antreffen.«

»Ja, er müßte eigentlich dort sein. Wenn uns etwas Zeit bleibt, Rohan, dann sollten wir Susannah auch das Trinity College zeigen. Und sie muß unbedingt Blackwell's Bookshop sehen.«

Sie trafen Bischof Roundtree nicht in seinen Räumlichkeiten in der Kathedrale an. Einer der in Schwarz gekleideten Hilfspfarrer teilte ihnen mit, wo der Bischof wohnte. »Ich hatte ihn eigentlich heute morgen hier erwartet, aber er kam nicht«, verriet ihnen der Mann. Sein fast kahler Kopf glänzte von den Schweißperlen, die die warme Nachmittagssonne zum Vorschein gebracht hatte.

Bischof Roundtree wohnte in der Brewer Street, unweit der Christ Church, in einem großen Haus im georgianischen Stil, das aus rotem Ziegelstein gebaut war. Es war eine belebte Straße mit Häusern auf beiden Seiten. In beiden Richtungen tummelten sich Kutschen, Rollwagen und Pferde. Das Haus des Bischofs lag nicht direkt an der Straße; es war über eine schmale, mit Kies bestreute Einfahrt zu erreichen.

Als sie den Türklopfer betätigten, kam ein auffallend hübscher junger Mann heraus, der eine schwarz-weiße Livree und eine schneeweiße Perücke aus dem vorigen Jahrhundert trug. Er war höchstens zwanzig Jahre alt. Der junge Mann warf Susannah einen mißbilligenden Blick zu, ehe er sich an Rohan wandte. »Ja, Sir?«

»Ich bin Lord Mountvale. Das ist Lord Derencourt. Wir wünschen Bischof Roundtree zu sprechen.«

»Es tut mir leid, aber der Bischof hat mich strikt angewiesen, niemanden zu ihm zu lassen. Er möchte auf keinen Fall gestört werden. Er bereitet eine Predigt vor.« Es war geradezu mit Händen zu greifen, wie unangenehm ihm die Anwesenheit Susannahs war.

»Es ist sehr wichtig. Wir müssen ihn unverzüglich sprechen.«

Der junge Mann biß sich auf die Unterlippe. Er blickte ziemlich unsicher drein.

»Auf der Stelle«, warf Phillip ein. »Es duldet keinen Aufschub.«

»Ich werde es dem Bischof mitteilen. Bitte treten Sie näher.«

Man sah ihm an, wie widerwillig er Susannah einließ – aber er konnte ihr ja nicht gut die Tür vor der Nase zuschlagen. Er ließ die drei in der schwach beleuchteten Eingangshalle warten. An den Wänden waren Porträts von mehreren ehemaligen Bischöfen zu sehen – allesamt Männer mit feisten Gesichtern und äußerst strengem Blick.

Susannah lief ein Schaudern den Rücken hinab. »Mir gefällt es hier gar nicht.«

»Nun«, sagte ihr Ehemann und küßte sie auf die Nasenspitze, »vor allem mag dich der Junge nicht, der hier den Butler spielt.«

»Ich weiß, wenngleich ich nicht verstehe, warum. Ich war doch nicht unhöflich zu ihm. Ich habe ihm sogar zugelächelt. Dabei ist er ein so hübscher Junge. Warum ist er wie ein Butler vor zwanzig Jahren gekleidet?«

»Ich glaube nicht, daß dir die Antwort gefallen würde«, warf Phillip ein und tätschelte ihren Arm. »Wirklich, das kannst du mir glauben.«

»Ich fürchte, er wird dich niemals mögen, Susannah«, sagte Rohan. »Aber du solltest dir deshalb keine Sorgen machen. Schließlich bin ja ich noch da – und ich mag dich mindestens für zwei. Phillip mag dich bestimmt auch sehr gern, natürlich nicht ganz so wie ich – aber schließlich ist er ja auch nicht mit dir verheiratet.«

»Es stimmt«, sagte Phillip, »ich kann eine gewisse Sympathie nicht leugnen. Immerhin hast du meinen Freund aus seinem Elend befreit. Jetzt hast du es wenigstens nicht mehr nötig, deinen Ruf noch weiter zu pflegen, der ohnehin schon eine ziemliche Bürde für dich war. Die Zeiten sind nun vorbei, Gott sei Dank.«

»Aber ...« wandte Susannah ein.

Im nächsten Moment hörten sie einen lauten Schrei.

Die beiden Männer liefen augenblicklich los, und Susannah dicht hinter ihnen her. Sie eilten die Treppe hoch, als drei weitere Schreie ertönten.

Als sie oben angelangt waren, sahen sie, wie der junge Mann, der sie eingelassen hatte, am Ende des Ganges aus einem Zimmer stürzte.

»Mein Herr ... o Gott, mein Herr! Kommen Sie schnell!« Als sie die Tür erreichten, faßte der Butler Susannah an den Armen. »Sie bleiben hier.«

»Unsinn«, sagte sie und folgte den beiden. Ein paar Augenblicke später wünschte sie sich, sie hätte seinen Ratschlag befolgt. Obwohl sie es nicht wollte, blickte sie hin.

Bischof Roundtree lag auf einem herrlichen Teppich in der Mitte des Zimmers, die Arme und Beine von sich gestreckt. Er hatte offensichtlich mehrere Schläge auf den Kopf bekommen. Rund um ihn war alles voll Blut – sein Schädel war völlig zertrümmert. Susannah hatte Mühe, sich auf den Beinen zu halten, und lehnte sich gegen die Wand. Zum Glück war das Blut nicht bis hierher gespritzt. Sie hörte ein würgendes Geräusch – es war der Butler, der hübsche junge Mann mit der altmodischen Perücke, der sich auf dem Gang übergab. Sie warf erneut einen Blick auf den Bischof. Neben ihm lag ein schwerer Kaminbock. O Gott. Der Gedanke, daß ein Mensch mit diesem Gegenstand einem anderen Menschen auf den Kopf schlug, war schwer zu ertragen. Dies mußte ein Mann getan haben, der äußerst wütend war. Vielleicht auch eine Frau. Nein, eine Frau konnte das nicht getan haben. Die Wucht des Schlages ließ eindeutig darauf schließen, daß es ein Mann gewesen war. Außerdem hätte der hübsche Butler gewiß keine Frau zu seinem Herrn gelassen.

Sie sah zu, wie Rohan sich neben den Bischof kniete und einen Finger an seinen Hals legte, um zu prüfen, ob noch ein Puls zu spüren war. Schließlich schüttelte er den Kopf. »Er muß schon eine ganze Weile tot sein. Er ist schon ziemlich steif«, sagte er, zu Phillip gewandt. Da sah er seine Frau, die mit bleichem Gesicht an der Wand lehnte; er hörte auch den Butler, der sich draußen übergab. »Verdammt, Susannah, du hast weniger Farbe als das cremefarbene Satinhemd, das du unter deinem Kleid trägst. Erinnerst du dich noch, wie ich fast außer mir war vor Begeisterung, bis du endlich dein Kleid angezogen hast? Ja, ich sehe, du erinnerst dich. Aber jetzt solltest du wirklich nach unten gehen und warten, bis die Wache da ist.« Rohan erhob sich. Er sagte zu Phillip, der immer noch fassungslos auf die Leiche starrte: »Gehst du oder soll ich gehen?«

»Mein Gott, das ist wirklich ein Ding. Alles, was ich wollte, war, in Ruhe meinen Turm zu bauen – und jetzt das hier. Ich in sogar noch bereitwillig mit dir gefahren – ja, ich war sogar begeistert. Das wird mir eine Lehre sein. Ich gehe schon. Lord Balantyne wird wohl in diesem Fall die Ermittlungen leiten. Er wohnt drüben in der Blue Boar Street. Ich kenne ihn gut. Er ist wirklich ein ganz anständiger und kluger Kerl.«

»Aber hier geht es um Mord, Phillip – meinst du, daß er dafür zuständig ist?«

»Oh, er ist sehr mächtig und kann sich des Falles annehmen, wenn er das möchte.«

»Ich hoffe nur, daß Tibolt damit nichts zu tun hat. Wir könnten es nicht ertragen, wenn es so wäre.« Aber Rohan befürchtete, daß es doch so sein könnte – ja, er hatte nicht mehr solche Angst gehabt, seit Lambie Lambert Susannah entführt hatte.

28

Der Salon in Bischof Roundtrees Haus war genauso düster wie die Eingangshalle. An den Wänden waren einige von Roundtrees Vorgängern auf Gemälden zu sehen – fromme Männer mit strengen Gesichtern, die so selbstgerecht wirkten, daß Susannah ihren Anblick kaum ertrug. Sie saß zusammen mit dem hübschen jungen Butler schweigend da und wartete darauf, daß Lord Balantyne, Rohan und Phillip nach der Untersuchung der Leiche wieder herunterkamen.

»Er war mein Herr«, sagte der hübsche Butler. »Ich habe ihn geliebt.«

»Wie heißen Sie denn?«

»Roland. Ich wurde nach dem herausragendsten Ritter Karls des Großen benannt, dem Helden des Rolandsliedes.« Roland seufzte tief. »Mein Vater hat mich enterbt, als er erkannte, daß aus mir nie ein wilder junger

Mann werden würde, geschweige denn ein tapferer Krieger, falls es so etwas in unserer Zeit noch gibt. Nun, ich war sogar ein wilder junger Mann – aber nicht so, wie er sich das vorgestellt hat.«

Sie hatte keine Ahnung, was er damit meinte. »Wie lange haben Sie für Bischof Roundtree gearbeitet, Roland?«

»Zwei Jahre sind es jetzt. Er hat mich bei sich aufgenommen, als ich ziemlich am Ende war. Ich lebte damals bei einer Frau, die mich hinauswerfen wollte, weil ich nicht mit ihr ins Bett wollte. Mein Herr schenkte mir wunderbare Kleider aus dem vorigen Jahrhundert, und dazu diese großartige Perücke. Eigentlich gab er mir gleich drei Perücken, damit ich für die verschiedenen Anlässe ausgerüstet war. Die, die ich heute trage, ist für gewöhnliche Tage bestimmt – dabei ist heute ganz und gar kein gewöhnlicher Tag, nicht wahr? Er hat ganz gewöhnlich begonnen, aber jetzt ...« Er starrte auf seine Hände hinunter, die fest ineinandergepreßt waren. Susannah sagte kein Wort.

Schließlich hob er den Kopf und blickte sie an. Ein angewiderter Ausdruck erschien auf seinem hübschen Gesicht. »Nun, ich erwarte gar nicht, daß Sie mich verstehen. Schließlich sind Sie ja nur eine Frau. Aber eines sage ich Ihnen: ich habe meinen Herrn geliebt. Er hat mir so viel gegeben. Ich hätte alles für ihn getan.«

Warum, fragte sie sich, sollte sie ihn nicht verstehen? Sie wußte, daß er zutiefst bestürzt war – deshalb sagte sie so freundlich sie konnte: »Sie sagten, er habe gerade eine Predigt geschrieben, als wir kamen. Aber Lord Mountvale meint, daß Bischof Roundtree schon mehrere Stunden tot sein müsse; seine Glieder waren schon ganz steif, wissen Sie.«

Roland schluckte heftig und nickte dann.

»Aber wenn er sich in seinem Arbeitszimmer befand und Sie darüber wachten, daß niemand ihn störte – wer kann dann zu ihm vorgedrungen sein, um ihn zu töten?«

Roland schreckte plötzlich hoch und sprang auf. »Du liebe Güte, Sie sind zwar nur eine Frau, ein Wesen, das meine Augen beleidigt und das der Bischof als ein nutzloses Anhängsel des Mannes betrachtete – wenn man von ihrer Fähigkeit, zu gebären, absieht –, aber Ihre Frage hat etwas für sich. Wer hat meinen Herrn getötet, wenn er doch allein war? Und ich war doch die ganze Zeit hier. Einmal sind zwei Männer gekommen, doch ich schickte sie weg. Es waren Händler.«

»Aber Roland – irgend jemand muß das Haus betreten haben und in das Arbeitszimmer des Bischofs gelangt sein. Es muß jemand gewesen sein, den er kannte – denn er wurde ja von vorne erschlagen. Das heißt, er stand dem Eindringling gegenüber. Wenn er Angst gehabt hätte, dann hätte er doch wohl nach Ihnen gerufen, nicht wahr?«

»O ja«, stimmte Roland zu. »O ja.« Dann vergrub er sein Gesicht in beiden Händen. Die Perücke verschob sich auf die linke Seite, und er rückte sie gerade. Schließlich hob er den Kopf; Tränen strömten ihm die Wangen hinab. »O mein Gott«, stöhnte er, während er sich in seinem Stuhl wand. »O mein Gott, ich habe meinen Posten verlassen. Jetzt erinnere ich mich. Ein Junge kam aus der Kathedrale, so sagte er mir, und ich sollte zur nächsten Straßenecke gehen, um einen der jungen Hilfspfarrer zu treffen. Und so ging ich also los; mir fiel gar nicht auf, daß es eine ziemlich seltsame Aufforderung war. Warum wollte der junge Pfarrer nicht einfach hierher kommen? Es ist allein meine Schuld.«

»Nein, das stimmt nicht, Roland. Sie haben ganz richtig gehandelt. Sagen Sie mir, wer war dieser junge Pfarrer?«

»Er stand wirklich dort an der Ecke. Er war jedenfalls wie ein Pfarrer gekleidet. Er sagte, er würde sehr asketisch leben – nur war er nicht dünn und hatte auch keine eingefallenen Wangen, wie man das bei einem Asketen erwarten würde. Aber mir kamen überhaupt keine Zweifel. Er übergab mir einen Stapel Papiere für den Bischof. Ich nahm das Päckchen mit mir, aber ich sollte ja den Bischof nicht stören. Er hatte mir eingeschärft, ihn nicht zu stören, solange Oxford nicht ins Meer stürzte. Nun, ein Stapel Papiere war ja wohl kein Grund, ihn in der Arbeit zu unterbrechen. Oh, mein armer Meister. Ich habe ihn sterben lassen. Es ist ganz allein meine Schuld.«

»Nein«, sagte Rohan, der soeben eintrat. »Es ist nicht Ihre Schuld – es sei denn, Sie haben ihn erschlagen.«

»Sein Name ist Roland«, sagte Susannah. »Roland, haben Sie das Päckchen noch, das der Pfarrer Ihnen gegeben hat?«

»Natürlich. Ich habe es auf den Tisch in der Eingangshalle gelegt.«

»Vielleicht sollten wir es uns einmal ansehen«, schlug Rohan vor.

Roland sprang von seinem Stuhl hoch, als wäre er dankbar, sich irgendwie nützlich machen zu können, um so seine Gewissensbisse zu mildern. Als er zurückkam, überreichte er Rohan den Stapel Papiere, ohne Susannah auch nur anzublicken.

»Seht euch das an«, sagte Rohan schließlich. »Leere Seiten, nichts als leere Seiten.«

»O Gott, wenn ich sie doch nur angesehen hätte, dann wäre mir sofort klar gewesen, daß hier irgend etwas nicht stimmt. Aber ich habe keinen Blick darauf geworfen. Ich bin pfeifend in die Küche gegangen und habe Tee zubereitet – und ich habe mir nichts dabei gedacht.«

»Machen Sie sich keine Vorwürfe, Roland«, sagte Lord Balantyne mit milder Stimme. »Der Mann, der Ihren Herrn getötet hat, kam offensichtlich herein, als er sie weggehen sah. Trotzdem ist das alles nicht Ihre Schuld. Sie haben nur Ihre Pflicht getan. Sie sind einem Auftrag nachgekommen. Aber erzählen Sie mir doch mehr von dem jungen Pfarrer. Wissen Sie, er muß in den Plan eingeweiht gewesen sein. Es war seine Aufgabe, Sie vom Haus wegzulocken.«

Roland stand langsam auf. Er hatte wirklich ein ungemein hübsches Gesicht. Hätte er ein Kleid getragen, so hätte Susannah ihn für eine bezaubernde junge Frau gehalten.

»Mylord, ich kann Ihnen nichts sagen«, jammerte Roland und brach erneut in Tränen aus, das Gesicht in den Händen vergraben. Rohan warf Susannah einen gequälten Blick zu.

Sie sah ihn etwas mißbilligend an.

»Lassen Sie sich ruhig Zeit, Roland«, warf Rohan ein, wobei er sich bemühte, seine Ungeduld im Zaum zu halten. »Das alles ist natürlich ein schwerer Schlag für Sie. Aber Sie wollen doch bestimmt, daß wir den Mann finden, der Ihrem Herrn das angetan hat, oder? Bitte denken Sie scharf nach. Versuchen Sie sich an den Augenblick zu erinnern, als Sie den jungen Mann trafen, der als Pfarrer verkleidet war.«

Roland begann im Zimmer auf und ab zu gehen, wobei er offensichtlich angestrengt nachdachte. Er wirkte auf Susannah wie ein besonders gutaussehender Schauspieler aus einem Theaterstück des vorigen Jahrhunderts.

Susannah beobachtete ihn schweigend. Phillip stand bei der offenen Tür, die Arme vor der Brust verschränkt. Lord Balantyne saß währenddessen schweigend neben Rohan und betrachtete den jungen Mann bei seinem verzweifelten Versuch, sich zu erinnern.

»Er war jung«, sagte Roland plötzlich, »nicht viel älter als ich. Er hatte dichtes schwarzes Haar, das eigentlich zu lang für einen Pfarrer war. Ich erinnere mich noch, wie ich dachte, daß er es sich schneiden lassen sollte. Er war ein Stückchen größer als ich, gut gebaut und ziemlich muskulös. Ich habe noch nie einen Pfarrer mit einer solchen Statur gesehen. O Gott, ich habe meinen Herrn getötet.«

»Roland, das machen Sie sehr gut«, sagte Susannah. »Aber Sie müssen versuchen, sich an noch mehr zu erinnern. Alles, was Sie uns sagen, kann uns helfen, den Mann zu finden, der das getan hat.«

Lord Balantyne räusperte sich, zwinkerte Susannah zu und sagte schließlich: »Hat er Ihnen seinen Namen verraten?«

Roland schüttelte den Kopf. »Nein, Mylord. Er war recht freundlich, machte eine Bemerkung über das Wetter und fragte mich, wie lange ich schon in Oxford lebe. Ich dachte gar nicht an Bischof Roundtree. O Gott! Jetzt wird mir alles klar. Er sorgte dafür, daß ich vom Haus fernblieb, während sein Komplize den Bischof ermordete. O Gott!«

»So ist es«, sagte Lord Balantyne. »Aber Sie konnten nicht wissen, daß das Ganze ein heimtückischer Plan war. Kommen Sie, nehmen Sie sich zusammen, wie Lady Mountvale gesagt hat. Ist Ihnen irgend etwas Ungewöhnliches an dem Mann aufgefallen?«

Roland schüttelte den Kopf und rang die Hände. Seine Perücke war erneut verrutscht, doch er kümmerte sich gar nicht darum; er war zu erschüttert, um sprechen zu können.

»Denken Sie nach!«

»Ja, ja, ich erinnere mich an etwas, das mir aufgefallen ist. Er trug einen Ring an der linken Hand. Bischof Roundtree hat einen, der ganz genauso aussieht. Ich wollte ihn schon fragen, woher er ihn habe, aber da gab er mir das Päckchen, so daß ich es sein ließ.«

»Wie sah der Ring aus?«

»Nun«, warf Balantyne ein, »vielleicht sollten wir einfach nach oben gehen und den Ring des Bischofs holen. Sind Sie sicher, daß es der gleiche Ring war?« Roland nickte. Susannah beneidete Balantyne nicht um seine Aufgabe. Er war rasch wieder zurück; stirnrunzelnd blickte er in die Runde.

»Er trägt gar keinen Ring.«

Roland schreckte hoch. »Nein, Mylord, das kann nicht sein. Der Bischof trug diesen Ring ständig. Ich habe ihn einmal danach gefragt, und er wurde dermaßen wütend über meine Unverschämtheit, daß ich schon glaubte, er würde mich schlagen. Aber natürlich tat er es nicht. Er hat mich nie geschlagen – außer einmal, aber das war bloß, weil es ihm Vergnügen bereitete.«

»Dann hat der Mann, der ihn getötet hat, den Ring an sich genommen. So etwas habe ich noch nicht erlebt. Man hat dem Bischof einen Finger abgeschnitten – wahrscheinlich der, an dem der Ring saß. Offensichtlich hat der Mörder ihm den Ring nicht abnehmen können.«

Im nächsten Augenblick fiel Roland in Ohnmacht.

Susannah wünschte, sie könnte es ihm gleichtun. Statt dessen verließ sie den Salon und ging in die Küche, einen düsteren kleinen Raum am hinteren Ende des Hauses. Sie befeuchtete ein Tuch und kehrte damit zu Roland zurück, der immer noch am Boden lag und wie ein Kind stöhnte. Sie kniete sich neben ihn und wischte ihm sanft über das Gesicht. »Alles wird gut«, sagte sie, ohne selbst daran zu glauben. Sie blickte ihren Ehemann an. Seine Augen waren geschlossen.

Sie wußte, woran er dachte. Auch Tibolt hatte einen Ring getragen. Handelte es sich am Ende um eine Art Geheimbund, dessen Angehörige alle den gleichen Ring trugen? Susannah erinnerte sich an Tibolts Worte: »All diese alten Narren, die das Geheimnis bewahren …«

Nachdem er ein Glas von dem hervorragenden eingeschmuggelten Cognac getrunken hatte, berichtete Roland, daß der Ring aus schwerem Silber gewesen sei, mit dem eingravierten Bild eines Bischofs darauf. Er erinnerte sich auch, daß darunter ein paar Worte standen, die er jedoch nicht kannte.

»Interessant«, sagte Balantyne.

»Er war sehr groß und schwer«, sagte Roland. »Hilft Ihnen das weiter?«

»Möglich«, sagte Rohan.

Balantyne ließ den armen Roland schließlich gehen und sagte ihm, er solle sich ausruhen, nachdem er ihm eine Liste mit den Namen der Verwandten des Bischofs zusammengestellt habe. Nach den Bekannten wolle er dann selbst sehen.

Balantyne blickte Phillip Mercerault nachdenklich an. »Ich glaube, Phillip, es ist an der Zeit, daß du mir verrätst, worum es hier eigentlich geht.«

Nach einem kurzen Blick zu Rohan entgegnete Phillip: »Es tut mir leid, mein Freund, aber ich kann dir herzlich wenig erzählen. Lord Mountvale und ich sind schon seit vielen Jahren befreundet. Der einzige Grund, warum ich ihn begleitet habe, ist der, daß ich Oxford sehr gut kenne. Rohan wollte den Bischof besuchen. Hast du mir nicht erzählt, Rohan, daß er ein Freund deines Vaters war?«

Rohan nickte. »Das stimmt. Leider haben wir nicht gerade den günstigsten Zeitpunkt für einen Besuch erwischt.«

»Verstehe. Ich nehme an, Sie wissen auch nichts über diesen Ring?«

»Über den Ring? Nein, tut mir leid.«

Lord Balantyne erhob sich von seinem Stuhl. »Die ganze Sache ist ziemlich mysteriös. Alle hier in Oxford erwarten, daß ich den Fall im Handumdrehen löse. Die Verantwortlichen der Universität werden den Fall als interne Angelegenheit betrachten und ihn übernehmen wollen. Vielleicht sollte ich ihnen die Sache tatsächlich überlassen – dann geht mich das alles nichts mehr an. Aber das tue ich bestimmt nicht. Also, warum besprecht ihr drei euch nicht in aller Ruhe und erzählt mir dann, was geschehen ist? Ich brauche dringend eure Hilfe. Ich würde euch nicht raten, auf eigene Faust zu handeln.«

»Ein scharfsinniger Gentleman«, stellte Susannah fest, nachdem Balantyne gegangen war. »Was sollen wir jetzt tun?«

»Wir werden ihm ganz sicher nicht die Wahrheit sagen«, antwortete Rohan.

»Ich habe euch ja gesagt, daß er nicht dumm ist«, sagte Phillip. »Und jetzt würde ich gern von hier verschwinden, wenn es euch nichts ausmacht.«

Phillip gab ihnen das beste Bett von Dinwitty Manor, wie er es ausdrückte. Das Schlafzimmer war zwar etwas niedrig und ein wenig feucht – aber das Bett war in der Tat wundervoll. Es war bereits nach Mitternacht, nachdem sie den ganzen Abend damit verbracht hatten, die Ereignisse des Tages zu besprechen, ohne jedoch eine Antwort auf irgendeine der vielen Fragen zu finden. Susannah lag dicht an Rohans Seite, die Wange an seiner Schulter, während ihre Hand auf seiner Brust ruhte.

»Ich habe nicht die geringste Ahnung, was wir jetzt tun sollen«, sagte er in die Dunkelheit hinein. »Meine Gedanken drehen sich im Kreis. Mein Gott, Susannah, was ist, wenn Tibolt den Bischof ermordet hat?«

Sie küßte ihn auf die Schulter. »Noch gibt es nichts, was darauf hindeutet. Wie es aussieht, dürfte Tibolt eher derjenige gewesen sein, der den armen Roland vom Haus weggelockt hat. Denk an den Ring, den er trug. Wahrscheinlich war er verkleidet. Da fällt mir etwas ein.«

Sie küßte ihn erneut auf die Schulter, während sie ihre Hand an seiner Brust hinabgleiten ließ – und weiter über seinen Bauch. Sein Atem, der eben noch gleichmäßig und langsam gewesen war, begann mit einem Mal rascher zu gehen.

Ihre Hand wanderte weiter nach unten.

Von einem Moment auf den anderen waren alle Gedanken des vergangenen Tages beiseitegefegt von einer Lust, die ihn erzittern ließ. Er fühlte, wie ihre Finger ihn umschlossen.

»Susannah, weißt du, was du da tust?«

»Ich bin mir nicht sicher, aber ich schätze, du würdest es mir schon sagen, wenn ich etwas Falsches mache, nicht wahr?«

»O ja. Was du da tust, ist durchaus nicht falsch«, sagte er und stöhnte.

Sie küßte ihn auf den Mund und murmelte etwas. »Wir beschäftigen uns jetzt schon so lange mit allerhand quälenden Fragen. Du hast einmal zu mir gesagt, wir würden alles miteinander teilen, Rohan. Ich möchte, daß du jetzt etwas ganz anderes mit mir teilst. Ich will *dich.*«

Es war bereits einige Tage her, seit sie sich das letzte Mal den Freuden der Liebe hingegeben hatten. Rohan hatte ganz und gar nicht vergessen, daß er frisch verheiratet war, doch es war einfach zuviel geschehen, was ihn von dieser Tatsache und von seiner bezaubernden Frau ablenkte. Sie hatte recht. Es war wirklich Zeit, daß sie sich wieder einmal einander widmeten – etwa so wie in jener unvergeßlichen Nacht, die sie zusammen in dem Gasthaus verbracht hatten.

Langsam wandte er sich ihr zu. Gott sei Dank ließ sie ihn nicht los.

Er begann sie zu küssen, während seine Hände von ihren Brüsten zu ihrem Bauch und schließlich zu ihrem Hintern wanderten. »Verdammtes Nachthemd«, murmelte er und hob sie hoch, um es ihr auszuziehen.

Zu seinem Bedauern ließ sie ihn los, um ihm beim Ausziehen zu helfen.

Er ließ sich zurückfallen und zog sie über sich. »Vielleicht ist es besser so. Ich hätte es ohnehin nicht lange ausgehalten, wenn du mich weiter da unten berührt hättest. Vielleicht kannst du das irgendwann einmal mit dem Mund tun.«

Sie blickte ihn überrascht an, wobei sie in der Dunkelheit nur die Umrisse seines Gesichts erkennen konnte. »Du möchtest, daß ich dich hier küsse?« fragte sie erstaunt.

»O ja, das wäre schön.«

Sie schwieg erst einmal. Nie wäre sie auf einen solchen Gedanken gekommen. Für ihre Begriffe war es bereits mehr als kühn, ihn an dieser bestimmten Stelle mit der Hand zu berühren; auch das, so dachte sie, war etwas, das eine Lady gewiß nicht tat. Andererseits genoß sie es außerordentlich, ihn auf diese Weise zu spüren, seine Wärme und seine Erregung wahrnehmen zu können.

Er zog sie völlig über sich. »Küß mich«, sagte er, und als er ihre Lippen auf den seinen spürte, begann er mit beiden Händen ihre Hüften zu kneten und ihre Schenkel zu öffnen. Als er sie an ihrer Scham berührte, wich sie zurück und starrte auf ihn hinunter.

»Gefällt dir das denn nicht?«

»O doch, aber ich hatte ganz vergessen, wie sich das anfühlt.« Er berührte sie erneut, und sie hielt den Atem an.

»Weißt du, Rohan, genauso hast du mich in unserer ersten Nacht berührt, und auch später in jener Nacht im Gasthaus – aber das ist schon wieder so lange her. Drei Tage, glaube ich.« Sie ließ sich auf ihn niedersinken, und er schloß die Augen.

»Willst du, daß wir ein Baby bekommen?« flüsterte er ihr zu, und sie preßte ihre Hüften nur noch fester gegen ihn.

»Das ist mir egal, ganz egal. Ich will nur dich, dich allein, Rohan …«, flüsterte sie an seinem Hals.

Am nächsten Morgen saßen die drei am Frühstückstisch, ohne allzuviel zu sprechen, bis Rohan plötzlich die Gabel niederlegte und sagte: »Könnte es nicht sein, daß die Hälfte der Karte, die im Besitz des Bischofs war, immer noch in seinem Haus ist? In seinem Arbeitszimmer? Kann es nicht sein, daß der Mörder sie nicht gefunden hat? Sehr viel Zeit hatte er ja nicht. Und so wie er den Bischof tötete, scheint er ziemlich wütend gewesen zu sein – so als hätte der Bischof sich geweigert, ihm zu verraten, was er wissen wollte.«

Susannah legte augenblicklich die Serviette nieder und stand auf. »Genau das habe ich auch schon gedacht. Der Bischof muß seine Hälfte der Karte irgendwo versteckt haben. Wir müssen der Sache sofort nachgehen.«

Zu Rohan gewandt, sagte Phillip: »Ich habe noch nie eine Frau wie sie gesehen.«

»Wenn du eine Frau wie meine Susannah findest, dann wirst du sie womöglich auf der Stelle heiraten, damit sie dir nicht mehr entwischen kann.«

Phillip sah sie eindringlich an. »Gut möglich«, sagte er. »Sehr gut möglich.«

29

»Das ist ja unglaublich«, sagte Phillip Mercerault, als er sich langsam erhob. Er hatte auf dem Rücken unter Bischof Roundtrees Schreibtisch gelegen. »Seht euch das an. Es war an der Unterseite des Tisches befestigt.«

Ein dünnes Buch, das bereits sehr alt zu sein schien.

»Es hat nur ein paar Seiten – mit lateinischem Text. Und das hier«, sagte Phillip, als er das Buch öffnete. Ein strahlendes Lächeln erhellte seine Miene, als er eine halbe Karte hervorholte, die am hinteren Buchdeckel befestigt gewesen war.

»Du hast sie tatsächlich gefunden, Phillip. Das ist die andere Hälfte der Karte.«

»Bei aller Begeisterung, Gentlemen«, warf Susannah ein, »sollten wir doch so rasch wie möglich von hier verschwinden. Ich möchte nicht, daß Roland etwas merkt und Lord Balantyne von unserem Fund erzählt. Wir sollten so tun, als hätten wir es schließlich aufgegeben.«

»Sie hat recht«, sagte Rohan. Er küßte sie und flüsterte ihr ins Ohr: »Wir haben sie!«

»Schluß damit«, wandte Phillip ein. »Diese Küsserei macht mich ganz eifersüchtig. Und ich mag es nicht, eifersüchtig zu sein. Man fühlt sich so schäbig. Rohan, hör auf, an ihrem Ohr rumzuknabbern. Wir sollten tatsächlich rasch verschwinden. Und draußen sollten wir darauf achten, ob uns nicht vielleicht jemand beobachtet. Wir sollten sicherheitshalber ziemlich enttäuscht dreinblicken.«

Als sie im Erdgeschoß ankamen, sahen sie Roland am Küchentisch sitzen und schlafen, den Kopf auf die verschränkten Arme gelegt.

»Was wird wohl aus ihm werden?« fragte Susannah, während Rohan ihr in die Kutsche half.

»Wenn der Bischof Verwandte hatte und sie hier einziehen, dann glaube ich nicht, daß er noch länger hier willkommen ist«, sagte Phillip.

»Aber warum denn nicht? Er ist wirklich hübsch – und wenn er auch für Frauen nicht viel übrig hat, macht er doch einen recht tüchtigen Eindruck. Außerdem scheint er den Bischof sehr bewundert und geliebt zu haben.«

»Nun, die Sache ist nicht ganz so einfach«, entgegnete Rohan und nahm ihre Hand in die seine, um sie zu küssen.

»Warum bietest du ihm denn nicht eine Stelle an, Phillip?« fragte Susannah, nachdem sie es geschafft hatte, den Blick von den schönen Augen und dem noch schöneren Mund ihres Ehemannes abzuwenden. In letzter Zeit ertappte sie sich immer öfter dabei, wie sie seinen

Mund betrachtete. Nie hätte sie sich träumen lassen, etwas Derartiges für einen Mann empfinden zu können. Wenn sie nur daran dachte, wie es war, wenn er sie berührte, wenn er in ihr war … Es war, als hätte sich ein Fenster geöffnet, durch das sie in eine andere Welt fliegen konnte. Sie wünschte sich, daß sich dieses Fenster nie mehr für sie schließen würde. Sie wollte ihren Ehemann nie mehr verlassen. Trotz seines Rufes als Frauenheld wußte sie, daß er ihr gehörte, daß er immer ihr gehören würde. Schließlich zwang sie sich, ihre Gedanken und ihre Augen von ihrem Mann abzuwenden, auch wenn sie sich sehr gewünscht hätte, ihn zu küssen, bis ihnen beiden der Atem verging.

»Nun, Susannah, es ist so …«, begann Phillip und blickte ein wenig hilflos in ihr bezauberndes unschuldiges Gesicht. »Es geht einfach nicht«, sagte er schließlich.

»Susannah«, kam ihm Rohan zu Hilfe. »Ich bin dein Ehemann. Du kannst mir ruhig glauben, daß Roland – so treu er auch sein mag – nicht gut in den Haushalt von Dinwitty Manor passen würde.«

»Also gut«, sagte sie ein wenig nachdenklich. »Ich werde dieses Rätsel schon noch lösen, wenn wir allein sind, Rohan.« Sie küßte sein Ohr und flüsterte ihm zu. »Du wirst mir alles erzählen, wenn du mir auf Gedeih und Verderb ausgeliefert bist.«

Ihr Ehemann stöhnte auf; er wußte, er würde ihr den Wunsch nicht abschlagen können.

»Ich verspüre schon wieder ein wenig Eifersucht«, sagte Phillip. »Na ja, vielleicht lenkt es mich ab, wenn ich aus dem Fenster schaue, um zu sehen, ob uns vielleicht jemand folgt.«

Eine Stunde später waren sie wieder in Dinwitty Manor. Es war bereits drei Uhr nachmittags, und es hatte heftig zu regnen begonnen, was ihrer Stimmung jedoch nicht das geringste anhaben konnte.

»Verdammt«, stieß Phillip hervor, als sie sich in seinem Arbeitszimmer versammelt hatten. »Ich wünschte, wir hätten auch die andere Hälfte der Karte.«

»Nun, in gewisser Weise haben wir sie ja«, erwiderte Susannah. Sie lächelte ihren Gemahl an. »Ich wollte dich damit überraschen – und ich glaube, jetzt ist der richtige Moment dafür. Ich habe eine Kopie der Karte angefertigt. Den Schlüssel konnte ich leider nicht kopieren. Ich habe die Zeichnung oben in unserem Zimmer; ich bin gleich wieder zurück.«

»Und das sagst du mir jetzt erst?« rief Rohan ihr empört nach. »Sie hat die Karte kopiert. Ich hätte es wissen müssen.« Zu Phillip gewandt, fügte er hinzu: »Weißt du, sie zeichnet hervorragend.«

»Du hast eine sehr kluge Frau geheiratet«, stellte Phillip fest, während er Rohan ein Glas Brandy reichte. »Ich frage mich, wann du ihr endlich die Wahrheit sagst.«

»Wenn der richtige Moment dafür gekommen ist. Ein Mann von meinem Ruf handelt nie übereilt. Das habe ich während meiner Jahre der Zügellosigkeit gelernt.«

Phillip lachte, als Susannah auch schon hereingestürmt kam. »Da ist sie«, sagte sie, völlig außer Atem. »Ich wollte, daß sie dem Original so nahe wie möglich kommt – deshalb ist meine Zeichnung so klein.«

Susannah fügte die beiden Hälften aneinander und glättete sie. Sie paßten zwar nicht exakt zusammen – dennoch ergaben sie offensichtlich ein Ganzes. »Seht nur«, stieß sie hervor und trat einen Schritt zurück. »Es ist tatsächlich in Schottland. Hier ist eine Stadt namens Dunkeld eingezeichnet – die Buchstaben DU stehen auf der einen Seite, der Rest auf der anderen, damit man nicht weiß, worum es geht, solange man nicht beide Hälften hat. Seht ihr diesen kleinen Kirchturm, der da eingezeichnet ist? Auf jeder Hälfte der Karte ist nur der halbe Turm; auch hier braucht man also die ganze Karte, um zu sehen, daß es sich um eine Kirche handelt. Meint ihr, daß der Schatz – wenn es einer ist – sich in dieser Kirche befindet?«

»Sieht ganz so aus«, antwortete Phillip.

Währenddessen begann Rohan in dem dünnen Buch, das sie gefunden hatten, zu lesen. »Der Text hier scheint sich gegen das gottlose Streben nach Macht und Unsterblichkeit zu richten. Da steht, daß das Gute immer mehr zurückgedrängt wird und das Böse sich in der Welt fast ungehindert entfalten kann. Da ist auch von einem *Gefäß des Teufels* die Rede und von einer *Reinen Flamme,* was immer damit gemeint sein mag. Ah, da steht es ja – ›Reine Flamme‹ bezieht sich auf Hildebrand, der den Kirchenstaat für mehrere Päpste verwaltete und der das besagte Gefäß verwahrte, damit es nicht in die Hand von Dieben oder habgierigen Menschen gelangte.« Rohan hielt inne und las die folgenden Zeilen leise für sich. Schließlich sagte er: »Hildebrand war offensichtlich die wichtigste Stütze des Papsttums in den Zeiten der Unruhen und Wirren. Offenbar versuchte er hinter den Kulissen das Geschehen zu lenken. Er war es, der Papst Leo IX. drängte, das Gefäß in die Hände von Macbeth von Schottland zu geben – einem Mann, den er für höchst vertrauenswürdig hielt. Hier steht auch, daß Hildebrand große Gefahr heraufkommen sah, so daß er sich nicht länger imstande glaubte, das Gefäß sicher verwahren zu können. Er fürchtete um das Leben des Papstes. Er fürchtete um das Wohl der gesamten Menschheit, wenn dieses Gefäß in die falschen Hände gelangen sollte. Und so barg der Papst das Gefäß in einem Reliquienschrein und übergab es an Macbeth, der schwören mußte, es vor der Welt verborgen zu halten, denn *es darf weder zerstört werden noch ans Licht kommen.«* Rohan blickte zu ihnen auf und schüttelte den Kopf. »Das klingt ja so, als wäre es etwas Lebendiges.«

»Was ist ein Reliquienschrein?« wollte Susannah wissen. Sie wünschte sich, selbst gut genug Latein zu verstehen, um den Text lesen zu können, denn das Buch wies noch einige weitere beinahe verblaßte Zeilen auf.

Ohne von der Karte aufzublicken, sagte Phillip: »Ein Reliquienschrein ist ein kleines Kästchen, das meistens die sterblichen Überreste eines Heiligen enthält. Sie werden oft von einem heiligen Ort zu einem anderen gebracht, um die Gläubigen zu beeindrucken.«

Rohan blätterte die ziemlich brüchige letzte Seite des Buches um. »Seht nur, da ist ein Schrein abgebildet; es muß wohl derjenige sein, den Papst Leo IX. an Macbeth übergab.« Es war nur eine grobe Skizze, doch die Umrisse waren klar zu erkennen. Es ging daraus aber nicht hervor, ob der Schrein aus Holz, Silber oder Gold gefertigt war. Es handelte sich um ein rechteckiges Kästchen, das nach oben hin schräg anstieg wie das Dach eines Hauses. Die Seitenflächen schienen glatt zu sein. Am oberen Ende befand sich eine Leiste mit zwei Griffen.

»Das muß der Schrein sein, der das ›Gefäß des Teufels‹ enthält«, sagte Phillip. »Macbeth hat gewiß dafür gesorgt, daß er irgendwo in der Kathedrale von Dunkeld versteckt wurde. Diese letzten Worte – ›es darf weder zerstört werden noch ans Licht kommen‹ – scheinen von jemand anderem hinzugefügt worden zu sein.«

»Das klingt ziemlich schaurig«, sagte Susannah, wobei es ihr eiskalt über den Rücken lief. »Ich frage mich, was dem Papst und diesem Hildebrand solche Angst bereitet haben kann, daß sie dieses Gefäß des Teufels an Macbeth weitergaben. Möglicherweise hat irgend jemand erfahren, daß es dieses Gefäß gibt. Jemand wie Tibolt vielleicht, der glaubt, damit die ganze Welt beherrschen zu können.«

Rohan nickte zustimmend. »Ja, so könnte es gewesen sein. Tibolt hat gesagt, er würde damit herrschen können, wo immer er will, und er würde wie Gott sein.«

»Wenn wir nur wüßten, was es ist, das alle Welt so

gerne hätte«, sagte Phillip und schlug mit der Faust auf den Kaminsims.

»Erinnert euch«, warf Susannah ein, »daß Tibolt auch von ›alten Narren‹ gesprochen hat, ›die das Geheimnis bewahren‹. Der Ring, den Tibolt und Bischof Roundtree trugen, weist darauf hin, daß sie irgendeinem Geheimbund angehören, der gegründet wurde, um das Gefäß in sicherer Verwahrung zu halten.«

»Tibolt als Mitglied eines Geheimbundes«, murmelte Rohan nachdenklich. »Dann stand Bischof Roundtree wohl an der Spitze des Bundes. Er mußte irgendeine Gefahr gewittert haben. Tibolt konnte es kaum gewesen sein, den er verdächtigte, sonst hätte er ja wohl nicht George die Hälfte der Karte gegeben. Die andere Hälfte, behielt er selbst. Wegen dieser Hälfte wurde er offensichtlich ermordet – nur daß der Mörder nicht fündig wurde.«

»Tibolt«, sagte Susannah schaudernd. »Ich hoffe, daß es nicht doch Tibolt war, der den Bischof getötet hat.«

»Das hoffe ich auch«, sagte Rohan, »aber wir müssen mit allem rechnen.«

»Wer könnte sonst noch dem Geheimbund angehören, wenn es noch weitere Mitglieder gibt?« fragte Phillip.

»Verschiedene Bischöfe wahrscheinlich«, antwortete Susannah. »Es müssen vor allem Bischöfe sein. Wahrscheinlich nicht ausschließlich – immerhin ist ja auch Tibolt dabei, aber auch er sollte ja eines Tages Bischof werden.«

»Es war immer sein Ziel, Erzbischof von Canterbury zu werden«, stimmte Rohan ihr zu.

»Und sie tragen den Ring, um sich als Mitglieder zu erkennen zu geben.«

»Ich frage mich, ob sie sich je irgendwo treffen«, sagte Rohan. Er betrachtete seine Frau, die nachdenklich im Zimmer auf und ab ging. »Wir stehen hier vor einem großen Problem«, sagte er schließlich. »Wir müssen eine Entscheidung treffen. Sollen wir dieses Buch und die Hälfte der Karte zerstören?«

Susannah blieb wie angewurzelt stehen. »Zerstören? O nein.«

»Rohans Frage ist nicht ganz unberechtigt«, warf Phillip ein. »Das Gefäß des Teufels, was immer das sein mag, ist eine Bedrohung für die ganze Menschheit – zumindest haben das viele Menschen über die Jahrhunderte hinweg angenommen. Und die Mitglieder dieses Bundes glauben immer noch fest daran. Auch Bischof Roundtree muß davon überzeugt gewesen sein, sonst hätte er die eine Hälfte der Karte nicht George gegeben, um so das Versteck geheimzuhalten. Natürlich hätte er die Karte, das Buch und den Schlüssel auch zerstören können.«

»Aber er hat es nicht getan«, warf Susannah ein. »Es muß einen guten Grund dafür geben.«

»Wer sagt denn«, wandte Rohan ein, »daß Bischof Roundtree das einzige Exemplar der Karte besaß? Ich glaube, es gibt mindestens noch ein weiteres Exemplar. Und was ist, wenn Tibolt an die Spitze des Geheimbundes gelangt und die Karte dadurch doch noch in seine Hände bekommt?«

Phillip schüttelte den Kopf. »Jetzt hört mir mal zu. ihr glaubt doch nicht etwa, daß dieses Gefäß tatsächlich dem, der es besitzt, zu großer Macht verhelfen kann? Daß es einen Menschen zum Gott machen kann und ihm ermöglicht, die Welt zu beherrschen? Ich glaube nicht, daß die geheimnisvolle Kraft des Dings so weit reicht.«

»Ich stimme Rohan zu«, erwiderte Susannah. »Wir sollten verhindern, daß Tibolt in den Besitz dieses Gefäßes kommt.« Sie holte tief Luft. »Vielleicht kommt irgendwann in der Zukunft wieder ein habgieriger Mensch daher, der es an sich reißen will. Nein, wir sollten versuchen, es zu finden, und es an einem neuen Ort verstecken. So können wir sichergehen, daß die Gefahr, die von dem Gefäß ausgeht, für immer von der Menschheit abgewendet ist.«

»Du glaubst also tatsächlich, daß eine geheimnisvolle Kraft davon ausgeht? Daß es eine Bedrohung für die Menschheit darstellt?«

»Du brauchst uns gar nicht so herablassend anzublicken, Phillip«, sagte Rohan. »Wie hat doch Hamlet gesagt: ›Es gibt mehr Dinge zwischen Himmel und Erde, als unser Verstand sich träumen läßt‹. Man kann nichts von vornherein ausschließen. Es gibt so vieles im Leben, das ganz einfach passiert …« Ein wenig verlegen hielt er inne.

»Du meinst, es gibt Dinge«, warf Phillip ein, »für die es keine logische Erklärung gibt.«

Susannah blätterte die letzte Seite des Buches um. »Ah, da ist es ja. Ich habe mich schon gefragt, wo das Gefäß in der Kathedrale versteckt sein mag. Es ist nicht in Latein geschrieben – es muß also später hinzugefügt worden sein.« Sie starrte auf die verblichenen Buchstaben und begann laut zu lesen:

»Unter dem Stein, wo der Bischof ruht
Die vermoderte Treppe hinunter
Dort in der Wand der tausend Schreie
Liegt das Gefäß des Teufels verborgen.«

»Na ja«, sagte Rohan, »nicht gerade ein Meisterwerk der Dichtkunst – aber ich schätze, wenn wir erst einmal die Kirche von Dunkeld gefunden haben, werden wir mit Hilfe dieser Zeilen den Schrein mit dem geheimnisvollen Gefäß wohl finden.«

Er blickte zuerst seine Frau an, dann seinen Freund. »Also dann, auf nach Schottland«, sagte er mit einem angedeuteten Lächeln.

Sie sagten kein Wort, sondern nickten bloß.

Phillip ging zu einem der Bücherregale und zog ein

Buch mit verschiedenen Landkarten hervor. Er brauchte nicht lange, bis er Dunkeld gefunden hatte. »Es liegt nur ungefähr vierzehn Meilen nördlich von Perth.« Dann trat er erneut an eines der Regale, offensichtlich auf der Suche nach einem bestimmten Buch. »Ah, da haben wir es ja. Dunkeld hat tatsächlich eine Kathedrale – noch dazu ein sehr schönes und stattliches Exemplar. Dort finden wir bestimmt die Ruhestätte dieses Bischofs und darunter den Schrein – das heißt, falls wir die ›Wand der tausend Schreie‹ finden.«

»Sieh nur, Rohan«, sagte Susannah plötzlich und zupfte ihn aufgeregt am Ärmel. »Da steht noch etwas geschrieben – unter dem Einband. Das Papier hat sich gelöst – und diese Worte sind zum Vorschein gekommen.«

»Der Bund der Bischöfe«, las Rohan. »Genau, wie wir vermutet haben. Also tatsächlich ein Bund, der es sich zur Aufgabe gemacht hat, das Gefäß des Teufels zu verwahren und versteckt zu halten. Das zeigt doch, welchen Respekt – ja, welche Angst sie vor der Macht dieses Gefäßes haben.«

»Meinst du, daß sie sich immer noch von Zeit zu Zeit treffen?« fragte Susannah.

»Zweifellos«, antwortete Rohan. »Aber ich fürchte, wir werden nie herausbekommen, wer die Mitglieder dieses Bundes sind.«

»Außer Tibolt natürlich.«

»Ja, außer Tibolt«, stimmte Rohan zu. »Er ist ja schließlich der Grund, warum wir dieses Wunderding finden müssen.«

»Ein richtiger Geheimbund«, sagte Phillip nachdenklich vor sich hin. »Eine Vereinigung, die bereits seit sehr langer Zeit bestehen dürfte. Die Frage ist – wie lange? Ich meine, die Karte ist zwar alt, aber sie stammt gewiß nicht aus dem elften Jahrhundert – genausowenig wie das Buch. Beides ist höchstens hundert Jahre alt, wenn überhaupt.«

»Du hast recht«, pflichtete Rohan bei. »Wahrscheinlich ist das Gefäß irgendwann verlorengegangen und erst viel später wiederentdeckt worden.«

»Mir kommt da eine Idee«, sagte Phillip. »Bevor wir nach Schottland aufbrechen, sollten wir einen alten Lehrer von mir besuchen – Mr. Leonine Budsman. Wenn er schon selbst nicht Mitglied des Geheimbundes ist, so weiß er doch ganz bestimmt alles darüber. Er weiß über so gut wie alles Bescheid. Es kann nicht schaden, wenn wir möglichst viel darüber wissen, bevor wir uns an die Arbeit machen. Vielleicht«, fügte er stirnrunzelnd hinzu, »vielleicht wird die ganze Sache dann auch etwas weniger gefährlich für uns.«

Sie blickten einander schweigend an. Susannah wußte, daß sie in diesem Augenblick alle ganz ähnliche Gedanken hatten; sie waren auf der Suche nach einem geheimnisvollen Gegenstand, der unvorstellbar alt war und durch den Tibolt – wenn er ihn in die Hände bekam – unvorstellbare Macht erlangen konnte.

Phillips alter Lehrer war nicht bloß alt – er war ein richtiggehendes Fossil. Als Rohan ihm die Hand schüttelte, tat er es mit äußerster Vorsicht, weil er Angst hatte, ihm die morschen Knochen zu brechen. Der alte Herr wackelte zu seinem Stuhl und ließ sich nieder, worauf er mit stolzer Gebärde den Kopf zurückwarf, so daß sein dichtes weißes Haar schwungvoll zurückfiel. Er hatte sich also durchaus einen Rest an Eitelkeit bewahrt, wie Rohan nicht ohne Sympathie feststellte. Phillip erkundigte sich höflich nach Mr. Budsmans Gesundheit. Der alte Herr erwiderte trocken, daß es ihn nicht überraschend treffen würde, wenn er am nächsten Morgen schon nicht mehr unter den Lebenden weilte.

Seine Bemerkung hatte einen Moment lang betretenes Schweigen zur Folge.

»Sir«, begann Rohan schließlich, »Lord Derencourt

sagt, daß Sie so gut wie alles wissen, was nur irgend wissenswert ist.« Mit einer ablehnenden Handbewegung wies er den Tee zurück, den ein steinalter Butler servierte. »Wir müssen unbedingt etwas über den Geheimbund der Bischöfe in Erfahrung bringen. Können Sie uns vielleicht weiterhelfen?«

In diesem Augenblick betrat Lord Balantyne den kleinen, etwas muffigen Salon. Er verbeugte sich vor Susannah und nickte Rohan und Phillip zu. »Was für eine interessante Zusammenkunft. Guten Tag, Sir. Sie sehen gut aus, muß ich sagen. Sie haben bedeutend mehr Haare als ich. Ich habe mich schon immer gefragt, ob so etwas gerecht ist.«

Zu Susannahs Erstaunen schien sich der alte Herr von dem Kompliment überaus geschmeichelt zu fühlen, so daß er seine schwungvolle Gebärde von vorhin gleich noch einmal wiederholte. »Es braucht nichts anderes als alte, sehr warme Luft, um sein Haar zu erhalten, Balantyne. Mehr ist nicht nötig. Aber ihr jungen Männer haltet euch ja andauernd an der frischen Luft auf und schlaft sogar bei offenem Fenster; da ist es wirklich kein Wunder, daß ihr euch alle möglichen unangenehmen Dinge zuzieht.«

»Sie haben zweifelsohne recht, Sir«, sagte Phillip. Er schob den Ärger beiseite, den die überraschende Ankunft von Balantyne ihm verursacht hatte, und sagte: »Wie Sie sehen, brauchen wir wirklich dringend Ihre Hilfe. Ich habe meinen Freunden erzählt, daß Sie einfach alles wissen. Können Sie uns vielleicht ein paar Einzelheiten über den Bund der Bischöfe verraten?«

Der alte Herr ließ sich tief in seinen Stuhl zurücksinken, wie ein Insekt, das sich in seinen Kokon einspinnt. In seinen zerbrechlichen, von Altersflecken übersäten Händen hielt er eine Tasse Tee. »Der Bund wurde etwa zu der Zeit ins Leben gerufen, als ich zur Welt kam – und zwar von einem gewissen Bischof Jackspar, der längst nicht mehr lebt. Ich weiß nicht, wie es kam – aber er war eines Tages auf Urkunden gestoßen, die auf diese seltsame Legende hinwiesen, von der jahrhundertelang niemand mehr gewußt hatte. Demnach soll einst Papst Leo IX. dem schottischen König Macbeth einen Reliquienschrein übergeben haben, der einen sagenumwobenen Gegenstand enthielt, das sogenannte Gefäß des Teufels. Worum es sich bei diesem Gefäß handelt, das habe ich nie herausgefunden. Wenn einige Mitglieder des Bundes darüber Bescheid wissen, so ist es ihnen jedenfalls gelungen, es vor der Welt geheimzuhalten. Allein die Bezeichnung ›Gefäß des Teufels‹ läßt einen an irgendwelche Zauberer und magische Tränke denken, an Einsiedler mit langem weißem Haar. Vielleicht aber handelt es tatsächlich um ein Gefäß, eine Art Becher, der irgendeine Flüssigkeit enthält. Klingt eigenartig, nicht wahr? Aber wer weiß? Das einzige, was ich sonst noch weiß, ist, daß dieses Gefäß sehr gefährlich sein soll. Vielleicht geht wirklich eine verderbliche Wirkung davon aus. Der Name läßt jedenfalls so etwas vermuten. Aber das ist natürlich alles nur Spekulation.«

Als der alte Herr innehielt, um von seinem Tee zu trinken, warf Lord Balantyne ein: »Ich schätze, all das hat irgendwie mit Bischof Roundtree zu tun, nicht wahr? Wäre es nicht langsam Zeit, daß mir irgend jemand verrät, worum es hier eigentlich geht?«

»Sie wissen bestimmt genausoviel wie wir«, erwiderte Rohan.

Lord Balantyne gab nur einen brummenden Laut von sich.

Mit nachdenklicher Miene warf Susannah ein: »Kennen Sie vielleicht irgendwelche Mitglieder des Geheimbundes, Sir?«

»Der arme alte Roundtree war einer von ihnen. Und sonst? Ich glaube nicht, daß irgend jemand diese Frage beantworten kann. Wahrscheinlich wissen selbst die meisten Mitglieder nicht darüber Bescheid. Ich habe gehört, daß sie sich nur in sehr kleinen Gruppen treffen sollen. Wirklich eine gute Frage, junge Lady«, fügte Mr. Budsman hinzu und nickte anerkennend in ihre Richtung. »Sie ... äh, Sie sind doch jung, oder?«

»Ja, Sir. Glauben Sie, daß es dieses Gefäß auch heute noch gibt?«

»O ja, warum nicht? Aber ich würde Sie ersuchen, mich jetzt zu entschuldigen. Ich muß mich ein wenig ausruhen.«

Im nächsten Augenblick war von ihm nur noch ein leises Schnarchen zu hören. Den Kopf zurückgelegt, so daß ihm sein schönes weißes Haar auf die Schultern fiel, schlummerte er friedlich vor sich hin; sein leicht geöffneter Mund ließ die drei Zähne erkennen, die ihm noch geblieben waren.

Lord Balantyne ging voran, als sie sich still und leise aus dem Salon entfernten. Dabei trafen sie auf einen weiteren sehr alten Gentleman – es war der Butler, der ihnen den Tee serviert hatte. Er brachte eine etwas steife Verbeugung zustande. »Hat mein Herr Ihnen weiterhelfen können?«

»O ja«, antwortete Rohan. »Er ruht sich gerade ein wenig aus.«

Der alte Herr nickte. »Das macht er mindestens zwanzig Mal am Tag. Ich glaube, ich werde mich ihm anschließen.« Er nickte in Richtung Tür und bewegte sich wackeligen Schrittes zum Salon, in dem Mr. Budsman sein Schläfchen hielt.

»Ein perfektes Paar«, sagte Susannah und lachte. »Ich frage mich, wie lange die beiden wohl schon zusammen sind.«

»Jedenfalls länger, als irgend jemand sich zurückerinnern kann«, antwortete Phillip. »Sie waren schon zusammen, als mein Großvater noch in den besten Jahren war.«

Draußen auf der Straße vor Mr. Budsmans kleinem

Haus machte Lord Balantyne einen neuerlichen Versuch. »So, ihr drei erzählt mir jetzt, was hier vor sich geht. Ich habe von Roland erfahren, daß ihr Bischof Roundtrees Arbeitszimmer durchsucht habt. Ich wette, ihr habt nach dem Gefäß des Teufels gesucht.«

»Leider haben wir nichts gefunden«, entgegnete Phillip. »Allem Anschein nach hat dieses Gefäß nichts mit der Ermordung des Bischofs zu tun. Tut mir leid, mein Freund, aber so stehen die Dinge.«

»Und ihr habt auch ganz gewiß keine Vermutung, wer den Bischof getötet haben könnte?«

»Wir haben nicht die leiseste Ahnung«, war Rohans Antwort.

30

Rohan atmete so schwer, daß er glaubte, jeden Moment vor seinem Schöpfer zu stehen. Nun ja, wenigstens, so dachte er, mußte er kein allzu schlechtes Gewissen haben, wenn es soweit war – denn er hatte sich stets bemüht, keine wirklich schweren Sünden zu begehen. Er hatte das Gefühl, daß ihm jeden Augenblick das Herz im Leib zerspringen könnte. Er schaffte es dennoch, sich auf seine Ellbogen aufzustützen und seine Frau zu betrachten. Auch sie wirkte völlig erschöpft, wie er sie in ihrer vollen Schönheit unter sich liegen sah. Ihr Haar war schweißnaß, die Lippen leicht geöffnet, und sie hatte Mühe, wieder zu Atem zu kommen.

»Das war knapp«, brachte er hervor.

Sie schaffte es, ein Auge zu öffnen und zu ihm aufzublicken. Mit einem Mal wirkte sie ziemlich nachdenklich. »Du bist immer noch in mir.«

»Daran hättest du mich nicht erinnern müssen, Susannah.« Er stöhnte und begann sich erneut zu bewegen. Er konnte nicht anders, als noch einmal tief einzudringen.

Zu seinem Entzücken hoben sich ihre Hüften ein Stück weit an, doch dann ließ sie sich wieder zurücksinken. »Es ist zuviel. Ich möchte ja – aber mein Körper gehorcht mir nicht mehr. Mein Körper fühlt sich an wie ein Blatt im Herbstwind.«

»Kein schöner Vergleich.«

»Ich wollte nur beschreiben, wie ich mich ungefähr fühle. Na ja, so schlecht war mein Vergleich auch wieder nicht. Dein Urteilsvermögen dürfte im Augenblick auch etwas beeinträchtigt sein. Aber eines gebe ich gerne zu, Rohan – Männer sind tatsächlich stärker als Frauen. Du schaffst es sogar jetzt noch, dich auf die Ellbogen zu stützen, damit du nicht mit deinem ganzen Gewicht auf mir liegst. Wenn ich oben wäre, dann läge ich jetzt flach auf dir, soviel steht fest.«

Er dachte sich, daß auch das Sprechen ziemlich viel Energie brauchte – und immerhin sprach sie auch jetzt nicht gerade wenig. Er drang erneut tief in sie ein. Sie stöhnte auf und umfaßte ihn dann mit beiden Armen, um ihn zu sich herunterzuziehen.

»Ich möchte dir nicht weh tun«, murmelte er an ihren Lippen, während er sie mit jeder Faser seines Körpers spürte. O Gott, es war einfach wundervoll.

»Du tust mir nicht weh, zumindest noch nicht. Die Matratze ist sehr weich und gibt gut nach. Das ist wahrscheinlich der Grund, warum uns Phillip dieses Zimmer gegeben hat. Er muß gesehen haben, daß ich dich angeblickt habe, als wollte ich dich mit Haut und Haaren verschlingen. Bestimmt dachte er, daß wir uns in diesem Bett sehr wohl fühlen würden. Gib mir noch einen Kuß – aber dann muß ich mich ausruhen. Ich kann wirklich nicht mehr, bin einfach zu erschöpft. Ich möchte nur noch daliegen und dich nah bei mir spüren.«

»Wie schaffst du es nur, so viel zu reden?« Er küßte

sie – und spürte zu seinem eigenen Erstaunen, wie sein Körper von neuen Kräften durchströmt wurde. War er wirklich ein so unersättliches Monstrum? Er begann etwas tiefer zu stoßen.

»Rohan?«

»Hmm?«

»Ich habe es erst in diesem Augenblick festgestellt.«

»Festgestellt? Was?« Er hatte mittlerweile wieder einen langsamen Rhythmus aufgenommen.

»Daß ich dich liebe.«

»Daß du – was?«

»Ich weiß – wir kennen uns erst seit einem Monat. Glaubst du, es ist möglich, daß Liebe sich so schnell entwickeln kann – oder ist es nichts als Lust, und das Gefühl ist nur eingebildet?«

Sie liebte ihn? Er hatte mit einem Mal das Gefühl, die Welt auf seinen Schultern tragen zu können. Sie liebte ihn? Er verlangsamte seine Bewegung und betrachtete sie kopfschüttelnd. Ihre Augen waren geschlossen. Nein, es war wohl reine Lust. Dennoch war ihm diese Selbsttäuschung ganz und gar nicht unangenehm. Aber angenommen, es war doch ein wenig mehr als bloße Lust – wenn sie ihn wirklich lieben würde, das wäre ganz einfach … Er spürte, wie neue Energien ihn durchfluteten.

»Komm noch einmal zu mir, Susannah«, murmelte er an ihren Lippen.

Als sie seinen Rhythmus erneut aufnahm, war er sich sicher, daß er es diesmal nicht überleben würde. In wenigen Augenblicken würde er nicht mehr dieser Welt angehören, und er würde nur noch aus Geist bestehen. Doch er war überzeugt, er würde es nicht einmal bereuen – denn schließlich hätte er seine letzten Atemzüge seiner Frau geschenkt.

Er war dermaßen schweißgebadet, daß er das Gefühl hatte, von ihr herunterzugleiten. Zum Glück schwitzte sie um nichts weniger als er.

»Susannah?«

Statt einer Antwort bewegte sie nur zwei Finger ihrer linken Hand, die immer noch auf seiner Schulter ruhte.

»Willst du mir nicht vielleicht ein Stück von Shakespeare vortragen? Das hast du doch schon einmal gemacht. Du hast so wunderbar schwungvoll gesprochen. Was ist denn los mit dir?«

Diesmal kniff sie ihn mit den beiden Fingern in die Schulter.

»Sinnlichkeit ist etwas sehr Schönes«, sagte er schließlich. »Aber meinst du wirklich, daß du mich vielleicht liebst – und daß du nicht nur dieses Gefühl hast, weil ich so ein wunderbarer Liebhaber bin? Ich erinnere mich daran, daß du einmal gemeint hast, ich hätte schöne Augen. Hast du das ernst gemeint?« Er fürchtete, sein Herz würde tatsächlich zerspringen, wenn er weiterhin seine letzten Kräfte dafür aufwendete, auf sie einzureden. Konnte es tatsächlich sein, daß sie ihn liebte?

Sie stützte sich schließlich auf die Ellbogen, die Augen immer noch geschlossen, und biß ihn in die Schulter.

Er küßte sie dafür auf die Nase.

»Ich werde darüber nachdenken, Susannah. Sicher, ein Mann von meinem Ruf ist es gewohnt, daß ihm mindestens jeden zweiten Tag eine Lady anvertraut, daß sie ihn liebt und verehrt. Was meinst du dazu?«

Zu ihrem eigenen Erstaunen gelang es ihr fast mühelos, ihn von sich zu wälzen. »Du bist wirklich unmöglich, mein Lieber«, stellte sie fest und begann ihn mit kleinen Bissen und Küssen auf Hals, Schultern und Brust zu bearbeiten. Dann richtete sie sich auf und blickte auf ihn hinunter. »Was soll man bloß mit einem Mann machen, der einen solchen Ruf genießt wie du? Nun, es tut mir wirklich leid, Rohan, aber ich habe über die Sache nachgedacht – und nach reiflicher Überlegung bin ich zu dein Schluß gekommen, daß du all die anderen Frauen wirst vergessen müssen. Es tut mir leid, daß ich Charlotte enttäuschen muß, aber ich glaube nicht, daß ich dir diese Frauen weiter gönnen kann. Du wirst jede Nacht bei mir sein – oder du wirst es bereuen. Weißt du, ich kann sehr unangenehm werden, wenn es sein muß.«

»Na schön.«

»Wie bitte?«

»Keine anderen Frauen mehr.« Er gähnte herzhaft, streichelte ihre Brüste und kratzte sich schließlich den Bauch. »Wie könnte ich denn noch zu anderen Frauen gehen? Ich bin doch ohnehin völlig erledigt. Ich kann kaum noch atmen. Du hast mein Herz fast zum Stillstand gebracht.«

»Gut«, sagte sie und küßte ihn auf den Hals. »Du liebe Güte, ich bin ganz naß von dir.«

Der Gedanke, daß sie seinen Samen in sich hatte, ließ ihn regelrecht erbeben. »Vergiß nicht, daß du auch großen Anteil an dem hattest, was hier geschehen ist. Nicht alles stammt von mir.«

Er ließ sich zurücksinken und zog sie mit sich. Sie schmiegte sich an seine Seite, die Hand auf seinem Bauch, den Kopf an seiner Schulter. Sie liebte den Duft, der von ihm ausging. Ihr fiel ein, daß er ihr noch nicht gesagt hatte, daß er sie liebte. Sie kannten einander erst seit einem Monat. Er mußte erst noch mit einer ganzen Reihe von schlechten Angewohnheiten brechen, ehe er erkennen würde, wie schön es war, nur eine Frau zu haben – nämlich sie, und mit ihr sein ganzes Leben zu verbringen.

Nein, ein Mann von seinem Ruf schaffte es wohl nicht, von einem Tag auf den anderen die bunte Vielfalt der holden Weiblichkeit hinter sich zu lassen, die ihm auf Schritt und Tritt zur Verfügung stand. Doch sie wollte, daß ihm von nun an der Sinn nach keiner anderen Frau mehr stand als nach ihr. Sie wollte diejenige sein, mit der er sein Leben verbrachte.

Er küßte sie und murmelte ihr ins Ohr, wie bezaubernd sie sei und wie glücklich sie ihn mache. Mit einem Lächeln auf den Lippen und voller Hoffnung schlief sie ein. Sie träumte von einem schottischen König im Schottenrock und in Kriegsbemalung, der seinen Soldaten Befehle zurief und sein mächtiges Schwert über dem Kopf schwang. Er schien stark und mächtig zu sein. Im nächsten Augenblick war sein Gesicht jedoch verändert; die Kriegsbemalung war verschwunden. Es war kein schottischer König mehr, den sie vor sich sah, es war nicht Macbeth – nein, es war Tibolt.

Sie hoffte inständig, daß es nicht Tibolt war, der Bischof Roundtree getötet hatte – doch sie wußte, auch wenn er den Bischof nicht selbst erschlagen hatte, so hatte er gewiß davon gewußt und die Tat gebilligt.

Es war schon seltsam, daß das Leben gleichzeitig so aufregend und so traurig sein konnte.

Kaum konnte sie es noch erwarten, zu erfahren, worum es sich bei diesem Gefäß des Teufels handelte.

Sie verließen Dinwitty Manor am folgenden Morgen, kaum daß es zu dämmern begonnen hatte. Gott sei Dank regnete es nicht; es schien ein strahlend schöner Tag zu werden. Sie würden fünf Tage unterwegs sein, bis sie Dunkeld erreichten – diese Stadt, die schon seit dem Jahr 815 eine Kathedrale besaß, wie Phillip ihnen am Vorabend vorgelesen hatte.

Rohan seufzte und drückte Susannah eng an sich, während sie mit leiser Stimme vorzutragen begann:

»Unter dem Stein, wo der Bischof ruht
Die vermoderte Treppe hinunter
Dort in der Wand der tausend Schreie
Liegt das Gefäß des Teufels verborgen.«

»Es geht mir einfach nicht mehr aus dem Sinn«, sagte sie. »Ich habe mir die Zeilen immer wieder vorgesagt. Ich hoffe nur, daß wir wissen, was zu tun ist, wenn es soweit ist.«

»Auch ich habe die Verse nicht vergessen«, sagte Rohan. »Wir sind uns sehr ähnlich, Susannah. Das gefällt mir sehr.«

Phillip verdrehte die Augen. »Nun, ich bin jedenfalls keinem von euch beiden ähnlich, und ich habe mir das blöde Sprüchlein auch gemerkt. Übrigens habe ich Riley, dem Kutscher, gesagt, er soll die Augen offenhalten, ob er vielleicht jemanden bemerkt, der uns folgt. Als wir das letzte Mal angehalten haben, hat er mir berichtet, daß ihm bisher nichts Verdächtiges aufgefallen ist.«

»Gott sei Dank«, sagte Susannah. »Aber ich traue Tibolt nicht«, fügte sie hinzu.

»Leider muß ich dir völlig recht geben«, sagte Rohan. »Wir müssen sehr auf der Hut sein.«

Die Kathedrale von Dunkeld, die David I. im Jahr 1127 aus einer gewöhnlichen Kirche hatte errichten lassen, stand inmitten von riesigen Eichen und Platanen und war von großzügig angelegten Gärten umgeben. An einer Seite schlängelte sich ein Fluß namens Tay vorüber, und jenseits des Flusses erhoben sich dicht bewaldete Hügel. Die Kathedrale war in sehr schlechtem Zustand, doch mit den Restaurierungsarbeiten – so berichtete ihnen der hiesige Gastwirt – habe man es nicht allzu eilig. Rohan brauchte nicht lange zu suchen, um die alten Teile des Bauwerks zu erkennen, die aus dem zwölften Jahrhundert stammten. Gewiß würden sie die Ruhestätte ihres Bischofs hier zu suchen haben.

Das Gasthaus befand sich in derselben Straße wie die Kathedrale. Wie der Wirt ihnen erzählte, hatte das Haus nach den Verwüstungen der Schlacht von 1689 neu aufgebaut werden müssen. Es umfaßte nicht mehr als sechs kleine Zimmer, ein bescheidenes Gastzimmer und eine Schankstube.

Susannah war so aufgeregt, daß sie kaum zuhörte, als der Gastwirt, der ein durchaus freundlicher Mensch zu sein schien, mit seinen Ausführungen fortfuhr: »Sie fragen sich vielleicht, was es mit dieser Schlacht von 1689 auf sich hatte. Nun, auf der einen Seite standen die Jakobiten, und auf der anderen die vereinigten Presbyterianer. Tja, die Jakobiten drangen bis in die Stadt vor, doch die Presbyterianer steckten alles in Brand. Die Stadt brannte fast völlig nieder. Die Jakobiten zogen sich zurück, und damit hatte James II. den Kampf verloren. Der englische Thron gehörte somit William und Mary.«

»Und die Kathedrale«, warf Phillip ein, während der Wirt die Tür zu einem netten kleinen Zimmer öffnete, von dessen Fenster aus man auf den Fluß hinunterblickte. »Was ist mit der Kathedrale passiert?«

»Nun ja, sie hat es so einigermaßen überstanden – aber Sie sehen ja selbst, daß es viel auszubessern gibt.«

»Und welches sind die Teile aus dem zwölften Jahrhundert?« wollte Rohan wissen, als der Wirt ihnen ein weiteres, etwas größeres Zimmer zeigte; das Bett war wohl groß genug, dachte Susannah, wenn sie und Rohan sich eng aneinanderkuschelten. Für einen Kleiderschrank war nicht genug Platz, so daß der Wirt einige Kleiderhaken an den Wänden befestigt hatte. In einer Ecke stand ein hübscher seidener Wandschirm. Es war ein sehr nettes Zimmer, wenngleich Susannah sich nicht hätte vorstellen können, den Rest ihres Lebens hier zu verbringen.

»Die Mauern des Mittelschiffs sind aus jener Zeit; sie sind um einiges älter als die Gräber rund um die Kathedrale. Der Großteil des Baus stammt aus dem vierzehnten Jahrhundert. Durch die Unruhen von 1560 hat die Kathedrale sogar ihr Dach eingebüßt.«

Susannah konnte die vielen gewaltsamen Ereignisse der schottischen Geschichte nicht mehr wirklich auseinanderhalten. Sie trat an das schmale Fenster, zog den weißen Vorhang zurück und blickte auf den Fluß hinab, der mit den vielen Bäumen und Gärten, die ihn säumten, einen wirklich schönen Anblick bot.

Rohan hatte sich ziemlich erschöpft gefühlt, als sie endlich in Dunkeld angekommen waren. Doch der Anblick der Kathedrale weckte neue Lebensgeister in ihm. Trotz des teilweise eingestürzten Daches und des Schuttes, der immer noch ringsum herumlag, vermittelte das Bauwerk einen recht majestätischen Eindruck. Rohan fragte sich, wie die Kirche wohl vor den Ereignissen von 1560 – oder waren es die Unruhen von 1689? – ausgesehen haben mochte.

Phillip stand in der Tür ihres Zimmers und rieb sich die Hände. »Hat jemand Lust auf einen kleinen Spaziergang?« fragte er mit unternehmungslustig funkelnden Augen.

Die Kathedrale, die zwischen den alten Bäumen hervorragte, war auch als Ruine noch ein eleganter und stolzer Bau. Die Bewohner des Städtchens betrachteten die beiden Gentlemen und die Lady mit einiger Neugier. In manchen Gesichtern war auch Mißtrauen zu lesen, in anderen wieder freundliches Wohlwollen. Es war ein recht geschäftiges Treiben in der kleinen Stadt; so manche Hausfrau kam ihnen entgegen, die in altmodischen Kleidern mit ihrem Korb durch die Straßen ging.

»Daran hatte ich nicht gedacht«, sagte Rohan. »Natürlich erregen wir hier Aufmerksamkeit. Nun ja, das läßt sich jetzt nicht mehr ändern. Selbst wenn wir uns so kleiden wie die Einheimischen, würde man uns immer noch neugierig anstarren.«

»Dann benehmen wir uns eben wie zwei Jungvermählte, die die Kathedrale besichtigen«, schlug Susannah vor.

Rohan lachte, legte ihre Hand auf seinen Arm und spazierte mit ihr zur Kirche. »Und dich, Phillip, geben wir einfach als Susannahs Bruder aus.«

Sie blickten sich aufmerksam um, während sie die Kathedrale betraten. »›Unter dem Stein, wo der Bischof ruht‹«, sagte Rohan. »Da ist das Grabmal eines gewissen Wolf of Badenoch, wer immer das war.«

Sie durchschritten vorsichtig das Mittelschiff, das schon seit dem zwölften Jahrhundert stand. Bei jedem Schritt gaben sie acht, wohin sie traten, denn der Boden war übersät mit den kleinen weißen Häufchen der vielen Vögel, die sich hier eingenistet hatten.

Es war Susannah, die das Grabmal entdeckte. Der Name, der auf der Grabplatte stand, war kaum noch zu erkennen.

Rohan ging in die Knie, zog ein Taschentuch hervor und wischte den Schmutz von der Inschrift.

»Das ist das Grabmal des Bischofs von Dunkeld, eines gewissen Crinan«, sagte Susannah. »Er starb im Jahr 1050, also zumindest fünfundsiebzig Jahre, bevor die Kathedrale errichtet wurde. Seine Überreste wurden demzufolge erst später hierher gebracht, um ihm eine besondere Ehre zu erweisen. Einer seiner Nachfolger, der in unser Geheimnis eingeweiht war, muß das Gefäß des Teufels darunter versteckt haben. Hier unten dürften sich richtige Katakomben befinden.«

»Ja«, bestätigte Rohan, »und es muß irgendwie möglich sein, den Stein hier zu entfernen.«

Sie knieten rund um den Stein und betasteten ihn an den Rändern. Plötzlich stieß Rohan einen Pfiff aus. »Ich glaube, ich habe etwas gefunden.«

»Warte einen Moment«, wandte Phillip ein und erhob sich rasch. »Ich glaube, wir bekommen Besuch.«

Ein Pfarrer betrat mit einer kleinen Schar von Besuchern die Kirche, die offensichtlich gekommen waren, um das alte Bauwerk zu besichtigen. Er berichtete ihnen von der Geschichte der Kathedrale und vor allem von den vielen Verwüstungen, unter denen sie zu leiden hatte. Sie mußten warten, bis die Gruppe wieder gegangen war, was ungefähr nach einer halben Stunde der Fall war.

Danach kamen noch einige Jungen herein, um Jagd auf die Vögel zu machen.

Schließlich kam doch noch der Augenblick, wo sie wieder allein waren. »Jetzt«, sagte Rohan und kniete sich erneut nieder, um nach der Stelle zu tasten, die er zuvor entdeckt hatte. »Da ist eine Art Riegel mit einem Griff, glaube ich, ziemlich gut verborgen. Seht ihr noch irgend jemanden in der Nähe?«

»Keine Menschenseele«, antwortete Phillip und hockte sich neben Rohan. Susannah stand über ihn gebeugt.

Er zog an dem Griff – doch nichts rührte sich. Als er etwas stärker zog, war ein ächzendes Geräusch zu hören.

Phillip kam ihm zu Hilfe – und die beiden zogen aus Leibeskräften an dem Griff, mit dessen Hilfe sich das Grabmal vermutlich öffnen ließ. Langsam begann sich der Stein zu heben. »Ah«, stieß Susannah hervor. »Da ist ja auch die vermoderte Treppe. Oh, verdammt, wir haben vergessen, Kerzen mitzunehmen – da unten ist es ja stockdunkel.«

Sie erhoben sich und klopften sich den Staub aus den Kleidern. »Wir sollten wiederkommen, wenn es dunkel ist«, schlug Rohan vor. »Dann riskieren wir auch nicht, daß uns jemand dabei ertappt. Ohne Kerzen können wir ohnehin nichts ausrichten. Wer weiß, was uns da unten erwartet.«

»Die Wand der tausend Schreie«, warf Susannah ein; es schauderte sie bei dem bloßen Gedanken.

»Ich kann es nicht mehr erwarten, diesem Geheimnis auf den Grund zu gehen«, sagte Phillip und rieb sich die Hände. Sie kehrten zu ihrem Gasthaus zurück. Das Essen war durchaus schmackhaft, doch all ihre Aufmerksamkeit galt dem Unternehmen, das auf sie wartete. Als sich endlich die Nacht über das Städtchen gesenkt hatte, war es soweit. Die beiden Männer kleideten sich in Schwarz, während Susannah mit ihrem silberfarbenen Kleid nicht recht zufrieden war. »Nein, es ist schon in Ordnung«, versicherte ihr Rohan und zog sie an sich, um sie zu küssen. »Du bist so süß«, flüsterte er an ihren Lippen. Er war erfreut, als er das leichte Zittern spürte, das ihren Körper durchlief. Phillip betrachtete die beiden mit einem Lächeln auf den Lippen.

»Ich muß sagen, ich bin ein wenig schockiert. Immerhin bin ich ein unverheirateter Mann. Ich stehe ganz allein in der Welt und habe keine Ahnung, was zwischen Eheleuten so vor sich geht.« Er seufzte tief. »Weißt du, Susannah, ich frage mich, ob ich jemals eine Lady finde, die genausoviel für mich übrig hat wie du für Rohan.«

»Ich werde mit ihr sprechen, wenn du sie gefunden hast, Phillip. Ich werde ihr alles erzählen, was ich darüber weiß – die kleinen Geheimnisse, wie eine Frau ihren Ehemann glücklich macht.«

»Ich danke dir.« Er verneigte sich tief vor ihr. »So, und jetzt holen wir eine Leiter aus dem Stall.«

»Gute Idee«, sagte Rohan.

31

Kurz nach Mitternacht, auf den Straßen weit und breit niemand zu sehen; auch die Kathedrale war menschenleer. Überall dort, wo das Dach fehlte, warf der Vollmond gespenstische Schatten ins Innere des mächtigen Gebäudes. Hoch oben im Dachgebälk flatterten Vögel auf, die sich von den drei Eindringlingen gestört fühlten. Dunkle Schatten bewegten sich hin und her, als wären sie lebendige Wesen. Susannah wich nicht von der Seite ihres Gemahls.

»Wir sind hier in einem Gotteshaus«, flüsterte sie, »trotzdem klappern mir die Zähne vor Angst.«

»Mir geht es genauso«, gab er zurück und drückte sie kurz an sich. »Ich bin froh, daß außer uns nur die Vögel hier sind. Ah, da ist ja das Grabmal des Bischofs. Meint ihr, daß er von dem Gefäß des Teufels wußte?«

»Es ist überliefert, daß Bischof Crinan ein Feind von Macbeth war«, sagte Phillip und legte vorsichtig die Leiter auf den Boden. »Macbeth tötete seinen Sohn, und als er den Thron bestiegen hatte, versuchte der Bischof vergeblich, ihn zu stürzen. Ich glaube, man hat sich lediglich des Grabmals bedient, um den Gegenstand zu verstecken.«

»Wir werden es bald wissen.«

Direkt über ihren Köpfen flatterte eine Taube vorüber. Phillip brummte etwas vor sich hin, als er den weißen Klecks auf seinem Mantel sah, den der Vogel hinterlassen hatte.

Rohan und Phillip zogen an dem verborgenen Griff, bis der Stein sich schließlich ächzend in Bewegung setzte. »Vorsichtig«, sagte Rohan, während der Stein nach und nach den Weg in die Gruft freigab.

Vor ihnen öffnete sich ein dunkles Loch. Susannah versuchte das Grabmal mit den Kerzen auszuleuchten. Eine modrige Holztreppe kam zum Vorschein.

»Ich hoffe, es ist nicht zu tief für meine Leiter«, sagte Phillip und ließ sie in das Loch hinab. Als die Leiter auf die hölzernen Stufen traf, fielen sie in sich zusammen. »Gott sei Dank ist es nicht so tief. Da, ich bin schon auf festen Boden gestoßen.«

Rohan und Phillip wandten sich zu Susannah um.

»Ich glaube, ich weiß, was ihr denkt – aber das kommt überhaupt nicht in Frage«, sagte sie, die Hände in die Hüften gestemmt.

»Aber mit deinem Kleid wirst du bestimmt stolpern und dir den Hals brechen.«

»Nein, ich werde das Kleid hochbinden.« Aus ihrer Manteltasche holte sie ein langes Stück Stoff hervor. »Ich habe mich darauf vorbereitet. Und jetzt will ich nichts mehr hören. Das Ganze geht mich genauso an wie euch. Und auf jeden Fall mehr als Phillip. Ich werde es nicht zulassen, daß ihr mich aus diesem Abenteuer ausschließt.«

»Aber wir brauchen jemanden, der hier oben aufpaßt und uns warnt, falls jemand kommt, und der achtgibt, daß der Stein nicht zurückfällt und uns hier unten einschließt.«

»Ach, laß sie, Phillip. Läßt du uns wenigstens vorgehen, Susannah?«

»Wenn du schwörst, daß ihr mich nicht hier oben zurückklaßt.«

»Ich schwöre es.« Rohan streifte seinen Mantel ab und legte ihn auf den Boden. Er kletterte ein paar Sprossen auf der Leiter hinab und sagte: »Na dann los, gebt mir die Kerzen.«

Bevor Susannah ihm den Kerzenhalter reichte, blickte sie sich noch einmal in der Kathedrale um. Weit und breit war niemand zu sehen.

»Kannst du etwas erkennen?« fragte Susannah.

»Noch nicht. Aber ich habe jetzt festen Boden unter den Füßen. Es ist recht sandig hier. Mal sehen. Nein, ich sehe immer noch nichts. Es sieht mehr nach einer Höhle aus als nach einem Grabmal, dürfte nicht viel mehr als zweieinhalb Meter tief sein.«

»Halt die Leiter fest, Rohan, ich komme.«

Wenig später war auch Phillip unten angelangt. »Gott, wie dunkel es hier ist.«

»Ich komme!«

Rohan wäre beinahe umgekippt, als er sah, daß sie ihren Rock um die Taille festgebunden hatte. Er streckte ihr die Hände entgegen, um sie herunterzuheben, doch sie sagte nur, ohne ihn anzublicken: »Ist schon in Ordnung. Ich will dir nicht zur Last fallen. Geh ein Stück zur Seite.«

Als sie unten ankam, band sie in aller Ruhe ihren Rock wieder auf »Ich hoffe, daß es hier keine Ratten oder Insekten gibt.«

»Wenn ich welche sehe, werde ich ihnen sagen, daß sie an *meinem* Bein hochklettern sollen, und nicht an deinem«, warf Phillip ein. »Wohin jetzt? Der Gang hier scheint in beide Richtungen zu führen.«

Rohan dachte einen Augenblick nach. »Wir sind jetzt direkt unter dem Mittelschiff – ungefähr dort, wo sich der Chor befindet. Ich glaube, wir sollten in Richtung Altar gehen.« Er nahm Phillip den Kerzenhalter ab und marschierte los. »Hoffentlich fällt der Stein über uns nicht auf die Gruft zurück. Es würde mir gar nicht gefallen, hier unten lebendig begraben zu werden.«

Der Korridor war etwa zweieinhalb Meter hoch und kaum zwei Meter breit, wobei er sich an manchen Stellen etwas verbreiterte. Die Wände waren ziemlich glatt, der Boden sandig. Der Gang schien völlig gerade zu verlaufen. Die Luft war abgestanden und staubig, so daß ihnen jeder Atemzug schwerfiel. Jahrhundertelang war hier niemand gegangen.

»Jetzt gilt es, die Wand der tausend Schreie zu finden«, sagte Phillip.

Ein Spinnennetz, das Rohan vor sich sah, wirkte im Kerzenlicht wie die feinen Verästelungen einer seltsamen Pflanze. Rohan duckte sich und ging darunter durch, Susannah ebenso.

Plötzlich machte der Korridor eine scharfe Biegung nach rechts, ehe er schließlich an einer Wand endete. Doch es war keine gewöhnliche Wand. Vor ihnen türmten sich Hunderte von Totenschädeln auf.

Susannah hielt den Atem an und zwang sich, einen Schrei zu unterdrücken. Rohan hob den Kerzenhalter in die Höhe. »Wir haben es also mit einer Katakombe zu tun. Wahrscheinlich wurde der Korridor während der vielen Verwüstungen der Stadt als Grabstätte verwendet.

Ich frage mich, ob hinter den Schädeln die Skelette liegen.«

»Die Wand der tausend Schreie«, sagte Phillip und trat einen Schritt näher. »Schwer zu sagen, wie alt die Knochen sind. Vielleicht wurde das hier ja schon vor den Verwüstungen angelegt.«

»In dem Buch hieß es, daß das Gefäß in dieser Wand verborgen liegen soll«, sagte Susannah. »Du liebe Güte.«

»Na dann, hol's der Teufel«, stieß Rohan hervor und krempelte sich die Ärmel hoch. »Bleib hier, Susannah, und halt die Kerzen hoch. Ja, so. Überlaß es ruhig uns Männern, hier in den Knochen zu wühlen.«

Es war ein unbeschreiblich ekelhaftes Gefühl, die zerbröckelnden Schädelknochen in den Händen zu halten. »O Gott«, stieß Phillip hervor, »die vielen Zähne. Ich habe das Gefühl, ich habe die Hände voller Zähne.«

Doch es blieb ihnen nichts anderes übrig. Der Boden war bereits von Knochenteilen übersät. »Die Wand ist ziemlich tief«, stellte Rohan fest, während er sich zwang, gar nicht daran zu denken, was er hier tat. »Ich kann bereits den Arm ausstrecken. Hier hinten sind die Skelette. Zweifellos haben die Leute, die das hier angelegt haben, gemeint, daß der Anblick der Totenschädel jeden davon abhalten würde, hier nach etwas zu suchen.«

Susannah, die direkt hinter Rohan stand, sagte: »Erinnert euch an die letzten beiden Zeilen: ›In der Wand der tausend Schreie liegt das Gefäß des Teufels verborgen‹.«

»In dieser Wand soll es sein? Aber wo?« sagte Phillip und griff so weit nach hinten, daß einer der Schädel höchstens einen Fingerbreit von seinem Gesicht entfernt war.

»Ich habe darüber nachgedacht«, sagte Rohan und grub sich weiter – so sanft wie möglich – nach hinten; doch so vorsichtig er auch zu Werke ging, es half nichts – die Knochen zerbröckelten dennoch unter seinen Händen und fielen zu Boden. »In der Wand – das bedeutet sicher zwischen den Schädeln und der Wand dahinter, meint ihr nicht? Was könnte sonst gemeint sein?«

»Oh, ich glaube, ich habe da etwas, das kein Knochen und kein Schädel ist.« Langsam und vorsichtig zog Phillip ein Kästchen hervor – einen Reliquienschrein. Er sah ganz so aus wie der Schrein, der in dem Buch aufgezeichnet war.

Das Kästchen war so alt, daß Phillip Angst hatte, es könnte in seinen Händen zerbröckeln. Äußerst behutsam stellte er es auf den Boden.

Rohan und Susannah knieten sich neben Phillip und bestaunten den wunderschönen hölzernen Schrein, der an den Seiten mit Gold und Silber verziert war.

Rohan zog sachte an der Leiste, die sich an der Oberseite des Schreins befand. »Verdammt«, stieß er hervor, »das Ding läßt sich nicht öffnen. Wir können den Schrein doch nicht mit Gewalt aufbrechen. Wenn wir nur den verdammten Schlüssel hätten.«

»Nun, Rohan, da kann ich ja vielleicht helfen. Hier ist er.«

Es war Tibolt Carrington. Susannah war dermaßen überrascht, daß sie herumwirbelte und rücklings zu Boden fiel, wobei sie spürte, wie unter ihr ein Schädel zerbrach. Völlig entgeistert starrte sie Tibolt an, der keine zwei Meter von ihr entfernt stand, eine Pistole in der Hand. In der anderen Hand hielt er außer einer Kerze auch den kleinen goldenen Schlüssel, der an einer goldenen Kette baumelte. Er hatte nur eine Kerze bei sich – deshalb hatten sie ihn nicht kommen sehen.

Rohan erhob sich ganz langsam. »Tibolt. Wir haben uns immer wieder umgesehen, dabei aber keinen Verfolger bemerkt.«

»Hallo, Bruderherz. Und Sie sind wohl der berühmtberüchtigte Phillip Mercerault?«

Phillip stand ebenfalls auf und bewegte sich langsam

ein Stück von Rohan weg. »Ja. Und Sie sind gewiß der fromme Kirchenmann, der von seiner treuen Gemeinde so heiß geliebt wird?«

»Bestimmt frommer als ihr beiden Bastarde und Weiberhelden. Rohan, hat Mercerault auch schon mit unserer Mutter geschlafen? Nein, ich schätze nicht. Er muß bestimmt schon sechsundzwanzig oder siebenundzwanzig Jahre alt sein – also viel zu alt für die liebe Charlotte.«

»Du wirst sie selber fragen müssen«, gab Rohan zurück.

»Ja, vielleicht tue ich das auch. Ich wußte ja, ihr würdet damit rechnen, daß ich euch folge. Wir beide – Teddy und ich – waren sehr vorsichtig. Wir wußten, daß ihr nach Schottland kommen würdet. Wir wußten nur nicht, wohin die Reise genau gehen würde. So haben wir uns schön verborgen gehalten. Und nun möchte ich, daß Susannah mir den Schrein reicht. Ich habe mich oft gefragt, ob es ihn wirklich gibt, ob dieses Wunderwerk die Zeiten überdauert haben könnte. Es ist ja so alt. Und jetzt gehört es mir.«

»Und das Gefäß des Teufels ist da drin«, sagte Rohan, den Blick auf die Pistole seines Bruders gerichtet.

»Ich hoffe inständig, daß es so ist. Ich habe gesehen, wie ihr drei den alten Mr. Budsman besucht habt. Ich schätze, er hat euch alles, was er wußte, über den Bund der Bischöfe erzählt, alles über Bischof Jackspar. Was ihr nicht wissen könnt, ist, daß Jackspar einst den Lebensabend eines alten Tempelritters ein wenig verschönerte; der Mann vertraute offensichtlich dem Bischof und erzählte ihm von dem Gefäß; er gab ihm die alten Urkunden, die Karte und den Schlüssel und bat ihn, das alles sicher zu verwahren, da die Zukunft der Menschheit davon abhänge. Er erzählte dem Bischof, daß die Templer das Geheimnis viele Jahrhunderte bewahrt hatten, aber daß es keine Ritter ihres Ordens mehr gäbe, die vertrauenswürdig seien. Dann starb der Mann – das heißt, wenn Jackspar ihn nicht ermordet hat. Wer weiß? Jedenfalls war er es, der das Buch schrieb – hier trug er all das ein, was auf dem brüchigen alten Pergament geschrieben stand. Ihr habt das Buch gefunden, nicht wahr?«

»Richtig. Mit Hilfe des Buches haben wir den Schrein gefunden.«

»Als ich euch aus dem Haus von Bischof Roundtree kommen sah, da wußte ich gleich, daß ihr etwas gefunden hattet; ihr habt euch allzu große Mühe gegeben, enttäuscht dreinzublicken. Dabei konntet ihr eure Aufregung nicht verbergen. Ihr habt also auch die andere Hälfte der Karte gefunden?«

»Ja, sie war im Buch«, antwortete Rohan.

»Aber ich hatte doch die zweite Hälfte. Wie habt ihr das nur angestellt?«

»Ich habe sie auf ein Blatt Papier übertragen«, warf Susannah ein.

»Also hast du auch noch andere Fähigkeiten als die, die man dir ohnehin ansieht. Gib mir jetzt den Schrein, Susannah.«

»Warte«, wandte Rohan ein. »Nur einen Augenblick. Sag, Tibolt, was ist das Gefäß des Teufels eigentlich? Woher hat es eine so ungeheure Macht? Was ist dieses verdammte Ding?«

»Ich habe Susannah bereits von seiner Macht erzählt. Ich werde damit die Welt regieren und ewig leben. Ich werde wie Gott sein. Mehr braucht ihr nicht zu wissen.«

»Doch«, warf Phillip ein. »Was ist das für ein Gefäß?«

Tibolt lachte. »Das werdet ihr noch früh genug sehen, wenn es wirklich das ist, was ich erwarte.«

»Wo steckt Theodore Micah?«

»Er wartet oben in der Kathedrale auf mich. Er steht Wache.«

»Wenn ich dir den Schrein gebe – was wirst du dann tun?«

Er blickte auf Susannah hinunter. »Oh, ich werde dich nicht töten, auch wenn du nicht viel wert bist. Und auch dich nicht, Bruder, obwohl du ein widerwärtiger Wüstling bist. Nein, ich werde keinen von euch töten – schließlich bin ich ein Mann Gottes.«

Phillip trat einen weiteren kleinen Schritt von Rohan weg, damit es Tibolt – im Falle des Falles – möglichst schwer haben würde, mit ihnen fertig zu werden.

»Genug, verdammt. Susannah, heb den Schrein auf. Und sei vorsichtig. Das Ding ist älter, als sich irgendein Mensch vorstellen kann.«

Behutsam hob Susannah den Schrein hoch. Sie hatte Angst, daß er in ihren Händen zerbröckeln könnte – was jedoch nicht geschah. Er war unerwartet schwer. Langsam trat sie zu Tibolt hin.

»Du kannst ihn nicht nehmen – du hast keine Hand frei.«

Er sah ein, daß sie recht hatte. Sie hätte schwören können, daß er in diesem Augenblick errötete. »Stell den Schrein hinter mir auf den Boden. Gleich werdet ihr das Gefäß des Teufels sehen.«

Tibolt reichte Susannah die Goldkette. »Hier ist der Schlüssel. Öffne den Schrein, Susannah. Und spiel ja nicht die Heldin, sonst werde ich deinem Mann eine Kugel verpassen.«

»Er ist auch dein Bruder.«

»Ich werde ihn nicht töten, sondern ihm ins Knie schießen. Er wird nie mehr gehen können. Vielleicht werden ihn sogar einige seiner vielen Frauen verlassen. Wer weiß?«

Sie nahm ihm die Kette ab. Der winzige goldene Schlüssel fühlte sich warm an. Sie war froh, daß ihre Hand nicht zitterte; doch ihr Herz pochte wie wild vor Angst. Wie konnten sie ihn nur aufhalten? Sie sah, daß Rohan und Phillip sich voneinander entfernt hatten – doch sobald einer der beiden sich auf ihn stürzte, würde es Tibolt immer noch möglich sein, den anderen zu erschießen.

»Ich brauche mehr Licht«, sagte sie schließlich, während sie mit den Fingern über das Holzkästchen strich. »Ich kann den Verschluß nicht finden.«

Tibolt trat zu ihr und stellte die Kerze auf den Boden. Sie sah, wie er mit den Fingern langsam über den Schrein strich. Er konnte das Schloß auch nicht finden. Er seufzte. »Im Leben ist nichts einfach. Ich bin zwar erst vierundzwanzig – aber das habe ich gelernt.«

»Warte nur, bis ich dich erwische«, murmelte Rohan, »dann wirst du erkennen, wie schwierig das Leben wirklich sein kann.«

»Der Frauenheld will mir drohen. Ja, ich weiß, im Faustkampf können sich nicht viele mit dir messen. Es würde mich nicht überraschen, wenn du schon einige Männer erschossen hättest, nachdem du ihre Ehefrauen verführt hast.«

»Denkst du das wirklich von mir, Tibolt?«

Tibolt zuckte mit den Achseln. »Du bist wie unsere Eltern. Sie sind lasterhaft und böse. Nun, er ist tot – aber sie ist lasterhaft wie eh und je. Ah, ich glaube, ich habe es gefunden. Die Leiste ist nur zur Zierde da. Das Schlüsselloch ist genau an der Stelle, wo der Schrein schräg nach oben zu verlaufen beginnt.« Er hatte sich nur einen Augenblick von ihr abgewandt.

Susannah schnellte hoch und stürzte sich auf ihn, so daß er auf den Rücken fiel, während sie versuchte, ihm die Pistole zu entreißen.

»Du verdammtes Biest!« Er versetzte ihr einen Faustschlag gegen das Kinn. Sie schrie auf und lag im nächsten Augenblick bewußtlos auf ihm. »Nein, Bruderherz, keine Bewegung, sonst muß ich dich töten. Bleibt, wo ihr seid – beide.«

»Nein, Rohan, nein«, mahnte Phillip ihn mit leiser Stimme.

»Nun, wenn ich mich erst einmal von dieser Frau da befreit habe, will ich doch gleich einmal nachsehen, was wir hier haben. Keinen Schritt weiter, Rohan – ihr fehlt nichts.«

Ein paar Augenblicke später hockte er wieder vor dem Schrein. »Ihr beiden tretet noch zwei Schritte zurück – na los. Direkt vor all die schönen Totenschädel.«

Tibolt steckte den winzigen Schlüssel ins Schloß – doch nichts geschah. Er stieß einen Fluch aus und bewegte den Schlüssel behutsam vor und zurück. Nach einer Weile drehte sich der Schlüssel im Schloß.

Jetzt oder nie, sagte sich Rohan – bereit zum Sprung. In diesem Augenblick hob Tibolt den Kopf und lächelte ihm zu, während er Susannah die Pistole an die Brust setzte. »Ja, Rohan, versuch's nur.«

Rohan hob die Hände und rührte sich nicht von der Stelle. Er sah, wie Tibolt den Deckel des Schreins hochhob. Inzwischen war Susannah wieder zu sich gekommen; sie starrte ebenfalls auf den Schrein.

»Alles in Ordnung, Susannah?«

»Ja, bin nur ein bißchen schwindlig.«

Tibolt blickte keinen von ihnen an, doch die Pistole war immer noch auf Susannahs Brust gerichtet.

Er blickte auf den Schrein hinunter. Seine Augen weiteten sich, und eine unbändige Freude spiegelte sich in seinem Gesicht. »Das Gefäß des Teufels«, stieß er jubelnd hervor. »Ja, es ist genau so, wie ich es mir vorgestellt habe.« Liebevoll strich er mit der Hand darüber. »So schwarz von all den Jahren – und dennoch … Ich habe ja nie geglaubt, daß es irgend etwas mit dem Teufel zu tun hat – aber wir werden es gleich sehen.«

»Was ist es denn?« fragte Rohan und trat einen Schritt vor.

32

»Bleib, wo du bist, Bruder.« Langsam nahm Tibolt einen sehr alten Kelch aus dem Schrein heraus. Er war aus Gold, wenngleich mittlerweile ziemlich geschwärzt, sehr schlicht gefertigt, ohne jede Verzierung, ohne Juwelen, etwa zwanzig Zentimeter hoch. Obwohl das Metall nicht wirklich glänzte, schien doch ein eigenartiges Leuchten von ihm auszugehen.

»Das ist also das Gefäß des Teufels«, sagte Phillip. »Es ist tatsächlich ein Gefäß, ein sehr alter Kelch. Aber was hat es damit auf sich? Worin liegt seine Bedeutung?«

»Das werden wir gleich sehen. Nimm den Kelch, Susannah. Ja, aber sei vorsichtig. Derencourt hat recht – er ist sehr, sehr alt.« Tibolt griff in seine Manteltasche und holte ein Fläschchen hervor. »Halt den Kelch gerade.« Er träufelte ein paar Tropfen einer Flüssigkeit in den Kelch.

»Und jetzt werden wir sehen, was passiert«, verkündete Tibolt. »Du trinkst jetzt aus dem Kelch, Susannah.«

Rohan war außer sich. »Nein, Susannah, trink nicht!«

Tibolt richtete die Pistole auf ihren Kopf. »Du brauchst keine Angst zu haben, Rohan, es ist Weihwasser – kein Gift. Und jetzt trink, Susannah – sonst erschieße ich Rohan.«

»Susannah, du darfst dich nicht für mich opfern. Wirf den Kelch weg.«

»Wenn dir Rohan wirklich soviel bedeutet, dann trink jetzt, Susannah, sonst stirbt dein Mann.«

Sie blickte Rohan an. Er war kreidebleich und bereit, sich jeden Augenblick auf Tibolt zu stürzen – doch Phillip hielt ihn am Arm zurück. »Keine Sorge«, sagte sie, »ich verspreche dir, es wird alles gut.« Dann hob sie lächelnd den Kelch an die Lippen. Das kühle Wasser hatte einen seltsam süßlichen Geschmack.

»Trink alles aus«, befahl Tibolt. »Sofort!«

Sie setzte den Kelch noch einmal an die Lippen und trank auch die letzten Tropfen.

Tibolt blickte sie wortlos und ziemlich gespannt an. »Leg den Kelch wieder in den Schrein zurück«, sagte er schließlich.

Sie folgte seiner Anweisung.

»Und jetzt steh auf, Susannah.«

»Es war Gift, nicht wahr, du mieser kleiner Schuft?« Phillip packte Rohan erneut am Arm und riß ihn zurück.

»Das war klug von Ihnen, Derencourt. Ich würde meinen Bruder nur ungern zum Krüppel schießen.« Er wandte sich Susannah zu. »Dir scheint jedenfalls nichts zu fehlen, oder?«

Susannah blickte zu ihrem Ehemann hinüber. »Es geht mir gut. Mach dir keine Sorgen, Rohan.«

Tibolt hatte also doch nicht gelogen, dachte Rohan. Ihr schien tatsächlich nicht das geringste zu fehlen. Ihre Augen funkelten vor Entschlossenheit. Dann schickte er ein Stoßgebet zum Himmel. Wer, zum Teufel, wußte schon, was sie da getrunken hatte?

Tibolt sagte kein Wort mehr; er trat einen Schritt zurück und lehnte sich gegen die Wand – die Pistole auf Susannah gerichtet.

Plötzlich rief er aus: »Ich hatte recht! O Gott, diese alten Narren haben gelogen! Ich habe gewonnen!«

Sie starrten ihn ziemlich verwirrt an. »Was soll das heißen?« rief Rohan ihm zu. »Was meinst du damit – du hattest recht?«

»Das«, antwortete Tibolt, während er den Schrein hochhob und unter dem Arm festhielt, »das ist kein Gefäß des Teufels, o nein.«

»Was ist es dann?« fragte Susannah. »Was ist das für ein Kelch? Warum wolltest du, daß ich Weihwasser daraus trinke?«

»Ich ließ dich Weihwasser daraus trinken, um sicherzugehen, daß es nicht ein Werkzeug des Teufels ist, das jeden zerstört, der daraus trinkt. So wurde es nämlich überliefert – daß jeder, der daraus trinkt, elendiglich zugrunde geht. Aber diese alten Narren haben sich diese Lüge nur ausgedacht, damit niemand nach dem Kelch sucht. Sieh dich nur an! Du bist nicht gestorben, dir ist nicht einmal übel geworden. Du hast überlebt – und du wirkst gesünder und kräftiger als vorher. Da ist auf einmal so ein Leuchten in deinen Augen.«

»Das ist doch Unsinn, Tibolt«, warf Rohan ein.

Tibolt lachte nur. Er hielt einen Augenblick inne und blickte sie einen nach dem anderen an. »Diese göttliche Kraft ist überhaupt nicht gefährlich. Sie wird mir Unsterblichkeit verleihen. Ich werde der mächtigste Mann auf dieser Welt sein.«

Er lachte immer noch, als er Susannah am Arm packte und sie zu sich zog. »Ihr wollt wissen, worum es sich handelt, was? Aber ihr seid einfach zu dumm, um es zu begreifen. Keiner von euch hat genug Fantasie, um sich etwas so Unerhörtes vorstellen zu können. Die ganze Zeit über hattet ihr all die Hinweise in eurer Hand – und doch habt ihr nichts verstanden. Nun, es spielt keine Rolle mehr. Jetzt gehört dieses Wunder mir!«

»Was ist es, verdammt noch mal?« rief Phillip ihm zu.

Tibolt ging nicht darauf ein; er sagte nur: »Susannah, wir beide werden jetzt von hier verschwinden. Rühr dich nicht von der Stelle, Rohan. Sie kommt mit mir. Wenn ihr vorhaben solltet, mich anzugreifen, dann überlegt es euch besser noch mal.«

Susannah stand wie angewurzelt da.

»Los, geh schon, oder ich erschieße deinen verdammten Ehemann! Ich werde ihn töten, glaube mir!«

»Susannah, mein Liebling, geht es dir wirklich gut?«

Er hatte sie Liebling genannt. Sie hob den Kopf und schenkte ihm ein strahlendes Lächeln. »Ja«, sagte sie. »Es geht mir gut. Mach dir keine Sorgen um mich.«

»Er sollte sich aber Sorgen um dich machen, Susannah. Wenn du nämlich nicht genau das tust, was ich dir sage, dann geht es dir schlecht. Es würde mir absolut nichts ausmachen, eine kleine Hure wie dich zu töten. Ist dir das jetzt klar, Bruder?«

Rohan nickte. »Ja, aber es ist schwer zu verkraften. Wann hast du dich so verändert, Tibolt?« Er fragte sich, ob Tibolt ihm antworten würde. Er mußte ganz einfach Zeit gewinnen, bis Tibolt irgendwann einmal kurz wegsah oder stolperte oder ganz einfach unachtsam war – und er sich auf ihn stürzen konnte. Zu seiner Überraschung lachte sein Bruder und schüttelte den Kopf. »Du Narr. Ich habe mich nicht verändert. Ich habe mich nur zurückgezogen, um zu warten, bis der richtige Moment da war. Ich wußte, meine große Stunde würde noch kommen – und ich hatte recht.« Mit flüsternder Stimme fuhr er fort: »Jetzt habe ich es erreicht. Ich allein.« Er schüttelte den Kopf, und der verklärte Ausdruck wich aus seinen Augen.

»Du willst uns also nicht sagen, was es ist?«

Sie wußten, daß Tibolt mit ihnen spielte und sich über sie lustig machte. Er blickte sie mit einem höhnischen Grinsen an.

»Hast du Bischof Roundtree getötet?«

Tibolt warf Phillip einen raschen Blick zu. Er lachte erneut und schüttelte den Kopf. »Nein, ihr werdet es nicht glauben, aber es war der kleine Butler – ja, Roland hat ihn getötet. Ich kam ins Zimmer, als er ihn gerade erschlagen hatte. Er heulte wie ein kleiner Junge, der elende Wicht; er hockte vor der Leiche des Bischofs und schluchzte. Ich sagte ihm, daß er niemandem ein Wort verraten solle, dann würde ihm schon nichts geschehen. Dann durchsuchte ich das ganze Zimmer. Ich fand rein gar nichts, wie ihr ja wißt. Ich habe das Haus erst verlassen, kurz bevor ihr gekommen seid. Ich schätze, Roland hat sich eine nette Geschichte für euch ausgedacht?«

»Ich glaube dir kein Wort«, sagte Susannah. »Nein,

Roland war selbst am allermeisten vom Tod seines Herrn erschüttert. Als er die Leiche sah, mußte er sich übergeben. Er wollte gar nicht mehr aufhören zu weinen. Er war untröstlich. Nein, Roland kann es nicht gewesen sein.«

»Der Bischof war versessen auf hübsche Knaben«, erwiderte Tibolt mit unverhohlener Verachtung in der Stimme. »Roland hat seinen Gelüsten für eine Weile Genüge getan, und so nahm er ihn bei sich auf. Aber dann fand er Teddy – natürlich haben wir da etwas nachgeholfen –, so daß er den hübschen Roland fortschicken wollte. Es erstaunt mich immer noch, wie Teddy es schaffte, dem alten Bastard schöne Augen zu machen, ohne sich zu übergeben – aber offensichtlich hat es geklappt. Der Bischof verzehrte sich geradezu nach ihm. Und als er Roland mitteilte, daß es vorbei war, da tötete ihn der elende Wicht in einem Anfall von rasender Eifersucht. Aber genug davon. Ihr beide bleibt, wo ihr seid. Susannah, du trägst die Kerzen. Ich gehe hinter dir her.« Dann blies er seine Kerze aus, so daß Rohan und Phillip im Dunkeln standen.

»Bleibt bei den Totenschädeln, sonst erschieße ich die kleine Hure.«

Rohan zog rasch seine Schuhe aus. Er hielt sie in der Hand, während er geräuschlos hinter Tibolt herging. Phillip folgte ihm.

Allzu rasch hatte sein Bruder die Leiter erreicht. Plötzlich hörte Rohan einen Schrei, und im nächsten Moment krachte Susannah mit voller Wucht gegen ihn, so daß er selbst zurücktaumelte und gegen Phillip stieß.

Sie hörten, wie Tibolt mit dem Mann über ihm sprach – es mußte wohl Theodore Micah sein. Im nächsten Moment hörten sie, wie Holz gegen Stein rieb – die Leiter wurde hochgezogen.

»Was hat es mit dem verdammten Kelch auf sich?« rief Phillip noch hinauf.

Tibolts gespenstisch klingendes Lachen drang zu ihnen herunter. »Gute Nacht, Rohan.« Dann stürzte mit lautem Donnern der Stein hernieder und verschloß die Gruft.

Sie waren von absoluter Dunkelheit umgeben.

»Ich habe die Dunkelheit noch nie leiden können«, stellte Phillip fest. »Das war schon als kleiner Junge so.«

»Wie steht es mit dir, Susannah?«

»Mir geht es ganz genauso wie Phillip. Noch nie habe ich eine solche Dunkelheit erlebt. Es ist ziemlich unangenehm.«

»Das ist *meine* Hand, Rohan, nicht die deiner Frau.«

»Oh, tut mir leid, Zumindest leben wir alle noch.«

»Er muß geisteskrank sein, Rohan«, sagte Susannah nachdenklich. »Wir müssen hier rauskommen und ihn finden. Unbedingt. Wir müssen den Kelch retten.«

Er konnte sie zwar nicht sehen – aber ihre Stimme war voller Entschlossenheit. »Ja, du hast recht. Er muß tatsächlich wahnsinnig sein. Fehlt dir auch nichts, Susannah?«

Sie spürte seine Fingerspitzen auf ihrem Gesicht und küßte seine Handfläche. »O ja, ich fühle mich großartig.«

»Nun, jetzt müssen wir aber zusehen, daß wir von hier verschwinden. Wir sind vorhin in die eine Richtung gegangen und bei den Totenschädeln angelangt. Jetzt wollen wir es mal mit der anderen Richtung versuchen.«

»Meinst du, es wäre möglich, wenn du auf meine Schultern kletterst, daß du den Stein hochdrücken könntest?« schlug Phillip vor.

»Wir könnten es versuchen, aber ich glaube eher nicht, daß das klappt.«

»Wenn wir keinen anderen Weg hinaus finden«, warf Susannah ein, »dann können wir es ja versuchen. Ich bin ziemlich stark – du wirst schon sehen.«

Sie hielten einander an den Händen; Susannah ging in der Mitte. Sie tasteten sich an einer Wand entlang; Rohan ging voraus. »Verdammt«, stieß er hervor, als er spürte, wie ihm eine Spinne über die Hand lief. »Ich wünschte, ich hätte Handschuhe bei mir.«

Eine Ewigkeit schien zu vergehen, bis Rohan schließlich gegen eine Wand lief. Fieberhaft suchten sie die Wand ab, ohne irgendeinen Durchlaß zu finden. »Nichts«, sagte Phillip schließlich. »Ich fürchte, wir sitzen in der Falle.«

»Nein«, entgegnete Susannah. »Es gibt einen Ausweg.«

»Ich weiß es zu schätzen, daß du uns Mut machen willst, Liebling, aber …«

»Nein«, erwiderte sie mit entschlossener Stimme. »Kommt mit, wir müssen zur Wand der tausend Schreie zurück.«

»Aber dort waren wir doch schon«, wandte Phillip ein. »Ich meine, wir sollten wieder zum Grabmal zurück. Ich könnte auf Rohans Schultern klettern und versuchen, den Stein hochzustemmen.«

»Nein, er ist zu schwer. Kommt mit.« Sie ging voraus. Nach und nach hörten sie ihre federnden Schritte in dem schmalen Gang verhallen.

»Sie läuft zurück«, mutmaßte Phillip.

»Sie wird sich weh tun«, sagte Rohan und eilte hinter ihr her. Er stolperte und stieß einen Fluch aus, worauf er seine Schritte ein wenig verlangsamte.

»Susannah! So warte doch!«

Aber sie hörte nicht auf ihn. Rohan und Phillip trafen schließlich am anderen Ende des Ganges wieder mit ihr zusammen. Sie stand vor der Wand und betrachtete die aufeinandergestapelten Schädel.

Es war seltsam, aber es schien plötzlich nicht mehr völlig dunkel um sie herum zu sein.

»Unsere Augen müssen sich an die Dunkelheit gewöhnt haben«, sagte Rohan nachdenklich. »Ich kann auf einmal wieder etwas sehen.«

»Ja«, bestätigte Susannah. »Ich sehe sogar recht gut. Wenn ich nur den Riegel da hinten erreichen könnte.«

Rohan zog sie an sich. »Ist schon gut, Liebling. Wir kommen hier raus. Keine Sorge.«

»Ich mach' mir keine Sorgen.« Sie löste sich aus seiner Umarmung und lächelte ihm zu. »Dein Gesicht ist ganz schwarz vor Schmutz.«

»So deutlich kannst du mich sehen?«

»O ja, und Phillip, dein Haar ist ganz grau von dem vielen Staub. Hör zu, Rohan, du mußt dich ganz dicht vor die Totenschädel stellen. Dann streck deinen Arm aus, so weit du kannst, und drück gegen die Wand. Dort findest du einen kleinen Griff – den mußt du zu dir ziehen.«

Er blickte sie entgeistert an, wobei er nur ganz undeutlich die Umrisse ihres Kopfes erkennen konnte. »Wovon redest du da? Kann es sein, daß du Fieber hast?«

»Nein, tu bitte, was ich gesagt habe. Ich möchte hier so schnell wie möglich raus.«

»Aber ich verstehe nicht …« murmelte Phillip.

Da erst bemerkte Rohan, daß sie sich irgendwie verändert hatte. Ein seltsamer Glanz schien von ihr auszugehen. Er schüttelte den Kopf. Nein, das konnte nicht sein. Aber warum konnten sie plötzlich etwas sehen? Sie lächelte ihm ruhig und gelassen zu. Nie hatte sie für ihn schöner ausgesehen als in diesem Augenblick.

Die Angst vor dem Unerklärlichen ließ ihn bis ins Innerste erzittern, als er sich zögernd an sie wandte. »Du kannst alles ganz klar sehen, nicht wahr?«

»Ja, mach dir keine Sorgen. Geh jetzt und zieh den Griff zurück, Rohan. Er ist erst einmal betätigt worden, vor vielen hundert Jahren, aber er funktioniert immer noch. Er muß ganz glatt sein – du wirst dich bestimmt nicht schneiden.«

Sie wußte alles, dachte er. Sie konnte den Griff sehen.

Er ging auf die Wand aus Totenschädeln zu. Langsam streckte er seinen Arm hindurch – doch er fühlte nichts als die trockene, staubige Wand dahinter. Aber er wußte, daß sie sich nicht irrte. Er tastete mit den Fingern über die Wand, bis er plötzlich eine kleine Erhöhung spürte – ein runder Griff. Langsam und vorsichtig begann er zu ziehen.

»Du hast etwas gefunden, nicht wahr, Rohan?« fragte Phillip, der dicht hinter ihm stand. Er schien es kaum glauben zu können. »Nein, das kann nicht sein. Woher sollte Susannah das wissen?«

»Schnell«, rief Susannah, »zurück!«

Keiner der beiden fragte, warum. Kaum waren sie ein paar Schritte zurückgewichen, als ein ächzendes Geräusch ertönte und die Gebeine krachend herniederfielen.

»Mein Gott, was geht da vor sich?« stieß Phillip hervor, als er wieder an die Wand herantrat. Er streckte die Hand aus. »Die Schädel sind weg. Es muß eine Art Falltür darunter gewesen sein. Du hast sie anscheinend geöffnet, Rohan – und die Skelette sind hinuntergefallen. Fragt sich nur, wohin?«

Mit ruhiger Stimme sagte Susannah: »Höchstens eineinhalb Meter tief. Jetzt drück den Griff wieder zurück, Rohan, rasch.«

Als er es getan hatte, ging die Falltür wieder zu. Vor ihnen tat sich ein schwarzes Loch auf »Was ist das?« fragte er zögernd. »Was ist geschehen?«

»Dort hinten am Ende des Ganges ist ein kleiner Ausgang, durch den wir ins Freie kommen. Keine Angst, wir werden alle hindurchschlüpfen können. Rasch, wir müssen weg von hier.«

Rohan drehte sich um und blickte sie an. Er sah sie so deutlich, als stünde sie direkt im Licht. Er fühlte, wie Ruhe und Gelassenheit sich in ihm ausbreiteten; die Angst vor dem Unbekannten war gewichen. In diesem Augenblick wußte er, daß sie überleben würden. Es war ihm bewußt, daß das, was mit Susannah geschehen war, wahrscheinlich wieder vergehen würde – doch es war etwas in ihr, das mit Sicherheit blieb: die Kraft des Guten, die ihr zu eigen war. Und er nahm all das, was hier vor sich ging, voll Dankbarkeit an. »Kommen Sie, Madame«, sagte er lächelnd, »wir wollen von hier verschwinden.« Er hob sie hoch, damit sie in den Gang einsteigen konnte. Er und Phillip folgten ihr nach. Sie konnten in dem Durchgang beinahe aufrecht gehen.

»Ah, da ist es«, sagte sie schließlich. »Tritt ein wenig zurück, Rohan. Ja, so ist es gut.« Im nächsten Augenblick ging eine enge, niedrige Tür nach innen auf. Dahinter wartete ein weiterer Durchgang. »Keine Sorge«, rief Susannah ihnen über die Schulter zu. »Wir kommen direkt am Flußufer hinaus. Die Leute glauben, es wäre bloß eine kleine Höhle, die nur wenige Meter weit reicht.«

Einige Augenblicke später atmeten sie die klare, würzige Luft ein.

»Da sind wir«, sagte Susannah. »Wir müssen nur noch diese Felsen und Äste beiseiteschaffen, die den Eingang ein wenig blockieren.«

Es war immer noch dunkel, und der Mond stand hoch am Himmel, als die drei am Fluß ankamen – erschöpft, über und über mit Schmutz bedeckt, aber unendlich erleichtert.

Rohan setzte sich ins Gras und zog Susannah zu sich herunter. Phillip setzte sich mit überkreuzten Beinen neben die beiden. Nach einer Weile räusperte er sich, ehe er zögernd und mit heiserer Stimme sagte: »Ich verstehe einfach nicht, was da geschehen ist, Susannah. Du hast gewußt, was wir tun mußten. Ich begreife es einfach nicht.«

Rohan hielt sie in den Armen und drückte sie an sich. »Ich verstehe es, ehrlich gesagt, auch nicht ganz«, antwortete sie. »Aber mit einem Mal war alles so klar.« Sie zuckte mit den Achseln. »Es ist schwer zu erklären. Aber ich habe tatsächlich auf einmal alles *gesehen,* und ich wußte, daß wir überleben würden. Da gab es nicht den geringsten Zweifel.«

»Ich weiß, wie es Phillip geht«, warf Rohan ein. »Es ist immer irgendwie beängstigend, wenn man etwas nicht logisch erklären kann. Wenn man auf etwas so Unbegreifliches stößt.«

Sie küßte ihn auf die schmutzige Wange. »Du hast recht. Trotzdem können wir nicht länger hier herumsitzen. Wir müssen Tibolt finden. Es gefällt mir zwar kein bißchen, aber ich weiß, es muß sein. Wir müssen ihm den Kelch abnehmen. Er darf ihn nicht behalten.«

Phillip wandte sich an seinen Freund. »Er hätte uns da unten krepieren lassen, Rohan. Es tut mir so leid für dich.«

»Mir auch.«

Rohan betrachtete seine Frau, die über und über mit Schmutz bedeckt war, und zog sie noch einmal an sich, um sie zu küssen.

»Es war der Kelch, nicht wahr?« fragte Phillip mit zitternder Stimme, in der die Angst vor dem Unbekannten mitschwang.

»Ja«, sagte sie mit unbändiger Freude in der Stimme. »Es war der Kelch. Und ich glaube, ich weiß jetzt, was für ein Kelch das ist.«

Beide Männer blickten sie überrascht an.

Mit ruhiger Stimme sagte sie: »Es ist der heilige Gral.«

Das einzige Geräusch weit und breit war das Quaken eines Frosches im nahen Schilf.

»Aber das ist doch nur eine Legende«, sagte Rohan zögernd, während er versuchte, mit dem Gedanken irgendwie zurechtzukommen. »Das kann doch nicht sein.«

»Doch, es ist so. Deswegen ließ mich Tibolt nur ein paar Tropfen daraus trinken. Er fürchtete, wenn er mir mehr gäbe, daß mir die Macht zuteil werden könnte –

und nicht ihm.« Sie löste sich aus Rohans Armen und stand auf »Wir müssen uns beeilen. Wir müssen ihm den Gral abnehmen. Ihr wißt ja, wie er ihn mißbrauchen würde.«

Rohan erhob sich langsam und klopfte sich den Staub von der Hose, wobei seine Gedanken ständig um das Unfaßbare kreisten, das er erfahren hatte, aber nicht verstehen konnte. »Ja«, sagte er schließlich, »wir müssen ihn finden.«

»Wir müssen zu unserem Gasthaus zurück, um uns zu waschen«, warf Phillip ein.

Susannah schüttelte aufgeregt den Kopf »Nein, wen kümmert es, wie wir aussehen? Ich will Tibolt finden. Es muß einfach sein. Er darf uns nicht entwischen. Er hat den Gral in seinen Händen.«

»Das mit Tibolt tut mir leid, Rohan«, sagte Phillip noch einmal. »Er hätte uns sterben lassen. Aber er konnte nicht wissen, daß Susannah den rettenden Ausweg sehen würde. Und deshalb hat er keinen Grund, Dunkeld vor morgen früh zu verlassen. Wir können uns also ruhig noch waschen. Dann kümmern wir uns um ihn.«

Sie trafen einander zwanzig Minuten später vor dem Gasthaus, nachdem sie sich mit Hilfe einer Schüssel lauwarmen Wassers vom ärgsten Schmutz befreit hatten.

Doch wo sollten sie Tibolt und Theodore Micah suchen?

33

Es war kurz nach drei Uhr morgens, als sie den Pferdestall ihres Gasthauses erreichten, ein verrottetes altes Gebäude aus Flechtwerk, das mit Lehm ausgekleidet war, und einem einfachen Strohdach. Es roch nach viele Jahre altem Schweiß, nach Leder und Pferdedung. Eines der

Pferde wieherte laut, als sie eintraten. Trotz der weit geöffneten Stalltür konnten sie kaum etwas erkennen.

»Ich hoffe nur, der Besitzer kommt nicht mit der Pistole bewaffnet herunter«, sagte Phillip mit gedämpfter Stimme. Er blickte Susannah nachdenklich an. »Aber ich schätze, wenn er tatsächlich herunterkommt, dann braucht sie ihm bloß tief in die Augen zu sehen, und er vergißt, daß wir überhaupt hier sind. Oder er bietet uns ohne zu zögern seine Dienste an. Ich weiß nicht, Susannah, irgendwie fühle ich mich nicht wohl bei dem Ganzen.«

»Ich verstehe dich gut«, erwiderte Susannah. »Es geht mir nicht viel anders als dir.«

»Wir werden das alles schon schaffen«, warf Rohan ein. »Kommt mit, ihr beiden, und seid bitte leise.« Als Rohan in den Stall trat, erinnerte er sich an die Worte seiner Mutter; hatte sie ihm nicht erzählt, daß sie in einer Art Vision ihn und eine junge Lady in einer Höhle gesehen hätte und daß sie Angst gehabt hätten? Nun, man konnte nicht sagen, daß Susannah ängstlich gewesen wäre.

»Da ist nirgends eine leere Box«, sagte Phillip, nachdem sie den Stall durchsucht hatten. »Eine alte Stute hat mich doch beinahe in den Arm gebissen und mir dann zugelächelt – zumindest kam es mir so vor. Ich glaube, das alte Mädchen hat etwas für mich übrig. Mal sehen, ob ich ihr nicht eine Extraportion Hafer zukommen lassen kann.«

Rohan seufzte. »Jetzt sind wir so klug wie zuvor. Falls eines der Pferde Tibolt gehören sollte, erkenne ich es jedenfalls nicht wieder. Es muß noch andere Gasthäuser in Dunkeld geben. Wir werden einfach die Hauptstraße hinuntergehen und es herausfinden. Wenn er noch in Dunkeld ist, dann muß er in irgendeinem Gasthaus sein.«

Sie warteten, bis Phillip der Stute ein wenig Hafer gebracht hatte, nachdem er in einer Ecke einen halbvollen Sack gefunden hatte. »Schade, daß du ein Pferd bist«, sprach Phillip zu dem Tier. »Weißt du, Rohan meint, ich sollte mich um eine Braut umsehen – und er hat ja recht. Ich wäre schon zufrieden, wenn sie so wäre wie du. Weißt du, Ehefrauen beißen auch, so wie du vorhin, aber ich glaube nicht, daß sie hinterher lächeln.« Er wandte sich wieder den beiden zu. »Verdammt, ich habe ganz vergessen – der Gral.« Mit flüsternder Stimme fügte er hinzu: »Es gibt ihn also wirklich. Ich kann es nicht glauben – und doch ist es so. Also los, gehen wir.«

Zehn Minuten später standen sie vor einem Gasthaus, das sich ganz am Ende der Straße befand. Es war ein altes Gebäude mit zwei Stockwerken, das vollkommen dunkel war, bis auf …

»Du meine Güte, schaut nur«, flüsterte Susannah, »da ist Licht. Dort oben im zweiten Stock, an der Ecke.«

Phillip blickte auf die Pistole hinunter, die er aus der Manteltasche gezogen hatte.

Rohan stieß einen Fluch aus, ehe er mit leiser Stimme sagte: »Das müssen sie sein. Verdammt, das beweist, was für ein Schuft mein Bruder ist. Wenn er damit gerechnet hätte, daß wir entkommen, dann wäre er gewiß so schnell wie möglich aus Dunkeld verschwunden. Das ist wirklich kaum zu fassen. Aber so ist es nun einmal. Wir müssen den Kelch in Sicherheit bringen.« Es wurde ihm bewußt, daß er immer nur von dem ›Kelch‹ sprach; es fiel ihm schwer, daß Wort ›Gral‹ auszusprechen – es war einfach zu phantastisch, zu sehr außerhalb dieser Welt. Er mußte Phillip recht geben – es war nicht leicht hinzunehmen, obwohl sie es mit eigenen Augen gesehen hatten.

Die Haustür des Gasthauses war verriegelt, so daß sie durch eines der Küchenfenster eindringen mußten, das zum Glück unverriegelt war.

»Wir brauchen eine Kerze«, flüsterte Susannah, als sie

mitten in der Küche standen, in der es nach altem Fett, frischen Karotten und Bier roch. »Wir können nicht riskieren, daß wir in der Dunkelheit irgendwo anstoßen und Lärm machen und den Wirt wecken.«

Rohan brummte nur und machte sich auf die Suche nach einer Kerze. »Aha, wer sagt's denn.« Als sie die Kerze entzündet hatten, machten sie sich auf den Weg nach oben. Die Stufen der alten, engen Treppe knarrten und ächzten bei jedem Schritt.

Doch zum Glück kam niemand aus einem der Zimmer, um sich über den Lärm zu beschweren. Rohan fragte sich bereits, ob hier überhaupt Gäste übernachteten.

Sie gingen zu dem Zimmer, das sich am Ende des dunklen Ganges befand. Unter der Tür drang ein wenig Licht nach außen.

Rohan holte tief Luft. Er zog Susannah an sich und flüsterte ihr zu: »Du bleibst hier draußen. Nein, dieses eine Mal machen wir es so, wie ich es sage. Versprich mir, daß du dieses Zimmer nicht betrittst.«

Er sah ihr an, daß sie ihm widersprechen wollte, daß sie unbedingt dabeisein wollte, wenn sie Tibolt und Theodore Micah gegenübertraten. Sie war von Anfang an bei allem dabeigewesen. Doch diesmal schien er nicht mit sich handeln zu lassen, so daß sie schließlich nachgab. »Na gut«, sagte sie, »ich bleibe hier draußen. Aber nur, weil das Zimmer wahrscheinlich sehr klein ist und wir uns vielleicht gegenseitig im Weg stehen würden.«

»Genau das habe ich gemeint«, sagte Rohan. »Bleib hier nah an der Wand.« Er warf Phillip einen kurzen Blick zu, der ein grimmiges Lächeln auf den Lippen hatte.

Er reichte Susannah die Kerze und nickte kurz. Phillip drehte ganz behutsam den Türknauf. Diese Narren hatten nicht einmal die Tür versperrt. Sie waren ihrer Sache also absolut sicher. Das machte Rohan nur noch wütender. Wenn Tibolt nur irgendwie mit der Möglichkeit gerechnet hätte, daß sie aus der Gruft entkommen könnten, dann hätte er gewiß die Tür versperrt. Langsam und vorsichtig drückte er sie einen Spalt auf und hielt inne, als er die lauten Stimmen vernahm. Offensichtlich hatten sie eine Meinungsverschiedenheit.

»Du hast Edelsteine erwartet, ja, ich verstehe. Aber begreifst du nicht, daß das völlig belanglos ist? Das ist der Gral! Du wirst Edelsteine haben, so viele du nur willst!«

Theodore Micah war einen Augenblick still, ehe er nachdenklich erwiderte: »Weißt du, Tibolt, ich glaube nicht, daß ich dein Handlanger sein möchte. Ich will selbst den Gral besitzen und Weihwasser daraus trinken. Ich will die Macht und die Unsterblichkeit. Du hast gesagt, daß Georges Flittchen keinen Schaden nahm, als sie daraus trank. Das beweist doch, daß das mit dem Gefäß des Teufels nur ein Märchen war, um etwaige Räuber abzuschrecken. Du hast selbst bewiesen, daß es wirklich der sagenumwobene Gral ist.«

»Tja, du übersiehst dabei nur eines«, sagte Tibolt langsam. »Der Gral gehört ganz allein mir.«

»Er gehört keinem von euch beiden. Keine Bewegung, oder ich verpasse jedem von euch eine Kugel.«

Tibolt und Theodore Micah standen mitten im Zimmer, vor ihnen auf dem Tisch der Schrein.

»Rohan«, stieß Tibolt hervor und wich zwei Schritte zurück. »Das kann nicht sein. Es gibt keinen Ausweg aus der Katakombe. Ich hab es selbst überprüft, und Theodore auch. Das ist einfach unmöglich!«

»Wie es aussieht, habt ihr euch beide geirrt. Es gibt einen Weg, und wir haben ihn gefunden.«

Theodore Micah machte einen Satz, um zu seiner Pistole zu gelangen, die auf dem Bett lag – doch Phillip trat ihm mit voller Wucht gegen den Arm. Micah schrie vor Schmerz auf. Rohan rief: »Susannah, komm rein und schließ die Tür. Es ist alles in Ordnung. Bleib am besten bei der Tür stehen. Es ist wirklich nicht viel Platz hier drin.«

Tibolt stand da wie angewurzelt, während sein Blick zwischen seinem Bruder und Susannah hin und her wanderte. Theodores Gesicht war immer noch schmerzverzerrt. Es sah ganz so aus, als hätte Phillip ihm mit seinem Tritt den Arm gebrochen.

Tibolt wandte sich Rohan zu. »Es gab keinen Weg aus der Gruft. Ich habe euch in der absoluten Dunkelheit zurückgelassen. Wie habt ihr das fertiggebracht?«

Rohan hatte nicht die Absicht, ihm zu verraten, daß Susannah trotz der Dunkelheit alles klar vor sich gesehen und den kleinen Griff gefunden hatte, der ihnen den Weg ins Freie öffnete. Nein, zuerst wollte er den Gral in Sicherheit bringen.

Theodore Micah jammerte vor Schmerz. Tibolt wandte sich ihm zu. »Du elender Dummkopf, halt endlich das Maul!«

»Meine einzige Dummheit war, daß ich einem Bastard wie dir geglaubt habe. Du hast gemeint, sie könnten unmöglich entkommen. Und was den Gral betrifft – der verleiht wahrscheinlich nicht mehr Macht als ein Brieföffner.«

»Phillip, durchsuch doch mal rasch die beiden.«

Rohans Vorschlag erwies sich als durchaus sinnvoll – denn Phillip fand bei Theodore Micah ein Messer, das an dessen Knöchel befestigt war. »Was haben wir denn da«, sagte Phillip und nahm es ihm ab. »Tibolt«, sagte er mit ruhiger Stimme, »rühr dich nicht von der Stelle. Es wäre mir ein allzu großes Vergnügen, dich zu Brei zu schlagen.«

Doch so einfach gab sich Theodore Micah nicht geschlagen. Völlig überraschend griff er nach dem Schrein und warf ihn mit voller Wucht gegen Rohans Arm, so daß die Pistole in hohem Bogen durch die Luft flog. Im nächsten Augenblick stürzte er sich auf Susannah und hielt ihr ein schmales Messer an die Kehle.

»Verdammt, wo hast du das Messer her? Und wie kommt es, daß du plötzlich deinen Arm wieder bewegen kannst? Phillip hat ihn dir doch gebrochen.«

Theodore Micah lachte nur. »Aber Sie wissen doch, daß ich Schauspieler bin, oder? Als Schauspieler lernt man so manches, Mylord. Nein«, sagte er rasch, zu Phillip gewandt. »Rühren Sie sich nicht von der Stelle, sonst schneide ich ihr die Kehle durch.« Mit nachdenklicher Stimme fügte er hinzu: »Die erste Frau, der ich die Kehle durchgeschnitten habe, lebte in Honfleur. Ich hatte einem Freund von mir etwas gebracht, einem Schmuggler. Sie hat leider unser Gespräch mitangehört. Nie werde ich den gurgelnden Laut vergessen, den sie von sich gab, und das viele hellrote Blut. Nehmen Sie sich in acht, Gentlemen, ich meine es ernst. Sie können Ihren verdammten Bruder haben, Mylord, aber ich bekomme den Gral. Er liegt da auf dem Boden. Der Schlüssel liegt direkt daneben. Heben Sie ihn auf.«

Rohan atmete schwer. Er konnte es nicht fassen. Hätte er Susannah doch nur gefesselt und sie im Stall bei Phillips Stute gelassen. Verdammt! Wie hatte ihm dieses Mißgeschick nur ein zweites Mal passieren können? Er war anscheinend unfähig, Susannah zu beschützen. Nun, er hatte keine Wahl. »Tun Sie ihr nicht weh«, sagte er.

»Dann beeilen Sie sich, Mylord. Geben Sie mir den Schrein.«

Rohan hob das Kästchen rasch auf und erhob sich.

»Und jetzt geben Sie es mir. Schön vorsichtig.«

Susannah stieß einen kurzen Schrei aus. Rohan und Phillip sahen das hellrote Blut von dem kleinen Schnitt an ihrem Hals.

»Wenn ich Ihnen den Schrein gebe«, sagte Rohan, »was werden Sie dann tun?«

»Ich muß sie mitnehmen, aber ich schwöre Ihnen, daß

ich sie nicht töten werde, vorausgesetzt, daß Sie mich nicht verfolgen.«

»Sie schwören das?« stieß Phillip hervor. »Sie verdammter kleiner Bastard. Wieso sollen wir Ihnen das glauben? Sie sind ein verdammter Bandit, ein Mörder.«

»Ich schwöre, ich werde sie nicht töten. Geben Sie mir den Schrein, oder Sie haben eine tote Frau, Mylord.«

Rohan gab ihm den Schrein. Er war erstaunlich schwer. Wie konnte er nur so schwer sein, wenn doch nur dieser alte goldene Kelch darin war, dem angeblich so unermeßliche Macht innewohnte?

»Nein!« rief Tibolt aus. »Er darf den Gral nicht haben!«

Plötzlich hielt Tibolt eine Pistole in der Hand und trat einen Schritt auf Theodore Micah zu. »Du wirst ihn nicht bekommen, du Bastard!«

Plötzlich ließ sich Susannah zu Boden fallen. Micah war so überrascht gewesen, daß er sie losgelassen hatte. Im nächsten Augenblick feuerte Tibolt einen Schuß ab, der Micah am Hals traf. Er gab einen häßlichen gurgelnden Laut von sich und flüsterte: »Ich war ein Narr, daß ich einem Mann Gottes geglaubt habe. Schau dich nur an, was für ein Teufel du bist.« Sein Hemd war blutgetränkt, als er schließlich zu Boden sank.

»Gut, der kleine Bastard ist tot. Los, ab mit euch ins Schlafzimmer. Rasch! Ich schätze, wir werden gleich Besuch bekommen. Los, hinein mit euch!«

Nachdem die drei im Hinterzimmer waren, verschloß Tibolt rasch die Tür. Im nächsten Augenblick drangen vom Gang her Stimmen herein. Türen wurden aufgerissen.

»Was ist denn hier los?«

Tibolt steckte die Pistole in die Manteltasche. »Ich habe die Diebe im Schlafzimmer eingesperrt. Sie haben meinen Freund da erschossen. Rasch, wir brauchen Polizei.«

»Jawohl«, stimmte einer der Männer zu, dessen dünne Beine unter dem weißen Nachthemd hervorragten. »Ich hole den Kerl, der für so was zuständig ist. Aber es kann sein, daß er gerade seinen Rausch ausschläft. Ihr wißt ja, der Mann trinkt Unmengen Brandy.«

»Nein, nein, ich hole ihn selbst. Gebt nur acht, daß die Diebe nicht entwischen. Aber seid vorsichtig, die Kerle sind gefährlich!«

Wenig später hatte Rohan die Tür aufgebrochen. Die vier Männer im Nachthemd starrten den Mann an, der mit der Pistole in der Hand dahergestürmt kam und noch wütender dreinsah als jemand, den man beim Kartenspiel betrogen hatte. »Verdammt«, rief Rohan. »Er ist fort! Rasch, wir dürfen ihn nicht entwischen lassen. Er hat den Gral!«

Im nächsten Moment sahen die staunenden Gäste einen weiteren Mann und eine Frau aus dem Zimmer stürmen. Auf dem Boden entdeckten sie einen blutüberströmten Mann, der offensichtlich tot war.

»Er hat höchstens ein paar Minuten Vorsprung«, rief Phillip, während Rohan Susannah in den Sattel hob.

»Gott sei Dank hat der Stallbesitzer gesehen, daß er nach Osten geritten ist«, sagte Susannah. Sie ritten so schnell sie konnten, während der Vollmond die schmale Straße vor ihnen erleuchtete.

Sie sprachen kein Wort, während sie versuchten, das letzte aus den Pferden herauszuholen – bis Rohan sein Pferd schließlich anhalten ließ. »Wir müssen ihnen einen Augenblick Rast gönnen.«

»Ja, aber wir dürfen ihn nicht entkommen lassen.«

»Was ist, wenn er bereits aus dem Gral getrunken hat?« warf Phillip ein. »Dann sind wir verloren. Und was hätte ihn hindern sollen, daraus zu trinken? Er hätte es gleich tun können, nachdem er aus dem Gasthaus verschwunden war. Vielleicht wartet er an der nächsten Biegung auf uns, um uns zu erledigen.«

»Nein«, sagte Susannah mit ruhiger Stimme. »Nein, er kann noch nicht aus dem Gral getrunken haben.«

Beide wandten sich überrascht ihr zu. »Aber warum denn nicht?« rief Phillip aufgeregt.

»Weil er das Weihwasser im Zimmer vergessen hat. Mir ist gerade eingefallen, daß ich das Fläschchen auf dem Bett liegen sah.«

»Sie hat recht«, warf Rohan ein. »Mein Gott, sie hat recht. Und das bedeutet, daß er Weihwasser finden muß, bevor er aus dem Kelch trinken kann.«

»Eine Kirche«, sagte Phillip. »Er wird bestimmt eine Kirche aufsuchen. Aber warum ist er nicht einfach zur Kirche von Dunkeld geritten?«

»Weil er fürchtete, daß wir ihn dort erwischen könnten«, antwortete Rohan. »Laß mich nachdenken. Also, das kleine Städtchen Monfieth ist nicht weit entfernt. Es könnte gut sein, daß er das Wasser dort besorgen wird.«

»Wir haben nicht mehr viel Zeit«, mahnte Susannah und stieg wieder aufs Pferd. »Los! Wir dürfen nicht zulassen, daß er aus dem Gral trinkt.«

In Monfieth gab es keine Kirche. Doch ein wenig außerhalb der Stadt in der Nähe des Sees befand sich ein altes Kloster. Allmählich begann es hell zu werden, und der Mond wurde blasser.

Je weiter sie kamen, um so stärker wurde der würzige Duft des Wassers. Und dann sahen sie es vor sich – das Kloster. Auf einer kleinen Anhöhe stand es da – immer noch recht stattlich, auch wenn der größte Teil davon eine Ruine war. Sie sahen Tibolts Pferd, das sich in den Gärten des Klosters gütlich tat.

In keinem der Fenster war Licht zu sehen.

Dann sah Susannah plötzlich Tibolt, den Schrein unter dem Arm, einen Becher mit Wasser in der freien Hand. Er lief auf die Ruinen zu, die auf dem höchsten Punkt der Anhöhe standen. In diesem Augenblick sah er sie.

Sie hörten ihn lachen. »Kommt nur«, rief er ihnen zu. »Kommt!«

Sie ließen ihre Pferde ebenfalls im Garten zurück. Rohan und Phillip zogen ihre Waffen und liefen hinter ihm her.

Er stand auf einem riesigen Stein. Sie sahen, wie er das Weihwasser in den Kelch goß.

»Nein!« rief Susannah. »Nein!«

Tibolt hob den Kelch an die Lippen und lachte triumphierend. Im nächsten Augenblick trank er den Kelch leer.

34

Langsam gingen sie auf ihn zu; sie wußten, daß sie zu spät gekommen waren. Er hatte gewonnen. War die Welt nun verloren?

»O Gott«, sagte Phillip, während er Tibolt anstarrte, der still und aufrecht dastand und wartete – genau wie sie. »Was wird nun geschehen?«

Dann plötzlich begann Tibolt zu zittern. Er wollte den Gral auf dem Stein abstellen, auf dem er stand – doch er zitterte so heftig, daß ihm der Becher aus der Hand glitt und zu Boden fiel. Plötzlich stieß er einen Schrei aus und faßte sich an die Brust. Susannah trat rasch einen Schritt auf ihn zu, doch Rohan hielt sie zurück. »Nein«, sagte er. »Bleib hier. Mein Gott, was hat er nur getan? Was geht hier vor sich?«

Tibolt hob seine zitternden Arme zum Himmel empor. »Gott, ich habe aus dem heiligen Gral getrunken. Schenk mir Macht. Schenk mir Unsterblichkeit.«

Plötzlich hörte das Zittern auf. Dafür durchzuckte ein Schaudern seinen Körper. »Schenk mir Macht!« schrie er noch einmal zum Himmel empor.

Sie traten langsam näher, ganz langsam, wobei sie Tibolt nicht aus den Augen ließen.

Der Horizont hatte sich mittlerweile rosarot gefärbt. Die Sonne begann langsam hochzusteigen – die ersten Strahlen tauchten zwischen den Ruinen des Klosters auf.

Plötzlich rührte sich Tibolt nicht mehr, so als wäre er zu Stein erstarrt. Nach einer Weile begann er erneut zu zittern, immer stärker und stärker, bis er sich in krampfartigen Zuckungen wand.

Es war, als würde er sich vor ihren Augen verformen, als würde eine unsichtbare Hand ihn zusammenpressen wie einen Klumpen Lehm.

Im nächsten Augenblick nahm er die Gestalt Susannahs an. Es war furchterregend. »Nein«, flüsterte Rohan, als er das Abbild seiner Frau vor sich sah, in das sich sein Bruder verwandelt hatte. »Nein.«

Die Gestalt begann zu ihnen zu sprechen: »Jetzt weiß ich, wie ihr aus den Katakomben entwischt seid. Ein paar Tropfen Weihwasser aus dem Gral haben euch die Macht dazu gegeben. Ich sehe es ganz deutlich vor mir.«

Plötzlich faßte sich die Gestalt an den Hals, so als würde sie ersticken – da begann sie sich neuerlich zu verwandeln, diesmal in einen Greis. Seine Stimme klang so alt wie der Fels, auf dem er stand. »Ich muß dir den Gral übergeben. Hüte ihn gut, Bischof, hüte ihn gut. Sag niemandem, was er wirklich ist. Nenne ihn das ›Gefäß des Teufels‹. Sag, daß jeder, der Weihwasser daraus trinkt, eines furchtbaren Todes stirbt.«

»Der alte Tempelritter«, flüsterte Phillip, immer noch starr vor Schreck.

Dann war auch der alte Ritter fort, und an seiner Stelle tauchte ein kräftiger junger Mann auf, der eine Krone auf dem Kopf trug. Mit stolzer Stimme verkündete er: »Ja, ich nehme den Gral an. Ich werde ihn hüten wie meinen Augapfel. Ich nehme ihn mit nach Schottland. Niemand wird ihn jemals dort finden.«

»Macbeth«, flüsterte Susannah. »Das muß Macbeth sein, der den Gral aus den Händen von Papst Leo IX. annimmt.«

»Er verwandelt sich in jeden, der den Gral berührt hat«, sagte Rohan, ohne wirklich glauben zu können, was sich da vor ihm abspielte. Doch auch der König von Schottland verwandelte sich bald wieder in einen alten Mann, der aussah wie einer der Jünger, wie Rohan sie auf verschiedenen Bildern gesehen hatte. Er war ganz in Weiß gekleidet und hatte einen langen Bart.

»Wer ist das?« fragte Susannah.

»Ich weiß nicht. Vielleicht jemand, der nach dem letzten Abendmahl noch mit Jesus zusammen war.«

»Ich bin Joseph von Arimathia«, rief der Mann ihnen mit schwacher Stimme zu. »Jesus hat mir den Kelch gegeben, nachdem er davon getrunken hatte. Er sagte, ich solle sein Blut in diesem Gefäß auffangen. Ich habe Jesus begraben und den Kelch mit mir genommen.«

Dann war auch Joseph von Arimathia verschwunden. Für kurze Augenblicke tauchten andere Gestalten in biblischen Gewändern nacheinander vor ihnen auf. Es waren insgesamt zwölf Männer.

Dann endlich trat Stille ein. Tibolt hatte keine menschliche Gestalt mehr. Sein Gesicht wirkte wie ein Stück Stein. Seine Arme und Beine verschmolzen mit dem Körper, bis sie nicht mehr zu erkennen waren. Im nächsten Augenblick verschwand auch diese starre, leblose Säule – und nichts war mehr übrig.

Der Gral stand immer noch auf dem Stein, wo Tibolt ihn abgestellt hatte. Plötzlich kam von hinten eine grüne Schlange daher, mit großem Kopf und breitem Maul, die ihnen bedrohlich zuzischte und sich dann um den Kelch zu winden begann. Schließlich kam der große Kopf ganz oben auf dem Kelch zum Vorschein. Das Maul öffnete sich. Sie hörten Tibolts Stimme.

»Ihr habt das alles überlebt. Ich weiß jetzt, warum ihr

verschont geblieben seid; ich weiß alles, aber das ist nun bedeutungslos, denn ich bin nicht mehr.«

Der Himmel, der soeben noch von der beginnenden Morgendämmerung erhellt war, verdüsterte sich mit einem Mal. Im nächsten Augenblick begannen Blitze zu zucken, und ein mächtiger Donner ließ die Luft erzittern. Plötzlich öffnete sich über der Schlange eine riesige Säule aus gleißendem Licht, doch gleich darauf brach absolute Dunkelheit herein.

Nicht das geringste war mehr zu sehen.

Susannah barg ihr Gesicht an Rohans Brust. Sie spürte, daß er immer noch erstarrt war vor Schreck angesichts all dessen, was sie soeben miterlebt hatten. Da erhob sich ein leises Poltern, das allmählich immer heftiger wurde, bis die Felsen zu erzittern begannen. Eines der alten Gewölbe des Klosters brach in sich zusammen und stürzte den Abhang hinunter in den See. Der riesige Stein, auf dem Tibolt gestanden hatte und auf dem die Schlange sich um den Gral gewunden hatte, war leer.

Es war keine Schlange und auch kein Gral mehr zu sehen.

Sie fuhren erschrocken hoch, als der Stein sich plötzlich aufrichtete. Erneut senkte sich gleißendes Licht über die Stätte, das immer heller und heller wurde, bis der Stein darin verschwand.

Das Poltern hörte mit einem Mal auf.

Im nächsten Augenblick kam die Sonne wieder zum Vorschein, und alles war wie zuvor. Ein Sperling begrüßte den Tag mit seinem Gezeter.

Sie eilten zu der Stelle, an der der Stein gelegen hatte. Nichts deutete mehr auf die Ereignisse hin, deren Zeugen sie soeben geworden waren. Auch der Schrein war verschwanden.

Susannah beugte sich hinunter und hob etwas hoch. Sie wandte sich Rohan zu und streckte die Hand aus. Es war der kleine goldene Schlüssel.

»Der Schlüssel für den Schrein. Er ist für uns zurückgelassen worden.«

»Für dich, Susannah, vor allem für dich«, sagte Rohan.

Phillip starrte auf den Schlüssel, dann auf die Stelle, wo der Stein sich befunden hatte. Nur die Scherben des Glasbechers waren noch übrig, mit dem Tibolt das Weihwasser geholt hatte.

Susannahs Blick war in die Ferne gerichtet – durch die Ruinen des Klosters hindurch auf den See hinaus. »Der Gral war immer nur mit dem Guten in Verbindung gewesen – bis Tibolt ihn in die Hände bekam.«

»All die Gestalten, die Tibolt annahm«, sagte Rohan nachdenklich, »das waren Menschen, die den Gral einst in ihren Händen gehalten oder daraus getrunken hatten. Daß dir nichts geschehen ist, Susannah, liegt allein daran, daß du gut bist. Das hat Tibolt zuletzt klar erkannt.«

Phillip konnte ein Schaudern nicht unterdrücken. »Ich möchte fort von hier. Es gibt für uns nichts mehr zu tun.«

»Du hast recht«, pflichtete Susannah ihm bei. »Sowohl das Gute als auch das Böse sind verschwunden.«

»Das stimmt nicht ganz«, warf Rohan ein und zog seine Frau zu sich. »Wir drei sind noch da. Wir haben es durchgestanden.«

Er umschloß ihre Hände mit den seinen. Es war ihm, als fühlte er die Wärme, die von dem winzigen Schlüssel ausging, den sie in der Hand hielt.

In seinem tiefsten Inneren wußte er, daß sie nie mehr von diesem Ereignis sprechen würden. Er wußte auch, daß der winzige Schlüssel ihn, seine Frau und seinen Freund für immer miteinander verbinden würde.

»Zuerst muß ich einmal meinen kleinen Engel begrüßen«, sagte Susannah und hob Marianne hoch, die ihre Freude mit lautem Jubelgeschrei kundtat. Ihre Mutter wiegte sie im Arm und erzählte ihr eine Geschichte ihrer

Erlebnisse, die zwar nicht der Wahrheit entsprach, aber trotzdem sehr aufregend klang. Schon nach fünfzehn Minuten schien die Kleine zufrieden – doch gleich darauf war Rohan das Ziel ihrer Wünsche.

Er schaukelte sie auf seinen Knien, bis sie müde wurde und sich an seine Brust lehnte – in der beruhigenden Gewißheit, immer noch seine volle Aufmerksamkeit zu genießen. Die Finger hatte sie wie üblich im Mund.

»Ich habe versucht, es ihr abzugewöhnen«, warf Toby ein, »aber jedesmal, wenn ich ihr die Finger aus dem Mund nahm, hat sie zu schreien begonnen – da hab' ich es irgendwann aufgegeben. Mylady hat gemeint, ihre Ohren könnten das Geheul nicht ertragen. Trotzdem werd' ich's irgendwann noch einmal versuchen, Susannah – aber nur, wenn ich mit ihr allein bin. Sie schreit nämlich nicht, wenn sonst niemand dabei ist – ist das nicht eigenartig?«

»Ganz und gar nicht«, entgegnete Susannah. »Warum sollte sie schreien, wenn sie kein Publikum hat?«

»Ro-han!«

»Ja, meine kleine Prinzessin?«

»Lonnon. Ich möchte nach Lonnon.«

»Aber ja«, sagte Rohan. »Wir werden schon recht bald hinfahren.«

»Ich nehme nicht an, daß die schöne Geschichte, die du dir für deine Tochter ausgedacht hast, irgend etwas mit der Wahrheit zu tun hat, oder?« fragte Charlotte.

»Nein, Mutter«, warf Rohan ein. »Ach ja, es tut mir leid – aber Tibolt ist tot. Es war ein Unfall. Er hat versucht, mir zu Hilfe zu eilen – dabei ist er selbst in eine Schlucht gestürzt. Das mit dem Schatz entsprach leider nicht der Wahrheit. Es war alles nur eine Legende. Weißt du, Mutter, Tibolt ist so gestorben, wie er gelebt hat. Wir sollten von alldem am besten gar nicht mehr sprechen.«

Susannah nickte zustimmend.

»Ich weiß nicht recht«, sagte Charlotte, doch sie sprach nicht weiter, als sie erkannte, daß weder ihr Sohn noch ihre Schwiegertochter gewillt waren, auch nur ein Wort mehr darüber zu verlieren. Sie fühlte, wie die Tränen in ihr hochstiegen, doch sie hielt sie zurück, zumindest für den Augenblick. Sie wußte, es gab da noch einiges, das sie ihr nicht erzählt hatten – alles, was sie wußte, war, daß Tibolt am Ende sein Leben verloren hatte, als er versuchte, seinem Bruder das Leben zu retten. Wie hatte Rohan doch gesagt? Er war gestorben, so wie er gelebt hatte. Sie schluckte und sagte schließlich: »Ich bin so erleichtert, daß Tibolt doch nicht so war wie George. Es hätte mir, glaube ich, das Herz gebrochen.«

Einen Monat später brachen Lord und Lady Mountvale nach London auf; auch ihre Tochter war mit von der Partie. Es hatte mehr als drei Wochen gedauert, bis Marianne gelernt hatte, Rohan ›Papa‹ zu nennen.

Colonel Nemesis Jones machte eines strahlend schönen Tages Charlotte einen Heiratsantrag. Alle dachten, sie würde seinen Antrag annehmen – doch sie entschied sich anders. Sie zog es vor, nach Venedig zu reisen – und zwar nicht allein, sondern in Begleitung von Augustus, dem Dienstboten aus Wales, den sie als Leibwächter mitnahm – wobei dies wohl nicht die einzige Aufgabe war, die er erfüllte.

In Mountvale Townhouse in London war man einigermaßen verblüfft, zu hören, daß der Baron bereits seit fünf Jahren verheiratet war und darüber hinaus eine kleine Tochter hatte.

Aber noch um einiges größer war die Verblüffung in der Londoner Gesellschaft. Alle möglichen Spekulationen wurden angestellt, wie diese – ohne Zweifel zum Scheitern verurteilte Ehe – enden würde, die geschlossen worden war, als der Baron noch ein blutjunger, zügelloser Mann gewesen war. Nun, jung und zügellos war er gewiß immer noch, aber mittlerweile doch um einiges besonnener. So jedenfalls dachte man in London über ihn.

Doch Lady Sally Jersey, eine der einflußreichsten Persönlichkeiten der Londoner Gesellschaft, zog auch die Möglichkeit in Betracht, daß der Baron sich vielleicht endgültig die Hörner abgestoßen haben könnte und fortan ein solides Leben führen würde. Vielleicht, so vermutete sie, war das der Grund dafür, daß er seine Frau und seine Tochter aus der Verbannung holte. Möglicherweise hatte er sich zu einem treuen Ehemann bekehrt.

Es gab niemanden in London, der diese Auffassung teilte – allzu blaß und gewöhnlich erschien sie –, doch in Sallys Gegenwart wagte dies niemand offen auszusprechen.

So warteten sie gespannt darauf, die neue Baronesse kennenzulernen. Und sie fragten sich, wie lange es wohl dauern mochte, bis der Baron seine Frau in ihr Versteck zurückschicken würde, um wieder ungestört seinen Ausschweifungen frönen zu können. Seine vielen Mätressen würden ihn ohne Zweifel jederzeit wieder mit offenen Armen aufnehmen.

Pulver, der hagere Sekretär des Barons, beriet sich über diese Frage mit seinem Freund David Plummy: »Sie sind jetzt schon vier Tage hier«, verriet er ihm. »Ich verstehe es einfach nicht. Der Baron hat das Haus am Abend kein einziges Mal verlassen – es sei denn in Begleitung seiner Frau. Er hat auch keinerlei Andeutungen gemacht, wann er sein altes Leben wieder aufzunehmen gedenkt. Er scheint geradezu ein Vorbild an ehelicher Treue zu sein. Das gefällt mir ganz und gar nicht.«

Sein Freund erwiderte auf diese Klagen: »Keine Sorge, Pulver. Er wird sich schon sehr bald wieder seiner Bedürfnisse besinnen. Immerhin ist er ein Mann, der die Frauen liebt, nicht wahr? Und davon abgesehen der erstgeborene Sohn seiner Eltern – ein unersättlicher Frauenheld, der nie mit einer einzigen Frau genug haben könnte. Ein Mann von seinem Ruf kann nicht lange so leben, wie er es jetzt tut. Es gab eben ganz einfach keine Frau dort draußen auf dem Land, die ihm gefiel. Aber jetzt wird sich das ändern, du wirst schon sehen.«

Doch Pulver war sich da nicht so sicher. Er hatte den Baron und die Baronesse zusammen erlebt. Sie war nicht so schön wie manche der Frauen, mit denen man den Baron schon gesehen hatte. Wohl recht hübsch, aber gewiß keine solche Schönheit wie zum Beispiel die Mutter des Barons. Doch sie strahlte eine gewisse Güte und Freundlichkeit aus, und vor allem schaffte sie es immer wieder, den Baron zum Lachen zu bringen. Nie zuvor hatte man ihn so viel lachen gehört. Außerdem schienen die beiden auch tagsüber ziemlich viel Zeit im Schlafzimmer des Barons zu verbringen.

Das Ganze war für jedermann ein Rätsel.

Was das kleine Mädchen betraf, so schien Pulver ihr aus unerfindlichen Gründen sympathisch zu sein. Der arme Mann war davon ganz und gar nicht angetan, so daß er sich des öfteren in der Küche vor ihr versteckte.

»Sie ist ein Kind«, sagte er zu Tinker, dem Kammerdiener Seiner Lordschaft, »ein *Kind,* und dennoch läßt er sie auf seinem Schoß sitzen; er läßt es zu, daß sie sein Gesicht berührt mit ihren nassen Fingern, die sie andauernd im Mund hat. Und dann ihr schrilles, kreischendes Lachen – aber ihm scheint das auch noch zu gefallen. Manchmal bekommt sie einen Koller und schreit aus voller Kehle, und der Baron küßt sie bloß und sagt ihr, daß sie still sein soll – und sie ist tatsächlich still. Es ist einfach erstaunlich, Tinker. Und jetzt hat sie auch noch einen Narren an mir gefressen. Das halte ich einfach nicht aus, Tinker. Du weißt, daß ich kleine Kinder nicht ausstehen kann.«

Doch es verging keine Woche, bis Pulver hocherfreut

war, wenn Marianne mit ihren nassen Fingern seine Wangen berührte. Als sie ihm das erste Mal einen Kuß gab, geriet er beinahe in Verzückung. Doch wenn sie mit dem Fuß aufstampfte und losheulte, dann lief er rasch los, um den Baron zu holen. Für Toby wiederum begann Pulver eine große Bewunderung zu entwickeln, obwohl er noch ein kleiner Junge war. Sie lasen zusammen und besuchten gemeinsam das Museum. Rohan stellte eines Tages gegenüber Susannah fest, daß er seinen spindeldürren Sekretär noch nie zuvor so lebendig und voller Tatendrang erlebt habe.

Susannah jedoch zitterte jedesmal vor Angst, wenn sie zusammen einen Ball oder eine sonstige Festlichkeit besuchten, die eines der Mitglieder der Londoner Gesellschaft veranstaltete. Sie wußte nur zu gut, daß jedermann dachte, der arme Baron hätte einen schweren Fehler begangen, und sie wußte auch, daß man es für einen noch größeren Fehler hielt, daß er seine Frau und sein Kind nun in die Gesellschaft einzuführen gedachte. Zweifelsohne erwartete man, daß er sie und das Kind schon bald wieder in der Versenkung verschwinden lassen würde, damit er sein altes Leben wiederaufnehmen konnte. All das machte ihr schwer zu schaffen.

»Kopf hoch«, sagte Rohan, ehe er ihr aus der Kutsche half. An diesem Mittwochabend schien sie jedenfalls fest entschlossen, sich durch nichts aus der Fassung bringen zu lassen. Rohan lächelte, als sich ihr Blick für einen Moment verklärte, während er sie an der Taille aus der Kutsche hob. Er hätte ihr am liebsten kundgetan, daß er sich wie ein König fühlte, wenn sie ihn so anblickte, doch statt dessen raunte er nur mit ziemlich rauher Stimme: »Habe ich dir schon gesagt, daß du heute abend besonders reizend aussiehst? Es gefällt mir sehr, wenn du dein Haar so hochgesteckt trägst und blaue Bänder eingeflochten hast.«

»Das sagst du nur, um mich ein wenig aufzumuntern,

damit ich nicht gleich davonlaufe und mich im Damensalon verstecke.«

»Du hast mich wieder einmal durchschaut«, erwiderte er und küßte sie. »Wie kommst du nur auf derart trübe Gedanken?«

»Ich sehe einfach die Dinge so, wie sie sind.«

»Du bist ein Dummerchen«, entgegnete er und küßte sie auf die Nasenspitze.

Sie merkten nicht, daß Sinjun Kinross, die Gräfin von Ashburnham, sie beobachtete, eine Dame, die keinerlei Zurückhaltung kannte. »Rohan! Ist das deine Frau?« rief sie sogleich aus.

»Dies, mein Liebling«, sagte Rohan zu Susannah, die die wunderschöne junge Frau mit großen Augen anstarrte, »ist Sinjun Kinross. Eine sehr gute Freundin. Und der Gentleman, den du hier kommen siehst, ist Colin, ihr Gemahl. Er verbringt die meiste Zeit damit, hinter ihr herzulaufen.« Er lächelte Sinjun zu, während er seine Frau losließ. »Nun, meine Liebe«, sagte er zu der großgewachsenen jungen Dame, »du siehst wie immer blendend aus. Colin, du bist ja schon wieder völlig außer Atem.«

»Ich sollte Sinjun gar nicht in deine Nähe lassen«, sagte Colin Kinross, der Susannah neugierig begutachtete. »Aber sie meint, daß sie ja jetzt, wo du verheiratet bist, einigermaßen vor dir sicher ist – wobei man sagen muß, daß du dich auch vorher nie um sie bemüht hast, was sie sicherlich einigermaßen enttäuscht hat. Sie hat schon gedacht, sie wäre häßlich und langweilig. Ich habe fast eine Woche gebraucht, um ihr diese dummen Gedanken auszureden.«

»Susannah«, sagte Sinjun nach einer Weile, »das alles ist bestimmt nicht leicht für Sie, wenn ich nur an den Ruf denke, den Rohan überall genießt. Ich schätze, wir sollten uns furchtlos in die Höhle des Löwen begeben – was meint ihr?«

Zu Rohans großer Freude nahm Sinjun Kinross Susannah am Arm und führte sie ins Innere des Hauses, so als wäre sie eine stolze Mutter, die ihre Tochter präsentiert.

Als Susannah mit Lady Sally Jersey bekanntgemacht wurde, fragte die Dame: »Sagen Sie, meine Liebe, haben Sie schon Ihre unvergleichliche Schwiegermutter kennengelernt?«

»Ja, Ma'am. Ich muß sagen, ich habe wirklich Glück. Charlotte ist die großartigste und gütigste Frau, die ich je kennengelernt habe. Sie war ganz einfach wunderbar zu mir und unserer Tochter Marianne.«

Eine derart begeisterte Antwort hatte Lady Jersey offensichtlich nicht erwartet, so daß ihr das Lächeln ein wenig auf den Lippen gefror. Charlotte und gütig? Nun, wer weiß? Vielleicht war das nur eine weitere Facette ihres unergründlichen Charakters. »Hmm. Aber wie kommt die liebe Charlotte damit zurecht, daß sie Großmutter ist?«

»Sie und Marianne – unsere Tochter – sind unzertrennlich.«

»Stell dir das vor«, sagte Lady Jersey, »unser lieber Baron ist Vater. Und er war praktisch noch ein Junge, als er Sie heiratete und das Kind zeugte.«

»Ich war ein noch jüngeres Mädchen, Ma'am«, gab Susannah hoch erhobenen Hauptes zurück. »Aber ich frage Sie«, fuhr Susannah mit einem strahlenden Lächeln fort, »welche Frau könnte schon Rohan widerstehen? Er hat so ein bezauberndes Lächeln. Ich bin wirklich glücklich, seine Frau zu sein. Das war von Anfang an so.«

Lady Drummond Burrell, die ebenfalls ein gewichtiges Wörtchen in der Londoner Gesellschaft mitzusprechen hatte, sagte: »Bestimmt hätte die gute Charlotte etwas dagegen, wenn man sie als Großmutter bezeichnen würde. Sie ist viel zu schön dafür, viel zu gebildet – ach, Charlotte ist so vieles, aber eine Großmutter? Nein, das paßt ganz einfach nicht zu ihr. Ich kann mir nicht vorstellen, daß sie das so einfach hinnimmt.«

»Vielleicht ist es für jede Lady schwierig, die nachfolgenden Generationen zu akzeptieren. Es bedeutet immerhin, daß man älter wird – und das ist nun einmal kein angenehmer Gedanke. Übrigens nennt Marianne sie beim Vornamen – sie sagt ›Charlotte‹ zu ihr. Das scheint beiden am liebsten zu sein.« Susannah mußte sich ein ganz klein wenig überwinden, um Lady Burrell zuzulächeln – immerhin hatte die Frau eine äußerst spitze Zunge und strahlte nicht gerade viel Wärme und Vertrauen aus. Dennoch hatte sie es aus irgendeinem unerfindlichen Grund geschafft, eine der einflußreichsten Damen der Londoner Gesellschaft zu werden.

»Ihre Geschichte ist so furchtbar romantisch«, warf Lady Jersey ein, wobei sie Susannahs Gesicht aufmerksam betrachtete. »Wenn ich mir vorstelle, wie unser lieber Baron wie der Teufel aufs Land hinaus geritten ist, um mit Ihnen zusammenzusein – das heißt, wenn er nicht gerade eine seiner Mätressen hier in London besuchte.«

Da meldete sich wieder Lady Burrell zu Wort. »Ich schätze, daß er höchstens einen Monat lang wie der Teufel geritten sein dürfte. Und diese Ehe besteht ja jetzt schon seit fünf Jahren. Bestimmt waren seine Besuche nicht allzu häufig – vor allem, nachdem das Kind auf der Welt war. Gentlemen haben nun einmal nicht viel übrig für schwangere Frauen und kleine Kinder.«

Zum Glück schien Rohan immer zu spüren, wann Susannah in ernsthafte Schwierigkeiten geriet. Er trat an die Seite seiner Frau und sagte im selbstverständlichsten Ton: »Bei Susannah war es immer so, daß ich wie der Teufel geritten bin. Es ist seltsam, aber mein Pferd Gulliver scheint sie ebenso zu lieben wie ich. Ich hätte im Sattel schlafen können – und trotzdem hätte ihn nichts davon abbringen können, so schnell wie möglich zu ihr zu laufen.«

Er schenkte Mrs. Burrell sein strahlendstes Lächeln. »Ich sage Ihnen, wenn Sie erst meine Tochter sehen, dann werden Sie entzückt sein, wenn sie Ihnen mit ihren nassen kleinen Fingern, an denen sie soeben noch gelutscht hat, über die Wange streichelt. Sie ist einfach bezaubernd.«

Selbst Mrs. Burrell lächelte – ein Ereignis, das man – wie Rohan später zu Susannah sagte – wegen seiner Seltenheit für die Nachwelt in irgendeiner Form hätte festhalten müssen.

35

Als Toby am folgenden Morgen das Frühstückszimmer betrat, hatte er Susannahs Rennkätzchen im Arm.

»Die Köchin hat ihm ein paar Häppchen gebratenes Schweinefleisch gegeben«, berichtete Toby. »Ich habe ihr gesagt, daß Gilly ein Rennkätzchen ist und schön schlank bleiben muß – aber sie hat nur gelacht und gesagt, der kleine Kerl würde ohnehin nur laufen, wenn er etwas zu fressen in Aussicht hätte.«

»Das ist gar keine schlechte Idee«, meinte Rohan und nahm Toby das Kätzchen ab, das inzwischen ein schönes Stückchen gewachsen war. Er hob den kleinen Kater hoch und blickte ihm in die Augen. »Stimmt das, was Toby da gesagt hat? Läufst du wirklich nur, wenn es ums Fressen geht?«

Gilly schlug mit seinem Pfötchen nach Rohans Nase.

»Weißt du, Susannah«, sagte Toby, »Gilly sollte schon längst wieder bei den Harker-Brüdern sein und sich auf seine Aufgabe vorbereiten. Sie meinen, er hätte das Zeug zu einem ganz großen Renner.«

»Was meinst du, Rohan?« fragte Susannah.

»Ich würde auch sagen, wir könnten schön langsam wieder aufs Land zurückkehren. Wir sind jetzt seit zwei Wochen in London. Es wird mit der Zeit ein wenig anstrengend. Ich hätte nichts dagegen, die nächsten vier Wochen auf dem Land zu verbringen. Dann könnte Gilly all das lernen, was er wissen muß. Wir können Katzenrennen besuchen und segeln gehen, oder auch ein paar nette Picknicks veranstalten.«

»Und ich habe einen Brief von Mr. Byam bekommen«, warf Toby ein. »Er meint, wir sollten schön langsam mit dem Unterricht fortfahren, wenn ich nach Eton gehen möchte.«

»Also, ich glaube, die Entscheidung ist gefallen. Wir werden kommenden Freitag abreisen«, sagte Rohan.

Der zukünftige Champion gab ein herzhaftes Miauen von sich und grub seine Krallen in Rohans Hose.

Der Baron war also doch noch ohne seine Frau ausgegangen. Pulver war erleichtert, daß sich die Dinge anscheinend wieder zu normalisieren begannen. Doch auf der anderen Seite war er auch enttäuscht. Sehr enttäuscht sogar.

Der Baron war immerhin ein verheirateter Mann. Er hatte ein Kind. Er hatte außerdem einen Schwager, der ein sehr aufgeweckter und kluger Junge war. Es gehörte sich einfach nicht mehr, daß der Baron irgendeine seiner zahllosen Frauen besuchte. Und dennoch war er weggegangen – nachdem er mit der Baronesse und seinem Schwager zu Abend gegessen und eine halbe Stunde mit seiner Tochter gespielt hatte.

Pulver ging ins Arbeitszimmer des Barons, um ein paar Abrechnungen durchzusehen, doch er war nicht so recht bei der Sache. Er fragte sich, was die arme Baronesse wohl machte und was sie dachte. Schließlich ließ ihm die Sache keine Ruhe mehr.

Er verließ das Arbeitszimmer, um den Salon aufzusuchen und die arme Frau zu trösten, als er plötzlich ein fröhliches Lachen hörte. Als er sich umdrehte, sah er die Baronesse die Treppe hinunterspringen, mit einem Mantel bekleidet; offenbar hatte sie ebenfalls vor, das Haus zu verlassen.

Hatte Seine Lordschaft denn tatsächlich eine Frau geheiratet, die wie seine eigene liebe Mutter war? Konnte es sein, daß sie wegging, um einen Liebhaber zu treffen? Der Gedanke erfüllte ihn mit einigem Stolz. Aber nein, das war nicht möglich. Noch nicht. Schließlich hatte sie dem Baron noch keinen Erben geboren. Bestimmt war ihr das bewußt.

»Ah, Pulver. Marianne schläft tief und fest. Toby liest noch. Ich gehe aus, wie Sie sehen. Aber ich werde nicht so spät wiederkommen – auch der Baron wird gewiß nicht so lange wegbleiben.«

Mit diesen Worten verließ sie das Haus.

Der Kutscher hielt vor dem reizenden georgianischen Haus in der Grace Street an, nicht mehr als vier Straßen vom Cavendish Square entfernt. Susannahs Augen leuchteten. Sie blickte auf das Stückchen Papier, das sie in der Hand hielt. Der Kutscher kannte das Haus offenbar sehr gut.

Sie hatte keine Ahnung, was auf sie wartete. Ihr Mann hatte ihr die Nachricht auf der Frisierkommode hinterlassen, auf der stand, daß sie zu dieser Adresse kommen solle. Er würde ja wohl gewiß keine Geliebte dort haben, dachte sie. Es war jedenfalls ein wirklich nettes Haus. Aber wozu brauchte ihr Mann dieses Haus, wenn nicht, um sich dort mit einer Geliebten zu treffen? Trotzdem hatte sie ein Lächeln auf den Lippen, als sie den Türklopfer an der Haustür betätigte.

Er selbst öffnete ihr die Tür. »Guten Abend, meine Liebe. Es freut mich, daß du meine Nachricht gefunden hast und tatsächlich gekommen bist.«

»Hallo, Mylord. Hast du etwa eine nackte Frau im Schlafzimmer? Oder liegt sie verführerisch auf einem Sofa im Salon? Vielleicht hat sie es sich ja auch auf dem Küchentisch bequem gemacht?«

Er machte ein enttäuschtes Gesicht. »Also, ich habe jedenfalls nirgendwo eine nackte Frau gesehen.« Er küßte sie flüchtig auf den Mund und nahm ihr den Mantel ab, den er auf einer Stuhllehne in der Eingangshalle ablegte. »Komm mit, Susannah.«

Er nahm sie an der Hand und führte sie in den gemütlichen Salon, der von Dutzenden Kerzen erleuchtet war. Auf dem großen Schreibtisch stapelte sich jede Menge Papier.

Weit und breit war keine nackte Frau zu sehen.

Nicht einmal das Porträt einer nackten Frau über dem Kamin. Die Tapeten waren von dezenter blaßblauer Farbe – und nicht scharlachrot, wie sie vielleicht erwartet hätte.

»Ich dachte mir, ich zeige dir das Haus lieber, als daß ich dir davon erzähle.«

»Was hättest du mir denn erzählen wollen?«

Rohan wirkte ziemlich verlegen. »Weißt du«, begann er zögernd, »ich glaube, es ist Zeit, daß ich dir die Wahrheit sage. Phillip hat mir schon zugeredet, daß es längst überfällig wäre – aber ich wollte einfach den richtigen Zeitpunkt abwarten.«

Was mochte ihr Ehemann ihr bloß zu beichten haben? »Nun, ich glaube, die Wahrheit ist meistens das beste, nicht wahr?«

Er holte zuerst einmal tief Luft. Es fiel ihm schwer, einen Anfang zu finden.

Sie blickte ihn mit einem erwartungsvollen Lächeln an. Schließlich sagte sie: »Weißt du eigentlich, daß du in diesem Augenblick hübscher aussiehst als vor zwei Stunden beim Abendessen?«

»Du machst es mir nicht gerade leicht, Susannah.«

»Oh, das ist aber nicht meine Absicht. Also, mein lieber Gemahl, wofür hast du dieses reizende Häuschen? Du brauchst doch kein zweites Haus, das nur ein paar Straßen von deinem eigentlichen Londoner Wohnsitz entfernt ist. Und wozu steht dieser riesige Schreibtisch im Salon? Woran arbeitest du denn da?«

Er holte noch einmal tief Luft. »Ich hoffe, du bist nicht enttäuscht, Susannah, aber die Wahrheit ist, daß ich gar kein Frauenheld bin. Nicht die Spur. Es ist nicht mehr als ein Gerücht, daß ich jede Lady in London in meinem Bett gehabt hätte. Mit meinen Fähigkeiten als Wüstling ist es nicht weit her.«

Auf eine solche Überraschung war sie nicht gefaßt gewesen. Sie blickte ihn mit großen Augen an. »Aber ein Mann von deinem Ruf …«

»Genau«, warf Rohan ein. »Das ist mein Ruf – aber das bin nicht ich.«

»Und warum das Ganze? Warum läßt du alle Welt glauben, du wärst so ein Frauenheld, ein Wüstling, ein unersättlicher Verführer, ein …«

»Fallen dir keine Worte mehr ein? Nun, es gäbe schon noch einige – aber ich glaube, es ist nicht mehr nötig, daß du sie dir einfallen läßt.« Rohan küßte sie rasch und nahm sie an der Hand.

»Das Ganze hat einen sehr einfachen Grund. Ich wollte meine Eltern nicht enttäuschen. Sie wünschten sich so sehr, daß ich wie sie bin. Und glaube mir – ihren Ruf haben sie sich tatsächlich redlich verdient. Ich merkte rasch, daß Tibolt und George nicht in ihre Fußstapfen treten würden. Blieb nur noch ich übrig. Aber verstehst du – das war eben nicht wirklich ich.«

»Aber wenn wir uns lieben – ich meine, im Bett –, dann kommt es mir durchaus so vor, als hättest du es unzählige Male gemacht, als hättest du alle Erfahrung dieser Welt … oh, du meine Güte.« Sie blickte ihn verlegen an, als ihr bewußt wurde, was sie da eben von sich gegeben hatte.

»Nun ja, aber das ist etwas anderes. Was das betrifft, habe ich dir die Wahrheit gesagt. Mein Vater hat mich wirklich in die Hände einer seiner Mätressen gegeben, als ich vierzehn war, damit sie mir alles beibringt. Nun, ich gab mein Bestes – und um die Wahrheit zu sagen, es machte mir auch Spaß. Aber ich habe trotzdem nie das Bedürfnis entwickelt, jede Frau ins Bett zu bekommen, die mir über den Weg läuft. Nur bei dir ist das so. Jedesmal wenn ich dich sehe, würde ich dich am liebsten packen und ins Schlafzimmer tragen. Aber das gilt nur für dich allein, Susannah.«

Es betrübte ihn, zu sehen, daß sie nicht sehr glücklich dreinblickte – so als hätte sie Hammelkeule zum Abendessen erwartet und statt dessen Forelle bekommen.

»Oh, verdammt, es tut mir leid, daß ich dich enttäuscht habe. Es tut mir leid, wenn du lieber einen Frauenhelden gehabt hättest, Susannah. Vielleicht hast du mich ja als eine Herausforderung betrachtet.«

Sie schenkte ihm ein strahlendes Lächeln. »O nein, Rohan, du machst mich zur glücklichsten Frau von ganz England. Aber es ist ganz einfach so, daß es mich kaum noch überrascht, was du mir da anvertraust. Du hast dich nie so benommen, wie man das bei einem Mann von deinem Ruf hätte erwarten können. Ich liebe dich, und es ist mir egal, wer oder was du genau gewesen bist.«

»Zeig ihr doch deine Zeichnungen, Rohan. Und irgendwann einmal – wenn es gerade nicht regnet – mußt du ihr all die Gärten zeigen, die du entworfen hast.«

Als Susannah sich umdrehte, sah sie eine rundliche, sehr hübsche Frau in der Tür stehen. Die Frau lächelte ihr zu und machte einen Knicks. »Ich bin Lily, die Haushälterin Seiner Lordschaft. Ich sehe zu, daß sein kleines Häuschen immer hübsch sauber ist.«

Susannah gelangte in diesem Augenblick zu der Überzeugung, daß nichts sie noch wirklich überraschen konnte. »Hallo, Lily. Ich bin Susannah Carrington.«

»Ja, ich weiß sehr gut, wer Sie sind. Nun, Rohan, jetzt hast du ja endlich deine Sünden gebeichtet, die du nie im

Leben begangen hast. Er hat einfach nichts von einem Sünder an sich, meine Liebe. Nun, wollt ihr beiden vielleicht Tee?«

Während Lily den Tee holte, zeigte Rohan ihr die Zeichnungen, die auf dem Schreibtisch lagen. »Dieser Garten ist für Lord Dackery, für sein Haus in Somerset. Wie du siehst, ist er nicht terrassenförmig angelegt wie unser Garten in Mountvale. Dafür sind hier die verschiedenen Abschnitte durch hohe Hecken voneinander getrennt. Da kommt ein Teich hin, ein ziemlich großer Teich – und rundherum Lilien und Schilfgras, damit es möglichst natürlich aussieht. Lord Dackery hat eine besondere Vorliebe für Rosen, das habe ich natürlich in meinem Entwurf berücksichtigt, hier zum Beispiel kommt eine schöne Laube mit Rosen hin, und auch hier – mit einer Bank und Stühlen. Da sitzt es sich gewiß angenehm in der Nachmittagssonne. Das Gelände fällt außerdem ein wenig nach Westen ab; da wird im Sommer oft ein angenehmes Lüftchen hereinwehen. Was meinst du?«

Sie blickte ihn mit großen Augen an. »Du hast Lord Dackerys Landsitz besucht?«

»Aber ja doch. Wir werden in ein paar Wochen mit der Arbeit beginnen.«

Sie umarmte ihn und küßte ihn auf den Hals. »Oh, ich liebe dich. Du bist für mich geschaffen, für mich allein. Es würde mich riesig freuen, wenn ich dir bei den Gärten helfen könnte. Du weißt ja, daß ich eine gute Hand für Pflanzen und Blumen habe – das habe ich von meiner Mutter geerbt. O bitte, laß mich …«

Er lachte und drückte sie fest an sich. »Was würde ich nur ohne dich anfangen?« Er küßte sie. »Weißt du, daß auch du für mich bestimmt sein mußt?«

Lily räusperte sich, ehe sie ins Zimmer trat.

»Ein Mann von deinem Ruf sollte seiner Frau nicht soviel Zuneigung entgegenbringen – zumindest nicht in der Öffentlichkeit. Deine arme Mutter würde einen Anfall bekommen.«

»Meine Mutter ist aus hartem Holz geschnitzt, wie du sehr wohl weißt, Lily. Selbst als sie erfuhr, daß sie Großmutter ist, wurde sie nur ein klein wenig blaß.«

Lily lachte. »Dann lasse ich euch beide jetzt allein. Willkommen, Susannah. Ich wünsche Ihnen viel Freude mit Ihrem Gemahl. Er ist wirklich ein ganz außergewöhnlicher Mann. Der Herr im Himmel weiß, daß es nicht so viele von dieser Art gibt, die noch zu haben sind.«

»Er ist aber nicht mehr zu haben«, erwiderte Susannah.

Rohan lachte erneut und drückte sie an sich.

Als Lily gegangen war, fragte Susannah, immer noch in seinen Armen: »Sag, wie lange kennst du Lily denn schon?«

»Hmm, mal nachdenken. Ungefähr sieben Jahre, glaube ich. Sie war meine Geliebte, und mit der Zeit wurden wir ganz einfach gute Freunde. Sie hilft mir, meinen Ruf aufrechtzuerhalten.«

»Rohan, wirst du es Charlotte irgendwann beichten, daß du kein Schürzenjäger bist?«

»Ich habe schon mit dem Gedanken gespielt – aber es mir dann doch anders überlegt. Wozu sollte ich ihr das antun? Sie hat ohnehin schon so viel Kummer mit ihren beiden anderen Söhnen gehabt. Es macht dir doch nichts aus, Susannah, oder?«

Susannah seufzte tief. »Ich werde dir helfen, den Schein zu wahren. Trotzdem wird Charlotte vermuten, daß du nicht sehr viele Geliebte hast – vielleicht wird sie es sogar anerkennen, daß du trotzdem mit mir sehr glücklich bist. Sie wird dich bestimmt trösten, weil du nicht ein Dutzend Mätressen hast.«

»Na, und wenn schon«, sagte er. »Aber jetzt sag mir lieber, wo ich meine Schwertlilien pflanzen soll. Oh, bestimmt wirst du auch Schleifenblumen wollen. Das sind ganz außergewöhnliche Blumen.«

»Damals, als du zum ersten Mal nach Mulberry House kamst, bewunderte ich gerade die Schleifenblumen in meinem eigenen Garten. O Rohan, das wird wunderbar. Ich hoffe nur, daß die Schleifenblumen in meinem Garten zu Hause immer noch blühen.«

»Ich weiß nicht recht. Sie brauchen viel Pflege, wie du ja weißt. Aber wenn du möchtest, können wir es ja in Lord Dackerys Garten damit versuchen. Was meinst du – werden unsere Kinder einmal wie wir sein, oder mehr wie meine Eltern?«

»Vielleicht, wenn wir sehr viel Glück haben, werden sie sowohl von ihnen als auch von uns etwas in sich haben. Oh, Rohan, was meinst du, sollen wir auch Immergrün pflanzen? Ich hatte nie viel Glück damit, aber vielleicht – auf Lord Dackerys Landsitz ...«

»Wenn nicht, dann können wir es ja in den Gärten von Mountvale House damit versuchen. Was wir übrigens auf jeden Fall brauchen, mein Schatz, sind Glockenblumen.«

Sie drückte ihn fest an sich und murmelte nachdenklich: »Ich frage mich, wie es Charlotte mit Augustus geht.«

»Wenn er Glück hat, ist er noch nicht an Erschöpfung gestorben.«

36

An einem sonnigen Sonntagnachmittag im August 1811
beim allmonatlichen Katzenrennen
auf der McCaulty-Rennbahn bei Eastbourne

Gilly hatte es offensichtlich schon eilig, aus Susannahs Armen zu flüchten. Sie küßte den kleinen Kater auf den Kopf und flüsterte ihm zu: »Nein, noch nicht – nur noch einen Augenblick Geduld, dann kannst du rennen, was das Zeug hält.«

Mr. Bittle, der neben ihr stand, hatte seine Katze namens Ornery an der Leine. Das buntscheckige Tier blickte ziemlich gelangweilt drein, was bei seinem Herrn einige Besorgnis hervorrief. »Er wollte in letzter Zeit nicht so recht fressen«, sagte Mr. Bittle zu Susannah, die ein mitfühlendes Gesicht machte, in Wirklichkeit aber keineswegs unglücklich über diese Tatsache war.

Mrs. Lovelace, die kleine, dicke Inhaberin des Gasthauses ›Pride of the Valley‹, hielt ihren grauen Kater Louis zwischen ihren enormen Brüsten fest. Susannah fragte sich, wie das arme Tier überhaupt noch atmen konnte. Mrs. Lovelace summte ihrem Kater ein Liedchen vor.

Horatio Blummer, der hiesige Metzger, dessen Jacke über dem Bauch bedrohlich spannte, hielt Glenda, eine sehnige schwarze Katze, gegen sein Bein gedrückt, wobei er sie am Hals festhielt.

Mr. Goodgame, dessen Ahnenreihe angeblich auf William den Eroberer zurückging, pfiff eine flotte Melodie für seinen Horace, um ihn abzulenken, wie Susannah annahm. Horace, ein langgestreckter magerer Kater, machte den Eindruck, als wüßte er genau, was von ihm erwartet wurde.

Horace war es auch, den die Harker-Brüder am meisten fürchteten. »Der alte Horace hat eine Menge Erfahrung«, sagte Ozzy anerkennend. »Er ist ein verdammt schneller Kerl.«

»Ja«, stimmte sein Bruder zu, »aber er hat eine ziemlich empfindsame Nase. Immer wittert er irgendwas, und dann gibt er keine Ruhe, bis er herausgefunden hat, was es ist. Dann passiert es nicht selten, daß er die Bahn verläßt.«

»Wenigstens tritt Blinker heute nicht an«, sagte Ozzy. »Er hat sich das Hinterbein verstaucht. Grimsby, der

Narr, hat ihn einfach überfordert. Ich hab' ihm schon oft gesagt: zehn Runden am Tag sind für Blinker genug – bei seinen kurzen Beinen.«

»Gilly wird ihnen allen davonlaufen«, stellte Toby fest. »Wartet's nur ab. Wir haben eine *Geheimwaffe*.«

Die beiden Harker-Brüder blickten ihn erstaunt an. Eine *Geheimwaffe?* Was mochte das sein? Sie hatten regelmäßig mit Gilly gearbeitet. Von was für einer Geheimwaffe mochte Toby wohl sprechen? Doch der Junge lächelte nur und schwieg.

Die Bahn war gut fünfhundert Meter lang und an die vier Meter breit, was auch notwendig war, da die Katzen immer wieder die Richtung änderten. Es waren an diesem Tag mehr Zuschauer gekommen als gewöhnlich, denn es war Gillys erstes Rennen als Vertreter von Mountvale – und es wurde wie immer um recht hohe Einsätze gewettet. Mittlerweile hatte es sich herumgesprochen, daß das Kätzchen von den Harker-Brüdern persönlich trainiert worden war. Die Damen warteten, mit Sonnenschirmen ausgerüstet, plaudernd auf den Start des Rennens, während die Männer noch mit Wetten beschäftigt waren und zigarrerauchend über die Vorzüge dieser oder jener Katze sprachen. Alles wartete gespannt auf das erste Rennen.

Es ging das Gerücht, daß es bei den Rennen gelegentlich zu Betrügereien komme. Seit die Harker-Brüder davon erfahren hatten, waren sie noch wachsamer, damit alles seine Richtigkeit hatte. Doch der einzige grobe Verstoß gegen die Regeln, den sie bisher entdeckt hatten, war von dem alten Mr. Babble begangen worden, als er versuchte, eine der Katzen mit frischem Barsch zu füttern, damit sie zu vollgefressen war, um gut laufen zu können. Das war vor sechs Monaten gewesen.

Lady Dauntry hatte auf einem kleinen Podium Platz genommen. Sie übte nun bereits seit fünf Jahren das Amt der Wettkampfleiterin aus. Sie ließ nie auch nur ein einziges Rennen aus – und mochte das Wetter noch so schlecht sein. Die Saison für Katzenrennen dauerte von April bis Oktober.

Lady Dauntry rief aus voller Kehle – was ihr nicht weiter schwerfiel: »Alles auf die Plätze!«

Die Betreuer oder Besitzer der Katzen bereiteten ihre Tiere auf den Start vor.

»Fertig!«

Die Katzen versuchten ungeduldig, sich freizumachen und loszurennen.

»Los!«

Das Rennen hatte begonnen.

Omery sprang wie von der Tarantel gestochen hoch, als Mr. Bittle direkt an seinem Ohr so laut er konnte in die Hände klatschte. Er lief ein paar Meter, ehe er sich neugierig nach all den johlenden, kreischenden Menschen umblickte. Mr. Bittle lief keuchend hinter seinem unfolgsamen Kater her, um ihn mit einem neuerlichen Händeklatschen zum Weiterlaufen zu bewegen. Und tatsächlich setzte sich das Tier prompt wieder in Bewegung – zumindest für einige Meter.

Louis, der Kater von Mrs. Lovelace, lief währenddessen hinter dem kleinen Charles Lovelace her, der einen toten Fisch an einer Leine baumeln ließ. Da Louis keine Mühe hatte, den Jungen einzuholen, mußte dieser auf Zehenspitzen laufen, damit der Kater ihm den Fisch nicht entriß.

Von alldem völlig unbeeindruckt, flog indessen der sehnige Horace über die Bahn, die Augen stets geradeaus gerichtet, ohne sich nach seinen Konkurrenten oder der johlenden Menge umzusehen. Mr. Goodgame, der Besitzer des flinken Katers, stand mit breitem Grinsen an der Ziellinie und rieb sich die Hände.

Fast die Hälfte der Strecke wurde Horace von Glenda begleitet, die ja von Horatio Blummer ins Rennen geschickt worden war. Die beiden liefen weit vor allen anderen Katzen her, als Glenda plötzlich eine besonders dicke Frau im Publikum entdeckte, die immer wieder jubelnd aufsprang und von der Glenda anscheinend dermaßen fasziniert war, daß sie flugs die Bahn verließ und unter die Röcke der Lady flitzte.

Auch Gilly hatte einen guten Start, blieb dann aber bald wieder stehen, um sich nach Susannah umzublicken. Der kleine Kerl schien sich ganz und gar nicht erklären zu können, warum Susannah plötzlich so aufgeregt mit den Händen gestikulierte und ein so fanatisches Geschrei von sich gab. Sein Blick wanderte schließlich zu Rohan, der Marianne im Arm hielt und dem kleinen Kater zurief. »Es gibt kein Abendessen, wenn du nicht läufst!«

»Kein Abendessen!« wiederholte Marianne.

Doch es half nichts – Gilly rührte sich nicht von der Stelle. Er blickte sie alle mit ziemlich verständnisloser Miene an und leckte sich die rechte Pfote.

Plötzlich ertönte etwa von der Mitte der Rennbahn eine angenehme laute Baritonstimme:

»Es war mal ein Junker, den man recht mutig fand,
den biß mal ein Kätzchen in die linke Hand.
Er rief: ›So ein Graus!
Mit mir ist's bald aus.
Doch egal – ich sterbe für's Vaterland!‹«

Es war Jamie. Gilly richtete sich augenblicklich auf und spitzte die Ohren. Dann lief er los, so schnell er konnte – immer auf diese Stimme zu, die den Limerick ein zweites Mal vernehmen ließ, diesmal noch lauter.

Und während er sang, spazierte Jamie immer weiter in Richtung Ziel. Mr. Goodgames Kater Horace war immer noch klar in Führung, doch je lauter Jamie sang, um so schneller wurde Gilly und um so näher kam er dem Favoriten.

Susannah schrie vor Aufregung. »Dieser verdammte Horace«, rief sie Toby zu, »der ist einfach zu schnell. Nicht einmal Marianne ist so schnell, wenn sie Rohan den Kuchen vom Teller ißt.«

»Er schafft es schon noch!« erwiderte Toby.

»Kein Abendessen!« warf Marianne ein.

»Die Geheimwaffe«, raunte Ozzy Harker verblüfft seinem Bruder zu.

»Aber dieser Horace ist heute in Hochform«, gab Tom kopfschüttelnd zurück. »Schau nur, wie er seinen langen Körper streckt. Ich weiß nicht, ob Gilly noch genug Zeit bleibt, um ihn zu überholen.«

Mittlerweile hatte Gilly schon beinahe Horaces buschigen weißen Schwanz erreicht. Jamie sang dermaßen laut, daß die Zuschauer den Takt seines Liedes klatschten.

Horace und Gilly waren nun schon Kopf an Kopf. Plötzlich fuhr Horace herum, biß Gilly in den Hals und machte kehrt; er lief nun genau in die entgegengesetzte Richtung – und zwar auf den toten Fisch zu, den der kleine Charles Lovelace an der Leine baumeln hatte. Er stieß mit voller Wucht gegen Louis, warf ihn zu Boden und schnappte sich den Fisch. Dabei riß er dem kleinen Charles die Leine aus der Hand, so daß der Junge prompt auf den Hintern fiel. Dann sauste er wie der Blitz mitten durch die kreischende Menge davon, seine Beute zwischen den Zähnen. Sowohl Mrs. Lovelace als auch Mr. Goodgame schrien dem Kater aus Leibeskräften nach.

Louis flitzte indes hinter dem flüchtigen Horace her, der ihm seinen Fisch gestohlen hatte.

»Ich habe Louis noch nie so schnell laufen gesehen«, sagte Ozzy anerkennend. »Ich kann mir vorstellen, daß er sogar den alten Horace noch einholt. Immerhin ist es ja auch *sein* Fisch.«

»Nein«, entgegnete Tom. »Mrs. Lovelace wird Horace zuerst erwischen. Dann geht's ihm schlecht.«

Gilly zog von alldem unbeeindruckt seine Bahn. Er schien sogar noch etwas schneller zu werden.

Jamie wartete indessen an der Ziellinie auf ihn. Als Gilly als klarer Sieger – mehr als sechs Längen vor Glenda – das Ziel erreichte, sang Jamie gerade: »Doch egal – ich sterbe für's Vaterland!«

Lauter Beifall erscholl von allen Seiten.

Marianne rief: »Abendessen für Gilly!«

Rohan warf ein: »Ein Festessen für Jamie!« Susannah hätte schwören können, daß sie Gulliver laut wiehern hörte.

Die Harker-Brüder schüttelten beide den Kopf. Sie hatten im Laufe der Jahre schon viele Methoden gesehen, wie Katzen zum Laufen gebracht wurden – aber so etwas hatten sie noch nicht erlebt. Ein Limerick hatte die Entscheidung gebracht.

Jamie sang immer noch, doch nun mit sehr leiser Stimme. Gilly saß stolz auf seiner Schulter, während Jamie langsam zur Siegerehrung schritt.

Währenddessen bahnte sich Gulliver einen Weg durch die Menge. Er stupste mit seinem mächtigen Haupt Jamies Schulter an. Gilly miaute laut auf und sprang auf Gullivers Rücken. Gullivers Augen verengten sich bedrohlich, so daß Jamie sicherheitshalber einen weiteren Limerick anstimmte.

Dies war wohl das erste Mal in der Geschichte der südenglischen Katzenrennen, daß all die teilnehmenden Katzen sowie deren Besitzer und Betreuer begeistert applaudierten beziehungsweise miauten, während die siegreiche Katze sich voller Stolz auf dem Rücken eines Pferdes feiern ließ, welches noch dazu lauthals im Takt eines Limericks wieherte.

Epilog

Charlotte Carrington las noch einmal die letzten Worte des Briefes, den sie soeben geschrieben hatte. Sie fragte sich, wie sie dieses heikle Thema zu einem Abschluß bringen sollte. Nun, es mußte doch möglich sein. »... mein lieber Junge, ich habe von verschiedener Seite gehört, daß Du und Susannah Euch sehr zugetan seid. Das freut mich wirklich außerordentlich, denn es sagt mir, daß Ihr beide Euch mit dem gleichen Respekt und der gleichen Liebe begegnet, wie ich und Dein Vater das taten. Aber, mein Lieber, man erzählt sich auch, daß Du Deinen früheren Lebenswandel noch nicht wieder aufgenommen hättest, daß Susannah ständig an Deiner Seite ist, und Marianne ebenfalls. Gewiß, die Kleine ist reizend, aber ...«

»Meine Schöne.«

Sie drehte sich auf ihrem Stuhl um und blickte zum Bett hinüber. Augustus war soeben erwacht. Er saß aufrecht da, nur bis zur Taille mit dem Laken bedeckt; sie fand, daß er einfach hinreißend aussah mit seinen zerzausten Haaren und dem leicht verschlafenen Blick. Sie genoß den Anblick seiner behaarten Brust.

»Meine Schöne«, sagte er noch einmal mit heiserer Stimme. »Was schreibst du da?«

Sie erhob sich und trat zu ihm ans Bett. »Einen Brief an Rohan.«

»Du sagst ihm doch nicht schon wieder, was er tun soll?«

Lachend setzte sie sich zu ihm aufs Bett, strich ihm über die dunklen Brauen und küßte ihn auf den Mund. »Nun, ich versuche mich zurückzuhalten, so gut es geht – aber er hat sich schon sehr verändert. Er ist ein richtiger Familienmensch geworden. Nun, sein Vater war auch immer für die Familie und seine Kinder da – aber es gibt doch so viel mehr im Leben, nicht wahr?« Sie hielt inne und seufzte. Sie küßte ihn erneut – und wurde mit einem Mal ein wenig nachdenklich. »Ob es wohl sein könnte, daß es noch eine andere Art zu leben gibt?«

»Was meinst du damit?«

»Ich frage mich manchmal, ob Rohan und Susannah nicht vielleicht gemeinsam etwas gefunden haben, was durchaus angenehm sein könnte.«

»Und was wäre das?« Er strich mit den Fingern durch ihr blondes Haar. Wie glatt und seidenweich es sich doch anfühlte! Er konnte von dem Duft ihres Haars und ihres Körpers einfach nicht genug bekommen.

»Daß ein Mann tatsächlich mit *einer* Frau glücklich sein könnte.« Sie hielt inne, um zu sehen, ob er vielleicht über ihre Bemerkung lachte.

Doch Augustus lachte nicht. Seine große Hand ruhte immer noch auf ihrem Haar.

»Und daß eine Frau mit *einem* Mann glücklich sein könnte«, fügte sie hinzu.

Augustus lachte immer noch nicht. Er ließ eine Hand über ihren Morgenrock aus Satin gleiten.

»Warum sollte so etwas nicht ganz normal sein?« fragte er und küßte sie auf die Nasenspitze.

»Ich weiß nicht. Es ist nur so völlig anders, als ich mein Leben bisher gelebt habe.«

Augustus zog sie in seine Arme. Aber nicht, um sie leidenschaftlich zu küssen, sondern um sie im Arm zu wiegen wie ein Kind, das getröstet werden mußte. »Das Leben«, sagte er – die Lippen an ihrem Haar –, »das Leben hat mir dich geschenkt, meine wunderschöne Charlotte. Ich kann mir kein größeres Glück vorstellen, als für immer mit dir zusammenzusein. Vielleicht könntest du dich auch an diesen Gedanken gewöhnen?«

»Vielleicht«, sagte sie und hob den Kopf, um ihn zu

küssen. Durch das offene Fenster hörten sie, wie draußen am Canale Grande ein Gondoliere einem anderen etwas zurief. Venedig erwachte langsam zu neuem Leben. Das sanfte Plätschern des Wassers war wie Musik in ihren Ohren. Sein Kuß schmeckte süß. Es war ihr, als kehrte sie von einer langen Reise nach Hause zurück.

Anmerkung der Autorin

Ich für meinen Teil habe immer an den Gral geglaubt. Nicht bloß an den Mythos, an die Legende, sondern an die tatsächliche Existenz eines Kelches, aus dem Christus beim letzten Abendmahl getrunken hat. Und ich glaube auch daran, daß dieser Kelch nach dem Tod Christi tatsächlich von Joseph von Arimathia aufbewahrt wurde.

Die Bedeutung des Grals liegt, wie ich meine, vor allem darin, daß sich an ihm Gut und Böse scheiden. Aufgrund seiner Herkunft war es für das Böse von jeher unmöglich, mit seiner Hilfe Macht zu erlangen.

Viele Menschen sind der Ansicht, daß der Gral immer noch existiert. Vielleicht gibt es ja irgendwo einen Bund wie jenen der Bischöfe, der das Geheimnis seines Aufbewahrungsortes hütet. Und möglicherweise trägt der Gral – genauso wie einst – einen anderen Namen, um von ihm abzulenken.

Der wirkliche Macbeth regierte Schottland siebzehn Jahre lang (von 1040 bis 1057) mit Weisheit und Umsicht. Er reiste tatsächlich nach Rom, wo er auch mit dem Papst zusammentraf. Zu jener Zeit war das Papsttum durch allerlei Unruhen und Korruption geschwächt. Während dieser Zeit war es Hildebrand, ›Reine Flamme‹ genannt, der die eigentliche Macht hinter den Päpsten in Händen hielt.

In meiner Geschichte ist es Hildebrand, der Papst Leo IX. überzeugt, den Gral an Macbeth zu übergeben, damit dieser ihn aufbewahre; er fürchtet nämlich, daß es Menschen gäbe, die erfahren könnten, daß der Gral sich in den Händen des Papstes befindet, und versuchen könnten, ihn an sich zu reißen. Macbeth war ein Ehrenmann, der stets sein Wort hielt. Gewiß hätte er den Gral an sich genommen und ihn nach besten Kräften behütet. Und ein Tempelritter wäre für diese Aufgabe ein idealer Verbündeter gewesen.

Shakespeare verewigte Macbeth in seinem großen Schauspiel, weshalb Macbeth auch der bekannteste aller schottischen Könige sein dürfte. Es ist nur schade, daß Shakespeares Figur ganz und gar nicht dem wirklichen Macbeth entspricht.

Vielleicht kann sich jeder, der dieses Buch gelesen hat, nun auch vorstellen, selbst aus dem Gral zu trinken. Wer ein guter Mensch ist, braucht es auch gewiß nicht zu scheuen.